Gerald Messadié

Matthias und der Teufel

Gerald Messadié

Matthias und der Teufel

Roman

Langen Müller

Aus dem Französischen
von Susanne Lüdemann und Ekkehard Zeeb

Titel der Originalausgabe:
»MATTHIAS ET LE DIABLE«

Satz: MPM Wasserburg
Gesetzt aus der 10/12 ITC-Garamond
Druck: Jos. C. Huber KG, Dießen
Binden: R. Oldenbourg Graph. Betrieb, Heimstetten
Printed in Germany
ISBN 3-7844-2381-7

Some love too little, some too long,
Some sell, and others buy;
Some do the deed with many tears,
And some without a sigh:
For each man kills the thing he loves,
Yet each man does not die.

Der liebt zu leicht und der zu lang,
Der kauft, verkaufen tut der,
Der tut die Tat mit Tränen viel
Der hat keinen Seufzer mehr:
Denn jeder tötet, was er liebt,
Doch nicht jeder stirbt nachher.

Oscar Wilde, The Ballad of Reading Gaol

Inhalt

Erster Teil

Kinderspiele

1.

Lilith

Zu Beginn des Jahres 1901 bemerkte Graf Sixtus von Lubigné im Antiquariat von Aram Nissimian in der Karazoğlu-Straße von Smyrna ein Gemälde, das ihn in Erstaunen versetzte. Es stellte ein junges Mädchen von sechzehn oder siebzehn Jahren dar, das nichts am Leib hatte als eine auffallend schöne, rubinbesetzte Perlenkette und ein geflochtenes Goldband, das seine Stirn umschlang. Der lebhafte Eindruck, den es auf den Europäer machte, rührte nicht nur von der verführerischen Schönheit des Modells her — eines Modells, das sicher nicht bloß in der Phantasie des Malers existiert hatte —, sondern auch von einer unbestimmten Erinnerung, die es im Geist seines Bewunderers weckte. Sie stand aufrecht, in einer Gebärde schamloser Herausforderung, als wäre sie sich der Anziehung gewiß, die ihre jugendlichen, fließenden Formen und der Glanz ihrer bernsteinfarbenen Haut — denn sie war vom orientalischen Typus — auf den Betrachter ausüben müßten. Dem Grafen war, als habe er ein ähnliches Bild schon einmal gesehen, aber ob im Leben oder im Museum wußte er nicht zu entscheiden.
Einer plötzlichen Eingebung folgend, beschloß der Bewunderer daher, das Bild zu kaufen. Er versuchte den hohen Preis von fünfzehn Pfund Sterling, den Nissimian dafür verlangte, herunterzuhandeln, aber obgleich dies in Smyrna so üblich war, wollte der Antiquar ihm von der Summe nichts nachlassen. Er bestand darauf, daß das Bild viele Liebhaber hätte und es ihm kaum Schwierigkeiten bereiten würde, den verlangten Preis oder selbst einen höheren dafür zu erhalten. So gab Lubigné schließlich nach.
Bevor er das Bild einpacken ließ und es den Seeleuten anvertraute, die es nach Lyon zu seinem Wohnsitz bringen sollten, erkundigte sich der Käufer noch nach dem Maler des Bildes. Antiquare haben zwar oft eine blühende Einbildungskraft, aber Nissimian wollte das

Gemälde keinem berühmten Genie zuschreiben; er schüttelte den Kopf und begnügte sich damit, den Grafen auf das verzierte Monogramm hinzuweisen, in dem man die Initialen F.A. entziffern konnte, und auf das Entstehungsjahr 1813, das als trompe-l'œil auf die bronzene Anrichte hinter dem jungen Mädchen gemalt war, zwischen die Blätter eines lilienartigen Gewächses, das der Graf sogleich als einen Magnolienstrauch erkannte.

Als er in sein Hotel, eine Karawanserei im türkischen Stil, zurückgekehrt war und die Formalitäten zur Beförderung des Gemäldes geregelt hatte, fiel es Lubigné schwer, seine Gedanken von dem Modell abzuwenden. Schließlich geriet er darüber so in Hitze, daß er auf die Dienste eines Kupplers zurückgreifen mußte, ohne jedoch die gewünschte Befriedigung auch nur annähernd finden zu können. Offenkundig war es das junge Mädchen auf dem Bild, dieses und kein anderes, in das er sich verliebt hatte, und er fragte sich beunruhigt, welche Wirkung das Bild wohl auf seine Frau, die Gräfin, haben würde, auch wenn es nur eine Rivalin darstellte, die nicht aus Fleisch und Blut war.

Als das Gemälde im Vestibül des Privathauses der Lubignés endlich ausgepackt wurde, befand die Gräfin das junge Mädchen tatsächlich für unanständig. Sie erlaubte ihrem Gatten lediglich, das Bild in dem Rauchzimmer aufzuhängen, wohin er sich zum Arbeiten zurückzuziehen pflegte. Außerdem riet sie ihm, es hinter einem Vorhang zu verbergen, um das Schamgefühl der gelegentlichen Besucher dieses Salons nicht zu verletzten, angefangen bei dem der Kinder und der Hausangestellten. Der Graf, der die aufreizende Natur des jungen Mädchens allmählich selbst zu sehen begann, fügte sich ihrem Rat und ließ wirklich vor dem Bild einen hellbraunen Samtvorhang anbringen, der einer Portiere ähnlich sah.

Indes konnte er jedoch der Versuchung nicht widerstehen, das Gemälde einigen der versiertesten Kunstkenner unter seinen Freunden zu zeigen, um in Erfahrung zu bringen, ob sich denn der Maler nicht identifizieren ließe. Wenn dies gelänge, könnte man womöglich auch über das Modell einiges herausfinden. Also gab der Graf ein Diner, zu dem er den berühmten Abbé Mugnier einlud, Gaston Brachelier vom staatlichen Museumsverband, den Kunsthändler Edmé d'Ansicourt, Boris Tschitscherin, der ein unverbesserlicher Reisender und großer Liebhaber mysteriöser Geschichten war, und

schließlich Sylvestre Sélestat, einen jungen Mann, der sich für einen Kenner der Geschichte künstlerischer Maltechniken hielt.
Nach dem Essen, an dem ebenso viele Frauen und junge Mädchen teilgenommen hatten, zogen sich die Herren in das Rauchzimmer zurück, um dort nach dem Kaffee einen Schnaps zu trinken. Der Graf verkündete, daß er ihrem Scharfsinn einen rätselhaften Gegenstand vorführen wolle, und zog, nachdem er eine bewegliche Lampe darauf gerichtet hatte, den braunen Vorhang zurück.
Einen langen Augenblick herrschte verblüfftes Schweigen.
»Was für eine faszinierende und gefährliche Kreatur«, murmelte schließlich der Abbé Mugnier, der als erster das Wort ergriff. »Das ist nicht unsere Mutter Eva, sondern ihre Vorgängerin, die ihren Mann Adam ohne Nachfahren ließ. Das ist Lilith!«
Nachdem die Wirkung dieser Worte nachgelassen hatte, untersuchte Brachelier die Initialen, auf die der Graf ihn hingewiesen hatte, mit der Lupe und bekannte sich über den Stil der Arbeit verwirrt. Er kannte keinen Maler von solcher Darstellungskraft mit den Initialen F. A., weder in der Epoche, auf die das Datum verwies, noch in irgendeiner anderen. Für ihn war das weder ein Franzose noch ein Italiener, noch ein Engländer, noch ein Flame oder ein Deutscher — »Und auch kein Russe«, stimmte Tschitscherin zu —, aber er hatte etwas von allen zugleich. Brachelier wollte gerne glauben, daß das Bild von einem jener orientalisierenden Maler herstammte, die zu Beginn des letzten Jahrhunderts so viele pittoreske Gemälde hervorgebracht hatten, deren dokumentarische Bedeutung allerdings viel größer war als ihr künstlerischer Eigenwert; doch nein, der Maler hatte vielleicht Kontakte zum Orient unterhalten — wofür im übrigen auch der Ort sprach, an dem der Graf das Bild entdeckt hatte —, aber er war kein Orientalist. »Wie dem auch sei, der Künstler war jedenfalls von großer Eigenwilligkeit«, schloß Brachelier, nachdrücklich das Wort »Eigenwilligkeit« betonend. »So viel Genie und so wenig Stil!« murmelte er dann leise, wie zu sich selbst.
D'Ansicourt meinte, daß der Graf auf jeden Fall ein sehr gutes Geschäft gemacht habe, denn auch ohne Zuschreibung stelle das Gemälde ein günstiges Handelsobjekt dar und könne beim Verkauf in Europa sicher mehr als fünfzehn Pfund Sterling erzielen.
Sélestat, der das Bild ebenfalls untersucht hatte, wunderte sich über

seinen guten Zustand. Wenn die Signatur die eines berühmten Malers gewesen wäre, hätte er für seinen Teil eine Fälschung vermutet, denn einige notleidende Maler fertigten, wie er sagte, ausgezeichnete Kopien im Stil der Alten an. Er bat um die Erlaubnis, die Rückseite des Bildnisses untersuchen zu dürfen, das man zu diesem Zweck von der Wand nahm, und daraufhin stieß er einen Schrei aus.
»Aber das ist keine Leinwand aus dem neunzehnten Jahrhundert!« rief er. »Diese Art breiter Sparren wird seit dem Anfang des achtzehnten Jahrhunderts nicht mehr verwendet!«
Brachelier stimmte zu und stellte die Hypothese auf, daß der Maler vielleicht ein älteres Gemälde genommen und es übermalt habe. Das sei, bemerkte Sélestat, relativ leicht zu überprüfen. Diesmal bat er um die Erlaubnis, das Bild aus dem Rahmen zu nehmen, die ihm auch erteilt wurde. Sélestat prüfte die Ränder der Leinwand sorgfältig, wobei er bemerkte, daß Künstler, die ein neues Werk über ein altes malten, oft Bruchstücke des letzteren durchscheinen ließen. Das war jedoch hier nicht der Fall, was die Angelegenheit um so merkwürdiger erscheinen ließ, als diese Leinwand aus dem achtzehnten Jahrhundert noch in einem ausgezeichneten Zustand war, ohne je restauriert worden zu sein.
»Außerdem«, sagte Sélestat mit trüber Stimme, »stammt der Rahmen ebenfalls aus dem achtzehnten Jahrhundert.«
Er betrachtete die Oberfläche des Bildes unter schräg einfallendem Licht, um eventuelle Verdickungen des Farbauftrags aufzuspüren, die den Pinselstrichen des sichtbaren Bildes nicht entsprächen, aber er fand nichts. Es hatte alles in allem den Anschein, als sei es auf einer jungfräulichen Leinwand aus dem achtzehnten Jahrhundert gemalt worden, obwohl es auf hundert Jahre später datiert war.
Das junge Mädchen wurde in seinen Rahmen zurückbefördert, und dieser wurde wieder an die Wand gehängt.
Tschitscherin, der bisher noch kein einziges Wort gesagt hatte, ergriff die Lupe, mit deren Hilfe Brachelier die Signatur untersucht hatte, und während er den Blick auf der Anrichte mit dem Magnolienstrauch ruhen ließ, begann er, in seiner Sprache immer abgehackter vor sich hin zu murmeln, so daß es klang, als würde er lebhaft mit sich selbst diskutieren. Dann stieg er auf einen Schemel

und examinierte nicht weniger aufmerksam das geflochtene Goldband, das die Stirn des Mädchens schmückte, wobei seine überraschten Ausrufe immer lauter wurden.
»Was sagen Sie, Tschitscherin?« fragte der Graf. »Was haben Sie gefunden?«
Tschitscherin stieg von seinem Schemel und breitete in einer Geste des Erstaunens die Arme aus. Er öffnete den Mund, konnte jedoch scheinbar keine passenden Worte finden, und der Kneifer fiel ihm von der Nase. Unter den beunruhigten Blicken der anderen schenkte er sich erst einmal einen großen Cognac ein.
»Es handelt sich um ein magisches Gemälde«, sagte er endlich mit seiner Baßstimme. Seiner Gewohnheit entsprechend, sprach er mit großer Emphasis, um im Französischen ungebräuchliche Laute zu unterdrücken, so sah man, als er das Wort »magisch« aussprach, die Silbe »gisch« beinahe Funken sprühen. »Ich meine ›magisch‹ im buchstäblichen Sinne. Der Maler ist ein Eingeweihter. Diese Anrichte wimmelt geradezu von Hinweisen. Schauen Sie sich nur diese sehr sorgfältig ausgemalten Gravuren an« — der Abbé Mugnier erhob sich, um sie zu betrachten. »Was sehen Sie zum Beispiel unter der Blume dort, die den Kopf am weitesten herunterbeugt? Eine kaum wahrnehmbare, mit der Innenfläche zum Betrachter gekehrte linke Hand, deren Daumen, Mittel- und Ringfinger eingebogen sind. Das ist das Zeichen des Voor, mit dem man ehedem jene beschwor, *Die Hinter Der Schwelle Warten.*«
»So ist es«, sagte der Abbé.
Sämtliche Anwesenden erhoben sich, um Tschitscherins Aussagen zu überprüfen.
»Auf der Leiste, die die Anrichte einfaßte, erkennen Sie neben dem Zeichen des Voor kabbalistische Zeichen, die keiner bekannten Schrift entsprechen. Ich aber kenne sie. Sie stellen eine Anrufung weit entfernter Kräfte dar und bedeuten: ›Gib mir die Macht!‹«
Die anderen gaben erstaunte Ausrufe von sich.
»Schauen Sie hier weiter unten auf die Platte, die die drei Beine der Anrichte verbindet: Sie sehen da ein Zeichen, das für Sie vielleicht ähnlich aussieht wie die zwei Schläuche eines Stethoskops. Das ist das Zeichen des Drachenkopfs, *Caput Draconis*, das der Beschwörung von Dämonen dient. Und nun schauen Sie sich das geflochtene Goldband auf der Stirn dieser jungen Dame an, was sehen Sie da?«

»Einen fünfzackigen Stern!« schrie der Graf. »Sie ist Jüdin!«
»Keineswegs«, widersprach Tschitscherin, während er sich eine Zigarre anzündete und sich in einen Sessel fallen ließ, »denn auf der untersten Zacke des Sterns zeichnet sich ein Goldfaden ab, der einen Halbkreis beschreibt und unten in eine Perle ausläuft. Das ist das Pentagramm des Feuers, das es der größten Macht der Hölle erlaubt, in Erscheinung zu treten!«
Der Graf stand mit aufgerissenen Augen auf dem Schemel. Die anderen wandten sich aufgeregt zu Tschitscherin um.
»Sind Sie sicher?« fragte der Abbé Mugnier.
»Vollkommen«, antwortete Tschitscherin. »Ich habe das *Nekronomikon* von Abdel Hazrad sorgfältig gelesen. Wie Sie wissen, sammle ich Material für eine Studie über die Geschichte magischer Bräuche.«
»Es handelt sich also um schwarze Magie«, sagte der Abbé.
»Jede wahre Magie ist schwarz, Herr Abbé«, erwiderte Tschitscherin.
»Mein Instinkt war also richtig«, sagte der Abbé und setzte sich wieder hin, »als ich in dieser Kreatur Lilith zu erkennen glaubte.«
Auch der Graf, Brachelier, d'Ansicourt und Sélestat begaben sich zurück zu ihren Plätzen.
»Sie glauben demnach, daß das Bild eine Hexe darstellt?« fragte der Graf.
»Das habe ich nicht gesagt«, antwortete der Russe. »Meiner Meinung und allem Anschein nach handelt es sich um ein magisches Gemälde, dessen Urheber in der Hexerei erfahren war und dunkle Absichten damit verfolgte. Vielleicht hat er mit dem Bild selbst einen magischen Ritus zelebriert.«
D'Ansicourt grinste in seinen Bart. Zur Rede gestellt, bemerkte er, daß auf vielen Bildern, wie zum Beispiel auf denen von Teniers oder Magnasco, dergleichen Teufeleien zu finden seien. Für ihn sei das nichts als ein Zeichen des Aberglaubens, von dem er noch nicht einmal sicher sei, ob die Schöpfer solcher Bilder ihm wirklich erlegen waren. Vielleicht hatte sich der mysteriöse F.A. auf diesen schlauen Mummenschanz auch einfach nur deswegen eingelassen, weil er die Schönheit seines Modells im übertragenen Sinne des Wortes »diabolisch« fand.
Von dieser Vorstellung erheitert, begann der Graf zu lachen. Der Abbé fragte ihn, ob er demnach nicht an den Teufel glaube.

»An Gott schon, aber an den Teufel? Nein, ich glaube nicht, daß ich an den Teufel glaube.«
»Wie Stawrogin«, bemerkte Tschitscherin.
»Gott und der Teufel sind aber untrennbar miteinander verbunden«, sagte der Abbé. »Glaubt man an den einen, so muß man auch an den anderen glauben.«
»Un*trenn*bar oder un*teil*bar?« fragte Sélestat.
Die anderen betrachteten ihn erstaunt.
»Ich habe gelesen, daß für einige Philosophen der Teufel nichts als der Schatten Gottes ist. Wenn ich Sie richtig verstanden habe, dann wären sie also un*teil*bar.«
»Oh, das grenzt aber an Häresie!« rief der Abbé.
»Trotzdem habe ich Mühe, an den Teufel zu glauben«, wiederholte der Graf. »Aber sagen Sie mir doch, Brachelier, warum mir dieses junge Mädchen so vertraut vorkommt. Hängt nicht vielleicht eine andere Fassung dieses Bildes in irgendeinem Museum?«
»Sie haben eine ausgezeichnete Beobachtungsgabe und ein sehr gutes Gedächtnis«, erwiderte Brachelier. »Waren Sie einmal in Hannover?« Der Graf nickte.
»Dieses Mädchen sieht tatsächlich wie eine jüngere Schwester der Venus auf einem Bild von Bartholomäus Spranger aus, einem manieristischen Meister, von dem es in Hannover einiges zu sehen gibt. Aber diese hier ist sozusagen realer. Die Venus von Spranger, die zusammen mit Bacchus dargestellt ist, ist ganz im manieristischen Stil gehalten, während diese hier beinahe wie photographiert wirkt.«
»Ich«, verkündete Sélestat, »glaube trotzdem an die Zauberkraft dieses Bildes, und zwar gerade *weil* es so realistisch ist.«
Sélestat hatte zwar manchmal etwas überspannte Ideen, aber seine Gedanken waren es oft wert, daß man über sie nachdachte. Man bat ihn daher, seine Auffassung zu erläutern, und er führte aus, daß die Kunst in dem Maß realistisch geworden sei, in dem sie sich von der Metaphysik und damit vom transzendentalen Ursprung der Welt entfernt habe. So sei die Malerei vom Spiritualismus der byzantinischen Ikonen bis zum Verismus der zeitgenössischen Malerei vorangeschritten.
Der Abbé Mugnier stimmte ihm zu.
Der Abend neigte sich dem Ende zu, und die Gäste wollten aufbre-

chen. Der Graf zog die Portiere wieder vor die Unbekannte, löschte das Licht und geleitete seine Besucher hinaus.
Während der Nacht hatte Lubigné einen Alptraum. Er floh vor der jungen Unbekannten. Schweratmend wachte er auf. Im Haus waren Schreie zu hören, die aus dem Zwischengeschoß unterhalb des Schlafzimmers zu kommen schienen. Als ein Hausangestellter ganz außer Atem ins Zimmer stürzte und ihn mit dem Ausruf: »Es brennt, Herr, es brennt!« aus dem Bett jagte, begriff Lubigné, daß er nicht geträumt hatte. Hastig streifte er seinen Morgenrock über und rannte hinaus auf den Korridor, der schon ganz voller Rauch war. Er lief die Treppen hinunter, um der Gräfin, den Kindern und den Hausangestellten zu helfen, die bereits eine Kette gebildet hatten und mit Wasser gefüllte Eimer, Schüsseln und Kannen von Hand zu Hand wandern ließen. Das Feuer war im Rauchzimmer ausgebrochen, wo der alte Crépin mutig die in Fackeln verwandelten Vorhänge löschte, indem er sie in einen dicken Teppich wickelte. Die Kinder schlugen und traten kleinere Brandherde aus, die durch die herumfliegenden Funken entstanden waren. Ein halbverbrannter und jetzt durchnäßter Sessel strömte einen beißenden Geruch nach verkohltem Roßhaar aus. Endlich war das Feuer gelöscht. Lubigné besah sich den entstandenen Schaden. Der Brand war um das Bild herum ausgebrochen, dessen Vorhang verschwunden war und ohne Zweifel die Tapete angezündet hatte. Das Bild selbst war jedoch völlig unversehrt. Nachdem die Unbekannte — aber wie nur? — das Unglück verursacht hatte, schien sie sich jetzt über die Umstehenden zu mokieren. Das von Tschitscherin entdeckte Pentagramm des Feuers leuchtete noch stärker als zuvor.
»Sie werden mir zugestehen, mein Freund, daß dieses Bild Unglück bringt«, sagte die Gräfin und bekreuzigte sich vor der schamlos entblößten Nackten, die der rußverschmierte Crépin mit gerunzelter Stirn aus den Augenwinkeln betrachtete. »Es wäre mir nicht unrecht, wenn Sie sich seiner entledigen wollten!«
Noch am nächsten Morgen kam der telephonisch verständigte d'Ansicourt und nahm die Unbekannte in Empfang.
Der Graf lehnte es aber ab, mehr als die von ihm selbst ausgegebene Summe dafür zu nehmen, denn er fürchtete sich insgeheim davor, auf Kosten Liliths, wie er sie von da an bei sich nannte, ein Geschäft zu machen.

2.

Matthias

Am 15. August 1731 besuchte König Friedrich Wilhelm von Preußen seinen Sohn Friedrich in Küstrin, einer Garnisonsstadt in Pommern an der Neiße, wo der Prinz von seinem Vater mehr oder weniger gefangengehalten wurde. Der finstere preußische Staatsminister Grumbkow und Graf von Seckendorff, der Handlanger des Königs, sorgten für seine Überwachung. Ein Jahr zuvor hatte Friedrich versucht, aus Küstrin zu fliehen, war aber wieder eingefangen und verhaftet worden und hatte bei dem Abenteuer obendrein seinen geliebten Freund Hermann Katte verloren, der auf Befehl des Königs vor seinen Augen enthauptet worden war. Schwer gepeinigt und vom König und von Seckendorff dazu gedrängt, auf sein Thronfolgerecht zu verzichten, hatte er dem Willen des Machthabers jedoch widerstanden, und zwar so unnachgiebig, daß er sich dadurch die väterliche Zuneigung gewonnen hatte. Nachdem er in diesem eigensinnigen jungen Mann endlich sein eigen Fleisch und Blut erkannt hatte, war der König dann tatsächlich bis nach Küstrin gereist, um sich die seinem Erben zuteil gewordene schlechte Behandlung verzeihen zu lassen. Nachdem er dieses grobschlächtige Manöver ausgeführt hatte, begab sich der König auf die Jagd.
Die Hitze war unerträglich. Die jüngsten Bewohner der Gegend erfrischten sich in der Neiße, die an manchen Stellen sehr flach war. Als der König mit seiner Eskorte an einer Gruppe junger Leute vorbeikam, fiel ihm das Hinterteil eines jungen Mädchens auf, das nur knapp vom Wasser bedeckt war. Der Hufschlag veranlaßte das Mädchen, das seinen Unterrock vor dem Bauch zusammengerafft hielt, sich umzudrehen. Mit dem gleichen Blick musterte der König ihr Geschlecht und ihre Brüste, denn auch ihr Leibchen hatte sie aufgeknöpft. Bereits erhitzt vom Wetter, von der Jagd und von dem Gefühl, den Fortbestand seiner Herrschaft meisterhaft gesichert zu ha-

ben, verspürte der König jetzt zusätzlich noch eine gewisse Wärme in der Gegend des Unterleibs. Er ließ das erschreckte Mädchen durch einen Jagdhelfer zu sich rufen und unterhielt sich mit ihm abseits im Gebüsch. Zuerst streichelte er ihr Kinn, dann die kleinen Brüste, dann den Po und dann das Geschlecht. Sie blieb still, abgesehen von einigen halblauten Schreckensrufen. Er fragte sie, ob sie stumm sei, und sie brachte die Kraft auf, ihn um Gnade anzuflehen, da sie noch Jungfrau sei. Dieser Fehler trug ihr eine noch heftigere Umarmung des rotgesichtigen, schwitzenden Königs ein, der sie nun ohne weitere Umstände über eine niedrige Astgabel legte und sie auf Husarenmanier vergewaltigte, während wenige Schritte entfernt das grobe Gelächter der Eskorte erscholl. Der König hatte wenig Mitleid und trennte sich nicht allzu schnell von dem frischen, zarten Fleisch, aber trotzdem war die ganze Angelegenheit in weniger als einer Viertelstunde erledigt. Während der König sich noch die Hose zuknöpfte, rief er schon den Jagdgehilfen und befahl ihm, der Bauerndirn ein paar Münzen zu geben.
Das Mädchen sah mit schreckgeweiteten Augen das Geld ins Gras fallen, während sie ihren Bauch mit dem Unterrock verhüllte, der sich langsam blutig färbte. Dann setzte sich die königliche Eskorte unter Lachen und Hufschlag in Bewegung.
Das Mädchen kehrte auf seinen Hof zurück, der dem Grafen von Archenholz gehörte. Die Kunde von ihrem Mißgeschick verbreitete sich rasch und kam auf dem Umweg über seine Frau auch dem Grafen zu Ohren. Das Ehepaar geriet darüber in Sorge und brachte energisch das ganze Gerede zum Schweigen. Nein, es war bestimmt nicht der König gewesen, der sich an dem jungen Mädchen vergangen hatte, sondern irgendein Soldat aus seiner Eskorte.
Neun Monate später starb die unglückliche Lisbeth bei der Niederkunft. Auf Anordnung der Gräfin Archenholz wurde das kräftige Kind in Pflege gegeben. Bevor sie es, wie sie vorhatte, selbst adoptierte, wollte sie eine Frist von einem Jahr verstreichen lassen, um zu sehen, ob der König auf diesen Ableger keinen Anspruch erhöbe. Da das Kind am Tag des heiligen Matthias geboren war, nannte man es Matthias; da es aber häufig die kleine Faust ballte, gab man ihm den Spitznamen Faust. Ohne Störungen wuchs es auf demselben Hof heran, auf dem seine Mutter gelebt hatte, nur we-

nige Meilen von der Festung entfernt, in der sich sein Halbbruder auf die Verwaltung seines zukünftigen Königreichs vorbereitete.
Als das Kind ein Jahr alt war, ließen der Graf und die Gräfin es nach Berlin kommen, um es zu adoptieren. Es war ein schönes, rosiges und blondes Kind, das seinen Stiefbrüdern und -schwestern sehr ähnlich sah. Da zwar die Gräfin zu alt war, um seine Mutter sein zu können, der Graf aber ein Ausbund an ehelicher Treue, gab es über den Neuankömmling kein Gerede, und man verstand seine Aufnahme in die Familie Archenholz lediglich als eine Geste christlicher Barmherzigkeit.
Matthias begriff sehr früh, daß er nicht der Sohn der Archenholz war, der wirkliche Bruder ihrer Kinder. Er war erst etwa fünf Jahre alt, als er bereits die forschenden Blicke des Grafen auf sich ruhen fühlte — als wenn der Junker sich fragte, was aus diesem Samenkorn wohl werden würde. Die anderen Kinder blickte er niemals auf diese Weise an. Im Alter von sechs Jahren nahm Matthias auch schon die besondere Verhaltensweise der Bediensteten ihm gegenüber wahr, eine verwirrende Mischung aus Ehrerbietung und Unverschämtheit. Und weder der älteste Sohn, Ludwig, noch die jüngste Tochter, Cäcilie-Wilhelmine, behandelten ihn mit derselben familiären Vertrautheit, die sie untereinander an den Tag legten. Mit sieben wurde Matthias verträumt, was bei Kindern ein Anzeichen von Schwermut ist. Er war pummelig gewesen, wurde jedoch immer schmaler, je größer er wurde, und zwar so sehr, daß er mager wirkte und man für seine Gesundheit fürchtete. Seine Amme ließ ihm vom Land frische Sahne schicken, und eigens in die Stadt gekommen, um ihn zu sehen, brach sie in Tränen aus — man wußte nicht, ob seines schlechten Aussehens wegen oder weil er sie an seine Mutter, die arme Lisbeth, erinnerte. Von ihr hatte er den perlmuttfarbenen Ton und jene Zartheit der Haut geerbt, die die Adern durchscheinen läßt. Von ihr stammten auch die goldblonden Locken und die etwas runden Augen, die aber grün waren und nicht blau. Matthias verstand nicht, warum seine Amme ihm soviel überschwengliche Zärtlichkeit entgegenbrachte, während sie die anderen gar nicht zu kennen schien. Er fragte sich, ob sie nicht vielleicht seine wirkliche Mutter wäre, aber die Gräfin Archenholz versicherte ihm nachdrücklich, daß dem nicht so sei, und er glaubte ihr.
Der Graf ließ Matthias in die Elementarschule schicken, deren Be-

such der König zur Pflicht gemacht hatte, und seine Erziehung wurde zudem durch den Hauslehrer seiner Kinder vervollständigt. Matthias hegte eine furchtsame Abneigung gegen den alten Haudegen, der ihm als Schulmeister diente, einen ergrauten Artilleristen, der seine Klassen behandelte, als sollte er sie auf die Schlacht bei Fehrbellin vorbereiten. Das Klassenzimmer roch nach feuchtem Holz und nach dem schnaps- und tabakgeschwängerten Atem des Lehrers. Beim Nachhausekommen warf sich Matthias in die Arme des Hauslehrers Abraham von Provens, der Hugenotte und Franzose war gleich dem Erzieher des Prinzen Friedrich. Provens wandte sich dem Kind um so lieber zu, da es sich als sehr begabt erwies. In einem einzigen Monat lernte der Junge lesen, nach einem weiteren beherrschte er die Grammatik, dann die Grundrechenarten, und anschließend zeigte er sich neugierig auf Geschichte, Geographie und Astronomie. Als Provens dem Grafen davon erzählte, wurde dieser verlegen: Er wußte nicht, ob er stolz sein sollte, weil er das Erblühen dieses jungen Geistes begünstigt hatte, oder bekümmert, weil seine eigenen Kinder nicht so begabt waren. Er erlaubte Provens jedoch, dem Knaben Französisch und Latein beizubringen, und auch in diesen Fächern glänzte das Kind.
Der Graf besaß eine gut ausgestattete Bibliothek, die durch Provens' Umsicht noch bereichert wurde. Es bereitete Matthias großes Vergnügen, darin herumzustöbern und sich Bücher für seine Freizeit zu suchen. Denn Matthias wurde zum Einzelgänger, der die Welt durch den Filter all dessen entdeckte, was andere darüber geschrieben hatten. Was für eine Abkürzung war nicht die Lektüre! In wenigen Minuten war man in Amerika oder in China, weit entfernt von der Schule, von unverständlichen Leuten oder Kümmernissen. Wenn er spielte, dann nur mit der Lupe, die Provens ihm gegeben hatte und mit deren Hilfe er die Gesetze der Optik zu begreifen suchte.
»Da werden wir wohl einen Gelehrten in der Familie haben«, sagte der Graf eines Tages mit gespielt guter Laune. »Aber erst müssen wir wohl dafür sorgen, daß er kein kleiner Wilder bleibt.«
Matthias vernahm diese Worte mit Schrecken. Er hatte keine Lust, sein Leben zu ändern, und er ahnte, daß es gerade seine Bücher, seine Einsamkeit und Provens waren, denen der Graf ihn entreißen wollte.
Es wurde der Plan gefaßt, Matthias als Page an den Hof der Markgräfin von Ansbach-Bayreuth, der Schwester des Prinzen Friedrich,

zu schicken. Aber vorher sollte er die Anfangsgründe der Reit- und Fechtkunst erlernen. Nach dem Abendessen lief Matthias zu Provens und brach in Tränen aus. »Was habe ich denn getan? Was war denn mein Fehler?« fragte er schluchzend. Provens tröstete ihn, so gut er konnte, und stellte ihm vor, daß man nicht immer Kind bleiben und sein Leben in Büchern verbringen könne, daß das Schloß der Markgrafen von Ansbach-Bayreuth zauberhaft sei und zahlreiche Franzosen dem Hof angehörten, daß er Bälle und Reisen mitmachen werde und daß schließlich auch das Klima in Bayern viel milder sei als in Preußen.

»Ich will lieber Kind bleiben«, seufzte Matthias, der nur daran dachte, daß man ihm die mühsam bei seiner Amme und bei Provens gefundene Zuneigung nun wieder wegnehmen wollte. Er weigerte sich, zurück auf sein Zimmer zu gehen, und sehr gegen seinen Willen, wohl auch durch die Anmut des Heranwachsenden in Verlegenheit gesetzt, ließ Provens ihn bei sich in seinem Bett schlafen.

Es war schon spät, als der Lehrer die Kerzen löschte, denn er war noch lange wach geblieben und hatte über Matthias' Schicksal und seinen eigentümlichen Charakter nachgedacht. Auch er hatte seinen Schüler ins Herz geschlossen, und dessen zerbrechliches Wesen erfüllte ihn mit Besorgnis. »Was soll ohne weitere Zuwendung nur aus ihm werden?« fragte er sich.

Am nächsten Tag traf die Nachricht ein, daß Friedrich Wilhelm im Sterben liege, und nach weiteren vierundzwanzig Stunden erfuhr man, daß seine Seele — oder das, was bei ihm deren Stelle vertreten hatte —, den Körper verlassen habe. Der Graf kam selbst in die Bibliothek, um Matthias, der dort mit Provens lernte, die Nachricht zu überbringen.

»Ich habe dir eine ernste Mitteilung zu machen«, sagte er in feierlichem Ton, der zu seiner gewohnten gemütlichen Art nicht so recht passen wollte, den erschrockenen Matthias mit seinen Glupschaugen fixierend. Dann erhob er schrill die Stimme und mußte husten, um sich die Kehle freizumachen: »Unser König ist tot!« schrie er. Matthias sah erstaunt zu ihm auf, denn er hatte niemals Anlaß gehabt zu glauben, daß der Graf dem König besondere Wertschätzung entgegenbrachte. »Friedrich Wilhelm von Preußen lebt nicht mehr«, sagte der Graf noch abwechslungshalber, diesmal zum Erstaunen von Provens. »Heute ist ein großer Trauertag, ein großer

Trauertag«, fuhr er fort, »denn der König war uns allen ein Vater. Uns allen«, wiederholte er, wobei er Matthias erneut mit gerunzelter Stirn fixierte.
»Prinz Friedrich wird also unser neuer König sein«, sagte Provens. »Dem Herrn sei Dank, wir verlieren den einen Vater, um einen anderen zu gewinnen.«
Der Graf warf Provens einen schiefen Blick zu.
»Ein verlorener Vater ist unersetzlich. Unersetzlich!« beharrte er, indem er sich zum dritten Mal der Wiederholung bediente, als sänge er eine Messe von Buxtehude.
Mit großen Schritten und auf dem Rücken verschränkten Händen durchmaß er die Bibliothek und fixierte dabei das Parkett in einer Weise, die Matthias und Provens furchtbar theatralisch vorkam.
»Verstehst du?« fragte er Matthias und baute sich breitbeinig vor ihm auf. »Verstehst du jetzt endlich?«
Darüber geriet nun wieder Provens völlig aus der Fassung.
»Ich verstehe«, nuschelte Matthias, »daß heute ein Trauertag ist.« Sein Herz klopfte zum Zerspringen, und er war nicht mehr weit von dem Glauben entfernt, er selbst habe auf irgendeine Weise den Tod des Königs herbeigeführt.
»Sehr gut«, sagte der Graf und machte auf dem Absatz kehrt.
Matthias und Provens warfen sich fragende Blicke zu. Die Verlegenheit des Grafen war offenkundig, aber was steckte dahinter? Provens seufzte. Ein verrückter Gedanke kam ihm in den Sinn, aber er hütete sich, ihn auszusprechen: Womöglich hatte der Graf Matthias zu verstehen geben wollen, daß der tote König sein leiblicher Vater gewesen sei. Dadurch fände auch die Aufnahme des Waisenkindes in die Familie Archenholz ihre Erklärung, ebenso wie die besonderen Rücksichten, die man ihm hatte angedeihen lassen, wie zum Beispiel seine förmliche Adoption. Aber auch wenn Provens den Beweis dafür in Händen gehalten hätte, er hätte dem Jungen nichts davon zu sagen gewagt, aus Angst, ihn dadurch nur noch mehr in Verwirrung zu stürzen.
»Der König war mein Vater?« fragte Matthias vorsichtig.
»Bildlich gesprochen, mein kleiner Faust, bildlich gesprochen.«
Das Abendessen war spartanisch: Kartoffelsuppe mit Fleischeinlage, im übrigen Wasser und Brot. Der Graf bekam die Zähne nicht auseinander, und auch die Gräfin schien bestürzt oder besorgt zu sein.

»Sie ärgern sich, weil sie nun keine Möglichkeit mehr haben, das Kind als königlichen Bastard anerkennen zu lassen, und weil Prinz Friedrich keine Lust haben wird, sich um seinen Halbbruder zu kümmern, der ihm Konkurrenz machen könnte«, sagte sich Provens. Er ging hinauf auf sein Zimmer, um sich eine Tasse heiße Schokolade zuzubereiten, die er mit einem Schuß Branntwein anreicherte. Wenigstens in einem Punkt kam die familiäre und nationale Trauer Matthias zugute: Sie verzögerte seine Abreise nach Bayreuth, da natürlich auch die Markgräfin in Trauer war. Der Graf nutzte die Zeit, um Matthias die Anfangsgründe der Reitkunst beibringen zu lassen. Sein Reitlehrer war ein unerträglich kleinlicher, vertrockneter alter Husar. Immer wenn Matthias' rechtes Handgelenk von der vorgeschriebenen Haltung abwich, gab er ihm einen geschmeidigen Schlag mit der Gerte, der seinen Schüler vor Schmerz aufschreien ließ. Der einzige Trost war, daß Matthias noch niemals ein Pferd aus nächster Nähe gesehen hatte und daß er in den Augen des Tiers auf den ersten Blick jene Würde, Geduld und Zuneigung wiedererkannte, die er vorher nur bei Provens gefunden hatte. Er tätschelte den Hals des Pferdes, das wie zur Antwort auf diese ungewohnte Zärtlichkeit den Kopf ein wenig hob und seine Haare beschnupperte.
So galt Fausts erste große Liebe einem Pferd. Er sah beim Striegeln zu, und mehr als einmal nahm er dem Pferdeknecht, einem rotgesichtigen, versoffenen und stinkenden Kerl, die Arbeit ab. Dann brachte er dem Pferd gelegentlich ein, zwei Möhren, weswegen sich dieses beim Unterricht bald ausgesprochen folgsam zeigte.
»Er lernt schnell«, sagte der Husar zum Grafen, der den Unterrichtsstunden beiwohnte. Von Liebe verstand der alberne Kerl also nichts.
Von der zweiten Woche an verlegte sich Rumpelschnickel darauf, Matthias, den er zum Verdruß des Grafen hartnäckig »den jungen Grafen« nannte, das Hindernisspringen beizubringen. Am dritten Übungstag hängte er die Latte entschieden zu hoch, so daß Faust seine Kaltblütigkeit verlor. Das Pferd kam zwar heil hinüber, aber ohne den Reiter. Matthias kullerte ins Gras und blieb dort betäubt einen Augenblick liegen, während der Graf, Rumpelschnickel und hinter ihnen Provens herbeieilten, um sich zu vergewissern, ob er sich auch nicht das Kreuz gebrochen habe. Man stellte ihn wieder auf die Füße, und mit Hilfe des Grafen sammelte er einige Papiere wieder auf, die ihm aus der Tasche gefallen waren.

»Was ist denn das?« fragte der Graf angesichts einiger mit Zeichnungen geschmückter Blätter, die er mit seinen Kuhaugen musterte. Der durch den Sturz ohnehin schon benommene Matthias geriet nun vollends durcheinander.
»Das ist Pferdie«, gab er endlich zu.
»Pferdie?« fragte der Graf völlig verdattert. »Was ist das, Provens? Kennen sie das?«
»Keineswegs«, sagte Provens, »aber ich erkenne darin unschwer Matthias' Reitpferd, das er wahrlich nicht schlecht getroffen hat. Der Kopf, den Sie in der Hand halten, ist erstaunlich naturgetreu wiedergegeben.«
»Pferdie!« wiederholte der Graf, während er seinen Kneifer aus der Westentasche zog und ihn umständlich auf der Nase befestigte. »Aber das, aber ...« und er brach in ein derart schallendes Gelächter aus, daß auch Provens zu lachen begann und Matthias ganz rot wurde, »aber das ist Rumpelschnickel, wie er leibt und lebt!« Und er begann erneut zu lachen, bis er schließlich husten mußte. »Das muß ich der Gräfin zeigen! Hast du das gemacht?« fragte er Matthias und legte ihm dabei die Hand auf die Schulter. »Das ist ausgezeichnet, aber warum hast du dieses Talent geheimgehalten?« Dann faßte er sich und warf Provens einen vielsagenden Blick zu. »Ganz der Vater«, sagte er, »ganz der Vater! Aber viel begabter!« Eine Grimasse von Provens erinnerte ihn an die Gegenwart des Kindes.
»Man sollte ihn zum Maler ausbilden lassen«, sagte Provens in heiterem Ton.
»Wie bitte? Kommt gar nicht in Frage!« unterbrach ihn der Graf trocken. »Aber die Gräfin wird ihre helle Freude haben«, setzte er hinzu und verschwand.
»Also zeichnest du auch«, sagte Provens zu Faust.
»Das ist doch keine Sünde«, murmelte Faust verlegen. »Ich möchte die Porträts von Pferdie wiederhaben!«
»Du sollst sie zurückbekommen, ich verspreche es dir.«
Das Pferd war zu ihnen herangetrottet und hatte seine Schnauze vorsichtig auf Matthias' Schulter gelegt. Unter den neugierigen Blicken von Provens streichelte Matthias dem Tier die Nüstern, ohne sich umzudrehen. Der Franzose hielt ihm die gefalteten Hände unter die Nase.

»Sie beten, Abraham?«
»Sozusagen, Faust.«
Schließlich war der Tag der Abreise gekommen. Die Frist war mit dem Ende der strengen Trauer und dem Beginn der Halbtrauer verstrichen; die Markgräfin konnte jetzt einen neuen Pagen an ihrem Hof zulassen. Matthias mußte den Koffer packen. Provens legte selbst einen Anzug zum Wechseln hinein, der aus demselben grauen Tuch mit schwarzen Aufschlägen gearbeitet war wie der, den sein Schüler bereits anhatte, außerdem drei Paar Strümpfe, saubere Wäsche, Lavendelsäckchen, Stiefel, ein Pfund Zucker und ein Pfund Schokolade. Der Graf betrat das Zimmer, um seinem Adoptivsohn ein Fläschchen Branntwein zu bringen, den er im Fall von Schüttelfrost oder Erkältung vor dem Zubettgehen auf englische Art in Wasser lösen und mit Zucker trinken sollte. Auch die Gräfin erschien und brachte ein Medaillon mit einem Bild aus ihren jüngeren Jahren. Matthias' Halbbrüder schenkten ihm Branntweinpflaumen — »Das ist aber reichlich Alkohol«, bemerkte Provens. Und schließlich überreichte der Franzose seinem Schüler englische Graphitstifte und französisches Zeichenpapier, was beides in Berlin sehr schwer zu bekommen war, und eine Mappe aus Schafsleder, um alles darin zu verstauen.
Matthias warf sich seinem Lehrer an die Brust und umarmte ihn so heftig, daß es Provens beinahe schmerzte.
»Schau in die Mappe«, sagte er.
Matthias beeilte sich, die Hand hineinzustecken, und zog die Zeichnungen von seinem geliebten Pferdie hervor. Der Graf, erklärte Provens, hatte darum gebeten, die Porträts von Rumpelschnickel, die ihn und die Gräfin so sehr zum Lachen gebracht hatten, behalten zu dürfen.
Es war Zeit, den Koffer zu schließen und schlafen zu gehen, da die Postkutsche in der Morgendämmerung abfahren sollte. Da klopfte es noch einmal an die Tür; es war die oberste Kammerfrau, die Matthias noch zwei Leintücher brachte, da, wie sie sagte, die Betten im Rheinland stänken. Sie nahm ihm das Versprechen ab, die Tücher selbst zu waschen, indem er sie zuerst über Nacht in kaltem Wasser mit geriebener schwarzer Seife einweichte und sie dann auswusch und zum Trocknen an die frische Luft hängte.
»Im Rheinland!« wiederholte Matthias etwas erstaunt, als die Kam-

merfrau sich mit zwei dicken Küssen auf seine Wangen von ihm verabschiedet hatte. »Ja, fahre ich denn ins Rheinland?«
»Für die Preußen ist alles Rheinland, was südlich liegt«, erwiderte Provens.
Matthias stand frühzeitig auf, um sich von Pferdie zu verabschieden. Er umarmte den Pferdehals und vergoß bittere Tränen; dann machte er sich schweren Herzens reisefertig. Es war ein grauer Tag. Im Haus schlief noch alles, der Graf und die Gräfin schnarchten sicher unter ihren Federbetten. Es war Rumpelschnickel, der Matthias mit einem Pferd, das glücklicherweise nicht Pferdie war, und einem Maulesel fürs Gepäck zum »Goldenen Bären« in die Oberkanalstraße begleitete, von wo aus die Postkutsche losfuhr.
Der Ritt durch die verlassenen und vereisten Straßen, die von Charlottenburg am Spreeufer entlang zum »Goldenen Bären« führten, war schweigsam. Schließlich sagte Matthias:
»Ich hoffe, Sie sind mir nicht böse, Rumpelschnickel.«
»Aber nein, junger Herr. Die Jugend ist eben unbarmherzig, das weiß doch jeder.«
Als sie ihr Ziel erreicht hatten, hielt der Husar Matthias eine Börse hin und versicherte feierlich, daß Graf Ernst ihm befohlen habe, sie Matthias vor der Abreise zu geben.
»Geld?« fragte Matthias kleinlaut.
»Das Brot fällt nicht vom Himmel«, antwortete Rumpelschnickel schulmeisterlich und sprang vom Pferd, um Matthias beim Absteigen zu helfen. Daraufhin betrat er mit weitausholenden Schritten das Wirtshaus, um »den Grafen Archenholz« anzukündigen, und bestellte zwei Tassen Kaffee. Umständlich stellte er eine davon vor Matthias hin, der dieses Gebräu noch nie getrunken hatte.
»Was für ein Höllentrank!« murmelte Matthias, aber ihm wurde warm davon, und er leerte seine Tasse, während Rumpelschnickel eine Mischung aus Kaffee und Schnaps zu sich nahm, die er sich selbst zusammengeschüttet hatte.
Dann galt es, Abschied zu nehmen, die Kutscher gaben Anweisungen, und die Diener drängten sich um den Wagen, um das Gepäck der vier Reisenden — denn die anderen Plätze blieben leer — in den Kasten zu laden. Die Reisenden schauten neugierig aus den Fenstern, unter Peitschengeknall wurden die Türen geschlossen, und so verließ Faust das Land seiner Kindheit.

3.

WESTERMARK

Matthias' Reisegefährten waren eine französische Matrone, ein Wäschehändler und sein Sohn. Die Reise dauerte zwölf Tage, und der dicken Französin zufolge war sie eine Tortur. Bei der Abreise war das Wetter noch trocken, und am Ende des ersten Tages hatte die Postkutsche Wittenberg erreicht. Am nächsten Morgen schrumpften die zehn oder elf am Vortag zurückgelegten Meilen wegen der aufgeweichten Fahrwege auf fünf zusammen, und der Kutscher erreichte Dessau erst lange nach Einbruch der Dunkelheit. Am dritten Tag ging es etwas besser voran, wenn auch unter Lebensgefahr, da der Kutscher offensichtlich betrunken war, aber gegen Abend kamen sie wohlbehalten in Leipzig an. Für die zwölf Meilen von Leipzig bis Jena brauchten sie dann allerdings zwei volle Tage, mit einem elenden Zwischenhalt in Weißenfels, wo der Gastwirt nur Eier anzubieten hatte und einen schauderhaften Wein. »Wir werden noch auf dem Friedhof landen!« schrie die Französin in ihrer Sprache, denn die Eier hatten ihr den Magen verdorben, und man mußte unterwegs viermal anhalten, da ihr von dem Gerumpel des Wagens schlecht wurde. In Rudolstadt gab man ihr Lakritzwasser zu trinken, und bis sie wieder in den Wagen stieg, war sie bleich wie der Tod. In Oelsnitz mußten sie die Grenze passieren, was unendlich viel Zeit in Anspruch nahm, da die Zöllner den beiden Handelsreisenden befahlen, ihre Koffer zu öffnen, und alles bis in den letzten Winkel durchsuchten. Die Verhandlungen mußten auf den nächsten Tag verschoben werden, weswegen sie von der Grenze erst um elf Uhr vormittags wegkamen. Der vorletzte Tag, an dem sie über Gebirgspässe nach Kulmbach weiterfuhren, war der schlimmste, da sie unterwegs von der Dunkelheit eingeholt wurden und bei dem schlechten Licht der mitgeführten Laternen auf den steilen Pässen nur im Schrittempo vorankamen. Weitere Zeit verloren sie mit

dem Füttern der total erschöpften Pferde, so daß sie schließlich die ganze Nacht unterwegs waren. Um den Reisenden Gelegenheit zur Erholung zu geben, machten die Kutscher dann aber in Kulmbach einen ganzen Tag lang halt, und so erreichte Matthias erst am folgenden Morgen unter einem plötzlich wieder sonnigen Himmel Bayreuth. Da die Kutsche am Schloß vorbeikam, ließ er sich gleich dort absetzen, zur großen Verwunderung seiner drei Reisegefährten, die mit geröteten Augen die goldenen Gitter und die Rasenflächen bewunderten. Eine Wache wurde zum Schloß geschickt.
Matthias war von der Reise noch reichlich mit Kot bespritzt, als der Markgraf ihn zu sich rufen ließ. Der Prinz, der von der fränkischen Linie der Hohenzollern abstammte, war noch im Morgenrock und empfing ihn in einem Saal, der Matthias durch seine Wandbehänge und Goldbeschläge in Entzücken versetzte und der doch, dem ungemachten Bett nach zu urteilen, ein Schlafzimmer war. Karl-Ernst, Prinz von Ansbach und Markgraf von Bayreuth, war damit beschäftigt, sein Frühstück einzunehmen.
»Sprechen Sie Französisch?« fragte er Matthias.
»Ja, gnädiger Herr«, antwortete Matthias und beglückwünschte sich insgeheim zu dem bei Provens genossenen Unterricht.
»Das läßt sich hören!« rief der Markgraf, ohne daß jedoch sein Gesichtsausdruck auch nur eine Spur von Freundlichkeit hätte erkennen lassen. »Hat man Ihnen einen Brief für mich mitgegeben?«
»Ja, gnädiger Herr«, antwortete Matthias, indem er einen versiegelten Umschlag aus der Tasche zog. Der Markgraf sprengte das Siegel mit seinem Frühstücksmesser auf, las den Brief mindestens zweimal, legte ihn dann auf die Knie und richtete einen besorgten Blick auf Matthias.
»Sehr gut«, sagte er schließlich. »In Anbetracht Ihres Alters werden Sie bei meiner Frau, der Prinzessin, dienen. Meine eigenen Pagen sind älter, Sie wären in ihrer Gesellschaft fehl am Platz. Sie werden zusammen mit den vier anderen Pagen der Prinzessin im linken Flügel wohnen. Ihre Livreen, Ihre Ernährung und der tägliche Unterricht gehen auf unsere Kosten. Sie bekommen zehn Taler im Jahr, fällig jeweils zu Weihnachten. Wir sprechen ausschließlich Französisch, aber Sie werden Ihre Kenntnisse in dieser Sprache in den allmorgendlichen Französischstunden erweitern können, die ein französischer Hauslehrer, der Marquis d'Enée — der Markgraf schien

beim Aussprechen des Titels zu zögern — Ihnen allen gemeinsam erteilt. Reitunterricht findet alle zwei Tage statt. Die Kosten für den abendlichen Unterricht in Musik und Malerei werden von Ihrem Lohn einbehalten.« Der Markgraf unterbrach sich, um einen großen Schluck heißer Schokolade zu trinken. »Die Prinzessin werden Sie ›gnädige Frau‹ nennen und mich ›gnädiger Herr‹. Was die anderen Mitglieder des Hofs betrifft, werden Sie dem jeweiligen Titel ein ›Herr‹ oder ›Frau‹ voranstellen, zum Beispiel ›Herr Prinz von Urach‹ oder ›Frau Gräfin von Oeben‹, wenn Sie sich gezwungen sehen, diese Personen direkt anzusprechen. Das übrige wird Ihnen der erste Kammerherr, Graf Westermark, erklären.«
Der Blick des Markgrafen verlor sich im Blauen. Das war seine Art, ein Gespräch für beendet zu erklären. Matthias blieb sehr verlegen vor ihm stehen. Hochmütig sah der Markgraf ihn an und zog dann an einer Klingel. Ein Lakai erschien und wurde beauftragt, Matthias zum Grafen Westermark zu bringen.
Sie durchquerten eine verglaste Galerie, die den Blick auf französische Gärten freigab. Sie waren schöner als der Tiergarten in Berlin und verloren sich weit hinten in einem Gewirr von Büschen und Bäumen, das von silbrigem Sonnenlicht übergossen war. Matthias wurde das Herz immer schwerer. Er hatte das Gefühl, daß er diesem eisigen Universum nicht würde standhalten können.
Westermark war ein schöner Mann in den Vierzigern, der sich sehr gerade hielt und ein frisch gepudertes Gesicht zeigte, was Matthias noch nie gesehen hatte. Er blickte den Knaben aus großen, leicht hervorstehenden Augen an, und sein kaum wahrnehmbar rot gefärbter Mund verzog sich zu einem diskreten Lächeln. Matthias sehnte sich plötzlich nach Rumpelschnickel. Der erste Kammerherr sprach mit Matthias Deutsch. Seine Stimme war ölig, und er befragte Matthias über seine Herkunft. Dann vervollständigte er die Anweisungen des Markgrafen. Schließlich fuhr er Matthias einmal rasch durch sein langes, blondes Haar und sagte auf französisch:
»Bei so schönen Haaren brauchen wir nur Puder und schwarzen Samt. Die Perücke erlasse ich Ihnen. Jetzt gehen Sie sich waschen.«
Er betätigte ebenfalls eine Klingel, und während ein Diener in der Tür erschien, öffnete er eine Schublade, zog ein langes schwarzes Samtband hervor und reichte es Matthias mit einer zwanglosen Gebärde, die er mit einem knappen »Bitte!« begleitete.

Zwei Diener wurden beauftragt, das Gepäck in den linken Flügel zu schaffen, in dessen zweitem Stock ein kahler Gang zu den Zimmern der Pagen führte. Die für Matthias bestimmte Kammer war kaum weniger karg als eine Mönchszelle. Ein Bett, ein Tisch, ein Stuhl und ein Kleiderständer stellten die ganze Einrichtung dar. Unter dem Hin und Her auf dem Gang öffneten sich die Nachbartüren. Vier Knaben tauchten auf, von denen einer sich noch die Perücke auf den Kopf setzte, während ein anderer versuchte, eine weiße Tonpfeife anzuzünden. Unverfroren starrten sie Matthias an.
Matthias schloß hinter sich die Tür; die anderen machten sie wieder auf.
»Es ist ziemlich unhöflich, den Leuten die Tür vor der Nase zuzumachen«, ließ sich einer der Pagen vernehmen, während die anderen sich hinter ihm ins Zimmer drängelten. »Wie heißt du?«
»Matthias.«
»Matthias wie?«
»Archenholz.«
»Archenholz?« Und alle vier prusteten los.
Matthias blickte sie kalt an.
»Ihr seid in meinem Zimmer, also seid höflich.«
»Welchen Titel hat dein Vater?«
»Er ist Graf.«
Matthias bemerkte, daß sie Säbel trugen. Kleine Säbel zwar, aber immerhin Säbel. Er musterte sie trotzdem.
»Ich bin Karl-Friedrich von Bühren, und meine Mitschüler sind Wilhelm von Stellnitz, Ludwig-Albert von Würzburg und Adalbert von Erlach«, sagte der erste Page, wobei er mit der Hand auf die anderen wies. »Wir sehen uns noch«, setzte er auf französisch hinzu.
Er wollte gerade die Tür schließen, als Matthias sie festhielt, hauptsächlich um zu zeigen, daß in seinem Zimmer er das Sagen hatte.
Fragend blickte von Bühren ihn an.
»Wo kann man sich hier waschen?« fragte Matthias.
»Es gibt einen Waschraum im Untergeschoß«, antwortete von Bühren mit hochgezogenen Augenbrauen.
Matthias machte nun die Tür endgültig zu und wartete, bis ihre Schritte verklungen waren. Dann entriegelte er seinen Koffer und holte Kleider zum Wechseln und Seife heraus. Seine Strümpfe starrten förmlich vor Dreck. Vorsichtshalber verriegelte er den Koffer

wieder, bevor er sich mit den Kleidern über dem Arm auf die Suche nach dem Waschraum machte.
»Da läßt sich selten ein Page blicken«, sagte ein Diener.
Es war ein Raum mit gewölbter Decke, der durch mehrere Kellerfenster Licht bekam. Ein Kaltwasserhahn war über einer Art Trog aus Zement und Stein angebracht. Matthias legte seine Sachen auf einen Schemel und zog sich aus. Dann wusch er sich mit energischen Bewegungen unter den verwunderten Blicken eines herbeigeeilten Dieners. Als er von Kopf bis Fuß sauber war, wusch er auch noch seine Wäsche und gab sie dem immer erstaunter wirkenden Diener zum Aufhängen. Frisch angezogen und gekämmt, fühlte er sich wohler in seiner Haut und machte sich erneut auf die Suche nach Westermark. Der erste Kammerherr befand sich nicht in seinen Gemächern, sondern in einem großen Empfangssalon, wo er offensichtlich die Vorbereitungen für ein Fest überwachte.
Als er die Gestalt des jungen Mannes in der Tür erscheinen sah, unterbrach Westermark seine Beschäftigung, um ihn ins Auge zu fassen. Sein Blick verweilte einen Augenblick auf Matthias, dann nahm er ihn mit in seine Wohnung.
»Ihre Livree ist grauenvoll. Wir werden so bald wie möglich den Schneider kommen lassen. Kommen Sie mal hierher.« Er bürstete Matthias die Haare, band ihm ein Handtuch um den Hals und bestäubte seinen Kopf mit Puder. Matthias beobachtete die Prozedur überrascht in einem Spiegel, war aber mit dem Ergebnis nicht unzufrieden. »Das Band«, sagte Westermark. Matthias reichte es ihm mit einer so unbekümmerten Gebärde, daß der Kammerherr lachen mußte. Dann flocht er Matthias' Haar zu einem Zopf. Ein oder zwei Bürstenstriche entfernten den überschüssigen Puder, den Westermark mit leichten Tupfern auf Matthias' Nase verteilte. Dann wurde das Handtuch abgenommen. »Lassen Sie sich bewundern«, sagte Westermark. »Wenn nur dieser gräßliche preußische Anzug nicht wäre!« Er griff dem Knaben, der, immer noch überrascht, alles mit sich geschehen ließ, unters Kinn und beugte sich dann so tief über sein Gesicht, daß Matthias fürchtete, mit einem bisher unbemerkt gebliebenen Makel behaftet zu sein. Aber Westermark drückte nur den Mund auf seine Lippen. Matthias war völlig verblüfft und wurde dunkelrot.
»So, noch ein bißchen Farbe, und Sie haben das richtige Aussehen, um der Prinzessin vorgestellt zu werden!«

Bevor Matthias sich wieder gefaßt hatte, öffnete er die Tür und eilte voran.
»Gnädige Frau, Ihr neuer Page, Graf Matthias von Archenholz«, verkündete Westermark beim Eintreten in das entzückendste Zimmer, das der Knabe jemals gesehen hatte. Die Wandtäfelung war ganz in Pfauenblau und Korallenrot gehalten und mit Goldornamenten und Blumenmustern übersät. »Treten Sie vor, Matthias, und verbeugen Sie sich.«
»Ein entzückender Knabe, Graf«, sagte die Markgräfin auf französisch, »ein lebendes Schmuckstück!« Matthias hob die Augen. Wilhelmine war nicht gerade schön zu nennen. Der Glanz der dunklen Augen, das Lächeln und die gesunde Gesichtsfarbe mußten ihr als Ersatz für andere Vorzüge dienen. Sie lächelte; ihre Zähne waren verfault. Matthias lächelte zurück.
»Wir sind also Landsleute, Matthias«, sagte sie.
»Ja, gnädige Frau.«
»Und er spricht Französisch!« rief sie. »Westermark, er braucht eine Livree.«
Die anderen Pagen beobachteten die Szene mit gespielter Gleichgültigkeit.
»Ein entzückender Knabe, wirklich«, sagte die erste Ehrendame, eine Baronin von Spanheim. »Preußen scheint eine Quelle der Anmut zu sein!«
»Lassen Sie Matthias auch einen Säbel geben, und Fechtstunden auf meine Kosten.«
Von Bühren und Stellnitz verzogen den Mund.
»Karl-Friedrich, Wilhelm, Ludwig-Albert, Adalbert«, sagte die Markgräfin, »ich wünsche, daß ihr und Matthias die besten Freunde werdet.«
»Mütterlicherseits bin auch ich Preuße«, bemerkte Erlach selbstgefällig.
»Das stimmt«, sagte die Markgräfin wie bedauernd. Mit Ausnahme von Bührens, dessen liebenswürdiges Gesicht seine Dickleibigkeit vergessen machen konnte, waren sie alle vier nicht gerade von der Natur verwöhnt. Stellnitz war übermäßig mager und hatte eine aufgestülpte Nase, Würzburg hatte zwar eine angenehme Gesichtsfarbe, aber kein Kinn, und Erlach, der gut gebaut schien, hatte Schweinsäuglein und beinahe gar keine Augenbrauen.

Der Vormittag verging mit Stühlerücken für eine Bezigue-Partie, mit dem Überwachen des Kaminfeuers — es war ein französischer Kamin und nicht, wie zu Haus, ein Kachelofen — und mit Handreichungen für die Damen, denen die Schuhe an- und wieder ausgezogen werden mußten. Dann gab es Essen, und die Markgräfin zog sich zurück; es war Zeit für die Französischstunde. Während der angebliche Marquis de Saint-Enée über seinem Doppelkinn La Rochefoucauld vorlas, bekam Matthias einen Fußtritt von Stellnitz. Das war das einzige Ereignis dieser Art bis zum Abendessen, wo Erlach Matthias ein Bein stellte, so daß dieser beinahe vor die Füße eines Dieners gefallen wäre und eine Suppenschüssel umgeworfen hätte. Am schlimmsten war, daß Westermark diese Boshaftigkeit bemerkte und Adalbert einen trockenen Verweis erteilte: »Erlach!« Obwohl der Lärm am Tisch immer größer wurde, weil zwei oder drei Tischgenossen zuviel getrunken hatten und mit hochroten Gesichtern beängstigend laut ihre Stimmen erhoben, war die Ermahnung so deutlich vernehmbar wie ein Peitschenschlag, und Matthias rückte unmerklich näher an die Baronin von Spanheim heran. Endlich stand die Markgräfin auf, und auch der Markgraf und die anderen Männer erhoben sich von ihren Plätzen, um die Markgräfin zu ehren, wobei einige leicht aus dem Gleichgewicht gerieten. Jetzt konnte das Zechgelage beginnen. Die Pagen der Prinzessin wurden für diesen Tag entlassen. Sie verließen den Saal durch die Vordertür, Matthias aber entwischte durch die Küchen und erreichte seine Etage von da aus über eine der inneren Treppen, die er zuvor entdeckt hatte. Er war vor ihnen bei seinem Zimmer. Mit klopfendem Herzen verriegelte er die Tür. Wenige Augenblicke später hagelten die ersten Schläge von außen dagegen.

»Machen Sie auf!« erklang die Stimme von Bührens.

»Ich bin zu Hause«, erwiderte Matthias, »und ich will schlafen.«

»Machen Sie auf, oder wir treten die Tür ein!«

Der Gang war verlassen. Die Pagen des Markgrafen nahmen an dem Gelage teil, und die Diener kamen ihren nächtlichen Aufgaben nach oder hatten sich zurückgezogen. Matthias wurde blaß. Wenn er öffnete, würden sie ihn zusammenschlagen oder Schlimmeres. Er suchte nach einer Waffe und fand keine.

Die draußen warfen sich mit vereinten Kräften gegen die Tür. Nach

einer Viertelstunde gab der Riegel nach. Schweratmend, mit rotem Gesicht, betrat von Bühren das Zimmer.
»Da ist ja das Zieräffchen«, sagte er und gab Matthias eine Ohrfeige. Matthias versetzte ihm einen Faustschlag ins Gesicht und hätte dem ersten einen zweiten folgen lassen, wenn die anderen drei ihn nicht festgehalten hätten.
»Wissen Sie, meine Herren, wozu solche Zieräffchen wie dieses hier gut sind?« fragte von Bühren in sarkastischem Ton, während er sich das Blut abwischte, das ihm aus der Nase lief. »Sie sind gerade gut genug, um Westermark zum Narren zu halten!« sagte er triumphierend.
»Genau!« brüllte Stellnitz mit vulgärem Lachen.
»Zieht ihn aus!« befahl von Bühren.
Matthias wehrte sich wie der Teufel. Sie hätten ihn beinahe totgeschlagen. Er blutete aus mehreren Wunden. Sie hatten ihm die Hosen heruntergerissen und warfen ihn jetzt mit dem Bauch nach unten quer übers Bett. Von Bühren vergewaltigte ihn als erster.
»Jetzt bist du dran, Adalbert«, sagte er dann, »du hast ja was vorzuweisen!«
Matthias glaubte zu sterben. Im Zimmer war plötzlich Gepolter zu vernehmen, er wurde befreit, und trockene Gertenschläge knallten. Es war Westermark, der mit zusammengebissenen Zähnen seine Schäfchen auspeitschte.
»Wir haben dir wohl deinen Nachtisch weggeschnappt, Westermark«, sagte von Bühren.
Ein Schlag mit der Reitgerte kerbte seine Wange.
»Beim nächsten Mal kommt dein Engelchen nicht so billig davon, Westermark«, sagte von Bühren, dem das Blut übers Gesicht lief. Dann verließ er das Zimmer.
»Ich kann dich wegen Sodomie ins Gefängnis sperren lassen, Bühren!«
»Ich dich auch, Westermark, wir sind quitt!«
Nachdenklich blieb der Kammerherr im Zimmer stehen. Matthias, der stumm vor Schreck mit unordentlich wieder hochgezogenen Hosen auf dem Bett saß, schien er gar nicht wahrzunehmen.
»Beim nächsten Mal bringen sie mich um«, sagte Matthias schließlich.
Westermark musterte ihn kalt und versuchte nicht, ihn zu beruhigen.

»Ich muß fort«, sagte Matthias mit so leiser Stimme, daß er sie selbst kaum hören konnte.
»Das wäre zweifellos für alle am besten. Aber wir brauchen einen Vorwand. Die Prinzessin wird sich wundern.«
»Sagen Sie doch, daß ich gefährlich erkrankt bin und daß Sie mich ins Hospital gebracht haben.«
»Da würde man nach Ihnen suchen«, sagte Westermark. »Nein, fliehen Sie lieber morgen früh. Ich nehme das auf mich. Ich werde Sie in die Postkutsche nach Venedig setzen, die um acht Uhr morgens abfährt.«
»Warum hassen mich die anderen so?« fragte Matthias mit der gleichen heiseren Stimme.
Erstaunt blickte Westermark ihn an.
»Dann hat man Ihnen also gar nichts gesagt? Sie sind aber wirklich ein Kind! An einem Hof wie diesem Page zu sein bedeutet eine sichere Karriere: eine vorteilhafte Heirat und einen einträglichen Posten. Solche Strolche stammen von Leuten ohne Geld ab, von denen manche auch noch zweifelhafte Titel haben. Sie sind ein hübscher Bursche. Sie haben, um das mindeste zu sagen, einen richtigen Titel, und Sie sind ein Landsmann der Prinzessin. Sie nehmen den anderen ihre besten Chancen.«
Matthias musterte finster die Dielen.
»Sie könnten heute nacht noch mal wiederkommen«, sagte er.
»Sie können bei mir schlafen. Dann kommen Sie morgen früh auch einfacher weg. Meine Zimmer haben eine Treppe zur Dienstboteneinfahrt hinunter.«
»Und was soll ich in Venedig anfangen?«
»Ich werde Ihnen Briefe an verschiedene Freunde mitgeben. Mehr kann ich nicht für Sie tun.«
»Die Pagen werden Sie verraten!«
»Wenn Sie erst einmal weg sind, haben sie davon nur noch Unannehmlichkeiten.«
»Und mein Koffer?«
»Helfen Sie mir, ihn hinunterzutragen.«
Matthias brachte seine Kleider in Ordnung, und sie schafften den Koffer die verborgene Treppe hinunter. Dann holte Matthias seine Wäsche aus dem Garten; sie war trocken, und Matthias stopfte sie in den Koffer.

Auf halber Treppe bemerkte er Licht in der Bibliothek; sie war leer. Die Unmenge von Büchern beeindruckte Matthias. Er zog eines davon aus dem Regal; es war lateinisch geschrieben, und der Titel, *Malleus maleficorum*, sagte ihm nichts. Niemand konnte ihn sehen, er steckte das Buch in sein Wäschebündel und ging zurück in Westermarks Wohnung.
War es eine Folge seiner Verwirrung? Die Tatsache, daß er Westermark brauchte? Oder beides? Er gab jedenfalls dieser zweideutigen Gestalt, was sie begehrte.
Dank der bezahlten Mithilfe zweier Diener verließ er am nächsten Morgen um neun, elf Tage nach seiner Abreise aus Berlin, den Palast seiner Halbschwester, ohne von dieser nahen Verwandtschaft überhaupt etwas erfahren zu haben. Er hatte dort nicht nur die Unschuld des Körpers und des Herzens verloren, sondern auch, in Form eines Buches, den Schlüssel zu seinem zukünftigen Schicksal mitgenommen.

4.

Zuliman, Gradenigo und Barbarin

»Immer bin ich auf der Flucht... Was habe ich nur getan?« fragte sich Matthias, während ihn die Postkutsche zusammen mit fünf anderen Reisenden gen Süden trug. »Ich bin verflucht!« Immer gab es irgendwelche Beschützer, zuerst seinen angeblichen oder vermeintlichen Vater — er wußte es nicht mehr — und dann den merkwürdigen Westermark, dessen Geruch ihm noch auf der Haut klebte, aber keiner von ihnen besaß genügend Macht oder Überzeugung, um ihm eine Zuflucht zu bieten. Und was war dieses Venedig, in das Westermark ihn schickte? Trauer und Auflehnung wollten die Seele des jungen Reisenden nicht verlassen, obwohl die Aufenthalte in Nürnberg und München unterhaltsamer waren als die auf der Fahrt nach Bayreuth. In Nürnberg hatte ein Reisegefährte aus Österreich eine Pendeluhr erstanden, aus der zu jeder vollen Stunde emaillierte Vögel hervorkamen, um piepsend die Zeit zu verkünden. Der Mechanismus wurde von allen bewundert, und bis München hörte man es regelmäßig piepsen. Hinter München kippte die neue Postkutsche allerdings in einen Graben, und unter dem gewaltigen Stoß zerbrach die Aufhängung des Pendels. Während die zusammengestauchten Reisenden unter Fluchen und Stöhnen aus dem Wagen zu klettern versuchten, piepsten die Vögel in einem fort. Eine Achse des Wagens war gebrochen, und man mußte einen ganzen Tag in Starnberg verbringen, um sie auswechseln zu lassen.

In Innsbruck war wieder ein Grenzposten zu passieren, und Matthias lernte allmählich die Scherereien kennen, ohne die es dabei anscheinend niemals abging. Schließlich bekam er Angst. Und wenn der Markgraf ihn suchen ließ? Wenn man ihn, mit Fußeisen versehen, nach Bayreuth zurückbrächte? Als die Zöllner ihn musterten, spürte er einen Knoten im Bauch. Und als sie ihn fragten, ob er nach Trient, nach Triest oder nach Friaul fahre, hätte er beinahe die Fassung verloren.

»Ich fahre nach Venedig«, antwortete er auf französisch.

Daraufhin hielten sie ihn für einen Franzosen, und das schien eine Art Freibrief darzustellen. Sie erklärten ihm noch, daß er also nach Friaul führe und dies in Brixen angeben müsse. Dort gab es wunderbarerweise gleich drei Postkutschen, die die Stadt mit Venedig verbanden. In der, die Matthias bestiegen hatte, nahm außer ihm noch ein stattlicher Neger in malvenfarbenem Seidenzeug Platz. Er lächelte unaufhörlich und bot den anderen kandierte Ingwerfrüchte an, von denen Matthias höllischen Durst bekam. Das fing ja gut an mit Venedig! Matthias konnte die Augen nicht von dem Neger abwenden.

»Wo kommen Sie her?«

»Aber ... aus Venedig!« entgegnete der Schwarze in ausgezeichnetem Französisch. Er hatte eine einträgliche Reise durch die Städte des Nordens gemacht, die ihn so bereichert hatte, daß er sich jetzt in Venedig ein Haus kaufen wollte.

»Da sind die Leute in Venedig also schwarz!« dachte Matthias verblüfft.

Aber die friaulischen Ebenen ließen nirgendwo die üppigen Anwesen erkennen, in denen die Schwarzen den Büchern zufolge wohnen sollten. Es sah eher nach friedlichem Landleben aus, und merkwürdigerweise sah Matthias auf dem ganzen Weg nach Venedig nur Weiße. Sicher waren nur die Venezianer selbst Neger.

Die letzte Postkutsche setzte ihre Insassen ohne weiteres am Ufer des Canal Grande ab, auf einem Platz, der von der Kirche Santa Lucia überragt wurde. Das Wasser schillerte in allen Farben, und zahlreiche Boote glitten darüber hin. Und was für Boote! Halb wie Geigen und halb wie Särge sahen sie aus, und sie vereinigten in ihren Formen die Musik und den Tod. Darüber schwebte ein sanfter, türkisblauer Himmel. Und dann die Menschenmenge, keiner anderen vergleichbar, die in ihren schwarzen Umhängen zu tanzen schien, wenn es nicht der Wind war, der die Umhänge tanzen ließ und ihre Träger mit ihnen. Und dann dieser gleichzeitig frische und herbe Geruch; zum ersten Mal roch Matthias das Meer! Er wurde ganz taumelig davon und lächelte.

Aber das einzig Schwarze an den Venezianern waren der *tabarro*,

der weite mantelähnliche Umhang, und der Dreispitz, manchmal auch die Maske. Denn sie gingen alle maskiert! So schien Venedig eine Stadt der Verstellung und der Täuschung zu sein, ein Ort der Verrücktheit und der Geheimnisse. Matthias stand mit seinem Koffer auf den Steinfliesen des Platzes schon ganz wie zu Haus, aber dennoch verloren. Hunderte von Tauben, deren Gefieder in allen Farben des Kanalwassers schillerte, gurrten zu seinen Füßen. Argwöhnisch betrachtete er den Neger, aber auf Gespräche über die Herkunft dieses Gesellen wollte er sich lieber nicht mehr einlassen.
Matthias' Gesichtsausdruck wechselte von Argwohn zu Stolz.
Der Neger lachte.
»Ich bitte Sie«, sagte er, während er sich in seinen *tabarro* hüllte, »Wenn Sie in meine Richtung müssen, will ich Sie gern in meiner Gondel mitnehmen.«
»Aber ich weiß ja nicht, wo ich hin muß«, gestand Matthias. »Ich glaube, ich habe drei Adressen.« Er wühlte in seiner Tasche und zog Westermarks Briefe hervor.
»Wenn Sie mir die Adressen vorlesen wollen, mein Herr, werde ich Ihnen sagen, welche davon in meiner Gegend ist.«
Also las Matthias: »An seine Durchlaucht Herrn Michele Morosini, Palazzo Suabino, Fondamenta San Paolo e Pietro; an seine Exzellenz Herrn Alvise Gradenigo, Palazzo Gradenigo am Canal Grande; an den sehr verehrten Doktor Matteo Barbarin, 4428 San Zaccaria, Fondamenta dei Rimedii. Das wär's.«
Der Neger gab ein bewunderndes Pfeifen von sich, das zwar schwach, aber deutlich hörbar war.
»Feine Leute, Herr ... Wie ist Ihr Name?«
»Matthias.«
»Herr Matthias, sehr feine Leute. Es wird mir eine Ehre sein, Sie zu begleiten, wohin Sie wollen. Wir sind zwei Schritte oder zwei Schwimmzüge vom Palazzo Gradenigo entfernt. Wollen Sie vielleicht dort beginnen?«
Matthias erklärte sich einverstanden. Ihr Gepäck wurde in die Gondel geladen. Die beiden so verschiedenen Passagiere setzten sich. Die Welt begann zu schwanken, während eine tote Ratte mit würdig zum Himmel gereckten Pfoten die Gondel entlang dem offenen Meer entgegentrieb. Einige Ballen aufgerollter Taue zogen vorüber,

rot und weiß die einen, blau und rot die anderen, rot und grün die dritten. Möwen kreischten über dem schwachen Geplätscher der Wellen, und der Gondoliere tauchte seine Stange tief in das schillernde Naß entlang den kunstvoll verzierten Fassaden, denen das Wasser unterwürfig die Füße leckte.

»Palazzo Gradenigo!« rief der Gondoliere.

Matthias wühlte in seiner Börse.

»Lassen Sie nur«, sagte der Neger großzügig.

Matthias erhob sich und hätte beinahe das Gleichgewicht verloren, während die Diener, durch die Ankunft dieses unpassenden Gefährts in Bewegung gesetzt, von den obersten Treppenstufen aus zu ihnen hinunterspähten. Matthias setzte sich wieder.

»Ich will Ihnen etwas sagen, mein Herr. Ich heiße Zuliman, und nach meinem früheren Herrn Zuliman Savorgnan. Ich wäre also Christ. Außerdem bin ich wirklich Venezianer, auch wenn Ihnen dies schwerfiel zu glauben.«

»Sehr erfreut, Herr Savorgnan«, sagte Matthias, verlegen, daß der andere seine Gedanken erraten hatte.

»Mein Herr, ich kenne die Welt, und was ich Ihnen zu sagen habe, ist einfach. Sie sind schön, jung und stolz. Das sind die besten Voraussetzungen für eine Katastrophe. Das Brot der Reichen ist oft mit Tränen oder sogar mit Blut getränkt. Wenn Sie eines Tages Ihr Brot nur mit Wein getränkt essen wollen, stehe ich Ihnen zu Diensten. Gehen Sie in die Merceria, zu dem Papageienhändler, und fragen Sie nach Zuliman. Sie werden dort immer einen freundlichen Empfang finden, sei er auch nicht weniger bunt als die Papageien. Ich verlasse Venedig höchstens noch zum Sterben. Viel Glück!«

Matthias' Augen füllten sich mit Tränen.

»Auf Wiedersehen, Zuliman.«

Er erhob sich, und die Diener oben an der Treppe setzten sich, wenn auch gemächlich, in Bewegung.

»Zu Herrn von Gradenigo«, sagte er und wies gebieterisch auf sein Gepäck.

Sein Ton verblüffte die Diener, und als Zuliman und der Gondoliere ihnen das Gepäck hinaufreichten, packten sie zu. Um sich diesen Palast und solche Bedienstete leisten zu können, mußte Gradenigo wohl Graf oder Herzog sein. Warum zum Teufel hatte Westermark ihn nicht besser informiert? Er sprang auf die von der Nach-

mittagsflut noch ganz nassen Stufen und griff nach der Hand eines der Diener, um nicht auszurutschen. Er betrat eine weiträumige Halle oder einen Hof, der von einer dreistöckigen Galerie umschlossen wurde. In der Mitte war ein Springbrunnen, in einer Rosenhecke standen mehrere Statuen, und noch mehr Diener kamen ihm entgegen.
Die, die ihn empfangen hatten, musterten ihn neugierig. Da er kein Italienisch konnte, mußte er sich ans Französische halten. »Übergeben Sie dies bitte dem Herzog«, sagte er und zog einen seiner drei Briefe aus der Tasche.
Da verstanden sie endlich, worum es ging, und unter Zurufen reichten sie den Brief von Hand zu Hand, so daß er seinen Empfänger vielleicht am Ende einer Kette von Armen erreichte ...
»Herr Gradenigo ist Graf«, flüsterte ihm einer der Diener auf Französisch zu. »Aber in Venedig gibt es keine Adelstitel.«
Matthias nickte. Nachdem er einen Augenblick gewartet hatte, kamen halblaut weitergegebene Anweisungen auf demselben Weg zurück. Zwei Diener gingen ihm voraus, um ihm den Weg zu weisen.
Das Arbeitszimmer des Grafen befand sich im ersten Stock. Das Arbeitszimmer? Es sah eher wie ein Thronsaal aus. Große Marmorplatten mit üppigen Mosaikzeichnungen, korinthische Säulen — die jedenfalls waren Matthias bekannt —, skulpturengeschmückte Simse, nackte Männer- und Frauenleiber, Draperien, goldglänzendes Tafelwerk, französische Wandteppiche. Vor einem der drei Fenster, die zur Kanalseite hin lagen, stand ein ebenfalls französischer, aber etwas überladener Schreibtisch, und dahinter saß ein winziges, dickleibiges Männchen unter einer bezopften Perücke. Der Graf verließ seinen Schreibtisch und bewegte sich einen halben Schritt auf seinen Besucher zu.
»Matthias Archenholz, Herr Graf.«
»Sie sind auch Graf; setzen Sie sich.«
Er hatte eine komische kleine Stimme, nasal, brüchig und musikalisch.
Ein Diener brachte ein Glas Granatapfelsaft, das Matthias in einem Zug leerte.
Gradenigo machte einen Schritt nach links und einen nach rechts. »Ich habe keine Pagen. Pagen findet man selten in Venedig. Es gibt höchstens ein paar alte Damen, die sich welche halten.«

»Ich will gar nicht Page werden«, sagte Matthias.
Gradenigo schien erstaunt.
»In Ihrem Alter ist man immer Page, so oder so.«
Er nahm seinen seltsamen Zweitakt wieder auf, und seine Absätze knallten trocken auf dem polierten Boden.
»Venedig ist eine Geschäftsstadt. Ich schlage Ihnen vor, in meine Dienste zu treten. Ich werde sie in die Obhut eines erfahrenen Gehilfen geben. Wenn das Geschäftsleben Ihnen zusagt, können Sie bei mir lernen. Ich bin im Holzhandel tätig. In Venedig verlangt der Patriotismus, daß man reich wird, denn als reicher Geschäftsmann bereichert man auch die Republik. Da, wo Sie herkommen, ist es die Liebe und der Krieg. In Venedig schätzt man nur die Kriege der anderen, und mit Liebeshändeln beschäftigen sich nur Reiche und Laffen. In jedem Fall sind Sie für beides noch nicht alt genug. Ich habe wie ein Vater zu Ihnen gesprochen, auch wenn Westermark mich manchmal nicht richtig einschätzt.«
»Ich habe nur zwölf Stunden bei Westermark verbracht«, sagte Matthias, von unerklärlicher Vorsicht getrieben.
Gradenigo drehte mit einer ruckartigen Bewegung den Kopf, so daß Matthias an eine Elster denken mußte.
»Er scheint sich trotzdem recht lebhaft für Ihre Zukunft zu interessieren«, sagte Gradenigo.
»Zwölf Stunden«, wiederholte Matthias, »die lang genug waren, um unsere Interessen in Übereinstimmung zu bringen.«
»Wie alt sind Sie eigentlich?«
»Dreizehn.«
»Sie sprechen wie ein Erwachsener. Wer ist dieser Neger, der Sie hierherbegleitet hat? Ich habe Sie durch das Fenster beobachtet.«
»Er fuhr mit mir in der Postkutsche. Er hat sich mir als Führer durch eine unbekannte Stadt angeboten. Er ist Akrobat.«
»Kammerherren und Akrobaten scheinen Ihnen gleichermaßen geneigt zu sein, und ich übrigens auch«, sagte Gradenigo mit traurigen und etwas blutunterlaufenen Augen. »Das ist Glück!« setzte er seufzend hinzu.
»Dasselbe Glück, das mich offensichtlich seit meiner Geburt obdachlos und auf der Flucht sein läßt«, versetzte Matthias.
»Aber Sie sind von hoher Abstammung«, antwortete Gradenigo überrascht. »Westermark ...«

»Westermark?« fragte Matthias.
Gradenigo besann sich.
»Sie sind Graf von Archenholz. Nun gut. Überschlafen Sie die Sache eine oder meinetwegen auch zwei Nächte lang. Aber lassen Sie mich bald Ihre Antwort wissen. Die Diener werden Ihnen Ihre Zimmer zeigen. Ich esse nach venezianischer Sitte um sieben; Sie sind mein Gast.«
»Ich möchte Sie um eine Gefälligkeit bitten. Leihen Sie mir bis zum Abendessen eine Gondel. Da Sie so freundlich zu mir waren, will ich Ihnen nichts verschweigen. Westermark hat mir noch zwei Adressen gegeben. Ich will sehen, was dort für mich zu holen ist.«
»Noch zwei Adressen?« wiederholte Gradenigo fragend.
Matthias zeigte sie ihm. Gradenigo schien verstimmt.
»Gehen Sie nicht zu Morosini«, sagte er schließlich. »Fragen Sie mich nicht, warum.«
»Warum?«
Matthias' Aufdringlichkeit entlockte Gradenigo ein halbes Lächeln.
»Sie sind zu jung. Das sind solche Leute wie Westermark. Aber die Polizei in Venedig ist wachsam, und die Menschen sind neugierig. Hüten Sie sich vor Schwierigkeiten, sobald Sie die Schwelle des Palazzo überschritten haben.«
Matthias nickte.
»Und Barbarin?«
»Den kenne ich nicht so gut. Er verbraucht Tonnen von Papier und wohnt hinter San Marco. Er hat einige Verse geschrieben, er trifft sich mit Malern, füttert zahllose Katzen durch und bietet, glaube ich, Leuten, die sich langweilen, seine Dienste an.«
Es klopfte diskret an die Tür. Gradenigo rief »Herein!«, und ein gutaussehender junger Mann betrat den Raum. Er war von dunkler Hautfarbe und hatte eine schöngeschnittene Nase, breite Schultern und eine stattliche Figur. Der Kontrast zwischen seinen schwarzen Augenbrauen und der weißen Perücke machte ihn noch anziehender. Er warf einen kurzen, amüsierten Blick auf Matthias und teilte dem Grafen mit, daß seine Gäste angekommen seien.
»Andrea Bonventura, mein Sekretär«, sagte Gradenigo zu Matthias. »Andrea, lassen Sie dem Grafen Archenholz eine Gondel und einen Führer geben, der ihn nach San Marco und wieder hierher zurück begleiten soll.«

Sie verließen die Gondel vor der Piazetta, gingen den Dogenpalast entlang, zerteilten die Menge der großen schwarzen Vögel von Venetianern und kamen an der Markuskirche vorbei, über deren Giebel die bronzenen Pferde nur auf einen günstigen Wind zu warten schienen, um sich in die Lüfte zu schwingen. Dann bogen sie nach rechts ab und betraten ein Gäßchen, das in den Kai eines kleinen Kanals mündete.
»Da ist es«, sagte der Führer, mit dem Finger auf eine Tür am äußersten Ende der kleinen eisernen Brücke weisend.
Matthias zog die Klingel, wartete ein Weilchen und zog dann nochmals. Ein vergittertes Guckloch wurde von innen geöffnet. Hindurch kam eine meckernde Stimme und der Blick eines alten Habichts.
»Graf Archenholz, mit Empfehlung des Kammerherrn Westermark«, sagte Matthias mit seiner um einiges helleren Stimme. Schlüssel klapperten, Riegel wurden zurückgeschoben, die Tür ging auf. Das Wesen, das zum Vorschein kam, glich einer großen, grauen Nachteule in Menschenkleidern. Sie trug einen Morgenrock und einen weichen Hut.
»Doktor Barbarin?«
»Zu Diensten. Treten Sie doch näher.«
Matthias drehte sich um und warf dem Diener einen Blick zu, der bedeutsam wirken sollte, aber was er bedeuten sollte, wußte Matthias selber nicht. Er trat ein und zog Westermarks Brief aus der Tasche. Barbarin ging voraus, wobei er den Brief über den Kopf hielt und die Füße über die Fliesen schleifen ließ, als ob er sie nicht heben könne. Er führte Matthias in einen großen Raum voller Bücher, Gemälde, ausgestopfter Vögel, rostiger Waffen und Teppiche. Mit ungeahnter Energie staubte er einen Sessel ab, wobei er in der entstehenden Staubwolke beinahe verschwand, und bat Matthias, Platz zu nehmen. Dann setzte er sich selbst und betrachtete den Umschlag mit kleinlicher oder kurzsichtiger Aufmerksamkeit, entschloß sich endlich, ihn aufzubrechen, rückte die Brille zurecht und las.
Nach beendeter Lektüre hob er die Augen und murmelte: »Westermark!« Dann faßte er sich.
»Dann ist Westermark also inzwischen Kammerherr«, sagte er belustigt. »Und wie geht's ihm so?«

»Ich bin nur zwölf Stunden mit ihm zusammengewesen. Es schien ihm gutzugehen.«
»Nur zwölf Stunden! Und die haben gereicht... Verzeihen Sie meine Indiskretion. Sie suchen eine Bleibe in Venedig? Oder haben Sie schon eine gefunden?«
»Ich bin heute erst angekommen. Die Stadt ist zauberhaft. Und ich wußte nicht, wohin ich sonst gehen sollte«, sagte Matthias und bedauerte dieses Geständnis augenblicklich.
»Haben Sie schon eine Unterkunft?«
»Vorläufig wohne ich im Palazzo Gradenigo.«
Der Schuhu hob die Augenbrauen.
»Aber dann sind Sie ja bestens versorgt!« rief er.
»Wenn ich in Gradenigos Geschäft eintrete, ja.«
Plötzlich fühlte Matthias sich müde.
»Darf ich Ihnen eine Tasse Kaffee anbieten?« fragte der Schuhu. Das Wort »Kaffee« erinnerte Matthias an Rumpelschnickel. Das war noch keinen Monat her! In Bayreuth hatte man eher Schokolade getrunken. Matthias beschloß, dem Andenken Rumpelschnickels zu opfern, und nickte. Barbarin verschwand und kam mit zwei Tassen, einer Kaffeekanne und einem Töpfchen Sahne zurück.
»Mit Sahne schmeckt's besser«, riet er seinem Gast beim Einschenken. »Und, werden Sie also in jenes blühende Geschäft eintreten?« fragte er in etwas rollendem, aber gefälligem Französisch.
Matthias, der seit dem Vortag nichts mehr gegessen hatte, fühlte sich etwas gestärkt. Barbarin reichte ihm einen Teller mit Keksen, und im Gedenken an das saure Brot der Reichen, von dem Zuliman gesprochen hatte, verschmähte er sie nicht. Allmählich ging es ihm besser.
»Ich bin nicht sicher«, sagte er.
»Und was würden Sie lieber tun?«
Matthias blickte dem Schuhu mit seinen grünen Augen ins Gesicht.
»Ich möchte Maler werden.«
Woher wußte er das plötzlich? Es war ihm selbst nicht klar, aber er war seiner Sache sicher. Das laute Aussprechen dieses Wunsches verursachte ihm allerdings eine Art Schwindel. Was würde Provens dazu sagen?
»Maler!« wiederholte Barbarin überrascht. »Ja wissen Sie denn, was das heißt?«

»Ich glaube schon.«
»Können Sie zeichnen? Haben Sie ein paar Zeichnungen bei sich?«
»Wenn Sie wollen, gebe ich Ihnen auf der Stelle eine Kostprobe.«
»Setzen Sie sich hierhin«, sagte Barbarin und verließ seinen Platz neben dem Schreibtisch, auf dem er Papier, eine Feder und Tinte bereitstellte.
In wenigen Zügen bannte Matthias den Schuhu aufs Papier. Es war eher eine Karikatur als eine Zeichnung, aber es sah ihm ähnlich. Barbarin kicherte.
»Sie haben ein scharfes Auge, mein Lieber. Und Ihre Feder ist unbarmherziger als ein Spottgedicht. Ja, Sie haben mich gut getroffen.«
Er fuhr fort, sein Bild zu betrachten.
»Ich hoffe, ich habe Sie nicht beleidigt«, sagte Matthias beunruhigt.
»Venedig ist kein gutes Pflaster für Eitelkeiten«, erwiderte der Schuhu melodisch. »Nein, ich betrachte lieber die Gesichter der anderen, und Sie haben mich nicht beleidigt. Sie können also zeichnen, und Sie möchten Maler werden. Aber es wird lange dauern, bis Ihnen dieses Geschäft etwas einbringt. Beim Grafen Gradenigo wären Sie weit vorteilhafter untergebracht. Seine Welt paßt besser zu einem Aristokraten als schlecht geheizte Ateliers, feuchtes Brot und Künstlerkneipen.«
Das war zweifellos richtig. Aber das Leben in den Palästen ...
»Ich habe Ihnen gesagt, was ich möchte. Können Sie mir helfen?«
»Ihr Fall ist heikel. Aber ich könnte vielleicht einen befreundeten Maler überreden ... Angelotti. Er ist nicht gerade berühmt, aber er macht ordentliche Geschäfte. Wie sein Name schon sagt, ist er auf Engel spezialisiert. Die Hälfte aller Engel, die in dieser Stadt gemalt werden — und das sind weiß Gott nicht wenige —, stammen aus dem Pinsel unseres geschätzten Zampiero Sacchetti. Die berühmtesten Maler wenden sich an ihn, wenn es darum geht, eine Madonna oder einen Märtyrer zu eskortieren oder auch einfach eine nackte Stelle unter einem Gewölbe auszuschmücken.« Nachdenklich blickte er Matthias an.
»Kommen Sie morgen früh wieder hierher, dann gehen wir gemeinsam zu Saccetti.«

Als Matthias und sein Führer auf den Markusplatz zurückkamen, setzten sich auf dem Söller des Uhrenturms die beiden bronzenen Mohren in Bewegung und versetzten der großen Glocke, die sie voneinander trennte, abwechselnd je einen Klöppelschlag. Die Glocken des Campanile und die von San Marco fielen ein; es war vier Uhr. Den geflügelten Löwen auf seiner Säule kümmerte das wenig. Er fuhr fort, dem heiligen Theodor und seinem Krokodil den Rücken zuzuwenden. Die Stunde seines Abflugs war noch nicht gekommen.

5.

Zwiebelschalen

Im Sommer 1949 kaufte Stuart Halliwell III., der auf seiner Hochzeitsreise nach Venedig kam, beim Großantiquar Duzzi ein amüsantes kleines trompe-l'œil aus dem Nachlaß der Marquise von Sassoferrati. Es war nicht größer als ein Taschentuch und stellte einen Haufen Goldstücke auf einem hölzernen Tisch dar, sonst nichts. Seine Besonderheit bestand darin, daß der Maler über den Tisch und über die Goldstücke noch ein paar Fliegen gemalt hatte, so daß es aussah, als ob diese sich auf das Bild gesetzt hätten. Doris, Halliwells Frau, fand das Bildchen zwar eher geschmacklos, aber vergnüglich. *A conversation piece*, sagte sie, und das meinte einen jener Gegenstände, die um ihrer Ausgefallenheit willen Anlaß zu längeren Kommentaren geben und daher geeignet sind, Gesprächspausen auszufüllen. Anstelle einer Signatur trug das Bild nur die Initialen F.A.; Duzzi zufolge mußte es aus Venedig selbst stammen, da es sich um sehr genau wiedergegebene Goldstücke aus der Serenissima handelte. Sie trugen die Jahreszahl 1789, in welchem Jahr der letzte Doge von Venedig, Ludovico Manin, ernannt worden war. Das Bild war in ausgezeichnetem Zustand, und Halliwell erwarb es für ungefähr fünfzig Dollar.

Das Bild blieb im Wohnzimmer der Suite, die das junge Ehepaar im Hotel Danieli gemietet hatte, auf dem Tisch liegen, zusammen mit anderen Reiseeinkäufen, wie sie reiche Ausländer in Venedig zu machen pflegen: üppigen Stickereien aus dem Haus der Signora Asta in den Alten Prokurazien, Gläsern aus gebrochenem Muranoglas, goldverzierten Lederarbeiten und anderem Krimskrams.

Auf diesem ziemlich geräumigen Tisch pflegte man dem Ehepaar auch das Frühstück zu servieren. Wie an den vorangegangenen Tagen brachte der Zimmerkellner auch am Morgen nach dem Einkauf Tee und Kaffee, Hörnchen, Marmelade und eine Vase mit rosa Nel-

ken, die das Frühstückstablett schmückte. Als er das Tablett auf den Tisch stellen wollte, stolperte er über den Teppich und stieß die Vase um. Etwas von dem Wasser ergoß sich auch über das Bild.
»*Damn!*« schrie Halliwell der Dritte.
»Das macht nichts, es ist ja nur Wasser, ich werde es abwischen«, sagte Doris beschwichtigend, während der Kellner sich in Entschuldigungen erging.
Sie nahm das Bild mit ins Badezimmer, um das Wasser mit Hilfe von Zellstofftüchern abzutupfen. Plötzlich stieß sie immer lauter werdende Überraschungsrufe aus, was ihren Mann dazu veranlaßte, herbeizueilen.
Die Goldstücke auf dem Bild waren verschwunden. An ihrer Stelle erschienen deutlich erkennbare Zwiebelschalen, durchscheinend, rosig und an den Rändern zart ausgefranst. Der Rest des Bildes war um keinen Deut verändert.
»Unerhört! Teuflisch!« schrie der Amerikaner.
Sie eilten zu Duzzi.
Der Antiquar war so erstaunt, wie man nur sein konnte. Er rief seinen Mitarbeiter, und zu zweit untersuchten sie das Bild zuerst unter sehr hellem Licht und dann mit der Lupe. Dann rieben sie es energisch mit einem nassen Schwamm. Alles blieb, wie es war. Der Amerikaner schimpfte. Sie boten ihm an, das Bild zurückzukaufen, da sein Wert, alles in allem, nicht von den Summen herrührte, die darauf abgebildet gewesen waren. Doris Halliwell fand die ganze Angelegenheit reichlich mysteriös. Duzzi kaufte das Bild zurück. Später in Boston stellte ein Museumskonservator die Hypothese auf, daß die Goldstücke vielleicht über die Zwiebelschalen gemalt gewesen seien. Aber warum, wußte er nicht zu sagen.
Didi, die schwarze Hausangestellte der Halliwells, erinnerte sir daran, daß der Teufel seine Anhänger mit falschem Gold bezahlt, das sich nachher in Zwiebelschalen verwandelt. Aber in Amerika vergißt man dergleichen schnell.

6.

Angelottis Engel

Angelotti malte Engel aus Butter und Nougat, Putten vor allem, mit Flügeln aus Mandelcreme und von Wangengrübchen entstellten Gesichtern. Ihre Augen leuchteten wie frische Eidotter, ihre Arme und Beine sahen aus wie Würstchen, und sie saßen auf Wolken, die in allen Farben schillerten.
Der Mann selber dagegen, Zampiero Sacchetti, war ausgedörrt und dunkel wie Rebenholz.
Sobald er Matthias, den Barbarin vor sich herschob, wahrnahm, heftete er seinen finsteren, leicht geröteten Blick auf ihn wie ein Raubvogel auf die Beute. Welch blondes Haar! Welch nordische Blässe! Welch vornehme Haltung! Sacchetti hatte einige Mühe mit der Darstellung von Engeln, die dem Kindesalter entwachsen waren; es fiel ihm schwer, ihnen die richtige Haltung und den passenden, rätselhaften Ausdruck zu verleihen. Ein Votivbild der heiligen Cäcilie hatte ihm die Prinzessin Brankowitsch sogar zurückgeschickt, weil, wie sie nicht zu Unrecht sagte, der Verkündigungsengel darauf eher wie ein Dienstbote mit unsittlichen Absichten aussah. Nur einfache Mädchen aus dem Volk malte Angelotti mit wirklichem Vergnügen und in stattlicher Anzahl, aber einfache Mädchen aus dem Volk zahlen nicht für ihre Porträts. Matthias war das ideale Modell eines Engels.
»Lieber Sacchetti«, sagte Barbarin, »ich habe die Ehre, Sie mit Matthias Archenholz bekanntzumachen, einem Bittsteller von hoher Abkunft, der nichts lieber täte, als Ihnen zur Hand zu gehen.«
Sacchettis Miene drückte Enttäuschung aus; einen Gehilfen, der ihm die Farben mischte und das Atelier aufräumte, hatte er bereits. Aber Matthias sah wirklich wie ein Engel aus, und so zögerte er.
»Der Graf zeichnet schon sehr gut. Er hat ein unbarmherziges Porträt von mir angefertigt«, fügte Barbarin hinzu, um der Sache den Ausschlag zu geben.

»Er zeichnet, soso«, sagte Sacchetti zerstreut. »Hier wird aber nicht gezeichnet, sondern gemalt!«
Seine runden Augen hefteten sich erneut auf Matthias, und der Knabe hielt seinem Blick ruhig stand. »Nun gut, dann male mich mal!« Und er reichte Matthias zwei Pinsel und wies auf eine auf dem Tisch liegende Palette.
Barbarin schnitt eine Grimasse, und Matthias verzog den Mund: Er hatte noch nie Ölfarben und Pinsel benutzt.
»Ganz einfach«, sagte Sacchetti, »zuerst tauchst du das Ende des Pinsels in diese Mischung aus Öl und Terpentin hier, dann nimmst du ein wenig Farbe von der Palette und zeichnest wie mit der Feder. Da hast du ein Stück Leinwand«, sagte er und wies mit seinem knotigen Zeigefinger auf einen Stoffetzen, der auf ein Brett genagelt war. »Ich setze mich dorthin. Sagen Sie mir unterdessen, was es Neues gibt, Barbarin.«
»Zuerst mal zeichnen«, dachte Matthias, während er das Umbra für die Grundierung löste, so gut es ging. Mit klopfendem Herzen warf er Sacchettis Umrisse rasch auf die Leinwand. Umbra-Erde auch für die dunkelsten Stellen, die Schlagschatten, Sienarot für die Körperschatten, eine Abstufung mit flachem Borstenpinsel in Richtung der helleren Stellen; dann die vorstehenden Partien in hellem Braun und die Lichtreflexe auf der Nasenwurzel, die Wangenknochen und die Nasenflügel in Bleiweiß, gemischt mit Neapolitanisch-Gelb.
Der Gehilfe, ein rotgesichtiger Schlingel, der Matthias beobachtet hatte, stieß Überraschungsrufe aus.
»Meister Zampiero!« schrie er. »Sehen Sie nur! Das ist Ihnen wie aus dem Gesicht geschnitten!«
Sacchetti und Barbarin traten hinzu.
»Ah!« sagte Sacchetti nur.
»In der Tat!« meinte Barbarin.
»Wer hat dir das beigebracht?« fragte Sacchetti.
»Niemand.«
»Unmöglich«, sagte Sacchetti und durchbohrte den jungen Deutschen förmlich mit seinen Blicken.
»Mal mir einen Engel!« verlangte er.
»Ich habe noch nie einen gesehen.«
»Und die da?« fragte Sacchetti, indem er mit dem Finger auf die Ansammlung putziger Kerlchen im Hintergrund wies.

Beinahe starrköpfig wiederholte Matthias, daß er nur malen könne, was er sehe.
Aufgebracht marschierte Sacchetti einmal durchs Atelier.
»Ich habe es Ihnen ja gesagt!« beruhigte ihn Barbarin.
»Oje«, murmelte Sacchetti. »Gut, ich nehme ihn auf Probe. Drei Dukaten im Monat. Er kann mit Zanotti die Dachkammer teilen«, sagte er, mit dem Kinn auf den Gehilfen weisend.
»Mein lieber Sacchetti, ich bringe den Grafen zu Pellegrino, zu Fontebasso, zu Marieschi oder zu Tiepolo persönlich, und sein Glück ist gemacht!« rief Barbarin.
Matthias verfolgte den Handel mit Mißvergnügen. Er wußte nicht, wieviel drei Dukaten wert waren.
»Ich verspreche ihm außerdem eine jeweils auszuhandelnde Provision für die Werke, an denen er mitgearbeitet hat, und für die Zeit, die er mir Modell steht«, sagte Sacchetti fest. »Mehr kann ich nicht geben.«
»So ein schönes Modell!« seufzte Barbarin.
»Würden Sie sich bitte ausziehen?« verlangte Sacchetti. »Zanotti, hol mir den blauen Umhang!«
Matthias war verblüfft.
»Mich ausziehen?« fragte er.
»Ja«, erklärte Barbarin, »Angelotti will Ihrem Grafentitel noch den eines Engels hinzufügen!«
Matthias lachte. Unter den forschenden Blicken der drei anderen begann er, sich auszuziehen.
»Wie weiß seine Haut ist!« rief Barbarin. »Wie eine Lilie!«
Als Matthias in Unterhosen war, warf er den Umhang über, den Zanotti ihm hinhielt.
»Und jetzt die Palme!« rief Sacchetti. »Matthias, du bist der Engel, der der heiligen Cäcilie gerade die Schreckensnachricht von ihrem bevorstehenden Martyrium bringt. Denk an die ernste Botschaft, die du zu verkünden hast! Reich der Unglücklichen den Palmzweig, der ihr die Pforten des Paradieses öffnen wird!«
Matthias schloß einen Moment die Augen und hielt dann den Palmzweig mit einer zurückhaltenden Geste, während er die Lippen halb öffnete.
»Ha!« schrie Sacchetti so laut, daß Matthias zusammenfuhr. »Da sieht man, daß Engel Aristokraten sind! Es brauchte einen Grafen,

um zu verstehen, was ich sage! Schau nur, Zanotti, schau ganz genau hin, wie sich ein Engel benimmt!«
Sofort bereute er seinen Ausbruch. Er würde so den Preis in die Höhe treiben.
»Na, dann also abgemacht!« sagte er, um den Handel abzuschließen.
»Das muß der Graf entscheiden«, wandte Barbarin ein.
Sacchetti wandte sich zu Matthias um und bewunderte seine elfenbeinfarbene Schulter. Matthias in seinem nicht ganz sauberen Engelsgewand freute sich. Endlich hatte er etwas gefunden, was ihn von der Grobheit Rumpelschnickels, den Bayreuther Eitelkeiten und dem stumpfsinnigen Luxus im Palazzo Gradenigo befreite. Maler würde er sein, im Atelier eines Malers, Künstler und Modell zugleich!
»Ich bin einverstanden«, sagte er und senkte mit majestätischer Geste seinen Palmwedel.
Zanotti war vor lauter Bewunderung ganz verwirrt.
Matthias kleidete sich wieder an und machte sich auf den Weg zum Palazzo Gradenigo, um sein Gepäck zu holen. Der Graf war nicht zu Hause. Matthias hinterließ ihm eine Botschaft, in der er ihm seine neue Adresse beim Meister Angelotti in San Barnabà mitteilte und ihm für den freundlichen Empfang, seine Ratschläge und seine Freigebigkeit dankte. Zanotti half ihm, seinen *cassone* in die Gondel zu schaffen. Die Überfahrt würzte er mit Kommentaren zur Person Angelottis, die sich Matthias mit scheinbar zerstreuter Miene anhörte. Der Mann war kein schlechter Kerl, aber knauserig, etwas verbittert wegen der ewigen Engel, die er zu malen hatte, und ein schrecklicher Schürzenjäger.
»Wenn ich an all die Prügel denke, die er schon eingesteckt hat!« rief Zanotti lachend.
Auch Zanotti war kein schlechter Kerl. Kaum älter als Matthias, war er im Gegensatz zu diesem vulgär und ausgelassen. Er war Matthias vom ersten Augenblick an treu ergeben, und so würde er ihm ein guter Kamerad und Cicerone sein.
Die Dachkammer war spartanisch eingerichtet, aber hell und sauber. Außer dem Bett, einem Tisch und einem krummbeinigen Stuhl waren die einzigen Möbelstücke zwei oder drei Kleiderhaken, ein Weinkrug und ein Schinken, der von der Decke hing. Matthias be-

trachtete den Schinken. Zanotti hielt ihm sein Messer hin, aber Matthias schüttelte den Kopf. Dann schaute er auf das Bett, und Zanotti beeilte sich zu versichern, daß es ihm nichts ausmache, auf dem Boden zu schlafen.

Den *cassone* schoben sie unters Fenster. Zanotti brannte darauf zu erfahren, was er enthalten mochte.

»Wo kann man sich hier waschen?« fragte Matthias.

»Am Wasserhahn unten im Hof«, sagte Zanotti und wies durch das Fenster auf einen Brunnen.

Das Fenster ging auf einen kleinen Hof hinaus, in dem ein paar Knirpse herumtobten, aus denen Engel zu machen offensichtlich noch niemandem gelungen war. Matthias musterte die von Wäsche eingefaßten Fassaden der umliegenden Häuser und sah ein junges Mädchen, das gerade damit beschäftigt war, seine Wäscheleine um einige weitere Teile zu beschweren. Zu seinem Vergnügen erwiderte sie seinen Blick mit selbstbewußter Miene, bevor sie das Fenster schloß.

»Das ist Marisa«, sagte Zanotti. »Sie ist noch Jungfrau.«

Diese Information mißfiel Matthias, weil sie ihm indiskret erschien.

»Du wirst wohl nicht in diesem Aufzug arbeiten wollen«, bemerkte Zanotti gelassen. »Du brauchst andere Kleider. Strümpfe, die leicht zu waschen sind, Sandalen und Hemden aus grober Leinwand.« Zusammen bummelten sie über die *Merceria*, wo Zanotti alles auf Kredit kaufen konnte. Matthias hatte das Geld mitgenommen, das ihm Archenholz gegeben hatte. Da der Graf die Reisekosten bis Bayreuth im voraus bezahlt hatte und Westermark den Weg von Bayreuth nach Venedig, hatte Matthias fast noch nichts ausgegeben. So lud er Zanotti zum Essen ein, worüber dieser vor Freude errötete. Anschließend kehrten sie zurück in ihre Dachkammer.

Am ersten Nachmittag lernte Matthias nichts, da er für den von der Prinzessin Brankowitsch zurückgeschickten Engel Modell stehen mußte. Er beobachtete aber Sacchetti beim Mischen der Farben und stellte dabei fest, daß dieser die Schatten des Kleides in Rotbraun malte. Darauf wäre er nie gekommen, da für ihn die Schatten eines blauen Kleides ganz einfach ebenfalls blau waren, nur dunkler.

Als die Sonne unterging, wurde das Atelier geschlossen. Sacchetti

wünschte den beiden Knaben einen guten Abend und verschwand.
Zanotti räumte das Atelier auf und verkündete, daß Sacchetti jetzt durch die Kneipen ziehen werde.
»Ist er denn nicht verheiratet?« fragte Matthias, während er Zanotti zur Hand ging.
»Doch, dreimal im Monat«, meinte Zanotti lachend.
Matthias ging sich waschen. Im Hof war es finster, und so zog er sich aus. Plötzlich fühlte er sich beobachtet. Er hob die Augen und bemerkte hinter dem Fenster, an dem er Marisa gesehen hatte, eine Gestalt. Sich ihrerseits ertappt fühlend, zog diese sich hastig zurück. Matthias beeilte sich mit dem Abtrocknen und kleidete sich dann leicht verwirrt wieder an.
Am nächsten Morgen lernte er hinzu, daß Sacchetti vor dem Auftrag der Farben die Leinwand von Zanotti rotbraun grundieren ließ. Warum das? Weil dadurch die Farben nachher wärmer erschienen, erklärte der Meister. Matthias erfuhr auch, daß Marisa sich bei Zanotti nach ihm erkundigt hatte. Der Gehilfe schien daraufhin recht redselig gewesen zu sein.
Der nächste Tag war ein Sonntag, und Sacchetti öffnete sein Atelier nur am Nachmittag, um Besucher zu empfangen. Morgens hatte Zanotti Matthias gedrängt, mit ihm die Messe in San Barnabà zu besuchen. Matthias hatte nicht gewagt zu sagen, daß er Protestant sei, und war so mitgegangen.
Was für ein Schauspiel! Mit den nüchternen Kirchenräumen von Berlin hatte das nichts zu tun. Marmor, Statuen, vergoldete Schnitzereien, Weihrauch, Orgelmusik und Chorgesang: Matthias war zutiefst erstaunt und vermied vorsichtig den Empfang der heiligen Kommunion.
»Das nächste Mal mußt du beichten gehen!« flüsterte Zanotti. »Du brauchst ja nicht alles zu sagen.«
Matthias war empört. Was mochte Gott von diesem heuchlerischen Theater halten? Aber er konnte nicht glauben, daß der Herr der Sterne sich um diesen Ameisenhaufen kümmerte. Endlich war der Gottesdienst zu Ende, und unter Orgel- und Violinklängen verließen sie die Kirche. Ein blauer Blick streifte die Menge; Matthias suchte ihn unter den schwarzen Kapuzenmänteln und konnte ihn nicht wiederfinden. Er wußte, daß es Marisas Blick gewesen war.

War es die da? Oder jene? Er konnte es nicht sagen, von ihren *tabarros* umhüllt sahen alle Männer gleich aus, und die Frauen mit ihren schwarzen Kapuzen auch. Aber immerhin, sie hatte ihn angeblickt. Am Nachmittag machte er einen Rundgang durch die Stadt, in der er unter dem Titel eines Engels sein vorläufiges Zuhause gefunden hatte. Er begann mit der Frari-Kirche, eher ein Kirchengemisch aus vier verschiedenen Jahrhunderten und einander widersprechenden Stilrichtungen, die in einen braunrosa Grundton zusammenflossen. Außer dem Balkon. Der Balkon! Er war über einem Grab angebracht, aus weißem Marmor, und über die Brüstung beugte sich ein Skelett aus schwarzer Bronze ... Matthias wich in köstlichem Erschrecken zurück. Der Tod streckte dem Vorübergehenden eine mit Inschriften bedeckte Tafel entgegen; Matthias wagte nicht, sie zu lesen, aus Angst, ein fürchterliches Gesetz, ein verbotenes Geheimnis oder eine Verkündigung zu entziffern, die ihn für den Rest seiner Tage mit Entsetzen schlagen würde. Eilig stürzte er hinaus und fand sich inmitten einer großen Schar von Katzen wieder.

7.

Marisa

Als Matthias sich dem Atelier näherte, bemerkte er auf der Gasse zwei in ihre Umhänge gehüllte Diener; zwei weitere warteten in einer reichgeschmückten Gondel, und drei Schritte von ihnen entfernt drängelten sich ein paar Neugierige vor der Tür des Ateliers. Er drückte sich durch die Hintertür ins Haus und stieg auf die Galerie, von der aus man das Atelier überblicken konnte, um den vornehmen Besucher zu sehen, der Sacchetti mit seiner Anwesenheit beehrte. Eine alte, aufgeputzte Dame bildeten den Mittelpunkt der kleinen Versammlung, der außer ihr noch zwei jüngere Frauen und zwei Herren angehörten, die, ihren seidenen Beinkleidern und ihren sorgfältig gepuderten Perücken nach zu urteilen, ebenfalls von Stand sein mußten.
»Ah!« rief die alte Dame mit fester Stimme. »Das ist endlich mal ein Engel, der seinen Namen verdient, lieber Sacchetti! Ich wünsche Ihnen, daß der, der Ihnen eines Tages die Pforten zum Paradies öffnen wird, genauso schön ist. So haben also meine kritischen Einwände Ihre Phantasie beflügelt!«
Das mußte die Prinzessin Brankowitsch sein, von der Zanotti gesprochen hatte. Matthias errötete vor Vergnügen.
»Es liegt daran, daß er nicht wie ein Bursche aus dem Volk aussieht«, meinte die Prinzessin nachdenklich. »Wo haben Sie ein solches Modell gefunden?«
Sacchetti schwor, daß einzig die kritischen Anmerkungen seiner Kundin ihn zu diesem Engel inspiriert hätten. »So ein Schuft!« dachte Matthias. Zuerst wollte er ins Atelier hinuntersteigen, um den Lügner zu entlarven, aber dann besann er sich anders. Er würde schon noch eine Gelegenheit finden, sich für diese Verleugnung seiner leiblichen Existenz zu rächen.
Er ging Zanotti suchen, um ihm von seinem Verdruß und von Sac-

chettis Lüge zu erzählen, konnte ihn aber nicht finden. Er versuchte, sich ein wenig auszuruhen, aber seine Gedanken kehrten immer wieder zu Marisa zurück. Da es allmählich dunkel wurde und außerdem ein Gewitter drohte, beschloß er, sich waschen zu gehen. Wie gewohnt zog er sich vollständig aus und drehte den Kopf von Zeit zu Zeit in Richtung von Marisas Fenster, um zu sehen, ob sie nicht käme. Sie kam nicht. Er beendete seine Waschungen und trocknete sich hastig ab, da der Himmel bereits von Blitzen erhellt wurde. Da erschien Marisa schließlich doch noch, um ebenso eilig ihre Wäsche einzusammeln. Sie bemerkte ihn und sah ihm zu, während ihre Hände die Wäscheleinen hinauf- und hinabliefen wie die Hände der heiligen Cäcilie die Tasten ihres Klaviers. Er wurde von Erregung gepackt und suchte nach der Tür des Hauses, in dem sie die dritte Etage bewohnte. Er mußte aber erst den Häuserblock umrunden und eine übelriechende Gasse betreten, in der er einen kleinen Jungen umrannte, der gerade in eine Toreinfahrt pinkelte. Endlich fand er die Tür, und all seinen Mut zusammennehmend, erklomm er die enge Treppe, immer vier Stufen auf einmal. Ganz außer Atem klopfte er an die Wohnungstür. Sie öffnete und war verblüfft.

»Nicht ...« flüsterte sie.

Aber da war er schon eingetreten.

»Marisa!« rief er, als ob dieser Ausruf hinreichend erklärte, was in ihm vorging.

»Du kennst ja meinen Namen!«

Dann brach sie in ein dummes, nervöses Gelächter aus, das ihn in Wut versetzte.

»Warum lachst du?« fragte er und packte sie bei den Handgelenken.

»Ein Ehrenmann ...« begann sie.

Aber die Berührung ihrer Haut ließ Matthias die Beherrschung verlieren. Er zog sie an den Handgelenken zu sich heran. Sie stolperte, und nur mit Mühe konnte er sie festhalten, da sie größer und stärker war als er. Endlich sah er das aus der Ferne begehrte Gesicht in nächster Nähe, die grauen Augen und die roten Lippen. Sie versuchte, ihn wegzustoßen, aber nur schwach. Er zog sie noch näher zu sich heran und küßte sie rasch, mit einer Heftigkeit, die ihn selbst überraschte. Zuerst wehrte sie sich und hielt den Mund ge-

schlossen, dann aber öffnete sie die Lippen und erwiderte seine Umarmung.
Plötzlich fiel ihm voller Schreck ein, daß sie Eltern haben mußte, die jeden Augenblick zur Tür hereinkommen und ihm eine Tracht Prügel versetzten konnten. Er hob den Kopf und blickte über ihre Schulter.
»Sie sind zur Vesper gegangen«, murmelte sie.
Er zog sie erneut zu sich heran, um den unterbrochenen Kuß wiederaufzunehmen.
»Nein!« sagte sie mit erstickter Stimme.
Aber Matthias' Erregung hatte ihre Wirkung nicht verfehlt. Jetzt war es Marisa, die nach Luft rang. Er zog an der Schnur ihres Korsetts. Es ging auf, und zwei kleine Brüste kamen zum Vorschein. Er nahm eine in jede Hand und war verblüfft über die zarte Festigkeit dieser Dinger. Wie ohnmächtig schloß sie die Augen. Daraufhin wagte er eine Geste, die er nur einmal, im Gang einer Herberge, flüchtig gesehen hatte: Er faßte ihr unter den Rock.
»Nein!« sagte sie, aber die Anstrengungen, die sie zu ihrer Verteidigung unternahm, waren noch schwächer als zuvor. Er tastete sich weiter vor und verirrte sich in den rätselhaften Falten ihrer Kleider. Seine Finger erkannten den Nabel, glitten weiter und fanden weiter unten ein flaumiges Kissen. Sie stieß einen kleinen Schrei aus. Er schob seine Hand noch weiter nach unten, und ein weiterer, erstickter Schrei wurde hörbar. Er liebkoste leidenschaftlich ihr Geschlecht, zog ihren widerstandslosen Körper vollends an sich und umarmte das Mädchen, während die zärtlichen Bewegungen seiner Finger allmählich präziser wurden. Sie stöhnte, riß sich los und zeigte auf eine Tür.
»Mein Zimmer«, sagte sie.
Sie stolperten einer über den anderen. Kaum hatten sie die Tür hinter sich geschlossen, als er ihr schon das Korsett herunterriß, während sie den Rock zu Boden fallen ließ.
»Ich bin verflucht«, murmelte sie und ließ sich auf den knirschenden Strohsack fallen, den sie als Bett benutzte. Er verschlang sie mit dem Mund und mit den Händen. Sie stieß seltsame kleine Schreie aus, während ihr Körper sich zusammenkrümmte.
»Marisa«, murmelte er. Er knöpfte sich die Hosen auf und schickte sich an, sie in Besitz zu nehmen.

»Ich bin Jungfrau!« sagte sie.
Aber die Worte wirbelten davon wie Papierschnitzel im Sturm. Er drang in sie ein, ohne selbst recht zu wissen, was er tat. Sie schrie auf, und verzweifelt drückte er sie an sich. Der Orgasmus schüttelte ihn wie einen Grashalm. Er preßte seinen Mund auf den ihren, und sie umschlang ihn.
»Geh!« sagte sie. »Es könnte jemand kommen. Geh!«
»Wir sehen uns heute abend«, sagte er, ohne sich von ihr losreißen zu können.
»Heute abend!« rief sie und stieß ihn weg.
»Heute abend! Bei mir!«
Betäubt verließ er das Haus und irrte durch die vom Regen aufgeweichten Gassen wie ein Besessener. Besessen davon, daß er sie besessen hatte. Seine Einbildungskraft wiederholte seinem ungläubigen Geist die Gesten, die er ausgeführt und empfangen hatte. Das einzige Mittel, ihre Wirklichkeit zu überprüfen, war die Wiederholung. Sie mußte kommen, es konnte nicht anders sein. Ihre Brüste, ihre Lippen, ihr Geschlecht, ihre unendliche Zärtlichkeit, ja, jene Zärtlichkeit, die ihm gefehlt hatte — das verstand er jetzt: Wie hatte er nur leben können ohne diese Zärtlichkeit der Haut und der ineinanderfließenden Bewegungen? Und der Rausch, der ihn ergriffen hatte! Wie kam es, daß ein anderer Körper diese seelische Erregung verursachte? Sogar derjenige eines Westermark! Sogar ...
Die Lebhaftigkeit seiner Gedanken erschöpfte ihn. Er betrat ein Etablissement am Rialto und verlangte einen Kaffee, denn er begann, dieses Getränk allmählich zu schätzen. Der bittere Geschmack zerstreute ihn etwas, führte aber schließlich seine Gedanken zu Marisa zurück. Ob sie wohl Kaffee trank? Was würde sie in diesem Augenblick von einem Kaffee halten? Und warum war sie jetzt nicht bei ihm?
Die Trunkenheit setzte sich in ihm ab wie schwerer Likör. Die Nebel der Leidenschaft verflüchtigten sich vor der Kälte seiner Gedanken. Dann wurde seine Begierde ruhiger und zugleich tiefer. Er beschloß, nach Hause zu gehen.
Zanotti hockte mit ein paar jungen Leuten unter einer Laterne beim Würfelspiel. Als er Matthias sah, erfaßte er mit der Schnelligkeit des betrogenen Liebhabers sofort dessen innere Erregung. Er ließ seine Würfel Würfel sein und stürzte Matthias mit sorgenvoller Miene entgegen.

»Zanotti!« rief Matthias und packte den Jungen am Handgelenk.
»Ein Unglück?« fragte Zanotti alarmiert. »Ein Unglück!«
»Nein, Zanotti!« rief Matthias.
»Was denn?« fragte der andere mit schriller Stimme. »So sag doch!« Er packte Matthias an den Schultern.
Matthias schloß die Augen und schüttelte den Kopf.
»Ich habe Marisa gehabt«, sagte Matthias kaum hörbar.
Es wurde Nacht. Zanotti blickte Matthias von unten herauf an, aus der Fassung gebracht und fragend, zweifelsohne auch eifersüchtig, aber er wußte nicht, auf wen. Er ließ Matthias los.
»Wann?« fragte Zanotti.
»Heute nachmittag.«
»Ganz?«
»Ganz. O Zanotti! Und heute abend!«
»Was heute abend?«
»Kommt sie zu mir!«
Mit gesenkten Köpfen machten sie ein paar Schritte.
»Ich geh woandershin schlafen«, sagte Zanotti.
»Nein ... wenn ... Zanotti, wenn sie nun aber nicht kommt?«
»Also was jetzt? Kommt sie, oder kommt sie nicht?«
»Woher soll ich das wissen?«
»Du spinnst«, sagte Zanotti. »Und ihre Eltern?«
Matthias zuckte die Achseln.
Es sei Zeit fürs Abendessen, meinte Zanotti. Das würde die Nerven beruhigen. Matthias hatte keinen Hunger, aber Zanotti blieb hart. Also gingen sie essen. Matthias stocherte schweigend und nachdenklich in seinen Fischpastetchen herum und trank dazu unmäßig.
»Ich werde ein, zwei Stunden schlafen«, sagte er schließlich. »Komm mich wecken, damit ich wieder munter werde«, fügte er mit unbewußter Grausamkeit hinzu. Er verstand nicht, warum Zanotti ihn vorwurfsvoll ansah. »Komm!«
Kaum hatte Matthias sich hingelegt, war er auch schon eingeschlafen. Als er aufwachte, war das Zimmer in Dunkelheit getaucht, und Zanotti kniete zu seinen Füßen.
»Wie spät ist es denn? Ist niemand gekommen?«
»Es hat gerade acht Uhr geschlagen. Nein, gekommen ist niemand.«

Matthias stand auf und nahm einen großen Schluck Wein aus dem Tonkrug, der auf dem Fensterbrett stand. Zanotti zündete eine Kerze an.
»Was soll ich jetzt tun?« fragte Matthias.
»Wie hätte sie auch kommen können?« fragte Zanotti. »Ihre Familie ist doch da.«
»Sie hätte kommen *müssen*«, murmelte Matthias hartnäckig.
»Sie wollte, aber sie konnte nicht«, meinte Zanotti.
Matthias ging zum Fenster und lehnte sich hinaus, um hinüberzublicken. Hinter Marisas Fenster bewegte sich undeutlich ein gelbes Licht. Der Himmel war jetzt klar. Mehrmals rief er ihren Namen; umsonst. Er lief im Zimmer auf und ab.
»Ohne sie schlafe ich nicht«, sagte er.
Zanotti hob den Kopf. Er sah ernst aus, und in seinen braunen Augen war Unruhe zu erkennen.
»Morgen wirst du sie sehen. Bist du denn gar nicht müde?«
Matthias schüttelte den Kopf und ging zur Tür.
»Wohin gehst du?« fragte Zanotti.
»Zu ihr.«
»Um Himmels willen!« rief Zanotti. »Willst du dich unbedingt von ihrer Familie verprügeln lassen?«
Matthias öffnete die Tür und rannte, gefolgt von Zanotti, die Treppe hinab. Sie erreichten den Hof, wo Matthias sich vor die dunkle Fassade stellte und zum Fenster hinaufsah.
»Ruf nicht mehr!« flehte Zanotti. »Du alarmierst die ganze Nachbarschaft!«
Matthias, der ihn gar nicht zu hören schien, klopfte die Regenrinne ab, die vom Dach bis in den Abfluß unten vor dem Haus reichte. Er rüttelte daran; sie hielt. In Höhe der dritten Etage, wo Marisa wohnte, gab es einen Mauervorsprung. Matthias klammerte sich an die Regenrinne wie ein Affe und stemmte die Füße gegen die Wand.
»Matthias, du spinnst!« flüsterte Zanotti angstvoll und bewundernd zugleich. Matthias kletterte weiter. Zanotti stellte sich unter die Regenrinne, bereit, mit seinen Armen einen deutschen Grafen aufzufangen. Als er den Mauervorsprung im dritten Stock erreicht hatte, schöpfte Matthias einen Augenblick Atem, besorgt, daß seine mageren Oberarme kurz vor dem Ziel versagen könnten. Dann hielt er

sich mit der einen Hand an der Dachrinne fest und streckte die andere nach der begehrten Fensterbank aus. Zwei Schritte trennten ihn von der Stelle, an der er diese mit hinreichender Sicherheit würde umklammern können. Zwei Schritte, während deren ihn nichts hielt als vier Finger auf der Fensterbank und ein Fuß auf dem schmalen Mauervorsprung. Starr vor Entsetzen beobachtete Zanotti jeden seiner Bewegungsversuche. Plötzlich erreichte Matthias das Fenster mit einem Satz, stemmte sich auf die Fensterbank, griff hinein und öffnete das angelehnte Fenster mit dem Kopf, zog die Füße nach und verschwand im Zimmer.

Marisa lag im Bett. Sie öffnete den Mund zu einem stummen »Oh!« und riß vor Staunen die Augen auf. Matthias blies die Kerze aus und warf sich über sie.

»Wie ...« flüsterte sie, aber er verschloß ihr die Lippen. Sie stand auf, um die Tür zu verriegeln. Er legte seine Kleider ab und zog ihr das Nachthemd aus grober Leinwand über den Kopf. Endlich spürte er die zärtlichen Frauenhände in seinen Haaren, auf dem Oberkörper, auf dem Rücken, an den Oberschenkeln und am Geschlecht, und, mehr noch, die Wärme ihres nackten Körpers, nach dem er sich wenige Stunden zuvor noch so heftig gesehnt hatte und den sie jetzt gegen den seinen drückte. Und keine Spur von Widerstand mehr! Er überschüttete sie mit Zärtlichkeiten, die sie unbeholfen erwiderte. Endlich fand er die Nahrung, die er brauchte! Endlich floß die Milch der Welt auch in seinen Mund! Es schlug vier.

»Geh!« sagte sie mit unhörbarer Stimme.

Er hatte Angst. Seine Kräfte waren erschöpft. Den Rückweg durchs Fenster zu nehmen war mehr als gefährlich.

»Die Tür«, sagte sie. »Sie wachen erst in einer Stunde auf.«

Er schlich auf nackten Füßen hinaus und kam ebenso zu Hause an. Zanotti war wach. Matthias warf seine Kleider auf einen Haufen. Zanotti sammelte sie ein, hängte sie auf und kauerte sich ans Fußende des Bettes. Matthias schlief bereits. Zanotti küßte ihm die Füße.

8.

Die Entführung

Das kalte Novemberlicht fiel von Norden her durch die hohen Fenster des Ateliers.

»Um eine Figur zu entwerfen, skizziert man sie zuerst mit einer Mischung aus Umbra und Öl, mit leichten Pinselstrichen, ohne zuviel Farbe aufzutragen. Dann beginnt man mit den sichtbaren Hautpartien. Dafür nimmt man am besten Neapolitanisch-Gelb, gemischt mit einem Hauch Rotbraun zum Aufwärmen. Zuviel Rotbraun darf es aber nicht sein, denn auch die Grundierung mit Ocker verleiht ja schon Wärme. Die Körperschatten — weißt du, was Körperschatten sind?« fragte er, indem er mit seiner knochigen Nase auf Matthias deutete.

»Das sind die eigenen Schatten eines Gegenstandes, dort, wo er nicht beleuchtet ist. Sie sind immer heller als die Schlagschatten, die ein Gegenstand auf einen anderen wirft.«

»Sehr gut«, sagte der Maler. »Trotzdem kann mir niemand weismachen, daß du nicht schon irgendwo Unterricht genommen hast. Die Körperschatten also malen wir diesmal in Rotbraun, gemischt mit einem Hauch Neapolitanisch-Gelb. Für die Schlagschatten nehmen wir mit Rotbraun mattierte Umbra-Erde. Wenn es sich um eine freundliche Szene bei klarem Wetter handelt, ist es besser, die Körperschatten nicht zu übertreiben, wie es die Genueser tun, was ihre Malerei so ausgesprochen dramatisch macht. Um die Haut seidig erscheinen zu lassen, verteilt man darauf zum Schluß mit der Pinselspitze vorsichtig und sparsam ein paar Tupfer Bleiweiß. Dann geht man zum Hintergrund über. Es gibt auch Maler, die damit anfangen. Ich kann aber nicht dazu raten. Wenn man mit dem Hintergrund anfängt, läßt man sich leicht zu chromatischen Spielereien hinreißen und hat nachher Mühe, die Figuren hervorzuheben. Dann neigt man dazu, ihre Umrisse allzustark zu betonen. Wenn man dagegen mit den Figuren beginnt, hält man sich mit dem Hintergrund an die Töne und Werte, die geeignet sind, sie ins rechte Licht zu setzen. Dann kommen die Kleider. Unwissende glauben, daß man ein blaues Gewand mit Schatten versieht, indem man Schwarz hineinmischt. Das sieht aber nur leblos aus. Eine warme und dunkle Färbung erzielt man dagegen zum Beispiel mit Umbra-Erde, dasselbe gilt für rote, grüne und gelbe Schatten. Weiß dagegen ist schrecklich zu malen. Seine Schatten können warm oder kalt, blau, golden oder hellbraun sein; alles hängt von den umgebenden Lichtreflexen ab. Engelsgewänder haben kalte Schatten, die Kleider von adligen Damen haben goldene Schatten in freier Luft und drinnen hellbraune. Wenn alles fertig ist, rundet man die Sache ab, indem man mit einem feinen Pinsel die Umrisse der Figur noch einmal nachzeichnet und sie dann mit einem flachen Borstenpinsel wieder leicht verwischt. Sonderfälle behandeln wir das nächste Mal.«

Angelotti schenkte sich ein randvolles Glas Samoswein ein und schlug vor, Matthias' Können an einem Porträt von Zanotti zu überprüfen. Der wurde vor Freude und Erwartung ganz rot. Der Meister stellte ein mit Leinwand überzogenes Brett auf die Staffelei und verließ das Atelier, um sich nach jüdischer Art einen Käse überbacken zu lassen.

Eine halbe Stunde später kam er wieder. Er kaute noch an seinem Käse, den er zwischen zwei Brotscheiben geklemmt hatte. Matthias beendete gerade das Porträt, und Zanotti saß noch wie versteinert auf einem Hocker.

»Was ist denn das?« rief Sacchetti aus. »Was ist denn das für eine Art zu malen? Mit so einem breiten Borstenpinsel?«

»Das sieht doch lebhafter aus, nicht wahr?« fragte Matthias, ohne sich umzudrehen, und malte, in einer Mischung aus Zinnoberrot und Braun, weiter an Zanottis kurvenreichem Mund.

Mit gerunzelter Stirn betrachtete Sacchetti aufmerksam das Bild.

»Warum hast du das Gesicht nicht mit Neapolitanisch-Gelb gemalt? Was ist das für eine Farbe?«

»Zanotti ist ganz verbrannt von der Sonne. Ich habe eine Mischung aus Sienarot, Weiß und Zinnoberrot genommen. Das ist doch seine Hautfarbe, oder etwa nicht?«

»Und dieser Lichtreflex hier?«

»Aber der ist doch da, sehen Sie ihn nicht? Das Licht, das auf den Fußboden fällt, beleuchtet sein Kinn und und seinen Unterkiefer.«
Matthias drehte sich zu Sacchetti herum, der verärgert wirkte.
»Und womit hast du den gemalt, diesen Lichtreflex?«
»Mit einem Hauch Hellblau, abgetönt mit Sienarot.«
»Wo hast du das alles gelernt?«
»Überall. Ich habe nur genau hingesehen. Sind Sie unzufrieden?«
»Du hörst nicht auf das, was ich dir sage«, brummte Sacchetti, während er das letzte Stück von seinem Käse aß.
»Doch, Meister, aber Sie haben von Engeln und adligen Damen gesprochen! Zanotti ist weder das eine noch das andere.«
Zanotti löste sich aus seiner Erstarrung, um das Bild zu betrachten.
»Mamma mia!« rief er und schlug die Hände zusammen. »Der hat gut reden! Aber das bin ich, das ist mir wie aus dem Gesicht geschnitten!« Und er wandte Matthias ein Gesicht zu, auf dem grenzenloses Erstaunen zu lesen war.
Sacchetti wirkte nachdenklich und zündete sich ein Zigarillo an.
»Jetzt heißt es Zeichnen lernen!«
»Wird er zu Meister Tiepolo in die Lehre gehen?« fragte Zanotti begeistert.
»Nein, er wird hier lernen. Du wirst ihm Modell stehen«, sagte Sacchetti und zog an seiner Zigarre. »Es sind noch zwei Schüler da, die mich gebeten haben, ihnen Zeichenunterricht zu geben.«
»So viele Porträts!« rief Zanotti den Engeln zu.
»Werden wir denn kein weibliches Modell haben?« fragte Matthias.
Sacchetti begann zu lachen und antwortete, daß die Anatomie der beiden Geschlechter bis auf wenige Details dieselbe sei.
»Die Hüften der Frauen sind breiter, Gott sei Dank, und die Fettpolster sind gleichmäßiger verteilt, wodurch die Konturen weicher werden. Die Brüste setzt man kunstvoll auf die Brustmuskeln. Die Hände und Füße sind kleiner, und aus konventionellen Gründen malt man die Gelenke zarter. Das sind Kunstgriffe, die man mit der Erfahrung lernt«, fügte er in leicht spöttischem Tonfall hinzu.
Der November war fast zu Ende und heftige Regenfälle gingen nieder. Der Himmel war immer öfter in graue Wolltücher gehüllt, die ins Violette hinüberspielten und metallische Lichtreflexe auf die Lagune warfen. Die Gondeln, Krummschwerter, die auf ihren Klingen balancierten, glänzten im Regen und waren jetzt im Winter mit

Kabinen versehen, deren Fenster rote Vorhänge schmückten. Santa Maria della Salute erhob sich hinter dem äußersten Ende der Giudecca wie eine Erscheinung. Venedig trug Trauerkleider, und trotzdem war Matthias ganz erfüllt von dieser Stadt, die das heimische Preußen in seinem Herzen verdrängt hatte. Venedig war Marisa, und Marisa war die Welt. In wenigen Jahren, daran hatte Matthias nicht den geringsten Zweifel, würde er Marisa heiraten. Vielleicht hätte er dann schon ein eigenes Atelier und würde auf eigene Rechnung arbeiten. So ertrug er willig die eisigen Winde, die um die Straßenecken tobten, die Feuchtigkeit, die aus der Dachkammer kaum zu vertreiben war, und den ekelerregenden Gestank, der manchmal aus den Kanälen aufstieg.
Ab und zu vermißte er die Gräfin Archenholz und hatte ein schlechtes Gewissen, daß er seit seiner Abreise aus Berlin kein Lebenszeichen von sich gegeben hatte. Aber man würde sicher in Venedig nach ihm suchen lassen, und schon die bloße Vorstellung einer Rückkehr an den Hof von Bayreuth verursachte ihm Alpträume. Er hoffte, daß Westermark den Mund halten würde.
Westermark mußte ihn wohl halten, denn eines Morgens wurde Matthias zum Grafen Gradenigo gebeten. Da Sacchetti selbst von dem im übrigen sehr höflich formulierten Ansuchen, das ein Diener im Namen des Grafen überbrachte, beunruhigt war, erlaubte er Matthias, sich sofort auf den Weg zu machen. Zusammen mit dem Diener ging er fort.
»Ich habe Neuigkeiten für Sie, die Sie interessieren dürften«, sagte der Graf nach den üblichen Höflichkeitsfloskeln und sah seinen jungen Besucher aus runden Augen an.
Matthias wurde blaß. Er wurde nach Deutschland zurückgerufen!
»Westermark ist tot«, verkündete Gradenigo. »Ein Kurier, der gestern hier vorbeikam, hat es beiläufig erwähnt. Er ist vergiftet worden. Eine Untersuchung findet noch statt, aber ich fürchte, sie wird nichts an den Tag bringen. Ihre plötzliche Blässe verrät Unruhe. Sie sind auf der Flucht, nicht wahr?«
Matthias geriet in Aufruhr.
»Fürchten Sie nichts. Venedig ist eine freie Stadt. Solange nicht ein Sonderbeauftragter von den Behörden Ihre Auslieferung fordert, sind Sie hier in Sicherheit. Was mich betrifft, so kümmere ich mich nicht um dergleichen. Nehmen Sie aber zur Kenntnis, daß Venedig

über eine bemerkenswert tüchtige Polizei verfügt. Ihre Zivilbeamten spionieren die ganze Bevölkerung aus, und da Sie bei Ihrer Ankunft zuerst zu mir gekommen sind und außerdem fremd aussehen, weiß sie, daß es zwischen uns eine Verbindung gibt, so lose sie auch sein mag. Gestern ist ein Polizeiagent hier gewesen und hat mir einen Bericht über Ihre Aktivitäten in San Bartolomeo bei Angelotti angeboten. Da ich sie für unschuldig halte, habe ich aber abgelehnt.«
Matthias wunderte sich. Was mochte die Polizei wohl wissen?
»Sie haben eine Familie in Berlin. Weiß die, wo Sie sind?«
»Nein. Sie würde mich sicherlich suchen lassen, und ich will nicht nach Berlin zurück. Auch nicht nach Bayreuth. In gewisser Weise waren diese Menschen gut zu mir, aber es sind nicht meine richtigen Eltern.«
»Kennen Sie die denn?«
»Nein. Ich weiß nur, daß meine Mutter bei meiner Geburt gestorben ist. Daraufhin haben mich die Archenholz adoptiert.«
»Und Ihr Vater?«
»Keine Ahnung.«
»Westermark schreibt in seinem Brief, daß Sie von hoher Abstammung sind.«
»Also ein Bastard«, sagte Matthias.
Gradenigo seufzte, die Augen auf sein Gegenüber geheftet.
»Ich beglückwünsche Sie zu Ihrem Mangel an Eitelkeit. Bastard von hoher Abstammung, das ist schließlich kein Makel«, sagte er.
»Ein Bastard ohne förmliche Anerkennung und ohne Geld, das ist ganz einfach ein Bastard ohne Eltern.«
»Für Ihr Alter sind Sie ganz schön reif«, sagte Gradenigo. »Haben Sie keine Idee, wer Ihr Vater sein könnte? Vielleicht ...«
Seine sommersprossige Hand deutete eine vage Bewegung an.
»Er hat mich nicht anerkannt, also erkenne ich ihn auch nicht an. Im übrigen würde mir eine hohe Abstammung sicher Feinde einbringen. Ich lasse lieber alles, wie es ist.«
Über soviel Scharfblick war Gradenigo verblüfft.
»Westermark kannte Ihre Herkunft, wie Ihre Adoptiveltern und sicher auch die Fürsten von Ansbach-Bayreuth. Westermark hat sein Geheimnis mit ins Grab genommen. Sicher haben Sie recht, wenn Sie die ganze Sache vergessen. Meinen Sie aber nicht, daß es geboten wäre, Graf Archenholz ein Lebenszeichen zukommen zu lassen?«

Matthias überlegte.
»Ich bin sicher, daß sie nicht wissen, wo ich bin.«
»Ich gebe Ihnen mein Wort«, sagte Gradenigo. »Ich werde Ihre Botschaft durch einen russischen Kurier überbringen lassen, um alle Gerüchte zu zerstreuen.«
»In diesem Fall werde ich Ihnen zwei Briefe mitgeben, einen an meine Eltern und den anderen an meinen Hauslehrer, Abraham von Provens.«
Gradenigo nickte.
»Was suchen Sie?« fragte er schließlich. »Sie sind allein in einer unbekannten Stadt. Aus welchen Quellen schöpfen Sie das Öl für Ihre Lampe?«
»Aus der Kunst. Und aus der Liebe.«
Sofort bereute er dieses Geständnis. Und wirklich runzelte Gradenigo bereits die Stirn.
»Aus der Liebe!« rief er. »Ich warne Sie!« fügte er lebhaft hinzu.
»Ist das in Venedig verboten?«
»Ein Ausländer in Ihrem Alter . . . Seien Sie nur auf der Hut!«
»Vor der Liebe?«
»Vor den Frauen, vor den Männern und vor den Folgen.«
Matthias bedankte sich, und der Graf stand auf.
»Wenn Sie vorhaben, länger in Venedig zu bleiben«, sagte Gradenigo, »wäre es sicher bequemer für Sie, wenn Sie das Stadtrecht erwürben. Da Sie dafür einen Bürgen brauchen, biete ich Ihnen hiermit, sollte es nötig werden, meine Bürgschaft an.«
»Sie sind zu freundlich, Graf. Zu freundlich zu einem ausgerissenen Pagen, der Ihnen von einem zwielichtigen Kammerherrn empfohlen wurde«, antwortete Matthias schon von der Tür her.
»Sie können mir vertrauen. Ich hätte Sie gerne zum Sohn gehabt. Ich habe nur Töchter. Und Sie sind ein außergewöhnlicher Junge. Sie sind vom Schicksal gezeichnet.«
»Wieso gezeichnet?« fragte sich Matthias auf dem Rückweg nach San Bartolomeo. Er kam nicht dazu, länger darüber nachzudenken. Sacchetti brannte darauf, den Gegenstand der Unterredung zu erfahren. Matthias log nicht gerade, aber er verriet Sacchetti nur, daß Gradenigo ihm seine Bürgschaft für eine Aufenthaltserlaubnis in Venedig angeboten habe. Sacchetti war ungemein beeindruckt.
Es war Zeit für die Zeichenstunde. Als heiliger Johannes stand Za-

notti nackt auf einem hölzernen Gestell und stützte sich auf einen Stock. Matthias bemühte sich, den genauen Ansatz des Schienbeins im Verhältnis zu den vorspingenden Höckern der Fußknöchel wiederzugeben; er war verstimmt und wurde zwei- oder dreimal ärgerlich, weil Zanotti, der normalerweise dazu neigte, ihm unablässig einverständige Blicke zuzuwerfen, hartnäckig an die Zimmerdecke starrte. Er zeichnete nur mittelmäßig und war gekränkt, als Sacchetti ihn darauf hinwies, daß der innere Fußknöchel höher sitzt als der äußere. Als die Stunde vorbei war, machte er sich sofort davon und eilte hinunter in den Hof zu seinen Waschungen. Zitternd vor Kälte bei der Berührung des nassen Schwamms, sah er zu Marisas Fenster hinauf und wunderte sich, daß die Läden geschlossen waren und keine Spur von Licht aus dem Zimmer drang. Hastig wusch er sich fertig und stieß auf der Treppe mit Zanotti zusammen. Augenblicklich bemerkte er, daß der Knabe einen falschen Gesichtsausdruck hatte. Er packte ihn beim Handgelenk. Zanotti senkte die Augen.
»Marisa ...?« sagte Matthias in fragendem Ton.
»Ich muß dir was sagen«, antwortete Zanotti und wagte es endlich, Matthias mit traurigem Blick ins Gesicht zu sehen.
»Was denn?« schrie Matthias.
»Matthias ...«
»Was denn? Was?«
»Heute morgen haben ihre Eltern bemerkt, daß sie schwanger ist. Sie haben sie nach San Michele gebracht.«
»San Michele ...« wiederholte Matthias wie betäubt und lehnte sich gegen die Wand.
»Jeden Tag! Du hast sie jeden Tag gesehen! Das war ja unvermeidlich!« sagte Zanotti vorsichtig. »Ihre Eltern haben die Polizei beauftragt, den Vater zu suchen, denn Marisa verrät natürlich nichts. Ich rate dir ab, sie wiederzusehen. Auf jeden Fall ...«
»Auf jeden Fall?«
»Auf jeden Fall war sie verlobt. Mit einem Zöllner, Moretti heißt er. Wahrscheinlich wird die Hochzeit sehr bald stattfinden, in zwei Wochen etwa. Das Aufgebot ist schon bestellt.«
Verstört blickte Matthias Zanotti an. Dann brach er in Tränen aus. Von Schluchzen geschüttelt, setzte er sich auf die Treppe. Zanotti setzte sich neben ihn und legte ihm den Arm um die Schultern.

»Das ist nicht möglich«, schluchzte Matthias. Er weinte lange, zum Leidwesen Zanottis.
»Komm, laß uns essen«, sagte Zanotti.
Matthias hatte keinen Hunger. Er ging hoch in sein Zimmer, und um bei ihm bleiben zu können, verzichtete auch Zanotti auf sein Abendbrot. Völlig gebrochen schlief Matthias schließlich ein. Zanotti verbarg sein Gesicht in den Händen. Der erste große Schmerz, den er in seinem Leben empfand, war der Schmerz von Matthias.
Der Mond stand mit grausamer Helligkeit am Himmel.

9.

WACHSTROPFEN

Marisas Entfernung und die endgültige Trennung, die sie für Matthias bedeutete, stürzten ihn in tiefe Verzweiflung. Er hörte beinahe ganz auf zu essen. Zanotti war bekümmert. Nach einer Woche bekam Matthias hohes Fieber, hustete, daß es ihm beinahe die Lungen zerriß, und mußte das Bett hüten. Sacchetti machte sich Sorgen. Er stieg hinauf in die Dachkammer, um nach dem Befinden seines Schülers zu sehen.
»So schlimm wie Malaria ist es nicht«, meinte er, »aber wenn er es übersteht, werden wir drei Kerzen zu einer Zechine anzünden. Zu Ehren der heiligen Rita.«
Sie holten den Arzt. Es war ein betagter Mann, den sein Beruf trübsinnig gemacht hatte. Er verschrieb Matthias sechs Aufgüsse mit Weidenrinde täglich, so lange, bis das Fieber zurückginge. Zanotti stürzte fort zum Apotheker, der ihm als Zugabe noch etwas Birkenrinde und ein Säckchen Geißbart gab, wobei er darauf hinwies, daß der Aufguß sehr bitter sein würde. Um den schlechten Geschmack zu vertreiben, empfahl er kandierte Orangenscheiben, die Zanotti ebenfalls zu kaufen sich beeilte.
Matthias schien sich in seinem betäubten Zustand aufzulösen. Den größten Teil der Zeit verbrachte er schlafend, von Alpträumen gequält. Jugendliche Mörder umringten ihn mit gezogenen Säbeln, während Marisa vor Verzweiflung schrie. Er schrie ebenfalls, und Zanotti weckte ihn auf, um ihm eine Tasse von der gallenbitteren Flüssigkeit einzuflößen, der er ein Stück kandierte Orange folgen ließ. Matthias sank aufs neue in Schlaf, um sich in den Armen Marisas wiederzufinden, die ein schwarzgekleideter Mann, eine Mischung aus Westermark und dem Zöllner, ihm zu entreißen versuchte. Er röchelte, murmelte im Schlaf vor sich hin und wachte wieder auf. Zanottis angstvolles Gesicht war über ihn gebeugt.

»So muß ich also sterben«, sagte er ruhig.
»In acht Tagen bist du wieder im Atelier«, protestierte Zanotti.
Das Atelier erschien Matthias genausoweit entfernt wie Berlin. »So lauert also hinter jeder Tür das Unglück«, dachte er. Vor kaum einer Woche hatte Marisa noch warm, nackt und lächelnd in seinen Armen gelegen; heute schon war er allein und dem Tod näher als dem Leben.
Ein Alptraum quälte ihn ganz besonders. Er versetzte ihn zwar nicht, wie die anderen, in maßlosen Schrecken, verursachte ihm aber dafür ein bleiernes Unbehagen. In Gegenwart einer Person, deren Züge er nicht genau erkennen konnte, malte er ein Porträt von Marisa. Plötzlich war Marisa verschwunden, und Matthias ahnte, daß der rätselhafte Zeuge schuld daran war. Er hätte ihn bitten müssen, Marisa zurückzubringen, aber diese Bitte war von so ungeheurer Dringlichkeit und forderte von Matthias eine so übermenschliche Anstrengung, daß er nicht dazu in der Lage war. Verstört wachte er auf und erschreckte den armen Zanotti.
Jeden Abend stieg Sacchetti hinauf in die Dachkammer.
»Woher kommt es«, murmelte er, »daß das Schicksal dieses Jungen mir das Herz zerreißt?«
Und jeden Tag aufs neue befahl er Zanotti, den Ofen gut zu heizen, um das Zimmer, aus dem der fade Geruch des Fiebers nicht mehr weichen wollte, ordentlich warm zu halten. Diese Ermahnung war überflüssig, denn Zanotti hatte das Atelier verlassen und sich in einen Krankenpfleger verwandelt, ohne daß Sacchetti sich darüber beschwert hätte. Er bemühte sich, den Kranken mit Hühnerfleisch zu füttern, und sah inzwischen selber schon ganz mager und abgezehrt aus. Er verließ seinen Platz neben dem Krankenbett nur, um in die Kirche zu gehen und leidenschaftlich für Matthias zu beten.
In der dritten Nacht delirierte Matthias auf deutsch. Trotz des Fiebers, das die Wangen mit roten Flecken überzog, war sein Gesicht so bleich wie Wachs.
»Wir wären zusammen ... Marisa ... Warum verläßt du deinen Geliebten ...«
Er röchelte schrecklich beim Atmen und stieß die Luft in kurzen Zügen aus. Zanotti war halbtot vor Angst und Verzweiflung. Er legte sich neben Matthias, nahm seinen Kopf in die Hände und versuchte aus voller Brust, dem jungen Sterbenden etwas von seiner

Lebenskraft einzuhauchen. Die Tränen liefen ihm übers Gesicht, während er auf jede der röchelnd vorgebrachten Lebensäußerungen des Kranken lauschte. Er konnte noch nicht einmal um Hilfe rufen, und wen übrigens? Wen? Matthias' Augenlider senkten sich, und Zanotti ließ mit gebrochenem Herzen von ihm ab.
Kurz nach Mitternacht spürte Zanotti, der vor Erschöpfung eingeschlafen war, eine Hand auf seinem Gesicht. Er öffnete die Augen und blickte Matthias direkt ins Gesicht. Er fühlte ihm die Stirn; das Fieber war verschwunden. Das Bett war vom Schweiß durchnäßt.
»Ich habe Durst«, sagte Matthias.
Zanotti eilte. Matthias trank den halben Krug leer.
»Wir müssen die Laken wechseln«, sagte Zanotti, »wenn du in dem nassen Zeug weiterschläfst, erkältest du dich noch.«
Er wickelte Matthias in seine Decke, setzte ihn auf den Stuhl und bezog das Bett mit trockener Wäsche. Dann legte er Matthias wieder hin, gab ihm einen Hühnerflügel zu essen und flößte ihm noch etwas von dem Rindenaufguß ein. Matthias schloß die Augen und seufzte.
»Du wirst gesund werden, Matthias, sag mir, daß du gesund werden wirst«, verlangte Zanotti, während er sich über ihn beugte.
Matthias nickte.
»Schlaf bei mir«, flüsterte er, »ich bin so allein.«
Mit angewinkelten Knien schlief er ein, die Füße in Zanottis Händen.
Am nächsten Morgen benachrichtigte Zanotti den Meister, der sich sofort zu Matthias begab.
Es war ein Bild wie aus einer Fabel: der Rabe am Krankenbett des Sperlings, unter den gerührten Blicken des Kuckucks.
»Ah!« sagte Sacchetti. »Die Besserung ist unübersehbar!«
Trotzdem war Matthias immer noch sehr blaß.
Sacchetti setzte sich.
»Wir müssen lüften, um die Fieberdämpfe zu vertreiben«, sagte er weise. »Zanotti, geh in die Küche und hol eine Handvoll Thymian, damit wir sie in den Ofen tun können, bevor wir die Fenster öffnen. Dann mußt du essen, mein Junge, du bist dünn geworden wie eine Bohnenstange.«
Matthias fragte sich, aus welchem Grund Sacchetti plötzlich väterliche Gefühle für ihn entwickelte, die bisher wohl keiner bei ihm

vermutet hätte. Sein Herz und seine Seele hätten es vorgezogen, seine Amme oder sogar Rumpelschnickel an seinem Bett zu sehen. Die hätten jedenfalls nicht so ein Theater gemacht.
Sacchetti sah sich zerstreut im Zimmer um. Er fand es, wie er sagte, ein wenig kahl. Ein paar Zeichnungen an den Wänden könnten ihm nichts schaden, meinte er.
»Da steht ja genau, was wir brauchen«, sagte Sacchetti und griff nach einem kleinen Bild, das hinter der Truhe stand, in der Matthias seine Sachen aufbewahrte. Matthias zuckte zusammen.
Zanotti kam zurück und warf einen Bund Gewürze ins Feuer, die ihr Geld wert gewesen waren. Sacchetti betrachtete das Bild, das er aus einer Ecke hervorgezogen hatte, und runzelte die Stirn.
»Was ist denn das?« rief er aus. »Aber das ist . . . das ist ja ein Piazetta! Wie kommt ihr denn zu einem Piazzetta?« fragte er mit der Miene eines gekränkten Biedermanns.
»Das ist kein Piazzetta, Meister«, unterbrach ihn Zanotti, »das ist ein Archenholz. Das ist Marisa.«
Matthias bewegte sich unruhig hin und her.
»Wie bitte? Ein Archen . . . das ist Matthias? Wer ist Marisa? Man verheimlicht mir doch etwas!« Strengen Blicks musterte er erneut das Gemälde. »Ich hätte geschworen . . . diese dramatische Beleuchtung . . . warst das wirklich du, Matthias?« rief er in plötzlichem Erstaunen.
»Sie regen ihn auf«, sagte Zanotti. »Später.«
»Du warst das?« rief Sacchetti fassungslos.
Matthias nickte.
»Er wird wieder Fieber bekommen!« sagte Zanotti ungeduldig. »Gehen Sie!« Er nahm dem verblüfften Sacchetti das Bild aus den Händen.
»Wo hast du Bilder von Piazzetta gesehen?« fragte Sacchetti in plötzlich wieder sanfterem Ton und beugte sich zu Matthias hinüber.
»In San Vitale, San Stae, San Zanipolo und in der Fava«, antwortete Matthias mit schwacher Stimme.
»Unglaublich!« murmelte Sacchetti noch, während er von Zanotti aus dem Zimmer geschoben wurde.
Als Sacchetti gegangen war, begann Matthias zu schluchzen. Zanotti nahm ihn in die Arme und befahl ihm, zu schlafen. Sacchetti kam wieder und steckte den Kopf durch die Tür.

»Vier Kerzen, Zanotti, vier! Und zwar sofort!« Die Tür schloß sich wieder, und Zanotti und Matthias lächelten.
Seine Genesung brauchte viel Zeit, aber bald schon begann er wieder zu malen, nach Zanottis Meinung sogar zu früh. Zanotti nahm ihm abends den Pinsel aus der Hand und machte sich die Mühe, ihm jeden Tag eine Schüssel mit Wasser auf dem Küchenherd zu erhitzen, damit er sich im Zimmer waschen konnte. Zanotti war es auch, der seine Mahlzeiten überwachte. »Wie eine Glucke«, sagte Sacchetti am Ende spöttisch. »Du liebst ihn, Zanotti, paß auf!«
»Worauf?« fragte der andere mit erhobener Nase.
»Ein Mann macht einem anderen Mann keine Kinder«, sagte Sacchetti schroff.
»Vater ist er schon«, versetzte Zanotti stolz.
»Wie bitte?« schrie Sacchetti und ließ seine Zigarre fallen.
»Sein Sohn ist letzten Sonntag geboren worden, und zwar in San Matteo, oberhalb des Marktplatzes.«
»Ehrenwort?«
»Ehrenwort.«
»Wenn Sie es ihm sagen, bringen Sie ihn um«, setzte er hinzu. »Und trotzdem ist er ein Engel«, sagte er noch wie zu sich selbst.
»Vater mit dreizehn Jahren!« brummte Sacchetti, der mit karminrotem Pinsel die Nase eines Engels nachbesserte. »Möge unsere heilige Mutter Kirche mir verzeihen, aber ich wäre nicht überrascht, wenn er der Vater eines neuen Jesus Christus wäre. Er ist wirklich ein Engel, in der Tat. Nein, ich sage ihm nichts. Was für eine Geschichte! Er malt genauso gut wie Piazzetta, er ist schön zum Steinerweichen, er sagt niemals etwas Dummes, und er ist traurig wie ein Verbannter. Hat er noch andere kleine Bildchen gemalt wie das, was ich gesehen habe?«
»Nicht, daß ich wüßte«, sagte Zanotti.
»Wer ist Marisa? Doch nicht etwa die Nachbarin, über die mich die Polizei im vergangenen November ausgefragt hat?«
Zanotti nahm den Gesichtsausdruck einer alten Kupplerin an und erwiderte den Blick seines Meisters schweigend.
»Nun gut, es ist ja wirklich besser, wenn ich nichts weiß, da ich es der Polizei einmal gesagt habe.« Er setzte einen Tupfer Karminrot in den Augenwinkel und einen bleiweißen Lichtreflex auf die Augenhaut. Dann verkündete er seufzend, daß er keine Lust mehr habe,

immer nur Engel zu malen. Nachdem er das gesagt hatte, verharrte er unbeweglich, wie von einem plötzlichen Geistesblitz getroffen. Dann wischte er seine Pinsel ab und tauchte sie in Spiritus.
»Ich liebe ihn auch, Zanotti, wenn auch nicht wie du, gewiß, aber ich finde, daß er ein außergewöhnlicher Junge ist. Vielleicht ist er wirklich vom Himmel herabgestiegen. Glückliche Marisa! Wir werden uns hier auf Erden um ihren Bräutigam kümmern.«
In einer Kneipe an der Rialtobrücke vesperten sie gebratenes Hühnchen und Chioswein. Auf Matthias' Wangen war die Farbe zurückgekehrt.
»Zanotti ...« begann er nach dem Essen, während er den letzten Rest Wein aus der Korbflasche mit seinem Tischgenossen teilte.
»Nein«, sagte Zanotti fest.
»Was kostet dich das schon?«
»Das unbehagliche Gefühl, einen Auftrag auszuführen, der genauso überflüssig wie gefährlich ist.«
»In San Michele bist du in weniger als einer Stunde, und du bist dort unbekannt. Ich möchte nur wissen, wie es ihr geht.«
»Ich sage es dir zum hundertsten und hoffentlich zum letzten Mal: Was du auch tust, es kann die, die du liebst, nur ins Unglück stürzen. Willst du das? Nein. Dein Seelenfrieden hängt davon ab, daß du nichts weißt. Gönn Marisa doch auch ein bißchen Glück. In der Erinnerung an dich wird sie dein Kind lieben, aber sie liebt sicher auch ihren Mann, der sie vor Schande bewahrt hat ...«
»Mein Kind?« schrie Matthias auf. »Ja, ist es denn geboren?«
»In San Mateo«, seufzte Zanotti.
Matthias brach in Tränen aus.
»Nie wieder ... nie wieder ...« stammelte er unter Schluchzen. »Ich liebe nur sie, denn nur sie allein hat mich geliebt!«
»Und ich?« fragte Zanotti sanft.
»Verzeih mir!« sagte Matthias unter Tränen. »Wenn du nicht gewesen wärst, hätte ich mich schon längst umgebracht!«
Zanotti war bestürzt.
»Ich verstehe«, sagte er. »Die Frauen sind das Brot, und die Männer sind nur der Wein. Aber du wirst noch andere Frauen haben, Matthias.«
Matthias schüttelte den Kopf.
»Aber zweifle nicht an meiner Liebe zu dir«, setzte er nach einer Weile hinzu. »Du wirst nie sterben, Zanotti, weil ich dich liebe.«

»Wie den Wein«, sagte Zanotti lachend.
»Wie den guten Wein«, versetzte Matthias.
Sie nahmen den Rückweg über die Riva del Ferro und passierten den Campo und die Kirche San Salvador. Die Engel, die das Giebelfeld der Kirche überragten, hoben sich als schwarze Silhouetten vom mondhellen Himmel ab. Matthias nahm Zanotti bei der Hand und drückte sie, als wollte er sie zerquetschen.
»Zanotti«, sagte er so heftig, daß der andere darüber erschrak, »auch wenn ich den Teufel zu Hilfe rufen muß, ich werde Marisa haben.«

Dann war Karneval. Sterbliches Fleisch! Weil er Fleisch ist, muß der Mensch auf dieser Welt zugrunde gehen! Die Beerdigungsfeierlichkeiten waren heiter. Mechanische Musikinstrumente spielten auf Brücken und Plätzen und vor den Kirchen ihre Melodien, zu denen Akrobaten und Jongleure ihre Kunststücke vorführten und Bucklige schlüpfrige Verse rezitierten. Geschminkte und mit Bändern geschmückte Gestalten zogen in Gruppen durch die Stadt und schwenkten grobe Fleischwürste vor den Nasen der Notablen. In scharlachrote Seide gehüllt, fuhr der Teufel, von gelben Unterteufeln begleitet, über den Canal Grande und drehte den Insassen der Gondeln und den Zuschauern am Ufer eine Nase. Die Brüderschaft der Leichenträger ließ überall drei Skelette aus Pappe herumfahren, die ein Fadenspiel zum Klang einer im Bug verborgenen Fiedel grausig belebte.
Messer Giacinto Venier, der berühmte Erbe, geriet eines Tages auf dem Kai vor der Akademie in eine Art Rausch und zog sich vollständig aus. Er hatte sich den Körper rot angemalt und plapperte dummes Zeug, aber die Polizei hütete sich einzugreifen. Die Abende waren noch turbulenter, und die Nächte rochen nach Schwefel. Mit Laternen bewehrte Masken schlenderten durch die Menge und zischelten Obszönitäten, die Matthias mißfielen. Einige betasteten sich. Feuerwerkskörper explodierten über der Lagune, letzte Ausbrüche vor der Buße, Orgasmen aus helleuchtender Tusche, blühende Fürze, hysterische Sterne.
Die fünfzigtausend venezianischen Dirnen traten aus dem Schatten hervor, allerdings nur bildlich gesprochen, da nach dem Abendessen, wenn die Bürger ihre Töchter eingeschlossen und die Söhne

durch die Fenster das Weite gesucht hatten, ganz Venedig diskret die Lichter löschte. Helligkeit spendeten nur noch die Leuchtfeuer der Maskenspiele, die nach dem Vorbild der Lämpchen an den Gondeln auf und ab tanzten. Venedig versank in Trunkenheit und Finsternis, und die Gläubigen sammelten Material für die flüssigen Bekenntnisse, mit denen sie vom Aschermittwoch an die Priester in Angst und Schrecken versetzen wollten. Die Dirnen hatten also reiche Beute, und man versicherte, daß Onofria Cesaretti, die berühmteste Kupplerin der Stadt, sich nach jedem Karneval von den Einkünften ihrer Schützlinge ein neues Haus kaufen konnte. Die Spielbank hatte nämlich zu Karneval rund um die Uhr geöffnet, und der Löwenanteil der Gewinne verschwand in den Freudenhäusern, ebenso wie die Verlierer, die sich trösten mußten.
Die Dirnen erkannte man schon daran, daß sie Frauen waren. Keine anständige Frau, keine junge Mutter oder Gattin hätte sich nach Einbruch der Dunkelheit noch auf die Straße gewagt, aus Angst, angefaßt zu werden oder lästerliche Vorschläge anhören zu müssen. Denn diese Einladungen wurden nicht einmal mehr geflüstert.

Ven farti manir' l'ucelletto!
Ven che ti metto il prosciutto sulla fica!

Matthias lief lachend oder sich verteidigend zusammen mit Zanotti durch die Straßen, Karamelfrüchte lutschend und an den Erfrischungsbuden eisgekühlten Wein trinkend.
Als er die Rialtobrücke hinunterkam, ging er drei Dirnen in die Falle.
»Was für ein hübsches kleines Blondköpfchen! Das ist mal eine Abwechslung nach all den Tattergreisen!« sagte die eine, die in einem Kleid aus violetter Seide schillerte, während ihr die Brüste schier aus dem Mieder platzten.
»Der wird doch ein wenig Mandelmilch nicht verschmähen«, meinte die zweite, ihrerseits ganz in Gelb, mit einer paillettenbesetzten Maske.
»Aber so junger Wein ist meist ein bißchen sauer«, gab die dritte zu bedenken. Sie war in schwarzen Samt gehüllt, auf dem zahllose Glasperlen glitzerten.
Die erste faßte ihn unters Kinn, die zweite am Arm, und die dritte

betastete ihn. Er wehrte sich lachend, während sie ihn in Richtung San Giacometto schoben.
»Ich habe kein Geld!« rief er.
»Ich geb dir welches, mein Engel. Heute abend spielen wir verkehrte Welt!« erwiderte die Violette, die sich an seinem Hosenlatz zu schaffen machte. Und geschickt war sie, die Füchsin! Und dann das Lachen, das seine Willenskraft lähmte, wenn er überhaupt welche besessen hatte!
Sie schoben und stießen ihn also unter das Vordach der Kirche, in ein labyrinthartiges Gewirr von Kisten und Körben. Es war so finster, daß der Teufel es dort mit einer Nonne hätte treiben können, ohne gesehen zu werden. Kaum hatten sie ihn in eine stockdunkle Ecke bugsiert, machten sie sich ans Werk, eine von vorne und eine von hinten, während die dritte ihm den Mund verschloß. Und sie wechselten sich ab. Er hörte auf, sich zu wehren, und ertrank in Moschus und Sandelholz, in Samt, Seide und Satin.
Zucker und Salz, giftiger Schwindel, wo der Norden und der Süden seines Fleisches im Herzen der Windrose aufeinandertrafen. Er gab, was man so begierig von ihm verlangte, den Wein der Träume und der Täuschungen. Es war die Gelbe, die sein Stöhnen mit ihrem endlosen Kuß erstickte. Komplimente gingen in Strömen auf ihn nieder. Er hielt still. Er mußte sie eine nach der anderen vögeln, weil er, wie sie sagten, ungefährlich war. Das stimmte aber nicht, und es war die Schwarze, die, nach Luft schnappend, aufschrie: »Ah, du Giftschlange!«
Sie legten drei Dukaten auf einen der Körbe und verschwanden. Halb nackt und ungläubig blieb er zurück; er hatte große Lust zum Heulen. Wie war es möglich, daß die Liebe auch aus solchen Geschäften bestand? Ein Pärchen tauchte auf und schickte sich an, das zu tun, was er gerade hinter sich hatte. In Richtung der Rialtobrücke stahl er sich davon, von glühenden Zangen gefoltert.

Dann kam Sankt Rochus. Venedig leuchtete unter der strahlenden Augustsonne. Wie jedes Jahr stellten die Künstler am slawonischen Ufer ihre Werke aus, und die Brettergestelle erstreckten sich bis vor die Zecca und die Giardinetti. Es waren sicher die minder Begabten, die hier ausstellten, weder Tiepolo noch Fontebasso, noch Piazzetta oder selbst Pellegrini, aber es waren trotzdem ausgezeichnete Maler darunter. Sie malten Veduten für die Franzosen, die Engländer und die Deutschen aus allen Teilen des Reiches, die herbeigeströmt waren, um die schwimmende Serenissima zu bewundern; die schnauzbärtigen Polen; die Dalmatier in ihren weichen Lederhosen und die sonnenverbrannten Flamen, die gerade aus Indien zurückgekehrt waren. Für die Venezianer, die Lombarden und die Römer gab es auch religiöse Malerei, und Porträts für die Kaufleute, die im Fisch-, Gewürz- oder Glashandel reich geworden waren und nun, nachdem sie Mädchen mit hoher Mitgift geheiratet hatten, der Nachwelt gerne ein vorteilhaftes Bild von sich hinterlassen wollten. Sozusagen als Probestücke ließen sie sich vor Ort porträtieren und erwarben die Zeichnungen für ein oder zwei Dukaten. Es trieben sich dort aber auch Leute herum, die nicht um der Kunst willen gekommen waren, Seeleute auf Landurlaub und Berber, die zu tief in die Flasche geguckt und über den Freuden des Fleisches ihre Schiffe verpaßt hatten, wirkliche oder angebliche Dirnen, die von der Männerversammlung angezogen wurden, heruntergekommene Schulmeister und Duodezfürsten, die sich mit ihrem angeblichen Wissen brüsteten oder mit den Reichtümern prahlten, die sie angeblich verloren hatten, an Geldmangel gescheiterte Könige, die sich von der Menge bewundern ließen und für einen Tag ihre Melancholie vergaßen — eine ganze Welt von unterschiedlichen Gestalten, die bald ihren *tabarro* absichtsvoll im Seewind flattern ließen, um ihre Seidenstrümpfe und tressenbesetzten Rockschöße zu zeigen, bald dagegen Respekt vor der öffentlichen Ordnung vorschützten und denselben *tabarro* eng um sich zogen, um ihre abgewetzten Kleider zu verbergen.

Es gab also unbekanntere Maler, sogenannte *minori*, und dann die Schüler der Großen, der *maggiori*. Angelotti stellte eine Himmelfahrt aus und hatte seine beiden besten Lehrlinge mitgenommen, um zu zeigen, daß er Schule machte. Basti, der andere Schüler, zeigte eine Zeichenmappe, in der schon zwei oder drei Neugierige herumgeblättert hatten. Matthias stellte auf Befehl des Meisters allein das Porträt von Marisa aus. Er tat es mit dem Tod im Herzen. Er wünschte sich heftig, es zu behalten, und verbarg es von Zeit zu Zeit hinter einer besonders gelungenen Rötelzeichnung von Zanotti. Aber Sacchetti entfernte diesen Schutzschild wieder und

setzte Marisas Porträt der Augustsonne und den Blicken der Leute aus.
Da schlenderte plötzlich Zuliman vorbei. Mit weit aufgerissenen Augen und dem gespielten Hochmut des Schwarzen kam er auf Matthias zu, auf dem Gesicht ein Lächeln, das aus allen Nähten krachte.
»Zuliman!«
»Und du erinnerst dich sogar an meinen Namen!«
Sie umarmten sich schulterklopfend und hüpften vor den Giardinetti umeinander herum, denn ohne einen Grund dafür zu wissen, waren sie froh, einander wiederzusehen. Sie mußten sich treffen, es gab soviel zu erzählen, heute abend noch, unbedingt. Sie tauschten ihre Adressen aus, und Matthias erklärte sich einverstanden mit einem Besuch bei Herrn Zuliman, im Haus des Papageien- und Sittichhändlers in der Salizada San Lio, rechter Hand vom Campo San Bartolomeo, Punkt sieben Uhr diesen Abend.
Als Matthias sich wieder umwandte, war das Porträt von Marisa verkauft.
»Nein!«
Sacchetti hielt ihm zwei Dukaten hin. Fassungslos suchte Matthias in der Menge nach dem Käufer. Genausogut hätte er versuchen können, auf dem Markusplatz eine bestimmte Taube zu finden. Und was sollte dieser rätselhafte Blick von Sacchetti?
»Das war der einzige Beweis«, sagte er. »Es ist besser, daß das Bild weg ist.«
Und Zanotti zog einen Flunsch, weil er eifersüchtig auf Zuliman war.
Und der Himmel in seiner erhabenen Gleichgültigkeit übersäte das Meer mit tausend Diamanten ...

Zulimans Haus war ein alter Palazzo, erfüllt vom Gekrächze der exotischen Vögel. Im ersten Stock umfing Matthias ein Wirrwarr von Bildern und Gerüchen. In einem durchdringenden Duft nach Sandelholz, der stark genug war, um die Seele eines Verdammten zu reinigen, stieß ein Pinseläffchen spitze Schreie aus. Vor einem roten Wandbehang saß ein blau-gelber Papagei und gab ebenfalls knarrende Laute von sich. Noch stärker als er leuchtete das Lächeln Zulimans. Dieses Schwarz und Weiß blitzte wie ein ganzer Regenbogen.

»Und das ist die Dame des Hauses, meine Frau Lucia.«
Eine rotgesichtige, füllige Frau, die überdies noch schwanger war, fütterte das Äffchen mit Apfelstücken. Sie lächelte, und selbst der Anblick ihrer fauligen Zähne benahm ihr nichts von ihrem Charme.
»Und das ist meine Tochter«, sagte Zuliman, indem er Matthias in das angrenzende Zimmer zog. Ein unwahrscheinlich winziges, amberfarbenes Krausköpfchen lag dort in einer Wiege. Die Dame des Hauses scheuchte sie mit anmutigen Bewegungen hinaus. Bei Säuglingen hatten Männer nichts zu suchen!
»Ich habe unterderhand die Papageienhandlung gekauft, die ziemlich viel einbringt, und nebenan werde ich noch einen Gewürzladen eröffnen«, sagte Zuliman. Er bewirtete Matthias mit einem Becher gewürztem Sorbet — halbgefrorenem, mit Ingwer versetztem Granatapfelmus, das auf türkische Art mit getrockneten Aprikosen garniert war. »Und du?«
»Ich bin Maler«, erwiderte Matthias.
»Und unglücklich«, setzte Zuliman hinzu, seinen Besucher aufmerksam betrachtend.
»Ich erzähl's dir beim Essen.«
Während er von den gebratenen Vögelchen kostete, die Zuliman in einer benachbarten Schenke hatte vorbereiten lassen, und sich dazu den Rosinenreis und den frischen, rosigen Samoswein schmecken ließ, erzählte Matthias von seiner unstillbaren Sehnsucht nach Marisa, die seine ganze Lebensfreude zunichte machte. Mit ernstem Gesicht hörte der Schwarze ihm zu, erstaunt über die Vorzeitigkeit dieses frühreifen Dramas. Dann seufzte er und gab zu, daß er weder Trost noch Hilfe wisse, vielleicht aber jemanden kenne, der ihm raten könnte — eine Wahrsagerin nämlich, Signora Vidale. Matthias belebte sich und bat, auf der Stelle zu ihr gebracht zu werden. Sie sei aber teuer, gab Zuliman zu bedenken, sie verlange einen ganzen Dukaten.
»Geld habe ich!« rief Matthias und ließ die Münzen in seiner Tasche klimpern.
Da der Weg weit war, nahmen sie zunächst eine Gondel bis zur Fondamenta della Pescaria und durchquerten dann, in ihre *tabarros* gehüllt, die Bratfettschwaden und die nächtliche Stille des Gettos bis zur Fondamenta degli Ormesini.

Im dritten Stock klopfte Zuliman an eine Tür. Ein Guckloch öffnete sich im Halbschatten.
»Zuliman.«
Mehrere Riegel wurden zurückgeschoben, aber trotzdem öffnete sich die Tür nur halb. Ein Mann, der genauso bleich war, wie seine Haare schwarz waren, musterte die Besucher. Zuliman bat für den späten Besuch um Verzeihung. Der Mann erwiderte, er wolle seine Mutter fragen, ob sie empfangen könne, und schloß die Tür wieder. Ein paar Minuten später kam er zurück und ließ die Besucher herein.
Eine schwarzgekleidete, üppige Frau mit trägen Bewegungen erschien. »Zuliman!« rief sie in freudigem, gleichzeitig aber auch ein wenig vorwurfsvollem und erstauntem Ton.
Der Schwarze wiederholte seine Bitte um Verzeihung.
»Ein Kunde«, sagte er. »Die Liebe.«
Sie schob die beiden in ein Zimmer, fast eine Art Verschlag, dessen ganze Einrichtung aus einem Tisch und vier Stühlen bestand, auf denen die feuchten Hände der bedrängten Kunden ihre Spuren hinterlassen hatten. Dann ging sie eine Öllampe holen, die sie auf das dunkle Tischtuch stellte. Sie setzte sich und musterte Matthias.
»Die Liebe?« sagte sie mit ungläubiger Stimme.
Matthias nickte und setzte sich ebenfalls. Auch Zuliman zog sich einen Stuhl heran. Die Wahrsagerin schien besorgt. Ihr Sohn trat ein, um eine Schale mit Wasser und eine noch nicht angebrannte Kerze auf den Tisch zu stellen.
»Zünden Sie die Kerze an der Lampe an«, sagte die Frau zu Matthias.
Matthias folgte der Anweisung und hielt die Kerze ihren wulstigen Fingern hin, von denen einer mit einem Granatring geschmückt war. Signora Vidale ließ Wachstropfen in die Schale fallen, und der Anblick dieser milchigen, im Wasser gerinnenden Flüssigkeit war Matthias unangenehm.
»Hoho!« sagte die Frau. »Die Schöne ist verloren. Du wirst sie nicht mehr wiedersehen.«
»Ha!« rief Matthias in klagendem Ton.
»Du bist von Liebe umgeben und siehst es nicht«, sagte Signora Vidale. »Du willst, was du willst, aber du willst nicht, daß man dich will. Ich sehe einen Adler, nein, zwei Adler. Beutevögel, die niemand ißt.«

Die Wachstropfen mehrten sich und bildeten Blumen, winzige Seerosen.
»Hoho!« erklang ihre Stimme erneut. Und unter gerunzelten Brauen hervor fixierte sie Matthias mit ihren roten Augen. »Da sind drei Tropfen, die einen Ring bilden! Bist du ein Hexer, mein Kind?« Sie drehte sich zu Zuliman herum und wiederholte ihre Frage.
»Sieht er vielleicht aus wie ein Hexer?« fragte Zuliman mit seiner tiefen Stimme.
»Da sind Tropfen, die einen Ring bilden, Zuliman!« sagte sie mit fester Stimme und drehte sich wieder um. »Ich habe davon gelesen, aber ich habe noch nie welche gesehen. Wer bist du, mein Junge?«
»Ich bin kein Hexer«, antwortete Matthias mit erstickter Stimme. »Ich bin Maler.«
Sie verharrte mißtrauisch, die Kerze in der Hand.
»Machen Sie weiter!« sagte Matthias.
Sie hielt die Kerze wieder schräg und schrie augenblicklich auf. Die Wachstropfen explodierten auf dem Wasser und schossen in tausend kleinen Tröpfchen auseinander. Rund um einen freien Fleck herum bildeten sie einen Kreis. Der freie Fleck hatte deutlich erkennbar die Form eines Sterns, und zwar eines geschweiften.
»Hooo!« heulte Signora Vidale. Ihr Sohn stürzte herein. Sie blies die Kerze aus. »Schau nur!« sagte sie zu ihrem Sohn, der daraufhin den Stern betrachtete und womöglich noch bleicher wurde, als er ohnehin schon war. »Das wär's«, sagte sie. »Gehen Sie!«
»Erklären Sie uns doch ...!« verlangte Zuliman.
»Der Stern!«
»Der Stern?«
»Die Beschwörung des Bösen!«
Sie schloß die Augen und faßte sich an den Hals.
»Dieses Kind ...« Sie seufzte. »Dieses Kind ist gezeichnet. Vielleicht ist es sogar unsterblich.«
Aschfahl im Gesicht zog Matthias einige Münzen aus der Tasche. Sie öffnete die Augen und machte eine abwehrende Handbewegung.
»Aber er ist rosig und blond wie ein Weihnachtsengel!« protestierte Zuliman und schloß seinen Satz mit einem Lachen.
»Er ist rosig und blond für dich, den Fremden. Innen ist er wie Feuer. Ich will kein Geld. Geht.«

Als Matthias und Zuliman sich erhoben, zeigte sie auf die Schale und sagte zu ihrem Sohn: »In den Kanal damit!«
»Es ist wahr, daß du gezeichnet bist«, sagte Zuliman, als sie draußen waren. Nachdem Zuliman am Stand eines Blumenhändlers eine Rose gekauft hatte, nahmen sie eine Gondel bis San Simeone piccolo. Auf dem Schiff überreichte er die Rose Matthias.
»Gezeichnet!« sagte Matthias ärgerlich. »Die ist ja verrückt!«
»Kleiner Prinz«, sagte Zuliman halblaut unter dem gleichmäßigen Geplätscher der Wellen. »Alle Prinzen sind gezeichnet.«
»Und ich — ich, Matthias?«
Letzte Lichter funkelten in der Nacht und spiegelten sich im Wasser, Laternen auf den Pollern am Ufer, Laternen auf den letzten Gondeln, die Zecher und Ballbesucher nach Hause brachten, Laternen über den Kneipentüren, die schwankten, als ob sie betrunken wären. Matthias' angstvolle Stimme, spitz und schneidend wie ein Speer, erklang in einem Regen aus Rosenblättern: Marisa war verloren, und der rätselhafte Fluch der Wahrsagerin lastete auf ihm wie eine Krankheit ...
»Matthias kann nichts anderes sein als ein kleiner Prinz«, sagte Zuliman im selben Ton.
Sie landeten an der Riva del Ferro. Matthias fröstelte. Sie umarmten sich, und Matthias lief nach Hause. Er warf sich ins Bett wie nach einer Verfolgungsjagd und drängte sich so heftig an Zanotti, daß er ihn aus dem Schlaf schreckte.

10.

Mrs. Ottways Vermächtnis

1951 verstarb Lydia Homer Ottway in ihrem kleinen Privathaus auf der Siebzigsten Straße in Höhe der Park Avenue, New York. Als Witwe des berühmten Strumpfkönigs vermachte sie dem Metropolitan Museum von New York das, was sie die »Sammlungen« ihres Mannes nannte, ohne die Konservatoren des »Met« zuvor in Kenntnis gesetzt zu haben. Als einzige Bedingung verlangte sie, daß ihr Name »in Marmor gemeißelt« unter den Stiftern des Museums aufgeführt würde. Die Konservatoren, unter ihnen Theodore Rousseau, eine der international anerkannten Kapazitäten auf seinem Gebiet, waren darüber nicht wenig verlegen, denn die »Sammlungen« Homer Ottways erregten für gewöhnlich mehr Gelächter als Bewunderung. Sie bestanden aus Skulpturen der Zeit um die Jahrhundertwende, affektierten Wassernixen und allegorischen Graubärten, spätem Biskuitporzellan aus Sèvres und Capodimonte und aus Kopien alter Meister oder Originalen, die die schmeichelhaftesten Verkaufskataloge bestenfalls als »aus dem Atelier« dieses oder jenes Meisters stammend bezeichneten. Alles zusammen gehörte eher auf den Trödel als ins Museum. Ottway war nicht weniger geizig als ehrgeizig gewesen und hatte um 1910 herum die ersten Baumwollstrümpfe hergestellt. In den zwanziger Jahren hatte er es sich dann in den Kopf gesetzt, für wenig Geld und nach der Vorstellung, die er sich davon machte, den Prunk eines »guten Hauses« von anno dazumal wiederherzustellen. Rousseau war geneigt, die Schenkung auszuschlagen, aber niemand hatte sich bisher die Mühe gemacht, Ottways »Sammlungen« genauer zu untersuchen, und man konnte ja nie wissen. Vielleicht fände sich unter all dem billigen Krempel auch ein wertvolles Stück, und im übrigen hätte Rousseaus Berufsethos es niemals zugelassen, eine Schenkung abzulehnen, ohne sie angesehen zu haben. Er verständigte also den Nachlaßverwalter, ging dann zehn Straßen Richtung Süden und überquerte

zwei Avenues, um in Begleitung zweier anderer Konservatoren das unwillkommene Geschenk in Augenschein zu nehmen. Das Haus hatte fünf Etagen und war, wie der Nachlaßverwalter versicherte, vom Keller bis zum Speicher vollgestopft mit »Kunstwerken«. Die Konservatoren gingen darin drei Tage lang von Zimmer zu Zimmer, gefolgt von einem Sekretär, der die einzelnen Stücke mit den entsprechenden Angaben auf einer Liste vermerkte. »Ein Sonnenuntergang Signatur Ziem ... zweifelhaft, 83 × 67 Zentimeter ... Eine mythologische Szene, 55 × 40, Signatur Boucher ... Kopie aus dem Neunzehnten ... Eine späte Kopie von Rubens' Titus, gleiche Maße ...«
Der junge Anwalt aus dem Büro des Nachlaßverwalters folgte den Herren aus dem »Met«. Auf seinem Gesicht, dem das wuchtige, schwarze Brillengestell nichts von seinem puppenhaften Ausdruck nehmen konnte, malte sich Verwirrung.
»Wenn ich richtig verstanden habe, ist das also alles wertlos?« fragte er am Ende. Unter seiner Mithilfe hatten sie gerade drei anstrengende Stunden damit verbracht, die Bilder nicht nur von vorne zu betrachten, sondern sie auch von der Wand zu nehmen, um die Rückseiten zu untersuchen.
»Um ehrlich zu sein, habe ich bis jetzt nur Trödelkram und ausgesprochen minderwertige Stücke gesehen«, antwortete Rousseau.
»Verzeihen Sie«, sagte der Anwalt errötend, »aber die Kunst, das ist doch eine geschickte Nachahmung der Natur, nicht wahr?«
»In gewissem Sinne, ja«, erwiderte Rousseau, den die Naivität der Frage in Verlegenheit brachte, während ihn die Einfalt des Fragers gleichzeitig rührte.
»Und außerdem ist die Kunst doch auch ein Teil der Natur? Ich meine, ein Kunstwerk, das ist doch zum Beispiel wie eine Perle?«
»Was genau wollen Sie damit sagen?« fragte Rousseau sanftmütig.
»Warum ist die Kopie eines Meisterwerks, wenn sie gut gemacht ist, nichts wert? Ist es denn nur die Signatur, die zählt? Diese Rembrandt-Kopie, die wir vorhin gesehen haben, ist die schlecht gemacht?«
»Nein, sie ist gut gemacht, aber ...« Und Rousseau hielt inne, um seinen Satz nicht beenden zu müssen, in dem er der Kopie vorwarf, daß sie kein Original war.
»Das ist ein weites Feld«, sagte er schließlich mit einem halben Lächeln und schloß sich wieder seinen Mitarbeitern an.

Im Boudoir von Mrs. Ottway im zweiten Stock erwartete sie eine Überraschung. In einem alten Rahmen hing dort ein entzückendes kleines Porträt. Es zeigte ein junges Mädchen mit halbgeschlossenen Augen, dessen Stirn, Wange und Oberlippe in goldenes Licht getaucht waren, während der Rest des Gesichts mit leichten, zinnoberroten Pinselstrichen hingeworfen war.
»Ah!« rief Rousseau.
»Ja«, antworteten die anderen und nahmen das Bild von der Wand. Die Leinwand war in gutem Zustand, die Einfassung und der Rahmen alt, aus dem 18. Jahrhundert. Auf beiden waren Wachsspuren von der Versiegelung und verschiedene Kratzer zu erkennen.
»Das sieht aus wie ein Piazzetta«, sagte Rousseau.
»Darauf würde ich schwören«, meinte der eine Begleiter.
»Ausgezeichnet!« bemerkte der andere.
»Diese goldenen Tupfer mit der Pinselspitze, um die Haare anzudeuten«, fuhr der erste fort.
»Nehmen wir es aus dem Rahmen«, sagte Rousseau.
Doch die rostigen Nägel saßen fest. Sie staubten die Leinwand ab, und Rousseau verzog das Gesicht, während er mit dem Finger auf die rechte Ecke des Bildes zeigte. Ein Monogramm kam zum Vorschein, im selben Zinnoberrot wie die Schatten. Rousseau zog eine Lupe aus der Tasche.
»F.A.«, sagte er nur.
»Vielleicht ist es das Monogramm einer Sammlung«, meinte einer der Begleiter.
»Vielleicht. Wir müssen das prüfen.«
Theodore Rousseau hatte keine Gelegenheit mehr, die Herkunft des Monogramms zu ergründen. In derselben Nacht fand im Haus von Mrs. Ottway, das nur von einem tauben Alten bewacht wurde, ein Einbruch statt. Alles, was der Dieb mitnahm, war das rätselhafte Bild. Rousseau war verärgert. Die Manen von Mrs. Ottway sicherlich auch, denn auf diese Weise erschien der Name der Stifterin niemals auf der Marmorplatte am Eingang des Museums. In den Augen des Chefkonservators des »Met« war das gestohlene Gemälde, wie der Gerechte in Sodom und Gomorrha, das einzige gewesen, für das sich die Annahme der Schenkung gelohnt hätte.
Trotzdem war der gute Geschmack des Einbrechers bemerkenswert. Man verdächtigte mehrere Personen, ohne einen Schuldigen zu finden.

11.

... UND EINE KATZE!

Als Matthias vierzehn war, wurden seine Knochen und Muskeln allmählich stärker, und sein Selbstvertrauen wuchs. Nicht nur vertraute Sacchetti ihm große Teile seiner Bilder an, sondern hier und da verkaufte er auch selbst schon seine kleinen Gemälde. Er hatte sich an Veduten versucht, aber Porträts waren ihm lieber. Er nahm sich vor, eines Tages ein Bild von Zuliman und seinen Papageien zu malen. Samstags baute er seine Staffelei auf der Piazza auf und zeichnete die Leute für ein paar Zechinen. Wie entzückt die Leute waren, wenn sie sich wiedererkannten! Wie versessen sie waren auf ihre Identität! »Das bin ich!« Und wenn es ein anderer gewesen wäre? Sie gerieten in Verzückung über den Federstrich, mit dem er einen Schmollmund, ein fades Lächeln, einen dünkelhaften Ausdruck wiedergab.
Er begann also, Einkünfte zu haben, und das traf sich gut, denn er brauchte neue Kleider. Auch hätte er gern eine Wohnung gehabt, die größer war als die Dachkammer, die er mit Zanotti teilte. Zanotti war beunruhigt.
»Kann ich mir dir zusammen wohnen?« fragte er bleich vor Sorge und beinahe pathetisch.
»Ich habe keine Familie außer dir«, antwortete Matthias.
Wie zum ersten Mal betrachtete er den Menschen, der ihm diese beinahe verliebte Hingabe entgegenbrachte und der von seinem selbstgewählten Herrn so ungewöhnlich abhängig war; diesen Bauern mit der Anmut eines Prinzen, dem der Zufall einen Helden geschenkt hatte. Zanotti warf sich geräuschvoll in seine Arme. Aber dann war die Wohnung ja schon gefunden! Zanotti besann sich plötzlich und wurde verlegen. Was war los? Es war nur ... also ... Es war nur die Wohnung, in der Marisa gewohnt hatte. Matthias dachte einen Augenblick nach.

»Was macht das schon«, sagte er schließlich kalt. »Nehmen wir sie!«
Sie verputzten die Mauern und strichen sie an. Matthias schmückte den Eingang *al fresco* mit Blattwerk, und da sie wenig Möbel hatten, verzierte er die drei Zimmer, die sie nun ihr eigen nannten, mit falschem Marmor und falschen Goldornamenten, die mythologische Szenen einrahmen sollten.
»Ein wahrer Palast!« schrie Zanotti.
Sacchetti kam, um das Ergebnis ihrer Bemühungen zu bewundern. Es war ein Miniaturpalast, tatsächlich. Sacchetti äußerte die Meinung, daß Matthias als Dekorateur sein Glück machen könne. Einige zurechtgemachte Möbelstücke vervollständigten den Komfort ihrer neuen Bleibe, in der Zanotti freudestrahlend herumtanzte. Zur Einweihung planten sie mit Hilfe von Messer Savorgnan ein Fest.
»Ein richtiger kleiner Prinz«, murmelte Sacchetti amüsiert und zugleich beeindruckt.
Neuerdings im Besitz von Schränken, konnte Matthias endlich den Koffer auspacken, in dem er zwei Jahre lang seine Sachen zusammengestopft hatte. Alles war da, die beiden bestickten Bettücher, die ihm die Wirtschafterin vor der Abreise gegeben, Rumpelschnickel... Matthias blieb verträumt vor seinem Koffer sitzen. War es denn möglich, daß er in so kurzer Zeit zwei ganz verschiedene Leben gehabt hatte? Er räumte auf, was aufzuräumen war. Aus den Laken rutschte ein Buch heraus. Es war jenes, welches er in der Bibliothek des Markgrafen gestohlen hatte. *Malleus Maleficorum*, wie auf lateinisch ohne Angabe eines Herausgebers und Ortes auf dem Deckel stand. Sicher war es Antwerpen. Beunruhigende Vignetten stellten unbekannte Zeichen dar, und zu Matthias' Erstaunen fand sich da auch der fünfzackige geschweifte Stern, den Signora Vidale angeblich in der Schale mit Wasser gesehen hatte. Er hätte ihn für eine naiv gezeichnete Blume gehalten. Matthias suchte die lateinischen Vokabeln zusammen, die ihm aus den Unterrichtsstunden bei Provens im Gedächtnis geblieben waren, und begann, den Text zu entziffern. Hexen, Inkuben und Sukkuben, Besessenheit, Zauberkünste und Verwandlungen. Matthias glaubte nicht an Hexen. Rumpelschnickel hatte zwar immer von der alten Mutter Voss gesprochen, die angeblich drei Jahre lang eine Eheschließung

verhindert hatte, aber es war allgemein bekannt, daß der alte Husar dem Aberglauben genauso verfallen war wie dem Schnaps. Verwundert dachte Matthias an die Wahrsagerin. »Dieses Kind ist gezeichnet«, hatte sie gesagt. Aber von wem gezeichnet und warum? Er wollte das Buch gerade wieder schließen, als ein einzelnes Blatt herausfiel. Er entfaltete es: Es war mit der Hand geschrieben. Der Text war kurz und in altdeutscher Sprache verfaßt:

Anleitung zur Beschwörung des Teufels

Um den Beistand derer zu erbitten, die hinter der Schwelle warten, mach das Zeichen Voor. Ringfinger und Mittelfinger geknickt. Daumen nach innen. Zeigefinger und kleiner Finger nach oben. Das ist die erste Anrufung.
Um Widerstände zu beseitigen, mach das Zeichen Kish. Zeigefinger, Ringfinger und kleiner Finger geknickt. Daumen nach außen. Mittelfinger nach oben.
Um die Ausgänge gegen unerwünschten Ansturm zu sichern, mach das Zeichen Koth. Alle vier Finger nach oben. Den Daumen in die Handfläche.
Um den Bittsteller zu schützen, mach das Zeichen Mnar. Die ersten drei Finger nach oben. Den Daumen und den kleinen Finger vor der Handfläche aneinanderlegen.
Alle Zeichen sind mit der rechten Hand auszuführen. Vorher mußt du das Pentagramm auf den Boden zeichnen. Ziehe einen Kreis darum, der seine Spitzen berührt.
Zünde außerhalb des Pentagramms auf einem Dreifuß ein Kohlenfeuer an. Stell dich in das Pentagramm hinein und verlasse es auf keinen Fall, solange die Anrufung dauert. Mach das Zeichen Voor und erbitte die Macht. Wenn die Bitte angenommen ist, spielen die Flammen ins Blaue hinüber.
Dann mach das Zeichen Kish.
Mach anschließend das Zeichen Koth, beschreibe mit dem Zeigefinger das Zeichen Caput Draconis und sprich die Formel: »Dein Diener beschwört dich! Du, der du jenseits der Zeiten bist, erhöre mein Flehen!«
Mach noch einmal das Zeichen Kish. Wenn deine Bitte angenommen ist, erscheint der Fürst der Finsternis in dem Au-

genblick, da die Flammen sich grün färben. Mach das Zeichen Mnar, bis er erschienen ist.
Die Anrufung ist beendet, wenn die Flammen erlöschen.
Bei der Ankunft und beim Verschwinden des Fürsten der Finsternis weht der Wind. Verlaß das Pentagramm auch nach seinem Verschwinden nur unter dem Schutz des Zeichens Mnar.
Die Beschwörung findet am besten bei Neumond statt.

Das war in drei Tagen. Matthias schluckte seinen Speichel hinunter. Nicht, daß ihm beim Lesen von hundert Zeilen schlechtem Latein das Wasser im Mund zusammengelaufen wäre, und auch die eher trockene Beschreibung von Fingerverrenkungen auf einem Blatt, das so brüchig war wie Holzspäne, hatte seinen Gaumen nicht sonderlich gereizt. Es war ihm nur vor Staunen die Kinnlade heruntergeklappt, und er hatte die ganze Zeit durch den offenen Mund geatmet. Er war grenzenlos verblüfft, daß man über Wesen, die ihm genauso mythisch erschienen wie Sacchettis Engel und Putten, so ernsthaft schreiben konnte. (Bei Sacchetti waren es ja in letzter Zeit eher richtige Engel gewesen, seit er Matthias als Modell hatte, mit seiner ewig entblößten Schulter, wie eine Frau, die sich aus den Kissen erhebt.) Auch war er über die unglaublich naiven Rezepte erstaunt, mit denen man die zweite Macht des Universums sollte anrufen können, Messer Diavolo, den Teufel persönlich. Er hob die Augen zum Fenster, das nach Süden ging. Der Himmel war sehr hell, eine wäßrige Mischung aus Silber und Gelbgold (die sich, wie er dachte, ohne allzu große Schwierigkeiten aus Bleiweiß und Neapolitanisch-Gelb würde herstellen lassen). Er faltete das Blatt zusammen, klemmte es zwischen den Buchdeckel und das Schutzblatt und stellte den Band auf eines der neuen Regale, auf denen schon allerlei Krimskrams seinen Platz gefunden hatte: ein deutscher Almanach, ein gläserner Humpen aus Murano, ein Mäuseschädel von extremer Feinheit, eine Studie in Gips, die er von einem benachbarten Stukkateur bekommen hatte und die er gern nach eigenem Geschmack vollenden wollte... Er seufzte. Der Grund dafür war ihm nur allzu vertraut: Es war die Leere, die er empfand, seit Marisa nicht mehr da war.
Marisa war inzwischen zu einem körperlosen Wesen geworden. Er

hatte aufgehört, sie in seine Arme zurückzuträumen. Wie alle Menschen glaubte Matthias nur an das Unvorhersehbare, und Erinnerungen sind immer vorhersehbar. So groß die Einbildungskraft auch sein mag, ein Bild gehört zwangsläufig der Vergangenheit an und gibt nur her, was es schon einmal hergegeben hat. Das Gehirn, das es sorgfältig um und um wendet und von allen Seiten betrachtet, kann ihm nur entlocken, was es ohnehin schon weiß. Der Unterschied zwischen einer verlorenen Geliebten und einem Sukkubus ist der, daß der angeblich von fremden Mächten gesandte Sukkubus zumindest seine Launen haben wird. So kann man sich vorstellen, daß er unerwartet das Bein heben wird, um die Penetration zu erleichtern, und daß das Bein das Ohr streifen wird. Das wäre wieder eine frische Erinnerung! Die Hand könnte dann unter dem erhobenen Schenkel nach dem Gesäß greifen, um den Wünschen des Sukkubus nachzukommen und die Dicke und Verteilung der den Gesäßmuskel umgebenden Fettschicht zu prüfen ... Dergleichen kann man nicht erfinden. Würde der Sukkubus beim Nachdrängen des Gliedes lustvoll aufstöhnen oder nicht? Wie würde er atmen? Würden ihm die Haare ins Gesicht hängen, oder lägen sie ausgebreitet auf dem Kopfkissen? Würde er die Arme über den Kopf heben, um sich ein Stückchen im Bett hochzuziehen, oder würde er sich auf die Arme des Geliebten stützen? Würde er sprechen? Und was würde er sagen? Wer konnte das wissen? Marisa war also körperlos geworden. Aber kein Fest kann über das Stück Brot hinwegtrösten, das einem aus dem Mund gefallen ist. Matthias wollte es wiederhaben, und zwar genau dieses Stück Brot und kein anderes. Und wenn er dafür den Teufel beschwören mußte.
Das Dumme an dieser neuen Lage, so dachte er, war, daß er nicht allzusehr an den Teufel glaubte. Er wollte gern an Gott glauben, aber der Teufel kam ihm entschieden altmodisch vor. Er fand es unpassend, daß eine Macht, der man soviel Scharfblick zusprach, mit Schuppen, Borsten und Hörnern versehen herumlaufen sollte, stinkend und auf zehn Meilen Entfernung erkennbar. So dachte er, während er die Treppe hinunterstürmte, um sich ins Atelier zu begeben. Eine andere Darstellung des Teufels hatte er jedenfalls noch nirgendwo gesehen.
Das Modellstehen war anstrengend. Sacchetti arbeitete emsig an einem heiligen Petrus auf der Richtstätte. Matthias spielte wieder ein-

mal die Rolle eines Engels, der den Palmzweig des Martyriums hält. Dafür hatte er sich beinahe nackt mit der berühmten Palme in der Hand von einem Gerüst herunterzubeugen; eine Stellung, die er höchstens zehn Minuten hintereinander aushalten konnte. Dann mußte er sich die schmerzenden Glieder massieren, und hinterher tobte Sacchetti, weil seine Pose nicht mehr genau dieselbe war. Zanotti spielte mit einem schönen roten Turban auf dem Kopf die Rolle des Henkers.
»Ach ja, Zanotti!« dachte Matthias plötzlich. »Ich muß einen Vorwand finden, um ihn aus der Wohnung zu entfernen.« Er würde ihn einladen lassen, zum Beispiel von Zuliman, und Arbeit vorschützen, um sich den beiden erst später am Abend anschließen zu müssen. Im übrigen würde der Teufel ja wahrscheinlich gar nicht kommen.
Drei Tage später brachte Matthias also einen Dreifuß mit nach Hause, den er mit kleingehacktem Holz belud. Nachdem er sich gewaschen und Zanotti zu Zuliman geschickt hatte, zeichnete er mit Kreide ein Pentagramm auf den Boden und darum herum einen Kreis. Dann folgte er Wort für Wort den Anweisungen auf dem alten Stück Papier. Zuerst das Zeichen Voor. Er merkte, daß er nicht ganz gleichgültig war. Als die Flammen knisterten und sich plötzlich grün färbten — aber träumte er auch nicht? —, bekam er einen fürchterlichen Schreck. Erst jetzt fragte sich Matthias verwirrt, worum er den Teufel eigentlich bitten wollte. Aber um Marisa natürlich! Was für ein Abenteuer! Aber wenn man einen Ball besucht, muß man auch tanzen. Zuerst das Zeichen Kish, dann das Zeichen Koth, und dann, nach dem Zeichen Caput Draconis, mit zitternder Stimme die Anrufung. Jetzt waren die Flammen über jeden Zweifel erhaben grün. Die Tür zum Treppenhaus knarrte, obwohl sie verriegelt war. Ein Wind erhob sich und hätte beinahe die Flammen ausgeblasen. Matthias verlor seine Kaltblütigkeit. Er brauchte ein Glas Wasser! Aber es war keine Zeit mehr. Etwas oder jemand betrat das Zimmer. Das Zeichen ... Mnar! Ganz aus der Fassung gebracht, sah Matthias eine Katze erscheinen.
Es war eine riesenhafte, dicke, träge, schwarze Katze. Matthias hatte noch nie eine Katze von solcher Größe gesehen. Das Tier schaute ihn spöttisch aus seinen goldenen Augen an und umkreiste einmal das Pentagramm, wobei es den Kreidestrich beschnupperte. Dann

bewegte es mit majestätischer Würde den Schwanz und ließ sich Matthias gegenüber nieder. Es gähnte, ließ einen feingeäderten, rosafarbenen Gaumen sehen und fixierte dabei Matthias mit halbgeschlossenen Augen.
»Und jetzt?« fragte sich Matthias. »Ist er das?«
Die Katze drehte den Kopf. Mit etwas müdem Schritt betrat ein Mann das Zimmer, der seinen *tabarro* auf dem Boden hinter sich herschleifen ließ. Vierzig Jahre? Fünfzig? Ein schöner Kopf jedenfalls, und nichts Schwefliges an ihm. Ein gepflegter grauer Anzug, seidene Kniestrümpfe und ein Zopf. Ein Mann, der niemandem aufgefallen wäre, es sei denn wegen der Schönheit seines Gesichts und dem gepflegten Äußeren. Seine Nase war ein wenig gekrümmt, gerade genug, um eine gewisse Autorität auszustrahlen, der Mund war wohlgeformt und fleischig. Er hatte eine hohe Stirn und gepuderte Haut. Der Blick war wie der Schritt, ironisch und müde. Er zog sich einen Stuhl heran, legte die Beine übereinander, kraulte den Kopf der Katze und sagte:
»Es handelt sich um Marisa, nicht wahr?«
Eine kultivierte Stimme, bedächtig und ein ganz klein wenig nasal. Ein Bariton. Ob er sang?
Matthias räusperte sich.
»Ja, es handelt sich um Marisa«, sagte er endlich, überrascht, daß er sich mit diesen Worten ohne den geringsten Zweifel an den Rivalen Gottes wendete.
»Gut«, sagte der Teufel. »Weder das Geld noch der Ruhm. Die Liebe. Das war ja auch Zeit in dieser Familie.«
»Wie bitte?« fragte Matthias.
»In dieser Familie, sagte ich. Bei den Hohenzollern. Wissen Sie nicht, daß Sie der Sohn Friedrich Wilhelms I. sind? Der Halbbruder des jetzigen Königs Friedrich II.? Geben Sie nicht damit an, das könnte sie das Leben kosten. Der Vater ein Haudegen. Sein Nachfolger ein wenig feiner, von höllischer Eitelkeit, wenn ich so sagen darf. Er braucht meine Dienste nicht. Was Marisa angeht, so tut es mir leid. Da kann ich nichts machen. Nichts zumindest, was Sie befriedigen würde. Und zweifelhafte Geschäfte sind nicht meine Sache. Möchten Sie sie vielleicht sehen?«
»Wie denn?« fragte Matthias.
Der Teufel machte eine Handbewegung zum Fenster hin, dessen

Vorhänge geschlossen waren. Sie öffneten sich, und das Fenster gab den Blick auf eine Küche frei. Marisa rührte mit einem hölzernen Kochlöffel in einem Kochtopf herum. Sie war dicker geworden. Sie sang vor sich hin, und an ihren Rockschößen hing ein kleiner Knirps. Matthias stiegen die Tränen in die Augen. »Marisa!« wollte er rufen, aber nach der ersten Silbe des geliebten Namens brach ihm die Stimme, während Marisa auf einer Feuerstelle gehackte Zwiebeln schmorte.
»Sie hat Sie vergessen, sie ist glücklich, und sie erwartet ein zweites Kind. Sie braucht Sie nicht, und *Sie* würden sie auch nicht mehr brauchen können.«
Matthias' Gesicht drückte Enttäuschung aus. Wer konnte wissen, was in ihm vorging!
»Es ist die Marisa von damals, die Sie begehren!« sagte der Teufel. »Ein Bild! Malen Sie sie!«
»Sie malen?« Matthias wankte und geriet mit dem Fuß an die Grenze des Pentagramms. Eine Bewegung der Katze, die plötzlich zum Absprung bereit war, erinnerte ihn an die Gefährlichkeit seiner Lage. Einen Zoll weiter, und es wäre um ihn geschehen. Unter dem spöttischen Blick des Teufels zog er seinen Fuß zurück.
»Ich bin gekommen, um ein Geschäft zu machen«, sagte der Teufel. »Ein sauberes und solides Geschäft. Ich nehme das genau. Zweifelhafte Geschäfte sind Menschensache; ich habe damit nichts zu tun. Ich gebe Ihnen die Macht, alle Bilder, die Sie malen, zum Leben zu erwecken. Das ist die einzige Verpflichtung, die ich eingehe. Ich werde mich nicht darum kümmern, was Ihre Geschöpfe im Körper haben. Weder ich noch der Andere haben darauf einen Einfluß. Ich verstehe mich nicht darauf, mir Klagen anzuhören. Zwischen den beiden Polen dieser Welt erstreckt sich ein Sumpf, und dieser Sumpf ist die menschliche Gattung.«
»Wenn ich Marisa male, wird sie lebendig?«
»Das wäre sicher einfacher, als die Frau eines Zöllners aus San Michele hierherkommen zu lassen. Das ist mißlich, aber es ist so. Aber Vorsicht, signieren Sie Ihre Gemälde nie!«
»Warum nicht?«
»Das ist das Todesurteil«, erklärte der Teufel mit halbgeschlossenen Augen und entkreuzte seine Beine. »Sie werden sich dessen übrigens bedienen, glauben Sie mir. Die Liebe, Matthias, ist mörderisch.«

»Die Liebe soll mörderisch sein?« rief Matthias.
»Sie werden schon sehen«, sagte der Teufel. »Am Tag Ihres Todes, das ist Ihre Seite des Handels, werden Sie mir dann folgen. Sagen Sie es!«
»Ich werde Ihnen folgen«, sagte Matthias traurig.
»Und die Liebe ist wirklich mörderisch?« fragte er dann noch einmal.
»Ich habe zu tun, Prinz«, versetzte der Besucher. Er erhob sich, die Katze ging vor ihm her, sie durchschritten die Tür, und ein Wind wehte Matthias an, der die Augen vor Schmerz geschlossen hielt. Mit tränenüberströmtem Gesicht stand er aufrecht im Sturm. Als er die Augen wieder öffnete, war das Zimmer in Finsternis getaucht. Er machte das Zeichen Mnar. Er holte einen Schwamm und wischte das Pentagramm vom Boden.
Dann zog er seinen *tabarro* an, mietete eine Gondel und machte sich eilig auf den Weg zu der Kneipe, in der Zanotti und Zuliman schon unruhig auf ihn warteten. Als sie ihn sahen, wurden sie noch unruhiger. Auch dem Wein gelang es kaum, ihm ein menschliches Aussehen wiederzugeben. Matthias hatte die allergrößte Mühe, ihren besorgten Fragen auszuweichen.
In dieser Nacht bat er Zanotti, mit ihm im selben Bett zu schlafen, und zu Zanottis ängstlicher Verwunderung ließ er sich umarmen, so fest es nur ging.

12.

Die angebliche Doppelgängerin

Am nächsten Morgen hatte Matthias große Mühe aufzustehen. Ob das nun körperliche Ursachen hatte, weil er sich zerschlagen fühlte, oder geistige, weil er seine Gedanken nicht zusammenbrachte, jedenfalls hatte er ungefähr soviel Willenskraft wie eine Strohpuppe, und während der ersten halben Stunde nach dem Aufstehen mußte Zanotti ihn stützen, ihm helfen, Gesicht und Oberkörper zu waschen (denn die Wohnung verfügte, beachtlicher Luxus, über ein Badezimmer), ihm die Hosen anziehen, die Krawatte binden ... Zanotti, der Matthias' Verwirrung vom Vorabend sofort mit seiner jetzigen Betäubung in Verbindung brachte, beunruhigte sich aufs neue.
»Was ist los?« wiederholte er zum soundsovielten Mal, ohne eine Antwort zu bekommen.
Matthias betrachtete ihn mit einem Gesichtsausdruck, der an Schwachsinn grenzte.
»Die Katze!« murmelte er plötzlich verstört und riß vor Entsetzen den Mund auf.
»Welche Katze?«
Matthias erinnerte sich an die in ihrer Küche vor sich hin singende Marisa und brach in Tränen aus.
»Er hat Fieber!« murmelte Zanotti.
Aber Matthias schüttelte den Kopf.
»So erklär mir doch, was du hast!« flehte Zanotti.
Matthias schüttelte den Kopf.
Zanotti kochte sehr starken Kaffee, den er in dem kleinen Zimmer, in dem die Beschwörung stattgefunden hatte, mit Matthias teilte. Kaum hatte Matthias das Zimmer betreten, erschreckte er Zanotti noch mehr; er starrte auf eine kaum wahrnehmbare Kreidespur am Boden, und die Haare standen ihm buchstäblich zu Berge. Aus seinem Gesicht war alle Farbe gewichen.

»Trink deinen Kaffee«, sagte Zanotti.
Der Kaffee tat seine Wirkung. Matthias bekam wieder etwas Farbe auf die Wangen, aber sein Blick irrte auf der Suche nach der Katze die Wände entlang. Plötzlich bückte er sich und hob ein paar schwarze Haare vom Boden auf. Zanotti riß sie ihm aus den Fingern, betrachtete sie und sah dann Matthias an.
»Die Katze also«, sagte er mißtrauisch.
Matthias nickte.
»Eine große Katze«, fügte Zanotti im Hinblick auf die ungewöhnliche Länge der Haare hinzu. »Eine große, schwarze Katze.«
Matthias warf ihm einen erschrockenen Blick zu. Zanottis Gesicht verfinsterte sich.
»Marisa?« fragte er flüsternd. »Hexerei«, sagte er dann.
Von neuem stürzten Tränen aus Matthias' Augen. Er warf sich in Zanottis Arme, der ihn an sich drückte, als ob er ihn ersticken wollte.
»Aus Liebe«, murmelte Zanotti und streichelte Matthias den Kopf. »Aus Liebe!« Mit ausgestreckten Armen hielt er Matthias fest. »Und du hast Marisa gesehen?«
»Sie hat mich vergessen. Sie ist glücklich. Sie erwartet ihr zweites Kind.« Zanotti stieß einen wütenden Schrei aus, ein »Ha!«, von dem man nicht wußte, ob es Marisas Untreue galt oder der Tatsache, daß das einzige Wesen, das er liebte, sich auf schwarze Magie eingelassen hatte, um seine Geliebte wiederzusehen. Er fühlte sich sehr niedergeschlagen.
»Sacchetti wird ungeduldig werden«, sagte er. »Gehen wir!«
Sie stiegen die Treppe hinunter.
»Du mußt beichten gehen«, sagte Zanotti.
Vom Laufen etwas heiterer geworden, warf Matthias ihm einen Blick zu, der geheimnisvoll wirken sollte.
»Das wird schwierig werden. Die Buße wird streng sein und lange dauern.«
Matthias sah ihn unter halbgeschlossenen Augenlidern hervor an.
»Matthias!« schrie Zanotti.
Matthias nickte.
»Nein!« heulte Zanotti auf, so laut, daß die Passanten sich nach ihnen umdrehten.
»Was ist schon eine Seele? Es hat schon so viele gegeben, und es wird noch so viele geben«, sagte Matthias.

»Aber ich, ich!« schrie Zanotti. »Ich liebe dich, und jetzt liebe ich einen Verdammten!« Er weinte.
»Das ändert gar nichts«, sagte Matthias sanft. »Wir trennen uns erst im Tod. Auf jeden Fall ... Ich habe ja schließlich keine Hörner, oder?« fragte er mit einem schwachen Lächeln.
»Was für ein Kerl!« rief Zanotti. »Was ist das bloß für ein Kerl!« Er war fast schon bereit, ihn zu bewundern.
Sie betraten das Atelier.
»Die Herren belieben lange zu schlafen!« sagte Sacchetti. »An die Arbeit!« Matthias zog sich aus und stieg auf sein Gerüst. Zanotti setzte sich den Turban auf und nahm einen hölzernen Säbel in die Hand. Die Zeit verstrich. Plötzlich blickte Zanotti zu Matthias hinüber und stutzte. Matthias zwinkerte ihm zu. Und völlig unerwartet brachen sie beide in schallendes Gelächter aus, das sie schüttelte, als wollten sie nie mehr damit aufhören. Zanotti wälzte sich prustend auf dem Boden herum, während Matthias sich glucksend und kichernd auf seinem Gerüst zusammenkrümmte.
»Aber was ist denn los?« fragte Sacchetti, leicht aus der Fassung gebracht, dann verärgert und schließlich selbst erheitert. »Erklärt ... mir ... doch!« Sie lachten hemmungslos und steckten sich gegenseitig an mit ihrer nicht mehr enden wollenden Belustigung. Schließlich stieg Matthias vom Gerüst herunter, begutachtete Sacchettis Arbeit und sagte:
»Die Armlinie muß runder sein. Und in die Handfläche, die sich hier gegen den Säbelknopf drückt, muß ein Tupfer Weiß.«
»Mach's selbst«, sagte Sacchetti. »Ihr habt mich mit eurer Albernheit ganz aus dem Konzept gebracht.«
Fast nackt korrigierte Matthias die Rundung des Arms und bleichte die Handfläche.
»Du bist inzwischen besser als ich, kleiner Teufel«, sagte Sacchetti. »Du wirst mich bald sitzenlassen.«
»Warum denn? Geht es uns denn nicht gut hier, so zu dritt?« fragte Matthias.
Das Wetter war klar, der Himmel wolkenlos, das Meer glänzte seidig. Zusammen gingen sie Mittag essen.
»Seltsam, daß es in dieser Stadt, die doch mit dem Meer verheiratet ist, kein einziges Restaurant am Wasser gibt«, sinnierte Matthias, während er seine Lippen in ein Glas leichten, sauren Wein tauchte.

»Die Menschen, die auf dem Meer arbeiten, lieben es nicht, sondern fürchten es. Ebensogut könntest du von Bergarbeitern verlangen, daß sie auf dem Grund ihrer Mine zu Mittag essen«, sagte Sacchetti. Eigentlich dachte er aber an etwas anderes. Er blickte Matthias an.
»Du bist jetzt schon fast zwei Jahre bei mir. Und wie du dich verändert hast! Ein kleiner Paradiesvogel hat sich in einen Adler verwandelt!«
»Das muß an seiner Nase liegen«, meinte Zanotti. »Sie ist schmaler geworden und hat sich gekrümmt.«
»An der Nase!« rief Sacchetti. »Er ist anders geworden, weil seine Lebensweise sich geändert hat, das ist alles. Und du hast dich auch verändert, Baldassari«, fügte er hinzu und gebrauchte seit langer Zeit zum ersten Mal Zanottis Familiennamen. »Du bist so etwas wie Matthias' Mutter und Ehefrau geworden. Du lebst nur noch für ihn, nicht wahr?«
Zanotti lachte gezwungen.
»Ich verstehe«, sagte Sacchetti und nickte auf seinen halben Kapaun hinunter, einen Vogel, der während seines beschaulichen Lebens sicherlich gut gemästet worden war, in San Giorgio oder San Michele, vielleicht sogar in Marghera, denn das Messer zerteilte sein Fleisch mit der Leichtigkeit eines Schmeichlers, der ein Kompliment anbringt. »Sogar mein eigenes Leben hat sich verändert, seit Barbarin, der alte Schuhu, unser Blondköpfchen zu mir gebracht hat. Ich weiß, daß er ein größerer Maler werden wird als ich, und ich weiß sogar, daß er im Besitz einer schrecklichen Waffe ist, über die du selbst nicht verfügst, Zanotti, der du so wenig bösartig bist wie ein warmes Brot, das aus dem Ofen kommt.«
Genoß er mehr das zarte Fleisch des Kapauns oder mehr die ängstliche Neugier der beiden anderen auf die Erklärung, die jetzt folgen mußte?
»Was für eine Waffe?« fragte Matthias.
»Eine fürchterliche Unschuld!« rief Sacchetti aus. »Du hast von nichts eine Ahnung, aber du lernst alles sofort und so schnell, daß du alles zu wissen scheinst. Du hast diese höllische Gabe, die die Menschen in Frankreich, in England und was weiß ich wo sonst noch so sehr begehren, die Freiheit. Die Freiheit ist es, die dir die Unschuld gibt. Die Unschuld des Verbrechers«, schloß Sacchetti mit gesenkten Augen.

Unangenehm berührt, beschäftigten Matthias und Zanotti sich mit ihren Tellern.
»Ich wollte sagen ...« hub Matthias schließlich an. Die beiden anderen hörten auf zu kauen.
»Ich wollte sagen, daß auf dem Bild eine Person zu wenig ist. Auf der linken Seite bleibt eine ganze Ecke leer. Die bogenförmige Kraftlinie, die durch den Henker angedeutet wird, müßte weitergeführt oder durch eine gegenläufige Linie aufgefangen werden.«
»Was für eine Person?« fragte Sacchetti.
»Es sind drei Männer auf dem Bild. Es fehlt eine Frau.«
»Eine Frau!« wiederholte Sacchetti in beinahe drohendem Ton.
»Eine sanfte Note, die die Gewalttätigkeit der Szene mildert.«
»Na gut, dann mach, wie du denkst«, sagte Sacchetti ruhig und wischte sich den Mund und die Finger auf englische Art mit dem Taschentuch ab, denn der Wohlstand hatte ihn feinere Sitten annehmen lassen. Anschließend stopfte er das Taschentuch in seinen linken Ärmel.
»Ich darf sie malen?«
»Wenn sie mißlingt, können wir sie immer noch verdecken«, antwortete Sacchetti. Matthias erschrak. Sie verdecken? Das war nicht vorgesehen ...
Er hatte Angst. Mit sienarotem Pinsel warf er rasch ihre Umrisse auf die Leinwand. Dann den Faltenwurf des Kleides. Die geschwungene Bewegung des Rocks. Eine Bäuerin, die an der Richtstätte vorbeikommt und zugleich flehentlich und voller Entsetzen die Arme hebt.
Er hatte Angst, ob er Marisa auch treffen würde. Er hatte einen anderen Blickwinkel gewählt als auf dem Porträt, das Sacchetti für einen Piazzetta gehalten hatte. Erinnerte er sich noch genau genug an die Form ihrer Nase? An den Schnitt der Augen? Aber was bedeutete es schon, wenn eine andere Marisa dabei herauskam. Die erste war schließlich untreu gewesen.
Zanotti beobachtete ihn gespannt. Er ahnte, daß hier noch etwas anderes im Spiel war, eine geheime Beziehung zur schwarzen Magie. Sacchetti war mit den Plänen für die Dekoration einer Decke beschäftigt, rauchte seine Zigarre und warf ab und zu einen Blick auf Matthias' Arbeit. So vergingen zwei Tage. Am dritten war das Gesicht vollendet.

»Gut«, urteilte Sacchetti. »Der braune Rock und die bläulich-weiße Bluse sind ideal. Sie vervollständigen die Harmonie der blauen und roten Partien, ohne ihnen zu widersprechen. Aber die Haube mußt du mehr ins Goldene hinüberspielen lassen. Das Rot, das du da gewählt hast, geht nicht.«
Eine Dreiviertelstunde später war auch diese Veränderung ausgeführt. Matthias' Herz klopfte zum Zerspringen.
»Ich geh ein bißchen Luft schnappen«, sagte er und verließ das Atelier.
Da war sie, nur wenige Schritte von ihm entfernt, und trug mit Mühe einen großen Korb voller Fische.
»Kann ich Ihnen helfen?« fragte er mit erstickter Stimme und musterte sie mit Augen, in denen der Wahnsinn glomm. Die Zudringlichkeit seines Blicks schien sie zu erstaunen.
»Ja, gerne«, sagte sie. »Das ist ein bißchen schwer für mich. Aber ein vornehmer Herr wie Sie ...«
Bevor sie den Satz vollenden konnte, hatte er ihr den Korb schon abgenommen. Wohin er sie begleiten dürfe? Zum Palazzo Loredano, ein gutes Stück Wegs. Er atmete schwer vor Verwirrung.
»Für Sie ist es auch nicht gerade leicht, nicht wahr? Sollen wir den Korb nicht gemeinsam tragen? Es ist nur, weil der Herr sich plötzlich entschlossen hat, heute abend ein großes Diner zu veranstalten. So hat man mich auf den Markt geschickt, ohne daran zu denken ...« Sie lächelte entschuldigend. Ihre Zähne waren perfekt.
»Mein Name ist Matthias. Und wie heißen Sie?«
»Marisa.«
Verzweifelt holte er Luft. Der Teufel hatte ihm nicht zugesichert, daß er seine Geschöpfe würde verführen können. Und wenn sie ihm davonliefe?
»Arbeiten Sie im Palazzo Loredano?«
»Ja, seit meine Mutter gestorben ist.«
Wenige Minuten später hatten sie den Palazzo erreicht. Mit dem Handrücken wischte er sich den Schweiß von der Stirn, schob eine feuchte Haarsträhne aus dem Gesicht und lächelte abermals. Sie stellten den Korb auf den Boden.
»Kann ich Sie wiedersehen?« fragte er und bohrte seinen Blick in den ihren.
Sie betrachtete ihn erstaunt. Oder tat sie nur so? Sie hatte sanfte,

blaugraue Augen, die jetzt beinahe verärgert wirkten. Und das sollte eine Ausgeburt der Hölle sein? Er hätte auf das Gegenteil gewettet, und sei es um sein Leben!
»Es ist nur ... ich möchte Sie gerne wiedersehen«, wiederholte er.
»Ein vornehmer Herr wie Sie ...« antwortete sie beinahe bedauernd. »Ich bin nur ein Dienstmädchen ...«
Es stimmte, er hatte eine Bäuerin gemalt. Ob sich das noch ändern ließe? Zu spät!
»Ich will Sie wiedersehen«, sagte er. »Heute abend.«
»Da findet dieses Essen statt ... Das wird sicher spät ... Und dann muß ich Teller waschen ...«
»Ich erwarte Sie hier um Mitternacht.«
»Ich bin verrückt«, murmelte sie zum Zeichen der Ergebung. »Und Sie sind ein Narr!«
Brachte der Teufel etwa besonnene Frauen hervor? Oder bestand seine größte List darin, daß er Wesen erschuf, die die Anzeichen der Scham, des Bedauerns und des schlechten Gewissens täuschend echt nachahmen konnten?
»Ich werde da sein«, sagte er fest, »und Sie werden da sein. Es kann nicht anders sein.«
»Wenn Sie nicht so ein hübscher Junge wären ...« murmelte sie und nahm ihren Korb. »Und so verrückt ...«
Atemlos erreichte er das Atelier.
»Da nur von eben mal Luft schnappen die Rede war«, sagte Sacchetti, »Zanotti ist dich suchen gegangen.«
Im selben Augenblick betrat Zanotti mit heuchlerischer Miene das Atelier.
»Du bist mir nachgegangen?« fragte Matthias.
Stille. Matthias wiederholte seine Frage.
»Zum Teufel, ja!« schrie Zanotti und stieß einen Stuhl mit solcher Wucht von sich, daß er umkippte wie ein betrunkenes Marktweib, die Beine in der Luft. Mit großem Getöse verließ er den Raum.
»Du schnüffelst mir also hinterher!« schrie Matthias ihm nach.
»Ehestreit«, bemerkte Sacchetti kalt.
Für den Rest des Abends blieb Zanotti verschwunden. Sehr frühzeitig machte sich Matthias auf den Weg zu seinem Rendezvous. Er betrachtete die Trauben von Gondeln, die wappengeschmückt und verziert zu mehreren an den Pollern vertäut lagen, die Gondolieri,

die auf die Öffnung der Garküchen warteten und sich solange die Kehlen ausspülten, und die erleuchteten Fenster in der Ca' Loredan. Er ging weiter bis zum Palazzo Dandolo-Farsetti und dachte über die byzantinische Wucht der venezianischen Architektur nach, der er die klassische Bauweise bei weitem vorzog. Dann kehrte er um und nahm, in seinen *tabarro* gehüllt, mit klopfendem Herzen an demselben Fleck Aufstellung, an dem er die zweite Marisa wenige Stunden vorher verlassen hatte. Die Glocke von San Giovanni Crisostomo schlug zwölf. Der heilige Johannes mit dem Goldmund läutete die ersehnte Stunde ein.

Sie erschien wenig später, in einen dunklen Schal gehüllt wie eine alte Frau, aber er hätte sie unter Tausenden herausgefunden.

»Marisa!«

»Psst!« befahl sie. »Sie werden mich kompromittieren!«

Er küßte ihr die Hand. Er bat darum, ihr Gesicht sehen zu dürfen, um die Finsternis der Nacht zu vertreiben. Sie war kaum dazu bereit, einen Zipfel des Schals einen Augenblick zurückzuschlagen, und verhüllte sich sofort wieder.

»Die Polizei ...« flüsterte sie.

»Glauben Sie, daß sie Jagd auf Verliebte macht?«

»Auf Verliebte? Sie sind verliebt, nicht ich«, versetzte sie naseweis. »Warum sollte ich denn verliebt sein? Ich habe Sie doch bisher nur einmal gesehen. Und außerdem, was sucht schon ein heißblütiger junger Herr wie Sie? Das Abenteuer, oder? Wenn ich auf Sie hören würde, Messer ...«

»Matthias.«

»Messer Matthias, dann wäre ich verloren.«

»Und was sucht das hübscheste Mädchen von ganz Venedig?«

»Gehen wir dort hinüber«, sagte sie und führte ihn die dunkle Gasse zur Piazza Santa Lucia entlang, die die beiden Palazzi voneinander trennte. »Ich suche nichts, Messer Matthias« (diese alberne Art, ihn »Messer Matthias« zu nennen, als ob er ein Anwalt wäre!) »Sie sind es, der mich hierherbestellt hat. Ich warte mit Gottes Hilfe auf einen anständigen Mann, der mich heiratet.«

Finster vernahm er diese unmißverständlichen Worte.

»Und was machen Sie, Messer Matthias?«

»Hören Sie auf, mich ›Messer Matthias‹ zu nennen! Sagen Sie Matthias! Ich bin Maler.«

»Maler?«
Unvermittelt blieb sie stehen und lehnte sich an den Brunnenrand in der Mitte des Platzes.
»Können Sie denn mit diesem Beruf eine Familie ernähren?«
»Ich kann meinen Lebensunterhalt ganz gut damit bestreiten, und ich habe eine eigene Wohnung.«
»Aber warum sind Sie dann gekleidet wie ein Herr von Stand?«
»Ich bin ein Herr von Stand. Ich bin Graf.«
»Graf?« wiederholte sie in noch affektierterem Ton. Offenkundig dachte sie über die Aussicht nach, Gräfin zu werden. »Wie kann man gleichzeitig Graf und Maler sein?«
»Wieso?« fragte er, am Ende seiner Geduld.
»Grafen sind doch reich, sie arbeiten nicht. Wenn überhaupt, sind sie Bankiers, Minister oder was weiß ich.«
Von San Giovanni Crisostomo klangen zwei Schläge herüber. Halb eins! Zum Teufel mit dem Goldmund!
»Ach du liebe Güte!« rief sie in einem Ton, den sie von den Klatschweibern gelernt haben mußte. »Ich muß nach Hause!«
Zum zweitenmal durchquerten sie die dunkle Gasse. Er versuchte, sie zu umarmen, und verrenkte sich dabei beinahe den Hals.
»Messer Matthias!« rief sie empört. »Ich bin ein junges Mädchen und keine Hure!«
Sie erreichten die Lichter des Palazzo.
»Erlauben Sie mir, Sie wiederzusehen!« verlangte er. Er hatte gar keine Lust mehr dazu, aber er wollte wenigstens herausfinden, was dieses Geschöpf, für das er seine Seele verkauft hatte, überhaupt taugte.
»Übermorgen«, sagte sie mit sehr spitzer Stimme.
»Warum nicht morgen?«
»Ich sagte übermorgen.«
»Alberne Gans!« dachte er.
»Am selben Ort?«
»Wie Sie wollen.«
In miserabler Laune kehrte er heim. Bevor er zu Bett ging, schenkte er sich ein randvolles Glas Portwein ein. Er versuchte, darin seinen Groll zu ertränken, als Zanotti geräuschvoll zur Tür hereinkam. Sicher glaubte er, daß Matthias in teuflischen Spielen mit einer von ihm geschaffenen Kreatur befangen war, und wollte das vermeint-

liche Glück des Paares stören. Matthias war darüber amüsiert und wütend zugleich. Er stand auf, um Zanotti zur Rede zu stellen.
»Eifersüchtig!« sagte er.
Zanotti war rot vor Zorn und Alkohol.
»Sie ist schon fort? Dann war es wohl kein sonderlich gelungener Wurf«, brummte er. Er schickte sich an, sich eine Tasse heiße Schokolade zu kochen, wozu er den Ofen wieder anmachen mußte.
»Sie ist nicht gekommen«, sagte Matthias, der sich nackt auf einem Stuhl niedergelassen hatte. »Der Teufel ist ein Angeber.« Zanotti warf ihm einen scheelen Blick zu, in dem Ironie und Mißtrauen miteinander stritten.
»Was dachtest denn du?« fragte er, während er mit einem langen Schürhaken im Ofen herumstocherte. »Ein kleiner Prinz, der aus Deutschland hierherkommt, um den Teufel zu bezwingen!«
»Graf, nicht Prinz.«
»Für mich bist du ein Prinz. Der einzige, den ich je gesehen habe.« Er schüttete Wasser aus dem Krug in einen kleinen Kessel und verschränkte die Arme, ganz davon in Anspruch genommen, dem Wasser beim Heißwerden zuzusehen. Matthias zündete sich eine Zigarre an. Der menschliche Geist, das waren nur zwei Arme. Hundert hätte man zumindest gebraucht. Zanotti tat zwei Löffel Schokoladensplitter in eine Tasse, gab einen Löffel Kandiszucker dazu und schüttete das kochende Wasser unter behutsamen Rühren in dünnem Strahl darüber.
»Gibst du mir ein Schlückchen ab?« fragte Matthias.
Das trug ihm einen weiteren ironischen Blick von Zanotti ein.
»Und du wirst mich nicht alleine schlafen lassen«, sagte Matthias.
»Du bist verdammt, und ich bin deine arme, verdammte Seele.«
»Heirate doch!« sagte Matthias eine Spur herausfordernd.
»Ich werde kaum eine Frau finden, die dich als Zugabe nimmt«, sagte Zanotti.

13.

Fondamenta del Carbon, 8 Uhr 15, an einem Abend des Jahres 1745

Trotzdem ging er zu dem Stelldichein mit seiner Zimperliese, mit Zweifeln an der Ehrlichkeit des Teufels im Herzen — und mit dem Verdacht, daß er, Matthias, entschieden mehr Talent hatte als das Leben. Denn die, die er gemalt hatte, war unvergleichlich viel anmutiger als das Zierpüppchen, in dem sie Fleisch geworden war. So weit, so gut. Absichtlich kam er zu früh; man konnte ja nie wissen. Die Fondamenta del Carbon war verlassen. Weder im Palazzo Loredano noch im Palazzo Dandolo-Farsetti fand heute ein Fest statt. Ein hämischer Wind blies um die Ecken. Etwas weiter unten nahm er zwei Schatten war, die sich in seine Richtung bewegten. Er schlenderte langsam auf und ab. Die Schatten näherten sich ihm; sie machten einen finsteren Eindruck. Als die beiden Männer auf seiner Höhe waren, trennten sie sich, als ob sie ihn umzingeln wollten. Er machte sich kampfbereit. »Jetzt!« schrie der eine auf deutsch, und der andere warf sich auf ihn. Matthias sah einen Dolch aufblitzen, der in den Schein eines Leuchtfeuers geraten war; er fing den Schlag mit einer Hüftbewegung ab, die es ihm ermöglichte, seinen Angreifer am Umhang zu packen und ihn herumzuwirbeln, aber so schnell, daß sie beide in den Canal Grande stürzten. Der Angreifer hielt immer noch den Dolch umklammert. Matthias bohrte ihm die Finger in die Augen, suchte Halt an einem Boot, verdrehte ihm das Handgelenk und entriß ihm den Dolch. So kraftvoll, wie es das Wasser zuließ, versetzte er ihm drei Stiche. Ein vom Wasser ersticktes Röcheln teilte ihm mit, daß der Kerl tot war. Sein *tabarro* trudelte noch einen Augenblick auf dem Kanal und trat dann zielstrebig samt Inhalt seine Fahrt in die Hölle an. »Karl?« rief der andere am Ufer. »Karl?« Matthias holte tief Luft und rief dann mit verstellter Stimme: »Ich hab ihn erwischt! Gib mir die Hand!« Der andere hielt ihm die Hand hin, und Matthias riß heftig daran, so daß auch der zweite Mordgeselle das Gleichgewicht verlor und ins Wasser fiel.

Noch drei Stiche, und Matthias ließ den Dolch in seinem zweiten Opfer stecken. Er kletterte in das Boot, und nachdem er sich versichert hatte, daß ihm keine weiteren Gefahren drohten, erklomm er von dort aus den Kai. Die zweite Marisa war nicht gekommen — oder doch, da war sie, mit aufgerissenen Augen. »Herr Graf!« rief sie. Er hieß sie schweigen. Ob sie mit dem Anschlag etwas zu tun hatte?
»Kann ich mich im Palazzo abtrocknen?« fragte er außer Atem.
Sie brach in ein langatmiges Gejammer aus, das ihn in Wut versetzte.
»Jetzt hör mal zu«, sagte er und schob sie hinter einen Mauervorsprung des Palazzo Dandolo-Farsetti. Als sie dort noch immer nicht aufhören wollte, mit leiser Stimme vor sich hin zu lamentieren, versetzte er ihr einen Faustschlag, der sie betäubte und zum Verstummen brachte. Der heil überstandene Kampf um Leben und Tod hatte sein Blut in Wallung versetzt. Er streifte ihren Rock zurück, zerriß ihren Unterrock und vergewaltigte sie. Der Orgasmus oder die Feuchtigkeit ihres Angreifers weckten sie auf.
»Liebst du mich jetzt?« fragte er mit zusammengebissenen Zähnen.
»Ich habe für dich meine Seele verkauft!«
»Fahr zur Hölle!« zischte sie wütend.
»Ausgezeichnet«, sagte er und machte sich rasend vor Zorn davon. Er nahm den Rückweg durch die dunkelsten Gäßchen, die er finden konnte. Zu Hause zog er sich um und hängte seine Sachen zum Trocknen auf. Dann ging er ins Atelier. Er zündete eine Kerze an, nahm einen feinen Pinsel und setzte seine Unterschrift in winzigen Lettern in die Rockfalten der Bäuerin, die dem Martyrium eines Heiligen beigewohnt hatte. »Das ist also die Liebe«, murmelte er nachdenklich.
Der Teufel hatte recht gehabt. Die Liebe war mörderisch. Und trotzdem hatte er, Matthias, niemals Marisas Tod gewünscht.
Am nächsten Tag lief das Gerücht um, zwei Deutsche hätten versucht, eine junge Venezianerin zu vergewaltigen, die im Palazzo Loredano arbeitete, und alle drei seien im Canal Grande ertrunken.
Graf Gradenigo schickte seinen Diener zu Matthias, der sich nach dem Befinden des Grafen Archenholz erkundigen sollte.
Die ausgesprochen finstere Miene, die Matthias wochenlang zur Schau trug, beunruhigte Zanotti. Eines Morgens erwischte ihn Matthias über die Bäuerin auf dem Bild gebeugt, das Angelotti gerade gefirnißt hatte. Zanotti drehte sich zu ihm um und schnitt eine Grimasse. Matthias nickte. Das war das Urbild gewesen.

14.

Die Katze

»So bin ich also ein Verbrecher. Ein Mörder!« sagte sich Matthias. Aber eigentlich stimmte ihn das nur nachdenklich.
Wenn er sich vorstellte, wie er die beiden Meuchelmörder, die ihm nach dem Leben getrachtet hatten, in die Hölle geschickt hatte, fand er das sogar äußerst anregend. Die Freude, die glühende Freude, die er empfunden hatte, als er ihnen den Dolch in den Leib bohrte! Es bereitete ihm höchsten Genuß, daran zu denken. Wer hatte sie ihm auf den Hals gehetzt? Friedrich, von plötzlichen Sorgen um seine Herrschaft befallen? Das Gesindel, das dem Markgrafen von Ansbach-Bayreuth als Pagen diente? Er würde es schon noch herausfinden. Aber die zweite Marisa? Er konnte sich zwar sagen, daß er sie töten mußte, um sich einer unliebsamen Zeugin zu entledigen — sie hatte ihn aus dem Kanal steigen stehen, in dem die beiden Mörder gefunden worden waren, und hätte den Polizeiverhören sicher nicht standgehalten —, aber er wußte wohl, daß das nicht alles war. Er hatte sie getötet, mit ein paar Pinselstrichen, weil sie ihn enttäuscht hatte. Vergewaltigt hatte er sie in der verrückten Hoffnung, daß er zugleich mit ihrem Hymen ihr Herz durchbohren würde. Außerdem hatte er ihr sein Geheimnis anvertraut. Er hatte nichts als Haß dafür geerntet. Sicher hätte sie alles der Polizei erzählt, daß sie ihn aus dem Kanal hatte steigen sehen und daß er sie vergewaltigt hatte. Damit hätte sie ihn auf die Galeeren befördert. Soweit durfte er es natürlich nicht kommen lassen.
»Man muß sich zu schützen wissen«, murmelte er, während er frühmorgens in seiner Tasse Kaffee rührte.
»Und ausgerechnet ich, der ich sonst so sanftmütig bin«, setzte er hinzu.
Ein solches Mißgeschick würde ihm jedenfalls nicht noch einmal passieren. Und trotzdem: Was sollte er dagegen unternehmen? Er

hatte die Bäuerin auf Angelottis Bild mit ebensoviel Schwung wie Sorgfalt gemalt. Er hatte ihr den Ausdruck weiblicher Tugend gegeben, die vom schrecklichen Anblick des Martyriums beleidigt ist ... Sicher war es das! Er hatte das geliebte Gesicht zu tugendhaft dargestellt. Er mußte darauf achten, daß er die Sittsamkeit nicht zu stark betonte, dafür aber die sinnlichen Züge hervorheben. Trotzdem hatte die Vergewaltigung sein Blut fürs erste abgekühlt. Er wollte warten, bis die Enttäuschung sich gelegt hätte und sein wundes Fleisch nur um so heißer glühen würde, um den schöpferischen Prozeß aufs neue zu beginnen, die Verwirklichung seines Ideals. Er mußte von fleischlichen Begierden getrieben sein, damit jene zusätzliche Kraft der Seele, die man Genie nennt, sich seinem gewöhnlichen Talent hinzugesellen konnte. So wurde es Sommer. Das Gefühl des Wassers auf der nackten Haut, der himmlische Durst, von einem leichten, frischen Wein gelöscht, der köstliche Geschmack von geeistem Zitronensaft, den man nach dem Abendessen im Café Florian trinken konnte, die Sehnsucht nach dem Unbekannten, das sich mit der Nacht auf die Stadt niedersenkte, wenn die Leuchtfeuer der Gondeln Lichtmuster auf der Lagune bildeten und die Gondolieri sangen wie die röhrenden Hirsche in Schlesien, die Gewitter, die mit ihren elektrischen Ladungen die Nerven kitzelten, das lustvolle Prickeln beim Einatmen der Moschusdüfte, die die Kurtisanen unter den Arkaden der Prokurazien ausströmten ...

Er machte sich wieder an die Arbeit, diesmal in der Wohnung, unter den mißtrauischen und anzüglichen Blicken Zanottis.

Diesmal sollte es eine schöne Samariterin am Brunnen sein. Er verlieh ihr einen anmutigen Schwung in den Hüften, wie sie sich nachlässig auf den Brunnenrand lehnte und einen Arm mit dem Eimer und der großen Schöpfkelle zum Trinken zu Jesus hinüberstreckte. Sie war höchstens achtzehn Jahre alt, hatte eine hohe, wohlgeformte Brust, kupferfarbene Arme, große, mandelförmige Augen, einen ganz leicht geöffneten Mund und nicht zu breite Hüften, denn Matthias liebte es nicht, wenn man einem jungen Mädchen schon die spätere Matrone ansehen konnte.

In drei Tagen war sie fertig. Und Zanotti brachte sie sogleich mit seinen Worten um.

»Du verschwendest deine Energie, wenn du solche Schlampen

malst!« schrie er. »Dirnen wie die da laufen schon so massenweise auf den Kais herum!«
Beleidigt setzte Matthias sich zur Wehr.
»Schau dir doch nur an, wie ordinär dieser Mund ist!« fuhr Zanotti fort. »Und wie sie posiert! Geh doch ein bißchen spazieren und schau dich mal um, wenn du schon Maler bist! Was hast du eigentlich geliebt an Marisa? Die Freigebigkeit des Körpers, das zuckende Fleisch, die Naivität der Jugend, die Frische! Und was malst du? Eine Mortadella! Eine Dirne für fünf Zechinen! Ich glaube, der Teufel hat dich im Sonderangebot gekauft!«
Matthias stieß einen zornigen Schrei aus. Er stürzte hinaus und knallte die Tür hinter sich zu. Eine Sekunde später tat Zanotti dasselbe. Sie trafen sich im Hof und marschierten mit wütenden Schritten nebeneinander her. Bis zum Slawonischen Ufer sprachen sie kein Wort miteinander.
»Ich liebe dich«, sagte Zanotti endlich. »Da dein Heil schon verloren ist, will ich wenigstens dein Glück. Du schaust die Frauen an wie ein Verhungernder die Hühnchen, unfähig, zu entscheiden, welches das fleischigste, das schmackhafteste ist, so groß ist dein Hunger. Von einem Herrn erwarte ich mehr. Male mir ein menschliches Wesen, zart und empfindsam, und keinen Besenstiel ...« Er unterbrach sich. »Sonst«, fauchte er, »War es nämlich nicht der Mühe wert, sich an den Teufel zu wenden, da du ohnehin schon verdammt warst!«
Mit Tränen in den Augen sah Matthias ihn an.
»Bisher«, sagte er mit gebrochener Stimme, »bist du der einzige Mensch gewesen, der mich geliebt hat. Ich war das Waisenkind der Welt. Aber warum liebst du mich? Weil ich schön bin und von Stand. Nun gut, ich liebe die Frauen eben auf dieselbe Weise, weil sie Brüste haben, eine weiche Haut und ein Geschlecht, in dem mir das Herz überfließt. Ihre Arme sind es, die ich begehre, ihre Arme auf meinem Rücken, wenn ich das einzige gebe, was zu geben sich lohnt, das Leben.«
Sie standen auf dem Markusplatz; ein Taubenschwarm stob um sie herum auseinander.
»Idiot!« sagte Zanotti.
»Daß ein menschliches Wesen mir seine Zärtlichkeit gibt ...«
»Idiot!« wiederholte Zanotti. »Ich liebe dich, weil du empfindsam

bist und verrückt. Ich liebe dich, weil du Flügel hast. Ich liebe dich, weil du unter den Millionen von Menschen, die es auf der Erde gibt, der einzige bist, der in deinem Alter fähig war, den Teufel persönlich anzurufen, um die Frau zu bekommen, die er begehrt ...«

»Die da!« flüsterte Matthias.

Sie ging über den Platz, helle Haut und schwarzes Haar, das in dem von der Lagune gebändigten Seewind flatterte.

»Eine Träumerin, traurig und mager, eine in Wasser gekochte Wachtel«, sagte Zanotti. »Im Bett eine Hungermahlzeit, mit Seufzern gewürzt!«

»Und die da?« fragte Matthias.

Sie stieg mit fülliger Anmut aus einer Gondel, mit katzenhaften Zügen, das hellblonde Haar leicht gekräuselt unter dem Schal, mit leichter Hand und fröhlichem Schritt.

»Beim ersten Stoß schwanger; dann hast du das Balg und die Streitereien. Ich wette, sie hat eine Stimme wie eine Trillerpfeife, die dir das Trommelfell durchbohren könnte.« Tatsächlich richtete die Frau im selben Moment an eine hinter ihr gehende Anstandsdame ein paar Worte, die der Wind zu den beiden Jünglingen hinübertrug. Ihre Stimme war schrill und voll falscher Ausgelassenheit und würde bei schlechter Laune sicher nahtlos in Kreischen übergehen.

»Also was?« murmelte Matthias finster. »Entweder alle Frauen, um eine einzige daraus zu machen, oder gar keine.«

»Die Frauen ...« murmelte Zanotti.

»Du wirst kaum mehr davon verstehen als ich, Zanotti, es sei denn vom Hörensagen!« rief Matthias aus.

»Von ihnen sprechen ist wie sie malen«, versetzte Zanotti. »Ich beschreibe sie besser, als du sie malst, weil der Hungrige die genaue Zahl der Gewürznelken kalkuliert, die die Wurst schmackhaft machen werden. Mit den Frauen, wollte ich sagen, ist das so eine Sache, entweder man will den Frühling oder den Sommer. Nur die Kränklichen und Greise wollen den Herbst, und niemand will den Winter. Im Frühling sind alle Blätter schön, aber man darf nicht zu lange bei ihnen verweilen. Der wahre Genießer pflückt sich einen Strauß und wirft ihn weg, wenn er verwelkt ist. Da heißt es herzlos sein. Aber du bist kein Genießer, Matthias, du willst zum Blütenduft auch noch die Musik der Liebe. Marisa war ein ländliches Konzert.

Der Himmel — oder die Hölle — wollte nicht, daß du mit ihr lebst, wenn sie alt wird und ihre Brüste faltig zu werden beginnen. Als alter Mann hättest du dich schließlich gefragt, warum du wohl ihretwegen den Verstand verloren hast. Gehen wir in die Pietà-Kirche; dort veranstalten ein paar musikalische Gänschen ein Konzert zu Ehren ihres Meisters Vivaldi.«

Die Kirche lag nur drei Schritte entfernt. Sie nahmen die Hüte ab. In den Bänken saß ein kleines, vorwiegend weibliches Publikum, zwei oder drei Männer darunter, die keine mehr waren. Die an den Spitzen aufgebogenen französischen Zöpfe an ihren Perücken verrieten ihr Alter; die schrillen Klänge der Violinen und die säuerlichen Töne der Oboen wiegten sie in eines ihrer letzten Nickerchen.

Noch ganz aufgewühlt von der vorangegangenen Unterhaltung, geriet Matthias über seine Anwesenheit in einer Kirche nun vollends in Panik. Er fürchtete, dort womöglich Feuer zu fangen. Als jedoch nichts dergleichen geschah, beruhigte er sich langsam, drehte den Kopf nach links und nach rechts und begann, die Musikerinnen zu betrachten, die in dunkelblauen Kleidern mit weißen Krägen in drei Reihen vor dem Altar angeordnet waren. Außer der klavierspielenden Gräfin Archenholz hatte er noch nie eine Musikerin gesehen; er war entzückt über die kleinen weißen Hände, die die Saiten der Bratschen zupften, mit den Fingerspitzen die Bögen über die Saiten der Violinen führten und die Flöten und Oboen bändigten. Die unsaubere Schlampe an der Oboe, in ihrem Alter schon fett wie eine Tonne; wer hätte ihr soviel Feinheit zugetraut! Und die Bohnenstange mit Ellenbogen wie Hummerscheren dort, wie meisterlich entlockte sie ihrer Violine die Töne! Zwei oder drei hübsche Gesichtchen, hier und da, mit mutwillig gewölbter Stirn, vor Anstrengung hochgezogenen Augenbrauen und zärtlichen Lippen, dazu bestimmt, sich im Liebesrausch zu öffnen und sich über einer Lüge wieder zu schließen ...

Warum waren wohl Schönheit und Liebe untrennbar miteinander verbunden? Warum hing die menschliche Fortpflanzungsbereitschaft von Kleinigkeiten ab, die auf den ersten Blick nur Maler zu interessieren schienen, wie ihn, oder den scharfen Blick der Bildhauer — der Schwung einer Lippe, die Höhe eines Wangenknochens, die Rundung einer Hand, die Körnung und die Farbe der

Haut? Und warum war die Schönheit bei jeder Frau eine andere, wenn es nicht ihre Anziehungskraft war — die Fragen jagten sich in Matthias' Kopf mit solcher Schnelligkeit, daß er für feinere Unterscheidungen keine Zeit fand. Warum konnte man bald einer üppigen Rothaarigen mit goldener Haut erliegen und bald einer dünnen Blonden, deren Hautfarbe eher an kaltes Azurblau erinnerte? Konnte keine Frau alle Frauen sein? Welche sollte er malen? Er unterdrückte einen Schrei.

Zanotti drehte fragend den Kopf zu ihm herum.

»Neben der Säule«, murmelte Matthias.

Die Samariterin!

»Ich habe sie immerhin gemalt!« rief er aus.

Zanotti musterte sie. Sie konnte kaum eine Hure sein, das mußte man zugeben. Unter dem zurückgeworfenen *tabarro* war ihr Kopf von einer gerüschten Haube eingefaßt. Der Hermelinbesatz auf ihrer bestickten Weste ließ zwar eine wohlgeformte und nicht übertrieben klein geratene Brust ahnen, aber er kündete auch von behäbigem Wohlstand. Auch die blaue Seidenmantille und das mit Rosen bestickte, elfenbeinfarbene Seidenkleid atmeten Luxus und Geschmack, ohne aufdringlich zu sein. Ein seidenbestrumpfter Fuß, der in einem Schuh mit silberner Schnalle steckte, schaute diskret unter dem Rock hervor. Die Augen waren, wie auf Matthias' Gemälde, zur Schläfe hin leicht geschlitzt. Hinter ihr stand eine Matrone, die ihr offenbar als Anstandsdame diente. Matthias erhob sich. Die Unbekannte richtete einen erstaunten Blick auf ihn. Matthias öffnete leicht den Mund. Noch erstaunter oder vielleicht auch mißbilligend zog sie die Augenbrauen in die Höhe. Das Konzert ging zu Ende.

Die Zuhörer bewegten sich dem Ausgang zu. Die Anstandsdame zündete auf dem Altar der heiligen Jungfrau eine Kerze an und achtete nicht darauf, daß ihr Schützling ihr vorausgegangen war. Seinen *tabarro* in schwungvolle Falten legend, erreichte Matthias gleichzeitig mit ihr die Tür. Er erhielt die Andeutung eines Lächelns. Die Matrone eilte herbei. Die beiden Damen bestiegen eine Gondel, die auf sie gewartet hatte.

»Schnell!« schrie Matthias dem Fahrer eines Mietbootes zu. »Folgen Sie dieser Gondel dort!«

Zanotti lachte.

»Dieser Gondel?« fragte der Fahrer. »Meine Herren, die Männer tragen die Uniform des Palazzo Gradenigo. Wollen Sie auch dorthin?«
»Ja, ja!« rief Matthias starr vor Staunen.
Gradenigo! Es war eine der Töchter des alten Grafen! Ob sie verheiratet war? Total verwirrt versuchte Matthias während der wenigen Minuten, die sie noch vom Palazzo Gradenigo trennten, sich einen Plan zurechtzulegen.
»Gefällt sie dir wirklich?« fragte Zanotti.
»Was für eine Frage!« sagte Matthias empört. »Schließlich habe ich sie erfunden!«
»Erfunden, du liebe Güte! Sie ist die Tochter des Grafen Gradenigo!«
Eine List des Teufels womöglich? Und wenn die ganze Geschichte sich in Luft auflöste oder in Hirngespinste? Der Teufel? Wenn der Teufel sich in graue Anzüge hüllte, was für Kleider mochte Gott dann tragen? fragte sich Matthias.
Fast gleichzeitig mit der Gondel vor ihnen legten sie am Palazzo an. Das Gesicht der Samariterin spiegelte die größte Überraschung, die diesmal von unverhohlenem Amüsement begleitet war. Die Anstandsdame warf einen mißtrauischen Blick auf die Verfolger. Matthias ließ sich melden. Die Samariterin drehte sich auf der Treppe um und sah ihn an.
Zanotti unterdrückte nur mühsam das Lachen.
»Der Teufel, der bist du!« flüsterte er.
Der Graf bereitete ihm einen herzlichen Empfang. Dann erkundigte er sich nach dem Grund für seinen Besuch. Das sei einfach, antwortete Matthias, er wolle dem Grafen für die freundliche Aufnahme, die er vor drei Jahren bei ihm gefunden hatte, seinen Dank abstatten. Sein einziger Reichtum sei seine künstlerische Begabung, und die wolle er dem Grafen zur Verfügung stellen, indem er ein Mitglied seiner Familie porträtierte.
»Man sagt, Sie seien schon bekannt inzwischen. Ich habe Lobreden auf Sie halten hören, und ich danke Ihnen für Ihr Angebot. Bin ich es, den sie verewigen wollen?«
Matthias meinte, eine Spur von Ironie aus dieser Frage herauszuhören.
»Es wäre mir eine Ehre«, antwortete er.

Er hatte das Spiel schon halb gewonnen. Vom Grafen konnte er zum Rest der Familie übergehen, und warum sollte er übrigens nicht gleich ein Familienporträt malen? Zusammen mit Meschino, dem Pudel des Grafen?
»Können Sie das denn?« fragte Gradenigo.
»Ich glaube schon.«
Sie kamen überein, daß er zuerst, nach den Vorstellungen des Grafen, eine Gruppenskizze machen und dann zu den Einzelporträts übergehen sollte. Das Spiel war schon mehr als halb gewonnen! Drei Tage später fertigte er mit Siena-Erde die Skizze an. Intime Atmosphäre, goldenes Licht, der Graf an einem Tisch mit orientalischem Überwurf sitzend, der mit Proben exotischer Hölzer, den Symbolen des Handelszweigs, beladen war, dem er seinen Reichtum verdankte. Seine jüngste Tochter — war es die Samariterin? — zu seinen Füßen auf einem Schemel sitzend, die älteste stehend und die mittlere hinter ihrem Vater.
Es war die mittlere! Sie öffnete den Mund vor Erstaunen und schloß ihn wieder über einem stillen Lächeln.
Während der ersten Einzelsitzung wurde die Anstandsdame durch einen glücklichen Zufall von einem ihrer Schützlinge herausgerufen. Matthias malte gerade Silvanas Mund, denn Silvana war ihr Name.
»Ich war es, die sie hat rufen lassen«, sagte Silvana lässig. »Mit dieser Bettelliese da wird sie ein gutes Stündchen zu tun haben.« Matthias hielt mit erhobenem Pinsel inne.
»Dann wird mein Gefühl also geteilt?«
»Oha! Mein einziges Gefühl ist Neugier, und ich wäre beleidigt, wenn das auch das Ihre wäre.«
»Nichts außer Neugier?«
»Muß ich diese Haltung beibehalten?« fragte sie und hob unmerklich das Kinn. »Danke. Soviel Entschlossenheit hinter einem so jungen Gesicht ...«
»Müssen junge Gesichter denn unbedingt zaghaft aussehen?«
Sie lachte.
»Ehrlich gesagt, ich weiß es nicht«, gab sie zu. »Ich studiere keine Gesichter, weder die junger Männer noch die der Menschen im allgemeinen. Mein Vater macht das schon für mich.«
Dieser Satz stimmte Matthias hoffnungsvoll.

»Mein Vater schätzt Sie«, fügte sie hinzu. »Warum, weiß ich nicht. Er wußte offensichtlich nichts von Ihrer Begabung. Gestern abend beim Essen hat er sich entzückt und sogar überrascht über Ihre Skizze geäußert. Er kennt Sie also wohl aus einem anderen Zusammenhang.«
»Ich bin ihm von einem gemeinsamen Bekannten empfohlen worden, der sicherlich nicht ohne Einfluß auf ihn war. Und jetzt?«
»Pardon?«
»Sie und ich.«
»Sie sind aber wirklich hartnäckig. Was erwarten Sie denn von mir?«
»Alles!« bekannte er mit trockener Kehle. »Die Blüte und die Frucht!«
»Wie ungezogen!« sagte sie und runzelte die Stirn. »Sicher sollte ich aufstehen! Aber es ist heiß«, setzte sie lachend hinzu. »Und Sie gefallen mir. Aber ja ... bleiben Sie doch bitte sitzen, das ist passender. Ich bin immerhin die Tochter des Grafen Gradenigo. Sie müßten mich schon heiraten.«
Matthias erbleichte.
»Wie Sie sich vielleicht denken können, bin ich keins von den flatterhaften Wesen, die man einfach wildern kann. Sie müßten zuerst meinen Vater davon überzeugen, daß Sie ein ehrenwerter Schwiegersohn wären. Das ist keine leichte Sache! Malen Sie doch übrigens weiter; Tante Eulalia wird sich noch wundern, daß das Porträt keine Fortschritte macht!«
Er beugte sich wieder über das zweite Porträt von Silvana. Wenn er das gewußt hätte! Zwei Porträts anstelle von einem!
»Wissen Sie eigentlich, daß ich Sie schon einmal gemalt habe?«
»Nachdem Sie mich in der Kirche gesehen hatten?«
»Nein, vorher; deswegen bin ich Ihnen auch gefolgt! Es war ... der Himmel, der Sie gesandt hat.«
»Oder der Teufel.«
Matthias färbte sich dunkelrot.
»Sie haben eine kräftige Gesichtsfarbe heute«, bemerkte sie. »Vielleicht hat Sie wirklich der Teufel hierher geschickt. Sie haben mich also gemalt, bevor Sie mich gesehen hatten.«
»Ja, wirklich. Sie können zu mir kommen und sich das Bild ansehen!«

»Finden Sie doch einen besseren Vorwand! Ich würde mit Tante Eulalia kommen, und Sie säßen in der Falle!«
»Nur keine Ausreden! Ich erwarte Sie heute abend noch!«
»Ich werde darüber nachdenken. Genaugenommen ist es nicht sehr schmeichelhaft, was Sie da sagen. Es bedeutet, daß Sie es auf einen bestimmten Frauentyp abgesehen haben, unabhängig vom inneren Wert der Person. Sie sehen also nur das Äußere der Frauen. Sie sind nur auf Ihr Vergnügen dabei aus! Diese Sache mit dem Porträt ist beleidigend. Ich liebe Sie nicht mehr!«
Sie zog einen Schmollmund.
»Betrachten Sie doch dieses entscheidende Zusammentreffen unter einem anderen Blickwinkel! Wir sind füreinander bestimmt! Ich male Sie, wie man ein ideales Wesen malt. Zufällig gehe ich in die Pietà-Kirche. Ich treffe Sie dort. Ich male Sie noch einmal.«
Er machte unterdes ziemlich rasche Fortschritte.
»Wie soll man sich ein ideales Wesen vorstellen, wenn man nicht mit dem beginnt, was Sie sein Äußeres nennen?« fuhr er fort. »Wollen Sie vielleicht, daß ich mich in ein albernes Gänschen verliebe, in eine Schlampe oder in eine sabbernde Alte?«
Sie lachte aufs neue.
»Sie reden entschieden genauso gut, wie Sie malen«, gab sie zu. »Ich stelle also für Sie ein ideales Wesen dar, zumindest in meinem Äußeren. Wenn ich nun aber einen widerspenstigen Geist habe?«
»Ich werde ihn zähmen.«
»Wie denn?«
»Indem ich Ihre Brüste küsse.«
Sie wurde entzückend rot.
»Glauben Sie vielleicht, daß ich die Seele in den Brüsten habe?«
»Und glauben Sie vielleicht, daß Ihre Seele noch hier unten bleibt, wenn Ihre Brüste nicht mehr sind?« rief er, plötzlich verärgert.
Sie schwieg betroffen.
»Und bewegen Sie sich nicht dauernd, ich bitte Sie!« setzte er nachdrücklich hinzu. »Vielleicht bleibt mir eines Tages nur ein Bild von Ihren Brüsten, wenn Sie mich genug haben leiden lassen und mir einen geistlosen Graubart vorgezogen haben, weil die Liebe Ihnen angst gemacht hat!«
»Sie macht mir angst, tatsächlich«, murmelte sie, »weil es das erste Mal ist, daß ich ihr begegne.«

Schlecht gelaunt kam Tante Eulalia zurück.
»Die Armen«, brummelte sie, »haben den Teufel im Leib! Diese Brunaccia, sieben Kinder hat sie schon, abgerechnet drei, die ihr im Säuglingsalter gestorben sind, und eines, das dabei ist, ihnen zu folgen. Und wer bezahlt für diese Verwirrung der Sinne? Das Haus Gradenigo!«
»Das macht der schlechte Wein«, sagte Matthias. »Er tötet den Geist!«
»Genau!« schrie Tante Eulalia. »Aber woher wissen Sie das?«
»Ich trinke nie davon«, sagte Matthias lächelnd.
Matthias hatte das Porträt im Mai begonnen; im Juli war es fertig. Der Graf war begeistert. In der Casa Arsinovi, die den Dogenpalast und die Familien der Dogen belieferte, bestellte er einen Rahmen, der eines Tiepolo würdig gewesen wäre. Er zahlte Matthias ein beachtliches Honorar und gab ein Fest, um das Meisterwerk seinen Freunden zu präsentieren.
Matthias erhielt fünf neue Aufträge. Er wurde reich.
Am selben Abend trank Tante Eulalia sehr guten Wein, dem ein wenig Opium beigemischt war. Um Mitternacht war Silvana bei Matthias. Er hatte so lange von ihr geträumt, daß sein eigener Wein sich darüber geläutert hatte. Es blieb ihm gerade genug Hitze, um seinem jugendlichen Alter Ehre zu machen. Silvana bot sicherlich nicht die wilde Trunkenheit, die er bis dahin mit den Frauen und der Liebe verbunden hatte. Er wurde ein ausgezeichneter Liebhaber. Vielleicht konnte man auch nicht immer in den Stürmen der Leidenschaft leben. Und er begann, von den allzu heftigen Verwirrungen des Herzens genug zu haben. Er empfand das Bedürfnis nicht nur nach Liebe, sondern auch nach einer Gattin.
Er hielt beim Grafen Gradenigo um Silvanas Hand an und erhielt sie mit Begeisterung. Die Verlobung wurde bekanntgegeben.
Die Hochzeit fand unter einem goldenen Oktoberhimmel und der nicht minder goldgeschmückten Decke von San Samuele statt. Der Kanal war von festtäglich aufgeputzten Gondeln bedeckt, die von livrierten Dienern gesteuert wurden. Silvana war in weiße, perlenbestickte Schleier gehüllt, und Matthias trug einen azurblauen Anzug mit Goldbesätzen. Unter den Hochzeitsgästen zur Rechten des Brautpaars schnupfte Angelotti in sein Taschentuch. Zanotti jubilierte, und ein frisch gepuderter Barbarin riß seine Schuhu-Augen

auf und erzählte jedem, der es hören wollte, daß er das Talent des Grafen Arcinolzo zuerst entdeckt hatte. Auch Zuliman war da und wurde von allen ausgiebigst bestaunt.
Das Fest am Abend war wunderbar. Zuliman hatte am Eingang zehn Papageien postiert, die Seine Herrlichkeit den Dogen, Pietro Grimani, in Entzücken versetzten. Vor dem Essen spielten zwei mechanische Musikautomaten die *Concerti* von Vivaldi. Zum Essen gab es aufrecht stehende, mit Zuckerperlen geschmückte Fasanen, Fische im Schlafrock in Form von Gondeln und Sirenen, Wildpasteten, garnierte Schinken, exotische Salate.
Gradenigo strahlte. Nach dem Essen improvisierte man einen Einakter von Carlo Gozzi, *Die Berberin*, was besonders Grimani aufs höchste erheiterte. Dann gab es einen Ball und viel Champagner, von dem mehrere Flaschen explodierten — was einige Gäste für eine neue Art der Unterhaltung hielten.
Matthias und Silvana eröffneten den Ball. Sie tanzten gerade die zweite Figur der Allemande, als Matthias auf der Galerie des Ballsaals eine große, schwarze Katze bemerkte. Er rang nach Luft. Er wurde so blaß, daß Silvana es merkte und aufhörte zu lächeln. In der Zuschauermenge erkannte er den Mann im grauen Anzug und griff sich ans Herz.
»Die Aufregung!« schrie Tante Eulalia.
Man brachte ihm einen herzstärkenden Trank. Er hob den Kopf. Die Katze und der Mann in Grau waren verschwunden.
Zanotti hatte sie auch gesehen. Der Mann in Grau, erzählte er später, habe gelächelt. »Er sah sehr galant aus«, bemerkte er. Wie alle anderen hatte auch er bemerkt, daß zu einem bestimmten Zeitpunkt alle Kerzenflammen grünlich geschimmert hatten. Auch das hielt man für einen Kunstgriff zur Erheiterung der Gäste. Seine Herrlichkeit fragte sogar, wo man solche Kerzen bekommen könne.

15.

»Der arme Mr. Lassalle!«

In der Oktoberausgabe des *Bulletin of the Baltimore Society of Fine Arts* von 1956 veröffentlichte der Kunstkritiker Franklin B. de Lassalle eine Studie mit dem Titel »Das Geheimnis der Signatur F.A.«. Die Studie ist zu lang, um hier vollständig wiedergegeben zu werden, und so werden wir die Hauptpunkte für den Leser zusammenfassen. Lassalle hielt zunächst fest, daß seit dem Anfang des zwanzigsten Jahrhunderts neun Bilder mit der Signatur F.A. die Aufmerksamkeit der Konservatoren, Kunstkritiker und Liebhaber auf sich gezogen hätten, von denen jedoch nur drei photographiert worden seien. Mit diesen Bildern habe es eine besondere Bewandtnis: Erstens verwiesen die Leinwände, der Stil und die Machart beinahe zweifelsfrei auf eine Entstehungszeit von vor über zweihundert Jahren, wobei das älteste Bild aus der ersten Hälfte des achtzehnten Jahrhunderts stammte, das jüngste, das kürzlich auf dem Pariser Flohmarkt aufgetaucht sei, jedoch aus der zweiten Hälfte des zwanzigsten, denn es sei, mit dem Zusatz »Paris«, auf den 15. Mai 1955 datiert. Die zweite Besonderheit sei, daß alle neun Bilder Akte darstellten, sieben weibliche und zwei männliche, die von unverkennbar erotischem Charakter waren. Drittens besäßen alle Bilder exakt das gleiche Format; es waren Standporträts in Lebensgröße, mit Ausnahme eines ovalen Porträts, das fünf Jahre zuvor zum Vermächtnis von Mrs. Ottway gehört und kurze Zeit die Aufmerksamkeit von Mr. Theodore Rousseau auf sich gezogen hatte, bevor es unter mysteriösen Umständen verschwunden war. Den Artikel illustrierten drei Photographien, erstens der weibliche Akt, der ein paar Tage lang dem Grafen Lubigné gehört hatte, zweitens ein anderer weiblicher Akt, der mit seinem Hintergrund aus Goldblättchen ersichtlich unter dem Einfluß der Wiener Sezession um 1910 und speziell im Geiste Gustav Klimts gemalt war, und drittens ein

männlicher Akt von einem etwa dreißigjährigen Mann, der Cello spielte.
Da kein menschliches Wesen zweihundert Jahre und länger leben kann, andererseits aber die mikroskopische Analyse der Unterschriften auf den drei verfügbaren Bildern zweifelsfrei erwiesen hatte, daß sie vom selben Urheber stammten, faßte Lassalle zwei Möglichkeiten ins Auge. Entweder die Bilder waren von einem Mann oder einer Frau signiert worden, die am fünfzehnten Mai 1949 noch gelebt hatte, und vielleicht heute noch lebten — in diesem Fall bat Lassalle die betreffende Person, sich zu melden, falls ihr sein Artikel zur Kenntnis käme —, oder sie waren das Werk eines äußerst begabten Kopisten; eines einzigartigen Kopisten allerdings, da man die Originale nicht kannte — eines Kopisten mithin, den man vielleicht eher einen genialen Fälscher nennen mußte.
Lassalle erklärte beide Hypothesen für unbefriedigend. Die erste genügte ihm nicht, weil er keinen Grund sah, warum jemand sein Monogramm auf Bilder aus sehr verschiedenen Epochen hätte setzen sollen. Gemalte Monogramme waren ungefähr seit dem achtzehnten Jahrhundert aus der Mode gekommen, und vorher waren sie meist auf dem Rücken des Bildes, vorzugsweise auf der Einfassung, angebracht worden. Außerdem handelte es sich in der Regel um die Namen von Fürsten und reichen Amateuren. Auch die zweite Hypothese löste das Rätsel nicht, denn auch die feinsten Analysen hatten bisher nichts anderes ergeben, als daß die fraglichen Bilder keine Fälschungen waren, sondern Originale. Und er zitierte die Meinung Theodore Rousseaus zu dem Porträt aus Mrs. Ottways Hinterlassenschaft: »Vielleicht ist es das Werk eines Nachfolgers von Piazzetta, sicherlich aber stammt es von einem Zeitgenossen dieses venezianischen Meisters und ist keine spätere Fälschung aus dem 19. oder 20. Jahrhundert.«
»Abgesehen von dem ausgesprochen erotischen Charakter der drei Werke des F.A., die ich gesehen habe«, bekannte Lassalle, »bewegt mich vor allem die Tatsache, daß es sich um einen Maler von außerordentlicher Begabung, wenn nicht von Genie handelt, der unzweifelhaft von verschiedenen Stilrichtungen der europäischen Kunst beeinflußt wurde, ohne mit einem bekannten Maler identisch zu sein. Ich sage mit Bedacht: um *einen* Maler, denn die bisher bekannt gewordenen Bilder mit dem Monogramm F.A. weisen alle

dieselben rätselhaften Merkmale auf. Wie ist es möglich, daß ein solcher Künstler bisher durch das doch so feinmaschige Netz der Kunsthistoriker geschlüpft ist? Und wer ist dieser Maler, der angeblich länger als zweihundert Jahre gelebt hat? Im Bewußtsein der herausfordernden Natur dieser Zeilen bitte ich um Hilfe bei der Lösung eines der faszinierendsten Rätsel der Kunstgeschichte.« Lassalle erwähnte nur beiläufig, daß er das neueste der drei in seinem Artikel abgebildeten Gemälde selbst erworben hatte. Das Werk hatte besonderen Eindruck auf ihn gemacht, denn die kraftvolle Schönheit des Cellisten, der in einem leeren, grünlich beleuchteten Zimmer schweigend auf seinem Instrument spielte, hatte eine lange unterdrückte homosexuelle Ader in ihm geweckt. Er hatte das Gemälde auf dem Pariser Flohmarkt entdeckt. Es war von Staub und Spinnweben bedeckt gewesen und hatte seine Aufmerksamkeit durch ein Bein auf sich gezogen, das aus einem Stapel wertloser Kleckserejen herausragte. Er hätte es so oder so gekauft, aber als er das Monogramm F.A. in einer Ecke des Bildes entdeckte, tat er es mit doppelter Begeisterung. Tatsächlich hatte die Erzählung Theodore Rousseaus von seinem Mißgeschick und die Erwähnung der rätselhaften Signatur in der Ecke des Bildes ihn fasziniert. Er kaufte das Bild für eine bescheidene Summe und nahm es mit nach Baltimore.

Der Kritiker lebte allein in einer Wohnung, die über zwei Stockwerke reichte und mit all den unbedeutenden Schätzen angefüllt war, die glücklose Kunstliebhaber bei sich zu Hause aufzuhäufen pflegen. Er hatte das Bild in sein Arbeitszimmer über eine *Early American*-Kommode gehängt.

Eines müßigen Abends, kurz nach der Veröffentlichung seines Artikels, dachte Lassalle über die Musik nach, die der einsame Musiker mit seinem Gesicht voll spöttischer Heiterkeit vor einem offenen Fenster mit vom Wind gebauschten Vorhängen wohl spielen mochte. Es schien ihm, als wenn es eine der Suiten für Violoncello solo von Johann Sebastian Bach sein müsse, und um das Bild besser genießen zu können, legte er die Platte auf seinen Plattenspieler und holte sich dazu aus der Küche ein Bier.

Mit halbgeschlossenen Augen betrachtete er dann den Cellisten im Schein einer einzigen Lampe, die er auf das Bild gerichtet hatte und deren Helligkeit von der Oberfläche der Leinwand reflektiert

wurde. Da schien es ihm plötzlich, als wenn der Cellist zusammengeschauert wäre. Gleichzeitig sah er, daß der Bogen sich auf dem rötlichen Instrument hin und her zu bewegen begann, und hörte deutlich zwei Violoncelli die Suite Nr. 2, BWV 1008, spielen, die er auswendig kannte. Er zwinkerte heftig mit den Augen. Aber kein Zweifel: Der mysteriöse Cellist spielte nicht nur wirklich auf einem realen Cello, sondern sein Schenkel bewegte sich auch leise unter dem Druck des Instruments hin und her, und die Zehen seines rechten Fußes krümmten sich kaum wahrnehmbar auf dem nackten Holzfußboden zusammen!
Lassalle war wie versteinert und fürchtete, ohnmächtig zu werden. Das Stück ging zu Ende, und der Cellospieler drehte seinen Kopf zu Franklin B. de Lassalle herum. Er betrachtete ihn aufmerksam, mit liebenswürdigem Lächeln, in dem eine Spur von Spott zu lesen war. Dann erhob er sich und verließ das Bild, indem er zuerst vorsichtig einen Fuß auf die *Early American*-Kommode setzte, die unter diesem unerwarteten Gewicht knackte, und dann schwungvoll auf den Navajo-Teppich hinuntersprang, der sich bei dem Anprall in Falten legte.
Lassalle, der seine Fassung noch nicht wiedergefunden hatte, hielt den Atem an.
Der Cellospieler stand vor ihm und schien sich irgendwie über ihn lustig zu machen. Er beugte sich zu seinem Gastgeber hinunter, der seinen warmen Atem auf der Kopfhaut, in den Augen und auf der Nase spürte. Er faßte Lassalle unters Kinn, bog sein Gesicht nach oben und küßte ihn. Im Anschluß daran ging es im Hause des Kunstkritikers etwas turbulenter zu.
Und so geschah es, daß Franklin B. de Lassalle den Verstand verlor.
Die schwarze Haushälterin, die jeden Morgen seine Junggesellenwohnung saubermachte, fand ihn mit zerzaustem Haar in seinem Wohnzimmer, unzusammenhängendes Zeug vor sich hin murmelnd. Sie rief einen Arzt.
Lassalle wurde in einer psychiatrischen Klinik untergebracht, in der er 1966 starb. Die Ärzte dieses Etablissements erinnerten sich noch lange an ihn. Er sang immer dieselbe Melodie, die Suite Nr. 2 für Violoncello solo von Johann Sebastian Bach, und dann wälzte er sich mit ekstatischer Miene und unzüchtigen Gebärden auf dem Boden herum.
»Der arme Mr. Lassalle!« pflegten sie zu seufzen.

16.

Traumgespräch in einer Postkutsche

Silvana starb bei der Entbindung und das Kind mit ihr. Matthias hatte keines der beiden Porträts signiert. Er war erstaunt: Seine Macht war also nicht unbegrenzt.
Sie hatten drei Monate glücklich zusammengelebt, doch als Silvana schwanger wurde, hatte ihre Liebe sich verflüchtigt. Um die Wahrheit zu sagen, hatte er seine Gemahlin ein wenig fad gefunden, zwar ausgesucht hübsch, mit wohlgeformten Beinen und hoher, fester Brust, aber ohne Überraschungen. Auch sprach sie ein bißchen viel von der Erziehung ihres kleinen Wilden, dabei hätte etwas Wildheit dieses züchtige Fleisch nur würziger machen können.
Bei der Beerdigung, in derselben Kirche von San Samuele, in der auch ihre Trauung stattgefunden hatte, weinte er trotzdem. Ob vor Kummer bei der Erinnerung an seine kurzzeitige, Spinett klimpernde Gattin oder vor Ratlosigkeit — er hätte es nicht zu sagen gewußt.
Gott, der so viele Menschen geschaffen hatte, konnte ihnen gegenüber nur die größte Gleichgültigkeit empfinden, wenn er, Matthias, der doch nur zwei geschaffen hatte, sich diesen beiden schon so entfremdet fühlte!
Silberne Tropfen auf schwarzem Tuch, schwarz- und silbergeschmückte Gondeln, ein weißer Himmel und graues Wasser: Venedig wurde ihm unerträglich. Die trübselige Stimmung ließ ihn finster und verzweifelt mit Zanottis Hilfe erneut die Koffer packen. Man kann ein Leben in wenigen Jahren vollenden, und jenes, von dem Matthias fühlte, daß es zu Ende ging, erschien ihm wie ein Spiegelbild dieser schillernden, vergifteten Stadt. Die Erinnerungen, die ihm blieben, glichen von da an den Abfällen, die die Strömung einen Flußlauf hinunterspült und die kurze Zeit vorher noch glühend rote Federn, vor Frische glänzende Früchte oder buntschillernde Bänder waren.

»Vielleicht beginnt die Hölle dicht unter der Wasseroberfläche«, dachte Matthias, als er den Türhütern, zusammen mit einem Vorrat an Bargeld für die Unkosten, die Schlüssel des Palazzetto ausgehändigt hatte und sich nun nach Santa Lucia, zur Endstation der Schnellpost, bringen ließ, von der er sieben Jahre zuvor in Richtung der Serenissima abgelegt hatte.
Seit einiger Zeit Bürger der Stadt Venedig und daher im Besitz ordentlicher Papiere, nahm Graf Matteo Arcinolzo an diesem Morgen des Mai 1756 im Alter von 19 Jahren die Schnellpost nach Frankreich. Mantua, Parma, Genua und Nizza waren die Hauptetappen auf dem Weg durch die Königreiche von Parma und von Mailand, das damals zu Österreich gehörte, durch die Ligurische Republik und das Königreich Sardinien. Matthias hatte wenig Sinn für die Ablenkungen der Reise und richtete den zerstreuten Blick auf die vorbeiziehenden Landschaften, ohne sie eigentlich wahrzunehmen, er dachte nur bei sich, daß sie alle gleich aussähen. Schließlich ließ er sich jedoch ein wenig von dem grenzenlosen Staunen Zanottis anstecken, der zum ersten Mal aus Venedig herauskam. Zanotti guckte sich fast die Augen aus dem Kopf! Er drückte die Nase am Fenster platt und war an jedem Halt der erste, der ausstieg. In den Herbergen kostete er von allem, trank ansonsten etwas zu viel und wollte sich abends nicht schlafen legen, bevor er nicht einen Rundgang durch die Stadt gemacht hatte. Da sie in Mantua und in Parma einen ganzen Tag Aufenthalt hatten, schleppte er Matthias ohne Gnade von einem Gebäude zum anderen, hier die Kathedrale Sant' Andrea, das Castello di Corte — er mietete sogar einen Wagen, um die Katastrophen des Palazzo del Te zu bewundern —, dort die Chiesa della Steccata, das Teatro Farnese und zahllose andere Gebäude, von denen er noch während der folgenden Aufenthalte sprach. Eine gewisse Neigung zum Extravaganten hatte ihm besonders den Palazzo del Te und das Teatro Farnese ins Gedächtnis geprägt, und vom Teatro Farnese hatte er sogar Skizzen gemacht.
Matthias prüfte die Skizzen und beschloß, diesem liebevollen Schatten, den das Schicksal dem anderen, schwarzen, zur Seite gestellt hatte, selbst das Zeichnen beizubringen. Er gab ihm Anweisung, die Gebäude für ihn abzuzeichnen.
»Wo fahren wir gleich wieder hin?« fragte Zanotti am Ende des zwölften Reisetags, als sie Nizza verließen und sich der französi-

schen Grenze näherten. Er fragte, obwohl er die Antwort schon kannte, denn es entzückte ihn, sich das wunderbare Reiseziel bestätigen zu lassen.
Matthias lächelte und antwortete: »Paris.«
Und einmal mehr vergrub sich Zanotti im Kopfkissen seiner Träume, während vor Matthias' Augen Erinnerungen aus den vergangenen Jahren aufstiegen.
Die lebhaftesten stammten natürlich aus der jüngsten Vergangenheit. Silvana, wie sie am Morgen nach ihrer Hochzeitsnacht erwachte, mit blühenden Lippen, voll ausgelassener Zärtlichkeit, während er kalt überlegte, daß gute Manieren der Leidenschaft nehmen, was sie der Liebe hinzufügen. Denn Silvana zu lieben hatte weder etwas von jenem unheilvollen Rausch an sich gehabt, noch hatte es ihm jenen zugleich herben, frischen und zarten Geschmack nach wilder Minze verschafft, die man zwischen den Fingern zerreibt ... Und da dachte Matthias an Marisa. Marisa, die ihm zweimal das Herz gebrochen hatte, das erste Mal, als sie verschwunden war, und das zweite Mal, als sie durch Zauberei wiedererschienen war, an ihrem Fenster ... Matthias gähnte, ermüdet von dem Roséwein, den sie in Nizza getrunken hatten, und vom Knoblauch in der gefüllten Poularde, die er zusammen mit seinem Begleiter zur Strecke gebracht hatte. Er ließ das Wagenfenster öffnen, um in der frischen, von der Maisonne erwärmten Brise ein Schläfchen zu halten.
Der Reisende ihm gegenüber — wie hatte er das nur bisher übersehen können — war der Teufel. Derselbe Edelmann mit dem sorgenvollen Gesicht. Gekleidet in denselben eleganten, grauen Anzug. Er sah noch verdrießlicher aus als bei dem Besuch, den er ihm in Venedig gemacht hatte, und streichelte zerstreut seinen dicken schwarzen Kater.
»Sie sind also auch mit von der Partie?« fragte Matthias höflich.
»Ja, ich habe zu tun in Paris.«
»Sie wollen sich doch nicht etwa schon wieder eine arme Seele holen?« fragte Matthias ironisch.
»Seelen, die man sich auf diese Weise holt, sind kaum die Reise wert.«
Matthias machte sich steif.
»Ich merke, daß Sie verärgert sind. Sie müssen aber begreifen, daß

die, die mich rufen, bereits verloren sind. Verzweiflung, Gewinnsucht oder irgendein anderer sogenannter niedriger Beweggrund haben sie schon ins Verderben gestürzt. Ich brauchte bloß zu warten, bis sie sterben, um sie ohne weitere Zugeständnisse mitzunehmen. Übrigens ist es genau das, was ich in der überwältigenden Mehrzahl der Fälle auch tue.«

»Warum haben Sie mir dann aber geantwortet?« fragte Matthias.

»Weil ich einigen eben antworte, wenn auch erst nach reiflicher Überlegung. Im allgemeinen wähle ich die, deren Leidenschaftlichkeit oder Intelligenz mir über das gewöhnliche Maß hinauszugehen scheinen. Sie werden ja wohl kaum annehmen, daß ich der Einladung eines alten Fischweibs Folge leiste, das vor Wut erstickt, weil seine Konkurrentin bessere Geschäfte macht als sie!«

»Und in meinem Fall?« fragte Matthias neugierig, »war es die Leidenschaft oder die Intelligenz?«

»Das eine wie das andere, werter Herr. Der Apfel fällt nicht weit vom Stamm! Von Ihrem Vater haben Sie die Leidenschaftlichkeit, die Sie schließlich auch zeugte, und von Ihrem Halbbruder den scharfen Verstand. Ihre frühe Entschlossenheit verlieh Ihnen Konturen. Es war amüsant, wie Sie in einem Alter, in dem man sich gewöhnlich allein für sich mit einem gewissen Körperteil vergnügt, die Fassade eines unbekannten Hauses hochkletterten, um das Objekt Ihrer Begierde zu erobern.«

»Sie waren schon damals dabei?«

»Ich hatte meine Zeugen. Sie haben mir die Szene geschildert, von der sie entzückt waren.«

»Also«, fuhr Matthias fort, »war auch ich im Grunde die Reise nicht wert, und auch nicht die furchtbare Macht, die Sie mir im Austausch für meine arme Seele gegeben haben. Warum bemühen Sie sich dann eigentlich um mich?«

»Aus Neugier!« antwortete der Teufel mit einem boshaften Funkeln im Blick.

»Dann wissen Sie also nicht alles?«

»Was für ein Gedanke! Weder ich noch der Andere kennen mehr als die Vergangenheit! Das menschliche Leben ist unendlich reich an Überraschungen. Vor etwas weniger als achtzehnhundert Jahren wurde zum Beispiel im Orient ein gewisser Jesus geboren. Sofort versicherte man, daß er der vom Anderen geschickte König der Ju-

den und folglich der Messias sei. Es wimmelte zwar damals von solchen Leuten, aber diesen bezeichnete man als den wahren Messias, und zwar nicht, weil er glanzvoller gewesen wäre als die anderen — wie zum Beispiel Dositheas, der ein unvergleichlicher Redner war, oder Appollonios von Tyanos, der nicht nur überaus schön und würdevoll war, sondern ebenfalls sehr gut reden konnte, um Meander und Simon den Magier gar nicht zu erwähnen, denen ich doch große Macht verliehen hatte —, sondern gerade weil er nicht hervorragte und sich fast ausschließlich mit Armen umgab. Das war wirklich unvorhergesehen. Der Andere war davon genauso überrascht wie ich. Bis dahin hatten wir uns eingebildet, daß es die Heerführer und die Kaiser seien, die die Schicksale der anderen lenken; wir mußten zugeben, daß wir uns getäuscht hatten.« Der Teufel unterbrach sich, um eine Tabaksdose aus der Westentasche zu ziehen und in jedes Nasenloch eine Prise zu tun. Er nieste ausgiebig und schneuzte sich in ein großes Taschentuch aus besticktem Batist, das er anschließend in den Ärmel stopfte. »Es war also die Neugier, die mich dazu trieb, Ihnen eine Macht zu geben, die der des Anderen vergleichbar ist; denn Sie werden sich wohl darüber im klaren sein, daß Sie ein ungeheures Privileg genießen. Das Merkwürdige an Ihnen ist, daß Sie es bisher nur benutzt haben, um eine kindische Laune zu befriedigen.«
»Eine Laune!« wiederholte Matthias beleidigt.
»Eine Laune, sage ich«, fuhr der Teufel fort und verzog das Gesicht, »daß Sie nämlich um jeden Preis Ihr erstes Liebesobjekt wiederfinden wollen! Und warum nicht gleich den Schoß Ihrer Amme!« Er warf einen Blick aus dem Wagenschlag, als wollte er seine verdrießliche Miene verbergen. »Es ist die Schöpfung, die Schöpfung eines menschlichen Wesens, die in Ihre Macht gestellt wurde, und was tun Sie? Sie, der Sie Maler sind und das Handwerk eines Michelangelo beherrschen, haben nichts Besseres im Sinn, als ein unbedeutendes Mädchen nachzubilden, ein albernes Gänschen ...«
»Das Eigentümliche der Kunst«, unterbrach ihn Matthias, »besteht darin, daß sie das Außergewöhnliche zusammen mit dem Alltäglichen erschafft, ebenso, wie sie wunderbare Visionen zum Leben erweckt. Was wissen wir von Tommaso dei Cavalieri, der das Lieblingsmodell Michelangelos war? Daß er ein hübscher Junge war wie tausend andere, leichtsinnig womöglich, eitel, frivol ... Man

sagt mir, daß er in unzähligen Exemplaren die Sixtinische Kapelle schmückt, daß er der florentinische David ist, kurz, daß er dank Michelangelos Talent zum Gegenstand allgemeiner Bewunderung wurde. Was haben Sie gegen Marisa? Das Porträt, das ich von ihr gemalt habe, war wenige Minuten, nachdem es ausgestellt wurde, verkauft. Was verstehen Sie überhaupt von der Kunst?«
»Michelangelo hatte nicht die Macht, die ich Ihnen verliehen habe, Herr Graf!« gab der Teufel zurück. »Hätte er sie gehabt, er hätte mit Sicherheit Alexander, Antiochus oder was weiß ich wen auferstehen lassen! Lassen Sie sich jedenfalls daran erinnern, daß Sie das Spiel nicht allein betreiben. So hielt ich es zum Beispiel für gut, Ihre Verbindung mit der Tochter des Grafen Gradenigo etwas abzukürzen ...«
»Wie?« schrie Matthias.
Und er erwachte schweißgebadet mit einem Ruck. Er streckte die Hand aus, aber anstelle seines fatalen Gesprächspartners fand er nichts als das gute Gesicht Zanottis, der von der Landschaft der südlichen Provence begeistert war.
»Herr«, sagte der junge Mann beunruhigt, »du hast einen Alptraum gehabt!«
Matthias schnappte nach Luft und verschluckte einen dicken Speichelkloß. Hatte er wirklich geträumt? Oder war er einer List des Teufels auf den Leib gegangen? Waren Traum und List dasselbe? Er war über die diabolische Erklärung, die er mit seinem empörten Aufschrei unterbrochen hatte, in heller Aufregung. »So hielt ich es zum Beispiel für gut, Ihre Verbindung mit der Tochter des Grafen Gradenigo etwas abzukürzen ...« Deswegen war er also zur Hochzeit erschienen! Grüne Flammen auf den Kerzenhaltern! Matthias bewegte sich unruhig und wandte sein rotes Gesicht zum Wagenschlag, dessen Fenster indes heruntergeschoben war.
»Fühlst du dich schlecht?« erkundigte sich Zanotti. »Soll ich dir Wasser geben?«
Wasser, in der Tat. Er nahm einen langen Zug aus der italienischen Flasche, die Zanotti ihm hinhielt. Braver Zanotti! Was hätte er ohne ihn gemacht! In ihn hätte er verliebt sein müssen! Nicht daß ... Er warf ihm einen fiebrigen und verwirrten Blick zu.
»Dieser teuflische Schurke ist es also ...« murmelte Matthias.
»Wie?« fragte Zanotti verwundert.

Die anderen Reisenden in der Schnellpost, die die Unterhaltung zerstreut mit angehört hatten, drehten die Köpfe zu den Venezianern herum. Matthias nahm sich zusammen.
»Das Ziel des unerwarteten Hochzeitsgastes, des Manns mit der Katze«, sagte Matthias bedächtig, »war es, die Verbindung des jungen Ehepaars abzukürzen.«
»Wann hast du das erfahren?«
»Erst vor kurzem ist es mir klargeworden.«
Zanotti brauchte nicht lange, um zu verstehen, daß Matthias die Erklärung für die Anwesenheit des Teufels im Palazzo Gradenigo aus seinem Alptraum hatte.
»Aber der Grund?« fragte Zanotti.
»Verwickelt. Den jungen Gatten daran hindern, sich den Wonnen des Ehelebens hinzugeben«, sagte Matthias, indem er in den venezianischen Dialekt verfiel, den die anderen Reisenden, die aus den Pontifikalstaaten kamen, nicht verstanden. Diese hatten aber ohnehin das Interesse an der Unterhaltung verloren, weil sie sich entschlossen hatten, einen Imbiß auszupacken, der hauptsächlich aus Ingwerplätzchen und Kaffee bestand.
»Was erwartet denn der Höllenfürst?« fragte Zanotti.
»Eine Heldentat offensichtlich.«
»Eine Heldentat ...« wiederholte Zanotti träumerisch. »Und die Liebe?« fuhr er nach einer kleinen Weile fort.
»Dieses Thema scheint erledigt zu sein.«
»Was es aber nicht zuerst Gegenstand des Vertrags?«
»Das war ein Mißverständnis, oder aber eine Falle«, antwortete Matthias traurig.
Das Leben in Berlin war so einfach gewesen! Was wohl aus Rumpelschnickel geworden war? Ob er noch lebte? Noch vor kurzem war Matthias voller Schönheit und Leidenschaft gewesen, und jetzt schien es ihm, als wenn er versuchte, in dieser Postkutsche vor einem Verhängnis zu fliehen, und dabei nichts als verbrannte Erde hinter sich ließ. Er hatte nichts als sein Talent und ein paar verschnürte Leinwände, außerdem Zeichenpapier und dazu ein paar schmerzliche Erinnerungen an die beiden Marisas und an Silvana. Ließen die Frauen also immer dasselbe Leiden zurück? Zanotti konnte er danach nicht fragen. Der Junge hatte sich offensichtlich noch nie um die Liebe gesorgt und nichts anderes gekannt als kurz-

lebige sexuelle Beziehungen zu minderwertigen Mädchen. Glücklicher Zanotti! Aber es war schwer zu bestreiten, daß Zanotti ihn, Matthias, liebte. Welche Art von Liebe brachte ihm sein Diener entgegen? Gewiß war Zanotti im siebten Himmel gewesen, als Matthias ihn bat, das Bett mit ihm zu teilen, und ihn benutzte wie eine menschliche Wärmflasche, und daß der junge Mann sich verführen lassen würde, wußte Matthias wohl. Aber das war bestimmt nicht der Schlüssel zu der Hingabe, die dieser charmante Bauernlümmel für ihn hegte. War es also Liebe, was Zanotti für ihn empfand? War es dasselbe Gefühl, das Zanotti für Marisa gehegt hatte? Sicherlich nicht.

Bei Einbruch der Nacht machten sie halt in Aix; die Luft roch nach Akazien und Mimosen. Zum Abendbrot aßen sie einen Salat mit reichlich Knoblauch und Schinken, dazu tranken sie einen frischen, rosigen Wein. Matthias wusch sich an der Pferdetränke und legte sich verwirrt zu Bett.

Der Teufel stattete dem Schlafenden einen kurzen Besuch ab. »Denken Sie daran«, sagte er streng, »ich will unterhalten werden!« Sein Gesichtsausdruck zeugte von unerbittlicher Härte.

17.

SALOME

»So viele Leute!«
Auf den Zufahrtsstraßen nach Paris verdichtete sich der Verkehr bis zum Stau. Gemüsekarren, Kavallerieabteilungen, Postkutschen, Kaleschen und Proviantwagen schoben sich zum Verzweifeln langsam vorwärts; Bettler und Edelleute, Reiter und Soldaten warfen einander grimmige Blicke zu, denen sich die Insassen geschlossener Fahrzeuge nur aussetzten, um hinauszusehen, ob es nicht endlich weiterginge — ein erst kürzlich erworbener Luxus, denn längst nicht alle Fahrzeuge verfügten über einen Mechanismus zum Herunterschrauben der Fenster.
»Und all die Soldaten!« murmelte Zanotti.
Es war zu Beginn des Siebenjährigen Krieges.
Der Kutscher fluchte. Die Pferde waren mit Kot bespritzt.
Sie fuhren durch die Porte d'Italie in eine Stadt, nachdem sie beim Zoll wiederum gewartet und die Zöllner den Wagen gemustert und die Papiere der beiden »Ehrenmänner aus der Republik Venedig«, wie der Kutscher sagte, in Augenschein genommen hatten. Es war nicht günstig, sich als Preuße auszugeben, und Matthias war unruhig. Arcinolzo also. Gott schütze die Serenissima und Gradenigo, der ihm seine neuen Papiere verschafft hatte. Nach der Zollkontrolle machte der Kutscher halt, um sich die Kehle auszuspülen, und die beiden Reisenden folgten seinem Beispiel. Der Wein schmeckte sauer.
»Haben Sie eine Adresse, wo ich Sie hinbringen soll?« fragte der Kutscher.
»Ich wäre gern nicht allzuweit vom Quai Malaquais entfernt«, sagte Matthias, dem Gradenigo umsichtig die Adresse einer Prinzessin Sobieska mitgegeben hatte, die im Hôtel de La Bazinière auf dem Quai Malaquais Nr. 15 wohnte, ferner die Adresse des Marquis de Vil-

lette, Quai des Théâtins Nr. 27, nicht weit davon entfernt. »Kennen Sie da in der Nähe einen Gasthof?«
Vor dem Hôtel de l'Écu in der rue Bourbon-le-Château ließen sie ihr Gepäck abladen und bekamen zwei Betten für zwanzig Francs und zwei Mahlzeiten für vierzig. Die Strohsäcke schienen von äußerst mittelmäßiger Qualität, und Matthias war sehr in Sorge um seine Waschungen, die er schließlich gegen eine kleine Bezahlung am Brunnen der Abtei von Saint-Germain-des-Prés vornehmen konnte. Zurechtgemacht und gewaschen, brachte er auch seine Wäsche zum Bleichen und schickte ein Billet ins Hôtel de la Bazinière. Eine Stunde später erhielt er als Antwort darauf eine Einladung zum Abendessen für den nächsten Tag.
Die Sobieska ging auf die Fünfzig zu und hatte, wie so viele Leute, verfaulte Zähne; eine Brust, die von ihrem Hinterteil kaum im Gleichgewicht gehalten wurde, fahlen Teint und einen leidenschaftlichen Geist, der manchmal den Wahnsinn streifte. Wäre sie nicht Prinzessin und außerdem die Kusine des Königs von Polen gewesen, hätten manche ihrer Äußerungen sie schon längst ins Irrenhaus gebracht, das in der rue de Sève, gleich um die Ecke, lag. Ihre Reden bestanden aus einer Reihe von explosionsartigen Stoßseufzern, bewundernden Ausrufen und Anrufungen von Personen, die sie allein kennen mochte (mit Ausnahme der heiligen Brigitte von Schweden, von der Matthias zufällig schon gehört hatte). Ihr starker polnischer Akzent vermochte den Sinn dieser verbalen Ausbrüche kaum zu erhellen, die überdies von zahlreichen Ausrufungszeichen und herumfliegenden Speicheltröpfchen unterbrochen wurden. Sie empfing Matthias wie einen alten Freund und stellte ihn der Versammlung als »den berühmten venezianischen Maler« vor. Die Abendgesellschaft bestand aus einer Prinzessin von Rohan-Chabot, geborener Châtillon, dem Marquis von Asfeld, seines Zeichens Gouverneur von Straßburg, einem Herrn Jean de Montullé und einem Priester und Schriftsteller namens Leroux, der unterhaltsam sein wollte und furchtbar langweilig war. Matthias' Schönheit, seine venezianische Herkunft, seine guten Manieren und schließlich sein ungewöhnlicher Beruf machten ihn sofort zum Mittelpunkt eines fürsorglichen Interesses. Aller Blicke ruhten auf ihm. Auf Anregung der Prinzessin von Rohan-Chabot wollte man wissen, ob er aus Venedig Gemälde mitgebracht habe, und als

er mit ja antwortete, schickte man sofort zwei Diener zum Hôtel de l'Écu, die Zanotti halfen, einen Teil davon — sechs Bilder im ganzen — herüberzuschaffen. Die Sobieska erging sich in begeisterten Ausrufen. Unter den Bildern waren zwei Porträts von Matthias' verstorbener Gattin, eines, das sie als Samariterin zeigte, und eines als heilige Cäcilie, die ihre Arpeggien spielte, außerdem eine Ansicht von San Paolo e Pietro, eine der wenigen Ansichten von Venedig, an denen Matthias sich versucht hatte, und eine Deckenstudie, das heißt zwischen Wolken verlorene Nackedeis, von denen Matthias eine Aurora, die von weitem den Wagen des Phaethon betrachtete, noch extra ausgearbeitet hatte.

Nach einem heftig mit Champagner begossenen Mahl war man beim Kaffee angelangt. Die Gemüter waren erhitzt. Die Begeisterung steigerte sich bis zum Tumult. Die Prinzessin kaufte Matthias sofort die heilige Cäcilie ab, der Gouverneur von Straßburg die beiden Deckenstudien, um eine davon der Sobieska zu schenken, und der Herr von Montullé suchte sich die Ansicht von Venedig aus. Dann erstand die Prinzessin kurz entschlossen noch die Samariterin, und der Herr von Montullé nahm als letztes das Porträt von Silvana im Prunkgewand.

Noch im Verlauf derselben Woche waren alle Bilder bezahlt, und Matthias wurde pausenlos eingeladen.

Die Prinzessin von Rohan-Chabot bat ihn als erste zu sich und empfahl ihn dem Chevalier de Marsilly, der Herzogin von Phalaris und dem Schatzmeister Bosnier de la Mosson; Herr von Montullé schickte ihn weiter zum königlichen Ratgeber Feydeau de Marville, zu den Glucq de Saint-Port und zum Marquis de Ximènes, und die Sobieska schließlich schickte ihn zum Grafen Biatocki und zum Fürsten von Béthune-Boulogne. Jede Einladung brachte ihm zehn weitere ein. Man riß sich um den »kleinen Venezianer«. Denn Paris, das aus Verwaltungsbezirken bestand, die ihrerseits wieder in kleinere und größere Ortschaften unterteilt waren, war viel begieriger auf Neuheiten als Venedig, wo die Mattigkeit des Nahen Ostens, die Handelswut und die politischen Leidenschaften jede Neuigkeit verdächtig erscheinen ließen. Gefolgt von Zanotti, dem er den Titel eines Sekretärs verliehen hatte, rannte Matthias wochenlang von der rue de Gindre in die rue du Couchant, von der Abbatiale nach Saint-Germain und zurück, wobei er Aufträge für Porträts und

Dekorationen sammelte und sogar an einige Liebhaber Zeichnungen und Karikaturen verkaufte. Man fragte ihn nach seiner Meinung über den passenden Farbton für die Täfelung im Bau befindlicher oder zu renovierender Häuser. Er wurde zu einer Autorität. »Ich will erst mit Matthias darüber reden«, sagte die Clairon, der man zu ihrer türkischen Wandtäfelung pfirsichfarbene Vorhänge aus schwerem Seidenstoff empfahl. »Da muß ich den Venezianer fragen«, antwortete die Baronin Stengelmann, die man drängte, die verrauchten Decken des Hôtel de Châteauneuf erneuern zu lassen. Auch von Anträgen anderer Art sah Matthias sich verfolgt. Er entzog sich ihnen, so gut es ging, gab nach, wenn die Sache nicht allzu unangenehm erschien, tätschelte hier eine Marquise von Bacqueville und dort ein Fräulein von Mortemart. In Wirklichkeit war er mit dem Kopf woanders, ohne allerdings zu wissen, wo. Bei der Eroberung von Paris natürlich, die ihn entzückte, aber auch bei der Herausforderung, die der Mann im grauen Anzug ihm auf dem Weg nach Paris im Traum gestellt hatte.
»Du bist nicht mehr derselbe wie in Venedig«, sagte Zanotti in halb vorwurfsvollem Ton zu ihm.
»Liebe ich dich etwa weniger?« erwiderte Matthias. »Oder solltest gar du es sein, der das Interesse an mir verliert?«
»Du warst zärtlich, und du warst verliebt!« rief Zanotti. »Jetzt bist du wie ein Beutevogel! Wir schwimmen in Geld, wir tragen kostbare Kleider, aber ich liebe immer noch den kleinen Knaben, der in den Hof ging, um sich zu waschen, und dabei zu Marisas Fenster hinaufsah!«
»Marisa«, sagte Matthias traurig. »Vielleicht ist sie es, die mich verloren hat.«
»Deine Seele!« rief Zanotti. »Sie verläßt dich!«
»Nein, sie bleibt bei mir bis zum letzten Tag. Aber warte nur ab«, riet ihm Matthias liebevoll.
Sie lebten auf großem Fuße, und das ganz ohne Anstrengung, denn das Geld kam fast von selbst ins Haus geflogen, und Matthias arbeitete manchmal an fünf Porträts gleichzeitig: dem der Marquise de Putanges, dem der Gräfin von Créqui, von Louis III. de Nesle, dem Ehepaar Chauvelin de Crisenoy und an einem Medaillon des Marquis von Touvres, der die Clairon protegierte. Daß sie reich waren, stand daher außer Zweifel. Matthias hatte das Hôtel de Molé in der

rue de Luynes gemietet und drei Diener eingestellt, die einen großen Teil der Zeit damit verbrachten, das Haus mit einem in Paris schwer erhältlichen Naturerzeugnis zu versorgen: mit Wasser. Sie ließen es dreimal die Woche mit dem Boot abholen, von Trägern, die es in Fässern bis zum Haus brachten. Dort wurde es in ein im Erdgeschoß liegendes steinernes Becken gefüllt. Unter Trommelschlag nach Matthias' Anweisungen installiert, stellte das Becken nur das erste Element einer komplizierten Konstruktion dar, die Matthias nach Prinzipien entworfen hatte, die noch aus Abraham von Provens' Lektionen über römische Geschichte stammten. Das Becken war mit Kieselsteinen versehen, die die gröbsten Verschmutzungen des Wassers zurückhielten, während es durch eine abschüssige Rinne in ein zweites Becken mit Kiessand lief und von dort aus in ein drittes Becken mit ganz feinem Sand, der es vollends reinigte. Die ganze Anlage war auf einem steinernen Sockel angebracht und wurde durch eine Zisterne vervollständigt, in der das saubere Wasser gespeichert wurde. Einmal am Tag, meist in der Morgensonne, hielt Matthias ein Glas davon gegen das Licht und prüfte seine Klarheit. So verfügte das Hôtel de Molé als erstes Haus in Paris ständig über eine Menge von mehreren tausend Litern vom saubersten Wasser, das man in Paris finden konnte, und erwarb sich dadurch ein hohes Ansehen in der Nachbarschaft. Matthias konnte seine geliebten Waschungen vornehmen, ohne den fauligen Geruch von Abwässern fürchten zu müssen, und bedeutende Persönlichkeiten aus der Nachbarschaft, angeführt von der Sobieska, erbaten sich von Zeit zu Zeit einige Liter Wasser aus dem Hôtel de Molé, um ihren Kaffee oder ihre Schokolade damit aufzubrühen. All dies trug nicht wenig zu Matthias' Ruhm bei, und man glaubte, endlich eine Erklärung für seine Haut aus Milch und Honig gefunden zu haben.
»Dieser Waschzwang!« rief Zanotti von Zeit zu Zeit mit gespielter Empörung. »Er wird uns noch in den Ruin stürzen!«
»Aber Paris stinkt!« rief Matthias zurück. »Die Leute stinken!« Und Zanotti konnte ihm nur recht geben. Sobald man nur einen Fuß auf die Straße setzte, brauchte man auch schon einen Schuhputzer zu einem halben Sol, so tief watete man dort im Kot und in Unrat aller Art.
»Wenn wir bei der Phalaris zu Abend essen, ist der Geruch der ranzigen Röcke stärker als der des Ragouts, und wenn ich mich mit Feydeau de Marville unterhalte, muß ich mir ein Taschentuch vor die

Nase halten, um die Ausdünstungen seiner Eingeweide abzuwehren!« entrüstete sich Matthias, der seine Wäsche regelmäßig mit Holzasche und italienischer Seife waschen ließ.
»Und wonach roch der Mann in Grau?« fragte Zanotti geistreich.
»Nach gar nichts, mein Lieber, es sei denn vielleicht nach Zitrone, wie mir schien.«
»Zitronenduft, Geruch der Hölle!« sang Zanotti. »Und woher hast du diesen Willen zur Sauberkeit?« fragte er ironisch hinzu. »Du bist der einzige Mensch in Paris, der fünfhundert Taler im Monat für sauberes Wasser und Parfums ausgibt!«
»Vielleicht ist es die Abneigung gegen den Tod«, murmelte Matthias.
»Aber auch du wirst sterben, Matthias, auch du!« rief Zanotti aus.
»Das ist vielleicht nicht so sicher«, murmelte Matthias noch leiser.
»Was? Du solltest unsterblich sein? Der Mann in Grau sollte demnach um seine Beute kommen?« fragte Zanotti in gespielt fröhlichem Ton, aber er bekam keine Antwort.
Jedenfalls waren die beiden jungen Leute die saubersten Menschen in ganz Paris; im Unterschied zu all jenen, die ihr Wasser mit Weinessig versetzen mußten, um es frei von Gerüchen zu halten, tranken sie ausgezeichneten Kaffee und schmackhafte Schokolade, ganz zu schweigen von den kristallklaren Bädern, die sie sich einlaufen ließen. Man begann, das Hôtel de Molé auch wegen seiner guten Küche und seiner balsamischen Wohlgerüche zu besuchen. Die drei Diener, Nicolas, Dupeu und Coquet, hatten alle Hände voll zu tun, und Matthias mußte einen vierten hinzunehmen, der in der Küche helfen sollte. Trotzdem war es so, daß Matthias und Zanotti sich von Zeit zu Zeit langweilten, denn weil sie keine minderwertigen Menschen waren, vermochte weder der Ruhm noch das Geld sie zu befriedigen. Ihre besten Stunden hatten sie nach dem Abendessen, wenn sie, in Tücher gehüllt, die Sobieska oder die Putanges nachäfften und dabei spitze Schreie ausstießen.
Es würde die Zeit kommen, überlegte Matthias, wo der Markt gesättigt wäre. Er mußte also einen großen Wurf tun, der selbst den Hof in Aufregung versetzen würde.
Und er machte sich an die Arbeit.
Paris war verliebt in blonde Locken; er mußte also eine Brünette malen, um die Stadt zu überraschen. Paris hatte eine Schwäche für

Grübchen; ein rankes, schlankes Mädchen mußte die Neugier seiner Bewohner anstacheln. Die Rolle einer Göttin der Unterwelt würde ihr wunderbar zu Gesicht stehen.
Sie mußte siebzehn oder achtzehn Jahre alt sein. Er stellte sie mit einem gemmenbesetzten Thron aus schwarzem Stein dar, die Schenkel kaum von einem Schleier verhüllt, den Kopf gekrönt mit einem Diadem aus Rubinen. Dessen Lichtreflexe wurden von dem rötlichen Schein eines unterirdischen, im wahrsten Sinn des Wortes höllischen Dekors verstärkt. Das dunkle Braun ihrer Brustwarzen gab ihren perlmuttfarbenen Brüsten eine besondere Note, und der Glanz ihrer Zehennägel konstrastierte reizvoll mit dem Gold der Sandalen. Vor allem die schmalen, dunklen Augen mit ihrem samtartigen Glanz wirkten verführerisch. Das widerspenstige Haar unter dem Diadem war schwarz wie Jade.
Er malte sie in drei Tagen.
»Mir ist kalt«, sagte sie.
Er drehte den Kopf. Mit unzufriedener Miene saß sie zu seiner Rechten. Er war verblüfft. Der Mann in Grau ergriff also keinerlei Vorsichtsmaßregeln mehr. Um sich nichts anmerken zu lassen, stocherte er im Feuer herum.
»Da Sie nun fertig sind, kann ich mich ja anziehen«, sagte sie. Aber sie hatte keine Kleider. Er zog einen Morgenrock aus dem Schrank und gab ihn ihr.
»Wie heißen Sie?« fragte er, mehr und mehr hingerissen von seinem eigenen Geschöpf. Denn sie war das Faszinierendste, was er bisher hervorgebracht hatte. Sie war sogar noch schöner als ihr Porträt.
»Wie es Ihnen gefällt, natürlich.«
»Salome also?«
»Salome ist mir recht.«
»Haben Sie kein Gedächtnis?«
»Nur eine schwache Erinnerung. Es war heller und schöner, wo ich herkomme, scheint mir.«
Er glaubte eine Spur Ironie in dieser zerstreuten Äußerung zu bemerken.
»Was hat man Ihnen gesagt?«
»Was soll man mir schon gesagt haben?« antwortete sie und kreuzte die Beine, während sie Matthias' Blick erwiderte. »Ich glaube, ich stehe wohl zu Ihrer Verfügung, nicht wahr?« Unpersönlich wie sie

schien, war sie doch nicht ohne Charakter, denn sie fügte hinzu: »Aber ich bin keine Dirne, wie Sie sich vielleicht denken können.«
»Und was denken Sie von mir?« fragte er und machte einen Schritt auf sie zu.
Sie begann zu lachen, wobei sie makellose Zähne sehen ließ und eine unerwartete Geneigtheit zu erkennen gab.
»Sie sind es, Matthias, der in mich verliebt sein sollte. Sie sehen gut aus, und soweit das eine Frau ohne Gedächtnis beurteilen kann, sind Sie verführerisch. Muß ich Sie heiraten?«
Matthias war verblüfft. Der Mann in Grau hatte also die Karten anders verteilt. Die anderen Geschöpfe, die er erfunden hatte, hatten dem Leben angehört, und der Pakt, den er geschlossen hatte, hatte nur dazu gedient, sie wiederzufinden. Diese hier war die erste, die aus dem Nichts kam. Der Mann in Grau hatte also beschlossen, seinem sterblichen Partner mehr Vertrauen zu schenken. Sicher hatten ihn Matthias' jetzige Absichten stärker beeindruckt als die Suche nach Marisa.
Matthias kratzte mit der Schuhspitze auf dem Parkett herum. »Sie sind unendlich schön und stehen offenkundig zu meiner Verfügung. Was das Heiraten angeht ...«
»Was weiß ich«, sagte sie, nachdem er seinen Satz unvollendet gelassen hatte. »Vielleicht wünschen Sie sich ja Nachkommen. Nichts steht im voraus geschrieben, nicht wahr?«
»Nichts steht im voraus geschrieben?« wiederholte er etwas überrascht. Tatsächlich hatte er es stillschweigend für ausgemacht gehalten, daß der Mann in Grau den Verlauf seiner Geschichte im voraus kannte, bis zu ihrem Ende, dem Tod, jenem Augenblick, in dem Matthias ihm seine Seele überlassen müßte. Wie das geschehen würde, konnte er sich kaum vorstellen, und er machte sich noch nicht einmal die Mühe, daran zu denken, da er über die Beschaffenheit seiner eigenen Seele ebensowenig wußte wie über die irgendeiner anderen. Jetzt wurde ihm klar, daß der Mann in Grau nicht mehr wußte als er selbst. Und das wiederum ließ die Vermutung zu, daß auch der Andere über den Fortgang des Abenteuers nicht im Bilde war.
Während er dies dachte, betrachtete er seine Schöpfung mit nicht geringem Erstaunen. Wie war er auf die Idee gekommen, ein solches Wesen zu erschaffen? Sie stand in vollendetem Gegensatz zur blonden Sanftheit von Marisa und Silvana. Vielleicht hatte er wäh-

rend seiner Streifzüge durch Venedig einmal eine ähnliche Schönheit erspäht, eine Spanierin oder Orientalin womöglich, vielleicht sogar das Kind einer stürmischen Liebesnacht zwischen einem Berber und einer Weißen. Er machte noch einen Schritt auf sie zu, und dann einen zweiten, bis er so dicht vor ihr stand, daß die Spitze seines Schuhs ihren nackten Fuß berührte. Er streckte die Hand nach einer ihrer Brüste aus, die unter der Berührung erzitterte. Er beugte sich über ihr Gesicht, und sie versuchte nicht, ihm auszuweichen. Er drückte seine Lippen auf die ihren, und ohne Zögern überließ sie ihm ihren Mund. Er küßte sie lange und erforschte dabei mit der Hand ihren Körper, der ihm paradoxerweise unbekannt war, obwohl er ihn erfunden hatte, die Achselhöhlen, die Brüste, den Bauch und dann den Unterleib ... Sie atmete stärker und unterdrückte ein Stöhnen. Er ging zur Tür, schob den Riegel vor und kniete dann vor ihr nieder, um seine Forschungen mit größerer Sorgfalt fortzusetzen. Währenddessen streifte er ungeschickt Stück für Stück seine Kleider ab, was aber auf diese Weise nicht gelingen wollte, so daß er innehalten mußte, um sich vollständig auszuziehen. Dann stellte er sich vor sie und bekam von ihr sofort, was seine drei früheren Geliebten ihm verweigert hatten. Jetzt war es an ihm, zu stöhnen. Er zog sie auf ein Sofa und nahm sie in Besitz, wobei er mit seinem von den vorangegangenen Ereignissen verwirrten Kopf nur flüchtig bemerkte, daß sie noch Jungfrau war. »Wie sollte es auch anders sein?« sagte er sich. Sie taten es zweimal, und dann noch einmal, bevor sie einschliefen.

Plötzlich wachte er auf. Es klopfte an die Tür, und er erkannte Zanottis besorgte Stimme.

»Laß doch ein Bad einlaufen und etwas kochen«, sagte Matthias mit derartig leidender Stimme, daß Zanotti hell auflachte. Noch bevor er Matthias einen Leuchter reichte, hatte er mit einem Blick die Situation erfaßt. Es war inzwischen Nacht geworden, und der Himmel schimmerte kobaltblau. »Und laß ein Abendessen für drei auftragen, ich will dir jemanden vorstellen.«

Der komplizenhafte Blick, den Zanotti ihm zuwarf, entlockte Matthias insgeheim ein ironisches Lächeln. »Wie er sich verändert hat!« dachte er. »Er ist gar nicht mehr entrüstet.«

Halb bekleidet begleitete er Salome ins Bad und zeigte ihr, wie man Bergamo-Seife und einen Schwamm benutzt, und feine Aschen-

lösung, um sich die Haare zu waschen. Er spülte ihr die Haare mit klarem Wasser aus, ohne die unerklärliche Niedergeschlagenheit, die ihn erfüllte, überwinden zu können. Unter Salomes Blicken badete er dann selbst, bevor Zanotti wie gewöhnlich ins Badezimmer kam, um ihn zu rasieren.
»Könnte ich ihn nicht rasieren?« fragte Salome.
Zanotti lachte und erklärte, daß das keine Frauensache sei, da es das Wort »Barbierin« nicht gebe. Dann besann er sich und geriet über die Banalität seiner Antwort in Verwirrung, denn schließlich gab es auch keine Frau, die plötzlich zwischen vier Wänden aus dem Boden wuchs.
Sie aßen ohne die Hilfe der Bediensteten, denen Zanotti freien Ausgang gegeben hatte. Im übrigen war die Mahlzeit einfach, Wachteleier in Senfsauce, eine Pastete, ein gegrillter Fasan mit Erbsenpüree und zum Nachtisch russische Creme.
»Ich werde ihr alles beibringen müssen, nicht nur die Tischsitten«, dachte Matthias beunruhigt, während er sich setzte. »Was mache ich mit einer kleinen Wilden in Paris?« Er beobachtete sie verstohlen und stellte zu seiner Überraschung fest, daß sie keineswegs hilflos vor ihrem Teller saß. Sie aß die Wachteleier mit der Gabel, zerteilte die Pastete und den Fasan mühelos mit dem Messer, spießte die Stücke ordentlich mit der Gabel auf und schickte sich an, die Erbsen (zwanzig Taler das Pfund!) mit dem Löffel zu essen — ganz wie er selbst.
»Wo haben Sie das alles gelernt?« fragte er. »Haben Sie schon einmal Erbsen gesehen?«
»So nennt man das also«, sagte sie mit gespielter Naivität. »Nein, ich habe noch niemals Erbsen gesehen. Und das da auch nicht«, fügte sie hinzu und zeigte auf ihre Gabel.
»Das ist eine Gabel.«
»Weder eine Gabel, noch ... Löffel und Messer. Aber sehen Sie, Matthias, mir scheint, daß ich auch noch nie zuvor Französisch gesprochen habe ...«
»Wirklich!« rief Zanotti. »Wie ist das möglich?«
»Ich bin«, fuhr sie fort, »Ihre Erfindung, Matthias. Ihr Gehirn ist es, das mich geprägt hat, und deswegen spreche ich auch noch andere Sprachen, die Sie in sich tragen. *Mehr als nur ein wenig Deutsch, so würde ich glauben, mein Herr, ed anche un po' d'italiano, se non mi sbaglio.*«

Matthias und Zanotti schwiegen verblüfft.
»Es ist also wirklich eine vollkommene Schöpfung«, murmelte Matthias schließlich, während Zanotti Teller und Löffel für die russische Creme auftrug. »Es ist die erste!«
»Und ihr zwei zusammen«, fügte Zanotti hinzu und rückte die Teller und die Schüssel mit der Creme zurecht, »das ist beinahe Inzest!«
Betroffen leerte Matthias ein Glas Wein.
»Jede Liebe ist inzestuös«, sagte Salome nachlässig. »Man paart sich nur gleich zu gleich, Matthias, wußten Sie das nicht? Tauben und Hähne passen ebensowenig zusammen wie Hunde und Ziegen. In gewisser Weise haben Sie mit Ihrer Tochter geschlafen«, schloß sie lächelnd.
Matthias' Herz klopfte so stark, daß er die Hand dagegendrücken mußte. Der Blick, den er Salome zuwarf, war von Schrecken erfüllt, und als er nach der Kaffeetasse griff, die Zanotti vor ihn hingestellt hatte, zitterte seine Hand.
»Ist es die Wahrheit, die Sie erschreckt, Matthias?« fragte Salome. »Ich hätte Sie für mutiger gehalten!«
»Aber ... Marisa?« stammelte er.
»Sie war Ihre jugendliche Hälfte. Ihr weibliches Ich.«
Matthias lachte, verblüfft über die Richtigkeit ihrer Aussage. »Und Silvana?« fragte er weiter. »Mir scheint, Sie wissen wohl alles über mich!«
»Fast alles, Matthias, einschließlich Ihrer Liebe zu Zanotti. Denn Sie lieben Zanotti zärtlich, aber nicht wie Sie Marisa geliebt haben, weil er Ihnen nicht ähnlich genug ist.«
Zanotti, der sich an der Anrichte zu schaffen gemacht hatte, fuhr herum wie von der Tarantel gestochen. Er riß die Augen auf und brach in ein sonores Gelächter aus, das seine Verlegenheit etwas gezwungen erscheinen ließ.
»Per bacco!« rief er. »Das ist nicht deine Tochter, sondern ein Kind des Teufels!«
»Pssst!« befahl Matthias. »Und Silvana also?«
»Eine halbherzige Träumerei. Sie haben nicht wirklich daran geglaubt. Venedig hatte Sie weich gemacht, und Sie malten sozusagen nur noch mit der äußersten Pinselspitze.«
»Sie wissen also wirklich alles!« rief Matthias.
»Warum regen Sie sich so auf?« fragte Salome. »Wovor haben Sie Angst?«

»Vor ... Oh!« sagte Matthias und faßte sich an den Kopf. »Vor der Leidenschaft, die Sie mir einflößen könnten!«
»Das ist doch kein Grund zur Unruhe«, antwortete Salome. »Was suchen Sie denn, wenn es nicht die Leidenschaft ist?«
Sie lächelte mit einer Spur von Boshaftigkeit in den Augenwinkeln, und Matthias betrachtete sie einen Augenblick lang, ohne zu wissen, was er denken sollte. Dann ging er auf den erstaunten Zanotti zu, riß ihm mit wenigen, gewaltsamen Bewegungen das Hemd vom Leib und befahl ihm, Hosen, Strümpfe und Unterhosen auszuziehen, wobei der Venezianer in seiner Sprache vor sich hin murrte.
Als Zanotti vollständig entkleidet war und seine Verwirrung deutlich wurde, befahl Matthias ihm außerdem, mit Salome zu schlafen. Sicher hatte Zanotti nur darauf gewartet, denn er stürzte auf Salome zu und riß ihr mit roher Gewalt den Morgenrock vom Leib. Dann benutzte er mit jener Sanftheit, die den Heftigen eigen ist, seine Zunge und versetzte sie so in Verzückung, daß sie mit geschlossenen Augen den Mund öffnete und sich aufbäumte.
»Mach's ihm wie mir, Salome!« befahl Matthias, faßte Zanotti unter den Achseln und zog ihn hoch. Salome gehorchte mehr als willig, während Matthias Zanotti zunächst mit den Schenkeln abstützte und dann Salomes Bemühungen mit der Hand nachhalf. Fieberhaft zog Zanotti Salome aufs Bett und drang unter ersticktem Stöhnen von vorne in sie ein. Matthias stand wenige Schritte entfernt und beobachtete die beiden. Dann begann er langsam und beinahe nachdenklich, sich auszuziehen, obwohl sein Zustand keinerlei Unentschlossenheit erkennen ließ, und ging zum Bett hinüber. Er verlangte von Zanotti, was er zuvor von Salome verlangt hatte, dann nahm er zunächst sie, diesmal von hinten, und schließlich Zanotti.
Die Morgendämmerung überraschte sie bei diesen Spielen, und erst als der Tag schon angebrochen war, versanken sie in einen totenähnlichen Schlaf.
Als der Bedienstete Coquet pünktlich um zwölf an die Tür klopfte, fand Matthias kaum die Kraft, sie einen Spalt weit zu öffnen und ihm zu sagen, daß er krank sei und die Besucher bäte, ihn zu entschuldigen. Dann legte er sich wieder neben die beiden Schläfer, die geräuschvoll atmeten.
Diese Ausschweifungen hatten eine reinigende Wirkung. Am nächsten Morgen stand Matthias in aller Frühe auf und fühlte sich sofort

sehr klar im Kopf. Der Kaffee, den er sich vor dem Baden von Coquet aufbrühen ließ, fügte seiner Geistesgegenwart die nötige Entschlußkraft hinzu. Die Tatsachen waren einfach. Er hatte diese dritte Frau nicht im Feuer der Leidenschaft erfunden, sondern in der Absicht, Paris in Erstaunen zu versetzen, und es war ihm damit ein Meisterwerk gelungen. Denn Salome, das war die zweite Tatsache, war unwiderstehlich. Die dritte und letzte Tatsache bestand darin, daß sie lüstern und durchtrieben war. Aber eine leidenschaftliche Seele hatte sie nicht, soviel war deutlich. »Was also will ich?« murmelte er. »Daß sie mich verführt, indem ich mich selbst verführe! Habe ich also endgültig auf die Liebe verzichtet? Ich weiß es ebensowenig, wie ich die Absichten des grauen Mannes in dieser Angelegenheit kenne. Aber die Karten sind jedenfalls verteilt!«
Als er die letzten Reste eines Hörnchens mit Aprikosenkonfitüre hinunterschluckte, gesellte Zanotti sich zu ihm. Der Venezianer durchbohrte ihn mit seinen Blicken.
»Jetzt sitzen wir beide in der Tinte«, sagte Zanotti. »Das schlimmste Besäufnis hätte mich nicht ein Zehntel der Dinge tun lassen, die ich letzte Nacht getrieben habe. Ich muß wohl mit dir zusammen verdammt sein!«
»Nicht übertreiben!« antwortete Matthias. »Es ist doch wirklich nichts besonders Aufregendes passiert. Höchstens ein paar Gleichzeitigkeiten, die dich kaum hätten überraschen dürfen!«
»Du liebst dieses Mädchen also gar nicht, das du vor deinen Augen von mir hast nehmen lassen?« schrie Zanotti.
»Vielleicht wollte ich dir die Leiden einer heimlichen Begierde ersparen. Im übrigen warst du ja ganz eifrig bei der Sache, wie mir scheint. Schlimmstenfalls hätte ich dir gegenüber ritterliche Gefühle bewiesen!« antwortete Matthias.
»Und sie?« schrie Zanotti so laut, daß Coquet beunruhigt aus dem Nebenzimmer herüberkam, indem er so tat, als hätte er seinen Namen rufen hören. »Und sie?« wiederholte Zanotti leise, nachdem Matthias den Bediensteten wieder hinausgeschickt hatte. »Für sie empfindest du gar nichts? Wozu dient dir denn dann die Schöpferkraft, die du so teuer bezahlt hast?«
»Versuchen wir doch, nicht albern zu sein in einer Sache, die es auch nicht ist«, antwortete Matthias lächelnd. »Nichts beweist, daß Besitz unbedingt Eifersucht nach sich ziehen muß. Ich habe keinen Augen-

blick die Ängste eines betrogenen Liebhabers ausgestanden. Bleibt herauszufinden, ob mir dieses Mädchen etwas Einzigartiges zu bieten hat, was nicht sein Körper ist. Ich hatte niemals vor, mich der Besitzrechte an einem Körper zu versichern, mein lieber Zanotti.«
»Was bist du nur für ein Wüstling!« sagte Zanotti.
»Halb so schlimm. Die wahre Trivialität bestünde meiner Meinung nach darin, immer nur das eine oder andere Loch zu begehren. Ich dagegen versuche, die Liebe zu finden.«
»Die Liebe, die dir Marisa gegeben hat.«
»Genau.«
»Und was war das für eine Liebe?«
»Wenn ich sie empfinden würde, würde ich sie wiedererkennen. Im Augenblick fehlen mir die Worte, um sie zu beschreiben. Es ist jedenfalls nicht die Art von Lust, die man auf Salome hat. Aber ich verachte Salome keineswegs. Sie hat Genüsse zu bieten, die nicht gerade gewöhnlich sind. Und weil das so ist, habe ich beschlossen, einen Ball zu geben, um Salome in die Pariser Gesellschaft einzuführen.«
»Einen Ball!«
»Einen großen Ball. Zuerst müssen wir Kleider für Salome kaufen. Ich werde der Herzogin von Phalaris ein paar Zeilen schicken, damit sie mir die Adressen der besten Schneider gibt, und du bist damit beauftragt, sie so schnell wie möglich hierher zu bringen. In ein, zwei Stunden haben Nicolas, Dupeu und Coquet herausgefunden, daß eine Frau hier ist und daß sie sehr schön und dunkelhäutig ist. Die Bediensteten der umliegenden Häuser werden die Nachbarschaft davon in Kenntnis setzen, und es wäre doch wirklich eigenartig, wenn Salome sich nicht zeigen könnte, weil sie keine Kleider hat.«
»Einen Ball!« wiederholte Zanotti noch lauter. »Und als was willst du dieses Geschöpf ausgeben? Und wie willst du seine Anwesenheit in diesem Haus erklären?«
»Einen Ball, gewiß, auf dem ich Salome als die Prinzessin von Smyrna oder Ephesus vorstellen werde, als die Nichte des türkischen Sultans. Die Prinzessin hat in Venedig meine Adresse bekommen und ist nachts mit der Postkutsche hier angekommen, und zwar in Männerkleidern, weil ihr unterwegs ihre Koffer gestohlen worden sind.«
»Einen Ball!« sagte Zanotti noch einmal.
»Deine Überraschung kommt sicherlich daher, daß dieses Haus, ich muß es gestehen, ziemlich verkommen und beinahe unmöbliert

ist. Wir werden auch Bosnier de La Mosson um die Adressen von ein paar Vergoldern und Tischlern bitten müssen. Wir brauchen Kommoden, Spiegel, Teppiche, Sitzgelegenheiten und Tische, wir müssen anstreichen und vergolden lassen und uns mit Geschirr eindecken. Das beste wäre übrigens, du würdest selbst zu Bosnier gehen und dir die Adressen geben lassen.«

»Ein Ball!« sagte Zanotti nachdenklich zum vierten Mal. »Aber all das ist sehr teuer. Wir haben nicht genug Geld im Haus!«

»Morgen oder übermorgen werden wir bestimmt hunderttausend Taler haben«, gab Matthias zurück. »Im übrigen meine ich verstanden zu haben, daß es in Paris üblich ist, nicht allzu schnell zu bezahlen, weil man sich damit verdächtig macht.«

Zanotti erhob sich und durchmaß mit auf dem Rücken verschränkten Händen das Zimmer.

»Ein Ball!« murmelte er vor sich hin, während Matthias Papier und Tinte hervorkramte, um an die Herzogin von Phalaris und an Bosnier de la Mosson zu schreiben. »Es geht also nicht mehr um die Liebe, sondern darum, Paris zu verführen. Da sind wir wohl zu Handlangern des grauen Mannes geworden. Was für einen Vorteil versprichst du dir davon?«

»Ein Vergnügen anderer Art, ohne Zweifel«, antwortete Matthias über die Schulter hinweg. »Männer sind nur glücklich, wenn sie das Gefühl haben können, ihren Schwanz in das kostbarste Geschöpf von der Welt zu stecken. Sie wollen sich daher von den anderen bestätigen lassen, daß ihre Pfeile das wunderbarste aller Wesen abgeschossen haben. Da hast du's«, sagte er und bestäubte seinen Brief, bevor er ihn zu einem Dreieck faltete und nach einer Kerze griff, um ihn zu siegeln. Er klingelte nach Coquet und übergab ihm den Brief. Dann schrieb er an den Schatzmeister Bosnier de La Mosson.

»Und ich?« fragte Zanotti leise.

Matthias drehte sich zu ihm um.

»Die Freundschaft mit einem Mann ist etwas anderes als die Eroberung einer Frau. Jedenfalls in der Regel«, fügte er mit einem Lächeln hinzu. »Wenn ich aber nicht zufällig ein Graf wäre und obendrein schön und überdurchschnittlich begabt, würdest du mich dann auch lieben?«

»Was für eine Kälte!« sagte Zanotti und nahm den Brief, den Matthias ihm reichte. »Bist du eine Maschine?«

»Wenn ich es bin, möchte ich wenigstens gerne wissen, welcher Teil von mir der mechanische ist, um auch den anderen kennenzulernen und pflegen zu können.«
Vom nächsten Morgen an belagerten Schneiderinnen und Händler das Haus. Zuerst ließ man La Pailleuse, die Wäschehändlerin, ihre Stoffe und Spitzen ausbreiten, aus denen sie für die Prinzessin von Smyrna Hosen, Unterröcke und Leibchen anfertigen sollte. Dann war die Strumpfhändlerin La Minoret an der Reihe, die bestickte Seidenstrümpfe, Bänder und golddurchwirkte Spitzenhandschuhe mitbrachte. Die Schuhmacherin La Marrana packte perlengeschmückte Seidenschuhe aus, während drei aus dem Palais Royal herbeigerufene Schneiderinnen Ballen von Seide, Satin und Musselin mit den verschiedensten Mustern entrollten, eine gestreifte, schillernde, mit Blumen, Vögeln und venezianischen Perlen bestickte Pracht, die zusammen mit Gravuren und Modellzeichnungen nach der neuesten Mode den Boden bedeckte. Matthias wurde darüber beinahe schwindelig. Wenn nämlich auch Wäsche und Stümpfe keine Probleme stellten, so war es doch mit den Kleidern ganz anders. Es gelang ihm kaum, sich in dem allgemeinen Geschnatter der Händlerinnen verständlich zu machen und Modelle in den Farben seiner Wahl zu bestellen, die zwar exotisch wirken sollten, aber nicht übertrieben. Für teures Geld erstand er einen feinen, türkisfarbenen Seidenstoff aus Indien, der unverzüglich mit dunkelroten und zartgelben Blumen bestickt werden sollte, um zu einem Mantel mit Bändern in denselben Farben und einem Mieder aus feiner, perlmuttfarbener Seide zu passen.
Das Kleid, das Salome auf dem Ball tragen sollte, sollte eine Mischung aus Tscherkessenkostüm und Sultansgewand darstellen. Vom einen sollte es die langärmelige Weste übernehmen, die aber, wie bei dem anderen, vorne offen sein sollte. Dazu stellte Matthias sich einen locker fallenden, hermelinbesetzten Mantel vor. Ohne auf den heftigen Protest der Schneiderinnen zu achten, entschied er sich gegen einen Reifrock und für eine einfache Verstärkung des Hinterteils, die von den Falten des Mantels verdeckt werden sollte. Im Widerspruch zur herrschenden Mode und zum größten Schrecken der Damen verlangte er für den Mantel eine kurze und ebenfalls hermelinbesetzte Schleppe. Auch mit seinen Anweisungen für drei Hauskleider stieß er auf Widerstand. Sie sollten aus

gelber und rosafarbener, weißer und grüner, pfauen- und königsblauer Seide sein und statt mit Hermelin mit gekräuselten Bändern verziert werden.
»Aber Monsieur!« riefen die Schneiderinnen, während Salome Matthias amüsiert zuhörte. »Madame!« wandten sie sich protestierend an Salome.
»Und dann«, setzte Matthias im Befehlston hinzu, »werden Sie die Röcke mit Stickereien oder mit Rosen etwas raffen, so daß man darunter bauschige und geschlitzte Hosen erkennen kann, die mit den Knöcheln abschließen müssen. Widerspruch ist zwecklos.« Die Schneiderinnen waren sprachlos.
»Versuchen Sie nicht, sich bei der Prinzessin zu beschweren; sie versteht kein Französisch, und außerdem repräsentiert sie hier ihr Land, und nicht das Palais Royal.«
Die Hutmacherin, die der Auseinandersetzung beigewohnt hatte, wagte keinen Einwand mehr, als Matthias als Kopfbedeckung ausschließlich flache Hauben bestellte, von denen eine aus silbernen Spitzen sein sollte, die zweite aus geflochtenen Seidenbändern mit Perlenbesatz und die dritte ein Netz aus Gold- und Silberfäden mit aufgehefteten Diamanten, die er in Kürze zu liefern versprach. Die Frau öffnete lediglich den Mund, atmete einmal tief ein und klappte ihn mit einer Verbeugung wieder zu. So war Salome zunächst einmal für einige Tage mit Kleidern versorgt. Für später würde man weitersehen.
Sofort danach mußte Matthias sich mit etlichen Handwerksmeistern unterhalten, die in verschiedenen Räumen des Hauses schon ungeduldig auf ihn warteten. Die einen sollten Decken, Wände und Türen streichen und den Stuck frisch vergolden, die anderen das Parkett in Ordnung bringen und die Deckenleuchter mit Essigwasser reinigen. Dann begab sich Matthias zu mehreren Tischlern, Porzellanhändlern und Goldschmieden und suchte Stühle, Kommoden, Anrichten, Servierwagen und einiges andere aus.
Einen Monat lang ging alles drunter und drüber. Das Hôtel de Molé hallte wider vom Klopfen der Hämmer und vom Knarren der Leitern, von den Rufen der Arbeiter und vom Gezwitscher der Schar kleiner Näherinnen, die die Schneiderinnen wie Schlachtvieh zu Markte führten, um Maße zu nehmen, Schnitte zu korrigieren und gleich im Hause fertigzunähen. Matthias, Salome und Zanotti mußten ihre Mahlzeiten nach Sonnenuntergang in irgendeinem

freien Winkel des Hauses einnehmen, wenn der Rummel für den Tag zu Ende war und die Staubwolken sich gelegt hatten.
»Und das alles geschieht nur wegen mir?« fragte Salome eines Abends, als Matthias die Kerzen ausgeblasen hatte und zu ihr unter die Decke in das brandneue polnische Bett gekrochen war. »Ich brauche doch nur deine Hand auf meiner Brust vor dem Einschlafen.« Matthias antwortete nicht. »Man weiß nie, was man mit seinen eigenen Händen hervorbringt«, dachte er zuerst, ohne sich einzugestehen, daß ihre Worte ihn berührten. Sollte dieses Geschöpf der Hölle so etwas wie ein Herz haben? Oder war ihre Erklärung nichts als eine teuflische List, dazu bestimmt, ihn unrettbar in die Irre zu führen? Es war ihm unbehaglich, in der Stille der Nacht darüber nachzudenken, während seine Beine sich unter der Decke um die formvollendeten Gliedmaßen Salomes schlangen, die so waren, wie er sie selbst entworfen hatte. Und waren im übrigen nicht alle Frauen gewissermaßen teuflische Wesen? War es nicht die Liebe zu Marisa gewesen, die ihn zuerst dem Mann in Grau in die Arme getrieben hatte? Warum sollte er also Salome eine zärtliche Regung übelnehmen?
»Du sagst ja gar nichts, und du siehst nachdenklich aus«, bemerkte sie nach einer Weile und drehte sich zu ihm um.
Weil aber Matthias nicht wußte, was er denken sollte, hatte er auch nichts zu sagen, und ihre jugendliche Schönheit berauschte seinen Geist wie Alkohol. Er liebkoste sie solange, bis er wieder nüchtern wurde, mit seinen Fingern die Linien nachzeichnend, die er mit dem Pinsel entworfen hatte.
Zwei Stunden später war sie eingeschlafen, und er war wieder seinen Gedanken überlassen. Ob es allen Männern so ging? Ob sie wohl alle gegen die Frauen, die sie ihrer Liebe versicherten, diesen unausrottbaren Verdacht in ihrem Herzen hegten? Er stellte sich vor, wie Salome mit Zanotti schlief, um sich davon zu überzeugen, daß sie doch nur eine Dirne war, aber er konnte den Gedanken nicht unterdrücken, daß sie sich Zanotti nur auf seinen Befehl hingegeben hatte — und vielleicht überhaupt nur aus Liebe zu ihm.
»Eine Wunde!« sagte er sich, »jede Frau ist für den Mann, der sie liebt, eine Wunde. Wir glauben sie zu besitzen, indem wir in sie eindringen, aber in Wirklichkeit sind sie es, die uns das Herz zerschneiden. Und das tut weh, das tut schrecklich weh!«

18.

Fragonard

Der Frühling des Jahres 1757 begann, und das Hôtel de Molé näherte sich seiner Wiedergeburt. Die Kristallüster funkelten, die Tapeten leuchteten in frischem Glanz, das Mahagoni und Palisanderholz der Kommoden und Beistelltischchen schimmerte matt, die bronzenen Statuen schienen vor Gold zu singen, und alles zusammen spiegelte sich in den glänzenden Parkettböden. Auch die Fassade hatte einen frischen Anstrich bekommen. Die Anzahl der männlichen Bediensteten war verdreifacht worden, und zusätzlich gab es jetzt noch drei Kammerfrauen.

Von den hunderttausend Talern war kein Pfennig übriggeblieben. Matthias machte sich wieder an die Arbeit, und um sorgloser sein zu können, verdoppelte er diesmal die Summe. Da er seine Einkünfte irgendwie erklären mußte, malte er zunächst exotische Schmuckstücke für Salome, darunter ein Halsband aus kirschgroßen Smaragden und schwarzen Perlen, dessen Beschreibung sogar dem Hof zu Ohren kam. Dann erhöhte er seine Preise. So bezahlte der Marquis de Villette, ein Liebhaber junger Leute, der darauf brannte, Zutritt zum Hôtel de Molé zu bekommen und Matthias den Hof zu machen, für sein im übrigen schmeichelhaftes Porträt dreimal so viel wie für einen Boucher. Auch der Staatspächter Laurent Grimod de la Reynière, der mit einer Empfehlung von Bosnier zu Matthias kam, bezahlte für sein Konterfei eine stattliche Summe.

Der Ball sollte in den ersten Apriltagen stattfinden.

Matthias begann, Gästelisten aufzustellen. Im Hinblick auf die begrenzte Aufnahmefähigkeit des Hauses und die Anforderungen an die Bediensteten durfte die Zahl der Eingeladenen drei Dutzend nicht übersteigen. Er entwarf Sitzordnungen und wog die Freundschaften und Feindschaften gegeneinander ab, wie ein Feldherr Strategie und Taktik studiert, um die Front der Verbündeten aufzu-

brechen und gegenseitige Ausfälle zu verhindern. Diese Vorbereitungen verfinsterten sein Gemüt. Der Ball nahm ungeahnte Ausmaße an, ohne daß er sich über Ziel und Zweck des Ganzen wirklich im klaren gewesen wäre. Er wußte nicht mehr, warum es zu seinem Glück beitragen sollte, wenn er der Creme der Pariser Gesellschaft die Prinzessin von Smyrna vorstellte.
Um sich abzulenken, zog er sich in sein Atelier zurück und malte mit einer Leidenschaft, die ihn selbst in Erstaunen versetzte.
»Ich habe nämlich die Malerei vergessen«, sagte er sich, »und was wäre ich ohne sie? Wo wäre Salome?« Er verbrachte jetzt mehrere Stunden am Tag in dem Raum, der ihm als Atelier diente, um dort frischere und lebhaftere Farbkombinationen zu studieren, mit denen er neue Effekte erzielen wollte. Er trug Bleiweiß auf einen zinnoberroten Grund auf, der dem Weiß von unten eine warme Tönung geben sollte, und tupfte dann zarte, durchscheinende Flecken aus Terpentin und Mohnöl darauf. Dann versuchte er, Sacchettis System zu verfeinern, das darin bestand, die Figuren teilweise im Gegenlicht zu malen, indem er die Körperschatten in warmen, dunklen Tönen hielt und die beleuchteten Partien in sehr klaren und kalten, zum Beispiel in kaum durch Karminrot abgeschwächtem Zinnober, in Neapolitanisch-Gelb mit etwas Grün oder in Bleiweiß, gemischt mit Braun und belebt durch eine Spur Sienarot. Auf diese Weise erzielte er dramatische und manchmal ergreifende Effekte, die Zanotti aus der Fassung brachten.
Als wenn ihr diese innere und äußere Erregung fremd wäre, ging Salome ganz in einer Art sanft abwesendem Lächeln auf, ohne sich je über die allgemeine Unruhe im Haus zu beklagen. Sie verließ nur selten das Haus und stets in Begleitung, um die Geschäfte im Palais Royal zu besuchen.
Eines Abends inspirierte die einzigartige Schönheit ihres Körpers Matthias zu neuen Exzessen. Sie gab sich ihm willig hin und vergrößerte dadurch seine Enttäuschung, die ihm die Sprache verschlug.

Schlecht gelaunt wachte Matthias auf, und zwar um so schlechter, je weniger er eine Erklärung dafür wußte. Er fühlte sich wie ein verstimmtes Klavier. Er ließ sich von Dupeu den Kaffee bringen und nahm seine Tasse mit hinaus auf den Balkon des kleinen Salons, wo er nach Kräften an einem scharfen spanischen Zigarillo sog, während in seinem Rücken die Arbeiter zu lärmen begannen. Er ahnte, daß seine Unzufriedenheit mit Salome zu tun hatte. Die zärtlichen Worte, die sie ihm kürzlich zugeflüstert hatte, hatten ihn verstört. Liebte sie ihn denn? Stellte sie womöglich das Ende seiner Suche dar? Und wenn es so wäre, warum war er dann damit unzufrieden? Er war jung und schön, reich und schon berühmt, sie war zärtlich und vollkommen. Welche Laus war ihm über die Leber gelaufen, daß er darüber verstimmt war?

»Aber sicher ist es meine schlechte Laune, über die ich verärgert bin«, dachte er. »Ich habe allen Grund, mit meinem Leben zufrieden zu sein, ich bin es aber nicht und stehe da wie ein Idiot.«

Um sich aufzuheitern, dachte er an den Ball, und als Zanotti gutgelaunt auf den Balkon trat und ihm einen guten Morgen wünschte, verkündete er ihm ohne Umschweife, daß er daran dächte, Zuliman und seine Tiere kommen zu lassen, um dem festlichen Abend eine besondere Note zu geben. Ein Papageienschwarm und die Kunststücke der Affen!

»Dann werden wir also mit Vogelmist bedeckt sein«, rief Zanotti lachend. Er fand an dem Plan aber Gefallen, sofern man nur die Tiere an der Leine halten würde, um sie wieder einfangen zu können.

Sofort begann Matthias, einen Brief an Zuliman aufzusetzen, in dem er ihn bat, Ende März nach Paris zu kommen und so viele exotische Tiere mitzubringen, wie er auftreiben konnte. In seine Tätigkeit vertieft, überhörte er den Eintritt Cocquets und schrieb weiter. Cocquet räusperte sich. Matthias fügte noch einen Satz hinzu, in dem er um die buntesten Papageien bat, signierte und versiegelte dann den Brief.

»Monsieur ...« sagte Cocquet.

»Hier, nimm den Brief und laß ihn mit der Schnellpost der Thurn und Taxis nach Turin bringen. Herr Zanotti wird dir das Geld geben; bis Turin kostet es einundzwanzig Sols, da aber der Brief weiter nach Venedig geht, mußt du fünfzehn Sols zusätzlich bezahlen. Zwei gibst du bitte dem Kutscher als Trinkgeld ... Was hast du da in der Hand?«

»Einen Brief, der gerade für Sie abgegeben worden ist, Monsieur.« Er händigte ihn Matthias aus, der ihn entsiegelte.

An den Grafen von Archenholz
im Hôtel de Molé, Rue de Luynes.

Werter Herr,
auf den Rat des Herrn Bosnier de la Mosson, der nicht müde wird, Sie zu rühmen, und mir versichert, daß Ihr Talent das Königreich erobert hat, erkühne ich mich, Ihnen zu schreiben. Nachdem ich Ihre Verdienste bisher nur anhand des ausgezeichneten Porträts von Herrn Mosson habe beurteilen können, verspüre ich den lebhaften Wunsch, weitere Kunstwerke von Ihrer Hand zu sehen.
Ich wäre Ihnen, werter Herr, zutiefst verbunden, wenn Sie mir erlauben wollten, Ihnen einen Besuch abzustatten. Ich fürchte, daß mein Name Ihnen noch nie zu Ohren gekommen ist, obwohl ich für mein Werk *Jeroboam opfert den Götzenbildern* großzügigerweise mit dem Kunstpreis der Stadt Rom ausgezeichnet wurde.

Ihr sehr ergebener Diener
Jean-Honoré Fragonard,
aus der École des Élèves Protégés.

»Der Mann ist bedürftig, aber höflich«, dachte Matthias. Und sofort verfaßte er an diesen Fragonard ein kurzes Schreiben, worin er ihn bat, am Nachmittag zum Kaffee zu erscheinen. Er faltete das Blatt und übergab es Cocquet zusammen mit dem Brief an Zuliman. Es würde anregend sein, einen Maler zu sehen; die Gesellschaft seiner Kollegen fehlte ihm, seit er Venedig verlassen hatte. Es fiel ihm ein, daß er Sacchetti in der letzten Zeit sehr vernachlässigt hatte, und er nahm sich vor, auch ihm ein paar Zeilen zu schreiben.
Herr Fragonard hatte ein schönes, schmales und frisch wirkendes Gesicht mit jenem Ausdruck von höflicher, aber aufsässiger Klugheit, den man — so dachte Matthias — nur in Paris finden konnte. Während er seinen Kaffee trank, erklärte er, daß er bei Herrn Chardin arbeite, der zwar ein sehr verdienstvoller Maler, aber ein schlechter Lehrer sei. Gleichzeitig beobachtete er Matthias verstohlen, und seine Blicke schienen zu besagen, daß Graf Archenholz ein viel zu gut aussehender Bursche war, um ein guter Maler zu sein.

»Vielleicht möchten Sie jetzt die Bilder sehen«, sagte Matthias und erhob sich, wobei er sich im voraus dafür entschuldigte, daß er im Augenblick nicht viel zu bieten habe, da die Porträts ihm keine Zeit für anderes ließen.

Das große Porträt von Salome stand immer noch ungerahmt auf einer Staffelei. Andere Porträts standen teils auch auf Staffeleien, teils lehnten sie an den Wänden. Fragonard machte vor Salomes Porträt halt. Den Hut auf den Knien, vertiefte er sich lange in das Schauspiel vor seinen Augen.

»Sind Sie enttäuscht?« fragte Matthias schließlich.

»Du liebe Güte, warum sollte ich denn enttäuscht sein? Ich bin entzückt und verblüfft! Sie sind Italiener, das sieht man auf den ersten Blick. Diese Leichtigkeit und Geläufigkeit in der Linienführung! Und dieser wohltuende Mangel an Pathos! Ich bin betroffen! Ich muß mir eingestehen, daß Italien entschieden die Heimat der schönen Künste ist! Ich kenne kein anderes Land, in dem man das Großartige und das Alltägliche so geschmackssicher zu verbinden weiß. Aber betroffen bin ich noch aus anderen Gründen. Zum Beispiel davon, daß Sie die dunklen Partien farbig malen. Diese junge Frau mit ihren zweifellos dämonischen Zügen scheint aus einer sozusagen strahlenden Finsternis hervor förmlich Funken zu sprühen. Diese Mischung aus Pfauenblau, Rotbraun und glänzendem Gold, und alles von einem unverständlichen, rötlichen Schimmer überzogen ... Dazu dieser anbetungswürdige Körper, der aus Gold und Kupfer, und doch aus Fleisch und Blut zu bestehen scheint ... Und dann diese jettgeschmückten Schuhe, von denen einer halb vom Fuß geglitten ist ... Erlauben Sie mir, werter Herr, daß ich Ihnen meine Hochachtung erkläre. Ist es ein echtes Porträt?«

»Ja, das ist es.«

»Verzeihen Sie mir, aber es ist unendlich viel genialer als das von Bosnier de la Mosson.«

»Ich fürchte, der Staatsrat hätte sich in einer flammenden Finsternis nicht gut gemacht«, sagte Matthias lachend.

»Und ... das Modell ...?«

»Es ist zu Gast in meinem Haus, die Prinzessin von Smyrna.«

»Das verstärkt allerdings meinen Kummer«, murmelte Fragonard und setzte sich.

»Wie meinen Sie?« fragte Matthias. »Ihren Kummer?«

»Meinen Kummer, werter Herr. Was tun wir denn eigentlich? Die Arbeit von Verdammten. Wir ahmen den Schöpfer nach. Wir schaffen oder schaffen neu. Was aber schaffen wir? Gegenstände unseres Begehrens, zweifellos, verzeihen Sie mir ...«

»Sprechen Sie weiter«, sagte Matthias liebenswürdig.

»... Gegenstände, die realer sind als ihre Modelle. Der Mensch lebt nur von seiner Einbildungskraft, und wir verfügen über das Privileg, seinen Träumen Gestalt geben zu dürfen. Jedesmal, wenn ich ein Gesicht oder auch nur eine Vase abbilde, fühle ich mich daher zu der Frage gezwungen, ob ich die Wirklichkeit darstelle oder die Vorstellung, die ich mir davon mache.«

»Aber ganz ohne Zweifel, mein Herr, ist es doch so, daß wir die Wirklichkeit unserer Stimmung entsprechend deuten, und unsere Stimmung ist geprägt von der Einbildungskraft«, sagte Matthias.

»Die Sache ist aber komplizierter«, versetzte Fragonard. »Denn warum wählen wir für unsere Bilder nicht diesen, sondern jenen Gegenstand aus, wenn nicht deswegen, weil er schon von sich her mit unserer Vorstellung übereinstimmt. Sehen Sie nicht, daß die bewundernswerte Gestalt auf Ihrem Bild, die Prinzessin ...«

»Von Smyrna.«

»... daß die Prinzessin von Smyrna entschieden ein Modell Ihrer Wahl ist? Die schöpferische Kraft, die Sie in diesem Gemälde entfalten, ist unendlich viel größer als die, die Sie für das Porträt von Bosnier de la Mosson aufbringen konnten. Allein durch Ihre Wahl haben Sie die Prinzessin in gewisser Weise erschaffen, bevor Sie sie mit dem Pinsel nachgebildet haben.«

Matthias lächelte.

»Habe ich etwas Dummes gesagt?« fragte Fragonard. »In diesem Fall bitte ich Sie, mir zu verzeihen ...«

»Aber gar nicht, ich lächelte nur aus Vergnügen. Ich finde Ihre Überlegungen überaus zutreffend«, sagte Matthias. »Ich verstehe nur nicht, warum Sie als erstes gesagt haben, daß wir die Arbeit von Verdammten tun. Wir leben von der Einbildungskraft wie alle Menschen, und wir genießen den Vorteil, unseren Träumen Gestalt verleihen zu können. Was ist daran verwerflich?«

»Nun ja«, sagte Fragonard mit leiser Stimme, »Sie müssen bedenken, was das bedeutet! Wir sind niemals zufrieden! Unsere Einbildungskraft flattert von Gegenstand zu Gegenstand, ohne jemals

irgendwo verharren zu können, denn es gehört zum Wesen der Phantasie, daß sie der Wirklichkeit niemals entspricht. Kaum haben wir das Bild beendet, das wir für das ideale hielten, sind wir schon enttäuscht. Es war zwar das richtige, ja, aber doch eben nicht ganz. Es fehlt uns dies oder das. Geträumt haben wir es im hellen Mittagslicht, aber in der Morgendämmerung wäre es doch passender gewesen. Wir jagen also einem ewigen Trugbild hinterher.«
Matthias, der plötzlich erregt und nachdenklich schien, durchmaß das Atelier.
»Geht das nicht allen Menschen so?« fragte er.
»Sicherlich werden alle Menschen von einem Trugbild genarrt. Aber nur wir sind fähig, ihm Gestalt zu geben und daran zu ermessen, daß es das Ideal nicht gibt, denn wie ich Ihnen schon gesagt habe, sind wir enttäuscht, sobald es fertig ist. Ist es nicht wahr, werter Herr — wenn ich nicht allzu indiskret bin —, daß Sie bereits versucht sind, die Prinzessin noch einmal zu porträtieren?«
Mit auf dem Rücken verschränkten Händen blieb Matthias stehen, und ihre Blicke kreuzten sich.
»Es ist wahr«, gab er zu.
»Herr Chardin, der die Güte hat, mich zu unterrichten, hat sich von diesen Fragen abgewandt. Er spricht kaum etwas und antwortet nur in Halbsätzen. Als ich ihm aber mein Problem auseinandergesetzt habe, hat er mir geraten, mich um mein sogenanntes Ideal nicht zu kümmern und statt dessen gewöhnliche Dinge abzubilden. Ich würde seinem Rat auch folgen, wenn es nicht so wäre, daß gewöhnliche Dinge mich langweilen. Ein Kochtopf und ein Bund Knoblauch bringen mich zum Gähnen.«
Matthias bestellte neuen Kaffee und schloß die Tür.
»Es liegt sicher eine Art Weisheit darin, sich mit Blumen und Früchten, Makrelen, Muscheln und Gläsern zufriedenzugeben, wie es so viele unserer Vorgänger getan haben. Aber ich kann mich des Gefühls nicht erwehren, daß das entweder reine Dekoration oder aber ein Zurschaustellen von Reichtum ist«, sagte Fragonard. »Und was soll ich tun: Zu drei geschälten Zitronen, die sich kunstvoll um eine Makrele ranken, fällt mir nichts ein.«
Dieses Geständnis brachte Matthias zum Lachen. Fragonard bückte sich, um ein Porträt von Zanotti und einige Deckenstudien zu betrachten, die an der Wand lehnten.

»Ist es nicht mein Ruf, der Sie veranlaßt hat, mich zu besuchen?« fragte Matthias.
»Sie sind sehr begabt«, antwortete Fragonard. »Das Porträt von Bosnier de la Mosson ragt schon weit über den Durchschnitt hinaus. Es hat mich beeindruckt, wie Sie sein Doppelkinn und seine rote Nase wiedergegeben haben, ohne ihn zu kränken, noch mehr aber hat es mich erstaunt, wie Sie durch den Faltenwurf seines Gewandes und den Ausblick auf die Gärten hinter seinem Haus den Anschein erzeugen, daß dieser Mensch an irgendeinem ruhmreichen Abenteuer teilhaben muß. Sie haben also den erzwungenen Realismus der Auftragsarbeit durch Ihre Einbildungskraft überhöht. Vor allem an den Wandbehängen hat mich außerdem die Pinselführung verblüfft. Sie ist schwungvoll, aber deutlich, gerade auffällig genug, um zu verstehen zu geben, daß Sie sich Ihrer Begabung bewußt sind und es nicht nötig haben, sich hinter beflissenen und unpersönlichen Darstellungsweisen zu verstecken. Kurz und gut, Sie behaupten sich, und da mir Herr Mosson gesagt hat, daß wir ungefähr im gleichen Alter sein müssen — ich bin 1732 geboren ...«
»Ich auch«, sagte Matthias.
»... war ich neugierig auf einen Maler, der es in so jungen Jahren schon zu einigem Ansehen gebracht hat. Ich nahm an, daß Sie eine starke Persönlichkeit haben müßten und ...«
Er zögerte und sah Matthias fragend an.
»Ich höre«, sagte Matthias.
Fragonard erhob sich und schien nach Worten zu suchen. »Das bringt uns auf unser Thema von vorhin zurück«, sagte er schließlich. »Das Trugbild, das den Maler verfolgt, ist er selbst«, meinte er lächelnd. »Wir malen immer nur uns selbst, und da wir uns unaufhörlich verändern, flattert unser Trugbild uneinholbar vor uns her.«
»Ausgezeichnet«, sagte Matthias, den die Äußerungen seines Kollegen in Erstaunen versetzten. »Aber machen Sie auf diese Weise bei allen Malern die Runde? Ich will damit sagen, daß ich mich kaum von Ihnen oder den anderen Malern unterscheiden dürfte, wenn ich in den Bildern der anderen mich selbst darstelle. Oder ist es irgendein spezielles Verdienst, dem ich die Ehre Ihrer Aufmerksamkeit verdanke?«
»Ihr frühreifes Talent, mein Herr, gewiß.«

»Und sonst?«
»Darf ich es wagen?«
»Was gibt es denn zu wagen? Wagen Sie doch, ich bitte Sie!«
»Das Bilderrätsel.«
»Das Bilderrätsel?«
»In den Bäumen.«
»In den Bäumen?« fragte Matthias verständnislos.
»Im Laubwerk der Bäume, wenn Sie wollen.«
Fragonard musterte Matthias mit einer Neugier, die an Unverschämtheit grenzte. Matthias breitete die Arme aus, um anzudeuten, daß er nicht wußte, wovon die Rede war.
»Wann sind Sie nach Paris gekommen?« fragte Fragonard.
»Vor fast neun Monaten.«
»Sicherlich hat man Ihnen vertrauliche Dinge mitgeteilt.«
»Wie jedem Neuankömmling, gewiß. Haben Sie Erbarmen, mein Herr, befreien Sie mich von diesem Geheimnis! Ich verstehe kein Wort!« rief Matthias.
»Die Person, die Sie zu Herrn Mosson geschickt hat...«
»Die Prinzessin von Rohan-Chabot.«
»Hat Ihnen die Prinzessin von Rohan-Chabot nicht etwas erzählt...?«
»Nichts.«
»Erstaunlich«, murmelte Fragonard. »Aber ich will Sie nicht auf die Folter spannen. Vor zwei Jahren ist der Chevalier Dandelieu, ein sehr guter Freund von Herrn Mosson, auf mysteriöse Weise ums Leben gekommen. Wie es scheint, ist er während einer schwarzen Messe von einer Frau erstochen worden, die den Verstand verloren hatte. Haben Sie den Namen des Chevalier schon einmal gehört?«
»Noch nie im Leben.«
»Ich habe für Herrn Mosson eine Zeichnung für ihn angefertigt, die er dem Chevalier zu schenken gedachte. Haben Sie diese Zeichnung einmal gesehen?«
»Nein.«
»Und trotzdem haben Sie im Laubwerk der Bäume auf Ihrem Bild sein Porträt versteckt!«
»Ich?« rief Matthias.
»Mein Herr, ich bin von Ihrer Aufrichtigkeit überzeugt. Es scheint mir aber nützlich, Ihnen mitzuteilen, daß sich in dem Laubwerk auf

dem Porträt von Bosnier de La Mosson ein ausgezeichnetes kleines Bild des Chevalier Dandelieu befindet. Es ist eine köstliche Miniatur in grünbraunen Tönen.«
»Jemand wird es nachträglich hinzugefügt haben!« sagte Matthias aufgebracht.
»Ich möchte Sie ja keinesfalls noch mehr verärgern, mein Herr. Aber niemand im Haus von Herrn Mosson verfügt über ein so bewundernswertes Talent. Das Porträt ist auf meisterhafte Weise zwischen den Blättern versteckt.«
»Aber ich habe diesen Chevalier in meinem Leben nicht gesehen!« sagte Matthias.
»Ohne Zweifel, er ist ja über ein Jahr vor Ihrer Ankunft gestorben.«
»Hat noch jemand anders das Porträt erkannt? Manchmal sieht man ja sogar in den Stockflecken auf den Wänden noch Bilder ...«
»Die Prinzessin Sobieska, die ziemlich schlecht sieht, hatte sich dicht über das Bild gebeugt und stieß plötzlich einen Schrei aus, als sie den Chevalier erkannte.«
»Und Herr Mosson?«
»Mir scheint, er hat ihn auch gesehen. Er empfindet Ihnen gegenüber eine Art mit Furcht vermengte Hochachtung. Dem Chevalier war er sehr zugetan, und das Verhör, dem er seinetwegen von der Polizei unterzogen wurde, hat seinen Kummer nur noch vergrößert. Aber seine Zuneigung für den Verstorbenen ist immer dieselbe geblieben, und ich möchte fast meinen, daß er jetzt eine Art Botschaft vermutet.«
»Eine Botschaft?«
»Eine verschlüsselte Huldigung an seinen Kummer.«
»Das ist aber wirklich eine verrückte Geschichte!« rief Matthias lachend. »Jeder wird mir bestätigen, daß ich den Chevalier weder gesehen, noch je von ihm gehört habe, und trotzdem sind drei Personen davon überzeugt, daß ich ihn gemalt habe! Es ist also ein falsches Bilderrätsel, dem ich Ihre Bekanntschaft verdanke!« schloß er in spöttischem Ton.
Fragonard trat einen Schritt zurück und hob den Kopf. Matthias bewunderte seine schöngeschwungene Nase.
»Mein Herr«, sagte er, »Sie würden mich beleidigen, wenn Sie mir die Neugier eines Zeitungsschreibers zutrauten. Habe ich Ihrem Talent nicht genug Ehre erwiesen?«

»Was Sie hierher geführt hat, ist aber das Bilderrätsel«, antwortete Matthias.
»Verstehen Sie doch«, sagte Fragonard mit plötzlich gerötetem Gesicht. »Ich habe versucht, Ihnen darzulegen, daß jeder Maler ein Zauberer ist, nicht wahr? Er schafft eine Wirklichkeit, die lebendiger ist als seine Modelle, die aber immer das Spiegelbild seiner Wünsche bleibt. Er verfügt also über eine visionäre Schöpferkraft. Er sieht, was andere nicht sehen können. Er durchbricht die Oberfläche der Dinge. All das war für mich nur eine reizvolle Theorie, bis das Porträt des Chevalier Dandelieu mir einen Schlag vor den Kopf versetzte. Die feinsinnige Hypothese hat sich in bedrohliche Realität verwandelt, die um so erschreckender ist, als Sie mir bestätigt haben, daß Sie dieses Bilderrätsel nicht mit Absicht gemalt haben. Ich bin Maler und wollte mir über dieses Phänomen Gewißheit verschaffen, wie Monsieur de la Faye sich über die positive und die negative Elektrizität Gewißheit verschafft hat. Spreche ich deutlich? Verstehen Sie mich?«
Matthias begann zu lachen.
»Herr Fragonard«, sagte er, »ich bin nicht der Mann, Ihren Fall zu untersuchen. Ihre Ausführungen haben das Verdienst, daß Sie mir reichlich Stoff zum Nachdenken gegeben haben. Ich weiß Ihnen dafür Dank. Ich hoffe, daß Sie mich einmal einladen werden, Ihre Werke zu bewundern.«
Sie vereinbarten einen Termin, und da es schon spät am Nachmittag war, verabschiedete sich Fragonard. Matthias begleitete ihn auf den Vorplatz hinaus.
Als er wieder alleine war, geriet er in Zorn. Zanotti fand ihn unter lautem Fluchen durch die Räume streifend, in denen die Handwerker damit beschäftigt waren, die Gesimse und Verstrebungen der Wandtäfelung zu vergolden oder das Parkett neu zu verlegen.
»Was ist denn los?« fragte Zanotti erstaunt.
»Jetzt macht der Mann in Grau sich schon an meinen Gemälden zu schaffen!« tobte Matthias. Und er erzählte Zanotti, was vorgefallen war. Zanotti grinste.
»Vielleicht malt er demnächst auch ein Bild von dir!« sagte er lachend.

19.

Die Leidenschaft des Herrn Brunoy

Die Sache mit dem Porträt des Chevalier verstimmte Matthias für mehrere Tage. Sie hatte ihm klargemacht, daß er ein Spiel spielte, das er nicht beherrschte und dessen Regeln ihm unbekannt waren. »Nur eine Marionette«, dachte er, »ich bin nur eine Marionette.« Währenddessen machten die Reparaturen Fortschritte. Der große Saal wurde von Leitern und Planen befreit und zeigte — ebenso reizvoll wie anmutig — sein neues Gesicht: korallenrotes Schnitzwerk mit pfauenblauen Verzierungen, Pilaster aus blauem Marmor und vor allem einen vorspringenden Balkon, den Matthias für das Orchester hatte anbringen lassen und der von luftigen Karyatiden aus Stuck getragen wurde. Das Parkett wurde frisch gebohnert, die Vorhänge wurden aufgehängt und die Möbel und Sitzgelegenheiten verteilt. Jetzt fehlten nur noch die Geigen. Das Abendessen nahm man jedoch meistens in dem benachbarten kleineren Salon ein, der mit seinen niedrigen Sofas eine intimere Atmosphäre verbreitete. Dort baute man auch einen Tisch für sechs bis acht Personen auf, an dem sich noch am selben Abend eine kleinere Gesellschaft zum Einweihungsessen versammelte.
Außer der Sobieska, die mit den Örtlichkeiten schon vertraut war und ein wenig die Rolle des Haushofmeisters übernommen hatte, hatte Matthias die Präsidentin Bourrée de Corberon eingeladen, mit der er gerade wegen eines Porträts in Verhandlungen stand. Salome und Zanotti waren selbstverständlich auch da, und außerdem noch der Marquis de Brunoy, ein junger Mann, den Matthias auf Drängen der Sobieska ebenfalls zu Tisch gebeten hatte. Kaum älter als Matthias und, wie man versicherte, unermeßlich reich, sah Jean-Anthelme de Brunoy einer lächerlich ins Kraut geschossenen Putte ähnlich, bis hin zu seinem Hinterteil, das noch die dicksten Sofakissen in flache Scheiben zu verwandeln pflegte. Man war

gerade mit der Suppe fertig und wartete noch auf die Fasanenpastete, als die Präsidentin unter heftigem Runzeln der wenigen Härchen, die über ihrer stumpfen Nase von den gezupften Augenbrauen noch übrig waren, aufgeregt berichtete, daß die Pariser Gerüchteküche Matthias zu einem seiner Rechte beraubten ausländischen Königsspross befördert habe. Matthias antwortete, daß er als Bürger der Republik Venedig keinen Adelstitel führen dürfe und außerdem von einer illustren Abstammung seiner Person nichts wisse.

»Ich sage Ihnen das im Vertrauen«, beharrte die Präsidentin, »es sind nämlich Ausländer verhaftet worden, weil sie sich mit starkem Akzent nach Ihrem Wohnsitz erkundigten. Die Polizei hat daraufhin ihre Hotelzimmer durchsucht und darin Pistolen gefunden.«

»Und was ist aus ihnen geworden?« fragte Matthias mit gespielter Gleichgültigkeit.

»Da sie sich als Österreicher ausgaben, hat man sie schließlich laufen lassen, um den österreichischen Botschafter nicht zu verärgern. Sie werden aber beschattet, und auch Ihr Haus wird in diesem Augenblick von der Polizei überwacht.«

Matthias erhob sich, um aus dem Fenster zu sehen, und konnte tatsächlich zwei Schatten erkennen, die vor dem Haus Wache zu stehen schienen. Er setzte sich wieder und sagte:

»Nun denn, diese Ausländer werden sich zweifellos getäuscht haben.«

Trotzdem blieb die Unterhaltung während des ganzen Essens schleppend. Als sie beim Nachtisch angelangt waren — kandierten Kastanien in Mandelcreme, einer Erfindung Zanottis —, erbat jedoch plötzlich der junge Brunoy, der Salome schon den ganzen Abend mit seinen Glupschaugen angestarrt hatte, von Matthias die Erlaubnis, »der schönsten Prinzessin des Orients« seine Ehrerbietung zu erweisen. Gleichzeitig fiel er schon vor ihr auf die Knie und zog mit der rechten Hand ein Etui aus der Tasche, das er ihr, die Linke aufs Herz drückend, überreichte.

Darüber kam das Tischgespräch ganz zum Erliegen. Salome, die halb schon den Arm nach dem Etui ausgestreckt hatte, richtete einen fragenden Blick auf Matthias.

»Soll ich es öffnen?« wollte sie wissen.

»Öffnen Sie nur, wir wollen doch unseren Gast nicht kränken.«

Sie öffnete das Etui und zog ein Halsband aus rosa Diamanten und grünen Smaragden hervor, das sämtlichen Anwesenden den Atem verschlug.
»Setzen Sie sich doch, ich bitte Sie«, sagte Matthias zu Brunoy, der vor Anstrengung dunkelrot angelaufen war.
Sein Blick verfinsterte sich erneut.
»Monsieur«, sagte Salome mit gesenkten Augen in Richtung des Marquis, »ein solches Pfand verlangt nach einer Gegengabe. Meine Freundschaft besitzen Sie schon, doch das ist Ihnen, wie es scheint, nicht genug. Lassen Sie meiner Überraschung Zeit, sich zu legen.« Und sie verschloß das Halsband wieder in seinem Etui.
Die Sobieska stieß erstickte Schreie aus. Die Präsidentin wedelte aufgeregt mit ihrem Fächer.
»Hoheit!« rief der Marquis und wurde noch röter, »ich verlange nichts als die Ehre, Ihre Schönheit zu schmücken!«
Einen Augenblick verharrten alle reglos. Die Sobieska war von einer Handlung überwältigt, die sie vor allem deswegen für erhaben hielt, weil ihr selbst etwas Ähnliches noch nie begegnet war und sie auch nicht gewagt hätte, davon zu träumen. Die Präsidentin fühlte sich von einer so unmäßigen Großzügigkeit in ihrer Mißgunst gestört und suchte nach einer möglichst abstoßenden Erklärung dafür. Zanotti war entzückt über einen solchen Mangel an Selbstbeherrschung bei einem französischen Edelmann, und Salome, die nach außen hin gleichgültig blieb, fragte sich vermutlich, welche Bedeutung dem überspannten Gebaren einer schwachen Seele beizulegen sei, deren Ungestüm überdies mehr von innerer Verwirrung zeugte als von Leidenschaft. Matthias schließlich versuchte herauszufinden, wieviel an der Wirkung, die Salome auf den Marquis de Brunoy auszuüben schien, seinem eigenen Genie bei der Erschaffung dieser Schönheit zuzuschreiben war und welche Absichten der Mann in Grau dabei verfolgen mochte.
»Aber sagen Sie doch, Monsieur«, fragte er, »erscheinen Sie zu jedem Abendessen mit solchen Kleinoden in der Tasche?« Und er spießte eine Kastanie auf, die er in die Mandelcreme tauchte, während Salome das Halsband wieder auf den Tisch legte.
»Lassen Sie mich bekennen«, sagte Brunoy mit feuchten Augen, »daß die begeisterten Lobreden auf die Schönheit der Prinzessin, von denen ganz Paris erfüllt ist, in mir den unüberwindlichen

Wunsch erweckt haben, sie wenigstens einmal zu sehen, und daß ich in der Hoffnung, einen flüchtigen Blick auf ihr Gesicht erhaschen zu können, um Ihr Haus gestrichen bin. Das war gestern mittag um zwölf, und eine Stunde später ist es mir tatsächlich gelungen; ich erblickte sie am Fenster. Ich glaubte, den Verstand zu verlieren.«

»Am Fenster«, wiederholte Matthias.

»Es war in der ersten Etage, das zweite von links.«

»Sind Sie um diese Zeit ans Fenster getreten?« fragte Matthias und richtete seinen Blick auf Salome.

»Ja, ich hörte Schreie auf der Straße und beugte mich aus dem Fenster, um zu sehen, was los war. Es war ein Gemüsehändler, der sich erregte, weil eine Kutsche seinen Karren umgeworfen hatte.«

»Das Fenster«, wiederholte Matthias nachdenklich. »Und dann, Monsieur?«

»Ich ging sofort zum Juwelier Leauté und bat ihn, mir einen Vorschlag für ein Geschenk zu machen«, gestand der Marquis kleinlaut.

»Kaffee bitte, Coquet!« rief Matthias und nahm das Halsband in beide Hände, um es im Kerzenlicht funkeln zu lassen. »Leauté macht sehr schöne Sachen«, sagte er nachlässig.

»Monsieur . . .« begann Brunoy mit erstickter Stimme.

»Sprechen Sie frei, ich bitte Sie!«

»Es wäre mir unendlich peinlich, Sie beleidigt zu haben, ich . . .«

»Das einzige, was mich beleidigen würde, wäre die Vorstellung, daß Sie glaubten, mich beleidigt zu haben, Herr Marquis.«

»Was für ein Wort!« schrie die Sobieska begeistert. »Das werde ich weitererzählen!«

»Ich kenne die Gefühle, die der Anblick einer großen Schönheit erwecken kann, nur allzugut«, sagte Matthias lächelnd zu Zanotti gewandt und fragte sich, was zum Teufel geschehen würde, wenn Brunoy ebenfalls auf die Idee käme, den Mann in Grau zu beschwören. »Die Unschuld Ihres Herzens entschuldigt Sie.« Und er erhob sich, um Salome das Collier um den Hals zu legen.

»Ah!« rief die Präsidentin.

»Es leuchtet wie die ersten Sterne in der Abenddämmerung!« sagte Zanotti.

»Nun, Herr Marquis, ich danke Ihnen«, sagte Salome und neigte an-

mutig den Kopf. »In meinem Land übergibt man den Schmuck, den man einer Frau zu schenken wünscht, ihrem Vater, ihrem Bruder oder ihrem Gatten, je nachdem. Mein Vater ist nicht hier«, fuhr sie fort und fixierte dabei Matthias, »einen Gatten habe ich nicht, so werde ich also unseren Gastgeber in dieser Sache als meinen Bruder betrachten.«
Die Präsidentin war puterrot angelaufen und drohte zu ersticken.
»Ich bin überwältigt!« sagte Brunoy wie unter einer schweren Last.
Da es unterdessen recht spät geworden war, brachen die Gäste auf.
Als sie sich zurückgezogen hatten, fragte Salome Matthias, warum er so verärgert aussehe.
»Ich sage mir, daß Sie sich, da Sie so viel Wert auf Gefühle legen, womöglich in Brunoy verlieben könnten. Er hat Ihnen ein unerhörtes Zeichen seiner Leidenschaft gegeben.«
»Aber Sie sind es doch ...« murmelte sie, ohne ihn anzusehen.
»Und warum ich?«
»Sie sind schön.«
»Nehmen wir an, Brunoy wäre es auch.«
»Sie haben mich gewählt und geformt ...«
»Sagen Sie ruhig geschaffen. Aber im Grunde stand es Ihnen frei, Brunoy zu folgen. Nehmen wir an, Brunoy wäre schön, mutig und intelligent ... Dann wären wir gleich, er und ich. Haben Sie sich nicht wenigstens einmal schon die Frage gestellt, warum Sie ausgerechnet mich gewählt haben?«
»Wegen Ihrer Abgründe«, sagte sie langsam, während sie das Halsband abnahm und es auf den Frisiertisch legte. »Sie sind wie eine Höhle, von der man nur den Eingang sieht. Die Hauptsache, Ihre Träume, bleiben darin verborgen. Vielleicht liebe ich Ihre Träume genauso wie Ihre Wirklichkeit, oder noch mehr.«
»Aber sie erschrecken Sie?«
»Das stimmt«, sagte sie, während sie sich die Schuhe auszog. »Helfen Sie mir, das Korsett zu öffnen, wären Sie so freundlich?«
»Ohne Schmuck sind Sie viel schöner«, bemerkte er. »Die Steine sind Ihrer nicht würdig. Man muß also, um eine Frau zu fesseln, schön, intelligent und gefährlich sein.«
»Gefährlich«, sagte sie und drehte sich um. »Gefährlich sind Sie ganz ohne Zweifel. Jedenfalls kann keine Frau Sie wirklich erobern. Hätten Sie mich Brunoy gegeben?«

»Wenn ich Sie auch nur im mindesten in ihn verliebt geglaubt hätte, ja.«
»Warum?«
»In diesem Fall hätte ich Sie dafür verachtet, das Geschenk eines derart albernen Wesens anzunehmen.«
»Dann wissen Sie also, daß Sie ihm überlegen sind«, sagte sie, während er ihr den Rock aufhakte. »Warum wundert es Sie dann, wenn auch ich es weiß? Sie sind noch auf eine andere Weise gefährlich, Matthias, wissen Sie ... Wenn Sie eine Frau einmal erobert haben, kann sie Sie nicht mehr verführen, und umgekehrt ist es Ihnen unerträglich, selbst erobert zu werden, weil Sie dann nicht mehr lieben können. Sie sind wie ein wildes Tier, man muß pausenlos mit Ihnen kämpfen.«
»Seien Sie vorsichtig«, sagte er lachend, »Ihr Verstand ist im Begriff, mich zu erobern!«
Sie ging ins Badezimmer, um sich mit Weidenasche und einer kleinen Bürste aus Queckengras die Zähne zu putzen, wie er es ihr gezeigt hatte, und sich für die Nacht zurechtzumachen.
»Weder kann man Sie bändigen, noch sich von Ihnen bändigen lassen«, sagte sie, als sie in einem rosaseidenen Morgenrock ins Zimmer zurückkam. »Man kann Ihre Eifersucht nicht anstacheln, weil Untreue vor allem Ihren Stolz verletzt, und man müßte verrückt sein, wenn man Ihretwegen eifersüchtig sein wollte. Ich frage mich manchmal«, sagte sie und breitete die Arme aus, »ob Sie jemals von einem anderen als Ihnen selbst geliebt worden sind.«
Sie streife den Morgenrock ab und glitt unter die Bettdecke, während Matthias an den Ausspruch von Fragonard dachte: »Man malt immer nur sich selbst.«
»Aber sicherlich bin ich auch ein wenig Ihr Ebenbild, Matthias, denn wenn ich von Ihnen träume, liebe ich Sie noch mehr.«
»Sie träumen von mir?«
»Im Dunkel der Nacht, an Ihrer Seite.«
Er blies die Kerzen aus und verwandelte sich in das wilde Tier, als das sie ihn bezeichnet hatte.

Ganz Paris sprach von dem Halsband. Die Sobieska erzählte davon der Marquise de Putanges, die die Prinzessin von Rohan-Chabot in Kenntnis setzte, die die Geschichte der Großherzogin Brancas, dem Herzog von Ayen und dem Abbé Bernis wiederholte, die wiederum nichts Eiligeres zu tun hatten, als damit zu Madame Pompadour zu rennen, die schließlich ihrerseits das Ganze dem König berichtete. So erfuhr man auch in Versailles, daß es in Paris eine dunkelhäutige Prinzessin gab, die im Hôtel de Molé bei einem Maler wohnte und dem Marquis de Brunoy so sehr den Kopf verdreht hatte, daß dieser fünfzigtausend Pfund für ein Halsband von Leauté ausgegeben hatte, um es der mysteriösen Prinzessin von Smyrna als Geschenk zu überreichen. Die Präsidentin Bourrée de Corberon erzählte ihrerseits alles ausführlich dem königlichen Ratgeber Feydeau de Marville, der die Glucq de Saint-Port, den Schatzmeister Bosnier de La Mosson und Herrn Montullé verständigte, die das Gehörte noch ausführlicher Madame de Lauraguais vortrugen, die es dem gerade erst von der Belagerung von Mahon zurückgekehrten Richelieu mitteilte, wodurch es auch der Gouverneur von Paris, der Justizminister und der Hofmarschall erfuhren, die wiederum damit beim König erschienen, der von neuem heftig mit dem Kopf nickte. Paris war erfüllt von der Kriegsberichterstattung und vom Feuer der roten Diamanten aus dem Hause Leauté. Der König war der Ansicht, daß das Vermögen der Brunoy für derart unmäßige Ausgaben nicht groß genug sei, und ließ ihnen das durch Herrn von Argenson ausrichten. Gleichzeitig sagte er sich, daß die Prinzessin außerordentlich schön sein müsse, weil es ihr gelang, eine so große Zahl von Leuten in Aufruhr zu versetzen, und ließ dem rätselhaften Monsieur Arcinoulze oder Arcinolle einen Brief überbringen, in dem er ihm sein Interesse an seinen Gemälden bekundete, die man überall so sehr rühmte. Er bat ihn, das seiner Ansicht nach würdigste Gemälde auszuwählen und es bei Hof vorzuführen. Ein Tag war genannt: der fünfte September im Jahre des Herrn 1756. Das war eine Woche nach dem geplanten Ball.

Zuliman hatte geantwortet: Er war bereit, eine ganze Volière mitzubringen, unter der Bedingung, daß Matthias die Zollgebühren übernähme. »Müssen denn Papageien auch Zollgebühren zahlen?« fragte sich Matthias verblüfft. Die Aussicht auf ein Wiedersehen mit Zuliman versetzte Zanotti in Begeisterung. Warum hatten sie Sacchetti nicht auch eingeladen? wollte er wissen. Tatsächlich, stimmte Matthias zu, das sei reine Gedankenlosigkeit gewesen. Per Eilbo-

ten schickte er einen weiteren Brief an Zuliman, in dem er ihn bat, auch Angelotti mitzubringen.
Weiter beschlossen sie, Diener und Livreen, Musiker, Köche und eine Theatertruppe zu mieten. Sie kauften Hunderte von Kerzen, Gläsern und Tellern und ebenso viele verschiedene Sorten Wein. Die Einladungen wurden durch berittene Boten überbracht. Die Sobieska, die mit Fragen der Etikette betraut war, erwies sich als unbezahlbar. Sie überzeugte Matthias davon, daß ein von einem Junggesellen veranstalteter Ball unter der Schirmherrschaft einer älteren Witwe schicklicher sei, und beredete die Prinzessin von Rohan-Chabot, in ihrem Namen die Herzoginwitwe Madame d'Aiguillon einzuladen. Diese war schon aus Altersgründen für eine solche Schirmherrschaft sehr geeignet. Dann entwarf die Sobieska die Sitzordnungen für die drei Eßtische und legte die Reihenfolge der Tänzer fest, die den Ball eröffnen sollten. Sie bemerkte ganz richtig, daß es höflicher und klüger wäre, wenn Matthias nicht allzusehr den Hausherrn hervorkehrte und den Ehrenplatz bei Tisch besser Madame d'Aiguillon überließe. Kurz und gut, dank ihrer Hilfe konnte man erwarten, daß alles wie am Schnürchen klappen würde.
Während der Vorbereitungen, die mehrere Tage in Anspruch nahmen, stellte Zanotti fest, daß die Haustür immer noch von der Polizei bewacht wurde. Dupeu bestätigte, daß es sich wirklich um Polizeibeamte handelte, und Matthias brachte sie sehr in Verlegenheit, indem er ihnen von einem Diener Glühwein herausbringen ließ.
Diese Überwachung ärgerte ihn. Der Polizeipräfekt schien Grund zu der Annahme zu haben, daß man ihm noch immer nach dem Leben trachtete; warum er ihn aber für so kostbar hielt, daß er ihn persönlich bewachen ließ, war damit noch nicht hinreichend erklärt. Womöglich hatte man bei Hof erfahren, daß er der Halbbruder des Königs war, gegen den Frankreich Krieg führte, und hoffte nun, sich seiner bedienen und ihn vielleicht als rechtmäßigen Anwärter auf den Thron ausgeben zu können. Diese Vorstellung gefiel ihm gar nicht. Sie stieß ihn sogar kaum weniger ab als die Aussicht, von einem Schergen jenes Friedrich, den er niemals gesehen hatte, ermordet zu werden.
Noch am selben Abend ließ er in seinem Atelier einen Halbspiegel aufstellen und zog sich gleich nach dem Essen zum Arbeiten dorthin zurück.

In der Morgendämmerung hatte er sein Selbstporträt vollendet. Er war müde.
»Zeit, zu Bett zu gehen«, sagte er zu sich selbst.
»In der Tat«, echote es hinter seinem Rücken.
Er drehte sich um und brach in Lachen aus.
»Sie sehen besser aus als ich«, sagte er zu seinem Doppelgänger.
»Sie haben es so gewollt«, antwortete dieser liebenswürdig.
»Sind Sie auch Maler?«
»Meiner Treu, ich glaube wohl!«
»Können Sie meine Gedanken lesen?«
»Vollkommen. Oder vielmehr nein, denn ein Fluß ist an keiner Stelle ein und derselbe, und wir sind wohl so etwas wie die zwei entgegengesetzten Enden eines Flusses, Sie sind die Quelle und ich die Mündung. Als wen wollen Sie mich ausgeben?«
»Als meinen Zwillingsbruder, der heute morgen hier angekommen ist, natürlich aus Venedig.«
Matthias lachte, sein Doppelgänger auch, aber dessen Lachen war zurückhaltender.
»Sie fürchten, ermordet zu werden, nicht wahr?«
»Jetzt sind wir zwei, das verringert das Risiko um die Hälfte.«
»Wenn wir uns einen dritten Bruder schaffen würden, wäre es noch geringer.«
»Denken Sie an das Aufsehen, das wir erregen würden«, sagte Matthias und entriegelte die Tür, um Kaffee zu bestellen. »Der Erzbischof würde sich einschalten. Zwillinge nimmt man hin, aber Drillinge nicht. Haben Sie Angst vor dem Tod? Sie würden in mir überleben!«
»Oder Sie in mir«, sagte der Doppelgänger und schnitt eine Grimasse.
Dupeu brachte den Kaffee und hätte vor Schreck beinahe das Tablett fallenlassen.
»Dupeu, dieser Herr ist mein Zwillingsbruder.«
»In der Tat!« stammelte Dupeu.
»Unterrichten Sie bitte das Personal von unserer großen Ähnlichkeit, damit der Aufruhr nicht allzu groß wird, und bringen Sie uns eine zweite Tasse!«
Dupeu machte, daß er wegkam. Matthias lachte. »Glücklicherweise sind Sie doch ein wenig anders als ich«, sagte er, »das wirkt natür-

licher. Ihre Nase ist etwas kleiner, Ihre Haare sind etwas blonder, und Sie wirken eine Spur jünger als ich, was bei Zwillingen ja angeblich öfters vorkommen soll. Nach dem Kaffee werde ich, mit Ihrer Erlaubnis, ein Stündchen schlafen.«

»Ich auch«, sagte der Doppelgänger.

Matthias dachte einen Augenblick nach. »Ich glaube, ich werde Sie in einem anderen Zimmer einquartieren, das schon für Sie vorbereitet ist«, sagte er schließlich.

»Sie haben eine Frau in Ihrem Bett«, mutmaßte der Doppelgänger.

»Genau«, bestätigte Matthias.

»Seien Sie nicht albern!«

»Es wäre schwierig, diese Frau dazu zu bringen, mit zwei identischen Männern zu schlafen!«

»Das mag sein«, sagte der Doppelgänger und stellte seine Tasse ab. »Ist da aber nicht vielleicht noch etwas anderes?«

»Sie haben es also erraten. Oder Sie empfinden das gleiche. Sagen Sie es!«

»Sie sind verliebt ... in mich. Und daher eifersüchtig.«

»Verliebt ohne Zweifel, und das ist ja auch, wenn ich so sagen darf, nur natürlich. Aber eifersüchtig ... Kann man eifersüchtig auf sich selbst sein?«

»Sie haben mich so geschaffen, wie Sie letztes Jahr noch aussahen. Wenn Sie auch die Quelle sind und ich die Mündung, so haben Sie uns doch gemacht, als wenn es umgekehrt wäre. Ich bin eine jüngere Ausgabe von Ihnen. Das wird Sie wehmütig stimmen, es wird Ihre Eitelkeit verletzen, und daher werden Sie auch eifersüchtig auf mich sein.«

»Schon wieder eine Sorge mehr«, murmelte Matthias.

Auf der Treppe begegneten sie Zanotti, der bei ihrem Anblick zunächst stutzte, dann abschätzig ein paar Stufen hinunterstieg und den Doppelgänger von nahem musterte.

»Das ist der Falsche!« sagte er dann in übertrieben dramatischem Ton und zeigte auf den Zwillingsbruder.

»Woher weißt du das?« fragte Matthias, während der Doppelgänger grinste.

»Er sieht besser aus«, antwortete Zanotti, als verkünde er damit eine reine Selbstverständlichkeit. »Darauf bin ich allerdings nicht gefaßt gewesen!«

»Wir werden ein bißchen schlafen«, sagte Matthias und sah auf die Uhr. »Weck uns doch bitte gegen Mittag!«
Zanotti warf ihm einen ironischen Blick zu.
»Und sag allen Bescheid, daß mein Zwillingsbruder heute morgen hier eingetroffen ist«, setzte Matthias hinzu.
Er öffnete die Tür zu der neuen Wohnung, die er für vorübergehende Besucher des Hauses hatte einrichten lassen.
»Sparen Sie sich die Mühe«, sagte der Doppelgänger, »ich bin schon fast zu Hause. Da ist wohl das Badezimmer?« fragte er und zeigte auf eine Tür. Er begann sich auszuziehen, um sich zu waschen.
»Sie sehen genauso aus wie ich, obwohl ich Sie in Kleidern gemalt habe«, sagte Matthias und legte den Finger auf ein Muttermal auf der Schulter des anderen.
»Ganz genauso«, sagte der Doppelgänger und nahm ihn in die Arme.

20.

Die Schlange

Die vollkommene Liebe ist ähnlich wie der Tod. Endlich satt und ohne die Gefahr, verlassen oder mißverstanden zu werden, hört das Herz auf zu schlagen. Der Geist, von keiner Suche mehr wach gehalten, schläft ein. Die Seele ist wie ein höllischer oder himmlischer See, dessen Oberfläche kein Lüftchen mehr kräuselt. Es gibt weder Jahreszeiten noch Nächte mehr, die die Welt einmal bunt und einmal grau erscheinen lassen.

Sich selbst zu lieben heißt die Schlange der Ewigkeit nachzuahmen, die sich in den eigenen Schwanz beißt.

Aber zwischen Matthias und seinem Doppelgänger gab es eine leichte Verschiebung, die die kaum wahrnehmbare, aber unleugbare Vorliebe Salomes für den Doppelgänger verstärkte. Zuerst hatte sie diese Vorliebe ohne ihr eigenes Wissen gezeigt, als ihr aber durch eine scherzhafte Bemerkung die wahren Verhältnisse klargeworden waren, nahm sie es ohne das geringste Mißfallen hin, daß der Doppelgänger öfter mit ihr im Bett lag als Matthias.

Auf diese Weise erhielt Matthias die Antwort auf seine Frage nach der Art der Gefühle, die Salome ihm entgegenbrachte. Sie war nur für seine äußere Erscheinung empfänglich, und das stimmte ihn trübsinnig. »Schließlich habe auch ich nur eine Erscheinung geschaffen«, sagte er sich dann, »sie ist ein Wesen aus der Welt der Bilder.« Die ungestüme Leidenschaft, die er in den ersten Tagen für sie empfunden hatte, verwandelte sich in eine mit Mißtrauen gemischte Zärtlichkeit.

Bis zum Tag des Balls lebte er von der unbeirrbaren Freundschaft, die Zanotti ihm entgegenbrachte. Der Venezianer betrachtete den Doppelgänger seinerseits als das Raffinierteste, was Matthias je hervorgebracht hatte, aber sein geübtes Auge hielt die beiden mühelos auseinander. Im übrigen behandelte er den Doppelgänger mit herablassender Höflichkeit.

21.

Der Ball

Madame d'Aiguillon zeigte sich erfreut über die Einladung von Monsieur d'Arcinoulze, von dem ihr die Prinzessin Rohan-Chabot schon so viel erzählt hatte.
Die Prinzessin ließ wissen, daß sie mit Vergnügen den Vorsitz an einem der drei Tische übernehmen würde, da Matthias doch verpflichtet war, am Tisch von Madame d'Aiguillon zu sitzen. Die Herzogin von Phalaris erklärte sich bereit, die Reihenfolge der Tänze festzulegen und den Kotillon zu überwachen. Sie ließ anfragen, ob die Prinzessin von Smyrna die französischen Tänze beherrsche.
Insgesamt würden sechsunddreißig Personen anwesend sein.
Der Herbst hüllte Paris in fahles Gold; die Kriegsheimkehrer durchsetzten es mit dem Violett der Bußgewänder und dem blutigen Rot ihrer Verbände. Das Stadtvolk ging im Schmutz der Straßen seinen Beschäftigungen nach.
Zuliman war eingetroffen und dampfte vor Vergnügen wie eine Tasse heißer Schokolade. Er erfüllte das Haus mit seinem volltönenden Gelächter und klopfte Matthias und Zanotti abwechselnd freundschaftlich auf die Schultern. Sacchetti, der in Venedig unabkömmlich war, entbot seine Grüße in Form von Würsten und Schinken, die er Zuliman mitgegeben hatte.
»Die Wahrsagerin hat recht gehabt!« rief Zuliman aus, als er den Reichtum bewunderte, von dem Matthias umgeben war.
»Wie meinst du das?« fragte Matthias, den der Gedanke an die merkwürdige Frau, die sein Geld zurückgewiesen hatte, plötzlich beunruhigte.
»Eine ungebildete Frau!« rief Zuliman. »Erinnerst du dich an den Stern, den sie im Wasser gesehen hat? Ich bin sicher, es war dein Glücksstern!«
»Ah so«, sagte Matthias wenig begeistert.

»Und wer ist das? Aber Herr im Himmel, das bist ja du!« sagte Zuliman beim Anblick des Doppelgängers.
»Das ist sein Zwillingsbruder«, erklärte Zanotti.
»Sein Zwillingsbruder!« wiederholte Zuliman und riß die Augen auf.
Matthias ließ in allen sechs Ecken des Salons einen der riesigen Käfige aufstellen, die er in aller Eile für die Papageien hatte zusammenbauen lassen.
»E hop! Prestino fanciullo dell'aria!« rief Zuliman und schnalzte mit der Zunge, woraufhin einer der Affen einen tollkühnen Luftsprung ausführte, nach dem er in seinem blauen Jäckchen anmutig wieder auf den satinbeschuhten Füßen landete. *»E hop! Adesso balliamo!«* rief Zuliman und klatschte in die Hände. Diesmal tanzten die beiden Affen zusammen einen Reigen, wobei der eine dem anderen auf die Schultern kletterte. Zuliman belohnte sie mit Leckereien. Zanotti war so begeistert, daß er ebenfalls in die Hände klatschte, woraufhin die Affen ihr Tänzchen beinahe wiederaufgenommen hätten.
»Hinreißend!« sagte Matthias, dem die Vorführung in Wirklichkeit ein undefinierbares Mißbehagen verursacht hatte.
Da kam auch Salome die Treppe herunter. Sie trug einen Hausmantel aus gelbem Rips mit Zobelbesatz. Zuliman erstarrte mitten in der Bewegung. Sein Gesicht leuchtete vor Bewunderung, seine Lippen waren halb geöffnet, und das Weiße seiner Augen mit den zartblauen Äderchen darin wurde immer größer, wie um die überirdische Erscheinung, die da plötzlich vor ihm schwebte, besser spiegeln zu können. Seine Nasenflügel bebten.
»Die Prinzessin der Nacht ...« murmelte er. Und zu Matthias gewendet: »Was für ein Stern! Was für ein Stern!«
»Was für ein Stern, in der Tat!«
Endlich war der große Tag gekommen. Die rue de Luynes hallte wieder vom Hufschlag der Pferde, vom Knirschen der Räder in der Einfahrt und von den Rufen der Diener. Heller Fackelschein erleuchtete die Nacht.
Die Musiker spielten ein Konzert von Willaert. Balsamische Gerüche erfüllten die Luft. Die Papageien schillerten in allen Farben. Der Türsteher meldete die Herzoginwitwe Madame d'Aiguillon und die Prinzessin von Rohan-Chabot. Bewundernde Ausrufe erklangen von allen Seiten. Plötzlich waren, wie auf einen Schlag, alle Gäste da, die Sobieska in Begleitung des Fürsten von Béthune-Boulogne, die Herzo-

gin von Phalaris am Arm von Louis de Nesle, sämtliche Mitglieder der Familie Glucq de Saint-Port, Bosnier de La Mosson mit seiner Nichte, der Marquis de La Villette, gefolgt von seinem Sekretär ... Salome wurde von einer Gruppe verschluckt, deren Mittelpunkt Madame d'Aiguillon bildete; die anderen verteilten sich in den Salons.
»Ich glaube, es wartet noch eine Überraschung auf Sie«, sagte die Herzogin von Phalaris. »Aber fragen Sie nicht, es ist nämlich ein Geheimnis!«
Langsam begab man sich zu Tisch. Die Tafel befand sich auf der Galerie, von der aus man den großen Salon überblicken und außerdem auch während des Essens der Musik zuhören konnte, denn der Balkon für die Musiker befand sich gerade gegenüber. Sie hatten sich den Essenden zugewandt und entlockten ihren Instrumenten gedämpfte Klänge. Eine kleine Trüffelbouillon bereitete die Mägen auf Hecht in Aspik und eine Krebssuppe vor. Das Zwischengericht, Halbgefrorenes mit Ingwer, versetzte alle in Entzücken und bildete die passende Unterlage für die knusprigen Fasanen, die das erste Hauptgericht darstellten. Die Herzogin von Aiguillon bewunderte Salomes anmutiges und akzentfreies Französisch. Der Staatspächter Gaillard de La Bouexière erklärte, daß Matthias seiner Heimat so große Ehre mache, daß er eigentlich Botschafter von Venedig werden müsse.
Endlich wurde das letzte Zwischengericht aufgetragen — es war Birnenmus mit Champagner und Mandelmilch. Die Musiker spielten wieder lauter und variierten jetzt Melodien von Rameau.
Die Affen erschienen (Zanotti hatte ihnen noch Perücken aufsetzen lassen) und tanzten eine Art Gigue, die noch schwieriger war als der Reigen, den sie nach Zulimans Ankunft aufgeführt hatten. Als sie fertig waren, stießen die Papageien, die auch nicht dumm waren, ihr heiseres Krächzen aus. Die Herzogin von Aiguillon lachte laut, und alle folgten ihrem Beispiel.
In dem Augenblick, da die Herzogin den Ball für eröffnet erklärte, entstand ein Lärm an der Tür, und Zanotti teilte Matthias mit, daß die Diener über zwei Maskierte — einen Mann und eine Frau — in Aufregung geraten seien, die sich in Begleitung einer bewaffneten Eskorte vor dem Haus eingefunden hätten und Einlaß begehrten. Obwohl sie ihre Identität nicht preisgeben wollten, wagte man nicht, sie wegzujagen, da es sich offensichtlich um Personen von Stand handelte. Die Herzogin von Phalaris flüsterte Matthias ins Ohr, daß keine

Geringeren als Ludwig XIV. und Madame Pompadour selbst die unangekündigten Gäste seien. Er müsse sie sofort hereinlassen und dabei so tun, als ob er nicht wüßte, wer sie seien.
Matthias eilte also zur Tür, verbeugte sich lächelnd und verkündete den beiden Maskierten, daß man nur noch auf sie gewartet habe, um den Ball zu eröffnen. Für alle Fälle musterte er den angeblichen König jedoch vorher scharf, weil er fürchtete, statt seiner plötzlich den Mann in Grau vor sich zu haben.
»Sehr gut«, sagte der König, »ich will den Ball mit einer berühmten Person eröffnen, die in Ihrem Hause wohnt und die man die Prinzessin von Smyrna nennt, und Sie werden den ersten Tanz mit meiner Begleiterin tanzen.«
Matthias suchte nach der Prinzessin von Smyrna und flüsterte ihr rasch ein paar erklärende Worte ins Ohr. Die Gäste gerieten in Aufregung; mehrere hatten unter der Maske den König erkannt. Der König eröffnete also den Ball, gefolgt von Matthias und Madame Pompadour. Die anderen Tänzer hielten sich an den Plan der Prinzessin Rohan-Chabot. Mitten in der ersten Gavotte führte der König plötzlich eine neue Figur ein, die darin bestand, mit dem jeweils nächsten Tänzer die Partnerin zu tauschen. So fand er sich für einen Augenblick wieder mit Madame Pompadour zusammen und Matthias mit Salome, bevor sich der Wechsel in umgekehrter Richtung wiederholte.
»Monsieur«, sagte Madame Pompadour zu Matthias, »Sie tanzen genauso gut, wie Ihr Haus von erlesenem Geschmack ist.«
»Madame«, erwiderte Matthias, »Sie würden einer Statue Flügel verleihen.«
Als er aber die Augen hob, bemerkte er auf dem Balkon unter den Musikern einen Mann in Grau, den er nur allzugut kannte, und begriff, daß die Harmonie, von der der Abend bis jetzt erfüllt gewesen war, nicht mehr lange dauern würde. Ob er zuviel getrunken hatte? Die aufeinanderfolgenden Tänze erzeugten in ihm das Gefühl, in immer schnellerem Tempo einem Abgrund entgegenzuwirbeln.
Dann brach die Katastrophe herein. An der Tür entstand ein Aufruhr, und zwei Männer stürzten in den Saal. In der allgemeinen Verwirrung zog einer von ihnen eine Pistole und schoß auf den Doppelgänger, der sich gerade vor seiner Nase befand. Unter fürchterlichen Schreien brach der Unglückliche zusammen. Einer der Papageien befreite sich, von dem Getöse völlig verstört, aus seinem Käfig, setzte sich auf einen

Deckenleuchter und fing dort Feuer. In seiner Todesangst flatterte er zwischen die Tänzer und setzte Salomes Kleid in Brand. Salome verwandelte sich in wenigen Augenblicken in eine lebende Fackel, ohne daß irgend jemand etwas dagegen hätte tun können. Entsetzt rannte Matthias los, um Wasser zu holen, während neuerliche Schüsse erklangen. Diesmal war es die Polizei, die den Mördern auf der Spur gewesen war. Mit zitternden Fingern versuchte Matthias in der Küche einen Eimer zu füllen, als plötzlich ein Mönch vor ihm erschien — jedenfalls schien es ein Mönch zu sein, der da in einem weiten Kapuzenmantel sein Gesicht verbarg —, sich auf ihn stürzte und ihn aus der Küche schleppte.

Plötzlich fühlte Matthias sich ganz leicht. Als er, von einer unsichtbaren Kraft gehalten, endlich wieder atmen konnte, begriff er, daß er sich in den Armen des Mönchs befand und, von seiner Kutte umhüllt, über die Dächer von Paris flog.

Sie stiegen in Richtung Norden immer höher empor, sein Entführer und er. »Wohin fliegen wir?«

»Weit weg von Frankreich, mein Freund. Sie haben nicht die Größe, das Schicksal von Nationen zu bestimmen. Daß ich Sie bei solchen Dingen nicht noch einmal erwische! Das gehört zu einem anderen Plan!«

»Sind es denn nicht die Menschen, die in diesen Dingen den Ausschlag geben?« fragte Matthias hartnäckig und von dem schnellen Flug etwas außer Atem.

»Aber nicht aus bloßer Verliebtheit!« sagte der Mann in Grau, denn der war es wirklich. »Der König hätte sich in Ihre Salome verliebt, und das Königreich ist schon gefährdet genug durch die Niederlage, die Ihr Halbbruder den königlichen Truppen bei Roßbach zugefügt hat. Sie waren im Begriff, Ereignisse auszulösen, deren Folgen Sie nicht voraussehen konnten!«

»Aber wohin fliegen wir denn jetzt?« fragte Matthias noch einmal.

»Ich werde Sie in England absetzen, denn Englisch können Sie ja ein wenig.«

»Höchstens drei Worte!« protestierte Matthias.

Zweiter Teil

Fallen

1.

Begegnung im Ranelagh

Er erwachte in der Rotunde des Ranelagh.
»He Sie!« sagte eine Frau, die mit Eimer und Besen bewaffnet war und ihre Haare in ein schmutziges Kopftuch geknüpft hatte. »Wir schließen!«
Er blickte um sich, sah, daß Kellner auf den kupfernen Leuchtern die Kerzen löschten, und verstand gar nichts. Die Rotunde war ihm gänzlich unbekannt.
»Wo bin ich?« fragte er auf französisch.
»Zuviel getrunken«, murmelte die Frau ärgerlich und warf einen vielsagenden Blick auf das leere Glas, das vor ihm auf der Tischplatte stand.
Ein Angestellter erschien und riß wortlos das Glas und die Tischdecke weg, als wenn Matthias Luft gewesen wäre. Gleich der hohen Kuppel einer Kirche versank das Lokal allmählich in Dunkelheit. Ein einziger Ausgang war noch geöffnet, und durch diesen machte Matthias sich davon. Er fand sich in einem Park wieder, der noch von einigen Laternen erhellt wurde. Wohin sollte er gehen? Das Gelächter einer offensichtlich betrunkenen Frau veranlaßte ihn, sich umzudrehen. Nach und nach begriff er, daß sie damit beschäftigt war, einen zudringlichen Verehrer abzuwehren, einen Verehrer, der nicht mehr in der Blüte der Jugend zu stehen schien, da seine mit brüchiger Stimme vorgetragenen Liebeserklärungen von heftigen Hustenanfällen unterbrochen wurden. Geräusche von brechendem Astwerk begleiteten den bruchstückhaft vernehmbaren Dialog. Ein Klappern von Absätzen, skandiert von glucksendem Gelächter, bewegte sich auf Matthias zu.
»Gnädiger Herr, gnädiger Herr, helfen Sie einer bedrängten Unschuld!« rief ein weibliches Wesen ihm zu, das das Lachen nur mühsam unterdrücken konnte.

»Georgina, hör auf mit dem Blödsinn!« ermahnte sie ein Mann, der tatsächlich auf die Siebzig zuzugehen schien und ihr in schwerfälligem Seemannsgang folgte. Seine Strümpfe waren heruntergerutscht, und seine Perücke saß schief auf dem kahlen Schädel.
»Aber das ist kein Blödsinn!« protestierte Georgina und hängte sich mit tränenfeuchten Augen an Matthias' Arm.
Eine Brust war ihr aus dem Mieder gerutscht, und die zweite drohte dem Beispiel der ersten in Kürze zu folgen. Ihr verschmiertes Gesicht und der Schweißgeruch, den sie verströmte, beeinträchtigten ihr jugendliches Aussehen einigermaßen, was sie jedoch nicht davon abzuhalten schien, sich dem Meistbietenden an den Hals zu werfen. Sie hob die Augen und musterte Matthias, so gut das im Halbdunkel möglich war.
»Oh, das ist aber mal ein hübscher Knabe, Alfred!« rief sie ihrem Begleiter mit erkünstelter Bewunderung zu.
Der Greis holte sie ein und schien schwer an einem zähen Schleimkloß in seiner Kehle zu schlucken. Er deutete ein Lüpfen seiner Kopfbedeckung an und bemerkte: »Mit Ihrer Erlaubnis, mein Herr, Sie haben Ihren Hut vergessen!«
»Ich ... ich habe ihn verloren«, antwortete Matthias.
»Verloren, soso!« sagte Alfred, »Zu Ihren Diensten, mein Herr, Alfred Channing-Cabot, Sir Alfred Channing-Cabot. Exotische Stoffe, mein Herr.«
»Sehr erfreut, Sir Alfred. Graf Matthias von Archenholz, wenn Sie gestatten.«
»Ein Graf!« quietschte Georgina. »Kein schlechter Tausch!«
»Kümmern Sie sich nicht um die Albernheiten eines jungen Mädchens, das längst im Bett sein sollte«, faselte Sir Alfred.
»Im Bett!« gluckste Georgina mit überschnappender Stimme. »Aber gerne will ich ins Bett gehen, mit dem Grafen!« Plötzlich faßte sie Matthias an der Jacke und sagte mit belegter Stimme: »Das ist ja Samt! Und was für ein Samt! Und diese Knöpfe ... Mein Gott, die sind ja aus Silber, aus Silber mit einem Diamanten in der Mitte ...« Und von oben nach unten musterte sie jeden einzelnen Knopf, bis sie vor Matthias auf den Knien lag. »Diamanten! Diamanten!« murmelte sie. »Sehen Sie doch, Alfred, sehen Sie!«
»Georgina, Sie werden allmählich zur Plage. Halten Sie den Mund und stehen Sie auf!« sagte Sir Alfred und zog sie am Arm, um sie wieder auf die Beine zu stellen.

»Diamanten!«
»Gnädiger Herr, ich bitte Sie untertänigst um Verzeihung für die Aufdringlichkeit einer leichtsinnigen Frauensperson«, stammelte Sir Alfred, dem das Ganze immer peinlicher zu werden schien. »Erlauben Sie mir, Sie zu Ihrem Wagen zu begleiten ...«
»Ich habe keinen Wagen«, sagte Matthias freundlich.
»Dann machen Sie mir das Vergnügen, Sie in dem meinen nach Hause bringen zu dürfen. Es wäre mir eine Ehre!«
»Ein Haus habe ich auch nicht«, sagte Matthias nicht minder freundlich.
»Wie?« fragte Sir Alfred verwirrt und musterte Matthias plötzlich recht nüchtern. Prüfend begutachtete er die zum Anzug passenden Schuhe aus blauem Satin, die weißen Seidenstrümpfe, das Wams, das nur wenig müde wirkende Gesicht, die akkurat frisierte und gepuderte Perücke, und natürlich die Knöpfe. »Es wird Ihnen ein Mißgeschick widerfahren sein, gnädiger Herr. Ich wäre Ihnen sehr verbunden, wenn Sie meine Gastfreundschaft in Anspruch nehmen wollten!«
Während der Fahrt herrschte Schweigen, da Georgina, kaum daß sie sich gesetzt hatte, in tiefen Schlaf gesunken war. Auch Sir Alfred entlockte das Rumpeln des Wagens nur gelegentlich einen Hustenanfall. Vor einem roten Backsteinhaus machten sie halt. Es besaß einen neoklassizistischen Säulengiebel, der zum bescheidenen, aber unübersehbaren Zeichen des Wohlstands noch spät in der Nacht von zwei Laternen erhellt war.
Sie stiegen aus dem Wagen. Unter den forschenden Blicken Sir Alfreds zog Matthias seine goldene Uhr aus der Westentasche und erklärte, daß es Mitternacht sei.
»Auf die Minute genau«, bestätigte Sir Alfred mit einem Blick auf seine eigene Uhr. »Sie haben also Londoner Zeit.«
»London also«, murmelte Matthias, während er die Wohnung seines Gastgebers betrat.
Ein Diener, der kaum jünger als Sir Alfred sein konnte, erschien in Nachthemd und Zipfelmütze, um sie in Empfang zu nehmen. Er warf einen abfälligen Blick auf Georgina, die an der Wand lehnte und im Stehen schlief, und blickte dann überrascht Matthias an.
»Wenn Sie bitte das blaue Zimmer im ersten Stock und, äh, das gelbe im zweiten zurechtmachen würden, Bill. Legen Sie bitte in je-

des Bett eine Wärmflasche; dann können Sie wieder schlafen gehen«, sagte Sir Alfred. »Wenn Sie mir jetzt die Ehre erweisen wollten, mir ins Wohnzimmer zu folgen, Herr Graf, ich würde gerne noch ein kleines Gläschen Portwein mit Ihnen trinken ...«
Er wurde von Georgina unterbrochen, die schlafend an der Wand entlang zu Boden gerutscht war und jetzt mit zurückgeworfenem Kopf und gespreizten Beinen schnarchend auf dem Teppich saß.
»Wenn Sie erlauben, Herr Graf«, sagte Sir Alfred, »werden wir zuerst diese junge Person nach oben schaffen und sie ins Bett legen. Eigentlich hatte ich das Zimmer im ersten Stock Ihnen zugedacht — es war früher das Zimmer meines Sohnes, müssen Sie wissen —, aber wir ersparen uns einige Mühe, wenn wir Georgina dort unterbringen.«
Matthias schätzte die physischen Kräfte Sir Alfreds ab, der auch nicht mehr der frischeste zu sein schien, packte dann Georgina unter den Achseln, stellte sie auf die Füße und warf sie sich über die Schulter wie einen nassen Sack.
»Bravo!« rief Sir Alfred. »Ach ja, wenn ich noch die Kräfte eines Zwanzigjährigen hätte ... Hier ist die Treppe, Herr Graf.«
Matthias stieg hinauf, wobei ihm plötzlich einfiel, daß er eine oder zwei Stunden zuvor noch mit Madame Pompadour getanzt hatte. Unpassenderweise konnte er bei diesem Gedanken einen nervösen Lachanfall nicht unterdrücken.
»Lassen Sie mich Ihnen helfen, Herr Graf, Sie werden noch zusammenbrechen unter Ihrer Last!« sagte Sir Alfred. Aber Matthias war schon im ersten Stock. »Glückliche Jugend!« rief Sir Alfred. »Die erste Tür links, bitte, warten Sie, ich öffne!« Aber Matthias hatte die Klinke schon heruntergedrückt und Georgina aufs Bett geworfen, das direkt neben der Tür stand.
»Aha«, keuchte Sir Alfred, »Sie haben sich schon zurechtgefunden. Lassen Sie mich ein wenig Licht machen.« Er holte einen der beiden Leuchter, die den Flur erhellten, und zündete damit zwei auf dem Kamin stehende Kerzen an. »Man hätte Feuer machen müssen«, sagte er, »aber vielleicht wird es doch nicht so kalt diese Nacht ...«
Der alte Bill stand mit einer Wärmflasche in jeder Hand unter der Tür, und sein Blick drückte noch mehr Mißfallen aus als zuvor. »Ah, da sind Sie ja, Bill, sehr gut! Geben Sie mir bitte eine Wärmflasche

und machen Sie das Zimmer für den Grafen zurecht!« Er drehte sich zu Matthias um und fand ihn immer noch lachlustig. »Wie ich Sie beneide!« rief er. »Diese gute Laune! Glückliche Jugend! Jetzt müssen wir aber doch, ja, ich denke, wir sollten es dieser jungen Person für die Nacht ein wenig bequemer machen, nicht wahr?«
Inzwischen hatte Georgina beide Brüste entblößt. Sie waren klein, aber wohlgeformt. Sir Alfred betrachtete sie mit gefalteten Händen, als ob er beten wollte. »Glückliche Jugend!« seufzte er zum dritten Mal.
Da Sir Alfred über dem Schauspiel vor seinen Augen weinerlich zu werden schien, fragte sich Matthias, ob es nicht ein Gebot der Schicklichkeit sei, ihn mit Georgina allein zu lassen. Aber die Unbeholfenheit, mit der Sir Alfred versuchte, dem Püppchen die Schuhe auszuziehen, belehrte ihn eines Besseren. Im Handumdrehen hatte er ihr die Strümpfe ausgezogen, die ziemlich weit hinaufgezogen waren. Dann drehte er Georgina auf die Seite, um ihr das Korsett zu öffnen, und nahm es ihr ab. Dann legte er das ganze Persönchen wieder auf den Rücken und zog ihr den Rock zurecht. Georgina schlief mit nacktem Oberkörper, dessen Haut sehr viel frischer aussah als ihr verschmiertes Gesicht.
»Heilige Mutter Gottes!« schrie Sir Alfred und ließ sich in einen Sessel fallen. »Heilige Mutter Gottes!« schluchzte er mit brüchiger Stimme.
Matthias betrachtete ihn. Offensichtlich war Sir Alfred ebenso vom Begehren gepeinigt wie er selbst vor vielen Jahren in Venedig, als er Marisa am Fenster gesehen hatte. Und wahrscheinlich sogar noch mehr, denn das Begehren und seine Erfüllung konnten nicht zur gleichen Zeit bestehen, und darin bestand die List des grauen Mannes: Indem er Matthias die Möglichkeit gab, sich jedes Begehren zu erfüllen, hatte er es vernichtet. Die Liebe war also wie der Horizont. Matthias zog den blauen Überwurf vom Bett, schob Georgina unter die Decke, indem er ihre Beine anwinkelte, legte ihr die Wärmflasche unter die Füße und stopfte die Decke fest. »Wenn ich Ihnen so zusehe, Herr Graf« rief Sir Alfred heiser, »welche Umsicht, und welch eine Erfahrung ... Es überkommt mich ein unaussprechliches Gefühl dabei ...«
»Vielleicht sollten wir diese junge Person in Frieden schlafen lassen«, sagte Matthias und stellte die Waschschüssel auf den Kamin.

»Sie haben mir vorhin ein Glas Portwein angeboten, das ich als Schlaftrunk jetzt sehr gerne annehmen würde.«
»Ich vernachlässige alle meine Pflichten«, sagte Sir Alfred und hob halb den Kopf, blieb aber wie gebeugt unter der Last der seltsamen Empfindungen in seinem Innern. Er wies auf die Tür, blies die Kerzen aus und trat zu Matthias auf den Gang. Die Treppe knarrte unter ihren Schritten.
Das Haus war anständig und ohne Zweifel vor wenigen Jahren renoviert worden. Die indischen Tapeten an den Wänden wirkten noch wie neu, und der chinesische Spind, der im Wohnzimmer auf einem vergoldeten hölzernen Sockel stand, schien gerade erst eingetroffen zu sein. Sir Alfred öffnete ihn, holte eine Karaffe und zwei Gläser heraus und reichte eines davon mit einer leichten Verbeugung Matthias. Das andere stellte er neben die Karaffe auf ein Beistelltischchen. Dann stocherte er im Feuer herum, das auszugehen drohte, und legte noch etwas Holz nach. Schließlich setzte er sich Matthias gegenüber und hob sein Glas auf die Gesundheit seines Gastes.
»Verzeihen Sie mir meine Verwirrung von vorhin. Sie schienen mir in Verlegenheit zu sein, aber ich mag mich da auch irren. Sagen Sie mir doch, ob ich etwas für Sie tun kann, was immer es auch sei. Ich bin leider kaum daran gewöhnt, den barmherzigen Samariter zu spielen, und überhaupt haben ja heute eher Sie das getan, mein Herr, aber Ihre Manieren sprechen für sich. Sie sind von hoher Abstammung, und eine ungezwungene Höflichkeit wie die Ihre beginnt leider in unserem guten alten London immer seltener zu werden. Der Adel glaubt seine Echtheit nur noch durch schlechtes Benehmen unter Beweis stellen zu können, und die Bürger reißen sich in Stücke, um es ihm gleich zu tun. Aber ich bin immer noch zerstreut«, sagte er und erhob sich, um Wein nachzuschenken.
»Ohne Ihre Gastfreundschaft, mein Herr, hätte ich nicht gewußt, wo ich heute übernachten sollte«, antwortete Matthias. »Ohne Zweifel hätte ich einen jener Knöpfe versetzen müssen, die Ihr Schützling vorhin bewundert hat, oder meine Uhr, um irgendwo ein Bett zu finden. Ich will Ihnen gegenüber ehrlich sein, denn Sie haben mich vorhin sehr gerührt. Ich werde Ihnen nicht erzählen, was für ein Mißgeschick mir widerfahren ist. Sagen wir, daß ich vor wenigen Stunden noch in meinem Haus einen glänzenden Ball gegeben

habe und daß ich jetzt plötzlich ohne einen Pfennig dastehe und gezwungen bin, mir ein neues Leben einzurichten.«
»Haben Sie im Spiel verloren?« fragte Sir Alfred und zog seine buschigen Augenbrauen hoch.
»Nein. Ich habe vielleicht dreimal im Leben Ekarté gespielt, für drei Groschen.«
»Die Frauen?«
»Auch nicht. Bis jetzt habe ich sie immer großzügig behandelt, auch in finanzieller Hinsicht.«
»Dann wohl die Politik?«
»Kaum.«
»Herr Graf, ich glaube Ihnen aufs Wort, aber Sie werden zugeben, daß es dann mit dem Teufel zugegangen sein muß.«
Bei diesen Worten explodierte unter fürchterlichem Krachen ein Holzscheit im Kamin. Sir Alfred unterdrückte einen Fluch, Matthias ein Lachen.
»Es *ist* mit dem Teufel zugegangen, in der Tat.«
Das Holzscheit barst auseinander wie eine Granate.
»Das Holz ist nicht trocken genug«, murmelte Sir Alfred. »Herr Graf, betrachten Sie sich als meinen Gast, so lange, bis ein glücklicher Wind die Segel Ihres Lebensschiffchens wieder bläht... Aber warum haben Sie vorhin gesagt, ich hätte Sie gerührt? Meinten Sie vielleicht, Sie hatten Mitleid?«
»Keineswegs, Sir Alfred. Es war eher Neid.«
»Neid?« rief Sir Alfred verwundert.
»Ja, Neid. Die Stärke Ihres Begehrens, verzeihen Sie, wenn ich das sage, hatte vorhin, als Sie die schlafende Georgina betrachteten, beinahe einen Grad von religiöser Inbrunst erreicht.«
Nachdenklich senkte Sir Alfred das Haupt und enthüllte auf diese Weise den ramponierten Zustand seiner Perücke, die immer noch ebenso schief saß wie seine geringelten Socken. Dann sah er Matthias mit den Augen eines erstaunten Hundes an.
»Herr Graf...« begann er.
»Nennen Sie mich doch Matthias, ich bitte Sie.«
»Herr Matthias«, fuhr Sir Alfred fort, »die Verwirrung hat mich hungrig gemacht. Erlauben Sie, daß ich uns einen kleinen Imbiß zubereite!«
Er verließ das Zimmer und kam wenig später mit einem Tablett zu-

rück, auf dem rund und braun ein halbes Brot zu sehen war, ein Käse, den Matthias nicht kannte, ein Schälchen mit Nüssen, zwei Nußknacker, Teller und Besteck. Als alles auf einem Tischchen vor Matthias stand, zog Sir Alfred sich einen Sessel heran und setzte sich Matthias dicht gegenüber.

»Matthias«, sagte er, »an Ihrem Akzent erkennt man, daß Sie hier fremd sind. Sie wissen also noch nicht, wie gut Stilton, frische Nüsse und Portwein zusammenpassen. Folgen Sie meinem Beispiel!«

Mit unvermuteter Kraft schnitt er eine Scheibe Brot ab, zerdrückte mit etwas mehr Mühe den Käse, verteilte etwas davon auf dem Brot und verzierte das Ganze mit dem Kern einer Walnuß. Matthias tat es ihm nach und war überrascht über die Kraft und die Frische der sich mischenden Geschmacksrichtungen, die Würze des Stilton, der vollmundig, herb und gut gepfeffert war, die knackige Süße der Nuß, den erdigen und samtweichen Brotgeschmack, all das zusammen mit dem kräftigen Bouquet des Portweins. Zum Zeichen seines Wohlgefallens nickte er mit dem Kopf.

»Es gibt sicher Feineres«, sagte Sir Alfred, »aber ich frage mich, wo die Feinheit aufhört und die Fadheit beginnt. Mit dem Essen ist es wie mit der Sprache, und ich beginne zu glauben, das all diese sahnebleichen Gerichte, das weiße Fleisch und die süßen Weine, die wir für teures Geld aus Frankreich importieren und die teils kraftlos und teils wie Sirup schmecken, daß all diese erlesenen Dinge, sage ich, die wir aus Europa übernommen haben, mit einer Verweichlichung der Sprache einhergehen. Unter dem Vorwand der Finesse spricht man heute in London fast nur noch lau und kraftlos. Gott sei Dank bringt England noch einige Gerichte hervor, die in der Lage sind, den Geist eines Mannes zu wecken und sein Herz zu stärken. Wir essen hier gewöhnlich Hausmannskost, Matthias, ein saftiges Omelett mit geräuchertem Speck, eine Gänsebrust mit Nelken, dazu gedünstete Rüben, und zu jeder Tageszeit eine Scheibe Schinken, ein Stückchen Stilton oder gut getrockneten Cheddar, Nüsse, Äpfel, Birnen, manchmal einen Wein aus der Bourgogne, sonst Ale oder Whisky. Verspüren Sie selbst kein Begehren mehr für die Frauen, da Sie meines erstaunt hat?« fuhr er ohne Überleitung fort.

»Vergnügen, Sir Alfred. Begehren kann ich nur eine Frau, die ich nicht finden kann und die ohne Zweifel das Spiegelbild einer verlorenen Liebe ist.«

»Mit dem Begehren ist es wie mit dem Hunger. Vielleicht waren Ihre Augen größer als Ihr Magen«, erwiderte Sir Alfred nicht ohne eine gewisse Boshaftigkeit. »Enthaltsamkeit ist das beste Mittel, wieder Appetit zu bekommen. Warten Sie einfach, bis Ihnen die erstbeste Schlampe wie eine überirdische Schönheit erscheint«, fuhr er mit einem prüfenden Blick auf Matthias fort. »Ich dagegen bin gezwungen zu fasten. Nicht, daß ich es mit den Frauen übertrieben hätte. Meine Frau ist vor neunzehn Jahren gestorben, und selbst damals war es schon lange her, daß die arme Calliope wegen unkeuscher Annäherungen meinerseits Schreie bis zum Paternoster Square ausgestoßen hätte. Ich hatte damals eine treue Geliebte, der auch ich eine Art ehelicher Treue hielt, bis irgendeine dritt- oder viertklassige Krankheit sie mir entführte, zweifellos in den Himmel. Oft ist es nur die Rüstung, die den Kämpfer zusammenhält, Matthias, und das bekam ich zu spüren, als Mathilda mich verlassen hatte, um auf einem Wölkchen die Harfe zu spielen. Ich versuchte, sie durch eine sehr liebenswürdige, von ihrer Natur bedrängte Witwe zu ersetzen, aber meine eigene Natur schien Mathilda unter die Erde gefolgt zu sein. So etwas ist nicht leicht zu gestehen, aber noch demütigender ist es, zu lügen.« Sir Alfred strich die Falten seiner grauen Satinhose glatt. »Man kann von den Frauen nicht lassen, auch wenn es schon viel zu spät dafür ist. Man benimmt sich wie ein Schwachsinniger, der mitten im Winter die Bäume nach Äpfeln absucht. Man ist eitel, macht sich etwas vor und trägt dafür die Kosten, von der lächerlichen Figur, die man dabei macht, ganz zu schweigen. Ich habe vorhin im Ranelagh Ihre Gedanken gelesen, Matthias. Sie sagten: Wo hat wohl dieser Tattergreis einen solchen Backfisch aufgelesen? Leugnen Sie das nicht, wir sind unter Männern und vielleicht bald unter Freunden. Um mich kurz zu fassen, ich habe mich in Georgina verliebt. Man tut, als wenn der Tod nicht existierte, wie die biblischen Patriarchen, die mit Jungfrauen ins Bett gingen, die beinahe noch mit Puppen spielten. Georgina ist wie ein Strauß aus Blumen und Früchten. Eine Mohnblume, zwei Pfirsiche, vorn eine Kirsche und hinten zwei Melonen, und schon ist sie fertig.« Sir Alfreds hündischer Gesichtsausdruck war dem eines Affen gewichen.

Er füllte die Gläser nach. Matthias hörte zu, erstaunt über die Verrücktheit des alten Engländers, amüsiert über die Derbheit seiner Ausdrucksweise, gerührt, aber auch ein ganz klein wenig abgestoßen von seiner Schamlosigkeit. Außerdem bedrückte ein Gemisch unklarer Gefühle seinen Geist.
»So ist es nun«, fuhr Sir Alfred fort und nahm aus einer Obstschale eine rotbraune Birne, die er der Länge nach teilte, um Matthias die Hälfte mit dem Stengelchen herüberzureichen.
»Georgina ist Verkäuferin an einem Obststand in Covent Garden. Eines Morgens verließ ich mein Büro, um zu Lloyd's zu gehen und dort bei einem Gläschen Wein die Liste der Schiffe zu studieren und einen Versicherungsagenten zu treffen. Unterwegs bekam ich Hunger auf eine Frucht — ich meine, auf eine wirkliche Frucht, auf Obst. Ich sah ihr Gesicht und ihren Ausschnitt, und dann hat mich der Teufel geritten.«
Im Kamin ertönte diskretes Geknatter.
»Ich habe sie angesprochen, zuerst ihre Ware gelobt und dann sie selbst. Sie hat mit dieser anmutigen Unverblümtheit geantwortet, die das Kennzeichen unverdorbener Jugend ist. ›Der Winter erweist dem Frühling die Ehre!‹ hat sie gesagt. Ich gebe zu, das ist weder Dryden noch Pope, aber die Person, die es sagte, war sicherlich einnehmender als jene Geistesgrößen und die alten Bettelsäcke, die dergleichen aus Berufsgründen verkünden. Also habe ich Georgina eingeladen, noch am selben Abend mit mir essen zu gehen. Sie hat angenommen.«
»Aber dann steht doch in der besten aller Welten alles zum besten«, kommentierte Matthias. »Wenn Sie sie nicht gerade heiraten wollen, ist sie doch eine charmante Geliebte!«
»Ha! Genau da liegt ja der Hund begraben!« sagte Sir Alfred, der jetzt plötzlich etwas von einem Fuchs an sich hatte. »Es ist ja schön und gut, wenn man Fleisch essen will, Matthias. Aber Zähne muß man haben!« fügte er mit spitzer Stimme hinzu und musterte seinen Gesprächspartner eindringlich.
»Aha«, dachte Matthias, »das erklärt seinen Satz von vorhin über das erzwungene Fasten.«
»Das ist ja in der Tat eine unangenehme Lage«, sagte er laut.
»Schlimmer! Sie ist alarmierend, bester Herr! Denn was ich Georgina als Ersatz für die Liebe bieten kann, wird sie nicht hier zurück-

halten. In Covent Garden kommen genügend junge Burschen mit straffen Schenkeln und frischen Gesichtern vorbei, die sich nichts vergeben würden, wenn sie Georgina böten, wonach es sie verlangt, wenn ich so sagen darf. Binnen kurzem wird sie das feine Essen und die Komplimente satt haben, trotz der Guineen, mit denen ich sie anreichere und durch die sie sicherlich ihre Mitgift vergrößert.«

»Ist es ein Rat, worum Sie mich bitten, Sir Alfred?« fragte Matthias.

»Ob ich es als Rat bezeichnen würde, weiß ich nicht ...« murmelte der Engländer, der sich erhoben hatte und jetzt im Zimmer auf und ab ging. »Ich nehme an, Georgina mißfällt Ihnen nicht?«

Matthias lächelte mit halbgeschlossenen Augen, eine Spur ironisch und ein ganz klein wenig selbstgefällig.

»Ich verstehe nicht, worauf Sie hinaus wollen, verzeihen Sie!« sagte er.

»Es würde Ihnen doch wahrscheinlich weder Mühe machen noch sonst irgendwie unangenehm sein, ihr zu bieten, wozu ich nicht imstande bin?«

»Bisher hatte ich jedenfalls in dieser Hinsicht keine Schwierigkeiten. Aber schlagen Sie mir ernstlich vor, Georgina als Geliebte von Ihnen zu übernehmen? Damit würden Sie doch nur die Trennung beschleunigen, die Sie aufhalten wollen!«

»Keineswegs, Herr Graf. Sie wären lediglich mein Stellvertreter.«

Matthias brach in Gelächter aus. Sir Alfred wahrte die Fassung. »Ich würde Sie heimlich beobachten«, sagte er mit außerordentlich leiser Stimme.

Matthias verschlug es die Sprache.

»Aber ... was für eine ...?« stotterte er.

»Ich habe Georgina ins Herz geschlossen, Matthias!« rief Sir Alfred. »Wenn sie mich verließe, würde das mein Ende beschleunigen. Wenn sie bliebe, mit gefülltem Geldbeutel und zufriedenem Unterleib, könnte ich überleben, ja sogar leben!«

»Würde es Sie denn nicht schmerzen, sie empfangen zu sehen, was Sie ihr nicht geben können?«

»Nicht so sehr«, erwiderte Sir Alfred mit einem verschmitzten Lächeln. »Haben Sie das denn niemals empfunden, Matthias? Das Vergnügen, das man bereitet, ist wenig im Vergleich zu dem, das man empfindet, wenn man weiß, daß man es bereitet. Ich wäre es

doch, der Georgina Vergnügen bereitet, mittels eines Stellvertreters.«
Matthias war verwirrt.
»Ich wäre also nur ein Instrument ...« murmelte er, wobei er sich fragte, ob er nicht ohnehin schon das des Mannes in Grau sei.
»Ich habe Sie beobachtet, Matthias«, sagte Sir Alfred. »Sie sind Feineres gewöhnt. Ich glaube nicht, daß Georgina für Sie mehr als ein Lustobjekt wäre. Es wäre also kaum Ihr Gefühl für sie, das dadurch gekränkt würde. Was Ihr Schamgefühl angeht, an dessen Existenz ich nicht zweifle, so wäre es hier, glaube ich, nicht im Spiel. Ich wüßte nämlich nicht, wie ein Mann kein Vergnügen daran haben sollte, zu zeigen, daß er einer Frau Vergnügen bereitet.«
»Nun gut«, willigte Matthias schließlich ein, nachdem er schweigend sein Glas geleert hatte.
»Ich versichere Ihnen, Matthias, daß meine Gastfreundschaft Ihnen erhalten bliebe, auch wenn Sie nur ungern auf meinen Vorschlag einzugehen bereit wären. Wenn Sie ihn dagegen annehmen, wie es den Anschein hat, dann werde ich alles tun, was in meiner Macht steht, um Ihnen weit mehr als nur Gastfreundschaft zu erweisen, das heißt, ich werde Ihnen helfen, Ihr Vermögen zurückzubekommen. Darf ich mir erlauben, Sie zu fragen, aus welchen Quellen es stammte? Kriegsruhm? Ländereien? Handel?«
»Nichts dergleichen. Aus der Malerei!«
»Aus der Malerei?« rief Sir Alfred erstaunt. »Aber haben Sie denn keinen Titel?«
»Doch. Aber ich bin Maler.«
»Und sicherlich ein sehr begabter, ich zweifle nicht daran.«
»Sie können es gerne selbst beurteilen«, antwortete Matthias in lässigem Ton.
»Es wird mir eine Ehre sein, Matthias. Jetzt aber ist es spät. Ich werde Ihnen Ihr Zimmer zeigen.«
Der Schlaf kam nicht so schnell, daß Matthias nicht vorher noch Zeit gehabt hätte, ein Bedürfnis nach Zanottis Anwesenheit zu verspüren. »Ich muß ihn schleunigst nachkommen lassen«, dachte er, während er in den Decken und in der Nacht versank.

2.

»Myra Doolittle unter rätselhaften Umständen ums Leben gekommen!«

Am 8. Dezember 1928 verkündeten alle Schlagzeilen der amerikanischen und internationalen Presse, daß der amerikanische Filmstar Myra Doolittle gestorben sei. Einer der ausführlichsten und dramatischsten Artikel war der von Stu Amherst und Ben Holloway vom *Los Angeles Mirror*.

> Gegen 23 Uhr 10 klingelte in der Villa Bluebird am Sunset Boulevard, dem Wohnsitz Myra Doolittles in Beverly Hills, das Telefon. Die Haushälterin, Mrs. Amelia Colson, nahm ab und erfuhr von Jack Cohan, einem Produzenten der 20th Century Fox, daß er vergeblich versucht hatte, den Star über den zweiten Telefonanschluß des Hauses direkt zu erreichen, obwohl Myra Doolittle für elf Uhr einen Anruf vom Studio erwartete. Cohan bat Mrs. Colson, ihre Arbeitgeberin zu verständigen, die womöglich eingeschlafen war oder deren Telefon eine Störung haben konnte.
> Nur widerstrebend willigte Mrs. Colson ein, die Herrin des Hauses zu stören, während Jack Cohan am anderen Ende der Leitung wartete. Einige Minuten später kam die Haushälterin atemlos zurück. »Oh, Mr. Cohan«, rief sie in den Hörer, »es ist etwas Schreckliches passiert. Mrs. Doolittle ... ich glaube ... sie liegt da, als wäre sie tot!«
> In der Hoffnung, daß Mrs. Colson sich getäuscht hätte, eilte Jack Cohan in die Villa Bluebird. Als er das Schlafzimmer des Filmstars betrat, mußte er jedoch einsehen, daß jede Hilfe zu spät kam. Zum letzten Mal ergriff er die Hand von Myra Doolittle. Der international bekannte Star, dem vor fünf Jahren mit *Big Hearts and Little Wings* der große Durchbruch gelang und dessen letzter Film, *Schande*, in Kürze herauskommen wird, war im Alter von 26 Jahren gestorben.

»Das ist ein furchtbarer Schock für mich«, erklärte uns Mr. Cohan. Er hatte die Polizei verständigt, die sich sofort in die Villa Bluebird begab. Gestern abend gab der Bezirkspolizeichef das Ergebnis der gerichtsmedizinischen Untersuchung bekannt: Tod durch Herzversagen.
Die Voruntersuchung brachte zutage, daß Myra Doolittle vor ihrem Tod an einem Abendessen unter Freunden im Restaurant »Chez Nazimova« teilgenommen hatte. Sie aß mit gutem Appetit, aber nicht übermäßig viel, und trank nicht mehr als zwei oder drei Gläser Champagner. Kurz nach zehn ließ sie sich von ihrem Chauffeur nach Hause fahren. Sie teilte ihm mit, daß sie noch einen Anruf erwartete, und Tom Stevenson, der schwarze Chauffeur, glaubte, daß der Anruf von ihrem Freund, dem Grafen Matthias von Archenholz, kommen werde, den manche auch für ihren Ehemann hielten und der sich zum Zeitpunkt ihres Todes in New York befand. Graf Archenholz, ein begabter Porträtmaler, hatte Myra Doolittle seinerzeit entdeckt und sie mit den berühmtesten Produzenten Hollywoods bekannt gemacht. Zu der Tragödie ihres Todes gesellte sich noch ein Rätsel besonderer Art, denn die Polizeiuntersuchung hat außerdem ergeben, daß Myra Doolittles Papiere, denen zufolge sie am 4. Januar 1902 in der Culver Street 111 in Philadelphia geboren sein sollte, gefälscht waren. »Wir haben mit der Polizei in Philadelphia telefoniert«, erklärte uns Lt. Francis MacAndrew, »und haben erfahren, daß es erstens nie eine Culver Street 111 in dieser Stadt gegeben hat und daß zweitens keiner der dort ansässigen Doolittles mit der Toten verwandt war. Wir setzen aber unsere Untersuchungen fort; vielleicht handelt es sich um ein Mißverständnis.«
Auch Graf Archenholz, den unser Korrespondent in seiner New Yorker Wohnung erreichen konnte, vermochte diesen Punkt nicht aufzuklären und schien sogar äußerst erstaunt. »Myra hat sich mir unter dem Namen vorgestellt, unter dem alle Welt sie kennt, und ich hatte keinen Grund, an ihren Worten zu zweifeln. Wir haben niemals den geringsten Streit gehabt, und sie war Gast in der Villa Bluebird, die mir gehört, ebenso wie das Auto.«
Der Graf hat erklärt, daß er nicht mit Myra Doolittle verheiratet gewesen sei. Er ist also auch nicht der Erbe ihres immensen Vermögens, das auf drei Millionen Dollar geschätzt wird.

Noch rätselhafter wird der plötzliche Tod Myra Doolittles durch die Aussage ihres Arztes, Dr. Colin Ramshood, der seine Patientin erst vor einer Woche einer gründlichen Untersuchung unterzogen und sie bei bester Gesundheit gefunden hatte. Sie hatte keinerlei Herzbeschwerden und nahm auch keine Drogen. Kurz vor Redaktionsschluß teilte Polizeichef Sullimer uns mit, daß Myra Doolittle gegen 23 Uhr gestorben sein muß. »Wahrscheinlich hatte sie sich gerade erst hingelegt, als das Schicksal sie ereilte, denn einer ihrer Füße steckte noch in einem Pantoffel.«

Der Tod der Schauspielerin beschäftigte die Zeitungen mehrere Tage lang. Als die Presse alle Einzelheiten darüber breitgetreten hatte, richtete sie ihre Neugier auf ihren Freund, den Grafen. Der *Graphic* veröffentlichte unter dem Titel »Die Geheimnisse der Villa Bluebird« einen mißgünstigen Artikel: »Das deutsche Konsulat in Los Angeles hat uns bestätigt, daß der Titel des Grafen Archenholz ein alter, preußischer Adelstitel ist; es hatte aber keine Gelegenheit, die Papiere des Grafen und Lebensgefährten Myra Doolittles zu überprüfen. Die Einwanderungsbehörde von New York teilte uns mit, daß Graf Archenholz am 14. Mai 1923 an Bord der *Antwerpen* von der Holland-Amerika-Linie in New York eingetroffen ist, und zwar in Begleitung seines Sekretärs, des Italieners Gianni Baldassari. Beide waren im Besitz von gewöhnlichen Pässen und konnten Visa vorweisen, die das Konsulat der Vereinigten Staaten in Berlin ausgestellt hatte. Ihre Papiere schienen in Ordnung zu sein. Niemand in dieser Stadt konnte uns jedoch sagen, aus welchen Quellen das Vermögen des Grafen Archenholz stammt. Es scheint beachtlich zu sein, denn der Graf hat den Preis für die Villa Bluebird, fünfhunderttausend Dollar, auf einmal bezahlt. Auch über die Herkunft des Haushaltsgeldes für die Villa Bluebird, deren Unterhalt beachtliche Summen verschlang, herrscht Unklarheit. Der Graf pflegte alle Unkosten in bar zu begleichen, ohne sein Konto bei der First Bank of California anzutasten, und auch Myra Doolittle hat im Verlauf ihrer kurzen Karriere nur fünf Schecks ausgestellt, mit denen sie ausschließlich Schmuck bezahlte.«
Einige Tage später vermerkte der *Los Angeles Mirror* in seiner Gesellschaftsspalte, daß Graf Archenholz, der seit dem Tod Myra Doolittles keinen Fuß mehr in die Öffentlichkeit gesetzt hatte, sich auf

der *City of Birmingham* nach Europa eingeschifft habe, auch diesmal in Begleitung seines getreuen Sekretärs. Wer aber, so fragte die Klatschreporterin vom Dienst, hatte auf Myra Doolittles Grab einen riesigen Strauß roter Rosen gelegt und dazu ein weißes Kärtchen mit den schlichten Worten: »Mit Bedauern — Faust«?

3.

»Der Olymp! Der Olymp!«

Georginas Verführung erforderte keine übermäßige Anstrengung. Matthias fügte sich in Sir Alfreds Arrangement, durch das sich ein weniger abgebrühter Charakter vielleicht gekränkt gefühlt hätte. »Mal sehen, wie es ist, wenn keine Gefühle im Spiel sind«, sagte er sich. Und soviel war sicher: Wenn man das Liebesleben ohne romantische Träume anging, wurde einem die Schamlosigkeit zur zweiten Natur.

Georgina ihrerseits war viel zu ausgehungert, um sich auf feine Unterscheidungen zwischen hoher und niedriger Liebe einzulassen. Sie gehörte zu jenen Naturen, die bei der ersten Annäherung eines Mannes darauf gefaßt sind, daß der sogleich seine Hosen aufknöpft, und wenn er es tut, nehmen sie das für ein Kompliment in Naturalien.

Zwar hatte Matthias sich ihr ohne festen Plan und Vorsatz genähert, aber das erwies sich nicht als Nachteil. Er war einer von den Männern, bei deren Anblick man sich unwillkürlich fragt, wie sie wohl nackt aussehen mögen, und dann, warum sie mit dem Ausziehen so lange zögern. Außerdem war er »von Stand«, eine Tugend, die auf Georgina ebenso betörend wirkte wie Moschusduft. Seit ihrer Begegnung im Ranelagh hatte sie im übrigen wie eine Kletterpflanze ihre Arme und Blicke haltsuchend nach ihm ausgestreckt.

Von Sir Alfred und Matthias eingefädelt, ergab sich die Gelegenheit am Abend nach ihrer ersten Begegnung unter dem Vorwand eines häuslichen Abendessens, mit dem Matthias' Anwesenheit unter Sir Alfreds Dach gefeiert werden sollte. Dieser Vorwand erweckte im übrigen unverzüglich Georginas Eifersucht.

»Hat sich der Alte in dich verliebt?«, fragte sie mit einer Bissigkeit, die Matthias unangenehm berührte, während »der Alte« und Bill in der Küche beschäftigt waren — es handelte sich um weiße Rüben,

die Sir Alfred unbedingt gebraten haben wollte. Matthias antwortete mit kühler Höflichkeit, daß Gastfreundschaft unter Leuten von Stand ebenso verbreitet sei wie beim einfachen Volk.
Das Essen war deftig. Erbsensuppe mit Speck, gebratene Ente mit Rüben und mit Rum flambierter Rosinenpudding, dazu ein Wein aus der Bourgogne, der Georginas Wangen mit einer ansprechenden Röte überzog und Sir Alfreds Nase bläulich färbte.
Woraufhin Sir Alfred gähnte, vielleicht ein wenig zu oft, und erklärte, daß der Tag anstrengend gewesen sei und er um die Erlaubnis bäte, sich zurückziehen zu dürfen. Matthias erwiderte, daß er es ebenso halten wolle, und so blieb Georgina, des Ranelagh beraubt und allein in einem verlassenen Salon, nichts anderes übrig, als ihrerseits schlafen zu gehen. Wenn sie bei Sir Alfred zu Abend aß, übernachtete sie gewöhnlich im Haus, aber im gelben Zimmer, das im zweiten Stock unter dem Dach gelegen war, und nicht in dem blauen, das jetzt Matthias bewohnte. Jeder nahm sich einen Leuchter, und nach den wechselseitigen Gutenachtwünschen senkte sich Stille über das Haus in der Newgate Street.
Matthias ließ Georgina Zeit, sich zu waschen, obwohl er nicht sehr sicher war, daß das zu ihren Gewohnheiten gehörte. Einen Augenblick später vernahm er jedoch deutlich, wie über ihm die Wasserkanne mehrmals an die Waschschüssel stieß, und hörte sogar, wie beim Eingießen etwas Wasser auf den Boden klatschte. Er gab ihr noch ein paar weitere Minuten zum Abtrocknen. Dann nahm er seinen Leuchter und stieg hinauf.
Sie hatte ihre Tür nicht verriegelt, und er trat ohne zu klopfen ein. Sie war im Unterrock; ihr Oberkörper war nackt.
»Hübscher Anblick«, sagte er mit dem Leuchter in der Hand.
»Ganz schön frech!« erwiderte sie ohne falsche Scham und löste ihren Haarknoten.
»Ich konnte nicht schlafen«, sagte er und schloß hinter sich die Tür, in der Gewißheit, daß Sir Alfred inzwischen seinen Spähposten auf dem Speicher eingenommen hatte. Ein Astloch im Fußboden bildete dort ein natürliches Guckloch.
»Sie wollen mich wohl als Betthupferl mißbrauchen«, sagte sie, während sie sich kämmte.
Ihre Brustwarzen waren korallenrot.
»Aber gar nicht«, erwiderte er, »eher zum Wachwerden!«

»Auf den Mund gefallen sind Sie auch nicht gerade.«
»Schlagfertig nennt man das.«
Sie unterbrach das Gespräch und begann zu lachen.
»Sie gefallen mir zwar, aber das wäre dem Alten gegenüber doch nicht nett.«
»Er ist nicht Ihr Liebhaber. Warum also nicht nett?«
»Woher wissen Sie das?« fragte sie, während er vor ihr stand und mit den Fingerspitzen ihre Brüste streichelte.
»Das ist doch ganz offensichtlich«, antwortete er.
»Sie machen mir angst!« sagte sie beinahe gleichzeitig und schloß die Augen. Aber er umfaßte ihre Taille und zog mit einem kurzen Ruck an den Bändern ihres Unterrocks, der zu Boden fiel. Georgina trug keine Unterwäsche.
»Sie sind sehr schlecht erzogen!« sagte sie sanft, während er ihren Po streichelte.
Er stellte den Leuchter auf ein Tischchen.
»Und Sie?« erwiderte er. »Hat man Ihnen nicht beigebracht, was gute Manieren sind?« Er nahm ihre Hand und legte sie auf seinen Hosenlatz.
»Ein Mann, der weiß, was er will«, sagte sie mit einem Seufzer, der in einem unterdrückten Lachen endete.
Sie stand aufrecht, während er ihr einen Vorgeschmack auf die kommenden Genüsse gab. Er war dabei wohl etwas zu gründlich, denn schon war sie auf dem Höhepunkt der Gefühle angelangt und krallte ihre Finger in Matthias' Schultern, der vor ihr auf den Knien lag. »Das nenne ich gute Manieren ...« murmelte sie. Dann ließ sie sich aufs Bett fallen.
»Tief durchatmen!« riet er ihr, während er sich auszog.
»Nein wirklich!« sagte sie, als er nackt war. »Sie sind hübsch wie ein junges Mädchen! Und diese Haut ...«
Als er Georgina drei Stunden später verließ, hätte ein neben ihrem Ohr abgefeuerter Pistolenschuß sie nicht aufgeweckt. Er blies die Kerzen auf einem der Leuchter aus, nahm den anderen und ging hinunter in sein Zimmer.
Mit nackten Füßen, die Kleider noch über dem Arm und den Leuchter in der Hand, blieb er nachdenklich stehen, als er die Tür hinter sich geschlossen hatte. Die unerforschlichen Windungen seines Gehirns ließen ihn auf einmal an Rumpelschnickel und an seine

Amme Martha denken. Das gute alte Pferd war inzwischen sicher an Altersschwäche gestorben, oder sogar im Krieg, und Matthias war plötzlich den Tränen nahe. Er seufzte, stellte den Leuchter auf das Nachttischchen neben seinem Bett und suchte in den Kleidern nach einer der spanischen Zigarren, die Sir Alfred ihm anzubieten pflegte, seitdem er seine Abneigung gegen das Pfeiferauchen bekundet hatte. Warum hatte ihn der verfluchte Graf Gustav nur an den Hof von Ansbach-Bayreuth geschickt, warum wollte er ihn nicht zusammen mit seinen eigenen Kindern bei sich in Berlin behalten? Dann wäre Matthias jetzt ein junger Mann wie alle anderen, ein ordengeschmückter Offizier, vielleicht auch schon tot ... Eine Welle der Abneigung gegen den Grafen erfaßte ihn, die nur von der Erinnerung an seine wirkliche Herkunft gemäßigt wurde. Es stimmte, er war der Halbbruder jenes Königs, gegen den halb Europa sich verbündet hatte. Das war nun der Preis für eine falsche königliche Abstammung. Die Flucht! Um ihm Zukunftsaussichten zu eröffnen, hatte Graf Gustav ihn in einen Sturm geschickt.
Mutterlos und von seinen Adoptiveltern fallengelassen wie eine heiße Kartoffel, hatte er sich also an die Frauen geklammert wie ein Ertrinkender an einen Strohhalm. An die Frauen? fragte er sich. Oder an die Liebe? Aber was waren die Frauen sonst, wenn nicht die Liebe? Leinwände, auf die man seine Träume malt?
»Einundzwanzig Jahre bin ich alt, und nur eine einzige habe ich wirklich geliebt. Aber ihre Erinnerung verläßt mich schon. Erinnerungen nutzen sich also ab wie Samt, der verschleißt. Keine andere hat mich seither so fesseln können.« Er unterdrückte die schmerzliche Erinnerung an die zweite Marisa, die er mit seiner Gewalttätigkeit in den Tod geschickt hatte, überflog seine Zeit mit Silvana, einer akademischen, korrekten, aber langweiligen Schöpfung, und verweilte dann länger in Gedanken an die, die er zwei Tage zuvor von Flammen verzehrt in Paris zurückgelassen hatte. Das war die gelungenste gewesen, urteilte er. Es schien eine Sache des Könnens zu sein, denn zwischen dem Porträt von Silvana und dem von Salome hatte er zweifellos große Fortschritte gemacht. Salome war feingliedrig, anmutig und unvergleichlich sinnlich gewesen ... Aber berührt hatte sie ihn auch nicht, nein.
»Was war bloß Besonderes an Marisa, warum war sie so einzigartig?« fragte er sich, während er das Fenster öffnete, um den Zigarrenstum-

mel hinauszuwerfen. Er bemerkte einen Schatten auf der Straße und erkannte Sir Alfred, der sich die Füße vertrat und sicher dort draußen seinen Kopf abkühlen wollte. Matthias brach in Lachen aus, und Sir Alfred blickte zu ihm hinauf. »Ich komme!« rief der Alte.
Der Aufruhr der Gefühle beim Anblick der kleinen Darbietung von vorhin schien seinen Beinen ihre Jugendkraft wiedergegeben zu haben, denn wenige Augenblicke später klopfte er schon an die Tür. »Ich suche die Liebe und gebe meinen kostbarsten Körperteil für solche Spielchen her!« sagte Matthias bitter zu sich selbst, während er seinem Gastgeber die Tür öffnete.
»Herr Matthias!« rief Sir Alfred ganz außer Atem und schlug die Hände zusammen. »Der Olymp! Der Olymp!« Er öffnete den Mund und griff sich ans Herz. Matthias fürchtete schon, er werde vor seinen Augen das Zeitliche segnen. Aber der Alte war für diesmal dem Leben noch sehr viel näher als dem Tod. »Ich hatte Angst, in eine Ratte verwandelt zu werden, in eine Katze oder in einen Truthahn, wie in der Mythologie ... Sehen zu dürfen, wie ... Apollo ... mit Venus schläft! Ah! Mein verwegenster Traum ging über alle Erwartung hinaus in Erfüllung! Sie haben sie glücklich gemacht, meine kleine Georgina!« sagte er, den Tränen nahe. »Was für ein Glück! Tausend Dank, Herr Graf, tausend Dank! Ich bin in alle Ewigkeit Ihr ergebenster Diener ...«
»Oder für den kleinen Teil davon, den dein Leben noch dauert«, dachte Matthias.
»Beruhigen Sie sich, Sir Alfred«, sagte Matthias mit einem Blick auf die Uhr, die er auf den Nachttisch neben den Leuchter gelegt hatte, dessen Kerzen inzwischen fast heruntergebrannt waren. »Es ist drei Uhr in der Nacht. Ruhen Sie sich ein wenig aus!«
»Gewiß, Herr Matthias, ich vergaß, ich vergaß ... Morgen jedenfalls, erweisen Sie mir die Ehre, lassen Sie sich herab, mir zu sagen, wie ich Ihnen behilflich sein kann. Ich bin Ihr gehorsamster Diener. Gute Nacht, Herr Graf.«
Er öffnete die Tür und murmelte im Hinausgehen immer noch »Apollo ... Venus ...« vor sich hin.
»Wenn das so weitergeht«, sagte sich Matthias, als er unter die Decke kroch und das Licht löschte, »ist Georgina in Kürze schwanger, und er ist tot. Und die Liebe ist doch eine Sache der Bilder. Das haben wir heute gelernt.«

4.

Sir Alfreds Fragen

Er erwachte von den Rufen des Glasers und des Scherenschleifers, die jeden Dienstag vorbeikamen. Die Haustür fiel ins Schloß. Sicher hatte der alte Bill ein paar Messer zu schärfen. Das Badezimmer des Hôtel de Molé fehlte ihm. Seit seiner Ankunft in London hatte er sich nur oberflächlich waschen können, mit kaltem Wasser, und was das Rasieren anging, so hatte Bill durchblicken lassen, daß er es für einen merkwürdigen Einfall hielt, dem Barbier diese Arbeit vorzuenthalten. Nur widerwillig hatte er sich auf die Suche nach einer Klinge gemacht und etwas Wasser erhitzt. Heißes Wasser gab es in London nur für den Tee. Und was die Seife anbetraf...

Matthias wackelte unter dem Federbett mit den Zehen und beschloß, daß er so bald wie möglich Geld beschaffen müsse, um die Verhältnisse etwas komfortabler zu gestalten. Und der Teufel mochte im übrigen sich selbst holen!

Zanotti hingegen fehlte ihm sehr. Er würde ihn schleunigst nachkommen lassen, zum Beispiel mit der Holland-Amerika-Linie. Unzufrieden stand Matthias auf, rasierte sich mit kaltem Wasser aus der Waschschüssel und schimpfte dabei auf London, die Engländer, sein Los und den Teufel. Dann zog er die einzigen Kleider wieder an, die er gegenwärtig besaß, und begab sich zum Frühstück nach unten.

Bill bewirtete ihn mit Tee, einer Apfelsine, gebratenem Speck und einer Art Grütze mit kalter Milch, von der Matthias vorsichtig kostete. Er hatte nichts gegen ländliche Gerichte, aber dies hier taugte höchstens für Bauernlümmel. Sir Alfred stürmte die Treppe hinunter, um seinem Gast Gesellschaft zu leisten. Er erkundigte sich nach seiner Gesundheit und wie er geschlafen habe, sprach über das Wetter und warf einen Blick auf die unberührte Schale mit Grütze.

»Sie mögen kein Porridge«, stellte er fest.
»Der gebratene Speck hingegen ist ausgezeichnet«, erwiderte Matthias.
»Möchten Sie ein Ei?« fragte Sir Alfred mit väterlicher Fürsorge. »Oder Würstchen?«
»Sir Alfred, es ist Zeit, daß wir über ernsthafte Dinge sprechen.«
»Gewiß, gewiß, ich stehe zu Ihrer Verfügung. Aber bei Tisch?«
»Ich werde mich kurz fassen, Sir Alfred; auf diese Weise werde ich Ihre Freundlichkeit nicht über Gebühr in Anspruch nehmen. Sie haben mir Ihre Hilfe angeboten. Da ich Maler bin, brauche ich Material, Farben, Leinwände, Öl, Terpentin, Firnis. Ich bitte Sie daher, mir bei einem entsprechenden Händler Kredit zu verschaffen, den ich unverzüglich zurückzahlen werde, darauf gebe ich Ihnen mein Wort. Das ist alles.«
»Äh?« ließ sich Sir Alfred vernehmen. »Maler?« wiederholte er mit großen Augen, da er die Unterhaltung vom ersten Abend vergessen hatte. Dann besann er sich und fragte: »Malen Sie auch Porträts?« Und als Matthias bejahte, rief er mit verschmitztem Gesicht: »Ich gebe sofort zwei Stück bei Ihnen in Auftrag! Dreimal dürfen Sie raten, von wem!«
»Sehr gut. Dann brauchen wir zwei Leinwände mehr. Lassen Sie uns nicht länger warten, nehmen wir Ihren Wagen und machen wir uns auf den Weg, sobald Sie Ihr Frühstück beendet haben.«
Sie brauchten eine Stunde, um den Namen und die Adresse eines Fachgeschäfts ausfindig zu machen. Nach einigen Erkundigungen lenkte der Kutscher seine Pferde schließlich in die St. Martin's Lane, die in einem Künstlerviertel lag. Dort befand sich der Laden eines gewissen Finch, bei dem Matthias eine große Anzahl Farben kaufte, zahlreiche Pinsel und jede Menge Schalen und Fläschchen, außerdem Papier und Leinwände, die den halben Wagen füllten und den immer verblüffter aussehenden Sir Alfred davon überzeugten, daß Matthias vom Fach sei. Kaum waren sie wieder in den Wagen gestiegen, als Sir Alfred dem Fahrer die Adresse seines Schneiders nannte. »Matthias, ein Mann von Ihrem Aussehen und Ihren Fähigkeiten muß etwas zum Anziehen haben«, erklärte der alte Mann.
»Und ich werde Ihnen einige Pläne für Ihr Haus unterbreiten«, erwiderte Matthias mit lässiger Höflichkeit.

Sie fuhren zu Goswell in der Savile Row, wo Matthias sich drei Anzüge bestellte, einen Frack aus braunem Samt mit einem Kragen aus Otterfell, dazu eine Weste aus smaragdgrüner Seide und bayrische Hosen, einen nach polnischer Art geschnittenen Frack aus blaugrauem Tuch mit goldenen Troddeln, dazu passend eine schwarzgrundige Strickweste mit buntem Muster, und schließlich für den Fall, daß er verreisen müßte oder das Wetter unbeständig wäre, einen englischen Gehrock aus olivgrünem Wollstoff, eine taillierte Weste mit abknöpfbaren Ärmeln und ohne Aufschläge aus dem gleichen Stoff — was den Schneider entzückte, der auf diese Weise den kombinierbaren Anzug entdeckte — und gestreifte Kniestrümpfe. Dazu kamen noch jede Menge Hemden, Krawatten, Sockenhalter und zwei Hüte, der eine ein Dreispitz passend zum Gehrock, und der andere eine Art Jockeymütze für die Fräcke.

»Sie halten sich jetzt sicher für ruiniert, Sir Alfred, aber meine Einkünfte werden Ihnen alles unverzüglich ersetzen«, sagte Matthias, der die Sparsamkeit seines Gastgebers auf eine harte Probe gestellt sah. »Nur um zwei Gefälligkeiten möchte ich Sie noch bitten: ein Mittel zu finden, um einen Brief, den ich Ihnen geben werde, nach Paris gelangen zu lassen, und mir für zwölf Stunden ein paar Goldstücke und ein paar von den wertvollsten Banknoten zu leihen, die in England gedruckt werden. Für zwölf Stunden.«

»Wie?« fragte Sir Alfred mit mißtrauischem Blick. »Auf das Fälschen von Banknoten steht bei uns die Galeere!«

»Ich bin kein Fälscher, Sir Alfred. Aber ich brauche den Anblick von Geld, wie Antäos den Kontakt mit der Erde brauchte.«

»Außergewöhnlich«, murmelte der Engländer, während er aus dem Wagen stieg. »Auf was für merkwürdige Pfade führt mich nicht die Liebe!«

»Die Liebe, haben Sie gesagt!« rief Matthias. »Glücklicher Mensch! Die Liebe lenkt den einzelnen, Sir Alfred, und der Haß lenkt die Völker. Denken Sie daran! Wenn man alleine ist, will man den Rausch, und wenn man zu mehreren ist, den Tod. Denn ein einzelnes Wesen kann man erobern, aber mehrere kann man nur erobern, indem man sie tötet.«

»My God!« rief Sir Alfred aus und zog die Glocke an seiner Haustür. »Ihr Scharfsinn macht mich ganz schwindlig! Sie sollten König sein oder Philosoph!«

Bill eilte herbei, um beim Entladen des Wagens zu helfen. Zusammen schafften sie die Einkäufe in das blaue Zimmer.
Matthias setzte folgenden Brief auf:

»Ich bin in London, in der Newgate Street 12, bei Sir Alfred Channing-Cabot. Ich kann auf Deine Freundschaft nicht verzichten. Komm, sobald Du kannst.
Matthias.«

Auf den Umschlag schrieb er: »Herrn Zanotti Baldassari, Hôtel de Molé, rue de Luynes, Paris, Frankreich.« Der Brief wurde dem Kutscher übergeben, der sofort zum Hafen fuhr, um ihn dem ersten Postschiff anzuvertrauen, das nach Holland ging.
»Wohin führt mich mein Weg?« fragte sich Matthias in seinem Zimmer. »Ich bin wie ein Vogel im Sturm. Selbst übermenschliche Mittel haben mir nicht die Liebe gegeben, die ich suche. Der erstbeste Kerl auf der Straße verzehrt sich vor Liebe zu irgendeinem dummen Huhn, und die beiden flüstern sich auf ihrem elenden Lager süße Worte ins Ohr. Sogar Sir Alfred zerfließt vor Lust auf einen Gemüsegarten, nur ich habe nichts, gar nichts. Ich kann Geschöpfe erfinden, die Throne zum Wanken bringen, aber außer Geilheit empfinde ich nichts dabei. Sogar der Genuß, den mir mein Doppelgänger verschafft hat, ist mir nicht zu Herzen gegangen. Ja, bin ich denn verdammt?« rief er aus.
Während er die Leinwände aufschnürte und die Farben auspackte, um sie auf die Kommode zu stellen, zerfloß er in Tränen.
»Bin ich dumm!« murmelte er und wischte sich die Augen. »Von heute auf morgen kann ich ein wunderbares Wesen schaffen und mit ihm vor den Augen der Welt ein idyllisches Leben führen. Ich kann Kinder haben und friedlich alt werden. Aber all das wäre nur Täuschung und Komödie.«
Mit einem Holzscheit aus dem Ofen zündete er sich eine Zigarre an und blies den Rauch an die Decke.
»Vielleicht habe ich ja auch einfach eine falsche Vorstellung von der Welt. Wenn Alfred Georgina im Bett glücklich machen würde und sie ein Paar wie alle anderen wären, würden sie sich auch streiten wie die Bierkutscher, sich weniger lieben und sich zweifellos gegenseitig betrügen. Alfred würde den Backfischen hinterherlaufen und von einem Mädchen aus besseren Verhältnissen träumen, das

er heiraten könnte. Georgina würde sich mit jungen Burschen herumtreiben. So scheint es die Liebe nur zu geben, solange sie unerfüllt bleibt. Wenn sie aber unerfüllt bleibt, läßt sie nach, weil das Herz nicht allein von schönen Augen leben kann. Ich werde eines Tages noch verrückt deswegen.«

Jedenfalls verspürte er nicht das Bedürfnis, sich erneut an der Erschaffung eines idealen Wesens zu versuchen. Aus Enttäuschung? fragte er sich. Bestimmt. Aber sicher auch aus Müdigkeit. Sein Herz drohte einzuschlafen wie ein Gast, den man mit Serenaden belästigt, obwohl er doch zum Essen gekommen ist.

Es klopfte an die Tür. Er öffnete. Es war Sir Alfred, der ihm ein Portefeuille mit Guineen, Pfund Sterling und Banknoten brachte.

»Um Mitternacht haben Sie sie zurück«, versprach Matthias.

»Werden Sie denn nicht mit uns essen?«

»Heute abend nicht«, erwiderte Matthias. »Aber um Mitternacht hätte ich gerne einen kleinen Imbiß, wie neulich.«

Er nahm die kleinste der bei Finch erstandenen Leinwände zur Hand, grundierte sie und bedeckte sie dann mit einer Farbschicht aus gebrannter Siena-Erde. Er arbeitete mit feinen Pinseln in einer Mischung aus Terpentin, Ölfarbe und Firnis. Da er inzwischen einige Übung hatte, war das Bildchen viel schneller fertig, als er gedacht hatte. Er hatte gemalt, ohne auf die Menge des abgebildeten Geldes zu achten.

Um neun Uhr abends, nach dem letzten Pinselstrich, rieb er sich die Augen. Als er sie wieder öffnete, war der Tisch mit Geld bedeckt. Nachdem er Sir Alfreds Anleihe wieder in das Portefeuille gepackt hatte, zählte er das übrige sorgfältig. Eintausendachthundertfünf Pfund in Silbermünzen und Banknoten und vierhundert Guineen, vierhundertzwanzig Pfund. Insgesamt zweitausendzweihundertfünfundzwanzig Pfund Sterling. Er stellte das Bild zum Trocknen auf die Fensterbank, steckte fünfhundert Pfund in Banknoten in die Tasche, verstaute den Rest in der Kommode und ging in die Küche hinunter, um sich zu waschen.

»Nehmen Sie die größte Schüssel, die Sie haben, Bill, und machen Sie mir Wasser heiß«, sagte er zu dem verblüfften Diener und hielt ihm eine Fünfpfundnote hin. »Gibt es denn im guten alten London keine Seife zu kaufen, daß dergleichen in diesem Haus nicht zu finden ist?«

»Seife, Herr Graf? Das ist doch mehr ... etwas für Damen, glaube ich«, antwortete Bill.
»Das ist, um den Dreck wegzumachen, Bill. Ein zivilisierter Mensch hält sich sauber«, sagte Matthias. »Was macht denn Sir Alfred?«
»Er ... er geht ins öffentliche Bad in der Jermyn Street, einmal im Monat.«
»Einmal im Monat, ist es denn zu fassen«, sagte Matthias und zog sich aus. »Geben Sie mir doch ein sauberes Handtuch bitte, wären Sie so gut? Haben Sie Kräuter im Haus, Lavendel, Heidekraut, Thymian oder so?«
»Nur Lorbeerblätter, Herr Graf«, sagte Bill verwirrt.
»Dann geben Sie mir bitte Lorbeerblätter.«
Matthias warf mehrere Lorbeerblätter in das Becken, das auf dem Herd allmählich heiß wurde. Ein paar Minuten später erfüllte die Küche ein aromatischer Geruch.
»Herr Graf möchten eine Suppe kochen?« fragte Bill zuvorkommend. »Vielleicht geben Herr Graf dann noch etwas Gemüse dazu ...« Als einzige Antwort begann Matthias zu lachen. Er nahm seine Perücke ab, tauchte das Handtuch in das aromatisierte Wasser und befeuchtete sich damit die Haare, indem er es von vorne nach hinten über den Kopf zog. Dann wusch er sich auf dieselbe Weise das Gesicht, den Hals, den Oberkörper und die Arme, ohne die Achselhöhlen zu vergessen. Zum unermeßlichen Erstaunen Bills zog er anschließend Hose und Unterhose aus und wusch sich den Bauch, die Geschlechtsteile, das Gesäß, die Beine und zuguterletzt die Füße, die er besonders zwischen den Zehen sehr gründlich abrubbelte. Triefend stand er inmitten einer Wasserlache. Bill holte ein trockenes Handtuch, ohne daß man ihn darum gebeten hätte. Beim Abtrocknen roch Matthias an seiner Haut, um festzustellen, welchen Geruch der Lorbeer darauf hinterlassen hatte. Dann zog er sich wieder an, setzte seine Perücke auf und wollte gerade zurück in sein Zimmer gehen, als er Sir Alfred mit verdrießlicher Miene im Wohnzimmer am Tisch sitzen sah. Er verbeugte sich und überreichte dem Engländer sein Portefeuille. »Zählen Sie doch bitte nach!«
»Gar nichts werde ich tun«, versetzte Sir Alfred. »Ich weiß schon, daß es nicht Unehrenhaftigkeit ist, wodurch Sie mich in Erstaunen versetzen werden. Sie haben ein Geheimnis, das haben Sie mir ge-

sagt. Sie werden es mir anvertrauen, wenn es Ihnen paßt, oder Sie werden es für sich behalten«, sagte er mit einem halben Lächeln. »Sie sind kein Engländer, sondern Deutscher, auch wenn Sie französisch gekleidet sind. Ich kann mir kaum vorstellen, welches Mißgeschick Sie vor drei Tagen obdachlos ins Ranelagh verschlagen hat. Meiner Meinung nach sind Sie mit dem Schiff gekommen, obwohl Sie mir gesagt haben, daß Sie kurz vor Ihrer Ankunft in London noch bei sich zu Hause einen Ball gegeben haben, was sich mit einer Seereise schlecht verträgt. Ich schließe daraus, daß Sie entweder einen Gedächtnisverlust erlitten haben oder Ihr Mißgeschick ein übernatürliches war. Ich neige dazu, Ihre Anwesenheit in London tatsächlich mit übernatürlichen Vorgängen in Verbindung zu bringen, denn das würde am ehesten zu Ihrer Persönlichkeit passen.« Er beugte sich nach vorne, um nach einer Zigarrenkiste zu greifen, die er zuerst Matthias hinhielt, bevor er sich selbst bediente und mit der Zange ein Holzscheit aus dem Kamin holen ging. »Denn Ihre Persönlichkeit, Matthias — erlauben Sie mir, vertraulich zu sein —, setzt mich in Verwirrung. Ich bin nicht mißtrauischer als andere Leute, aber schließlich bin ich Engländer und habe meine Vorbehalte. Trotzdem treffe ich Sie im Ranelagh und biete Ihnen meine Gastfreundschaft an wie einem alten Bekannten, der in Not geraten ist. Am nächsten Tag vertraue ich Ihnen ein Geheimnis an, von dem ich noch nie jemandem erzählt habe, und bin unvorsichtig genug, Sie in eine Affäre hineinzuziehen, über die ganz London in Empörung ausbrechen würde. Damit habe ich mich auf Gedeih und Verderb in Ihre Gewalt begeben. Heute morgen ist mir nichts wichtiger, als Ihnen auf jede erdenkliche Weise angenehm zu sein. Dann bitten Sie mich, Ihnen eine beachtliche, wenngleich unbestimmte Summe Geld zu leihen, und ich tue es mit keiner anderen Frage im Herzen als der, was zum Teufel Sie wohl mit einigen hundert Pfund Sterling von Mittag bis Mitternacht in Ihrem Zimmer anfangen mögen. Sie sagen mir, daß Sie nicht mit mir zu Abend essen werden, und ich vergehe, wie Sie gesehen haben, vor Ungeduld, weil ich mit dreiundsechzig Jahren plötzlich unfähig geworden bin, auf Ihre Gesellschaft zu verzichten!«
Matthias begann zu lachen. »Aber jetzt werden wir zusammen essen, oder?«
»In diesem Fall«, sagte Sir Alfred, »feiern wir die Gelegenheit mit ei-

nem Schluck Sherry, bevor wir ausgehen. Sie sehen, welche Macht Sie über mich haben, ohne daß Sie darum gebeten hätten. Ganz zu schweigen von Georgina, die vor lauter Trauer über Ihre Abwesenheit mit einer Birne und einem Stück Brot allein in ihrem Zimmer sitzt. Aber ihre Gründe sind anderer Art.«
»Diese Überlegungen scheinen Sie zu verärgern«, sagte Matthias, an seinem Sherry nippend.
»Ich bin nicht verärgert. Aber dafür hochgradig verwirrt. Sie haben unleugbar die Natur eines Engels, Matthias. Das sieht man an der Anmut Ihres Körpers, an Ihrer Haut und auch an Ihrer Haltung. Man schenkt Ihnen Vertrauen, als wenn man Sie schon immer kennen würde. Aber ich frage mich — verzeihen Sie, wenn ich das sage —, ob Sie nicht auch etwas Dämonisches an sich haben . . .«
Wie zur Antwort knackte es trocken im Kamin.
». . . etwas Dämonisches, woraus sich Ihre Macht erklärte, in das Leben anderer Leute einzudringen«, schloß Sir Alfred.
»Wir alle sind Engel und Teufel zugleich«, erwiderte Matthias, um etwas zu sagen und um sein Erstaunen über das Gespür dieses Mannes zu verbergen, den er zuerst für einen vertrockneten Alten gehalten hatte.
»Das schon«, sagte Sir Alfred und erhob sich, »aber wir sind nicht alle so unschuldig dabei wie Sie. Jetzt gehen Sie und fordern Sie Georgina auf, mit uns zu kommen. Wir wollen in ein Wirtshaus gehen.«
Wenige Augenblicke später wurde auf der Treppe Georginas Stimme hörbar, in der Überraschung, Ärger und Freude miteinander stritten.
Sie gingen in den »Silbernen Hirschen«, der gleich um die Ecke lag, und erfüllten die Straße mit ihrem Gelächter.

5.

Eine Badewanne!

»Georgina ist in Sie verliebt!« erklärte Sir Alfred und bemühte sich, seine Haltung nicht zu verändern.
Matthias antwortete nicht sofort. Er vollendete mit Terpentin und Sienarot die Skizze, die er von seinem Gastgeber angefertigt hatte.
»Was meinen Sie mit ›verliebt‹?« fragte er schließlich. »Mir scheint, daß in unserem heutigen Sprachgebrauch, auf deutsch, auf französisch oder auf englisch, das Wort ›Liebe‹ alles mögliche bedeuten kann. Es ist ein unbestimmtes Etwas, das man von Hand zu Hand reicht, ohne zu wissen, ob es als Zugpflaster oder als Fußwärmer dienen soll.« Und er begann, die Leinwand zu grundieren, indem er sie zunächst mit großzügigen Pinselstrichen in einem kalten Braun behandelte.
Sir Alfred unterdrückte ein Kichern. »Sie sprechen wie ein Greis«, sagte er. »Soviel Abstand zu den Dingen!« Er zog an seiner Zigarre, deren Asche er auf den Boden fallen ließ. »Um ehrlich zu sein, weiß ich auch nicht, was dieses Wort bedeuten soll. Aber irgendeinen Sinn muß es wohl haben, da alle Welt es benutzt. Nehmen wir an, es bezeichnet die Lust auf den körperlichen Umgang mit einer Person. Und nehmen wir weiter an, daß ein solcher Umgang nicht angenehm ist, wenn man dabei nicht auch ein Gefühl für den Partner hat. Dann wäre die Liebe, ich sage es lieber im Konjunktiv, eine Mischung aus fleischlicher Lust und Gefühl.«
»Was für ein wunderbares Zusammentreffen!« erwiderte Matthias kalt. »Leib und Seele werfen sich einträchtig auf das geliebte Objekt!« Er begann, die Schatten von Sir Alfreds Gesicht zu malen. Er wählte dafür ein kräftiges Rot, das er mit einer Prise Bleiweiß heller tönte, wie man Milch in den Tee tut, um seinen Geschmack zu mildern. »Aber sehen Sie, ich glaube schon, daß ich Georgina gebe, was sie braucht. Mein Körper funktioniert also,

aber was ich für sie empfinde, ist nichts als eine Art brüderliche Zuneigung.«
»Sonst nichts?« flötete Sir Alfred süßlich.
»Sonst nichts, leider.«
»Sie ist Ihnen sicher nicht fein genug.«
»Ich glaube nicht, daß es daran liegt«, sagte Matthias, während er die knollige Nase seines Modells bearbeitete. »Sie ist frisch und fröhlich bei der Sache. Ihr lustvolles Stöhnen ist genauso vergnüglich wie ihre kleinen Brüste.«
»Puh!« sagte Sir Alfred und bekam ein verdrießliches Gesicht. »Aber irgendeine Philosophie in diesen Dingen müssen Sie doch haben!«
»Keine.«
Er skizzierte die Augen, deren Pupillen vom Alter getrübt waren.
»Was war das für eine Frau, die Sie geliebt haben?«
»Ah!« rief Matthias und unterbrach sich. »Ich war dreizehn Jahre alt, genau wie sie. Ich habe sie zur Frau gemacht. Dann hat man sie mir weggenommen.« Durchs Fenster betrachtete er den Himmel.
»Und das hat Sie unglücklich gemacht.«
»Unglücklich?«
»Sie sprechen wie einer, der das Paradies verloren hat«, bemerkte Sir Alfred. »War sie schön? Hübsch?«
»Ich kann mich nicht erinnern. Das hatte keine Bedeutung. Sie war alles.«
»Und weiter?«
»Ich war alles für sie.«
»Das ist der erste Mann für eine Jungfrau immer.«
»Zugegeben. Es gibt andere Jungfrauen. Aber ich werde nie wieder Jungfrau sein.«
»Wollen Sie Ihr ganzes Leben um Ihre Unschuld trauern?«
Matthias mußte lachen.
»Sie sprechen wie ein Vater, Sir Alfred. Vielleicht werde ich wirklich mein ganzes Leben um meine Unschuld trauern. Vielleicht kann ich es aber auch nur nicht ertragen, daß eine Frau bei der Liebe das Bild eines anderen im Kopf hat, selbst wenn der Vergleich zu meinen Gunsten ausfällt.«
Sir Alfred verzog das Gesicht und dachte einen Augenblick nach, bevor er antwortete.

»Bei aller Freundschaft, Matthias, die ich Ihnen schulde — das ist ganz schön arrogant. Sie sind doch nicht Jesus Christus — möge Gott mir verzeihen —, daß Sie erwarten könnten, eine Frau in absolute Verzückung zu versetzen. Und für einen Romeo sind Sie schon zu alt. Calliope, meine arme Frau, war nicht gerade von paradiesischer Schönheit, aber sie war treu, sparsam, fleißig und gerade klug genug, um zu wissen, wann sie zu schweigen hatte. Sie hat mir gesunde Kinder geboren, die sie in der Furcht vor der Sünde und vor Schulden erzogen hat und mit denen ich nicht unzufrieden bin. Was den gewissen Vorgang angeht, ohne den es keine Kinder gibt, so kann ich nicht sagen, daß sie mir geradezu übermenschliche Genüsse verschafft hätte, aber mit Verlaub gesagt, ein Orgasmus ist ein Orgasmus, und wenn er vorbei ist, denkt man nicht mehr daran. Trotzdem habe ich Calliope eine dauerhafte und ergebene Zuneigung entgegengebracht, und ihr Tod war der einzige große Kummer, den sie mir zugefügt hat. Warum zum Teufel sollte es Ihnen anders gehen?«
»Vielleicht bin ich weniger weise«, antwortete Matthias und skizzierte Sir Alfreds Hände, die breit waren und wulstige Finger hatten. »So etwas kann man nicht lernen.«
»Unsinn! Ich glaube, daß Ihre ... wie soll ich sagen ... daß Ihre Arroganz oder Ihre Ansprüche, Matthias, mit Ihrer Natur zu tun haben, wie ich Sie Ihnen gestern mit ungeschickten Worten zu beschreiben versuchte. Diese Mischung aus Engel und Teufel, die Sie so einzigartig macht, gibt Ihnen die Natur eines Prinzen. Vielleicht ist es aber auch Ihre aristokratische Abstammung, die Sie so einzigartig erscheinen läßt. Und Ihre körperliche Anziehungskraft ist kaum geeignet, die Sache ins Lot zu bringen.«
»Meine aristokratische Abstammung?« fragte Matthias mit gerunzelter Stirn, den Pinsel in der Luft.
»Das ist Ihnen sicher gar nicht bewußt. Aber Sie haben eine Art, die Leute anzuschauen ... Sie sind charmant, o ja, das leugne ich nicht, und manchmal sind Sie wirklich die Höflichkeit selbst. Aber schließlich, wir waren ja vom ersten Augenblick an völlig offen zueinander. Sie haben mich angesehen wie einen Kadaver, der längst im Grab liegen sollte, und ich habe Sie für den Prinzen von Wales genommen.«
»Ich habe meine Meinung geändert, das wird Ihnen nicht entgangen sein«, antwortete Matthias mit einem halben Lächeln.

»Zugegeben. Sie haben gemerkt, daß ich nicht ganz so vergreist bin, wie es den Anschein hat. Aber ich habe meine Meinung über Sie nicht geändert. Georgina hat mich gefragt, ob Sie ein Prinz sind, der inkognito bleiben will, und Bill, der in seinem Leben die verschiedensten Leute gesehen hat, hat zu mir gesagt: ›Ein geborener Gentleman, Sir. Er redet nicht lange herum und hat es nicht nötig, seine Überlegenheit zu beweisen. Aber wenn er mit Ihnen spricht, Sir, stehen Sie stramm!‹ Die Sache mit dem heißen Wasser hat ihn mit Bewunderung erfüllt . . .«
»Da Sie gerade von heißem Wasser sprechen, Sir Alfred: Ich muß Sie darauf aufmerksam machen, daß da in Ihrem Haus einiges zu verbessern wäre. Zuerst will ich Sie aber in einem Punkt berichtigen. Meine aristokratische Abstammung hat mit all dem nichts zu tun. Die Selbstsicherheit, auf die Sie anspielen, ist eine Frucht des Geistes und sicher auch der Erfahrung. Ich halte mich für etwas weniger dumm als den größten Teil meiner Zeitgenossen. Ich übe daher eine gewisse Nachsicht gegen sie, wie man es mit Kindern tut.«
»Nachsicht, du liebe Güte!« erwiderte Sir Alfred. »Sie haben den Blick eines Raubvogels! Nichts entgeht Ihnen, und zwar vom ersten Augenblick an! Soweit ich weiß, ist es nicht gerade Nachsicht, was Sie Georgina gegenüber an den Tag legen. Sie war völlig aufgelöst über das, was Sie ihr über ihre Zehen gesagt haben . . .«
»Ihre Fußnägel«, rechtfertigte sich Matthias, »waren kohlrabenschwarz. Das ist unerträglich. Sie hat es Ihnen also gesagt.«
»Sie kam angelaufen und hat mich um das Necessaire meiner seligen Frau gebeten. Dann hat sie mit Feilen und Scheren hantiert wie eine Besessene. Aber jetzt lassen Sie mich ein wenig mein Porträt begutachten.«
Sir Alfred erhob sich und betrachtete den Entwurf seines Porträts.
»Himmel!« murmelte er nach einer Weile des Schweigens. »Das ist ja meisterhaft! Noch nicht einmal Sir Joshua hätte es besser machen können!«
»Sir Joshua?« fragte Matthias.
»Reynolds. Sir Joshua Reynolds, ein berühmter Meister. Einer der größten! Ich bin gespannt auf das Porträt von Georgina. Matthias, Sie müssen mir sagen, was Sie für Honorare nehmen..«
»Darüber können wir später sprechen. Im Augenblick möchte ich

Ihnen nur sagen, daß ich während meines Aufenthalts in Ihrem Haus gerne die Wasserversorgung verbessern und Bäder einrichten möchte. Das Wasser, das hier verwendet wird, ist schmutzig, wie es in London nun einmal zu sein scheint. Wie alles Unreine ist es durchaus geeignet, Krankheiten zu erregen.«

»My good man«, sagte Sir Alfred, »England trinkt dieses Wasser seit Jahrhunderten und hat daran noch nie etwas auszusetzen gehabt . . .«

»Zweifellos«, gab Matthias zu. »Nichtsdestoweniger ist es eine unangenehme Vorstellung und außerdem der Gesundheit unzuträglich, wenn man ein Wasser zu sich nimmt, in dem Abfälle und Fäkalien herumschwimmen. Im Fall einer erneuten Pestepidemie . . .«

»Gott behüte!« rief Sir Alfred.

»Im Fall einer erneuten Pestepidemie, sage ich, Sir Alfred, würden wir hier in der Newgate Street wahrscheinlich sehr froh sein, wenn wir sauberes Wasser im Überfluß hätten.«

»Wie wollen Sie das bewerkstelligen?«

»Mit Ihrer Erlaubnis, Sir Alfred, und auf meine Kosten würde ich zunächst ein Sammelbecken für Regenwasser installieren, das ja hier reichlich vorhanden und im übrigen relativ sauber ist. Das ist ganz einfach. Anstatt das Regenwasser durch die Abflüsse auf die Straße laufen zu lassen, fangen wir es in einer geschlossenen Zisterne auf Ihrem Speicher auf. Die Schwerkraft allein genügt, um es durch Rohre an zwei Stellen des Hauses zu befördern, nämlich in die Küche und in ein Badezimmer.«

»Ein Badezimmer!« rief Sir Alfred. »Das gibt es noch nicht einmal im Palast!«

»Um so besser«, versetzte Matthias ruhig, »dann gehen wir eben mit gutem Beispiel voran. Neben Georginas Zimmer liegt eine Art Abstellkammer. Ich bitte Sie um die Erlaubnis, darüber verfügen und dort die kupferne Badewanne aufstellen lassen zu dürfen, die ich für drei Guineen in Auftrag gegeben habe und die heute nachmittag geliefert wird.«

»Eine kupferne Badewanne! Für drei Guineen!« rief Sir Alfred. »Welche Verschwendung!«

»Es sind meine Einkünfte, Sir Alfred. Die Zisterne, aus Blech, sollte vorher aufgestellt werden.«

Sir Alfred versank in erstauntes Nachdenken.
»Sie können Georgina beim Waschen zusehen. Und der Tee schmeckt dann auch besser.«
»*Damnit*, Matthias!« rief Sir Alfred aus und versetzte Matthias einen Schlag auf die Schulter. »Sie sind ein Teufelskerl!« Und er brach in Lachen aus.
»Was bedeutet dieser Hang zur Sauberkeit?« fragte er dann halblaut, während er weiter das Porträt betrachtete. »Sie sind ja beinahe besessen vom Wasser. Hat das mit dem ›englischen‹ Teil Ihrer Natur zu tun?«
»Das Wasser verhindert zu schnelles Altern, Sir Alfred.«
»Dann ist es also ein Heilmittel gegen die Zeit.«
Der Oktober überschüttete London mit Wasser und Gold. Die Zisterne wurde noch am selben Abend installiert, und die Rohre wurden verbunden. Bill hatte zu jeder Tageszeit fließendes Wasser und erging sich in Lobeshymnen auf »den Prinzen«. Unter dem Wasserreservoir, das das Badezimmer versorgte, ließ Matthias einen Ofen anbringen, so daß es möglich war, heiße Bäder zu nehmen. Georgina erfüllte das Haus mit ihrem Glucksen, das seine Lautstärke noch steigerte, als Matthias ihr erstes Bad mit Lavendelextrakt anreicherte. Sir Alfred bezeichnete Matthias als »Zivilisationsgenie«. Der Tee schmeckte plötzlich unerhört gut, aber Sir Alfred geriet erst vollends aus der Fassung, als er im Alter von einundsiebzig Jahren seine erste Tasse Kaffee trank. Die unaufhörlichen Bäder erfüllten das Haus mit balsamischen Gerüchen nach Lavendel und Heidekraut, in die sich das kräftige Aroma des Kaffees mischte. Der alte Bill begann zu singen.
»Was soll mir das Paradies noch zu bieten haben?« fragte Sir Alfred.
In Gesellschaft zweier Papageien, die Zuliman ihm gegeben hatte, traf Zanotti über Holland in London ein. Er hatte das Hôtel de Molé verkauft und brachte ein kleines Vermögen mit. Im ersten Stock wurde ein zweites Badezimmer eingerichtet. Das Jahr 1758 begann unter der zu Ende gehenden Herrschaft von Georg II. von Hannover. In London zirkulierten die wildesten Gerüchte über Amerika.
Georgina, sexuell befriedigt, gewaschen und parfümiert, mit Gerichten ernährt, die Matthias hatte verfeinern können, ohne ihnen ihren ländlichen Geschmack zu nehmen, Georgina wurde drall

wie ein Hühnchen und nahm das Gehabe einer Bürgersfrau an, was Sir Alfred gelegentlich wunderte und Matthias in Wut versetzte. Sichtlich verging sie vor Sehnsucht, Gräfin zu werden.
»Wenn es so weit gekommen ist, bleibt dir nichts anderes übrig, als sie ebenfalls zu töten«, bemerkte Zanotti auf venezianisch.
»Aber ich habe sie nicht gemalt, sie ist von meinem Willen unabhängig«, antwortete Matthias.
»Das ist sehr unhöflich, in meiner Gegenwart eine fremde Sprache zu sprechen«, protestierte Georgina.
»Zanotti erging sich in Komplimenten über Ihre Schönheit, meine Liebe«, sagte Matthias.
»Da, bitte«, dachte Matthias, »das Schicksal einer Frau.« Von einer duftenden Blüte wird sie zur reifen Frucht, die ungeduldig darauf wartet, ihre Kerne zu verstreuen. Um für die Zukunft ihrer Sprößlinge vorzusorgen, wählt sie den Schönsten, den Stärksten, den Reichsten. Dann verwandelt sie sich in ein vertrocknetes Kerngehäuse. Ob ich darunter gelitten hätte, wenn ich mit Marisa zusammengeblieben wäre? fragte sich Matthias. Aber es ist das Schicksal aller Menschen, ihre Gefährten verfallen zu sehen, und er hätte unrecht gehabt, sich darüber zu beklagen. Seine Geschichte ging nur ihn etwas an, und für ihn galten andere Gesetze.
Als Sir Alfred verkündete, daß er das Haus in der Newgate Street Matthias vererben wolle, der es in ein Paradies verwandelt hatte, kannte die mütterliche Ungeduld Georginas keine Grenzen mehr. Ihr Gegacker wurde immer schriller und mißtönender und begann dem der Papageien so sehr zu ähneln, daß sich diese an einem Abend voller Vorwürfe angesprochen fühlten und mit Georgina um die Wette zu zetern begannen. Zanotti brach in Lachen aus, und Sir Alfred unterdrückte nur mühsam ein Kichern.
Gekränkt schloß Georgina sich in ihrem Zimmer ein und verweigerte sich Matthias einige Abende lang, zur großen Enttäuschung Sir Alfreds.
Matthias langweilte sich.

6.

Georgina wird enttäuscht

Das goldgerahmte Porträt von Sir Alfred wurde an Schnüren mit scharlachroten Quasten über den Kamin im Wohnzimmer gehängt, das von Georgina fand nach französischer Sitte seinen Platz auf einer Staffelei aus gemasertem Nußbaum. Zanotti hatte an den Bildern sein Vergnügen und betrachtete sie gern.

»Du hast wirklich Fortschritte gemacht«, sagte er zu Matthias. »Diese nervösen Pinselstriche, mit denen du die Stoffe wiedergegeben hast, sind äußerst zweckmäßig. Und der starke Farbauftrag an den beleuchteten Stellen ist in seiner Kühnheit eines Piazzetta würdig. Ich bewundere dich! Außerdem ist das Farbspektrum klarer geworden und hat jetzt viel mehr Musik als früher, wenn ich so sagen darf. Diese roten, gelben und blauen Farbtupfer hier haben wirklich eine schöne Wirkung ... Mein Kompliment, Meister Matthias!«

Matthias verbeugte sich lächelnd. Zanotti verweilte jetzt vor dem Porträt von Georgina. Sie hatte in einem ländlichen Phantasiekostüm gestanden, mit einer Haube auf dem Kopf und einem Strauß Feldblumen in der Hand. Ein paar Mohnblumen hatten sich von den anderen gelöst und fielen locker über ihren weiß und gelb gestreiften Rock.

»Dieselbe Technik«, sagte Zanotti mit gleichgültiger Stimme.

»Ist das alles?« fragte Matthias mit gespieltem Desinteresse.

»Die Schatten auf dem Rock sind hübsch«, meinte Zanotti mit halbem Lächeln. Dann drehte er sich zu Matthias um und sagte: »Spaß beiseite! Das ist sicher ein gut verkäufliches Porträt, aber man hat Mühe zu glauben, daß es vom selben Maler stammt wie das Porträt von Salome. Wirklich unvergleichlich bist du nur, wenn du die Realität verklärst oder wenn deine Träume Gestalt annehmen, wenigstens auf der Leinwand.«

»Dabei fällt mir ein: Was ist eigentlich aus dem Bild geworden?«
»Die Sobieska und Graf Bialocki haben es zu gleichen Teilen gekauft. Fehlt es dir?«
»Kein bißchen.«
Schweigend zogen die beiden Männer an ihren Zigarren und betrachteten durchs Fenster den grauen Dezemberhimmel. »Ich bin wohl dazu verurteilt, kein Gedächtnis zu haben, und deswegen wird mir auch nie etwas wirklich fehlen«, sagte Matthias und riß sich vom traurigen Schauspiel des englischen Winters los, um zwei Gläser zu holen und sie mit Portwein zu füllen.
»Das kannst du nur sagen, weil du in Wirklichkeit vor Entbehrung verschmachtest«, sagte Zanotti. »Es bleibt dir nichts anderes übrig, als dich mit einer neuen Schöpfung zu zerstreuen.« Matthias schüttelte den Kopf. »Eine Frau aus Fleisch und Blut, mit richtigen Eltern, und eine Ausgeburt meines Pinsels stimmen darin überein, daß sie beide Phantasmen sind. Der einzige Unterschied ist der, daß mein Begehren der Geburt der ersten nachfolgt und der der zweiten vorausgeht. Daraus folgt, daß die Erschaffung von Frauen nichts anderes bedeutet als eine Beschleunigung der Zeit. Man liebt auf diese Weise mehr Frauen, als man sonst tun würde, und deshalb haßt man auch mehr. Aber im Grunde bleibt alles beim alten.«
»Aber warum haßt man sie?« fragte Zanotti mit einer Dringlichkeit, die verriet, daß diese Frage auch ihn selbst beschäftigte.
»Bist du nie verliebt gewesen?« fragte Matthias zurück.
»Wenn das das erste Mal ist, daß du dir diese Frage stellst«, bemerkte Zanotti spitz, »dann danke ich dir für dein spätes Interesse an meinen Gefühlen. Verliebt war ich schon, aber die Gefühle und die fleischlichen Gelüste fallen bei mir zusammen. Mir gefällt die Frau, die mein Blut in Wallungen bringt. Wenn ich sie haben kann, ist es gut, wenn nicht, ist es auch gut; ich vergesse sie schnell, denn die nächste wird auch nicht schlechter sein als die vorige. Ich mache nicht, wie du, eine Krankheit daraus, denn ich hätte dich beinahe verloren, als du Marisa verloren hattest.«
»Mit anderen Worten, du kennst nicht die Art von Liebe, die ich empfinden kann. Aber wenn du sagst, daß du mich beinahe verloren hättest, dann sprichst du, als wenn du mein Bruder wärst«, sagte Matthias und blickte Zanotti fragend an.
»Vielleicht ist das meine Art zu lieben«, antwortete Zanotti auswei-

chend, während er einen der Papageien neckte. »Vielleicht bist du für mich eine Art Bruder, den ich habe beschützen müssen. Vielleicht hast du mich auch geblendet mit deiner Entschlossenheit, deinen Fähigkeiten, deiner Verrücktheit und deiner Schönheit. Vielleicht will ich dich aber auch besitzen, weil du etwas in mein Leben gebracht hast ...«

Er schwieg.

»Was denn?« fragte Matthias.

»Ich weiß es nicht«, sagte Zanotti und drehte sich um. »Den Traum, die Liebe, die Überschreitung von Grenzen, ich weiß es nicht, ich kann nicht so gut reden wie du. Ich kann nicht sagen, daß ich mich nach deiner Abreise von Paris gelangweilt hätte. Wenn du das gesehen hättest! Der König und Madame Pompadour haben sich in Luft aufgelöst, und ich habe mich über deinen Doppelgänger gebeugt, um nachzusehen, ob er es auch wirklich war. Die Herzogin von Aiguillon ist in Ohnmacht gefallen, und die Phalaris hat sie in ihrer Kutsche verstaut wie ein Bündel Wäsche. Die Diener haben die Leichen der Mörder weggeräumt, und die anderen standen über die arme Salome gebeugt, die unverkennbar tot war, verkohlt wie ein Stück Holz, so daß Zuliman schließlich gefragt hat, ob es auch bestimmt keine Puppe gewesen sei, die da verbrannt ist. Eine Stunde später ist die Polizei gekommen und bis zum Morgen dageblieben. Sie hat die Weinreste in den Gläsern untersucht und alle verhört, um sich aus den unzusammenhängenden Äußerungen, die von allen Seiten kamen, eine Geschichte zusammenzureimen. Am schwierigsten war der Zwillingsbruder zu erklären, und dann natürlich deine Abwesenheit. Sie haben mich für betrunken gehalten und die Diener für übergeschnappt und haben schließlich der Sobieska geglaubt, die völlig in Aufruhr war und versichert hat, du seist der Tote. Bosnier de La Mosson und der Prinz von Béthune-Boulogne haben das übrigens bestätigt. Kurz und gut, es herrschte ein unglaubliches Durcheinander. Am nächsten Tag haben die Zeitungen das Gerücht verbreitet, daß der König von Preußen einen venezianischen Edelmann habe töten lassen. Ich wurde von allen Seiten mit Fragen bestürmt, und die Sobieska ließ mich die Geschichte jeden Abend einer anderen Versammlung erzählen. Es war übrigens nicht immer dieselbe Geschichte, die ich erzählte, das gebe ich zu, aber das verdoppelte nur die Neugier der Leute. Kurz

und gut, ich habe mich nicht gelangweilt, aber ich wartete ungeduldig auf eine Nachricht von dir, ich sehnte mich nach dir. Ich glaube«, schloß er, »ich bin wirklich deine verlorene Seele.«
»Immer ist man der böse Geist irgendeines anderen«, dachte Matthias.
Da er keine Lust zum Malen hatte, zogen sie sich warm an und gingen spazieren. Das Wetter war kalt und neblig, die Stadt lag grau und rot unter dem bleiernen Himmel, und die Bäume waren schwarz. Die Stunden schienen in England langsamer zu verstreichen; wie ein Boot lag die Insel am europäischen Festland vertäut.
»Es wundert mich nicht, daß die Griechen ebenfalls gute Seeleute waren« dachte Matthias. »Wenn ich auf einer Insel geboren wäre, hätte ich mich auch davongemacht.« Flüchtig blitzte ein Bild seiner selbst vor ihm auf, wie er einige Jahre später als Gefangener Londons und wohlanständiger Bürger aussehen würde, mit Tee und Portwein gefüllt und in Würden ergraut, vielleicht an eine teigig gewordene Georgina gefesselt, vielleicht auch mit einer stattlichen Kinderschar am Bein, ein ächzendes Wrack, das von stolzen Reisen in die Ferne träumte. Vor Widerwillen schauerte er zusammen. Sie erreichten den Hafen, dessen Feuchtigkeit das Pflaster noch glitschiger machte. Das bunte Treiben zog sie in seinen Bann. Mehrere Zuschauer standen in den Anblick eines Schiffs versunken, das gerade abgelegt hatte und jetzt in der Mitte des Flusses langsam drehte. Seine Rücklichter schimmerten durch den Nebel. Es war eine Fregatte, der der erste Wind des Tages in die Segel fuhr. Fock und Klüver blähten sich, die schwere Leinwand klatschte. Die Menschen am Ufer nahmen sichtlich bewegt die Hüte ab, und auch Matthias konnte sich der feierlichen Stimmung nicht entziehen.
»Eine wirkliche Schönheit«, sagte ein Mann zu Matthias, »die *Winchester Maiden*, und das ist ihre Jungfernfahrt. Sie fährt nach Boston.«
»Wie lange braucht sie bis dahin?« fragte Matthias.
»Bei gutem Wind fünf Wochen.«
Matthias nickte. Er hatte noch nie ein Boot betreten, ebensogut hätte man ihm den Mond beschreiben können. Gefolgt von Zanotti, setzte er seinen Spaziergang fort. Ein Stück weiter wurde ein anderes Schiff entladen. Unter der Aufsicht eines bewaffneten Hafenmeisters rollten Matrosen sorgfältig verschnürte Ballen über einen Steg an Land.

»Was wird denn da ausgeladen?« fragte Matthias.
»Tee, Sir«, antwortete der Hafenmeister und klopfte auf einen der Ballen, auf dem in schwarzen Lettern *East India Company* zu lesen war. »Eine der letzten Lieferungen bis zum Frühling.« Ein Schreiber versah die Ballen mit roten Nummern, die er anschließend in eine Liste eintrug.
»Und da unten, ist das auch Tee?« fragte Matthias und zeigte mit dem Finger auf andere Ballen, die aus einem alten Dreimaster gehoben wurden.
»Nein, das sind Felle aus Amerika. Biber, Hermelin und Fuchs, das riecht weniger gut!« erwiderte der Mann mit einem Lachen.
Amerika! Der exotische Name, der mit seinem geheimnisvollen Klang an andere Zauberworte erinnerte, die Provens einst dem jungen Matthias beigebracht hatte — Onyx, Kaukasus, Obelisk —, verschmolz mit dem starken Geruch der Tierhäute, auf denen die großen, weißen Etiketten der *Hudson Bay Company* flatterten wie übergroße Schmetterlinge. Dann verwandelte sich das verheißungsvolle Wort in die balsamischen Düfte riesenhafter Kiefern-, Buchen- und Fichtenstämme, die zu sechst zusammengebunden waren und von der Mannschaft auf große Karren geladen wurden ... Einige Augenblicke lang übertönte das lebhafte Rot der Hölzer das Grau der Docks. Es roch nach Harz, und die Felle schimmerten matt im trüben Nachmittagslicht. Amerika! London war nur noch ein kaltes Ungeheuer, das sich am Ufer eines bleiernen Flusses zusammenkauerte und sich an den Schätzen einer strahlenden, fernen Wildnis bereicherte.
»Amerika!« murmelte Matthias und drückte Zanottis Schulter, der das Fernweh seines Begleiters erahnte und still blieb. Amerika tauchte also am Horizont auf.
Und zwar früher, als Zanotti gedacht hatte.
Einige Tage später, als Matthias Georgina den gewohnten Besuch abstattete, ertönte über ihnen plötzlich gewaltiger Lärm. Seine enttäuschte Gespielin ihrem Schicksal überlassend, zog Matthias sich in aller Eile an und rannte auf den Speicher. Seine Befürchtungen bestätigten sich: Das Gepolter war von Sir Alfred verursacht worden, der gefallen war und dabei ein Faß Rum mitgerissen hatte. Matthias beugte sich über ihn und entdeckte auf dem Gesicht des Greises ein merkwürdiges Lächeln, das unter seinem starren Blick un-

heimlich wirkte... Zuerst legte er Sir Alfred die Hand aufs Herz und dann das Ohr. Vergeblich suchte er nach dem Puls, kniff Sir Alfred heftig in den kleinen Finger und nahm schließlich eine Spiegelscherbe von der Wand und hielt sie dicht vor seine Lippen. Es war kein Zweifel möglich, der alte Mann hatte in der Hitze der Erregung sein Leben ausgehaucht. Die Kälte des Speichers hatte sicher das ihre dazu beigetragen, das Herz dieses rührenden Greises aus dem Takt zu bringen.

Matthias beugte sich über das Loch, durch das der Tod zu ihm aufgestiegen war, und sah Georgina, die sich in seiner Abwesenheit selbst befriedigte. Das Bild eines in die Falle gegangenen Fuchses schob sich in seinem Geist vor diesen galanten Anblick. So war es nun, aus einer Verführung war das Leben entstanden, und an einer Verführung mußte es zugrunde gehen.

Er verständigte Bill und Zanotti. Nicht ohne Mühe brachten sie Sir Alfred in sein Zimmer und wuschen ihn, bevor er starr wurde. Dann verständigten sie den Geistlichen, einen Arzt und die Kinder.

Als der Sarg in die Grube gesenkt wurde, konnte Matthias seine Gefühle nicht bezähmen. Die älteste Tochter Sir Alfreds drückte teilnahmsvoll seine Hand.

»Er hatte das Herz eines Kindes«, stammelte Matthias. »Er suchte die Liebe.« Bei diesen Worten begriff er, daß er über sich selbst weinte. In seinem lächerlichen Elend war auch Sir Alfred jener Fackel hinterhergerannt, die von einer rätselhaften Gottheit namens Liebe mit verbundenen Augen durch die Nacht getragen wird. »Gott schütze Sie«, sagte Sir Alfreds Tochter.

Ein heftiger Windstoß riß Matthias den Hut vom Kopf.

Sir Alfred hinterließ sein Vermögen zu gleichen Teilen seinen Kindern, seinen Verwandten und Freunden und einem Wohltätigkeitsverein. Auch Bill hatte er nicht vergessen. Zum Erstaunen der Anwesenden verkündete der Notar, daß das Haus zur Hälfte an Graf Matthias von Archenholz und zur Hälfte an Miss Georgina Thistlebush ginge.

Georgina schnappte nach Luft.

Matthias hob die Hand.

»Herr Notar, vermerken Sie bitte vor den anwesenden Herrschaften hier, daß ich meinen Teil des Hauses an Miss Thistlebush abtrete, und geben Sie mir das Schriftstück zum Unterschreiben.«

»Aber ... warum?« fragte Georgina.
»Ich reise ab, Miss Thistlebush.«
»Und wohin?« stammelte Georgina mühsam.
»Nach Amerika, meine Liebe.«
»Nach Amerika?« schrie Georgina mit überschnappender Stimme. »Aber ich bin schwanger!«
Sie fiel auf ihren Stuhl zurück.
Die Anwesenden brachen in empörte Ausrufe aus.
Matthias unterzeichnete die Schenkungsurkunde und verabschiedete sich mit einer Verbeugung, gefolgt von Zanotti. Begleitet von den Blicken der gesammelten Zuhörerschaft, begab er sich zur Tür, während Georgina, der man ein Fläschchen Riechsalz unter die Nase gehalten hatte, leise vor sich hin jammerte. In der Tür wandte er sich noch einmal um.
»Erlauben Sie mir, für das Kind den Namen Arthur vorzuschlagen, sofern es ein Junge ist. Sehen Sie, meine Damen und Herren, es ist den Bemühungen Sir Alfreds zu verdanken.«
Und auf diese Bemerkung hin fiel Georgina zum zweiten Mal in Ohnmacht.

7.

Wenn der Herbst kommt

Elf Jahre verbrachte er in Amerika. Er erlebte Schiffbrüche und Erdbeben, wohnte bei den Indianern und lernte den süßlichen Geruch des Blutes und die Bitterkeit eines Lebens kennen, das immer auf der Flucht und immer hungrig ist.

Ein Kapitän hatte ihm gesagt, daß Amerika das Land des Teufels sei, aber mit diesem Namen pflegt man alles zu belegen, was man nicht kennt. Und da auch Matthias Amerika nicht kannte, hatte er keine Zeit zu träumen gehabt; es gab auch so schon mehr zu sehen, als er aufnehmen konnte. So erfand er auch in Amerika keine neue Frau, ließ sich aber von einer Indianerin einfangen, die ihn »Sohn der Sonne« nannte und sich aus seinen langen blonden Haaren goldene Halsketten flocht.

Man könnte denken, daß sich die Menschen dadurch von Bäumen und Gräsern unterscheiden, daß sie laufen können, aber das ist nur scheinbar so. Auch die Menschen haben Wurzeln, und Matthias' Heimatboden war Europa. So zog es ihn nach vielen Abenteuern, die seinen Körper gestählt und seine Seele ermüdet hatten, zurück in die alte Welt, zurück nach London. Zwischen blauen Wogen und weißen Segeln versuchte er, zu vergessen ...

Im Leben eines jeden kommt eine Zeit, in der Zerstreuungen zum Heilmittel werden, auch wenn sie immer schwerer zu finden sind. London war rot und schwarz. Einmal mehr sahen sie die mächtigen Ballen der East India Company und die Kathedrale St. Paul, die massig aus dem Nebel aufragte. Sie mieteten sich in einem Gasthof ein, der fürchterlich nach Kreosol und Wacholderrauch roch, was ein gutes Zeichen war. Erst vor kurzem hatte man dort den Ameisen eine Schlacht geliefert, die wahrscheinlich auch die Wanzen in die Flucht geschlagen hatte.

»Jetzt wollen wir Georgina besuchen!«

Freudenausbrüche, Ohnmachtsanfälle, Umarmungen und Gelächter. »O mein Gott, ich sterbe ... Mein armes Herz, das hättet ihr ihm nicht antun dürfen ...« Und sie sprang ihnen an den Hals, falls man hier von Springen noch reden konnte, denn sie hatte gut dreißig Pfund zugenommen, die sich ungleichmäßig um sie verteilten. Sie war nicht für fünf Pfennig böse. »O Matt, du hast mich reich gemacht!« Stürmische Umarmung. Sie hatte geheiratet. Jim mußte in Kürze aus seinem Kolonialwarenladen kommen. Sie hatte eine anmutige Tochter namens Graciana. Der alte Bill war an einer Darmentzündung gestorben. »O Matt!« — alle zwei Minuten sagte sie »O Matt!« — »Deine Wasserversorgung ... Ich habe das Patent dafür für zwanzig Guineen verkauft, du bist mir doch nicht böse? Der Graf von Staffordshire hat seine beiden Häuser damit ausstatten lassen, und der Herzog von ... O Matt, ihr bleibt doch zum Abendessen?«
Sie versprachen es. Sie stieß weitere Freudenschreie aus, stürzte in die Küche, um dem Dienstmädchen Anweisungen zu geben, und kam dann erhitzt mit einer Flasche Portwein und Ingwerplätzchen zurück. Dann betrachtete sie ihre Gäste in Ruhe.
»O Gott, ihr seid noch schöner geworden als früher! Wo wart ihr? In Amerika? In Amerika! O Matt, ich kann es nicht glauben! O Matt, ich sterbe! Ihr müßt mir erzählen ... Nein, wartet, bis Jim nach Hause kommt, er würde sich ärgern, wenn er die Erzählung verpaßt hätte ... Matt, du weißt ...« Sie biß sich auf die Lippen.
Über sein Glas mit Portwein hinweg blickte er sie an. »Matt, Graciana ist deine Tochter.« Das perverse Lächeln einer Frau, die ein Geheimnis hat. Er hatte es vollständig vergessen. Seine Tochter, natürlich ... Sie rief »Graciana!« Das Kind erschien mit einem Reifen in der Hand, Schleifen im Haar und wasserhellem Blick. »Graciana, gib Matt die Hand. Er ist beinahe dein Onkel.«
»Daß wenigstens dieser nichts passiert! Wenigstens dieser!« flehte Matthias innerlich mit beklommenem Herzen.
Er reichte seiner Tochter die Hand. Sie nahm sie und gab ihm einen Kuß auf die Wange. Er brach in Tränen aus und schloß sie in die Arme.
»Nicht weinen, Matt, ich bin ja bei dir«, flüsterte sie.
Georgina beobachtete die Szene mit einem Blick, der plötzlich ernst geworden war.

»So ist es brav. Und jetzt geh spielen!« sagte sie zu dem Kind. Dann schenkte sie sich ein Glas Portwein ein und setzte sich unter das Porträt von Sir Alfred, Matthias gegenüber. Sie trank ihren Portwein und wurde dunkelrot. »Ich war für dich nur ein flüchtiges Abenteuer. Aber ich habe dich geliebt, jung und leichtsinnig, wie ich war. Es war eine köstliche Sache, o ja, aber vor allem warst du für mich ein Geschenk, das ich nicht verdiente. Man konnte sehen, daß du an die Liebe glaubtest, nicht an die Ehe, Matt, an die Liebe. Ich habe noch lange von dir geträumt und versucht, mir vorzustellen, was für eine Frau du lieben könntest, wie du sie lieben könntest und wie sie dich lieben würde. Ich habe dich geliebt, weil du die Liebe liebtest. Die Liebe ist wie das Meer für die, die es nie gesehen haben. Das Meer habe ich gesehen, aber die Liebe ...«
Sie lächelte resigniert und hob ihr Glas:
»O Matt, du bist der Mann, der die Liebe sucht!« Sie strich ihre Röcke glatt. »Ich werde mich um das Abendessen kümmern. Wenn ihr baden wollt, es ist alles noch genauso, wie es war. Noch ein Wort, bevor Jim nach Hause kommt. Er weiß, daß Graciana deine Tochter ist. Er ist noch nicht einmal eifersüchtig. Er ist ein einfacher Mensch, Jim. Er gehört nicht zu denen, die die Liebe verrückt macht. Denn die Liebe ist ein Luxus, Matt. Er ist ein Luxusgeschöpf, nicht wahr, Zanotti?«
Zanotti begann zu lachen. Sie rief nach dem Dienstmädchen und befahl ihm, warme Handtücher bereitzulegen. Sie schlugen ein Bad nicht aus, eine der ersten Bequemlichkeiten, in deren Genuß sie kamen, seit sie elf Jahre zuvor von London abgereist waren. Elf Jahre! Matthias war jetzt achtunddreißig und Zanotti vierzig. Sie saßen in der Newgate Street im Wohnzimmer und atmeten die Wohlgerüche ein, die zusammen mit dem Klappern der Töpfe aus der Küche zu ihnen herüberdrangen und sich mit dem gedämpften Lärm von der Straße zu einer häuslichen Atmosphäre verbanden.
Matthias blickte Zanotti an, der von den Träumereien seines Freundes meilenweit entfernt war.
»Da hast du die einzige Frau, die uns geblieben ist«, sagte Zanotti scherzhaft. »Die, die du weder geplant noch begehrt hast.«
Jim kam nach Hause. Graciana kam angelaufen und umschlang ihn mit ihren kleinen Ärmchen. Der Reifen fiel zu Boden. Das Lachen des Vaters mischte sich mit dem des Kindes. Jim erfuhr, daß Gäste

eingetroffen waren. Er betrat das Wohnzimmer. Ein schöner, breitschultriger Mann, der sorglos auf die Fünfzig zuging und dessen Gesicht freundliche Ruhe ausstrahlte.
»Matt«, rief Graciana, »das ist Daddy!«
Jims Augen hefteten sich prüfend auf Matthias.
»Hello«, sagte er und reichte Matthias die Hand, »Sie sind also Matthias. Und Sie«, sagte er, indem er sich mit nicht minder prüfendem Blick Zanotti zuwandte, »Sie sind sein venezianischer Freund.«
»Zanotti Baldassari, ergebenster Diener.«
»Seien Sie herzlich willkommen«, sagte Jim, schenkte allen noch einmal Portwein ein und holte auch für sich selbst ein Glas. »Ich dachte mir schon, daß Sie eines Tages wiederkommen würden. Nach dem, was Georgina mir von Ihnen erzählt hat, mußte ich annehmen, daß Amerika Sie auf die Dauer nicht würde fesseln können.«
Matthias und Zanotti erkundigten sich, was Georgina denn von ihnen erzählt hatte, daß er das denken mußte.
»Mein Gott«, sagte Jim und schaute nachdenklich in die rubinrote Flüssigkeit in seinem Glas, die im Kerzenlicht funkelte, »soviel ich gehört habe, ist Amerika das Land der absoluten Freiheit, und die absolute Freiheit ist der Teufel. Von Georginas Erzählungen her schienen Sie mir aber viel zu zivilisiert, um sich allzulange mit dem Teufel abzugeben.«
Matthias und Zanotti schwiegen verblüfft. War das ein Zufall? Hatte Georgina ihr Geheimnis erraten? Aber wie?
Auf der Suche nach einer passenden Antwort ließ Matthias seinen Blick durchs Zimmer schweifen und sah deutlich, wie Sir Alfred in seinem Goldrahmen ihm plötzlich zuzwinkerte. Verwundert öffnete er den Mund und riß die Augen auf, als Georgina in einem Wirbel aus Röcken und kleinen Aufschreien ins Wohnzimmer stürmte. Sie schlang ihre fleischigen Arme um den Hals ihres Gatten, warf in der Erwartung eines Kusses den Kopf zurück und entschuldigte sich, daß sie sein Eintreffen über dem Küchenlärm nicht gehört habe. Um ihr Gewissen zu beruhigen, stellte sie ihm noch einmal die Gäste vor, obwohl dadurch ihre naive, aber wirkungsvolle List offensichtlich wurde: Sie hatte die Männer mit Absicht allein gelassen, um sich die peinliche Pflicht zu ersparen, ihrem Gatten einen ehemaligen Liebhaber vorstellen zu müssen. Dann nahm sie Jim

das Glas aus der Hand, trank einen Schluck Portwein und verkündete, daß das Essen aufgetragen sei.
Erbsensuppe mit indischen Gewürzen, Gänsebraten mit Wacholderbeeren, Pudding und Bordeaux. Zu Ehren der Gäste heiße Schokolade.
Und dann die Geschichten.
Die ersten Strahlen der Frühlingsdämmerung färbten schon die Fenster bläulich, als die Gesellschaft sich zum Schlafen zurückzog — Georgina in einem Sturm der Gefühle, Jim von den Helden und ihren Abenteuern gleichermaßen begeistert, Matthias und Zanotti erschöpft vom Wiederaufleben so vieler Freuden und Leiden in ihrer Erinnerung. Für diese Nacht teilten sie das Dach der Marches, denn March war Jims Familienname.
Jeder nahm sich einen Leuchter, und zusammen stiegen sie die Treppe hoch.
Am nächsten Morgen lud Jim Matthias und Zanotti ein, ihren Gasthof zu verlassen und unter seinem Dach zu wohnen, bis sie über ihre weiteren Absichten entschieden hätten.
Georgina, deren Geschäfte blühten, bot Matthias an, ihm Geld vorzuschießen, falls er sich in London niederlassen wollte. Und wirklich kaufte sich Matthias ein Haus in der Newbury Street, wo er sich ein Atelier einrichtete. Er wurde rasch bekannt, zuerst für seine amerikanischen Landschaften und dann als Porträtmaler. Er durfte in der Royal Academy ausstellen, in der er 1788 Mitglied wurde, dank einer Luftansicht von London, die er nach dem Aufstieg des Heißluftballons des Italieners Lunardi gemalt hatte, und dank eines sehr erfolgreichen Porträts von Graciana.
Zanotti beteiligte sich an Jims und Georginas Kolonialwarenhandel, den er so in Schwung brachte, daß er im Westend eine Filiale aufmachen konnte, durch die er reich wurde. 1774 heiratete er eine entzückende Kundin, eine rothaarige Witwe namens Charlotte Quincey, die ihm zwei Kinder schenkte. Er wohnte mit ihr in der Crome Street Nr. 27.
Matthias heiratete nicht, aber er lebte mit Mary Mc Trevor, einer schwermütigen und verträumten Schottin, zusammen.
In den Archiven der Royal Academy findet sich eine Kurzbiographie von »Matthias Alsenholt, Fellow«, gefolgt von einer Liste seiner ausgestellten Werke. Als Todesdatum ist das Jahr 1791 angege-

ben. Im selben Jahr starb auch Baldassari, Zanotti, in der Wohnung des Malers. Die Angelegenheit erschien in den Zeitungen, denn die beiden Männer wurden ermordet. Mary Mc Trevor kam von ihrer Hutmacherin zurück und fand die beiden Leichen in ihrem Blut liegen. Sie waren durch Pistolenschüsse umgekommen, die aus nächster Nähe abgefeuert worden sein mußten, denn das Schießpulver hatte Spuren auf ihren Westen hinterlassen. Die Urheber dieses Doppelmordes konnten nie gefunden werden.
Die Polizei vermutete zunächst einen Racheakt seitens eines Bekannten von einem der Männer oder von beiden. Diese Hypothese wurde dadurch untermauert, daß der Mörder nicht gewaltsam ins Haus eingedrungen war. Außerdem hatte Baldassari in den letzten Tagen vor dem Verbrechen einen unruhigen Eindruck gemacht, und der Aussage Mary Mc Trevors zufolge war auch Alsenholt kurz vor seinem Tod abwechselnd schwermütig und übertrieben fröhlich gewesen, was bei ihm sonst noch nie vorgekommen war.
Der Verdacht erhärtete sich, als sich herausstellte, daß Baldassari von sich zu Hause persönliche Gegenstände und Geld mitgenommen hatte und daß auch aus den Kleidern von Alsenholt persönliche Besitztümer verschwunden waren. Außerdem hatte Alsenholt am Vortag eine bedeutende Summe von seinem Konto abgehoben, woraus man schloß, daß die beiden Opfer im Begriff waren, die Flucht zu ergreifen, als sie von ihren rätselhaften Mördern überrascht wurden.
Weder das Geld noch die persönlichen Gegenstände konnten jedoch wiedergefunden werden. Die Mörder mußten sie mitgenommen haben.
Mrs. Baldassari machte trotzdem eine stattliche Erbschaft. Was Mary Mc Trevor anging, so fand man ein Testament, in dem Matthias ihr das Haus in der Newbury Street vermachte, mit allem, was es enthielt, einschließlich der Bilder.
Unglücklicherweise verlor sie kurze Zeit später den Verstand. Sie behauptete steif und fest, ihr sei in ihrem Haus der Teufel erschienen.

8.

Ein Besuch in der Newbury Street Nr. 12

In gewisser Weise hatten Matthias und Zanotti sich umgebracht. Aber nur in gewisser Weise.
»Aber du bist nicht dazu verpflichtet, mich mitzunehmen!« rief Zanotti aus. »Ich bin verheiratet, ich habe Kinder, in zehn oder zwanzig Jahren werde ich friedlich sterben . . .«
»Ich habe daran gedacht. Aber du, hast du auch daran gedacht, wie dein Leben nach meinem Verschwinden aussehen würde?«
Zanotti senkte die Augen. Es stimmte, sein Leben würde langweilig werden. Seit sechsundvierzig Jahren waren sie kaum je voneinander getrennt gewesen. Das war nun der Preis der Freundschaft: Der eine konnte ohne den anderen nicht mehr leben.
»Dabei suche ich gar nicht die Liebe«, murmelte Zanotti, ohne sich einzugestehen, daß er die Form schon gefunden hatte, die für ihn seither wichtiger gewesen war als die Vergnügungen, die man normalerweise als Liebe bezeichnet.
»Außerdem wirst du alt, du verträgst keinen Alkohol mehr, dir fallen die Haare aus, dein Bart wird weiß, und nach dem Essen schläfst du ein«, fuhr Matthias fort. »Bald wirst du in deine Suppe sabbern. Einundsechzig Jahre, mein lieber Zanotti! Denk doch daran, wie schön es wäre, alles von neuem zu beginnen!«
»Bist du denn auch sicher, daß ich wieder derselbe wäre? Stell dir vor, ich würde ein anderer werden!«
»Die Erfahrungen in Paris haben mir gezeigt, daß die Unterschiede unbedeutend sind. Und wenn ich meiner Sache nicht sicher wäre, würde ich es dann wohl noch einmal probieren?«
»Habe ich dir jemals widerstehen können oder wollen?« murmelte Zanotti. »Aber trotzdem, schließlich habe ich eine Frau, die mir treu ergeben ist . . . Kinder, die ich liebe . . .«
»Nun ja, du verläßt sie eben einfach etwas früher. Das gibt dir doch

die Möglichkeit, sie noch auf Erden wiederzusehen und nicht erst im Himmel.«
»Ich bitte dich!« sagte Zanotti verlegen.
»Willst du etwa auf deine alten Tage noch gläubig werden?« fragte Matthias ironisch.
»Wenn es einen Teufel gibt, der uns den Schlamassel eingebrockt hat, kurz und gut, der uns in diese Situation gebracht hat, dann muß es doch wohl auch einen Gott geben, oder?« sagte Zanotti. Er zog eine Pfeife und einen Tabaksbeutel aus der Tasche, setzte sich auf einen Sessel und begann, den einen zu leeren und die andere zu füllen. »Ich wäre gerne sicher, daß ich nicht auch verdammt bin«, fuhr er fort und fischte mit der Ofenzange ein Holzscheit aus dem Kamin, um seine Pfeife daran anzuzünden. Der Tabak verströmte einen beißenden Qualm, der Zanotti zum Husten brachte.
»Rauchst du inzwischen Knochenmehl?« rief Matthias aus und wollte eilig das Fenster aufreißen.
Mit der Hand auf dem Fenstergriff hielt er jedoch plötzlich inne. Ein halbes Lächeln überzog sein Gesicht. Er drehte sich um; das Atelier war von Rauch erfüllt. Der Mann in Grau war da, und Zanotti stand vor Staunen der Mund sperrangelweit offen.
»Es stimmt, er hat ihn noch nie gesehen«, dachte Matthias, während der Besucher sich auf einem Sessel vor dem Kamin niederließ und die Beine ausstreckte. Sein Anzug war überaus geschmackvoll und nach der neuesten Mode geschnitten. Der dunkelgraue Gehrock hatte einen Kragen aus grauem Fuchs, der in ein verziertes Revers auslief. Der Besucher trug ihn aufgeknöpft über einer karierten Weste aus taubengrauem Samt, die ebenfalls einen großen, weichen Kragen hatte. Er trug englische Hosen und Schuhe aus weichem Leder. In der Hand hielt der wohlvertraute Unbekannte einen Zylinderhut mit sogenannten Hundeohren aus kurzhaarigem Fell.
»Ich habe mein Äußeres etwas vernachlässigt in letzter Zeit«, dachte Matthias. »Er sieht verführerisch aus. Aber ich hätte eine rote Weste vorgezogen.« Sein Herz klopfte heftig, denn er fragte sich, ob der Teufel nicht seinen Plan über den Haufen werfen würde.
»Das Wetter ist entschieden zu feucht in dieser Stadt«, sagte der Teufel.
»Sie haben sie doch vor einigen Jahren für mich ausgesucht«, bemerkte Matthias. »Möchten Sie einen Sherry?«

»Gerne. Ich habe immer viel zu tun gehabt in dieser Stadt. Die Luftfeuchtigkeit und all der Dunst und Nebel verkleben die Seelen. Deswegen sieht man hier auch so viele Gespenster. Im Süden sind die Seelen trocken und leicht und lösen sich mühelos von den Körpern. Das ist viel bequemer.«
Entsetzt über diesen Vortrag, schenkte Zanotti sich einen doppelten Sherry ein.
»Auf Ihre Gesundheit!« prostete der Teufel seinen Gastgebern zu. Zanotti hätte sich beinahe verschluckt und wurde dunkelrot.
»Auf Ihre Gesundheit ... Hochwürden«, brachte er mühsam heraus. Er fürchtete, dem mächtigen Gast zu mißfallen, wenn er stumm bliebe.
»Ihr Vorhaben, Matthias, kommt etwas unerwartet. Ich hatte eigentlich nur vorgesehen, daß Sie jedem Bild Leben einhauchen können, das ein starkes Begehren in Ihnen weckt. Ich habe nicht daran gedacht, daß Sie sich natürlich auch selbst begehren können. Sie haben diesen Kniff ja schon in Paris angewendet, aber doch nur in der Absicht, sich vor den Schergen Ihres Bruders zu schützen. Diesmal geht es darum, Ihr Leben zu verlängern. Und das Ihres Freundes.«
»Sie haben mir ein Geschenk gemacht«, sagte Matthias. »Seien Sie also nett und machen Sie es bis zum Ende. Es war Ihnen schließlich nicht unbekannt, daß jenseits der Vierzig das Begehren nachläßt und die Einbildungskraft erlischt. Die einzige wahre Liebe, die ich in diesem Leben gefunden habe, war von Ihnen unabhängig. Was habe ich schon geschaffen außer einer mißglückten Schlampe, einer treuen Gattin ohne Leidenschaften und jener Salome, die Sie ins Feuer geworfen haben? Warum übrigens haben Sie das getan?«
»Sie waren zu weit gegangen. Der König war im Begriff, sich in sie zu verlieben. Madame Pompadour hätte sie vergiften lassen. Der König hätte eine Untersuchung angestrengt, die ihn gezwungen hätte, den Hals einer Geliebten unters Fallbeil zu bringen. Das Volk wäre unruhig geworden. Soviel ich weiß, habe ich Sie nicht damit beauftragt, die Geschichte Frankreichs zu schreiben!«
Matthias goß Sherry nach.
»Und Zanotti«, fragte der Teufel, »ist das etwa keine Liebe, da Sie sein Leben zusammen mit Ihrem verlängern wollen?«
»Das ist eine andere Art von Gefühl«, antwortete Matthias.

»Ich verstehe«, sagte der Teufel. »Um so besser. Man lernt doch immer wieder etwas Neues in menschlicher Gesellschaft«, setzte er philosophisch hinzu. Er erhob sich und setzte sorgfältig seinen Zylinder auf. Dann wendete er sich mit der Spur eines Lächelns auf den Lippen an Zanotti: »Nein, Sie sind nicht verdammt.«
Zanotti nickte und zog an seiner Pfeife. Der Teufel stürzte sich in den Pfeifenkopf, und Zanotti erlitt einen fürchterlichen Hustenanfall, während Matthias in Lachen ausbrach.
»Aber welche Art Liebe suchst du denn dann?« fragte Zanotti nach einer Weile mit rauher Stimme und tränenden Augen.
»Wenn ich das nur wüßte!« murmelte Matthias.
Drei Wochen später waren die Porträts der beiden Männer fertig, die sie als Zwanzigjährige darstellten. Mit feinem Pinsel versteckte Matthias die Zeichen Voor, Kish, Koth und Mnar zwischen unbedeutenden Details. Zanotti war bleich wie der Tod.
»Mir wird das Herz stehenbleiben!« jammerte er.
»Noch nicht gleich«, sagte Matthias.
Die Tür sprang auf. Zwei Männer betraten den Raum. Voll Entsetzen betrachtet Zanotti die lebenden Bilder ihrer selbst, wie sie in jungen Jahren ausgesehen hatten. Er stieß einen Schrei aus. Matthias zog die Schublade seines Sekretärs auf und holte zwei geladene Pistolen hervor, die er den beiden Besuchern in die Hände drückte.
»Zielen Sie auf des Herz!« sagte er.
»Nein!« schrie Zanotti.
Wie gelähmt blieb der junge Zanotti stehen. Der alte Matthias nahm ihm die Waffe wieder ab, drehte sich zu seinem treuen Freund herum und schoß ihn mitten ins Herz. Der junge Zanotti griff sich an die Brust und atmete mit leidvollem Blick einmal tief durch. Der junge Matthias machte einen Schritt auf den alten zu und erschoß ihn aus nächster Nähe.
Zwei Leichen lagen in ihrem Blut.
Von Gefühlen überwältigt und von Schluchzen geschüttelt, warf Zanotti sich Matthias in die Arme.
»Du wirst mich noch umbringen!« schluchzte er.
»Wir haben keine Zeit zu verlieren, wir müssen die Pferde nehmen und uns aus dem Staub machen!« antwortete Matthias und umarmte ihn.

Sie rafften ihre bereitliegenden Satteltaschen zusammen, stürmten, vier Stufen auf einmal nehmend, die Treppen hinunter, schwangen sich auf ihre Pferde und galoppierten durch die Dämmerung zum Hafen hinunter.
Zanotti zitterte so stark, daß Matthias ihm einen Schluck Cognac einflößen mußte.

9.

Boomrose und Marangoni

Im Oktober 1946 empfing der berühmte italienische Kunstkritiker Matteo Marangoni in seinem Haus in der Via Dell'Oca in Rom, drei Schritte von der Piazza del Popolo entfernt, seinen nicht minder berühmten, aber von ihm verachteten amerikanischen Kollegen Boomrose, Rudolf mit Vornamen. Marangoni war der Autor jener Bibel der Kunstliebhaber mit dem Titel *Sehen lernen*, in der alle Pedanten, Schwätzer, Spekulanten, geistlose Mitläufer und andere Quacksalber des Kunstbetriebs mit scharfen Worten gegeißelt wurden. Boomrose dagegen gehörte jener spezifisch angelsächsischen Sorte von Schlauköpfen an, die man Spezialisten nennt. Marangoni hatte sein Leben damit zugebracht, diese unglaubliche Spezies mit Spott und Hohn zu bedecken, »denn«, bemerkte der Meister, »sich als Fachmann für Kunst auszugeben ist genauso lächerlich, wie sich als Fachmann für die menschliche Natur auszugeben.« Jetzt freute Marangoni sich schon im voraus darauf, den albernen Boomrose, den obersten Ratgeber des Fort Worth Institute of Art und Spezialisten für die europäische Kunst des achtzehnten Jahrhunderts, nach Herzenslust demütigen zu können.
»Oberster Ratgeber, wie?« höhnte Marangoni laut und durchmaß mit würdevollen Schritten seine bescheidene Wohnung. Seine einzige Zuhörerin war seine Katze, die verschwiegene Vertraute von Geheimnissen, unter deren Last die Karyatiden sämtlicher italienischer Kirchen vor Lachen zusammengebrochen wären. »Achtzehntes Jahrhundert, was?« setzte er hinzu. »Vor 1700 und nach 1800 also tiefste Finsternis, was? *Porca miseria!*«
Auf die Sekunde genau zur vereinbarten Zeit klingelte Boomrose an der Tür. Er wirkte vom Scheitel bis zur Sohle wie frisch lackiert, roch nach Lavendel und Dollars und war von der Sonne von Fort Worth und Capri gebräunt. Der Zweck seines Besuchs bestand

darin, den Meister um seine Meinung, besser gesagt nur um sein Gefühl in bezug auf drei Gemälde zu bitten, von denen er Schwarzweißphotographien mitgebracht hatte. Es handelte sich um ein Porträt im Halbprofil von einer englisch gekleideten, einnehmenden jungen Frau mit der Jahreszahl 1756, einen schlafenden Endymion von 1801 und einen weiblichen Akt von 1813, denselben, der zu Beginn des Jahrhunderts Feuer und Verwirrung ins Haus des Grafen Lubigné in Lyon gebracht hatte. Sie trugen alle drei die Signatur F.A. und wiesen große stilistische Unterschiede auf. Das erste war nach englischer Manier gemalt, mit italienischem Einschlag, wie man es von Sir Joshua Reynolds kannte, nur mit einem satteren Farbauftrag. Das zweite zeichnete sich durch antikisierendes Chiaroscuro aus, und die Ausführung nahm auf eigenartige Weise die romantische Schule vorweg. Das dritte schließlich fiel durch seine sorgfältigere, beinahe feminine Machart aus dem Rahmen.
Die Rede, die Boomrose halten würde, war vorhersehbar bis zum Erbrechen. Zuerst hatte er die Archive sämtlicher europäischer Museen belagert und keinen Maler gefunden, dessen Arbeitsweise in die von den Unterschriften angezeigte Epoche gepaßt hätte. Dann wußte er nicht, wer sich in weniger als einem halben Jahrhundert so viele verschiedene Stilrichtungen hätte aneignen können. Schließlich wurde das Rätsel dadurch noch gesteigert, daß es sich bei allen Bildern um Originale und nicht um Kopien handelte. Marangoni betrachtete die Photographien mit spitzen Fingern und glasigen Augen und verschränkte dann die Arme vor dem Bauch. Das Dienstmädchen kam herein und stellte ein Tablett mit einer Flasche Grappa und zwei kleinen Gläsern auf einen Beistelltisch zwischen Marangoni und seinen Gast. Marangoni füllte die Gläser.
»Was ist das?« fragte Boomrose.
»Grappa«, antwortete Marangoni.
»Nein, ich meine: Was geht da vor? Sie scheinen enttäuscht?« sagte Boomrose, der es sich in den Kopf gesetzt hatte, italienisch zu sprechen, obwohl er es nicht richtig konnte.
»Enttäuscht?« fragte Marangoni, während er an seinem Grappa nippte.
»Was ist das, Grappa?«
»Ein Likör für junge Mädchen, die gerade entjungfert worden sind«, antwortete Marangoni.

Boomrose überlegte, ob der berühmte Marangoni jetzt senil geworden sei.
»*Già visto*«, sagte Marangoni.
Boomrose fragte sich, was er damit wohl meinen könnte. Sein Blick wurde so ausdruckslos wie der eines Hundes beim Pinkeln.
»Ihr Kollege Scheinfurth hat mir die Photos schon gezeigt, letzte Woche. Ihre Abzüge sind besser.«
»Scheinfurth?« schrie Boomrose.
»Und vor Scheinfurth ist Vitale Bloch schon hiergewesen mit einem Photo von der kleinen Nackten da.«
»Bloch?« schrie Boomrose noch lauter.
Die Katze schreckte aus dem Schlaf und richtete einen vornehm gelangweilten Blick auf den Amerikaner. Marangoni leckte sich die Lippen.
»Gefällt Ihnen das?« fragte er Boomrose.
»Ein bißchen zu stark für mich, aber sehr schmackhaft«, antwortete Boomrose.
»Nicht der Grappa, die Bilder!«
»Wie?« fragte Boomrose.
»Ich frage Sie, ob die Bilder Ihnen gefallen, Mister Boomrose. Sie wollen von mir wissen, ob ich eine Vorstellung habe, wer die Bilder gemalt haben könnte, ob ich sie einer Schule oder einer Sammlung zuordnen kann. Wenn ich Ihnen weiterhelfen würde, würden Sie anschließend kleine, linierte Karteikärtchen ausfüllen, die dazu bestimmt wären, die Archive des Fort Worth Institute zu bereichern, nachdem sie als Grundlage für eine Forschungsdiskussion im *Burlington Magazine*, im *Phaidon*, in der *Gazette des Beaux-Arts*, im *Paragone*, im *Apollo* oder im *Conoisseur* gedient hätten. Das ist ungefähr so, als wenn Sie ein hübsches Mädchen von der Straße mit zu sich nach Hause nehmen, es von Kopf bis Fuß vermessen und eine detaillierte anthropometrische Beschreibung von ihm anlegen würden, einschließlich aller Schönheitsflecken, Narben, Schattierungen der Haut usw., um es anschließend wieder auf die Straße zu schicken. Da Sie nun meine Dienste für diese Vorhaben in Anspruch nehmen, frage ich Sie, ob die Bilder Ihnen wenigstens gefallen.«
Er geriet mehr und mehr aus der Fassung.
»Wir haben vor, diese Bilder zu kaufen«, murmelte er kläglich. »Das junge Mädchen von 1813 ist ein ziemlich faszinierendes Bild ...«

»Die Museen sind zum Bersten voll«, sagte Marangoni und goß sich einen Schluck Sherry nach. Lauschend hob er den Kopf: Unter seinen Fenstern auf der Straße sang eine Männerstimme, *Ahi Mari*. Das war ein Lied, daß Marangoni nie ohne Rührung hören konnte.
»Ich habe den Eindruck, daß die Sache Sie eigentlich gar nicht richtig interessiert«, bemerkte Boomrose beleidigt. »Ich bedaure, Sie gestört zu haben.«
»Aber nein, aber nein!« protestiert Marangoni. »Ich besitze selbst ein Bild mit der Signatur F.A.«
»Wie bitte?« schrie Boomrose, ohne seine Ungezogenheit zu bemerken. »Niemand ... haben Sie es hier?«
Marangoni erhob sich und zog eine Leinwand aus einem Stapel Bilder, die an der Wand lehnten wie eine Rugbymannschaft vor dem Startpfiff. Es war das Porträt eines braunhaarigen jungen Mannes mit lachenden, fragenden Augen, der nach der englischen Mode des ausgehenden 18. Jahrhunderts in einen Anzug aus grünem Samt, eine goldbraune Weste und dunkelgrüne Hosen gekleidet war. Die Pinselführung war leicht und klar und hatte einen für englische Verhältnisse ungewöhnlichen italienischen Einschlag. Boomrose zog die Lupe aus der Tasche und beugte sich über die Signatur F.A., dahinter das Datum: 1791.
»Unglaublich«, sagte er.
»Roberto Longhi hat auch eins, und das ist nicht nur signiert und auf 1840 datiert, sondern trägt außerdem noch die Inschrift: *Rom, im Taumel des Frühlings.* Es ist das Porträt einer Bacchantin von erlesener Anmut.«
»1840!« schrie Boomrose mit überschnappender Stimme.
»Ja, Mister Boomrose, ich verstehe. Wenn das erste bekannte Bild mit der Signatur F.A. von 1756 ist und das letzte von 1840, dann muß man annehmen, daß der Maler, der ja sicher nicht am Tag seiner Geburt zu malen begonnen hat und um 1735 geboren sein muß, hundert Jahre später immer noch am Leben war. Das ist nicht unmöglich — auch Tizian hat schließlich noch im hohen Alter gemalt —, aber ich will zugeben, daß es doch ungewöhnlich und äußerst unwahrscheinlich ist. Wir stehen also vor einem Rätsel. Vielleicht waren es zwei Maler, Vater und Sohn, die beide mit den Initialen F.A. signierten. Aber es ist doch merkwürdig, daß wir von zwei Künstlern von so außerordentlicher Begabung noch nie etwas gehört haben sollten, nicht wahr?«

Boomrose stierte ihn an.
Der Sänger auf der Straße hatte sich entfernt.
»Um die gelehrten Betrachtungen abzuschließen«, fuhr Marangoni fort, »so habe ich mir folgendes dazu gedacht: Wenn A. der Anfangsbuchstabe des Nachnamens ist, könnte F. vielleicht der Anfangsbuchstabe eines Spitznamens sein, den der Maler zum Beispiel nur für Bilder privater Natur benutzt haben könnte, die nicht zum Verkauf bestimmt und auch keine Auftragsarbeiten waren. Nun ist der Zufall mir zu Hilfe gekommen. Bei einem Antiquar auf dem Flohmarkt habe ich ein Buch gefunden, das ein alliierter Offizier bei ihm versetzt hat. Sein Name steht übrigens im Einband, aber ich habe es ihm noch nicht zurückgeschickt. Hier ist es«, sagte Marangoni und zog einen Band mit verschlissenen Deckeln aus dem Bücherregal: *A History of the East India Company*, von Neville P. Truscott, erschienen bei Jonathan Cape 1933. »Wie Sie sehen, enthält das Buch Illustrationen, unter anderem auch das Porträt des Generalgouverneurs der *East India Company* und ersten Vize-Königs von Indien, Warren Hastings, gemalt von einem zeitgenössischen Künstler namens Matthias Alsenholt. Das Bild ist auf 1772 datiert, das war zwei Jahre vor Hastings Ernennung, zu der Zeit, da sein Stern im Aufgehen begriffen war und da auch Reynolds ihn porträtierte. Ein Maler von solcher Qualität muß sich eines gewissen Ansehens erfreut haben, ohne das auch Hastings sich wohl kaum von ihm hätte malen lassen. Betrachten Sie die Signatur genau: Es ist dieselbe wie auf meinem Bild.«
»Ah«, seufzte Boomrose. »Sie retten mir das Leben!«
»Freuen Sie sich nicht zu früh«, antwortete Marangoni. »Das Schlimmste kommt erst noch. Ich habe dann gedacht, daß Alsenholt Spuren an der Royal Academy hinterlassen haben muß. Ich habe dieser ehrenwerten Institution einen Brief geschrieben. Und tatsächlich, Alsenholt wurde 1788 als Mitglied aufgenommen.«
»Und was ist daran schlimm?«
»Er wurde 1791 ermordet.«
»Vielleicht hat er einen Sohn gehabt, der in seine Fußstapfen getreten ist«, schlug Boomrose vor.
»Ja, einen Sohn«, murmelte Marangoni. »Aber all das ist im Grunde bedeutungslos.«
»Bedeutungslos?« fragte Boomrose.

»Richtig. Man hat mir nämlich versichert, daß es in Wien ein Bild mit der Signatur F.A. gibt, das die Jahreszahl 1906 trägt.«
»Das ist nicht möglich!« schrie Boomrose.
»Der Zeuge scheint mir glaubwürdig. Das Bild stellt eine Salome im Stil der Sezession dar. Ich sagte Ihnen schon, daß all das im Grunde bedeutungslos ist. Kunstwerke eignen sich nicht für Polizeiuntersuchungen. Über all diese Fragen zerbrechen sich nur ein paar Verrückte den Kopf, denen die Kunst im Grunde ebenso egal ist wie ihr erstes Paar lange Hosen. Ein Kunstwerk ist da, um betrachtet zu werden und dem Betrachter das Gefühl von Schönheit und Freude zu vermitteln.«
»Das ist Hedonismus«, bemerkte Boomrose verächtlich.
»Ich frage mich, wo wir wären, wenn es diese Haltung nicht gäbe, die Sie hedonistisch nennen!« seufzt Marangoni. »Es ist so schon alles schlimm genug. Kurz und gut. Betrachten Sie alle diese Bilder, und Sie sehen den Maler. Das Porträt von Warren Hastings, das bekannteste von ihnen, ist zugleich das unpersönlichste. Aber kein Maler ist jemals vollkommen unpersönlich. Auf dem Porträt von Reynolds richtet Hastings seinen Blick auf einen ungewissen Punkt am Horizont. Auf dem Bild von Alsenholt ist er leicht nach vorne gebeugt, seine Haltung ist herausfordernd, der Mund halb geöffnet. Man ahnt den heißblütigen Abenteurer mit dem kühlen Kopf, mit dem der Maler sich teilweise identifizieren konnte. Er hat ihm eine Unruhe verliehen, die die seine gewesen sein muß. Schauen Sie sich dagegen mein Bild an; es ist lebhaft, fast intim. Das war ganz bestimmt keine Auftragsarbeit, denn dazu ist es viel zu lässig. Das Modell hat sich vollkommen wohl gefühlt und den Vorgängen gar keine Beachtung geschenkt; es muß ein Vertrauter des Malers gewesen sein, und ich könnte mir denken, daß er zur Familie gehört hat. Nehmen Sie jetzt das Porträt im Halbprofil, von dem Sie mir das Photo gezeigt haben. Es ist ein richtiges Porträt, und es ist nicht gestellt. Die junge Frau darauf ist nicht eigentlich hübsch, aber sie strahlt vor Gesundheit. Ihr Gesicht ist eher dunkel, aber ihre Brust, die sie bis zur Grenze des Schamgefühls sehen läßt, ist sehr weiß, mit seidigen Lichtreflexen darauf. Ihr Gesichtsausdruck ist nicht gerade jungfräulich, eher herausfordernd wie der von Hastings, mit einer betont erotischen Note. Dann der Endymion. Das ist trotz des konventionellen Sujets ein erotisches, ein homosexuelles Werk. Diana erscheint darauf nur als ein

goldener Lichtstrahl, der vom nächtlichen Himmel fällt. Der Einfluß des schlafenden Fauns aus der Glyptothek in München ist unübersehbar. Ich kann daraus nur schließen, daß die erotischen Anlagen von F.A. — da Alsenholt 1791 gestorben und dieses Bild auf 1801 datiert ist — vielgestaltig waren, und daher muß auch die feine Unruhe stammen, die man an diesem Meister bemerken kann. Betrachten Sie zum Schluß den weiblichen Akt von 1813. Er ist beinahe erschreckend in seiner erotischen Verführungskraft. Die Zerbrechlichkeit des jungen Mädchens beginnt, den vollen Formen der reifen Frau zu weichen; Meister F.A. hat da wirklich einen einzigartigen Moment im Erblühen der Schönheit festgehalten. Die Pinselführung ist viel feiner und genauer als auf den vorangehenden Bildern. Der Maler hält an sich, er hat also Angst. Er ist im Begriff, ein Meisterwerk zu schaffen, das für ihn von außerordentlicher Bedeutung ist. So, Mister Boomrose, nun wissen Sie, was ich von diesen Bildern halte.«
»Aber dann ... Sie scheinen anzunehmen, daß es sich in allen Fällen um denselben Maler handelt ... Wenn das Bild in Wien auch von ihm wäre, müßte er anderthalb Jahrhunderte gelebt haben!« protestierte Boomrose.
»Warum wollen Sie, daß ich mich darüber aufrege?« fragte Marangoni und zog seine Uhr aus der Westentasche. »Was mich beschäftigt, ist das Interesse und das Vergnügen, das diese Bilder in mir erwecken. Auf Karteikarten pfeife ich.«
Boomrose erhob sich. Die Katze sprang auf die Fensterbank. Marangoni stand auf, um sie zu kraulen.
»Glauben Sie wirklich«, fragte Boomrose auf dem Weg zur Tür und betonte dabei das Wort »wirklich«, »daß es sich um ein und denselben Maler handelt?«
»Trotz der offenkundigen Verschiedenheit der Stile ist das meine innerste Überzeugung. Erotik und Angst, das sind keine Züge, die Sie bei Künstlern jener Epoche so regelmäßig wiederfinden können.«
Marangoni machte sich zurecht, um zu »Ranieri« zum Abendessen zu gehen. Glücklicherweise hatte er Boomrose nichts von den kabbalistischen Zeichen gesagt, die er auf seinem eigenen F.A. entdeckt hatte. Dann wäre es noch endlos so weitergegangen! Außerdem gab es keinen Grund, einem Kleinkrämer wie Boomrose derart wertvolle Informationen zu schenken. Dieser Kerl schien ja seine Bilder noch nicht einmal richtig anzusehen!

10.

Eine Entdeckung

Neapel, Palazzo Draconi, Lungomare Caracciolo, Februar 1799.
»Verruchtes Frauenzimmer!« brüllte Matthias und stürmte in den Salon in ersten Stock des Hauses, wo Zanotti mit einem Kartenspiel beschäftigt war.
»Was ist denn jetzt schon wieder los?« fragte Zanotti gelassen und blickte durchs Fenster auf die mit borghesischen Vasen geschmückte Terrasse. Leuchtend grün hob sich das Farnkraut in den Vasen vom perlmuttgrauen Himmel über dem Golf von Neapel ab.
»Sie will die Franzosen sehen!«
»Schlechte Idee!« bemerkte Zanotti und hob eine Herz Sieben zwischen zwei Buben auf. »Die Hausangestellten würden uns sofort verlassen, wenn auch nur ein einziger Franzose das Haus beträte.«
Die Parthenopäische Republik war gerade erst zwei Wochen alt, und die Neapolitaner verabscheuten sie bereits aus tiefstem Herzen. Der Abbé Sismondi, der am Vorabend bei ihnen zum Essen gewesen war, hatte ihnen gestanden, daß er den Namen des verruchten Championnet, des Gründers der Republik, auf das Papier zu schreiben pflegte, mit dem er sich den Hintern wischte.
»Wenn er sich den Hintern abwischt«, meinte Zanotti später geruhsam, »dann frage ich mich, warum er so stinkt.«
»Ich habe sie eingesperrt und den Schlüssel zweimal hinter ihr umgedreht«, sagte Matthias. »Ich täte besser daran, sie durch irgendein Straßenmädchen zu ersetzen.«
»Das würde dir schwerlich gelingen«, sagte Zanotti. »Die Frauen des Südens machen die Beine nur breit, wenn sie einen Hochzeitsring am Finger haben, und sie drücken dabei auch noch ein Kruzifix an die Brust. Die Kalabresin ist die Mindestleistung, die der Schöpfer vollbracht hat, um den Fortbestand des Menschenge-

schlechts zu sichern. Abwechslungshalber bin ich neulich abends einmal wieder ins Bordell gegangen. Das ist hier so etwas wie ein Heilmittel gegen das Laster, oder auch eine Anstiftung dazu, je nachdem, von welchem Standpunkt man die Sache betrachtet. Im Süden hat man nur die Wahl zwischen der Ehe und den Knaben.«
Er für seinen Teil hatte sich für die letzteren entschieden, was ihm von Zeit zu Zeit spitze Bemerkungen von seiten des Abbé Sismondi eintrug, vor allem dann, wenn der Palazzo Draconi es versäumt hatte, diesem kahlen Maulwurf rechtzeitig seine Pfründe zukommen zu lassen.
»Warum will sie denn die Franzosen sehen?« fragte Zanotti.
»Sie langweilt sich«, sagte Matthias und öffnete das Fenster, während Zanotti fortfuhr, seine Karten zu legen. »Ich langweile mich übrigens auch in dieser Stadt. Warum sind wir überhaupt nach Neapel gekommen?«
»Ja, ja, die Langeweile, das Grab aller Gefühle!« sagte Zanotti. »Es stimmt, die Langeweile macht einen lendenlahm. Wir sind nach Neapel gekommen, weil du Holland unerträglich fandest, Frankreich blutverschmiert und fanatisch, Deutschland zu provinziell und Mailand zu nebelig, und in Rom wären wir dem Papst zu nah gewesen, was den Mann in Grau zu irgendwelchen gewagten Scherzen hätte veranlassen können. In Rußland war es dir zu kalt und in Spanien zu heiß. Dann sind wir hierher gekommen, um uns in dieser Stadt umzusehen, und du hast dich in den Golf von Neapel verliebt. Als wir erfuhren, daß der Palazzo Draconi zum Verkauf ausgeschrieben war, war die Entscheidung gefallen. Du hast dir die unglückselige Mariella geschaffen, und wir gedachten hier alle drei ein friedliches Leben zu führen. Die Ausgeburten der Einbildungskraft verlieren schnell ihren Glanz.«
Hintereinander hob er einen Karo König zwischen zwei Zehnen und eine Kreuz Sechs zwischen zwei Assen auf.
»Ich habe mich noch nie im Leben gelangweilt!« rief Matthias aus. »Ich bin siebenundsechzig Jahre alt geworden, und bis zu diesem Zeitpunkt hatte ich mich noch nie im Leben gelangweilt! Was ist nur mit mir los?«
»Pfeif es nicht von den Dächern, man könnte dich hören und würde dich für verrückt halten. Die Erfahrung, Matthias, würde selbst einen ganzen Blumengarten verwüsten. Sie zerstört jede Un-

schuld. Und wenn man nicht mehr an den Himmel glaubt, erweitert sich das Feld der Möglichkeiten ins Beliebige. Ich fürchte übrigens, daß die Langeweile unter den christlichen Völkern ein sehr verbreitetes Gefühl ist. Ich habe nämlich den Eindruck, daß die Christenheit nicht mehr sehr inbrünstig an den Himmel glaubt. Ich habe mir die frommen Gemälde deines Kollegen Giacomo Carsali angesehen, die die Kirchen und Klöster der Gegend zu schmücken beginnen. Seine Heiligen sehen aus wie geile Narren und seine Engel wie Strichjungen. Wenn ich da an unseren armen Angelotti denke! Seine Engel waren wenigstens ehrlich gemeint. Wenn man den Glauben an die Religion verloren hat, dann langweilt man sich eben, und wenn man sich langweilt, dann streitet man sich, wie du und Mariella.«

»Und man glaubt nicht mehr an die Liebe. Sie wird zu einer Art sportlichem Zeitvertreib, bei dem es darum geht, Geschlechtsteile ineinanderzustecken. So ungefähr jedenfalls«, murmelte Matthias.

Am achten Juli, die Sonne stach erbarmungslos vom Himmel, kehrte Seine Majestät Ferdinand IV. von Neapel und III. von Sizilien aus seinem Exil in Palermo zurück. In seiner Begleitung waren seine Gattin, die intrigante Österreicherin Maria Karolina, und ihr Geliebter, der Minister John Acton. Der Abbé Sismondi frohlockte. Er trank soviel Lacrima Christi, daß man ihn von zwei Bediensteten im Wagen nach Hause bringen lassen mußte. Diese wußten hinterher zu berichten, daß er sich unterwegs in die Hosen gemacht habe.

Wochenlang wütete draußen der Bürgerkrieg, und angewidert setzten Matthias und Zanotti keinen Fuß mehr vor die Tür. Zu Dutzenden hängte man Helden, Freidenker und Philosophen, Cirillo, Massa, Caraffa, Pagano ...

Mariella wollte den Hinrichtungen beiwohnen. Sie wurde geohrfeigt. Sie weigerte sich, ihrer ehelichen Pflicht zu genügen, und wurde noch am selben Abend aufs neue geohrfeigt. Es schien Matthias, als wenn das entzückende Täubchen mit der feingeschwungenen Oberlippe und den engelsgleichen Brüsten an dieser Mißhandlung Gefallen fände; jedenfalls behauptete sie das.

Am nächsten Tag sollte der große Pagano gehängt werden. Sie stampfte mit den Füßen vor Ungeduld und bekam diesmal gleich eine ordentliche Tracht Prügel.

Matthias ertappte sich dabei, wie er die unwürdigen Worte sagte: »Ich bin Ihr Gatte, wir haben, wenn Sie sich erinnern wollen, in Sant'Angelo a Nilo geheiratet, und Sie haben mir Gehorsam geschworen!«

Sie schluchzte so übertrieben laut, daß es Matthias verdächtig vorkam. Noch am selben Abend zeigte sie sich jedoch bei gewissen Verrichtungen ungewöhnlich leidenschaftlich und stieß noch mehr Schreie aus. Die Schläge machten sie weich wie Schlagsahne.

Zanotti war es, der die bedauerliche Tatsache aussprach, Zanotti, der Mariella schon verwünscht hatte, als sie noch eine Rötelskizze auf einer jungfräulichen Leinwand gewesen war: Das Täubchen liebte es, geschlagen zu werden.

»Du hast sie noch nie leiden können«, protestierte Matthias schwach.

»Genau«, bestätigte Zanotti. »Deine Zeichnung sollte gefällig sein, und der harmlose Gesichtsausdruck, den du dieser Unglücklichen gegeben hast, war von ungewöhnlicher Falschheit. Als du sie erfunden hast, hast du ich weiß nicht welchem Götzen billiger Verführungskunst geopfert.«

Mit verdrießlicher Miene schlürfte er seine Schokolade.

»Vielleicht kannst du auch einfach meine Malerei nicht mehr leiden«, erklärte Matthias ärgerlich. »Der Teufel oder der Zufall, was weiß ich, hätten genausogut dafür sorgen können, daß ich statt eines lasterhaften Flittchens ein zärtliches und leidenschaftliches Wesen schaffe.«

»Irrtum!« rief Zanotti. »Mit diesem zuckersüßen Lärvchen und einem Körper, der so verführerisch ist, daß er dich beinahe um den Verstand gebracht hat, mußte man auf das Schlimmste gefaßt sein.«

Mit einer trockenen Geste stellte er seine Tasse ab und erhob sich, um mit auf dem Rücken verschränkten Händen auf und ab zu gehen, während Matthias ihn betreten aus den Augenwinkeln beobachtete.

»Zu Beginn eines zweiten Lebens — von dem dritten, das sicher noch auf uns zukommt, ganz zu schweigen — ist es Zeit, sich mit den nackten Tatsachen abzufinden. Zugegeben, als du die zweite Marisa gemalt hast, fehlte es dir noch an Psychologie. Du hast daher nichts als eine oberflächliche Kopie zustande gebracht, an der alle Fehler zutage traten, die in der ersten geschlummert hatten ...«

»Ich bitte dich!« protestierte Matthias.
»Hör mir zu«, antwortete Zanotti mit einer Autorität, die Matthias ihm bis dahin nicht zugetraut hatte. »Marisa war ein halbes Kind, das sich in dich verliebt hat, weil du selbst noch fast ein Kind warst, das heißt ein unfertiges Gesicht, und weil du ihr die ersten Liebesschauder beigebracht hast. Das Gegenteil ist ebenso wahr: Aus den nämlichen Gründen hast du das Püppchen idealisiert, weil sie dir die Unschuld gestohlen und dir die Einbildung verschafft hat, daß du nun endlich zum Mann geworden seist.«
Bedrückt hörte Matthias ihm zu.
»Nicht sie war es, Matthias, die du angebetet hast, sondern dich selbst, und deine Selbstverliebtheit grenzte hart an den Wahnsinn. Deswegen stecken wir auch augenblicklich in diesem unsinnigen Abenteuer ...«
»Beklag dich nur!« seufzte Matthias.
»Ich beklage mich ja gar nicht. Mir für meinen Teil ist nämlich durch dieses teuflische Abenteuer ein merkwürdiger und kostbarer Gewinn zugefallen. Trotzdem, wenn Marisa dir nicht wegen ihrer verfrühten Schwangerschaft weggenommen worden wäre, dann wärst du jetzt zweifellos mit einer fetten Venezianerin ohne besondere Qualitäten verheiratet und Vater einer stattlichen Kinderschar. Vielleicht wärest du auch schon tot, oder ein kränklicher Großvater, und vielleicht wärst du am Ende sogar glücklich. Du hättest die Szene, die der Mann in Grau dich freundlicherweise durchs Fenster hat sehen lassen, besser beobachten sollen. Das war Marisa unter dem Vergrößerungsglas, mit dickem Bauch vor ihrer Bratpfanne!«
»Zanotti!« rief Matthias.
»Ich bin noch nicht fertig!« fuhr Zanotti fort. »Dann hast du Silvana geschaffen, ein farbloses Wesen, das dich keinen Moment lang ernstlich zu fesseln vermochte und das der Mann in Grau dir mit einem Schwertstreich weggenommen hat, um dich zum nächsten Kapitel übergehen zu lassen. Denn der Mann in Grau, Matthias, hatte keine Lust mehr, zu gähnen, und er hat dich zu seinem Versuchskaninchen gemacht, zu einem Hamster im Käfig, der sein Rädchen am Laufen hält ...«
»Wie grausam du bist!« murmelte Matthias. »Ich hätte nie gedacht, daß du, ausgerechnet du ...«
»Zuneigung macht streng, Matthias! Vielleicht bin ich nicht streng

genug mit dir gewesen! Vielleicht hat meine Liebe zu dir mich blind gemacht, aber ich kann nicht länger schweigen und zusehen, wie du eine Jugend nach der anderen verschleuderst!« Er schenkte sich ein Glas Limonade ein. »Beim nächsten Mal schienst du rätselhafterweise besser beraten zu sein und hast ein verdienstvolleres Wesen geschaffen, Salome.«

»Und warum soll Salome verdienstvoller gewesen sein?« fragte Matthias.

»Weißt du es nicht? Zunächst einmal hatte sie mehr Geist als das Marzipanpüppchen, das du in Erinnerung an Marisa Mariella genannt hast. Sie war dir treu ergeben, obwohl du sie wie einen leblosen Gegenstand behandelt und mich zu ihr ins Bett geschickt hast ...«

»Aus Liebe zu dir!« rief Matthias aus. »Ich wollte nicht, daß du dich ausgeschlossen fühlst!«

»Unsinn!« schrie Zanotti. »Du wolltest deine Schöpferkraft unter Beweis stellen! Mit Salome wolltest du Paris beherrschen! Du wolltest den König in Verwirrung stürzen! Und deine Kälte, als der Einfaltspinsel Brunoy ihr dieses Collier geschenkt hat, aalglatt, Matthias, aalglatt! Sie hat dich geliebt, Salome! Aus Liebe hat sie die übelsten Machenschaften über sich ergehen lassen, und wenn sie länger gelebt hätte, hätte dieses Geschöpf der Hölle dir sicher den Frieden gebracht!«

»Warum liebst du mich eigentlich, wenn du so schlecht von mir denkst?« fragte Matthias verletzt.

Plötzlich entstand Unruhe im Haus. Schon vorher war auf der Straße das Knirschen von Rädern und Hufschlag zu hören gewesen; in ihre Auseinandersetzung vertieft, hatten die beiden jungen Männer dem jedoch keine Beachtung geschenkt. Fieberhaft klopfte jetzt jemand an die Tür.

»Gnädiger Herr ...« rief einer der Diener völlig außer Atem.

»Was ist denn?« fragte Matthias.

»Gnädiger Herr, die Königin ...«

»Da wären wir wieder«, bemerkte Zanotti.

Gefolgt vom Abbé Sismondi, betrat in diesem Augenblick der Bischof Crespi, ein Vertrauter der Königin, den Raum. Die Gesichter der beiden Geistlichen troffen vor Scheinheiligkeit.

»Ihre Majestät kam gerade von einem Spaziergang zurück ...« sagte der Bischof.

»Ihre Majestät ...« echote Sismondi.
»... geruhte den Wunsch zu äußern, die Werke des Grafen Archenholz zu sehen ...«
»... in ihrer königlichen Güte ...« schwafelte Sismondi.
»Sie ist schon auf der Treppe«, sagte der Bischof
Die Flügeltür wurde aufgerissen. Glänzend vor Eitelkeit betrat ein Kammerherr den Raum.
»Meine Herren, die Königin!«
Ein quittengelbes Gesicht unter einem Spitzencape, Obstkerne anstelle von Augen, eine Nase wie ein gut geschärfter Krummsäbel, der einen getrockneten Kürbis hätte zerteilen können — und darunter ein pompöses Geflatter von Hermelin und schweren Seidenstoffen, die eine fettleibige Schindmähre umhüllten. Zu allem Überfluß hatte sie auch noch Rouge auf den Wangen, und ihr scharlachrot bemalter Mund sah aus, als hätte sie zum Frühstück einen Becher Blut getrunken.
In ihrer Begleitung waren zwei Hofdamen und ein blonder Schönling, offenbar ihr willfähriger Handlanger John Acton, der wie ein geschminkter Schinken aussah.
Matthias beeilte sich, ihr seine Ehrerbietung zu erweisen, und auch Zanotti bemühte sich, Haltung anzunehmen.
Ihre Majestät die Königin, Ihre kaiserliche Hoheit, die Großherzogin Maria Karolina, die leibliche Tochter von Maria Theresia, wünschte also, die Werke des Grafen zu sehen. Der Abbé Sismondi quiekte begeistert, dazwischen brummte der Bariton Bischof Crespis. Die Diener schafften die Bilder herbei. Die Königin betrachtete Blumen, Landschaften und mythologische Szenen.
»Ein hinreißendes Porträt!« sagte die Alte und zeigte mit der Spitze ihres Sonnenschirms auf das Bild von Mariella.
»Meine Frau«, erklärte Matthias.
»Seine Frau!« kläffte Sismondi.
»Lassen Sie sie doch hereinbitten«, schlug Acton vor.
Bevor sie das Zimmer betreten durfte, ließ man das Täubchen in aller Eile auf der Treppe einen Hofknicks üben.
Die Königin lächelte säuerlich, Acton schoß schleimige Blicke ab, Bischof Crespi machte ein zuckersüßes Gesicht, und Sismondi faltete die Hände.
Das waren die Leute, die den Philosophen Pagano hatten hängen lassen, und nicht nur ihn.

»Ich hoffe, Sie soupieren einmal bei uns, sobald wir uns wieder häuslich eingerichtet haben«, sagte die Königin.
Höfische Verbeugungen und vornehmes Gestotter. Und Mariellas anmaßende Miene! Ihr hochnäsig gekräuselter Mund und ihre herausgestreckte Brust!
Die Königin wählte zwei Blumenbilder und bat um eine verkleinerte Kopie von dem Porträt der Gräfin Archenholz. Unter dem Klappern von Absätzen, dem Rauschen von Stoffen und gedämpftem Gemurmel entschwand sie endlich in Begleitung ihres Gefolges.
Beim Abendessen benahm sich Mariella unerträglich. »Sie hat mich Frau Gräfin genannt ... Nein, ich will keine Nudeln ... Kann man nicht eine Blätterteigpastete machen? Dieser Wein schmeckt scheußlich ... Wann werden wir im Palast soupieren?« und so in einem fort. Gepeinigt von dem, was Zanotti ihm nachmittags gesagt hatte, runzelte Matthias die Stirn.
»Seien Sie endlich still, man hört sich ja selbst nicht mehr kauen«, sagte er trocken zu seiner Gattin.
»Vorhin waren Sie stolzer auf mich«, erwiderte sie.
»Die Klappe sollen Sie halten!«
»Oh, aber das werde ich keineswegs tun! Ich habe der Königin vieles zu sagen!«
Zanotti bemühte sich, gleichgültig auszusehen.
»Und was werden Sie der Königin sagen, wenn ich fragen darf?« sagte er, während er sich den Mund abwischte und sich Wein nachschenkte.
»Ich werde ihr sagen, was ich ihr zu sagen habe«, antwortete Mariella schnippisch.
Matthias und Zanotti wechselten einen besorgten Blick.
»Sie werden überhaupt niemandem etwas sagen«, erklärte Matthias gereizt. »Oder Sie werden mir dafür büßen!«
Sie stieß einen Schrei aus wie ein Huhn, das gerade ein Ei gelegt hat. Er erhob sich und befahl ihr, auf ihr Zimmer zu gehen. Sie weigerte sich. Er ohrfeigte sie. Sie kratzte ihn. Mit aufgerissenen Augen wohnten die Diener einem lächerlichen Auftritt bei, in dessen Verlauf Matthias seine Frau am Handgelenk packte, sie von ihrem Stuhl zog und sie wie in einem Tanz, den es noch nicht gab, vor sich her zur Tür schubste. Mit großen Schritten trieb er sie, die in einem fort

stolperte, durch die Eingangshalle und jagte sie die Treppe hinauf. Sie wehrte sich kreischend. Oben angekommen, stieß er sie in ihr Zimmer und verabreichte ihr die heftigste Tracht Prügel, die sie jemals bekommen hatte. Er hörte erst auf, als sie schluchzend am Fuß des Bettes auf dem Boden lag. Dann ging er zur Tür.

»Nein!« schrie sie. »Zuerst nehmen Sie mich!«

Hastig riß sie sich die Kleider vom Leib.

»Ich glaube, Sie haben den Teufel im Leib! Ich werde den Abbé holen!«

»Aber zuerst nehmen Sie mich, oder ich werde dem Abbé sagen, daß Sie unzüchtige Dinge mit Zanotti treiben!«

»Sie wissen, daß das nicht stimmt.«

»Er wird es mir glauben.«

Er mußte Zeit gewinnen. Er betrachtete sie, wie sie dastand, im Unterrock, mit nacktem Oberkörper, bewundernswert schön, seine Erfindung. Er verschloß die Tür, hin und her gerissen zwischen Wut, Mitleid, Verzweiflung und der Lust, zu lachen.

»Welcher Teufel ist in Sie gefahren, daß Sie solche Lust an der Erniedrigung haben, Sie verdorbene Kreatur?« knurrte er.

»Ist es nicht die größte Erniedrigung, von Ihrem Stachel abhängig zu sein, Sie Hund?« sagte sie.

Er schlug sie ins Gesicht. Sie stieß einen Schrei aus.

»Sprechen Sie so mit dem Abbé Sismondi, Sie Hure?« schrie er und riß ihr den Unterrock herunter. Ihr Kreischen machte ihn zornig.

»Seien Sie endlich still, Sie alarmieren noch die ganze Nachbarschaft!«

»Sie sind doch nur ein alberner Affe, der mich geschaffen hat, um seinem teutonischen Größenwahn zu huldigen!« säuselte sie.

»Ich weiß schon, wie ich Sie zum Schweigen bringen werde«, knurrte er.

»Nein, diesmal nicht!« versetzte sie und stieß ihn zurück.

Er packte sie am Handgelenk, verrenkte ihr den Arm und hielt ihr mit der freien Hand den Mund zu, während er sie aufs Bett stieß. Sie versuchte, ihn zu beißen, und handelte sich dafür eine Ohrfeige ein, die ihr das Blut in die Wange trieb.

»Warten Sie nur, ich weiß schon, wie ich Sie kriege!« tobte er, rasend vor Zorn. Er griff nach dem Unterrock, zerriß ihn mit wütender Kraft in Streifen, warf sich über sie, drehte sie auf den Bauch und fesselte ihr die Hände auf dem Rücken, während sie ohne Unterlaß geiferte. Dann knebelte er sie und nahm sie ohne weitere Umschweife. Sie wehrte sich mit unvermuteter Kraft bis zu dem Augenblick, in dem ihre durch den Kampf noch gesteigerte Wut plötzlich in Lust umschlug. Die Angelegenheit nahm ein gutes Stündchen in Anspruch.

Erschöpft lag sie auf dem Bett. Er band sie los. Sie machte sich noch nicht einmal die Mühe, den Knebel aus dem Mund zu nehmen. Sie atmete schwer.

»Sie sind ein wildes Tier!« sagte er und zog sich an.

»Und Sie sind aus dem gleichen Stoff wie ich«, sagte sie und zog endlich den Knebel aus ihrem Mund. »Woher sollten Sie das Recht haben, mich zu verachten?« fragte sie und richtete sich schamlos auf. »Wenn wir kämpfen, errege ich Sie viel stärker als sonst. Glauben Sie vielleicht, daß ich Ihr Geheimnis nicht erraten habe? Oder daß ich auf Ihre schönen Vorträge über die Liebe hereingefallen bin, die Sie pausenlos mit Ihrem Schatten Zanotti ausspinnen?« Sie wischte sich das Gesicht und die Brüste ab, die vor Schweiß glänzten. »Für Sie, Messire Matthias, ist die Liebe vor allem ein zügelloser Geschlechtsakt, und da verlangen Sie von mir, daß ich Ihnen außerdem noch ein Ständchen bringe!«

Matthias war überrascht. Trotz ihrer herausfordernden Schamlosigkeit waren ihre Worte nicht ohne Sinn und Verstand, und er betrachtete sie verwirrt. Das Dämchen schien gar nicht so dumm zu sein.

Sie erhob sich, machte einen Schritt auf ihr Badezimmer zu und ließ ihn die Formen sehen, die er liebevoll entworfen hatte, ohne zu ahnen, daß dieses Bild, einmal zum Leben erweckt, ihm gegenüber von so hellsichtiger Grausamkeit sein würde.

»Ihnen würde es auch gerade gefallen, wenn ich Ihnen das Ständchen ohne die Kartoffeln gäbe, wie?« sagte sie spöttisch. »Und wenn ich Ihnen die Kartoffeln ohne zu zögern gäbe, gleich beim ersten Anlauf? Sie sind doch genau wie die Spitzbuben des Pausilippos, denen ein gestohlenes Hühnchen besser schmeckt als ein gekauftes.« Diese Schnatterliese war also die erste, die ihn durchschaute oder wenigstens einen Teil seines Wesens erriet, den er bisher vor sich selbst zu verbergen gewußt hatte. Die verletzte Eigenliebe weckte sein Begehren aufs neue. Er ging auf sie zu und berührte ihre Brust. Einmal mehr forderte ihr Blick ihn heraus. Er

zog sie an sich. Sie ohrfeigte ihn. Er wurde bleich vor Zorn. »Miststück!« zischte er zwischen den Zähnen.
»Sie sehen, Matthias, Sie sind genau wie ich, der Schmerz der Erniedrigung bringt Ihre Sinne in Aufruhr! Der Zorn fährt Ihnen in die Lenden!«
»Erheben Sie nie wieder die Hand gegen mich!«
»Was sollte mich wohl daran hindern, Idiot!« erwiderte sie und ohrfeigte ihn aufs neue.
Er packte sie mit Gewalt, sie brach in Lachen aus und schluckte dann unter der rücksichtslosen Berührung von Matthias' Händen.
»Schlagen Sie mich genauso tüchtig wie vorhin«, seufzte sie. »Ich habe keine Kraft mehr ...«
»Ausgeburt der Hölle!« sagte er ihr später, während die Pendeluhr unten in der Halle Mitternacht schlug.
»Wie sagten Sie?« murmelte sie ironisch, bevor sie einschlief. Verstört und aufgewühlt von den brennenden Wunden, die diese Kreatur ihm zugefügt hatte, ging er hinunter, um auf der Terrasse ein großes Glas frischen Wein zu trinken. Über die schlafende Stadt wehte ein ganz leichter Wind.
»Und?« fragte Zanotti, der plötzlich aus dem Schatten hervortrat. Matthias schüttelte den Kopf.
»Ich bin genau wie sie«, murmelte er. »Ich wußte es nur nicht.« Er war bedrückt und verstört.

11.

DAS HAUS SZECHENYI

Buda, Ende November 1813, Utja Fortuna (Straße des Glücks!), Haus Szechenyi auf dem Platz der Heiligen Dreifaltigkeit, direkt neben der Kirche St. Matthias.
Das Szechenyi-Haus ist eines der vielen Häuser aus dem Besitz der gleichnamigen Familie. Es ist kein Palast, und es ist auch nicht besonders schön. Seine drei Stockwerke sind mit ziemlich schwerfälligen, byzantinisch anmutenden Fenstern versehen, die ein wenig an Venedig erinnern, um so mehr, als die Fensterbänke, die Kragsteine, die Wölbungen der Rahmen und die Schlußsteine, allesamt weiß und mit steinernen Efeuranken und Löwenköpfen verziert, einen reizvollen Kontrast zu der roten Backsteinfassade bilden. Matthias hat sich rätselhafterweise gleich in das Haus verliebt, vielleicht weil es so nah an der Kirche liegt, die, wie er in unbewußter Eitelkeit sagt, seinen Namen trägt. Sicher hat aber auch der Name der Straße eine Rolle gespielt, und jedenfalls ist er gleich zu Graf Istvan gegangen und hat es gemietet, als er hörte, daß es zu haben sei. In den darauffolgenden Tagen hat er sich mit Zanotti dort eingerichtet, und mit Hilfe etlicher Spiegel, barocker Möbel, Teppiche und Bilder ist es ihm gelungen, seinem neuen Wohnsitz, der sonst als Konvent hätte dienen können, eine wohnliche Atmosphäre zu verleihen. Er hat ein Dienerehepaar eingestellt, Aliz, die das Amt der Köchin versieht, und ihren Mann Gyorgy, der eigentlich Kammerdiener ist, seine Zeit aber hauptsächlich in dem ans Haus angebauten Stall verbringt und sich um die beiden Pferde kümmert, die den eleganten englischen Tilbury ziehen sollen, den Matthias für sich erstanden hat. Dann gibt es noch den jungen Gyula, der das Haus in Ordnung hält, die Betten macht, abstaubt und abends das Essen aufträgt. Aliz und Gyorgy sind angenehm, weil man sie nur sieht, wenn man sie braucht. Untereinander sprechen sie magyarisch,

was Matthias nicht versteht, denn in Buda wie in Pest spricht man vor allem deutsch. Graf Istvan Szechenyi hat sie ihm empfohlen. Gyula scheint ein Neffe der beiden zu sein. Er stört Matthias ein wenig. Er hat ein dreieckiges Gesicht, wäßrige Augen und ungewöhnlich dichtes, schwarzes Haar, er sieht aus wie eine schlecht gebürstete Katze. Er ist von peinlicher Genauigkeit bei der Arbeit — unablässig poliert er die silbernen Parfümfläschchen, aus denen er sich, wie Matthias argwöhnt, gelegentlich bedient —, aber reden tut er fast gar nicht und antwortet nur einsilbig auf die Gesprächsversuche, die die Herren des Hauses nach dem Abendessen mit ihm anstellen. Ein- oder zwei-, vielleicht auch dreimal hat er ihnen unter seinen langen Augenwimpern hervor merkwürdige Blicke zugeworfen. »Ironisch« seien sie gewesen, urteilte Zanotti, »mißtrauisch« meinte Matthias.
Eines Morgens, der Sommer war fast zu Ende und Matthias hatte sich im Haus Szechenyi eingerichtet, sah er durchs Fenster, wie Gyula auf einem der Pferde aus dem Stall ritt. Mit nacktem Oberkörper fiel er in einen leichten Trab, der den geübten Reiter verriet. Der muskulöse Rücken Gyulas über der seidigen Kruppe war ein hübscher Anblick. »Ein schönes Motiv«, dachte Matthias.
Matthias fragte Gyorgy, wo Gyula das Reiten gelernt habe. Gyorgy behauptete, es nicht zu wissen. Nie wieder sah man Gyula zu Pferd. Mit seinen schmalen Hüften, den breiten Schultern, seinem katzenartigen Gesicht und der schwarzen Mähne war er unzweifelhaft anziehend, auf proletarische Weise, aber Matthias hatte Zanotti unmißverständlich davor gewarnt, sich auf Verhältnisse mit den Dienstboten einzulassen.
Sechs Uhr abends. Schneeflocken versuchten, Buda weiß zu färben, aber es gelang ihnen nicht. Im Atelier bullerte der Fayence-Ofen, und da es seit Mittag immer feuchter geworden war, knisterte zusätzlich ein Feuer im Kamin.
Aus Langeweile ging Matthias in die Küche hinunter, um zu sehen, was Aliz zubereitete: eine Hühnersuppe mit Mandeln, ein Rindsragout mit Paprika, dazu einen Gemüsetopf mit Mehl namens *Fözelek*, den Aliz augenscheinlich besonders schätzte, und schließlich Crêpes mit Nuß- und Schokoladencreme, denen Aliz sicher noch Likör hinzufügen würde. Er zündete sich eine Zigarre an und ging zurück ins Atelier, wo er auf Zanotti wartete und in einem plötz-

lichen Bedürfnis nach Licht die beiden sechsarmigen Kandelaber anzündete. Er drehte ein Bild um, das an der Wand lehnte. Es war eines von denen, die er aus Neapel mitgebracht hatte, eine große, altertümlich wirkende Blumenkomposition, zu der ihn ein Besuch in Pompeji angeregt hatte. Goldene Ruinen im Hintergrund, eine wie zufällig ins Bild geratene borghesische Vase und ein großer Strauß aus samtigen Rosen, purpurfarbenen Päonien, Klematis und Geißblatt. Ziemlich gewöhnlich. Er nahm das nächste Bild. Mariella. Er stellte einen Kandelaber daneben, um es zu beleuchten, und schenkte sich ein Glas Wein ein.

Mariella.

Beim Klang ihres Namens, beim bloßen Gedanken an ihr Gesicht und ihren Körper empfand er schon einen brennenden Schmerz, in dem Erniedrigung und Wut sich vermischten und Fragen ohne Antworten sich endlos wiederholten.

Als es ihr nicht mehr genügte, ihre Umgebung mit Worten aufzureizen, hatte sie Gesten zu Hilfe genommen. Bei einem Abendessen mit der Kellerassel Sismondi hatte es angefangen.

»Herr Abbé, ich möchte, daß Sie meine Brüste sehen!«

Entsetzen auf Seiten des Abbé, unterbrochen von schmierigen Blicken. Er hatte sich das Gesicht verhüllt und Gott weiß was für Exorzismen dabei gemurmelt. Matthias hatte einschreiten und die dumme Gans einmal mehr in ihrem Zimmer einsperren müssen, und zwar ohne sexuelle Entschädigung.

Aber da sie eine Ausgeburt des Teufels war, saß er ihr auch im Leib. Eines Nachmittags vor dem Essen, als Matthias und Zanotti auf der Terrasse einen Portwein schlürften, machte ein durch den Straßenlärm hindurch vernehmbares Stöhnen sie hellhörig. Kein Zweifel, das Geräusch stammte von einer Frau. Zanotti blickte spöttisch, und Matthias stieg, von einer Ahnung getrieben, zu Mariellas Zimmer hinauf. Bei sperrangelweit geöffneten Fenstern vergnügte die Gräfin sich mit einem Zwerg.

»Machen Sie die Tür zu!« befahl der Zwerg, aber Matthias riß ihn wutentbrannt zurück. Verwünschungen ausstoßend, fiel er auf den Rücken und entblößte dabei ein rötliches Geschlechtsteil. Die Gräfin stöhnte noch und streckte ihre Arme Matthias entgegen. Der nahm einen vollen Eimer Wasser und goß ihn über ihr aus. Großes Geschrei. Matthias zog seinen Degen und befahl dem Zwerg, sich

wieder anzuziehen und bei Todesstrafe kein Wort von dem zu erzählen, was sich zugetragen hatte.
»Die Worte sind noch zahlreicher als die Flöhe, Herr Graf!« gab der Zwerg mit rauher Kehle zurück, während er die Hosen über seine krummen Beine zog.
Tatsächlich blieben von da an manchmal Passanten vor dem Palazzo Draconi stehen und sahen zu den Fenstern hinauf. Die Gräfin Archenholz wurde ein Gegenstand der öffentlichen Neugier. Trotzdem wurde sie von der Königin eingeladen, die Palermo gelegentlich verließ und nach Neapel kam, um, wie sie sagte, sich der Ergebenheit ihrer Untertanen zu versichern, während sie darauf wartete, ihren Palast wieder beziehen zu können. Mariella wurde alleine eingeladen, zum »Damenkränzchen«, sagte sie. »Damenkränzchen«, sagte Zanotti eines Tages mit halbgeschlossenen Augen und verzog den Mund, als wenn er in eine verfaulte Feige gebissen hätte.
Nach dem dritten »Damenkränzchen« kam Mariella zu spät zum Abendessen, mit aufgelöstem Haar, einer merkwürdig weiß und blau marmorierten Haut und Ringen unter den Augen, aber vor allem mit völlig verwirrtem Geist. Unter den Augen der neugierig starrenden Dienerschaft ging sie vor sich hin singend die Treppe hinauf und hielt dabei unzüchtige Reden.
»Was ist passiert?« fragte Matthias, nachdem er die Diener davongejagt hatte.
Sie hielt sich am Treppengeländer fest, um nicht umzufallen, und erzählte Schreckliches. Sie hatte den Zwerg einladen lassen, der Kutscher bei einem Weinhändler war, um den unterbrochenen Verkehr mit ihm fortzusetzen. Auch die Königin hatte es sich nicht nehmen lassen, dabei mitzuwirken.
»In aller Öffentlichkeit?« schrie Matthias, bleich vor Zorn.
»In ausgewählter Gesellschaft natürlich, wo denken Sie hin? Die Königin hat gesagt, ich hätte die schönsten Brüste der Welt. Und stimmt das etwa nicht?« fragte sie, indem sie die besagten Körperteile aus dem Korsett hervorholte. »Und die schönste Möse im ganzen Königreich«, setzte sie hinzu und hob die Röcke.
»Ich will nicht, daß Sie wieder dorthin gehen!« brüllte Matthias. Mit abwesendem Blick wohnte Zanotti der Szene bei.
»Soll ich etwa meine Jugend vertrödeln, bloß weil Sie keine Lust

zum Vögeln haben, Herr Graf?« fragte sie spöttisch. »Übermorgen gehe ich wieder hin!« Singend verschwand sie die Treppe hinauf.

Der übernächste Tag war ein Mittwoch. Mariella war seit einer knappen Stunde fort, Zeit genug, den Palast zu erreichen und eine Schokolade zu trinken, bevor der Zwerg oder irgendeine andere Mißgeburt sich an ihr vergehen würde. Matthias begab sich ins Atelier. Zanotti wußte, was nun kommen würde, und folgte ihm. Er betrat das Atelier in dem Augenblick, in dem Matthias mit einem feinen Pinsel Mariellas Porträt mit den Initialien F.A. versah. Er reinigte den Pinsel und drehte sich zu Zanotti um. Die beiden Männer wechselten einen langen Blick.

Schweigend saßen sie beim Abendessen, als vor dem Palazzo Draconi eine Postkutsche hielt. Das Knirschen der Räder und das Klappern der Hufe ließ sie ihre Kaubewegungen unterbrechen. Ein Leutnant des Königshauses und zwei Bedienstete brachten ihnen die Leiche der Gräfin Archenholz, die während einer Besigue-Partie im königlichen Palast plötzlich verschieden war.

»Während einer Besigue-Partie, soso«, wiederholte Zanotti vielsagend und musterte den Offizier.

Der Rest verlor sich in einem Nebel aus verdrängten Erinnerungen, ausgenommen die Irrfahrt durch Südeuropa, die Matthias als eine Reihe sinnloser Einzelheiten im Gedächtnis geblieben war. Nur dank der unermüdlichen Fürsorge Zanottis hatte er überlebt und sich nach und nach, in unregelmäßigen Schüben, von seiner tiefen Niedergeschlagenheit befreien können. In Wien, in einem Café in der Kärntnerstraße, hatte er zum Beispiel bei Kaffee und Schokoladenplätzchen einmal ein überaus erhellendes Gespräch mit Zanotti geführt.

»Also gibt es das alles gar nicht?« hatte er gefragt. »Also ist es nur eine Vereinigung von Geschlechtsorganen?«

»Ich habe mehr darüber nachgedacht als du. Wenn man will, gibt es das schon.«

»Ich habe es doch gewollt.«

»Man muß es nicht nur selbst wollen, sondern es muß auch möglich sein, das heißt, beide müssen es wollen.«

»Und warum haben sie es nicht gewollt, die Frauen?«

»Ich würde das nicht verallgemeinern. Mariella allerdings hatte keine Ahnung davon, aber sie ist nicht alle Frauen.«

»Und warum hat Mariella es nicht gewollt?«
»Sie hatte zuviel Freiheit, das heißt, zuviel Macht. Macht korrumpiert. Ihre absolute Macht hat sie um so mehr korrumpiert, als sie sich mit der absoluten Macht von Maria Karolina verbunden hat«, hatte Zanotti erwidert und sich im Klirren der Gläser und im Klicken der Spielsteine, die die Kunden auf die Spieltische stellten, eine Zigarre angezündet.
»Gibt es denn nur in der Knechtschaft Liebe?«
»Das wäre wohl doch übertrieben. Aber ohne das Bedürfnis nach Liebe gibt es keine Liebe, und in einer leichtlebigen Gesellschaft kann das Bedürfnis nach Liebe nicht aufkommen. So war es jedenfalls in Neapel.«
»So hängt die Liebe also vom König ab?«
»In gewisser Weise, ja.«
»Und die Knaben?«
Amüsierter Blick von Seiten Zanottis.
»Das kommt darauf an. Für sie kann es eine Erziehung zur Liebe sein und für einen selbst eine Ersatzhandlung. Oder ...«
»Oder?«
»Ich weiß nicht«, murmelte Zanotti. »Etwas beinahe Vollkommenes und Notwendiges.«
So selten hat man Zeit zum Nachdenken ... Matthias hatte sich mit dieser ungenauen Antwort zufriedengegeben und nicht ohne eine gewisse dumpfe Erregung daran gedacht, daß es diese Form von Liebe war, die sie beide verband. Er hatte aber keine Lust gehabt, diesen Gedanken weiterzuverfolgen.

Im Winter 1813 endlich durchdrang der Klang einer Violine die Mauern des Hauses Szechenyi wie ein Sonnenstrahl und riß Matthias aus seinen trüben Gedanken. Sie hüpfte und trillerte, diese Violine, sie verlor sich in täuschende Variationen und sprach anmaßend von ernsten Gefühlen, wie ein Heranwachsender, der hastig ein gewagtes Kompliment herunterhaspelt. Matthias öffnete die Tür; sie mußte sich im Haus befinden, die Violine, und zwar im Salon im Erdgeschoß.
Ein ausladender schwarzer Haarbusch mit Lichtreflexen wie Mahagoniholz versteckte ein dreieckiges Gesicht, dessen Kinn sich liebevoll über das Instrument beugte. Schmale Finger führten den Bo-

gen behende über die Saiten und erzeugten eine klare, fast schmerzliche Melodie. Ihre Anziehungskraft ging sowohl von den brüsken Übergängen zwischen Zärtlichkeit und Mutwillen aus, die der Spieler durch einen raschen Wechsel von sanften und schrillen Tönen zum Ausdruck brachte, als auch von seiner Person selbst. In schwarze und rote Fetzen gekleidet, schien er mit seiner schmalen Taille und seinen langen Beinen ganz aus Leidenschaft und Sehnen zu bestehen. Mit gewagten Sprüngen bewegte er sich durchs Zimmer und unterstrich dadurch noch die Lebhaftigkeit seiner Musik. Mit einem Geräusch wie von zerreißender Seide ging das Konzert zu Ende. Der Geiger hob den Kopf, und Matthias erblickte ein Paar klare Augen in einem staubigen, sonnengebräunten Gesicht.
»Ich lasse mir ein Ständchen geben. Spielt er nicht wunderbar?« fragte Zanotti in rollendem Französisch.
Er hatte Sandor in einem Café in Pest getroffen und ihn zum Abendessen eingeladen. Sandor begriff, daß Matthias der eigentliche Herr des Hauses war, und richtete einen fragenden Blick auf ihn. Matthias nickte mit gastfreundlichem Lächeln, und um sein Mißvergnügen zu verstecken, holte er drei Gläser und eine Flasche Sherry aus der Hausbar, wobei er Sandor über die Schulter ein Kompliment zurief. Die Stimme des Zigeuners brachte seine Hände zum Zittern; aus diesem schmächtigen, siebzehn- oder achtzehnjährigen Körper drang tatsächlich eine grabestiefe Baßstimme.
Matthias wußte nicht, ob er auf Zanotti oder auf Sandor eifersüchtig sein sollte und warum ihn die Angelegenheit überhaupt in Bedrängnis brachte.
Bis zum März wohnte Sandor im Haus Szechenyi. Der erste Streit mit Zanotti fand jedoch schon kurz nach seinem Einzug statt. Matthias hatte Zanotti noch nie wirklich verliebt gesehen; ohne zu wissen warum, mußte er bei dem Gedanken daran lächeln. Was ihn selbst anging, so wagte er an die Liebe nicht mehr zu denken. Abgesehen von einer flüchtigen Affäre mit einer Käsehändlerin, die sich zu seiner Erleichterung als käuflich erwies, achtete er streng auf Enthaltsamkeit, wie eine Hausfrau aufpaßt, daß ihr die Milch nicht überkocht.
Auf die glühenden Bitten Zanottis hin fertigte er ein Porträt und mehrere Zeichnungen von Sandor an. Die besten davon schenkte er dem Zigeuner, der ihm dafür dankte, indem er ihm leidenschaft-

lich die Hände küßte. Während des Malens begriff Matthias, daß Sandors Anwesenheit ihn bedrückte, weil er ihn gleichzeitig an Salome und an Marisa erinnerte. Während einer Sitzung im Februar brach er zum großen Schrecken seines Modells sogar einmal in Tränen aus.

Eines Nachmittags im März machten sie zu dritt einen Landspaziergang — die Apfelbäume wurden langsam grün. Als sie zurückkamen, hatten sie Hunger, und Matthias ging in die Küche, um einen Imbiß zu bestellen. Er fand dort eine Besucherin vor, die er sofort als Sandors Schwester erkannte. Sie war gekommen, weil sie ihrem Bruder etwas zu sagen hatte.

»Kommen Sie, essen Sie etwas mit uns«, sagte Matthias, der bei ihrem Anblick sofort den Kopf verloren hatte.

Sie lehnte ab; sie wollte mit Sandor allein sprechen. Matthias holte den Bruder und wartete im Salon in einem Zustand äußerster Erregung. Sandor kam mit finsterem Gesicht zurück. Durch heftiges Drängen erreichte Matthias, daß er seine Schwester zum Bleiben aufforderte.

Schüchtern betrat sie das Zimmer und aß mit gutem Appetit, verharrte aber in einer gezwungenen Haltung. Da Matthias seinen Blick unablässig auf ihr ruhen ließ, erwiderte sie ihn schließlich, aber ihr Gesicht blieb ernst.

Sandor unterhielt sich etwas abseits von den anderen mit Zanotti, dessen Gesten und Stimme plötzlich besorgt wirkten. Mit Matthias' Zustimmung gab er Sandor eine beachtliche Summe Geld, und er und seine Schwester verschwanden vor Einbruch der Dunkelheit.

Sandor hatte versprochen, in zwei Tagen zurück zu sein. Eine Woche verstrich, ohne daß er sich hätte blicken lassen. Zanotti suchte ihn in Buda und in Pest, schließlich auch auf dem Land und in den Lagern der Zigeuner. Gegen Bezahlung bekam er schließlich die Auskunft, daß Sandor und seine Familie abgereist seien. Wohin wußte keiner, und wenn es doch einer wußte, so wollte er wohl die Stammesgesetze nicht brechen und behielt es für sich. Niedergeschlagen kehrte Zanotti nach Hause zurück. Matthias seinerseits tat es leid um die Schwester. Die Zuneigung, die sie füreinander hegten, milderte zwar den Schmerz, vermochte aber ihre Wunden nicht zu heilen.

»Du hast ihn also geliebt«, stellte Matthias fest.

»Mit dreiundneunzig Jahren«, seufzte Zanotti mit bitterem Lächeln. »Einen Knaben.«
»Um die Frauen zu lieben, muß man an die Gattung glauben. Ich glaube nicht mehr an sie.«
Matthias hatte von der Wunde, die die kurze Begegnung mit Sandors Schwester in seinem Herzen hinterlassen hatte, nichts verraten. Als Zanotti aber einige Tage später überraschend das Atelier betrat, begriff er sofort, was los war. Er stieß einen Schrei aus, der beinahe schmerzlich klang.
Niedergeschlagen verharrte er eine Weile lang schweigend.
»Ich habe dich noch nie um etwas gebeten...« begann er schließlich.
Erschrocken hielt Matthias inne.
»Sandor, bitte! Bitte Sandor!« rief Zanotti. »Einmal für mich, einmal nur!«
»Was für ein Leben!« dachte Matthias, als er das Gesicht des Mädchens malte und verzweifelt versuchte, das graurosa Licht wiederzugeben, das über ihren Augen gelegen hatte. Er hatte sie neben einem bronzenen Dreifuß dargestellt, der einen Strauß Blumen trug, wie er sie zum ersten Mal in Neapel gesehen hatte. Sie sollten angeblich aus den Tropen kommen und hießen Orchideen. Schon wollte er mit feinem Pinsel die kabbalistischen Zeichen malen, die dem höllischen Ebenbild des Mädchens Leben verleihen sollten, als er sich besann und zuerst mit Essig die Signatur von dem Porträt ihres Bruders entfernte, um dieselben Zeichen auch in dessen Rahmen zu ritzen.
Genau in diesem Augenblick hörte er deutlich, wie unten an der Haustür die Glocke gezogen wurde. Stimmen erklangen. Er öffnete die Tür; kein Zweifel, es war Sandor! Sein Herz klopfte zum Zerspringen. Und wenn seine Schwester mit ihm gekommen wäre? Mit schmerzlich verzogenem Gesicht stürzte er angstvoll die Treppe hinunter.
»Deine Schwester!« schrie er Sandor entgegen.
»Sie ist weit fort«, sagte Sandor gelassen.
»Wo?«
»Bei den Toten.«
Matthias heulte auf. Die Bediensteten stürzten herbei. Er setzte sich auf die Treppe und verbarg das Gesicht in den Händen. Erst drei

Tage später vollendete er in verzweifelter Sehnsucht die Zeichen, die das Bild des Mädchens zum Leben erwecken sollten. Inzwischen hatte er auch ihren Namen erfahren: Ilona.
Sie rieb sich die Augen, gähnte und legte sich, kaum geboren, auf das Sofa des Ateliers, wo sie einschlief. Er bedeckte sie mit einer bestickten Decke und bewunderte die rosige Farbe ihrer Fersen.
»Ich habe nichts verstanden«, sagte er zu sich selbst, während er ihren Schlaf bewachte, »solange ich nicht verstanden habe, wie die rosigen Fersen einer Unbekannten, die noch kein Wort zu mir gesprochen hat, plötzlich zum Mittelpunkt der Erde werden können.«
Trotzdem war er selbst es gewesen, der diese Farbe ausgewählt hatte, die in reizvollem Kontrast zum bräunlichen Ton ihrer Haut stand. Aber von Leben erfüllt, war die Bedeutung dieser Fersen nun unendlich viel größer als die der rosafarbenen Streifen, die man auf der Leinwand ahnen konnte. Die ganze Welt organisierte sich neu um diese Fersen herum, nicht nur was ihre Farben, sondern auch was ihren Wert betraf.
»Ich habe nichts verstanden«, murmelte er noch einmal und richtete seinen Blick erneut auf das Zauberbild. Er erinnerte sich an die fieberhafte Eile, mit der er die Leinwand für das Bild aus einer alten Rolle ausgeschnitten hatte, die Georgina während seiner Abwesenheit für ihn aufbewahrt und die er dann auf dem Sattel seines Pferdes mitgenommen hatte, das letzte Band, das ihn noch mit seinem ersten Leben verknüpfte. Nicht weniger hastig hatte er die Leinwand auf den Rahmen genagelt und sie mit einer wenig akademischen Grundierung versehen, einer Mischung aus Gelb und einem Blaurot, dessen Geheimnis nur er kannte und das beinahe purpurn wirkte. Es waren die Experimente eines Besessenen auf der Suche nach einer unbekannten Farbe, die dieselbe Skala wie die Haut haben sollte, aber in kalten Tönen, um dem warmen Honig dieser Haut zu schmeicheln.
Das Geräusch eines fallenden Gegenstands ließ ihn zusammenzucken. Das geflochtene Goldband, mit dem er die Stirn der Unbekannten geschmückt hatte — wie sollte er sie eigentlich nennen? — war aus ihren schwarzen Haaren geglitten und zu Boden gefallen. Matthias verließ seinen Stuhl, um es aufzuheben, und beugte sich über das Gesicht der Schlafenden. Ihr halboffener Mund gab im Kerzenlicht den Blick auf zwei makellose Zahnreihen frei.

Es klopfte. Er eilte zur Tür, um weiteren Lärm zu verhindern. Es war Sandor, der ihn fragen wollte, ob er nicht zum Essen käme. Der Blick des Knaben glitt durch die halbgeöffnete Tür ins Zimmer und fiel auf die Unbekannte. Er wurde aschfahl. Er stieß den verwirrten Matthias zur Seite und beugte sich lange über das junge Mädchen. Dann verließ er hastig das Zimmer, gefolgt von Matthias. Sandor hatte die erste Treppenstufe erreicht, als er plötzlich wie versteinert stehenblieb. Er drehte sich um, und es war, als wenn die Worte aus seinen Augen stürzten. Er weinte.
»Das ist Ilona!« schluchzte er. »Aber das ist nicht möglich!«
Bewegt schloß Matthias ihn in die Arme.
»Habe ich den Verstand verloren?« fragte Sandor und trocknete seine Tränen. »Es ist unmöglich, daß das nicht Ilona ist, und gleichzeitig ist es unmöglich, daß sie es ist! Ich habe selbst die erste Schaufel Erde auf ihren Sarg geworfen! Sag mir, wer ist das?«
»Es ist nicht Ilona«, antwortete Matthias, der ganz erschöpft war von soviel neuem Leiden, das zur Verzweiflung der letzten Tage jetzt noch hinzukam. »Ich habe Ilona geliebt, deswegen habe ich ein Mädchen genommen, das ihr ähnlich sieht.«
»Sie ist auch Zigeunerin«, sagte Sandor. »Das ist unübersehbar.«
»Ich weiß es nicht«, log Matthias.
»Ich will wissen, aus welcher Sippe sie ist.«
»Wir werden sehen«, sagte Matthias am Ende seiner Kräfte.
Zanotti erwartete sie am Fuß der Treppe. Er hatte alles verstanden. Er warf einen hoffnungslosen Blick auf Matthias. Die Situation war verfänglich. Bisher hatte Matthias nur Frauen ohne Familie geschaffen. Ilona hatte eine, und es war ihr Bruder, in den Zanotti verliebt war.
Gleich nach dem Abendessen nahm Matthias seinen Kaffee mit nach oben, holte Decken aus seinem Zimmer und beschloß, auf dem Boden zu schlafen, bis Ilona wach würde.
Die Müdigkeit ließ ihn rasch in einen bleiernen Schlaf sinken. Ein Kribbeln an der Nase weckte ihn auf. Die Fransen ihres Schals hatten sein Gesicht gestreift. Sie stand über ihn gebeugt und betrachtete ihn wie den Kadaver eines unbekannten Tiers. Sein Lächeln beantwortete sie nicht.
»Ich habe Hunger, und ich friere«, sagte sie lieblos.
Tatsächlich erreichte die Kälte der Morgendämmerung allmählich

das Atelier. Die Kerzen waren heruntergebrannt, und der Ofen war beinahe kalt. Matthias selbst war vor Kälte erstarrt. Hastig stand er auf und holte den dicksten Morgenrock und die wärmsten Pantoffeln, die er besaß. Sie zog den Morgenrock über ihren Schal, und Matthias empfand eine leichte Enttäuschung.
»Ich werde Frühstück machen«, sagte er.
Sie hatte sich auf dem Sofa zusammengerollt und betrachtete ihr Porträt, das in der Morgendämmerung noch kaum zu erkennen war. Aliz war gerade erst aufgestanden und war damit beschäftigt, den Ofen anzuheizen.
»Sie sind früh dran«, sagte sie in beinahe vorwurfsvollem Ton. Er wärmte sich am Kamin und verspürte das Bedürfnis nach einem heißen Bad. Unruhig fragte er sich plötzlich, ob es ein Zufall war, daß Sandor zurückgekommen war, als er gerade sein Porträt zum Leben erwecken wollte. Vielleicht hatte das Bild ihn ja auf geheimnisvolle Weise zurückgerufen, vielleicht war der zurückgekommene Sandor auch ein Phantom, und der wirkliche war tot.
»Richten Sie mir ein Tablett mit Kaffee, Schinkenbroten und eingemachten Früchten.«
»Ich bringe es Ihnen rauf«, sagte sie auf deutsch.
»Das ist nicht nötig. Ich nehme es mit«, antwortete er auf magyarisch.
Er spürte ihren erstaunten Blick in seinem Nacken. Es war das erste Mal, daß er magyarisch mit ihr sprach, das er heimlich gelernt hatte.
»Der Zigeuner ist ein guter Lehrer«, bemerkte sie, während sie den gemahlenen Kaffee mit kochendem Wasser aufgoß, bevor sie ihn durch einen irdenen Filter schüttete.
»Sie meinen Herrn Sandor«, berichtigte er, weil es ihn ärgerte, daß sie ihn »den Zigeuner« nannte.
»So heißt er also, der Zigeuner«, sagte sie starrköpfig und machte sich weiter an dem Tablett zu schaffen.
So war die Dienerschaft also während Sandors erstem Aufenthalt im Haus Szechenyi mißtrauisch gegen ihn gewesen. Unter dem fragenden Blick von Aliz nahm er das Tablett und stieg vorsichtig die Treppe hinauf.
Sie hatte sich nicht von der Stelle gerührt, aber ihr Blick war jetzt durchs Fenster gerichtet, auf die Dächer auf der anderen Seite der

Straße des Glücks. Er lächelte, und sie blickte ihn ebenso nachdenklich an wie vorhin. Er stellte das Tablett auf den Sofatisch, schenkte Kaffee ein, gab Zucker dazu und reichte ihr eine Tasse. Sie trank einen Schluck und schien den Geschmack von Kaffee zu entdecken.
»Kaffee ...« murmelte sie.
»Lächeln Sie nie?« fragte er, verärgert über ihre anhaltende Verdrießlichkeit.
»Warum sollte ich lächeln, wenn ich frierend in einem fremden Haus aufwache, in dem ich gefangen bin?« fragte sie und legte mit den Fingerspitzen eine Scheibe geräucherten Schinken auf ein Stück Brot.
»Gefangen?« rief er aus. »Aber ich bin doch Ihr Gefangener! Ich stehe ganz zu Ihrer Verfügung!«
Ebensogut hätte er Wein auf Marmor schütten können.
»Halten Sie mich für dumm?« fragte sie kalt. »Ich bin hier nur, weil es Ihnen Vergnügen macht, und ich werde nur verschwinden, weil Sie es so wollen. Würden Sie mich etwa die Schwelle überschreiten und für immer Ihren Blicken entschwinden lassen?«
»Warum wollen Sie denn schon gehen, wo Sie mich doch noch gar nicht kennen? Sind Sie gar nicht neugierig auf den, den Sie Ihren Gefängniswärter nennen?« fragte er fassungslos und von Schwindel ergriffen vor dem Abgrund, der sich zwischen seinen verliebten Träumereien vom Vortag und den scharfen Antworten auftat, die Ilona ihm erteilte.
Sie schenkte sich eine zweite Tasse Kaffee ein und streckte ein Bein aus; er verbot sich, die schöngeschwungene Kurve zu betrachten, die vom Fußgelenk zu den Zehen führte. Ihre Härte stimmte ihn traurig und drohte, ihn in rabenschwarze Verzweiflung zu stürzen.
»Sie zwingen mich zur Zweisamkeit und hoffen dabei zweifellos, daß ich vor Liebe zerfließe«, versetzte sie. »Und wenn ich einen anderen liebte?«
»Einen anderen? So lieben Sie ihn doch! Ich zwinge Sie zu gar nichts! Der Teufel soll Sie holen!« rief er und verließ das Zimmer.
Bevor er zu Bett ging, nahm er ein Bad, denn er spürte plötzlich, wie sehr ihn die Anstrengungen der letzten Tage erschöpft hatten. Von einer fiebrigen Unzufriedenheit ergriffen, bewegte er sich in der Badewanne so stark, daß er die Hälfte des Wassers verschüttete. Er rasierte sich ungeschickt, so sehr zitterten seine Hände.

Strahlend betrat Zanotti das Badezimmer, aber als er Matthias' Blick auffing, verfinsterte sich sein Gesicht.
»Es geht nicht«, stellte er fest.
»Nein, es geht nicht. Sie ist ein undankbares Geschöpf und kann mich nicht leiden, weil sie mich für ihren Gefängniswärter hält.«
»Aha«, sagte Zanotti. »Nun denn, gib ihr ihre Freiheit und laß sie zum Teufel gehen. Wenn ich so sagen darf.«
»Genau das habe ich vor. Laß eine Schneiderin kommen, daß wir ihr Kleider beschaffen, und dann setzen wir sie vor die Tür.«
»Und darüber kann sie noch froh sein«, murmelte Zanotti im Hinausgehen.
»Ich wünsche sie nicht mehr zu sehen. Gib ihr Geld, wenn sie angezogen ist, aber nicht zuviel, und bitte sie, diesen Ort zu verlassen. In der Zwischenzeit soll sie ihre Mahlzeit im Atelier einnehmen.«
Matthias schlief bis zum Abend, ließ sich das Essen aufs Zimmer bringen und schlief dann weiter. Zuvor las er noch die ersten Seiten der *Leiden des jungen Werther*, über die er innerlich hohnlachen mußte. Dieser Schwachkopf von Werther röhrte wie ein Hirsch, ohne die Natur des Gefühls zu kennen, das er mitteilen wollte. Beim Einschlafen nahm Matthias sich vor, am nächsten Tag an den Autor zu schreiben.
Am nächsten Morgen verschob er dieses Vorhaben jedoch auf später und mietete lieber ein Boot für eine Spazierfahrt auf der Donau. Er spielte mit verschiedenen Plänen, die er jedoch in Gedanken allesamt unvollendet ließ. Er würde nur noch ins Bordell gehen und eine glänzende Karriere als Maler machen. Oder würde Gedichte voller Sarkasmen verfassen. Oder er würde sich auch einen jungen Zigeuner suchen und ihn dafür bezahlen, daß er mit ihm zusammenlebte. Diese ohnmächtigen Träumereien ermüdeten ihn. Träge ließ er seinen Blick über die vorbeiziehende Landschaft schweifen und machte dann kehrt, um in Pest zu Mittag zu essen. Im Gasthof von Ujpesti Rakpart, in dem er schließlich landete, hielt sich eine Anzahl Türken auf, die ihn beeindruckten. Er fragte sich, ob ein Schnurrbart ihm wohl stehen würde. Auf dem Rückweg ging er über den Blumenmarkt und gab ein halbes Vermögen für einen riesigen Strauß Tulpen aus. Er beauftragte einen Gassenjungen, sie zu ihm nach Hause zu bringen.
Bei seiner Rückkehr saß Ilona unten im Salon. Er verbeugte sich

steif und nahm eine deutsche Porzellanvase vom Tisch, um sie mit Wasser zu füllen. Als er zurückkam, begann er, die Blumen zu ordnen, und entwarf dabei im Geist ein Bild, auf dem nichts als Blumen zu sehen sein sollten.
»Hat man Ihnen Geld gegeben?« fragte er Ilona schroff.
»In der Tat, das hat man.«
»Da Sie jetzt Geld und Kleider haben, steht der Freiheit, die Ihnen so sehr fehlte, nichts mehr im Wege, und ich wäre froh, wenn Sie so bald wie möglich Gebrauch davon machen wollten.«
»Die Freiheit zu bleiben habe ich also nicht.«
»Man kann nicht das Omelett und die Eier gleichzeitig haben«, erwiderte er mit einem gezwungenen Lächeln, »und ich bin es nicht gewohnt, mein Dach mit Leuten zu teilen, die sich darunter gefangen fühlen.«
»Wo sollte ich denn hingehen?«
»Mieten Sie sich ein Zimmer, was weiß ich!« sagte er und trat zurück, um die Wirkung der Tulpen zu begutachten, zwischen die er noch Zweige von einem Nußbaum gesteckt hatte, der neben der Kirche wuchs.
»So sind sie nun, die feinen Herren!« sagte sie in beißendem Ton. »Zuerst sterben sie vor Liebe zu einem, und wenn man dann ihr Mißfallen erregt, jagen sie einen davon wie einen unehrlichen Dienstboten!«
»Ich sterbe keineswegs vor Liebe, und ich gebe Ihnen Ihre Freiheit, wie Sie es verlangt haben. Es gehört schon einiges an Unbeständigkeit dazu, wenn Sie sie jetzt zurückweisen!«
»Ihnen steht es gerade zu, von Unbeständigkeit zu sprechen!«
»Was soll ich denn tun? Soll ich etwa greinen vor Trauer wie ein brünstiger Kater?«
»Sie sind ja gar nicht traurig, Sie sind verärgert!« sagte sie.
»Verwechseln Sie nicht Ärger mit gesundem Menschenverstand. Der letztere rät mir dazu, meine Niederlage einzugestehen und Ihnen zu geben, wonach sie noch vor kurzem mit so wenig Anmut verlangt haben.«
»Der gesunde Menschenverstand scheint Sie bisher in dieser Sache nicht gerade verfolgt zu haben. Ich bewundere die widernatürliche Verbindung, die Sie zwischen ihm und der Leidenschaft gestiftet haben.«

»Was sollte ich Ihrer Meinung nach tun?«
»Aufhören zu glauben, Sie würden kostbare Beute machen, während Sie in Wirklichkeit auf Kanarienvögel im Käfig schießen.«
Der Vergleich kränkte ihn.
»Und dann?«
»Versuchen, mich zu verführen.«
»Noch einmal?«
Sie brach in Lachen aus.
»Das erste Mal haben Sie ungefähr soviel Zeit darauf verwendet, wie man braucht, um ein Ei zu kochen. Geben Sie zu, daß es kurz war!«
Machte sie sich über ihn lustig? Er wagte es, sie erneut als ein Objekt seines Begehrens zu betrachten.
»Ich gebe es zu«, sagte er etwas besänftigt.
»Aber glauben Sie nur nicht, daß doppelt so lange irgendeine Garantie bedeutet.«
»Soviel Getue macht mich jedenfalls geneigt zu glauben, daß meine Bemühungen Ihnen unangenehm sind«, sagte er schroff.
Sie antwortete ihm nur mit einem Ausdruck ruhiger Herausforderung. Dann wendete sie den Kopf ab und erklärte: »Ich finde dieses Gespräch so unerfreulich, daß ich tatsächlich dieses Haus lieber verlassen sollte.«
»Und warum finden Sie es unerfreulich?«
»Ja, sehen Sie das denn nicht?« schrie sie. »Sehen Sie denn nicht, daß Sie mich zu einer Ware machen?«
»Nun denn, Sie sind frei! Als ich Sie in diesem Zimmer antraf, habe ich mich gefragt, was Sie wohl noch hier zurückhält«, sagte er kalt, der Frage Nachdruck verleihend, indem er sie fest ansah.
Sie knetete ihre Hände und blickte unruhig im Zimmer umher.
»Die Angst«, murmelte sie.
»Die Angst!«
»Sie haben Macht über mich, nicht wahr?«
Er sagte nichts, was so gut war, als ob er ja gesagt hätte.
»Ich weiß nicht, was für eine Macht das ist, aber ich spüre, daß sie schrecklich ist«, fuhr sie fort. »Sie ist mit dem Porträt von mir da oben verbunden, nicht wahr? In diesem Haus gehen merkwürdige Dinge vor. Ich habe auf dem Gang einen jungen Mann getroffen, der mich angestarrt hat. Aber es ist nicht sein Blick, der mich er-

schreckt hat, sondern das Gefühl, daß ich ihn in gewisser Weise kenne.«
»Sie ist ihrem Modell zu ähnlich«, dachte er, »und das ist sehr erhellend. Die wirkliche Ilona hätte sich bestimmt genauso verhalten.«
»Nun gut, zum Abendessen können Sie bleiben. Dann werden wir weitersehen«, sagte er und bemühte sich, einen höflichen Eindruck zu machen.
»Wo soll ich schlafen?«
»Aber ... hier.«
»In welchem Zimmer?«
»Ich werde Ihnen ein unbenutztes Zimmer im zweiten Stock herrichten lassen, das gut geheizt sein wird und zu dem ich Ihnen den Schlüssel geben werde«, sagte er und verließ den Salon.
Das Abendessen fiel aus dem Rahmen. Eine sehr lange Zeit sprach keiner ein Wort. Sandor wandte seine Augen nicht von Ilona ab, die ihn gleichfalls verstohlen beobachtete. Gyula, der sich sonst nach dem Auftragen in die Küche zurückzuziehen pflegte, blieb in einer Ecke des Zimmers stehen und starrte ebenfalls die zweite Ilona an. Es war Zanotti, der es schließlich nicht mehr aushielt und das Schweigen brach.
»Ist das eine Scharade, ein Gelübde oder eine Totenwache?« fragte er und brachte Matthias damit zum Lachen. »Gyula, schenken Sie bitte Wein nach, anstatt wie ein Schlafwandler in der Ecke zu stehen!«
»Ich möchte wissen ...« begann Sandor. Dann wendete er sich an Ilona und fragte sie auf magyarisch, ob sie diese Sprache spreche. Sie schlug die Augen nieder.
»Ich habe das Gefühl, daß ich Sie kenne«, sagte sie schließlich seufzend.
»Wenn Sie mich verstanden haben, beweist das zur Genüge, daß Sie mich kennen!« rief Sandor.
»Das ist sehr anstrengend für mich ... Verzeihen Sie mir«, antwortete sie.
»Haben Sie ein Porträt gemalt von ...« fragte sie Matthias und zeigte dabei auf Sandor.
»Von Sandor«, ergänzte Matthias. »Ja, das habe ich.«
»Haben Sie alle, die hier anwesend sind, gemalt?« erkundigte sie sich ängstlich.

Matthias lächelte.
»Zanotti habe ich auch gemalt, in der Tat. Aber Gyula nicht. Ach übrigens, Gyula, ich möchte, daß Sie demnächst einmal für mich Modell stehen.«
»Ich? ... Ja, Herr Graf!« antwortete Gyula, als ob ihn das erschreckte.
Sie gingen in den Salon hinüber, wo Zanotti und Sandor sich ans Schachbrett setzten, wie sie das abends meist taten, währen Matthias las oder schrieb. Sie begannen auch ihr Spiel, aber während Ilona vor dem Kamin vor sich hin döste und Matthias sich bemühte, das Buch von Goethe weiterzulesen, das er am Vorabend begonnen hatte, stand Sandor plötzlich auf und verließ den Salon. Kurz darauf kam er mit seiner Geige wieder, die er unverzüglich, schon an der Tür, an die Schulter setzte. Spielend machte er ein paar Schritte, bis er vor Ilona stand. Sie hob den Kopf und runzelte die Stirn. Sandor spielte mit solcher Kraft, daß eine Saite riß und er das Stück auf den drei übrigen zu Ende bringen mußte. Dann blieb er mit fragend nach vorn geneigtem Kopf vor ihr stehen.
»Kommt Ihnen dieses Stück nicht bekannt vor?« fragte er mit rauher Stimme.
»Es scheint mir so ...« antwortete sie.
»Dieses Stück wird im ganzen Königreich gespielt, Sandor, wie sollte sie es nicht kennen?« sagte Zanotti. »Ich verstehe nicht, warum du dich so aufregst. Komm, setz dich wieder oder trink ein Glas Wein!«
Sandor schenkte sich auch wirklich ein Glas Wein ein und setzte sich wieder. Ilona folgte mit den Augen jeder seiner Bewegungen.
»Ich fange an, gut zu werden«, wiederholte sich Matthias. »Meine Porträts beginnen den Modellen gefährlich zu gleichen. Ich muß ein Auge darauf haben.«
Die Tage verstrichen. Alle legten ein unentschlossenes und falsches Verhalten an den Tag. Endlos analysierte Matthias Ilonas Bewegungen und Worte. Bald glaubte er Anzeichen dafür zu entdecken, daß sie endlich zahm wurde, bald waren es Beweise für eine unheilbare Gleichgültigkeit, wenn nicht für Herzenskälte. Sandor blickte sehr oft starr und ärgerlich vor sich hin. Zanotti setzte die Komödie fort, die er an dem Abend zu spielen begonnen hatte, an dem Sandor Ilonas Erinnerung mit der Geige auf die Probe hatte stellen wollen.

Ilona verharrte in ihrer nachdenklichen Stimmung. Ihr Gesicht glättete sich nur, wenn sie auf der Donau spazieren fuhren, was ihr uneingeschränkte Freude zu bereiten schien.
Matthias hatte kein vertrauliches Gespräch mehr mit ihr gehabt; er unterhielt sie nur mit Musik, mit Gedichten und mit der Geschichte ihres Landes und gab allmählich die Hoffnung auf, von ihr zu bekommen, was er so sehnlich begehrt hatte. Er verwünschte die Heftigkeit, mit der er den Reizen der ersten Ilona, der wirklichen, erlegen war. Manchmal fragte er sich, ob es Weisheit war, wenn er auf das Unerreichbare verzichtete, oder nur ein Beweis seiner Unbeständigkeit.
Bei einem Antiquar hatte er eine deutsche Übersetzung von Shakespeares *Romeo und Julia* gefunden, und eines Abends beschloß er, Ilona das Stück vorzulesen. Nachdem sie die ersten Zeilen vernommen hatten, verließen Zanotti und Sandor ihr Schachbrett und schlossen sich den anderen an.
Von St. Matthias herüber hatte es schon lange Mitternacht geschlagen, als Matthias die letzten Worte las.
Die Zuhörer erwachten aus ihrer Erstarrung.
Sandor sagte begeisterte Worte.
Zanotti fragte, ob Matthias ihnen nicht an den nächsten Abenden die anderen Stücke Shakespeares vorlesen wolle.
Ilona wollte wissen, ob es eine wahre Geschichte gewesen sei. Keiner war müde, und alle wollten über das Stück sprechen. Da die Bediensteten schon schliefen, beschloß Zanotti, einen kleinen Imbiß zuzubereiten. Als er hinausging, vernahm Matthias in der Eingangshalle die Bruchstücke eines Gesprächs. Er wunderte sich und ging nachsehen, mit was für einem rätselhaften Gast Zanotti sich dort unterhielt. Es war Gyula, der das ganze Stück im Dunkeln mit angehört hatte. Matthias mußte lächeln.
»Hat es Ihnen gefallen?«
»Unaussprechlich«, murmelte Gyula.
»Nun denn, da wir als Zuhörer vor Shakespeare alle gleich sind, schließen Sie sich unserem Imbiß an, aber helfen Sie zuerst Zanotti, ihn zuzubereiten.«
Sie aßen mit Heißhunger, und die gute Laune, die das Haus Szechenyi schon seit Tagen verlassen hatte, schien wiederzukehren. »Was aber ist für Sie die Moral von der Geschichte?« wollte Zanotti von Gyula wissen.

»Daß Liebende immer Gefangene sind.«
»Und von wem?« fragte Sandor.
»Von der Gesellschaft«, antwortete Gyula. »Weder Männer noch Frauen sind frei, wenn sie lieben. Und warum mischt sich die Gesellschaft beständig in die Gefühle eines Liebespaars? Im Namen einer Fahne!«
Langsam schnitt Matthias eine Scheibe von der Pastete ab.
»Das ist es also, was Sie denken, Gyula?« fragte er ernst.
»Ja, Herr Graf.«
»Sie haben zweifellos recht.«
Der Sommer kam mit seinem Licht und seinen Tänzen.
Die Sonnenstrahlen erreichten die Schnitzereien an den Fenstern auf der gegenüberliegenden Straßenseite. Es gab Pfirsiche und Kirschen zum Nachtisch. Die Straßen von Pest waren noch spät in der Nacht voller Menschen, und man konnte die Türken mit ihren roten Mützen singen hören. In den Kneipen erklangen die Geigen der Zigeuner. Die blühenden Apfelbäume ließen rosa Schnee auf die Parks von Buda fallen, und die Mädchen und die Knaben erblühten in Schönheit. Die Donau bevölkerte sich mit Booten, aus denen Serenaden über die Wellen klangen.
Zwischen Matthias und Ilona entstand eine melancholische Freundschaft. Wenn er ihr den Arm reichte, um ihr aus dem Boot zu helfen, merkte er, daß sie ihn kaum wahrnehmbar drückte. Wenn er sie ansah, wandte sie die Augen ab.
Zanotti wirkte besorgt.
Eines Nachts wurde Matthias von einem unbestimmten Gefühl der Angst geweckt. Es schien ihm, als wenn er undeutliche Geräusche hörte. Nachdem er lange vergeblich gelauscht hatte, ortete er diese Geräusche im oberen Stockwerk, wo Ilona ihr Zimmer hatte. Etwas schien über den Fußboden zu streifen, aber ab und zu war auch Gemurmel zu hören. Mit klopfendem Herzen versuchte Matthias, etwas zu verstehen, aber es gelang ihm nicht. Mit wem konnte Ilona sprechen? Der erste, der ihm einfiel, war Sandor. Bestimmt versuchte der Zigeuner, ihr ihre Erinnerungen zu entlocken. Er verließ sein Bett und stieg vorsichtig die Treppe hinauf, einerseits voll zorniger Ungeduld, andererseits im Zweifel, was er tun sollte. Einfach in Ilonas Zimmer zu treten erschien ihm indiskret. So entschied er sich für eine unwürdige Lösung, die aber sowohl seine Eigenliebe

als auch seine Neugier befriedigen würde; sie bestand darin, auf den Balkon zu treten, dessen äußerstes Ende bis vor Ilonas Zimmer reichte. Die Nacht war schwarz; er würde nicht zu sehen sein.

Die Vorhänge waren offen, und Ilona war tatsächlich wach. Eine Kerze erfüllte das Zimmer mit gelblichem Licht.

Er sah einen nackten Rücken, den Rücken eines Mannes, der auf Ilonas Bett kniete und langsame Bewegungen ausführte, unterbrochen von kurzen Stößen aus der Hüfte. Es war Gyulas Rücken. Um seinen Nacken schlangen sich die Hände einer Frau, deren Körper durch Gyula verdeckt wurde. Die Stellung ihrer Beine erlaubte keinen Zweifel an dem, was da vor sich ging. Und die rosige Farbe der Ferse, die neben dem Rücken in die Luft ragte, schloß jeden Irrtum über die Identität ihrer Besitzerin aus.

12.

Beerdigungsfeierlichkeiten

Wie lange mochte das Verhältnis schon bestehen? fragte sich Matthias, als er seine Fassung wiedergewonnen hatte. Das Paar im Zimmer hatte sich voneinander gelöst und tauschte nun nicht enden wollende Zärtlichkeiten aus, bevor Gyula aufstand, um sich anzuziehen.

Als Matthias wieder in seinem Zimmer war, war seine erste Regung zornige Eifersucht. Dann gewann die Verblüffung die Oberhand. Warum hatte sie Gyula ihm vorgezogen? Er war zweifellos jünger und sah gut aus, aber Matthias war auch nicht häßlich. Er war Gyula an Geist, Rang und Vermögen überlegen, aber vor allem hatte er Ilona viel größere Beweise seiner Leidenschaft gegeben, als es Gyula je getan haben konnte.

Matthias beobachtete, wie die Morgendämmerung heraufzog, ohne sich im geringsten müde zu fühlen. Er war nur bedrückt. Er beschloß, so zu tun, als wenn er von nichts wüßte, und sei es auch nur für den kommenden Tag. Er nahm ein heißes Bad und massierte sein Gesicht, um die Blässe zu vertreiben, die die widerstreitenden Gefühle und eine schlaflose Nacht darauf hinterlassen hatten.

Beim Frühstück, das die vier Bewohner des Hauses Szechenyi zusammen einnahmen, benahm er sich Ilona gegenüber vollendet höflich und freundlich, ja, er machte ihr sogar ein Kompliment über ihr indisches Kleid mit Blumenmuster und Spitzen. Er beobachtete sie verstohlen und begriff plötzlich, warum sie seit dem Frühling einen entspannteren Eindruck machte als zuvor, was er bisher dem wachsenden Vertrauen zwischen ihnen und dem schönen Wetter zugeschrieben hatte. Das Verhältnis zwischen ihr und Gyula mußte Ende April begonnen haben. Inzwischen war der Juni schon fast vorbei. Seit zwei vollen Monaten schon gab sich die ideale Frau, die er geschaffen hatte, einem Dienstboten hin.

Die Vorbereitungsarbeiten für ein Gruppenporträt der Familie Damjanich verschafften ihm einige Tage lang die Zerstreuung, die er nötig hatte, um seine innere Unruhe zu überwinden.
Mehr als einmal ertappte er sich dabei, wie er sein eigenes Talent bewunderte. Die Haltung seiner Figuren wirkte inzwischen beinahe aufdringlich vor Genauigkeit. Die Hand der Baronin Damjanich, lässig auf der Schulter ihrer kleinen Tochter ruhend, die Haltung des älteren der beiden Söhne, der träumerisch am Sessel seines Vaters lehnte, all das machte sich wie von selbst. Baron Damjanich machte ihm zahlreiche umständliche Komplimente über die Fortschritte des Bildes, das seine Gattin mit unverhohlenem Stolz erfüllte.
Sein Schlaf war unregelmäßig geworden. Jede Nacht um halb zwölf nahm er seinen Posten ein, denn um diese Zeit pflegte Gyula seine Geliebte zu besuchen. Er kam über die zweite Treppe, die von der Straße bis zum Dach hinaufführte, und blieb ungefähr zwei Stunden bei Ilona. Matthias beobachtete ihre Liebesspiele in allen Einzelheiten, bis der Lauf des Mondes ihn schließlich zwang, auf seinen Spähposten zu verzichten. Jetzt kannte er alle die frühreifen und perversen Zärtlichkeiten, die Ilona und Gyula austauschten, und lächelte bitter über ihre Gier.
»Da finde ich mich nun in der Haut Sir Alfreds wieder«, dachte er.
Zum allgemeinen Entzücken hatte er die Shakespeare-Lesungen wiederaufgenommen. Nach dem *Sommernachtstraum* hatte er sich jetzt an *Othello* gemacht. Gyula durfte zuhören und auch den anschließenden Imbiß mit den anderen teilen.
»Dank Shakespeare werden Sie nach und nach zu einem Familienmitglied«, sagte Matthias eines Abends mit kaum wahrnehmbarer Ironie zu ihm, dem unruhigen Blick ausweichend, den der junge Mann ihm zuwarf.
Das Eifersuchtsdrama erschütterte die Zuhörer, und wie Matthias vorhergesehen hatte, wechselten Gyula und Ilona mehrfach verstohlene Blicke.
»Das ist ja eine schreckliche Geschichte!« rief Sandor mit einer Heftigkeit, die Matthias überraschte. »Desdemona ist doch unschuldig! Und selbst wenn ...« Aber er ließ seinen Satz unvollendet und schenkte sich mit verdrießlicher Miene ein Glas Milch ein.
»Und selbst wenn?« fragte Matthias.

»Selbst wenn sie einen anderen lieben würde, wäre das etwa ein Grund, sie zu töten?« sagte Sandor gezwungen.
Mit gespielter Heiterkeit betrachtete Matthias sein Publikum. Ilona schlug mit geheuchelter Gleichgültigkeit die Augen nieder. Gyula sah mehr denn je wie eine angriffsbereite Katze aus. Zanotti schien ein zynisches Grinsen zu unterdrücken.
Als sie sich zurückgezogen hatten, erschien Zanotti mit einer Karaffe und zwei Gläsern in der Hand in Matthias' Zimmer. Sein Blick sprach Bände. Er füllte ein Glas, reichte es Matthias, schenkte sich selber ein, setzte sich und sah Matthias ernst ins Gesicht.
»Ich habe den Eindruck«, sagte er, »daß ich die Bedeutung gewisser Anspielungen heute abend nicht ganz richtig verstanden habe.«
»Da hast du ja Glück gehabt«, erwiderte Matthias finster.
»Dann habe ich wohl richtig gesehen. Ich glaube übrigens, daß auch dir ein paar Einzelheiten entgangen sind. Ich schlage vor, wir klären das gemeinsam. Zunächst einmal: Was hat es mit Ilona auf sich?«
»Sie liebt mich nicht, ist das nicht klar?«
»Ich hatte geglaubt...« stotterte Zanotti. »Aber wenn das so ist, warum ist sie dann nicht gegangen?«
»Sie ist nicht gegangen, weil ich ihr Zeit gelassen habe, sich die Sache zu überlegen. Ihr Schamgefühl, hat sie mir zu verstehen gegeben, verbietet es ihr, sich als meine Beute zu betrachten. Inzwischen bleibt sie aber aus anderen Gründen.«
Zanotti war wie vor den Kopf geschlagen.
»Aber dann«, rief er aus, »mußt du ja schrecklich leiden!«
»Allerdings«, antwortete Matthias lächelnd.
»Und sie, warum bleibt sie dann?«
Matthias zog die Uhr aus seiner Westentasche, die er früher einmal in Paris gekauft hatte.
»In einer halben Stunde«, sagte er, »wird Gyula sie in ihrem Zimmer aufsuchen, und sie werden sich zwei Stündchen lang miteinander vergnügen.«
»Was?« schrie Zanotti. »Bist du sicher?«
»Ich habe sie mehrmals heimlich vom Balkon aus beobachtet.«
Zanotti schlug sich bekümmert vor die Stirn.
»Warum hast du mir nichts davon erzählt? Und warum läßt du dir das gefallen?« fragte er.

»Ich wollte dich nicht unnötig belasten. Hättest du vielleicht gewußt, was ich tun soll? Ich lasse mir das aus reiner Neugier gefallen.«

»Aus Neugier?«

»Ich möchte wissen, welche Art von Begehren ich für Ilona empfinde. Ich würde Ilona auch gerne endlich verstehen. Mein Begehren ist nicht sehr stark, aber wenn sie Gyula meinetwegen verließe, würde ich sie nicht zurückweisen. Es ist wirklich Liebe, wenn dieses Wort überhaupt einen Sinn hat. Ihr Mangel an Leidenschaft ist rätselhaft, wenn ich das sagen kann, ohne allzu selbstgefällig zu wirken.«

Er trank einen Schluck Branntwein und fragte:

»Der *Othello* war doch unterhaltsam, findest du nicht?«

»Jetzt wirst du bitter«, antwortete Zanotti. »Er war schauderhaft. Was du nicht weißt, ist, daß Sandor dich für Ilonas Liebhaber hält und fest davon überzeugt ist, daß sie seine Schwester ist, die du mit magischen Kräften ins Leben zurückgerufen hast. Denn er glaubt an schwarze Magie. Andererseits vermutet er irgendein geheimes Einverständnis zwischen Gyula und Ilona und glaubt jetzt, daß in den Worten Othellos eine versteckte Drohung enthalten war und daß du der, die er für seine Schwester hält, nach dem Leben trachtest.«

Zanotti zündete sich eine Zigarre an und fragte:

»Was willst du jetzt tun?«

»Ich weiß es nicht«, sagte Matthias und nahm sich ebenfalls eine Zigarre. »Unsere Probleme sind in gewisser Weise göttlich, weil wir die Macht über Leben und Tod dieser drei Personen haben. Ich beneide weder den Mann in Grau noch den Anderen um seine Aufgabe. Ich wäre von Natur aus geneigt, Ilona und Gyula einfach fortzuschicken, damit sie woanders leben können und ihre Liebe nicht zu verheimlichen brauchen.«

Zanotti erwog diesen Vorschlag und fand, daß das wahrscheinlich das beste sei.

»Aber dann wirst du noch mehr zu leiden haben«, sagte er in halb fragendem Ton.

Matthias zuckte mit den Schultern.

»Schließlich war es kein Geschenk, was der Mann in Grau mir gemacht hat«, murmelte er.

Zanotti stimmte ihm zu.
Nach dem Frühstück bat Matthias Gyula, der sie bedient hatte, sich zu ihnen an den Tisch zu setzen.
»Sie werden nicht mehr länger für uns arbeiten«, sagte er ruhig. »Ich will, daß Sie Ihre Sachen packen und Ilona mitnehmen, die seit drei Monaten Ihre Geliebte ist.«
Ilona stieß einen erstickten Schrei aus.
»Ich glaube«, fuhr Matthias fort, »daß das für alle Beteiligten die würdigste Lösung ist, vor allem für Sie. Es muß demütigend für Sie sein, sich heimlich zu lieben, als wenn Sie nicht frei wären. Vor einigen Monaten habe ich Ilona Geld gegeben, damit sie fortgehen kann. Ich werde Ihnen die gleiche Summe geben, Gyula. Ich will, daß Sie noch vor dem Mittagessen verschwunden sind.«
Jetzt war es Sandor, der einen schmerzlichen Schrei ausstieß und sich auf die Finger biß.
»Warte, Gyula!« rief Ilona. »Der Herr Graf hat uns unsere Freiheit und unsere Würde zurückgegeben, und das ist sehr freundlich von ihm. Nur, daß er uns damit etwas gegeben hat, was wir ohnehin schon besaßen.«
Überrascht hörte Matthias zu.
»Ilona!« rief Sandor.
»Ilona!« sagte Gyula mit schwacher Stimme.
»Und der Herr Graf gibt uns Geld, damit wir hier noch vor Mittag das Feld räumen. Er hatte sich Unterhaltung von uns versprochen, aber jetzt möchte er uns so schnell wie möglich zu seinen schlechten Erinnerungen rechnen können.«
Matthias war sehr blaß geworden und sagte nichts.
»Sie schicken mich fort, Herr Graf, wie Sie Gyula fortschicken, weil ich es nicht nur abgelehnt habe, Ihre Geliebte zu sein, sondern mich auch noch erdreistet habe, einen Dienstboten zum Liebhaber zu nehmen, nicht wahr? Vor drei Monaten haben Sie es entdeckt. Und ich, Herr Graf, glauben Sie vielleicht, ich wüßte nicht, daß Sie auf dem Balkon gestanden haben, während Gyula und ich uns liebten? Ich will Ihnen nicht verschweigen, wie dankbar ich Ihnen dafür bin. Zu wissen, daß Sie dort keuchend in der Nacht standen, hat mein Vergnügen außerordentlich erhöht!«
Entsetzt starrte Gyula sie an.
»Ilona!« schrie Sandor und stürzte sich auf sie.

»Halt ihn fest!« sagte Matthias zu Zanotti, der aber gar nicht erst auf die Aufforderung gewartet hatte.
Von trockenem Schluchzen geschüttelt, setzte Sandor sich wieder hin, während Ilona fortfuhr:
»Sie haben sich sicher gefragt, Herr Graf, aus welchem Grund ich Gyula den Vorzug gegeben habe. Ich habe ihm aber gar nicht den Vorzug gegeben; er war nur das Werkzeug, das ich brauchte, um Ihre Selbstgenügsamkeit zu zerstören. Denn ich liebe dich nicht, Gyula«, sagte sie, sich zu dem Jüngling umdrehend, »du bist sicher ein guter Liebhaber, aber der Herr Graf ist es ohne Zweifel auch.«
Diesmal war es Gyula, der sich auf sie stürzte. Er ohrfeigte sie heftig, sie zerkratzte ihm das Gesicht, und ineinandergekrallt rollten sie beide auf den Boden. Zanotti trennte sie voneinander.
»Setzen Sie sich, Gyula, wir wollen erst den Rest hören«, sagte Matthias, während Gyula Flüche vor sich hin knurrte. »Setzen sie sich hier neben mich, damit Sie nicht noch einmal in Versuchung kommen, sie zu schlagen.«
»Sie können Gyula entlassen, wenn Sie wollen. Ich werde mühelos einen anderen Liebhaber finden. Aber fortgehen werde ich nicht, Herr Graf. Ich kenne Ihr Geheimnis, und ich wohne hier.«
Matthias sah sie an, ohne mit der Wimper zu zucken.
»Es gibt etwas, woran Sie nicht gedacht haben, Matthias, und das ist mein Talisman!« Und sie schwenkte das geflochtene Goldband, auf das er unvorsichtigerweise eines der notwendigen Zeichen gemalt hatte.
»Sie können nichts gegen mich unternehmen, und ich bleibe hier. Ich werde bleiben, Matthias, bis Sie vor mir auf den Knien liegen und mich um Verzeihung für Ihre aberwitzige Überheblichkeit anflehen! Bis Sie nur noch ein elendes Würmchen sind und Ihre Macht über Leben und Tod endgültig eingebüßt haben!« sagte sie und schüttelte das Goldband vor Matthias' Nase.
Daß Zanotti neben ihr zum Sprung ansetzte, entging ihr. Mit einem Faustschlag streckte er sie nieder und entriß ihr den Schmuck. »Sandor und Gyula, schafft sie hinaus, und zwar so schnell wie möglich! Daß sie sich nur nicht wieder hier blicken läßt! Schafft sie auf der Stelle hinaus!« befahl Matthias. »Sperrt sie in der Kirche ein!«
Sie schleppten die ohnmächtige Ilona vor die Tür.

Vom Atelier aus beobachtete Matthias, wie sie wieder zu sich kam und sich aus Leibeskräften zu wehren begann. Er bemühte sich, das Zittern seiner Hände zu unterdrücken, und mit einem feinen Pinsel setzte er die schicksalhafte Unterschrift unter das Bild und datierte es auf das vergangene Jahr.

Zitternd vor Entsetzen und dem Wahnsinn nahe kehrten Gyula und Sandor mehrere Stunden später zurück. Als sie das Portal von Sankt Matthias durchschritten hatten, hatte Ilona einen Schrei ausgestoßen und war unter den Augen des Diakons, den der Lärm herbeigezogen hatte, tot zusammengebrochen. Der Diakon bestätigte später der Polizei, daß die Erzählung der beiden Männer den Tatsachen entsprach.

Nachdem der Diakon sich davon überzeugt hatte, daß die Besessene — denn in seinen Augen konnte es sich nur um eine Besessene handeln — tot war, hatte er nach dem Bischof geschickt, der seinerseits sofort die Polizei verständigt hatte.

Als aber die Polizei endlich eingetroffen war, erzählte Gyula, die Hände vor Grauen ringend, sei die Leiche schon grün gewesen und unter den Augen der entsetzten Beamten in wenigen Minuten zu Staub zerfallen. Leichenblaß hätte der Bischof Zuflucht in der Kirche gesucht, während der Diakon exorzistische Gebete vor sich hin gemurmelt habe.

Matthias unterdrückte gerade noch rechtzeitig ein Nicken. Er hatte den Tod zurückdatiert!

»Aber was haben Sie der Unglücklichen nur angetan, daß sie so voller Haß gegen Sie war!« rief Gyula. »Dieses schöne und sanfte Mädchen, das ich in meinen Armen gehalten habe!«

»Ich habe nichts getan, als ihr meine Liebe und meine Ergebenheit zu versichern. Aber Sie müssen wissen, daß es Leute gibt, für die gerade das eine unerträgliche Beleidigung, einen Angriff auf ihre Freiheit, einen Beweis von Überheblichkeit darstellt.«

»Wer war sie denn nun eigentlich?« fragte Sandor.

»Ein Geschöpf der Nacht, das ich eingesammelt habe, weil es Ihrer Schwester merkwürdig ähnlich sah«, antwortete Matthias am Rande der Erschöpfung.

Die Zeitungen berichteten, daß eine Besessene der Schlag gerührt habe, als sie die Schwelle der Kirche St. Matthias überschritt, und daß sie den Diakon verflucht hätte, bevor sie tot zusammengebrochen sei.

Die Polizei verhörte die Bewohner des Hauses Szechenyi und schloß aus der wiederholten Erzählung von Sandor und Gyula, daß es sich in der Tat um einen tragischen Fall von Besessenheit gehandelt haben müsse.

Kurze Zeit später zog Matthias um in ein Haus am Fluß, in der Utja Poszoni in Pest, das im vorigen Jahrhundert erbaut worden war und besser zu seiner vornehmen Kundschaft paßte. Er kaufte auch eine Yacht, auf der er Diners veranstaltete, die die beste Gesellschaft der beiden Städte anzogen.

Das Porträt von Ilona verkaufte er für zweitausend Taler an einen bekannten Antiquitätenhändler.

Für Sandor kaufte Matthias ein Café, in dem sich die Bewohner der oberen und der unteren Stadt versammelten, vor allem Musiker und Intellektuelle. Sogar Kossuth und Deak ließen sich dort sehen. Sandor beschäftigte dort auch Gyula, mit dem ihn seit der Affäre vom 5. Juli, wie sie das Geschehene untereinander nannten, eine feste Freundschaft verband.

Zanotti teilte seine Freizeit zwischen einem Fechtsaal und einer Reithalle auf. Allerdings geriet er dabei etwas außer Atem. Einmal mehr war er zweiundsechzig Jahre alt geworden, und Matthias sechzig. Zusätzlich litt er diesmal unter Prostatabeschwerden. Trotzdem mußte er jedesmal das Gesicht verziehen, wenn er daran dachte, daß Matthias jetzt wohl bald zu den bekannten Mitteln greifen würde, um das Abenteuer zu verlängern. Die letzte Wiedergeburt war recht gewaltsam gewesen.

Aber Matthias hatte seine Kunst verfeinert.

Zunächst verbreitete er die Nachricht, daß sein Sohn aus Rom gekommen sei, um ihn zu besuchen, und einen Monat lang gab er ein Fest nach dem anderen, um ihn der Budapester Gesellschaft vorzustellen. Endlich konnte man sich erklären, warum Graf Matthias trotz seiner Schwäche für schöne Frauen Junggeselle war. Dann starb der Vater plötzlich an Herzversagen, wie der Arzt diagnostizierte. In Wirklichkeit hatte er sich eine hohe Dosis Belladonna eingeflößt, die ihn in weniger als zwei Minuten hinwegraffte.

Im Stephansdom fand eine prunkvolle Totenmesse statt, während deren man den jungen Grafen Matthias Tränen vergießen sah. Der Freund seines Vaters, Messer Zanotti Baldassari, stützte teilnahmsvoll seinen Arm.

Die Tränen waren aufrichtig, denn Matthias III. dachte an Rumpelschnickel, an Provens, an Marisa und an eine Kindheit, die niemals wiederkehren würde.
Wenige Tage später, als der junge Graf Matthias noch damit beschäftigt war, den Haushalt seines Vaters aufzulösen, starb Messer Baldassari an einer Verdauungsstörung. Jedenfalls war die Gelehrsamkeit der Ärzte zu diesem Ergebnis gekommen.
Als im April 1839 Graf Matthias Archenholz, der alleinige Erbe des Titels, den Weg nach Rom einschlug, ließ er die Postkutsche vor dem »Goldenen Hirschen« anhalten, um seinen Sekretär aufzunehmen, einen jungen Mann, der zwei Jahre älter war als er und auf den Namen Zanotti Baldassari hörte.
»Warum zum Teufel machst du mich jedesmal zwei Jahre älter als dich?« protestierte Zanotti.
»Ich brauche einen älteren Bruder«, antwortete Matthias.
Die Kutsche fuhr an.
»Was hast du zustande gebracht in den letzten vierzig Jahren?« fragte Zanotti.
»Zwei Hausdrachen. Das wäre ein ganz schön unglückliches Leben gewesen, wenn es danach aufgehört hätte.«
Er öffnete sein Reisenecessaire und holte ein Fläschchen Eau de Cologne heraus. Er rieb sich Gesicht und Hände damit ein und reichte es dann Zanotti hinüber.
»Jetzt fühle ich mich schon viel frischer«, sagte er und betrachtete die Vororte von Buda.
Eine Weile später bemerkte er, daß seine Geschöpfe immer bösartiger würden, je mehr seine Kunst sich verfeinerte. »Ich muß ein Mittel dagegen finden«, sagte er laut.
In Szekesfehervar machten sie halt, um die Pferde zu wechseln.
»Meine wahre Geliebte ist das Leben«, sagte Matthias, als er den Fuß auf den Boden setzte, »und es ist eine ziemlich herrschsüchtige Geliebte.«

Dritter Teil

Der rote Faden

1.

Schwarze Messe

Sankt Petersburg, Moika-Ufer, Januar 1903.
Schwarz und weiß. Oder, um genau zu sein, ein silbergrauer Himmel, eine bleifarbene, mit silbernen und goldenen Lichtreflexen besetzte Stadt und ein stählern bleicher Fluß. Vor dem Moika-Ufer fließt nicht die Newa, sondern ein Kanal, der jetzt steinhart gefroren ist.
Der Winterpalast sieht aus wie eine riesige, gefrorene Zuckertorte. Die Lebewesen, die die Gegend bevölkern, die Menschen und die Pferde, wirken im fahlen Licht des Winters wie schwarze Striche, vor allem die Schlittschuhläufer auf dem Kanal. Stiefel, Überzieher, Handschuhe, Mützen, alles erscheint schwarz, auch wenn es in Wirklichkeit braun, blau oder dunkelrot ist. Wie viele Schlittschuhläufer mögen es wohl sein ... drei Dutzend? Aber was bedeutet das schon, *gospodin?* Was bedeutet das schon, ob es fünfunddreißig sind oder siebenunddreißig, da doch nur zwei darunter sind, die zählen? Einer von beiden — was hätte es für einen Zweck, das zu verschweigen? — ist der Graf, Matthias von Archenholz, dem seine zweiundvierzig Jahre gut zu Gesicht stehen, genauso wie sein Pelz und seine Mütze aus schwarzem Astrachan, eine Mütze, unter der vielleicht nicht ganz zufällig, vielleicht sogar ein wenig absichtlich, eine blonde Haarsträhne hervorschaut. Die andere ist die Gräfin Sophia Arsenjewa Schtschorytschewa, die jüngste Tochter des Generals Schtschorytschew, Arseni mit Vornamen, der sehr stolz auf sie ist und Wert darauf legt, daß man ihr Komplimente macht. Sophia Arsenjewa ist mit ihren achtzehn Jahren eine berühmte Schönheit in Sankt Petersburg, ebenso — oder doch fast ebenso — berühmt wie das Standbild Peters des Großen. Sophia wäre schon dreimal verheiratet, wenn sie nicht einen so unzugänglichen Charakter hätte. Man muß sie nur beobachten, wie sie auf stählernen Ku-

fen ihre Kreise zieht, die Hände in den Muff aus Zobelfell gesteckt, dann weiß man, wie sie gelaunt ist, zumindest heute morgen.
Matthias, der sie selbst seit ein paar Minuten beobachtet, verändert seine nachlässige Haltung und nimmt Schwung, als sei er ein Panzerkreuzer, der das Ochotskische Meer überqueren soll. Bei anderer Gelegenheit wäre der Trick des Grafen vielleicht leichter zu durchschauen gewesen, denn tatsächlich bestreitet er sein viertes Leben in der geistigen Verfassung eines Militärs, dem nichts anderes übrigbleibt, als seine Dienstzeit freiwillig zu verlängern. Vor etwas weniger als hundertfünfzig Jahren hat ihn zum letzten Mal etwas erschüttert, pflegt er zu sagen. Seine Leidenschaftlichkeit im Bett hat mit dieser »Erschütterung« nichts zu tun. Die Erschütterung, um die es geht, ist vielmehr ...
Matthias zieht also seine Kreise so, daß er sich Sophia Arsenjewa unmerklich nähert. Sie hat es gemerkt und macht sich seit ein paar Minuten ein boshaftes Vergnügen daraus, jedesmal, wenn Matthias sie fast erreicht hat, die Richtung zu wechseln, so daß sie sich wieder von ihm entfernt. Matthias glaubt, auf ihrem Gesicht ein ironisches Lächeln wahrzunehmen. Er ärgert sich und gibt die Verfolgung auf. Soll sie doch zum Teufel gehen, die dumme Gans!
In trübsinnige Gedanken versunken, achtet er nicht auf den schwarzen Schatten, der seit ein paar Minuten neben ihm herläuft.
»Verzeihung, mein Herr, können Sie mir vielleicht sagen, wie spät es ist? Meine Uhr ist eingefroren!«
Sie ist es! Mit blaueren Augen als je zuvor zieht er die Taschenuhr hervor, die ihn seit Paris nicht mehr verlassen hat und deren Zeiger jetzt elf Uhr achtundzwanzig anzeigen. Sie wirft einen erstaunten Blick auf das knollige Gerät und sagt:
»Sie sieht alt aus, Ihre Uhr. Geht sie auch richtig?«
»Sie hat mich noch nie im Stich gelassen, seit ...« — hier hätte er fast gesagt: seit hunderteinundsiebzig Jahren — »... seit ich sie besitze. Es ist ein Erbstück ... aus meiner Familie.« Kindlich lächelte er sie an. An diesem Lächeln hatte er gearbeitet. Auf sie scheint es aber seine Wirkung zu verfehlen, denn sie runzelt verärgert die Stirn.
»Sie scheinen enttäuscht zu sein«, sagte er. »Hat sich jemand verspätet?«
Sie schießt einen wütenden Blick auf ihn ab. »Vielleicht sind heute

alle neueren Uhren eingefroren«, murmelt sie und nimmt Schwung.
Er nimmt ebenfalls Schwung und paßt sich ihrem Tempo an.
»Sie brauchen mich nicht zu begleiten«, sagt sie.
»Es ist mir ein Vergnügen und eine Ehre, es sei denn, ich würde Ihnen lästig fallen.«
»Sie werden es bald erfahren.«
»Vielleicht aber auch nie, wer weiß.«
Sie vollführt einen waghalsigen Sprung, den er in vollendeter Übereinstimmung mit ihren Bewegungen begleitet.
»Sie können sehr gut Schlittschuh laufen«, sagt sie.
»Sie inspirieren mich.«
»Und wie spät ist es jetzt?«
»Eine Minute nach zwölf.«
Sie beißt sich auf die Unterlippe.
»Haben sie einen Wagen da?«
»Er steht zu Ihrer Verfügung. Erlauben Sie, daß ich mich vorstelle! Graf Matthias von Archenholz.«
»Ob Sie mich wohl nach Hause bringen würden?«
Im Wagen sagt sie: »Zur Residenz Schtschorytschew bitte, hinter der Nikolaus-Brücke.« Ihr Blick ist finster. »Ich bin Sophia Arsenjewa Schtschorytschewa.«
Sie wendet sich zu ihm um und fragt:
»Was machen Sie?«
»Ich male.«
Überrascht reckt sie den Hals und bricht in Lachen aus.
»Ich bin entzückt, Sie zum Lachen zu bringen«, sagt er.
»Sie sehen nach allem Möglichen aus, nur nicht danach. Botschaftssekretär, Diplomatensohn, was weiß ich. Und was malen Sie?«
»Nichts, da Sie noch nicht für mich Modell gestanden haben.«
»Zum Glück sagen Ihre Augen etwas anderes, denn Sie sprechen wie die alten Langeweiler, die mein Vater einzuladen pflegt.«
»Und was sagen meine Augen?«
»Daß Sie gerade erst geboren sind.«
Jetzt war es an ihm, in lautes Gelächter auszubrechen.
»Folgen Sie mir!« sagte sie, als der Wagen hielt. Ungeduldig zog sie die Klingel. Ein einarmiger Diener öffnete die Tür, und wie ein Sturmwind wirbelte sie ins Haus. Marmorsäulen, Marmorfuß-

böden (die einmal gereinigt oder poliert werden müßten), Spuren von Vergoldungen (schmutzverkrustet). Sie betrat einen kleinen Salon zur Rechten, ein hübsches Zimmer mit türkischen Tapeten und vielen Sofas, mit grünem Satin bespannten Sesseln und französischen Möbeln. Eine reinlich gekleidete alte Frau mit einer Spitzenhaube und einer weißen Schürze über ihrem schwarzen Kleid drängte sich hinter ihnen in den Raum, wo Sophia sich auf ein Sofa geworfen hatte. Ihre Pelzmütze war auf den Boden gerollt. Die alte Frau warf einen wütenden Blick auf Matthias und brach in klagende Vorwürfe aus.
»Sophia Arsenjewa! Ist das christlich gehandelt? Ich bin krank! Sie haben mich umgebracht! Seit zwei Stunden sind Sie verschwunden! Zwei Stunden! Wenn das Seine Exzellenz erfährt! Ich habe Vadim Arsenjewitsch überall gesucht, um ihn zu fragen, wo Sie sind! Er war nirgendwo zu finden! Dimitrij hat ihn weder im Fechtsaal noch in der Reithalle, noch bei der Gräfin Maria Poleogradona auftreiben können! In Ihrem Alter!« usw.
Sophia hörte gar nicht hin.
»Hat niemand eine Nachricht für mich hinterlassen?«
»Niemand. Sophia Arsenjewa, Sie hören mir ja nicht einmal zu!«
»Warwara Isakowa, ich kann ihre Vorwürfe vorwärts und rückwärts aufsagen. Ich hätte sie aufschreiben können, bevor ich klingelte. Sie sollten Romane lesen, das erhöht den Einfallsreichtum. Ich war Schlittschuh laufen. Ich habe Hunger. Lassen Sie mir einen Imbiß bringen. Graf Matthias von Archenholz, der mich begleitet hat, ein ausgezeichneter Schlittschuhläufer ist und mich malen soll, wird hier mit mir essen.«
Warwara Isakowa musterte den Besucher. Sie war nicht unempfänglich für die Eleganz seiner Kleidung und die Stattlichkeit seiner Figur; ihr Blick wurde milder, und sie verbeugte sich.
»Und vergessen sie nicht den Kutscher des Grafen!« setzte Sophia hinzu.
»Den Kutscher des Grafen, natürlich«, murmelte Warwara Isakowa, plötzlich ehrerbietig geworden.
»Vadim ißt bei Herkules Garin«, bemerkte Sophia zerstreut.
»Selbstverständlich«, murmelte Warwara Isakowa.
Matthias und Sophia blieben allein zurück. Matthias streifte seinen Pelz ab, nahm seine Mütze vom Kopf und legte beides zu-

sammen mit seinem Stock auf einen Sessel. Unlustig sah Sophia ihn an.
»Setzen Sie sich hier neben mich«, sagte sie und zeigte auf einen Sessel, der wie alle anderen mit grüner Seide bespannt war. »Sie sind sehr feingliedrig. Sie sind schön. Sie sind höflich und sicher ein glühender Liebhaber, vielleicht wären Sie sogar ein vollendeter Gatte. Der General« — so also nannte sie ihren Vater — »würde Sie schätzen. Wir würden fünf oder sechs Kinder haben. Und wir würden vor Langeweile sterben«, sagte sie auf französisch, mit einem Seufzer.
Gefolgt von einem jungen Diener, brachte Warwara Isakowa einen Klapptisch, eine Tischdecke und Servietten. Der Diener stellte ein silbernes Tablett auf den Tisch, das mit kleinen englischen Eierpastetchen, mit Lachs, Kaviar, Sahne, Gürkchen, Schwarzbrot, kandierten Kirschen und Wodka beladen war.
Dann waren sie wieder allein. Schweigend füllte Sophia die Gläser. Matthias beobachtete sie, ohne seine Überraschung zu verhehlen. Er hatte noch kein Wort gesagt.
»Und der andere?« fragte er schließlich übergangslos.
»Welcher andere?«
»Der, der nicht zum Rendezvous erschienen ist.«
»Der arme Nikita!« murmelte sie. »Er ist arm, und das wäre noch langweiliger. Es sei denn . . .«
»Es sei denn?«
»Es sei denn, und das ist alles.«
Sie lächelte Matthias an und bestrich ein Brot üppig mit Kaviar und Sahne.
»Soviel Traurigkeit in Ihrem Alter!« bemerkte er.
»Sprechen Sie nicht wie ein alter Langeweiler, ich bitte Sie!«
»Und soviel Hellsichtigkeit! Eins, zwei, drei, und alles ist gesagt! Ich kann Ihnen nur noch ohne Hoffnung auf Erfolg den Hof machen.«
Das schlimmste war, das diese Hoffnungslosigkeit ihm keineswegs den Appetit verschlug. Zum ersten Mal seit mehreren Leben fragte er sich, ob er wohl noch unter Liebeskummer leiden könnte und nicht nur unter verletzter Eigenliebe.
»Ohne Hoffnung auf Erfolg!« wiederholte sie spöttisch. »Wenn die Unterhaltung nicht gleich im Bett endet wie die Treibjagd mit dem

Erlegen der Beute, dann reden Sie gleich von Hoffnungslosigkeit. Machen Sie sich nicht lächerlich, Herr Graf!«
»Sie dürfen ruhig Matthias sagen.«
»Ich darf ruhig Matthias sagen.«
Sie aß mit gutem Appetit, auch sie.
»Stellen wir es uns einmal andersherum vor. Es ist die Beute, die die Schußrichtung bestimmt. Haben Sie noch nie ein Gewehr in der Hand gehabt?«
»Jetzt sind Sie unterhaltsamer«, sagte sie auf französisch. »Doch, manchmal halte auch ich ein Gewehr in der Hand. Ich schieße, und was lese ich auf, Matthias? Einen Mann in Hemdsärmeln und mit verstörtem Blick!«
Sie lachte charmant und biß sich auf die Unterlippe, auf der eine Kaviarperle haften geblieben war.
»Im großen und ganzen«, fuhr sie fort, »ist es wie eine Oper, die nur eine Viertelstunde dauert, aber die Zwischenakte erstrecken sich über Tage.«
»Und das Gefühl?« rief er. »Beschränkt sich das bei Ihnen aufs Bett?«
»Schreien Sie doch nicht so«, antwortete sie. »Würden Sie mich etwa lieben, wenn ich mich Ihnen für immer zu Füßen legen würde?«
»Sie sind noch liebeshungriger als ich«, murmelte er.
»Die Liebe, nach der eine Frau verlangt ... Haben Sie je versucht, sich die Lebensbedingungen einer Frau vorzustellen? Wenn sie reich ist, sitzt sie wie ein Kanarienvogel in einem goldenen Käfig, und wenn sie arm ist, muß sie wie ein Spatz von den Krümelchen leben, die die anderen fallenlassen. Das ist das Los, zu dem die Gesellschaft uns verurteilt.«
»Muß ich erst die Gesellschaft verändern, bevor Sie mich ansehen, Sophia Arsenjewa?«
»Warum nicht?« fragte sie mit rätselhaftem Blick und pickte mit den Fingerspitzen eine kandierte Kirsche auf.
Ein langes Schweigen spann weiße Fäden in ihre Unterhaltung.
»Sind Sie wirklich Maler?« fragte sie schließlich und erhob sich. Sie öffnete einen Sekretär und nahm einen Zeichenblock und Stifte heraus. »Malen Sie mich!«
Er bat sie, sich nah ans Fenster zu setzen, so daß das Gegenlicht die

Schatten auf ihrem Gesicht vertiefte. In die Arbeit versunken, hing er seinen Gedanken nach. Ein so reines Oval, ein Mund, der für Musik und Früchte gemacht schien, eine hoheitsvoll geschwungene Nase, die sich beim Lachen und vor Verachtung kräuselte, aber im Innern dieses Kopfes die Feindseligkeit eines gehetzten Tieres.
Nach einer Stunde zeigte er ihr die Zeichnung. Warwara Isakowa kam, um den Tisch abzuräumen, und ihr Blick fiel auf das Porträt, das Sophia gerade betrachtete.
»Heilige Mutter Gottes!« rief sie. »Sophia Arsenjewa, das ist ja ein Wunder! Das ist Ihnen wie aus dem Gesicht geschnitten, ähnlicher als eine Photographie! Herr Graf, Sie sind ein Genie!«
»Das stimmt«, sagte Sophia. »Es ist mir ähnlich, und es ist hübsch. Wie ein vollkommenes Gefühl«, murmelte sie so leise, daß Warwara Isakowa es nicht hören konnte. »Kann ich es behalten?«
»Es wäre mir eine Ehre«, antwortete Matthias.
»Wenn Arsenij Pankratjewitsch es zu Gesicht bekommt, wird er sicher einen kostbaren Rahmen dafür anfertigen lassen«, sagte die Gouvernante und drückte dem Diener das Tablett in die Hand, bevor sie den Raum verließ.
Der Himmel färbte sich schiefergrau. Auf der Petersburg glänzten die Lichter. Plötzlich erklang im Haus ein Klavier.
»Vadim ist zurück«, sagte Sophia, als wenn sie damit eine bedeutungsvolle Neuigkeit verkündete. »Lassen Sie uns zu ihm gehen!«
Sie durchquerten die Eingangshalle und betraten einen großen Salon, in dem die Möbel mit weißen Schonbezügen versehen waren, so daß es aussah, als wäre er nur von Gespenstern bewohnt. Sogar der Kronleuchter war weiß verhüllt. Außer dem Klavier und dem Spieler waren die einzigen lebendigen Dinge in diesem weitläufigen Raum mit den zugezogenen Vorhängen und der stickigen Luft eine Lampe und ein dampfender Samowar. Die Lampe warf einen goldenen Lichtkreis und erhellte Vadims Züge. Unter tiefen Augenhöhlen leuchtete ein sehr blonder Bart. Vadim spielte ein Stück, das Matthias nicht kannte, eine moderne Komposition, die nicht in einer bestimmten Tonart geschrieben war, eine ängstliche und fragende Melodie, die geladen war wie die Luft vor einem Gewitter. Vadim betonte den aufwühlenden Charakter des Stücks zusätzlich durch den häufigen Gebrauch der Pedale, der manchen Akkorden den Ausdruck einer aufgeregt klagenden Stimme gab. Er schien

sein Publikum nicht bemerkt zu haben, und seine expressive Spielweise, zusammen mit der Art der Komposition, versetzte Matthias in einen Zustand betäubender Unruhe.
Als Vadim zu Ende gespielt hatte, blieb er einen Augenblick lang mit gesenktem Kopf sitzen. Dann hob er die Augen, und es war Matthias, der sich in seinem Gesichtsfeld befand. Er musterte den Besucher so eindringlich, daß es an Unhöflichkeit grenzte, mit einem Blick, der unerklärlicherweise große Überraschung ausdrückte.
»Guten Abend, Vadim«, erklang Sophias Stimme aus dem Halbdunkel. »Ich wollte dir den Grafen Matthias von Archenholz vorstellen.«
Vadim stand auf und verbeugte sich.
»Das Stück, das Sie da gespielt haben, ist faszinierend«, sagte Matthias.
»Nicht wahr?« antwortete Vadim. »Es ist eine Etüde von Alexander Skrjabin mit dem Titel ›Schwarze Messe‹.«
»Schwarze Messe!« wiederholte Matthias.
»Möchten Sie eine Tasse Tee?« fragte Vadim, während er auf Matthias zutrat und ihn noch einmal mit einer Eindringlichkeit musterte, die in keinem Verhältnis zu der harmlosen Frage stand. »Sophia, möchtest du Tee trinken?«
Er schenkte drei Tassen voll.
»Vadim ist ein Bewunderer und ein Freund von Alexander Skrjabin«, erklärte Sophia.
»Und Skrjabin ist ein Bewunderer von Madame Blavatsky und steht in brieflichem Kontakt mit ihr«, sagte Vadim und setzte sich in einen der Geistersessel.
»Ich habe nicht die Ehre, diese Dame zu kennen«, sagte Matthias.
»Theosophie. Entwicklung der psychischen Kräfte der Persönlichkeit«, erklärte Vadim kurz. »Sie hat Rußland vor langer Zeit verlassen, weil sie ihren Gatten nicht ertragen konnte.«
»Aber deshalb gleich zu emigrieren!« sagte Matthias.
»Es gibt auch Formen der inneren Emigration«, versetzte Vadim geheimnisvoll. »Die tatsächliche Auswanderung ist nicht das schlimmste.«
»Hast du keine Neuigkeiten?« fragte Sophia mit tonloser Stimme.
»Nikita hat sich verspätet, ich weiß. Es geht ihm gut«, antwortete Vadim nachlässig.

»Hast du ihn gesehen?«
»Er hat vor Garins Haus auf mich gewartet. Er hat sich entschuldigt, er hatte Besuch, es war nichts ...« Vadim machte eine wegwerfende Handbewegung, um anzuzeigen, daß es sich um eine Bagatelle handelte.
»Und weiter?« fragte Sophia.
»Er konnte seine Miete nicht bezahlen, das war alles.«
Sophia seufzte hörbar auf.
»Skrjabin gefällt Ihnen also?« wandte Vadim sich an Matthias. »Gewöhnlich wohnt er in Moskau, aber zur Zeit hält er sich in Petersburg auf. Er gibt hier Konzerte. Das nächste wird übermorgen in privatem Rahmen bei einem meiner Freunde stattfinden, und nachher werden wir zusammen soupieren. Wollen Sie uns Gesellschaft leisten?«
Matthias nahm die Einladung an. Vor dem Haus wurde das Brummen eines Motors vernehmbar, die mit einem Quietschen zum Stillstand kam. Die Eingangstür ging auf, und Stimmengeräusche drangen wie Granatsplitter in die feierliche Stille des Salons.
»Mein Vater«, sagte Sophia in einem Ton, als ob sie Regenwetter ankündigte. Sie verließ den Salon. Das Haus hallte wider vom Lärm des Automobils vor der Tür und von dem Stimmengewirr unter dem Eingang. Erneut musterte Vadim Matthias, der diesmal dem Blick des anderen standhielt und in den seinen einen fragenden Ausdruck legte, der soviel sagen sollte wie: »Was wollen Sie eigentlich von mir?«
»Verzeihen Sie«, sagte Vadim, »aber Sie sind mir letzte Nacht im Traum erschienen.«
»Vielleicht haben wir uns schon einmal irgendwo gesehen ...?«
»Warum hätte ich dann von Ihnen hier in diesem Salon träumen sollen? Nein, wir sind uns noch nie zuvor begegnet.«
»In diesem Fall ist es wirklich merkwürdig. Was habe ich denn getan in diesem Traum?«
Vadim sagte nichts und wirkte äußerst verlegen.
»Dann habe ich wohl etwas Unanständiges getan?« fragte Matthias und lächelte.
Sophia kam zurück.
»Matthias, wollen Sie zum Essen bleiben? Ich würde mich freuen. Arsenij Pankratjewitsch bittet Sie durch mich, uns Gesellschaft zu leisten. Das Porträt hat ihm gefallen.«

Matthias ließ sich das Erstaunen über diese plötzliche und unvermutete Gastfreundschaft nicht anmerken. Er bedankte sich für die Einladung, die er gerne annahm, sagte aber, daß er zuerst seinen Kutscher zu sich nach Hause schicken wolle, um zu melden, daß er nicht zum Abendessen käme und unter welcher Adresse er zu erreichen sei.
»Ich freue mich, daß Sie bleiben wollen«, sagte Vadim.
»Noch ein Wort, Matthias. Arsenij Pankratjewitsch ist Mitglied des kaiserlichen Generalstabs, und er ist sehr engstirnig. Außerdem wird noch ein geheimer Ratgeber des Kaisers mit uns essen ...«
»Schon wieder dieser Totengräber von Altlehn!« nörgelte Vadim.
»... Hermann Petrowitsch Altlehn, und Sie sind ein Bekannter von Vadim.«
Matthias verbeugte sich. Er empfand eine vage Komplizität mit Vadim. Was mochte er nur in seinem Traum getan haben?
Arsenij Pankratjewitsch Schtschorytschew war ein kleiner, gleichzeitig rotgesichtiger und farbloser Mann mit einem weichen Mund, der harte Worte gebrauchte. Er sprach von Hinrichtungen, Erschießungen und Verbannungen nach Sibirien, während seine Unterlippe einen Löffel Borschtsch nach dem anderen aufnahm.
»Ich hoffe, Sie sind meiner Ansicht, Herr Graf.«
»Absolut«, sagte Matthias, der noch nicht einmal gehört hatte, wovon der General gerade redete.
»Sie halten sich vorübergehend in Petersburg auf?«
»Ich lebe hier seit drei Jahren, Herr General.«
»Herzlichen Glückwunsch! Die beste Wahl für einen zivilisierten Menschen! Der Nordstern! Dank dem Genie Seiner Majestät! Herzlichen Glückwunsch! Und Sie sind Ingenieur?«
»Maler, Herr General, zu Ihren Diensten.«
»Maler!« wiederholte Arsenij Pankratjewitsch erstaunt, mit einem vom heißen Borschtsch geröteten Mund und dem Blick eines schwachsinnigen Säuglings, dem man den Schnuller weggenommen hat.
»Glücklicherweise sind Sie reich, Graf. Die Malerei ernährt ihren Mann nicht. Sie sollten mit mir im Generalstab zusammenarbeiten. Junge Männer wie Sie können wir immer gebrauchen. Wo haben Sie gedient?«
»In der Kavallerie, Herr General«, log Matthias tapfer.

»Bis es soweit ist, sollte der Graf Ihrer Majestät seine Dienste für ein Porträt anbieten«, schlug Altlehn vor, der wie ein halbleerer Mehlsack aussah.
»Genau!« schrie Arsenij Pankratjewitsch. »Ich werde mit Alexander Stepanowitsch darüber sprechen. Das Porträt, das Sie von meiner kleinen Sophia gemacht haben, ist ein Schmuckstück! Sie müssen mir sagen, was ich Ihnen schuldig bin!«
»Das war ein Geschenk«, sagte Matthias.
»Ich habe es noch gar nicht gesehen, das Geschenk«, sagte Michail Arsenjewitsch, Vadims großer Bruder, während er sich Lachs von der Platte nahm.
Michail Arsenjewitsch hätte Vadim sehr ähnlich gesehen, wenn er nicht eindeutig ein guter Junge gewesen wäre, eine Bezeichnung, die auf Vadim anzuwenden wohl niemandem eingefallen wäre.
»Ich habe einen Brief von deiner Schwester Euphrasia bekommen«, sagte Arsenij Pankratjewitsch, Sahne am Kinn. »Sie erwartet in sechs Monaten ein Kind und läßt euch alle herzlich grüßen. Haben Sie gehört, Warwara Isakowa?«
Die Angesprochene, die respektvoll hinter dem Stuhl des Generals stand, rief die heilige Thekla an und versprach, drei Opferkerzen anzuzünden. Erst einmal jedoch klatschte sie dreimal in die Hände. Arsenij Pankratjewitsch tat es ihr nach. Auch Michail Arsenjewitsch, Vadim, Sophia und Hermann Petrowitsch klatschten in die Hände, um die bösen Geister zu vertreiben, und Matthias folgte ihrem Beispiel.
»Am dreißigsten März«, sagte Warwara Isakowa zeremoniös, »müssen wir eine Messe lesen lassen, Arsenij Pankratjewitsch!«
»Richtig!« sagte der General. »Sagen Sie gleich morgen dem Popen von Sankt Isaak Bescheid. Und was hast du heute gemacht, meine kleine Sophia?«
»Meine Uhr ist eingefroren!«
»Unglaublich!« sagte der General, dessen Mund im Verlauf der Mahlzeit immer mehr auseinanderfloß. »Eine französische Uhr! Hast du auch nicht vergessen, sie aufzuziehen?« fragte er augenzwinkernd. »Weißt du, meine kleine Sophia, deine Uhr ist bestimmt nur stehengeblieben, weil du noch nicht verheiratet bist. Nicht wahr, Hermann Petrowitsch?«
Der Mehlsack nickte. Er trank wie ein Loch.

»Es wird Zeit, daß du mich zum Großvater machst, meine kleine Sophia. Es wird Zeit, es wird Zeit! Zeig sie mir mal, deine Uhr!«
Sophia gab ihm die goldene Uhr, die an einer Kette um ihren Hals hing.
»Aber sie geht doch!« rief Arsenij Pankratjewitsch und lauschte, was Matthias auf seine merkwürdig haarigen Ohren aufmerksam machte. »Wir wollen mal sehen ... Es ist sieben Uhr dreiundzwanzig«, sagte er mit einem Blick auf seine Uhr, »und deine Uhr zeigt fünf Uhr zwanzig an. Die wissenschaftliche Schlußfolgerung daraus ist, daß du zwei Stunden und drei Minuten lang in der Kälte warst, einschließlich der Zeit, die du gebraucht hast, um wieder warm zu werden. Die väterliche Schlußfolgerung dagegen ist, daß du dich verliebt hast, da sie anschließend wieder angefangen hat, zu ticken.« An dieser Stelle spitzte er pfiffig die Lippen, was ganz besonders abstoßend aussah. »Wir sind verliebt, was?« sagte er augenzwinkernd zu Matthias. Er gab Sophia die Uhr zurück, und Sophia verzog in einem aufgesetzten Lächeln das Gesicht.
»Es ist klar«, dachte Matthias, während er von der Honigpastete nahm, »daß sie unter diesen Umständen die Gesellschaftsordnung, die Arsenij Pankratjewitsch verkörpert, nur hassen kann. Und welche Rolle spielt Vadim dabei?«
»Und du, Vadim, wie war es heute im Ministerium?«
»Ruhig, Vater.«
»Es ist richtig, daß dank unserem heiligen Vater dem Zaren im Verkehrsministerium nichts Aufregendes passieren kann.«
»Man erwägt, eine öffentliche Telephonverbindung zwischen Moskau und Kiew herzustellen.«
»Ah, ja?« rief der General. »Das ist aber keine gute Idee. Jeder Dummkopf kann dann seine erfundenen Geschichten von der einen Stadt in die andere tragen und auf Staatskosten zur Revolution aufrufen! Morgen werde ich mit dem Minister darüber sprechen. Erinnern Sie mich daran, Hermann Petrowitsch.«
Arsenij Pankratjewitsch schob seinen Stuhl zurück, und alle taten es ihm nach.
»Hermann Petrowitsch, wenn Sie noch bleiben und mit Michail eine Partie Schach spielen wollen, tun Sie sich keinen Zwang an. Erlauben Sie mir nur, daß ich mich zurückziehe. Kaffee für alle, die Lust darauf haben, Warwara Isakowa!«

Hermann Petrowitsch schlug das Angebot aus und verschwand. Michail ging in den benachbarten kleinen Salon hinüber, zündete sich eine Zigarette an und sang vor sich hin. Dann bot er Matthias an, ihm den Reitsaal des kaiserlichen Klubs und einen Stallmeister zur Verfügung zu stellen, achtete aber gar nicht auf Matthias' Antwort und verabschiedete sich. Sophia, Matthias und Vadim blieben allein zurück. Schweigend tranken sie ihren Kaffee.
»Verstehen Sie mich jetzt?« murmelte Sophia.
Matthias nickte unmerklich mit dem Kopf.
»Kommen Sie morgen Schlittschuh laufen«, sagte sie noch. »Zur selben Zeit. Und recht hoffnungslos, wenn ich bitten darf«, fügte sie lächelnd hinzu.
»Vergessen Sie nicht das Konzert«, sagte Vadim.
Matthias verabschiedete sich. Vadim begleitete ihn zur Tür. Der Kutscher döste vor sich hin, nachdem Warwara Isakowa ihm reichlich zu essen gegeben hatte.
»Aber was tat ich denn jetzt in Ihrem Traum?« fragte Matthias, als er in seinen Pelz schlüpfte.
»Ich bitte Sie!« murmelte Vadim und schlug die Augen nieder.
Der Wind hatte sich gelegt. Eine feuchte Kälte ließ Matthias in seinem Wagen zusammenschauern. Er betrachtete die Lichter, die unschuldig und fröhlich seinen Rückweg beleuchteten, der ihn durch verwinkelte Straßen bis zu seinem Haus auf dem Pawlowskij-Prospekt führte. Er war bedrückt, ohne zu wissen, warum.
Zanotti war im Rauchzimmer und spielte Schach mit dem jungen Sergej Wassiljewitsch Dodkin, dem ersten Angestellten der Brauerei, die Zanotti in Petersburg gehörte. Er richtete einen freundlichen und fragenden Blick auf Matthias.
»Angenehmen Tag gehabt?« fragte er.
»Ich bin froh, dich zu sehen«, sagte Matthias einfach und setzte sich. Er streckte die Beine aus und zündete sich eine Zigarette an, um nachdenken zu können, bevor er ein heißes Bad nahm.
So sehr er sich aber auch anstrengte, er verstand weder seine eigenen Gefühle noch die, die Sophia ihm entgegenbrachte.
»Ist es denn wirklich so, daß die Liebe nachläßt, je zivilisierter man wird?« fragte er sich ein wenig später, als er die Treppe hinaufstieg, um sich schlafen zu legen.

2.

Der Preis

Am nächsten Morgen trafen sie sich zum Schlittschuhlaufen am Pirogow-Ufer, auf der anderen Seite der Großen Newa. Sie waren zu dritt: Nikita, Sophia und Matthias. Schweigend liefen sie nebeneinander her.

»Was habe ich eigentlich hier verloren?« fragte sich Matthias. »Ich täte besser daran, nach Hause zu gehen, Sophia zu malen und mich auf eine dieser Katastrophen einzulassen, an die ich immerhin inzwischen gewöhnt bin.«

Nikita Dimitrijewitsch Karow war ein hagerer junger Mann ohne Farbe. Seine Haut war bleich, seine Mütze, seine Haare, die Augen, der Bart und der abgetragene Anzug waren schwarz. Der kostbare, aber ebenfalls abgeschabte Mantel stammte vermutlich aus Vadims Kleiderschrank. Sophia hatte ihm gesagt, daß Nikita Student sei. Dostojewskij schien an diesem Porträt des Ewigen Studenten vorübergegangen zu sein. Auf jeden Fall haßte Nikita Matthias. Es war ein Haß, der Matthias sofort imponiert hatte. Er war frank und frei, und Nikitas Augen sagten überdeutlich: »Mein Lieber, wenn das Eis unter deinen Schlittschuhen einbräche, wäre ich der glücklichste Mensch der Welt.«

»Aber was habe ich eigentlich hier verloren?« fragte sich Matthias noch einmal.

Seine Gedanken schweiften ab. »Wie wäre es, wenn man einmal versuchen würde, mit Figuren aus der klassischen Malerei zusammenzuleben«, sinnierte er und gelangte dabei zu ziemlich deprimierenden Schlüssen: »Die heiligen Johannesse von Caravaggio, aggressive Spitzbuben! Mona Lisa, eine schwangere Wäscherin! Nur die Selbstporträts der Maler taugen etwas, aber schließlich, auch sie sind nur Menschen. Das muß man sich einmal vorstellen, mit Rembrandt, diesem verängstigten Genie, in seinem rauchigen Atelier eingeschlossen zu sein! Oder mit Dürer, diesem hypochondrischen Melancholiker, und seinen alchimistischen Versuchen ... Ich wäre an Quecksilberdämpfen erstickt! Von wenigen Ausnahmen abgesehen, waren all diese Personen, die wir in Palästen und Museen gläubig bewundern, nichts als Stänker, Habenichtse, Rohlinge, Intriganten und eitle, in ihren Nabel verliebte Laffen ... Ah, wenn die Welt wüßte, was ich weiß!« seufzte Matthias. »Die ganze Schönheit des Genies wird auf diese Weise zum Ankläger des Künstlers, aber ich, ich, Matthias, bin seit der Erschaffung der Welt der einzige, der diese Anklage vernommen hat, und werde zweifellos auch bis zum Ende der Zeiten der einzige bleiben. Nur zwei, oder sagen wir: drei Ausnahmen will ich gelten lassen. Zuerst die heilige Katharina von Caravaggio. Sie ist unendlich erhaben und doch menschlich und zart. Eines Tages werde ich sie kopieren. Zweitens den Jesus, ebenfalls von Caravaggio ... absolut! Wenn er in dem schräg einfallenden Licht die Schenke betritt, welch verrückte, einzigartige und verklärende Präsenz! Aber es ist klar, daß das nicht möglich ist, aus allen erdenklichen Gründen. Was die irdische Liebe angeht, so würde ich vielleicht, aber auch nur vielleicht, den heiligen Johannes in der Wüste von Tanzio da Varallo gelten lassen. Wie er da hingesunken auf seinem Felsen in den Brombeerranken liegt, was für ein Blick! Die ganze Schönheit der Jugend scheint sich in ihm der göttlichen Liebe hinzugeben! Und vielleicht ist das die einzige Liebe, die es gibt ...«

»Sie sind still heute, Matthias!«

»Verzeihen Sie mir, Sophia Arsenjewa. Ich habe geträumt.«

»Von wem?«

»Von wem Sie wollen.«

Und erneut zog das Trio mit knirschenden Kufen frierend seine Kreise und bewegte sich langsam auf das Fokin-Ufer zu.

»Jetzt reden Sie gar schon mit sich selber, Matthias!«

»Das macht das Alter, Sophia Arsenjewa. Ich sinnierte nur so vor mich hin.«

Sie waren jetzt nur mehr zu zweit; während Matthias in Träumerei versunken war, hatte sich Nikita bis zur Wyborskaja entfernt. Dort konnte ihn Matthias sehen, er hatte sich ganz rasch einer schmalen Silhouette genähert, nur einen winzigen Augenblick lang, dann hatte er sich mit einem eleganten Bogen entfernt und kehrte nun schon wieder zu ihnen zurück.

»Ihr macht also in Sachen Revolution«, sagte Matthias.
Das verfemte Wort schien in dem Dampf einzufrieren, der ihm aus dem Mund strömte.
»Die Liebe, wenn es sich um die handelt, müßte Ihnen den Mund versiegeln«, sagte Sophia. »Sie wissen viel zuviel. Sind Sie verrückt?«
»Ich bin nicht verrückt, ebensowenig wie Sie, die mir Vertrauen geschenkt haben. Aber Sie sind wahnwitzig unvorsichtig, Sophia Arsenjewa. Ich fasse dies als ein Zeichen Ihres Vertrauens auf. Die Stadt wimmelt nur so von Spionen.«
Nikita war jetzt aufs neue an ihrer Seite, mit geheuchelt gleichgültiger Miene.
»Sie wissen offensichtlich nicht, was man durch ein Fernglas alles beobachten kann«, zischte Matthias zwischen den Zähnen hervor.
Sie kehrten heim. Matthias setzte Sophia am Kutusow-Ufer ab. Nikita hatte sich aus dem Staub gemacht, nachdem er seiner Komplizin noch einige Worte ins Ohr geflüstert hatte.
»Man kann alles neu machen!« sagte sie nachdrücklich, bevor sie aus dem Wagen stieg.
»Was denn?«
»Die Welt und die Seelen! Unsere Seelen sind eingekerkert!«
»Ich liebe Sie«, sagte er sanft und küßte ihre Fingerspitzen. Sie war den Tränen nahe.
»Sie müssen einen Preis dafür zahlen!« sagte sie mit der Hand am Türgriff.
»Nennen Sie ihn, ich werde ihn zahlen.«
»Später.«
Sie zog ihre Hand zurück und beugte den Kopf, um aus dem Wagen zu steigen, während dem Kutscher draußen vor dem Trittbrett die Nase gefror.
»Glauben Sie wirklich, daß man mit einem Fernglas ...«
»Ich glaube, daß Sie zu unvorsichtig sind. Bis morgen!«

Zahlreiche Kutschen bevölkerten das Makarow-Ufer auf der Wassiljewskij-Insel. Die beiden Stockwerke, Zwischengeschoß und Beletage, die Herkules Nikeforowitsch Garin im alten Palais Dolgorukij bewohnte, waren hell erleuchtet. Es waren mindestens hundert Gäste anwesend, mit funkelnden Kristallen besetzte und nach Rosenwasser duftende Schneeprinzessinnen, vollbusige Matronen, ade-

lige Witwen aus Pappmaché, zwei oder drei bärtige Greise mit ordensgeschmückter Brust, enggeschnürte Schönlinge, sodomitische Engel im Abendanzug mit samtigen Augen und ein Schwarm weniger auffälliger Gestalten, die durch die glänzende Menge wogten. Zehn Dienstmädchen mit Diademen aus Glasperlen im Haar und zehn Diener in roten Livreen standen vor der Tür Spalier.
Matthias, Vadim und Sophia ließen sich in einem großen Salon nieder, in dem eine Schwadron leichter Stühle im Halbkreis um ein Klavier angeordnet waren. Ein kleiner Mann mit einer schwarzen Haartolle durchquerte den Raum in Richtung auf das Instrument. Das Stimmengewirr hörte auf. Herkules Nikeforowitsch stellte sich neben den kleinen Mann. Der Gastgeber hatte eine stattliche Figur, obwohl er nicht älter als dreißig Jahre sein konnte. Sein Anzug war von erlesenem Geschmack, und die Diamanten auf seinem Revers sprühten Funken.
»Hoheiten, Exzellenzen, meine Damen und Herren, ich habe die große Ehre, Ihnen Alexander Nikolaijewitsch Skrjabin vorzustellen, den Ruhm und die Krone der russischen Musikalität!«
Man applaudierte. Matthias war sehr zufrieden; er liebte alle Arten von Festen, und die Musik, die er vor wenigen Tagen zum ersten Mal gehört hatte, hatte ihn begeistert. Der kleine Mann verbeugte sich. Sein Ziegenbart war so stark gewichst, daß er einen Zyklopen damit hätte blenden können. Er setzte sich ans Klavier, rückte den Schemel zurecht und warf sich, man muß es so ausdrücken, auf die Tasten.
Waren Gewalt und Zärtlichkeit einer so innigen Mischung fähig? fragte sich Matthias nach einer Weile. Diese Musik war die Schönheit selbst auf Erden! Es war die Musik einer kindlichen Seele, die vom Absoluten ergriffen war, toll vor Erregung und Einsicht. Es war die Vermählung von Vernunft und Leidenschaft! Seit einem Jahrhundert war Matthias nicht mehr so bewegt gewesen. Sein Blick fiel auf ein Gemälde, das zwischen zwei Fenstern hing. Eine nackte Frau, über deren Leib Bäche von Algen flossen, entstieg darauf grünen Fluten; vom Bauch an aufwärts hatte ihre Haut eine rosige Färbung, ihre kleinen, runden Brüste kündeten von ewiger Jugend. Was ihn am meisten faszinierte, war indes das Gesicht, das diese nautische Erscheinung krönte. Die halbgeschlossenen Augen blickten nach innen, und auch die Haltung der über der Brust gefalteten Hände deutete darauf hin, daß Russalka — denn nur sie

konnte es sein — daß die unheilbringende Russalka den Liebhaber anrief, der ihr Eis zum Schmelzen bringen sollte ...
Das Publikum applaudierte. Matthias applaudierte. Auch Zanotti applaudierte begeistert. Die schwarzen Flügel, die den engelsgleichen Schädel Skrjabins bedeckten, drohten, ihn davonzutragen. Der Musiker nahm das vorletzte Stück des in Schönschrift gedruckten Programms in Angriff, das alle in den Händen hielten. Das war keine Musik mehr! Das war ein leidenschaftliches, fiebriges Flehen, das sich wiederholte, bis es in einem Schluchzen endete, das dann in ein Lied überging. Niemand sonst vermochte Elfenbein und Ebenholz so rücksichtslos, so schamlos sprechen zu lassen! »Aber ich bin es ja, der da spricht, ich bin es, ich!« dachte Matthias beinahe erschrocken.
Nachdem das Konzert geendet hatte, eröffnete der Hausherr den Ball mit der Fürstin von Kurland. Die Paare glitten über das gebohnerte Parkett und drehten sich im Walzertakt. Matthias wandte sich zu Sophia herum, die ihn bereits ansah. Einladend hob er die Hand, und sie lächelte mit strahlenden Augen. Er faßte sie um die Taille, und sie mischten sich unter die Tänzer.
»Das Tanzen macht Ihnen also Vergnügen«, stellte er fest.
»Haben Sie mich für eine Nonne gehalten?«
»Was Sie gesagt haben, war nicht weit davon entfernt.«
»Die Musik ist wie die Sonne«, sagte sie.
»Und ich, halten Sie mich vielleicht für den Mond?« fragte er.
»Machen Sie die Situation nicht noch schwieriger, als sie schon ist«, murmelte sie.
»Wieso zum Teufel ist sie schwierig?« fragte er sich.
Als der Walzer zu Ende war, beschloß das Orchester, die Stimmung mit einer Polka anzuheizen.
Eins, zwei, drei, vier! Die Gesichter der anderen flogen an Matthias vorbei. Dann fiel sein Blick in einen Spiegel ...
»Matthias, was haben Sie? Sie sind ja ganz bleich!«
Es war natürlich der Mann in Grau, aber diesmal war er ganz in Schwarz!
Mechanisch suchte er ihn mit den Augen, obwohl er wußte, daß das unnötig war, und er fragte sich, warum der Mann in Grau diesmal, zum ersten Mal, ein Lächeln gezeigt hatte, das beinahe schon ein Lachen gewesen war. Was würde er ihm diesmal zu sagen haben?
»Matthias ...«

»Es ist nichts, nur ein leichtes Unwohlsein, es ist schon vorbei.« Sie tanzten nicht mehr, und er bahnte sich einen Weg zum Buffet, um einen Wodka zu trinken.
»Sie sind merkwürdig heute abend«, sagte sie. Die unfreiwillige Komik dieses Satzes brachte ihn zum Lachen, während sie ihn, immer unzufriedener werdend, beobachtete und die Stirn runzelte.
»Sind Sie vielleicht betrunken?« fragte sie hoheitsvoll.
»Nein, Sophia, ich bin nicht betrunken. Vielleicht habe ich mich von ein paar Einzelheiten des heutigen Abends übermäßig beeindrucken lassen, von ein paar Worten, die ich zufällig aufgeschnappt habe ... Sicher wäre ich für diese verächtlichen Kleinigkeiten weniger anfällig gewesen, wenn mein Schiff im Hafen Ihrer Liebe hätte vor Anker gehen dürfen. Aber ich fürchte, Sie lieben mich, wie man ein Windspiel liebt, weil seine Bewegungen dem Auge und dem Besitztrieb schmeicheln ...«
»Matthias!« schrie sie wütend.
Dieses Aufbegehren gefiel ihm.
»Glauben Sie wirklich«, sagte sie mit rauher Stimme, »daß ich mich damals, als ich Sie beim Schlittschuhlaufen sah, zu derart niedrigen und gemeinen Berechnungen hätte hinreißen lassen? Kennen Sie nicht das rätselhafte Gefühl der Vertrautheit, das einen beim Anblick eines Unbekannten plötzlich ergreifen kann, und das bedeutet, daß das eigne Herz im selben Rhythmus schlägt wie das des anderen? Ich habe das schon einmal empfunden, denn ich bin keine Nonne, wie Sie zu denken scheinen. Haben Sie nicht dasselbe gefühlt? Haben Sie nicht verstanden, daß ich Ihnen bereits mein Vertrauen geschenkt hatte, als ich Sie bat, mich nach Hause zu bringen, als ich Sie dort behielt und Sie noch am selben Abend von meinem Vater einladen ließ?«
Er antwortete nicht; er hatte ganz einfach geglaubt, sie verstanden zu haben.
»Wenn Sie es unbedingt wissen wollen, also gut, dann hören Sie: Ich liebe Sie!«
Er fragte sich, ob nicht vielleicht sie die Betrunkene sei.
»Und weiter?« murmelte er.
»Ich kann Ihnen nicht angehören.«
»Man braucht weder einen Popen noch einen Diakon, um sich zu lieben.«

»Es gefällt mir, daß Sie das wenigstens zugeben«, sagte sie und sah sich um.
Der Lärm des Orchesters wurde allmählich ohrenbetäubend. »Ein Totentanz!« dachte Matthias plötzlich schaudernd.
»Geben Sie mir eine Zigarette!« bat sie.
Er bemühte sich, das junge Mädchen im rosa Tüllkleid ruhig zu betrachten, dessen Dekolleté das einzige Stück lebendigen Fleisches war, das an diesem gespenstischen Abend zu sehen war. Liebte er sie? Er war nicht einmal mehr fähig, das Wort »lieben« zu denken, aber er begehrte sie heftig. Der Oberkellner und eine in scharlachroten Samt gehüllte alte Megäre beobachteten entsetzt, wie Sophia den Zigarettenrauch ausstieß.
»Sie wissen schon ziemlich viel von mir«, murmelte sie. »Sie können meine Liebe an dem blinden und unvorsichtigen Vertrauen ermessen, das ich Ihnen geschenkt habe. Ich weiß nicht, warum ...«
»Aber natürlich wissen Sie es. Sprechen Sie weiter!«
»Sie halten mein Leben in Ihren Händen!«
»Wie sehr wünschte ich, daß das wahr wäre!«
»Hören Sie auf mit diesen Redensarten!« schnitt sie ihm das Wort ab. »Vadim ...«
»Vadim teilt Ihre Anschauungen, das ist nicht zu übersehen.«
»Aber Vadim befindet sich in einem derartigen Zustand der Verzweiflung, daß er gefährlich zu werden beginnt.«
»Warum denn gefährlich? Er wirkt so sanft ...«
»Vadim braucht Liebe.«
»Er auch!«
»Aber nicht die Liebe einer Frau!« sagte sie ruhig.
Matthias zündete sich eine Zigarette an. Er zog daran und stieß den Rauch mit unendlicher Langsamkeit wieder aus.
»Vadim war in Nikita verliebt.«
»In Nikita!«
»Nikita hat seine Liebe für nichts als glühende Freundschaft gehalten, bis Vadim sich eines Tages ein Wort oder eine Geste zuviel erlaubt hat. Das war die Hölle für mich! Ich hatte alle Mühe der Welt, Nikita davon abzuhalten, Vadim wegen unehrenhaften Betragens aus unserer Gruppe auszuschließen. Wie alle primitiven Naturen ist Nikita Puritaner. Vadim fühlte sich in seiner Liebe, und auch in sei-

ner Eigenliebe, zutiefst gekränkt. Ich hatte Angst, daß er sich umbringen würde. Er hat es nicht getan, um unsere Sache nicht zu verraten.«
»Ich will zwar nicht egoistisch erscheinen«, sagte Matthias, »aber ich sehe nicht, inwiefern das unserer Liebe im Weg stehen sollte!«
»Vielleicht steht es ihr auch gar nicht im Weg«, murmelte sie. »Vadim ist beinahe krankhaft in Sie verliebt.«
Matthias wandte sich an den Oberkellner, um ihn um ein Glas Champagner zu bitten, das er in einem Zug hinunterstürzte.
»Er hat Sie im Traum gesehen, in der Nacht vor unserer ersten Begegnung.«
»Schluß jetzt mit den Verrücktheiten!«
»Wenn er auch verrückt ist, ich bin es jedenfalls nicht. Er hat mir seinen Traum noch am selben Morgen erzählt. ›Ein Schlittschuhläufer wird kommen. Wenn er mich nicht liebt, werde ich mich umbringen. Er wird blond sein.‹«
»Sie haben den nächstbesten Blonden mit nach Hause genommen, damit der Traum sich erfüllt.«
»Sie sind gemein. Ich konnte ihre Haare gar nicht sehen.«
»Sie haben mich eingeladen, damit ich die Mütze abnehmen muß.«
»Seien Sie kein Schuft, Matthias. Haben Sie nicht links am Hals einen Schönheitsfleck? Unter dem Hemd, versteht sich.«
Matthias schwieg betroffen.
»Stimmt es, oder stimmt es nicht?«
»Es stimmt.«
»Nun also. Wenn Sie Vadim zurückweisen, wird er sich umbringen. Und wenn er sich umbringt, werde ich Ihnen nie gehören, weil ich Sie dann verachten werde.«
»Aber wie könnten Sie einen Mann lieben, der ...?«
»Nur desto mehr. Holen Sie mir ein Glas Champagner, wollen Sie?«
»Wir sind ganz schön verrückt!«
»Was heißt das schon? Sie sind nur nicht daran gewöhnt. Nehmen Sie Vadim heute nacht mit zu sich nach Hause, dann bin ich morgen schon die Ihre. Das ist der Preis, den Sie zahlen müssen. Wenn Sie mich lieben. Wenn der Preis Ihnen zu hoch erscheint, können Sie gehen. Vadim ist nebenan. Ich weiß, daß er eine Pistole in der Ta-

sche hat, und wenn Sie gehen, wird er sich noch heute abend erschießen. Und Sie sollen wissen, daß es dann in Petersburg eine Frau geben wird, die Sie für einen Feigling hält!«
Sie trank ihren Champagner.
»Und morgen gehören Sie mir?« fragte er.
»Ja. Aber Sie müssen Vadim lieben, verstehen Sie? Lieben!« wiederholte sie mit einem Seufzer.
»Aber Sie sind es doch, die ich ...«
»Ich weiß«, sagte sie. »Deswegen bitte ich Sie ja darum. Bringen Sie mich zu Maria Tscheremetjewa und nehmen Sie Vadim mit.«
»Würden Sie mir die Ehre erweisen, bei mir zu Hause eine Partie Schach mit mir zu spielen?« wandte sich Matthias an Vadim. »Sophia hat noch etwas mit Maria Tscheremetjewa zu besprechen, und ich bin von all dem vornehmen Getöse schon ganz schwindelig.«
Aus Vadims Augen stürzten die Tränen, ohne daß auch nur ein Muskel in seinem Gesicht sich bewegt hätte.
»Nur danach habe ich mich gesehnt«, sagte er mit erstickter Stimme.
Als sie sich ausgezogen hatten, beugte sich Matthias über Vadims Anzug, den er auf ein Sofa geworfen hatte, und zog eine deutsche Pistole aus seiner Tasche. Er verstaute sie in der Schublade seines Sekretärs.
Um vier Uhr morgens erhob er sich und trat ans Fenster.
»Wonach hältst du Ausschau?« fragte Vadim.
»Ich wollte nachsehen, ob das Eis auf der Newa nicht geschmolzen ist. Was diese Stadt braucht, ist nicht ein Schlittschuhläufer, sondern ein Mann, der über das Wasser gehen kann.«

3.

Liebe und Revolution

Niemand wußte, was Zanotti auf die seltsame Idee gebracht hatte, sich photographieren zu lassen, und das auch noch zu Hause. Matthias sah einen kleinen Mann, der mit Hilfe eines schwitzenden Assistenten mehrere rätselhafte Gegenstände hinter sich her schleppte, mit wichtiger Miene das Haus am Pawlowskij-Prospekt betreten. Der kleine Mann, Hermann Meyer, brauchte Stunden, um die Vorhänge zu- und wieder aufzuziehen, Blumensträuße zurechtzurücken, einen Sessel hier- und wieder dorthin zu schieben und Zanotti in Positur zu setzen, mit gekreuzten und entkreuzten Beinen, mit verschränkten und ausgebreiteten Armen, den Kopf einmal gebeugt und einmal nach rechts gedreht, so lange, bis Matthias, der ohnehin schon verärgert war, davon schwindelig wurde und sich verdrießlich in sein Zimmer zurückzog.
Ein allzu langgehegter Wunsch muß irgendwann versiegen.
Ein unerfüllbarer Wunsch verliert schließlich seine Kraft.
Ein alter Wunsch ist ein verlorenes Vergnügen.
Er hatte Sophia so oft in Gedanken ausgezogen, daß sie vor seinem geistigen Auge schließlich nur noch in Pantoffeln daherschlurfte. In Wirklichkeit hatte er sie freilich niemals ausgezogen. Am Tag nach dem Abend, als sie ihn gebeten hatte, Vadim mit nach Hause zu nehmen, hatte sie ihm einfach abgesagt und erklärt, ihr sei unwohl.
»Sie haben mir versprochen ...«
»Ich habe Ihnen versprochen? Eine Frau an ihre Versprechen zu erinnern, Matthias, ist eine Unschicklichkeit, zu der ich Sie nicht fähig glaubte.«
»Sie haben gelogen. Sie lieben mich gar nicht.«
»Glauben Sie, daß eine Szene die beste Art ist, mir den Hof zu machen?«

Er war wütend geworden.
»Schätzen Sie sich glücklich, daß ich Ihnen gestatte, mir den Hof und eine Szene zu machen!« hatte sie gesagt.
Gerade zur rechten Zeit hatte Vadim den kleinen Salon betreten. Vadim war ein erschreckendes Wesen: Er bestand ganz aus feuchter Zärtlichkeit, aus einer beinahe unterwürfigen Hingabe für Matthias. Seit er in dem Haus am Pawlowskij-Prospekt mehr oder weniger wohnte, war er schön geworden. Es war beunruhigend, wie das Glück ein menschliches Wesen zum Leuchten bringen konnte! Vadim nährte sich vom Scheitel bis zur Sohle von Matthias' Körper. Sogar Warwara Isakowa hatte bemerkt, daß er aufgeblüht war.
»Endlich bringt der Frühling unserem kleinen Vadim ein bißchen Farbe auf die Wangen!« hatte sie gesagt.
Sophia hatte Vadim mit soviel unbewußter Zärtlichkeit angesehen, daß Matthias einen bitteren Verdacht schöpfte. Sie war in ihren Bruder verliebt, soviel war deutlich, aber wie weit würde diese Liebe gehen, und vor allem: Wie weit war sie schon gegangen? Seit zwei Wochen wartete er jetzt schon vergeblich auf Sophia, und das hieß, daß sie keinerlei Sehnsucht nach ihm hatte. Vielleicht hatte sie ihn aus Perversität angelogen, als sie behauptet hatte ...
Ihn zu lieben? Liebte sie ihn? Welchen Sinn mochte dieses Wort für sie haben? Und für ihn? Wollte er in ihrem Körper herumwühlen, um hinterher befriedigt einzuschlafen? Wollte er sie geistig besitzen, um sicher zu sein, daß er niemals Mangel zu leiden hätte? War es das Schicksal einer geliebten Person, gleichzeitig Beutetier und Kornspeicher zu sein? In diesem Fall hätte sie recht, sich ihm zu verweigern. Er selbst, auch wenn er männlich war, war nichts als die Sophia von Vadim, in dessen Körper er genauso herumwühlte, und schließlich fand er es albern, deswegen eine solche Affäre zu machen. Das Problem lag anderswo begraben.

Warwara Isakowa klopfte die Kissen aus, zog die Teppiche zurecht, gab den Vorhängen einen Puff, schenkte Matthias eine Tasse Tee ein und stellte ihm einen Teller Kuchen hin.
»Es sind Kuchen mit Orangenkonfitüre, Graf Matthias«, sagte sie beinahe mütterlich zu ihm. Sie nannte ihn Graf, weil ihr das schmeichelte, und Matthias, weil er sozusagen zur Familie gehörte. »In drei Monaten können wir Kuchen mit frischen Früchten

backen. Ich hoffe, Sie werden dann nicht mehr Schlittschuh laufen gehen«, sagte sie und ging hinaus. Freundlicherweise folgte Vadim ihr, um Michail zu suchen, der ihm einige Papiere unterzeichnen sollte.

»Geben Sie mir bitte eine Zigarette!« sagte Sophia und setzte ihre Tasse ab.

»Sie entkleiden also den heiligen Peter, um den heiligen Paul wieder anzuziehen, aber die Festung bleibt uneinnehmbar«, sagte Matthias ziemlich kühl.

Sie lächelte.

»Ich hielt Sie für einsichtiger«, sagte sie und blies den Rauch durch die Nase. »Vadim war in Lebensgefahr, ich und Sie waren es nicht. Mit der Liebe ist es wie mit dem Brot. Man muß sie den Armen geben.«

»Warum geben Sie sie dann nicht Nikita?« fragte er dreist.

»Wer sagt Ihnen, daß ich es nicht tue?« antwortete sie nicht weniger dreist.

Er fuhr zusammen.

»Bitte, da haben wir es!« schrie er. »Sie bevorzugen Nikita, und das ist alles.«

»Es gibt da einen kleinen Unterschied, Matthias«, sagte sie ernst. »Ich liebe Nikita nicht. Ich liebe Sie!«

»Aber warum stellen Sie dann die Welt auf den Kopf? Sie lieben mich, und ich liebe Sie, aber Sie geben mich einem anderen, und Sie geben sich einem anderen!«

»Sie sind wirklich beschränkt«, sagte sie ungeduldig. »Nikita und Vadim sind arm, und wir beide sind reich. Nikita und Vadim sind es, die die Liebe brauchen! Sie reden daher wie mein Vater, der will, daß Reiche nur Reiche heiraten und daß die Armen unter sich bleiben! Wenn sich die Reichen in diesem Fall den Armen verweigert hätten, hätten sie unendliches Leid heraufbeschworen.«

»Wer sagt Ihnen, daß ich nicht unendlich leide?« fragte Matthias, den die Logik von Sophias Überlegungen zu verstören begann.

»Sie leben noch, und Sie essen. Vadim nahm fast nichts mehr zu sich, und er begann, den Verstand zu verlieren. Er ist schwach, und er ist mein Bruder. Es war meine Pflicht, ihm das Schlimmste zu ersparen.«

»Sie lieben Vadim über alle Vernunft hinaus.«

»Ich liebe ihn, als wenn ich seine Mutter wäre, denn wir haben unsere Mutter kaum gekannt. Sie ist gestorben, als wir noch ganz klein waren. Michail hat ihre Zärtlichkeit am längsten genossen, und darum empfindet er auch keinen Schmerz. Als ich fünf Jahre alt war und Vadim sieben, war ich schon seine Mutter. Verstehen Sie? Ich habe seinetwegen verzichtet!«

Matthias nahm Sophias Hand und gab ihr einen langen Kuß in die Handfläche. Sie streichelte ihm die Wange.

»Ich liebe Sie, weil Sie Vadim das Leben gerettet haben«, murmelte sie. »Ohne Vadim wären wir verloren«, setzte sie hinzu.

»Wer wäre verloren?« fragte er und faßte sich wieder.

»Wir. Die Revolution.«

Bestürzt schnellte er zurück, ohne zu verstehen.

»Vadim ist die Revolution?«

»Er kann im Kriegsministerium arbeiten, weil er der Sohn von Arsenij Pankratjewitsch ist. So können wir die Bewegungen aller bedeutenden Persönlichkeiten verfolgen.«

»Es ist ja gar nicht Vadim, den Sie lieben!« schrie er und sprang auf. »Es ist die Revolution! Sie lassen mich für die Revolution arbeiten, mich! Ich pfeife auf die Revolution!«

»Natürlich pfeifen Sie auf die Revolution, Matthias«, sagte sie langsam. »Sie leben nur für sich selbst. Sie sind schön, reich und elegant, Sie arbeiten nur zu Ihrem Vergnügen. Die Liebe bedeutet für Sie nicht mehr, als daß Sie sich eine Frau aneignen.«

Sophias Stimme war tonlos; sie war bleich vor Enttäuschung.

»Egoisten wie Ihnen ist es zu verdanken, daß dieses Land zu einer Brutstätte der Tyrannei geworden ist, wo Analphabetismus und Aberglaube blühen, wo die Volksschullehrer kein Wahlrecht haben, wo ein kleiner Schwarm von Privilegierten von Fest zu Fest, von Pfründe zu Pfründe und von Unrecht zu Unrecht eilt, während Millionen von Menschen ohne irgendwelche Zukunftsaussichten ein klägliches Leben führen.«

»Wollen Sie mich für das Schicksal Rußlands verantwortlich machen?« rief Matthias. »Was wird sie schon daran ändern, Ihre Revolution!«

»Sie sind mit dem Los Rußlands einverstanden. Aber die Revolution wird der Gerechtigkeit zum Sieg verhelfen. Während ich auf diese Gerechtigkeit warte, versuche ich, schon jetzt die Gerechtigkeit des

Herzens walten zu lassen. Und die ist — muß ich Sie wirklich daran erinnern? — oft genug nur die Gerechtigkeit des Geschlechts.«
Was für Stürme toben nicht in den Herzen der Frauen! »Ist Sophia vielleicht die Tochter von Ilona?« fragte sich Matthias betroffen.
»Gab es denn keinen anderen Liebhaber für Vadim als gerade mich?« fragte er nach einer Pause.
»Bin ich vielleicht die einzig mögliche Frau für Sie in Petersburg?« gab sie zurück.
Er schenkte sich Tee nach.
»Vadim wird gleich zurückkommen«, sagte sie. »Machen Sie nicht so ein bitteres Gesicht. Wenn Sie schon Brot geben, dann geben Sie es auch ganz. Vadim hat Sie wirklich gesehen in seinem Traum. Er hat das zweite Gesicht. In der Nacht, in der unsere Mutter gestorben ist, hat er mich geweckt, und zwar im selben Augenblick, da sie, eine Etage tiefer, die Augen für immer geschlossen hat. Er hatte sie neben seinem Bett gesehen. Über Sie hat er mir auch etwas gesagt . . .«
»Was hat er gesagt?« fragte Matthias brüsk.
»Eines Nachts, als er neben Ihnen schlief, hat er geträumt, daß Sie aufstehen und in großer Heimlichkeit eine Kiste öffnen würden. Im Traum hat er Sie beobachtet. Als Sie den Deckel der Kiste öffneten, drang ein unerträglich helles Licht daraus hervor. Vadim sagt, daß Sie ein schreckliches Geheimnis hätten.«
»Was denn für ein Geheimnis? Ist das vielleicht Ihre Art, den Aberglauben zu bekämpfen?«
»Regen Sie sich nicht auf, Matthias«, sagte Sophia und sah ihm in die Augen. »Vadim hat keine Ahnung, was für ein Geheimnis es sein könnte.«
Vadim kam zurück. Sophias Gesicht hellte sich auf. Sie nahmen noch einmal von dem Kuchen und tranken eine weitere Tasse Tee. Während Matthias auf scherzhafte Weise schilderte, wie die Gräfin Apraxina für ihn Modell gestanden hatte, spürte er Vadims glühenden Blick auf sich ruhen. Gleichzeitig spürte er, daß Sophia Vadim beobachtete. Er sah durchs Fenster in den Himmel über der Newa. Er verstand sehr wenig vom Leben und von der Liebe, aber das Wenige, was er verstand, gab ihm Lust zu weinen. Er verstand nicht, wie es zuging, aber er begann, Vadim zu lieben, ja, wirklich zu lieben, wie man ein Kind liebt, das nicht das eigene ist.

»In einer Woche ist Ostern«, sagte Sophia.
Es war ein neues Gefühl für ihn, eine Frau in ruhiger Verzweiflung zu begehren. Wenn sie sagte, daß sie, während sie sich Nikita hingab, in Wirklichkeit ihn liebte, so glaubte er ihr. Aber genau besehen glaubte er ihr doch nur halb. Es mußte ihr eine schreckliche Lust bereiten, sich einem halb Verhungerten hinzugeben, einen wahren Rausch der Selbstbestätigung. Zumindest mußte es ihr Machtgefühl erheblich vergrößern. War es nicht gerade ihr durch und durch aristokratisches Wesen, das sie veranlaßte, sich Nikita hinzugeben? Sophia Arsenjewa Schtschorytschewa, die sich dem armen Nikita als Gnadengeschenk zu Füßen legte, im Namen der zukünftigen Revolution! Und Nikita war womöglich noch von rasender Dankbarkeit und vom Glauben an die Revolution durchdrungen! Was für eine widerliche Selbstverleugnung! Matthias sah ihn vor sich, wie er in seinem schmutzigen Dachzimmer nackt auf den Knien lag und dem adeligen Genius der Revolution die Füße küßte ... Ein richtiges Genrebild!
Dieses innerliche Würgen erschöpfte ihn. Die Russen sollte der Teufel holen! Ein Russe ist eine Monade, undurchlässig für die Außenwelt, eingehüllt in die Dämpfe der heiligen russischen Groß-Monade. Und eine Russin zu lieben bedeutete, sich zum Schicksal eines Prometheus zu verurteilen, mit einem russischen Adler, der einem endlos an der Leber fraß.
Aber da war noch Vadim. Matthias konnte sich nicht erklären, warum er sich für Vadim verantwortlich fühlte. Es hatte noch nie einen Mann in seinem Leben gegeben.
Noch am selben Abend — die Eiswüste von Petersburg war hinter den zugezogenen Vorhängen verborgen, und auf dem marmornen Beistelltisch stand eine Karaffe Wodka — noch am selben Abend fragte er Vadim geradeheraus:
»Und wer war es vor mir?«
»Ein Gardeoffizier. Er hat sich umgebracht«, sagte Vadim und küßte das rubinenbesetzte Kreuz auf seiner Brust.
Er war erstaunlich in seiner Unschuld, aufrecht und nackt, mit gesenktem Haupt wie ein Kind, dem man böse ist.
»Hat Sophia dir das nicht erzählt?« fragte er schließlich, und er hatte jetzt wirklich die Stimme eines Kindes.
»Nein. Erzählst du Sophia eigentlich alle deine Träume?« fragte Matthias und reichte ihm ein Glas Wodka.

»Soll ich nicht?«
»Das habe ich nicht gesagt.«
»Ich habe das immer getan.«
»Hast du mich wirklich im Traum gesehen? Mich?«
»Ich schwöre es«, antwortete Vadim und küßte erneut sein Kreuz. Er trank seinen Wodka in einem Zug und fragte: »Liebst du mich nicht mehr?«
Das war keine Frage, sondern ein Revolver in der Hand seines Gegenübers, ein Revolver, den man langsam hebt, bis die Mündung auf die eigene Brust gerichtet ist, und dann erst sagt man: »Zieh!«
»In Wahrheit ist es eher umgekehrt«, murmelte Matthias.
»Wieso umgekehrt?«
»Ich lerne allmählich, dich zu lieben, Vadim«, erklärte Matthias und legte sich ins Bett. »Aber ich pfeife auf die Revolution!«
»Du hast noch nicht verstanden«, sagte Vadim, »daß Liebe und Revolution dasselbe sind.«
»Ich werde alt«, dachte Matthias in der Dunkelheit. »Es ist nicht zu leugnen, ich werde alt.«

4.

Die Auferstehung

Warum bloß alle so versessen auf Photographien waren!
Zanotti überreichte Matthias mit spöttischem Blick das Ergebnis der Verrenkungen, die der kleine Mann unter seinem schwarzen Tuch gemacht hatte.
»Ich sehe aus wie ein Ehrenbürger von Perm«, sagte er.
»Was für ein Mangel an Begabung, alles, was recht ist!« murmelte Matthias und betrachtete das Stückchen Karton, auf dem Zanottis Züge und Kleider in dunklem Sepia verewigt waren. »Alles ist drauf, aber sehen tut man nichts!«
Nichts außer dem Namenszug des Photographen in Goldschrift: Abraham Semjonowitsch Wolff, St. Petersburg.
Auch Vadim hatte Matthias ein silbern gerahmtes Photo von sich geschenkt. Sophia desgleichen, nur daß sie für ihr Porträt einen nüchternen, bläulichen Stahlrahmen vorgezogen hatte.
»Machen Sie es vor allem nicht zu photographisch, das ist ordinär«, sagte die Gräfin Apraxina bei einer ihrer letzten Sitzungen am Aschermittwoch. »Mehr Farbe, mehr Bewegung!« setzte sie auf französisch hinzu. Dabei war sie schwarz gekleidet und steif wie ein Stock.
Stirnrunzelnd betrachtete Matthias die Photographien. Ob »es« auch mit einem Photo ginge? Wenigstens auf den ersten Blick sah er keinen Grund, daran zu zweifeln. Der Mann in Grau hatte ihm sein Privileg nicht als Lohn für seine künstlerischen Fähigkeiten verliehen, und auch nicht als Antrieb zur Arbeit.
Ostersamstag. Im Haus am Pawlowskij-Prospekt saß Matthias mit Zanotti und Sergej Wassiljewitsch beim Abendessen. Jurij und Jelena, die beiden Hauptbediensteten, hatten darum gebeten, das Abendessen früher als gewöhnlich auftragen zu dürfen, um anschließend zum Gottesdienst in die Kirche Unserer Lieben Frau

von Kasan gehen zu können, der um zehn Uhr begann. Als letztes hatten sie Kaffee und Kuchen auf den Tisch gestellt.
»Wollen Sie nicht mit uns kommen, Herr Graf?« fragte Jurij Konstantinowitsch, ein schöner Mittfünfziger, der zusammen mit seiner Frau, Jelena Anastassjewa, das Haus in Ordnung hielt und das restliche Personal beaufsichtigte. »Es wird wunderbar sein!«
»Wir werden morgen früh zur Messe gehen, Jurij!«
»Wir bringen Ihnen geweihtes Brot mit!« versprach Jelena, ihr Kopftuch unter dem Kinn verknotend.
»Ich verlasse mich darauf!« antwortete Matthias.
Die schwere Eingangstür, die hinter den beiden ins Schloß fiel, ließ den kristallenen Lüster über dem Eßtisch leise erklirren. Dann breitete sich Stille aus. Zanotti und Sergej gingen zum Schachspielen in den Salon hinüber.
Matthias folgte ihnen. Er befand sich in einem Zustand ängstlicher Erregung, ohne zu wissen warum. Von Vadim, der eigentlich hatte zum Essen kommen wollen, hatte er nichts gehört. Wahrscheinlich hatte ihn sein Vater, der General, gegen seinen Willen mit zu irgendeiner Messe geschleppt.
Matthias setzte sich und versuchte *Über den Willen in der Natur* zu lesen, ein Werk seines Landsmanns Arthur Schopenhauer, das ihm die Gräfin Apraxina mit den wärmsten Empfehlungen geliehen hatte. Es gelang ihm aber nicht, zu lesen; er starrte nur auf die Seiten. Da klingelte es an der Tür. Vielleicht war es Vadim.
»Ich öffne«, sagte Matthias, denn die ganze Dienerschaft war in der Kirche. Er sah durch den Spion und erblickte eine schwarzgekleidete Alte. Er fragte sie, was sie wolle.
»Ich habe einen Brief für den Grafen Archenholz«, sagte sie.
Er öffnete die Tür.
»Ich darf ihn nur persönlich übergeben«, sagte sie.
»Ich bin Graf Archenholz.«
Sie musterte ihn mit wäßrigen Augen und zog dann ein fettiges Stück Packpapier hervor, das zum Dreieck gefaltet und mit weißem Kerzenwachs gesiegelt war. Der Name des Empfängers war hastig daraufgekritzelt. Matthias zog einen Rubel aus der Tasche und gab ihn der Botin.
»Sie hat mich schon bezahlt«, sagte sie.
»Nehmen Sie ihn trotzdem«, erwiderte er.

Eine braune Klaue griff nach dem Rubel und verschwand wieder unter dem Brusttuch. Matthias schloß die Tür und betrachtete beunruhigt das seltsame Stück Papier in seiner Hand.
»Kommen Sie so schnell wie möglich in die Kirche Unserer Lieben Frau von Kasan. Ich bin verloren. Vadim ist tot.«
Als Signatur ein S.
Matthias stieß mit rauher Stimme einen Schrei aus. Zanotti und Sergej eilten herbei. Matthias war bleich wie der Tod. Sie setzten ihn auf einen Stuhl.
»Matthias!« flüsterte Zanotti, der neben ihm kniete und seine Hand streichelte. »Bist du in Ordnung?« Er nahm Matthias den Brief aus der Hand, schloß einen Augenblick die Augen und legte Matthias' Hand auf sein Gesicht.
»Wir gehen mit dir«, sagte Zanotti.
»Nein«, antwortete Matthias. »Jemand muß hierbleiben.«
Sie holten ihm seinen Pelz, denn es war noch kälter geworden. Er setzte seine Mütze auf und verließ das Haus. Zanotti und Sergej standen unter der Tür und sahen ihm nach.
Endlich fand er eine Mietkutsche.
»Zur Kirche Unserer Lieben Frau von Kasan, aber fahren Sie bitte vorher bei der Residenz Schtschorytschew vorbei, sie liegt ja fast am Weg.«
Bevor er das Haus verließ, war er, ohne zu wissen warum, ins Wohnzimmer gegangen und hatte das Photo von Sophia aus seinem Stahlrahmen genommen und es in die Tasche gesteckt. Manchmal funktioniert der menschliche Geist wie der Instinkt eines Tiers, der den besten Strategien der Vernunft überlegen ist. Instinktiv wußte er, daß er das Photo vielleicht würde brauchen können, wozu auch immer.
Er dachte an Vadim und weinte.
Die Residenz Schtschorytschew war vom Dach bis zum Keller beleuchtet und wurde von einer ganzen Polizeiabteilung bewacht. Die drei Fenster im Erdgeschoß, die des großen Salons, in dem Vadim Klavier gespielt hatte, waren zersprungen. Reste der Vorhänge flatterten traurig im eisigen Wind. Dort mußte die Bombe explodiert sein. Unter dem Klavier? Die Polizei war sicher auf der Suche nach Sophia, die in der Kirche auf ihn wartete. Man konnte darauf wetten, daß die Polizei in wenigen Minuten auch bei Matthias auf-

tauchen würde. Er hatte sich gerade noch rechtzeitig davongemacht.
Auf der Zufahrt zur Kathedrale geriet die Kutsche in einen Stau. Autos, Kaleschen und andere Mietdroschken waren ihrerseits zwischen Trauben von Fußgängern eingekeilt. Der nach dem Vorbild des Petersdoms angelegte Platz vor der Kirche mit seinem halbkreisförmigen Säulengang, der Korso und die Alleen, die zwischen zu dieser Jahreszeit erst schwach begrünten Blumenbeeten hindurch darauf zuführten — alles war schwarz von Menschen. Matthias wurde ungeduldig, bezahlte den Kutscher und ging zu Fuß weiter. Er bemühte sich, nicht zu rennen, um keinen Verdacht zu erwecken. Trotzdem rempelte er in seiner Eile eine Familie an, und einige Würdenträger empörten sich über seine ungebührliche Hast. Zum ersten Mal seit Venedig betrat er eine Kirche. Sein Herz klopfte wild.
Das Innere der Kathedrale war hell erleuchtet, und die roten Marmorsäulen warfen den Schein der Kerzen tausendfach zurück. Der Heiligenschein in der Mitte glänzte in der durchsichtigen Luft, die von den Kerzen und vom Atem der Menge erwärmt wurde. Es roch nach Weihrauch und Naphthalin, nach teuren Parfums und nach Wachs. Matthias wurde von den in freudiger Erregung murmelnden Menschenmassen hin und her geschoben. Er suchte das Weihwasserbecken und folgte mit den Augen einer Gestalt, die Sophia hätte sein können. Aber alle Frauen trugen heute Kopftücher.
»So werde ich sie nie finden!« dachte er verzweifelt.
»Friede sei mit dir, mein Bruder«, sagte eine Stimme dicht neben ihm.
»So ...«
»Friede und Ruhe, Christus wird auferstehen.«
Er nahm ihren Arm, und sie zogen sich in den am schlechtesten beleuchteten Teil des Seitenschiffs zurück.
»Retten Sie mich!« sagte sie mit einer Stimme, die beinahe rauh klang, so sehr bemühte sie sich, zu flüstern. »Sie sind der einzige, der es kann! Den Tod kann ich ertragen, aber nicht die Verhaftung, die Folter, den Verrat! Ich bin verloren! Und durch meine Unfähigkeit, den Schmerz zu ertragen, würde ich würdigere Seelen als mich ins Verderben stürzen und noch mehr Leiden heraufbeschwören. Das kann ich nicht.«

Stumm vor Angst betrachtete er ihr Profil, das kaum über den schwarzen Rand des Kopftuchs hinausragte. Sophia blickte starr vor sich hin.

»Wenn Sie mich nicht retten, werde ich mich umbringen!« sagte sie.

»Aber wie?« rief er so laut, daß einige Gläubige sich nach ihnen umdrehten. Sie versteckte ihr Gesicht hinter dem Tuch.

»Aber wie?« flüsterte er.

»Wie ich mich umbringen will? Mit dieser Pistole!« sagte sie und zog die Waffe halb aus ihrem Ärmel.

»Nein, wie ich Sie retten soll!«

»Wir können fliehen. Sie sind Deutscher.«

»Die Grenzen werden bewacht sein, und wenn ich jetzt einfach verschwinde, wird sich die Polizei an meine Fersen heften. Sie ist jetzt sicher schon in meinem Haus ...« Ein paar Leute schienen ihnen zuzuhören.

»Was ist passiert?« fragte er nach einer Weile.

»Das ist doch jetzt egal. Die Bombe, die für den Wagen des Gouverneurs bestimmt war, ist frühzeitig explodiert, zweifellos als Vadim im Salon ihren Zustand überprüfen wollte. Sie werden die zweite Bombe, die für den General der Garde bestimmt war, auch noch finden.«

»Wo haben Sie die versteckt?«

»Warum interessiert Sie das? In einem Schuppen hinter dem Haus, der uns als Vorratskammer dient.«

»Können Sie diesen Schuppen anders als durch den Haupteingang erreichen?«

»Ja, über den Hof des Nachbarhauses. Warum?«

»Lieben Sie mich?«

»Ist das der passende Zeitpunkt für diese Frage?«

»Lieben Sie mich? Die Frage ist lebenswichtig!«

»Ja.«

»Blind?«

»Ich liebe niemanden blind. Was wollen Sie?«

»Daß Sie mir blind vertrauen.«

»Warum? Damit ich mit Ihnen schlafe?«

»Damit Sie das hier überleben.«

»Dann lassen Sie uns fliehen.«

»Nein. Das wäre aussichtslos.«
»Was wollen Sie denn?«
»Daß Sie die zweite Bombe zur Explosion bringen, indem Sie sie an sich drücken.«
Entsetzt wich sie einen Schritt zurück.
»Ist es das, was Sie leidenschaftliche Liebe nennen?«
»Blindes Vertrauen!«
Es war zehn Uhr. Die Glocken begannen feierlich und kraftvoll zu läuten. Der Gottesdienst würde in wenigen Augenblicken beginnen. »Da sind sie!« schrie ein Kind, das auf die Schultern seines Vaters geklettert war.
Das bronzene Läuten erfüllte stolz und trunken die Luft und vermischte sich mit den Klängen, die gleichzeitig von Sankt Isaak, von Alexander Newskij, von der Kapelle des Winterpalasts und von der St.-Peter-und-Paul-Festung herüberklangen und den Himmel über Petersburg mit goldenen Geistern bevölkerten.
Aus dem Chor hinter dem Heiligenschrein trat jetzt in weißen, goldbesetzten Gewändern die Prozession der Geistlichen hervor. Angeführt wurde sie von einem Kind im Chorhemd, das vorsichtig eine kleine Lampe trug. Die Weihrauchfässer klingelten leise, und die Luft im Querschiff färbte sich bläulich.
»Sie haben den Verstand verloren!« sagte Sophia entsetzt.
»In dem Augenblick, da Sie die Bombe im Schuppen in der Luft zerreißt, werden Sie diese Kirche hier an meinem Arm verlassen, und wir werden zur allgemeinen Verwirrung der Polizei bei Ihnen zu Hause erscheinen.«
»Sind Sie völlig übergeschnappt?« zischte sie und sah Matthias mit schreckgeweiteten Augen an.
»Sie wollten doch mein Geheimnis wissen. Jetzt wissen Sie es.«
Sie schwieg lange.
»Die Zeit drängt!« sagte er.
»Halten Sie sich für Jesus Christus?«
Matthias warf den Kopf zurück. Sein Gesicht sah schrecklich abgezehrt aus.
»Vertrauen Sie mir«, murmelte er.
»Matthias ...« flüsterte sie angstvoll.
»Gehen Sie jetzt.«
Mit geschlossenen Augen hörte er sie schluchzen. Dann hörte er

nichts mehr. Als er die Augen wieder öffnete, war sie verschwunden. Zehn Minuten, heute vielleicht zwanzig, brauchte ein Fußgänger für den Weg von der Kirche zur Residenz Schtschorytschew.

Die Geistlichen zogen hinter Matthias vorüber und gingen durch das andere Seitenschiff zurück nach vorne, zum Heiligenschrein. Ihr Wechselgesang schien die Weihrauchschwaden mit Leben zu erfüllen. Von allen Seiten bedrängt, lehnte Matthias sich mit dem Rücken an eine Säule und tastete nach dem Photo in seiner Tasche. Die Prozession war jetzt hinter dem Schrein verschwunden.

Matthias zog einen Füllhalter aus der Weste und schraubte die Kappe ab. Dann holte er das Photo hervor und malte mit blauer Tinte das erste Zeichen, das Zeichen Voor. Sein Herz klopfte zum Zerspringen.

Zwei Priester schlossen langsam das Kirchentor, an das in wenigen Augenblicken der Archimandrit Wassilij klopfen würde, um mit lauter Stimme die Auferstehung Christi zu verkündigen.

Das Zeichen Kish. Dann das Zeichen Koth. Schließlich das Zeichen Mnaar.

Der Archimandrit schlug mit seinem Bischofsstab von außen gegen das Kirchentor. Die Menge sah ihm mit frommer Miene entgegen. Die Priester drehten den schweren Türknauf, der nicht gleich nachgeben wollte. Die Schläge wurden lauter. Dem Archimandriten draußen vor der Tür wurde allmählich kalt. Die Priester stemmten sich mit aller Kraft gegen die Tür, vergebens. Man hörte die wuterfüllte Stimme des Archimandriten. Mehrere Männer drängten sich nach vorn, um den Priestern zu helfen, aber die Tür ging nicht auf. Das Schloß hatte sich gründlich verklemmt. Auf den Gesichtern malte sich Bestürzung. Die Augen weiteten sich vor Unruhe. Hinter der widerspenstigen Tür schrie der Archimandrit inzwischen aus vollem Halse.

»Macht endlich auf, ihr Waschlappen!«

Einer der Priester verschwand hastig durch die kleine Seitentür, um den Archimandriten über die Natur des Vorfalls aufzuklären. Die Schreie hörten auf. Endlich erschien der Archimandrit. Mit zerknüllter Mitra und wehendem Haar. Er schwenkte seinen Bischofsstab wie eine Hellebarde und feuerte wütende Blicke in die Menge. Dann brachte er seinen Aufzug in Ordnung und stieß seinen Stab

mit besonderem Nachdruck dreimal gegen den Boden. Die Menge seufzte erleichtert auf.
Der Archimandrit öffnete den Mund und rief: *»Christos woskress!«*
Und wie ein Mann antwortete ihm die Menge der Gläubigen: *»Wo istine woskress!«*, was soviel heißt wie: »Wahrlich, er ist auferstanden!« Und der erste Chor stimmte den Lobgesang Christi an. Aber da bekam der Archimandrit Wassilij plötzlich keinen Ton mehr aus seiner Kehle. Er lief purpurrot an, und seine Augen drückten ungläubiges Erstaunen aus. Sicherlich hatten die Kälte und der Zorn seine Stimmbänder angegriffen.
Mit offenen Kinnladen starrten die Gläubigen ihn an.
Ein Kirchendiener eilte in die Sakristei, um den Archidiakon zu verständigen. Der Archidiakon stellte sich hastig neben den Archimandriten und hob den Arm des Prälaten, der immer noch ungläubig seinen Stab umklammert hielt. Aus vollen Lungen und mit einer wunderbaren Baßstimme intonierte er: *»Christos woskress!«*
»Wo istine woskress!« antwortete die Menge hastig in wirrem Durcheinander, vor Angst, ebenfalls die Stimme zu verlieren.
Matthias war sicher, daß der Mann in Grau sich irgendwo unter den Gläubigen versteckt hielt. Und während ein weiterer hoher Geistlicher das Kirchentor und den Archimandriten mit Weihwasser besprengte und fieberhaft Exorzismen murmelte, hörte Matthias eine sanfte Stimme seinen Namen nennen.
Er erkannte die Stimme, und vor Schmerz und Freude ganz außer sich streckte er, ohne den Kopf zu wenden, die Hand aus.
Sophias Hand legte sich in die seine.
»Bin ich wirklich nicht tot, o Herr?«
Es traf ihn wie ein Säbelhieb.
»Mach, daß Vadim aufersteht, o Herr!«
»Später«, sagte er. »Gehen wir zu dir nach Hause. Denk daran, daß wir Komödie spielen müssen!«
Während der Fahrt zur Residenz Schtschorytschew blieb Sophias Hand wie angeschweißt in der seinen liegen.
»Die Liebe Gottes«, so lauteten die einzigen Worte, die Sophia zu Matthias' Mißbehagen während des ganzen Weges von sich gab.
Der Wagen hielt.
»Lassen Sie mich durch! Ich bin Sophia Arsenjewa! Mein Vater! Wo ist mein Vater? Antworten Sie mir!«

Der Polizeioffizier, der Sophia in der Eingangshalle entgegentrat, verfärbte sich grünlich.
»Herr aller Gläubigen!« murmelte er.
»Sophia! Sophia Arsenjewa!« schrie Warwara Isakowa und stürzte sich auf sie. Dann brach sie in Tränen aus, schluchzte und fiel in Ohnmacht. Die Dienerschaft versuchte, sie wieder zu sich zu bringen. Michael Arsenjewitsch erschien. Er hatte eine ungesunde Gesichtsfarbe.
»Sophia . . . bist du das?« stammelte er. »Du . . . du bist nicht . . .«
»Was bin ich nicht? Seid ihr alle verrückt geworden? Wo ist mein Vater?« schrie Sophia mit schriller Stimme.
Der Polizeihauptmann Sergej Teodorowitsch Matjasin trat sehr geniert auf Sophia Arsenjewa zu.
»Wo waren Sie denn, gnädiges Fräulein?«
»In der Kirche. Da sind auch schon alle verrückt. Was machen Sie hier? Was ist denn passiert?«
Warwara Isakowa kam wieder zu sich. Sie stieß unverständliche Worte aus, stürzte sich erneut auf Sophia und bedeckte sie mit Küssen. Nun erschien auch Arsenij Pankratjewitsch, auf den Arm eines Dieners gestützt. Als er Sophia erblickte, lief er dunkelrot an und stürzte dann wie vom Blitz getroffen zu Boden.
»Papa!« schrie Sophia und warf sich über ihn. »Papa! Väterchen!« Sie brach in Tränen aus, die diesmal sicher aufrichtig waren. »Was geht hier vor?« schluchzte sie. »Warum? Warum?«
Bestürzt beobachtete Matthias den Zusammenbruch des Hauses Schtschorytschew. Das war also die Frucht der reinen Liebe! Denn er hatte Sophia mit den lautersten Absichten ins Leben zurückgerufen.
Hauptmann Sergej Teodorowitsch wischte sich den Schweiß von der Stirn.
»Sie sind ein Freund der Familie?« fragte er Matthias.
»Ich bin Graf Matthias von Archenholz. Wir waren in der Kirche Unserer Lieben Frau von Kasan. Was geht hier vor, Hauptmann? Und wo ist Vadim Arsenjewitsch?«
Michail sah Matthias mit zitternden Lippen an. Dann sah er seinen Vater an und brach in Tränen aus.
In der Residenz Schtschorytschew herrschte die größte Verwirrung. Der Polizeioffizier, der die Leiche der anderen Sophia drau-

ßen im Schuppen identifiziert hatte, brach unter dem Ansturm der Gefühle zusammen. Matthias bat um die Erlaubnis, Luft schöpfen zu dürfen. Er schlich in den kleinen Salon, der unversehrt geblieben war, und bemächtigte sich eines Photos von Vadim mit einer Widmung an Sophia.
Er versah es mit den Zeichen und warf es zum Fenster hinaus, denn sämtliche Polizeibeamte hielten sich jetzt im Innern des Hauses auf.
Wenige Minuten später stand Vadim in der Tür. Er drängte sich zwischen den Polizisten hindurch. Er war aufrichtig verstört. Sophia erblickte ihn als erste, stieß einen durchdringenden Schrei aus und warf sich in seine Arme.
Jetzt war es an Hauptmann Sergej Teodorowitsch, in Ohnmacht zu fallen.
Warwara Isakowa hatte offensichtlich den Verstand verloren. Sie kniete neben dem Hausherrn und betete aus Leibeskräften.
Die wenigen Polizisten, denen es gelungen war, einen klaren Kopf zu bewahren, riefen mehrere Ärzte herbei.
Matthias saß verzweifelt in einem Sessel. Vadim hockte zu seinen Füßen.

Spät kehrte Matthias nach Hause zurück. In großer Angst hatten Zanotti und Sergej im Salon auf ihn gewartet. Nachdem ein Bote aus der Residenz Schtschorytschew herübergekommen war, waren die Polizeibeamten wieder verschwunden. Matthias warf sich in Zanottis Arme und brach in Tränen aus.
»Was für eine schreckliche, furchtbare Niederlage!« schluchzte er.
Gegen Morgen schlief er vor Erschöpfung ein.
Mittags um zwölf weckten ihn die Kirchenglocken, die zum Sonntagsgottesdienst läuteten. Mit großer Mühe zog er sich an und begab sich zur Residenz Schtschorytschew, wo sich etliche Mitglieder der Regierung, einige Angehörige des Generalstabs und ein Teil der Petersburger Gesellschaft versammelt hatten. Er erkannte unter ihnen den Mann in Grau, und sie musterten sich lange.
»Sie sind wirklich die Perversität der Welt«, murmelte Matthias.
»Und Sie sind ein Teil dieser Welt!« gab der andere zurück, bevor er verschwand.
Vadim und Sophia, die Matthias einen Augenblick allein sprechen

konnte, zitterten vor Angst, weil man ihnen gesagt hatte, daß die sterblichen Überreste derer, die sie gewesen waren, am Nachmittag beigesetzt werden sollten.
»Wir werden mit ihnen verschwinden!« sagten sie verzweifelt. »Rette uns, o Herr!«
»Fürchtet euch nicht, es wird euch nichts geschehen«, sagte Matthias traurig.
»Erklär uns doch!« flehte Sophia.
»Mein Traum, mein Traum!« rief Vadim.
Sie warfen sich ihm zu Füßen und küßten seine Hände.
Er hatte die, die er liebte, vernichtet und erinnerte sich bitter an die Warnung des grauen Mannes, daß die Liebe mörderisch sei. Die Tränen schossen aus seinen Augen, und zum letzten Mal verließ er die Residenz Schtschorytschew.
»Eine außergewöhnliche Doppelgängeraffäre«, schloß der Polizeibericht, der wegen der Verwirrung und den Erinnerungsstörungen der wichtigsten Zeugen unter den Polizeibeamten etwas stümperhaft ausgefallen war. »Zwei Terroristen haben ihre große Ähnlichkeit mit den Kindern des Generals Schtschorytschew hinterlistig ausgenutzt.«
Das Durcheinander während des Ostergottesdienstes und die merkwürdigen Umstände der Affäre Schtschorytschew veranlaßten mehrere Mediziner zu der Vermutung, daß am Ostersamstag giftige Dämpfe vom Golf von Finnland her über St. Petersburg hinweggezogen seien. Glücklicherweise seien sie aber von dem frischen Ostwind, der sich am frühen Sonntagmorgen erhoben hatte, vertrieben worden. Nach der Beerdigung trat Sophia Arsenjewa ins Stift der Alexander-Newskij-Kirche ein. Vadim wurde Mönch im gleichnamigen Kloster. Als Stift und Kloster 1927 geschlossen wurden, verloren beide ihren Zufluchtsort. Dank einer Bürgschaft von Nikitas Schwester entging Vadim der Verbannung, aber Sophia starb kurze Zeit später an Krebs. Vadim starb während der Belagerung von Leningrad. Keiner von beiden kannte mehr den Aufenthaltsort von Matthias, der Petersburg verlassen hatte.
Die Gräfin Tscheremetjewa, die sie vor der Oktoberrevolution noch manchmal besuchte, erzählte Matthias später in Berlin, daß beider Verstand unter den Ereignissen gelitten zu haben schien. Beide waren davon überzeugt gewesen, einer außergewöhnlichen

Gnade des Herrn teilhaftig geworden zu sein. Als sie einmal beiläufig Matthias' Namen erwähnt hatte, waren beide in große Erregung geraten. Ihre Hände hatten gezittert, und sie hatten unzusammenhängende Worte ausgestoßen. Sie fragte Matthias, ob er dafür eine Erklärung wüßte; er verneinte.

5.

Die Verführung des Gefangenen

»Noch fünfzehn Jahre in diesem Zustand zu leben«, dachte Matthias im Taxi, das ihn zur Baronin Mendelssohn Unter den Linden brachte. An diesem Oktoberabend war Berlin gelb und violett. Es war das Gelb der Schande und das Violett der Buße.
Er trug einen Frack, denn die Baronin stellte hohe Ansprüche an ihre Besucher, und er war allein, weil Zanotti die Baronin langweilig fand und es vorgezogen hatte, in Begleitung eines lettischen Lehrers, der schön und kalt war wie ein im Eis gefangenes Schiff und auf den unmöglichen Namen Vitautas hörte, in den »Freischütz« zu gehen.
Noch fünfzehn Jahre. Das hieß, daß um 1920 alles wieder von vorne beginnen würde. Mit zwanzig beginnt man zu lieben, und mit sechzig hört man auf. Vorher ist man nur ein Objekt und hinterher nur noch Subjekt. Das gilt natürlich nur für ein gewöhnliches Leben, denn wenn man mehrere aneinanderfügt ... Matthias bewunderte den Miniaturkosmos, den die Straßenlaternen Unter den Linden bildeten. »Die gewöhnlichen Sterblichen würden mich um mein Los beneiden«, dachte er und tastete in seiner Westentasche nach Kleingeld, »aber sie vergessen dabei das Gedächtnis. Das Leben erscheint ihnen nur wertvoll als eine Spanne gegebener Zeit, und je länger sie ist, desto besser. Vergessen und Erinnerung halten sich bei ihnen einigermaßen die Waage. In einem Leben wie dem meinen dagegen ist die Last der Erinnerungen unendlich viel größer als die Fähigkeit, zu vergessen. Marisa, Salome, Georgina, Mariella, Ilona, Sophia und einige andere leben immer noch in mir fort, im schwarzen Abgrund des Schreckens oder in der Musik der Träume. Und das bedrückte Herz hat Mühe, zu schlagen.«
Als er die kleine Treppe zum Haus der Baronin hochstieg, fiel ihm ein, daß er ungerechterweise Vadim in seiner Aufzählung ausgelas-

sen hatte, Vadim, der ihn doch auf unvergleichlich reine Weise geliebt hatte. Warum nur?

Ein Türsteher kläffte seinen Namen in die Salons, die luxuriös sein wollten, aber nur protzig wirkten. Im ersten hielt sich die Baronin auf, umgeben von auberginefarbenem Tüll und gedämpften Walzerklängen.

»Mein lieber Meister«, rief sie ihm mit spitzer Stimme entgegen, »was für eine Freude, Sie unter uns zu haben!« Und besitzergreifend nahm sie seinen Arm. Ihre Hand, früher einmal weiß, war jetzt faltig und von blauen Äderchen und Altersflecken überzogen, was ihr ein ungesund graues Aussehen verlieh.

»Und wenn ich sie verjüngen würde, würde sie ihr Geld verlieren«, dachte Matthias. »Was würde sie wohl vorziehen, das Geld oder die Jugend?« Es fiel ihm auf, daß er seit Petersburg fast nur noch mit reichen Leuten zu tun gehabt hatte. »Das liegt wohl daran, daß ich Künstler bin und daß die Kunst den Reichen gehört«, überlegte er, während die Baronin ihn melancholischen Staatsräten, vor Perlen und Arroganz starrenden Walküren, Bankiers mit den Gesichtern von Bankrotteuren, hinter Hochmut verschanzten alten Frauen und Richtern vorstellte, die schon den Blick ihres Nächsten zu fürchten schienen.

Mit gezwungenem Lächeln und zornigen Augen ließ er die Komplimente über sich ergehen, die die Schwatzhaftesten unter ihnen ihm über das Porträt machten, das er von der Hausherrin gemalt hatte und das, noch nicht ganz trocken, bereits eingerahmt an der Wand hing. »Es sieht aus, als wollte sie gleich zu sprechen beginnen!« sagte eine.

»Ihre Augen scheinen Ihnen zu folgen! Wie macht ihr das bloß, ihr Künstler?« fragte ein anderer.

»So wird man also zum Teufel«, dachte Matthias. »Man hört und sieht sich die Dummheiten der Leute eine Weile lang an. Dann beginnt man, sie zu verachten und ihr Verderben zu wünschen. Wenn man sie lange genug beobachtet hat, weiß man, wie man zu ihrem Verderben beitragen kann, und arbeitet daran. Wenn ich noch tausend Jahre lebe, werde ich dem Mann in Grau ähnlich sein und zweifellos als einer seiner Stellvertreter enden. Irgendwann ist man der menschlichen Natur so überdrüssig, daß einen nur noch das Genie oder die Unschuld zu bewegen vermag. Sogar die bloße Vorstel-

lung der Schönheit verliert sich, denn von Stumpfsinn, Plumpheit und Gier entstellt, ist die Schönheit nichts als eine Illusion.«
So hielt er den Eseleien, die die Gäste der Baronin Mendelssohn ihm schuldig zu sein meinten, ein starres Lächeln entgegen, und es hätte schon größerer Geister bedurft, um die Verachtung darin zu entziffern. Ob die noch junge Frau dort hinten es vermochte, die beobachtete, wie er dem Ansturm der Philister standhielt? Sie wenigstens, die sich in dem Zirkel um die Hausfrau befand, hatte noch kein Wort zu ihm gesagt und ihren Kommentar zu dem Bild auf ein leicht spöttisches Lächeln beschränkt. »Aber die schlimmste Dummheit ist die, die sich über die allgemeine Dummheit erhaben dünkt«, dachte er, während er sie musterte. Sie trug ein schwarzes Samtkleid mit roten Besätzen und einem Medici-Kragen, der ihr das Aussehen einer Opernfigur verlieh. »Die Rolle der Prinzessin von Eboli würde ihr gut zu Gesicht stehen«, dachte Matthias. Dazu erlaubte sie sich ein tiefes Dekolleté, das er etwas unpassend fand, da ihre Brust zwar von schöner Farbe, aber reichlich mager war. »Ein Mädchenkörper«, dachte er, während er, wie um die Indiskretion seines Blicks noch zu betonen, die Augen zusammenkniff. »Ihre Brüste stehen sicher zur Seite ab und sind vom Erschlaffen bedroht.« Das Gesicht war kaum weniger unregelmäßig. Ihre hohen Wangenknochen, die schmalen Lippen, das eckige Kinn mit dem tiefen Grübchen und die abgeflachte Nasenspitze hätten besser zu einem hübschen Stallburschen gepaßt als zu einem Gast der Baronin Mendelssohn. Tatsächlich erinnerte sie Matthias an den Stallburschen, den Rumpelschnickel damals, nicht weit von Berlin übrigens, herumzuscheuchen pflegte. Da sie die Augen unter seinem Blick nicht abwandte, neigte Matthias leicht den Kopf in ihre Richtung.
»Ich habe vergessen, Sie vorzustellen«, sagte die Baronin, die Matthias' Blick bemerkt hatte, »Gräfin Eschendorff, Graf Archenholz.«
Gräfin Eschendorff deutete mit einer leichten Bewegung von Hals und Schultern eine Begrüßung an. Sie schloß den großen Fächer, den sie in der Hand hielt und mit militärischer Strenge hin und her schwenkte. Matthias beugte sich zum Handkuß und stellte mit einem Blick auf das wenig fleischige Körperteil, das sie ihm hinhielt, fest, daß sie auf die Vierzig zugehen mußte.

»Ich habe ungeduldig darauf gewartet, den Urheber des Porträts kennenzulernen«, sagte sie mit einer erstaunlich tiefen Stimme. »Ich bin nicht enttäuscht.« Und ohne auf die unbestimmten Dankesworte zu achten, die der so Angesprochene murmelte, setzte sie hinzu: »Die Anziehungskraft des Bildes ist auch dem Maler eigen.«
Fragend sah er sie an, im Zweifel, ob er den Sinn ihrer Worte richtig erfaßt habe.
»Die Anziehungskraft des Bildes?« fragte er.
»Aber ja. Sie haben aus der Baronin eine abgründige, zerrissene, herausfordernde und verführerische Person gemacht, lauter Züge, die ihre Freunde ihr nicht ohne weiteres zusprechen würden und die ihr Porträt zu einem faszinierenden Gegenstand machen. So werden Sie diese Züge wohl aus Ihrer eigenen Natur beigesteuert haben. Die Art und Weise, wie Sie sich an diesem Ort hier bewegen, ist jedenfalls ähnlich verführerisch.«
Er begann zu lachen, aber ihre Worte, die sich von dem vorausgegangenen Geschwätz angenehm unterschieden, weckten sein Interesse. Es war zwar nicht gerade hohe Psychologie, was die Gräfin Eschendorff ihm da bot, aber trotzdem zeugte ihr Kommentar von Empfindsamkeit und Scharfblick, und auch von einem gewissen Ausdrucksvermögen.
»Ich will hinzufügen, daß Ihre Anziehungskraft nicht von der gewöhnlichen Sorte ist, wie die der selbstzufriedenen Stutzer und Schönlinge hier, nein, sie ist mit Zurückhaltung gemischt, und ich würde sogar sagen, mit Melancholie«, sagte die Gräfin und nahm sich ein Glas Champagner von einem der Tabletts, die zwei Diener durch die Räume trugen. Diese Spekulation rief bei Matthias eine gewisse Überraschung hervor.
»Und weiter?« fragte er mit berechnender und lächelnder Dreistigkeit.
»Weiter?« wiederholte sie. »Da jede Anziehung gleichzeitig ein Verlangen enthält, und da Ihnen offensichtlich nichts fehlt, schließe ich daraus ...«
Plötzlich hielt sie ihre Worte zurück.
»Schließen Sie daraus?«
»Daß Sie das Unmögliche verlangen. Verzeihen Sie meine Indiskretion.«
»Das sind ja weitreichende Schlußfolgerungen, die Sie da ziehen.

Ich will sie als Gunst auffassen, da sie von Ihrem Interesse an meinem Bild zeugen.«
Plötzlich entschuldigte sich die Gräfin und verschwand, »für einen Augenblick«, wie sie sagte. Als sie zurückkam, hatten ihre Augen einen unnatürlichen Glanz. Ein Haushofmeister verkündete, daß aufgetragen sei, und da die Sitzordnung streng eingehalten wurde, fand sich Matthias von der Gräfin Eschendorff getrennt. Während er sich bemühte, seine Aufmerksamkeiten zwischen der pausbäckigen Gattin eines Staatsrats und der vertrockneten Witwe eines Fürsten zu teilen, versuchte er, über die Tischdekoration — silberne Hirsche auf Malachitfelsen — hinweg, den Blick der Gräfin aufzufangen. Diese schien jetzt viel lebhafter zu sein als während ihrer Konversation, worüber Matthias sich ärgerte. Einmal drang ein Lachen, das an die gekünstelte Heiterkeit eines Feldmarschalls erinnerte, nicht nur bis zu Matthias hinüber, sondern auch ins Ohr der Fürstinwitwe. Diese reckte den Hals und verzog verächtlich die Lippen. Matthias, der zur Gräfin hinüberblickte, begriff, daß sie es war, die da gelacht hatte.
»Sie sollte sich einer Kur unterziehen«, zischelte die Fürstinwitwe.
In diesem Augenblick entstand mitten im Eßzimmer ein kleiner Tumult. Ein Bote hatte einem der Tischgenossen einen versiegelten Umschlag überbracht.
»Meine Damen und Herren!« rief der Tischgenosse und erhob sich zur allgemeinen Verwunderung der Anwesenden. »Mit der Erlaubnis unserer anmutigen Gastgeberin möchte ich Ihnen ein Ereignis von größter Tragweite anzeigen, von dem ich soeben durch einen Sonderboten Nachricht erhielt. Zar Nikolaus II. hat das Manifest des Grafen von Witte unterzeichnet, durch das jedem seiner Untertanen das Recht auf freie Meinungsäußerung und Versammlungsfreiheit zugesichert wird. Keine Entscheidung des Staates kann in Zukunft mehr ohne die Zustimmung der Duma getroffen werden. Der Zar wird nicht abdanken!«
Auf diese Worte folgte ein Getümmel. Die Fürstinwitwe erklärte, daß die Sozialisten die Welt ins Verderben stürzten, und für den Rest des Essens blieb der Geräuschpegel beträchtlich erhöht.
Würden Vadim und Sophia sich zwischen zwei Gebeten zu den Ereignissen beglückwünschen? Oder hatte der religiöse Wahn, in den sie sich damals geflüchtet hatten, ihren Sinn für die Vorgänge in der Außenwelt für immer zerstört? Der Tischgenosse, der die Neuigkeit ver-

kündet hatte und der einen Posten im Außenministerium bekleidete, legte inmitten einer Gruppe von Gästen in schulmeisterlichem Ton seine Ansichten dar. Hatte der Graf von Saint-Germain recht gehabt, oder war auch er nur ein Abgesandter der Vergangenheit, der glaubte, die Zukunft aus seiner eignen Angst herauslesen zu können?
»Trinken wir auf das Manifest des Grafen von Witte!« sagte die ihm schon vertraute Stimme der Gräfin Eschendorff.
War sie betrunken? Ihre Augen hatten einen metallischen Glanz, und ihre Bewegungen verrieten, daß sie ihre Nerven nicht recht unter Kontrolle hatte.
»Sind Sie dem Zaren denn feindlich gesonnen?« fragte er sie. »Das Manifest zeugt von seinem Machtverlust!«
»Ich bin der Vergangenheit feindlich gesonnen«, antwortete sie. »Der Zar ist das Symbol der Vergangenheit, die Vergangenheit hält ihn gefangen, und er hält sein Volk gefangen. Ich hasse die Vergangenheit!« sagte sie mit einem Nachdruck, der nichts mehr von der mehr oder weniger theatralischen Weise hatte, in der sie ihren letzten Vorschlag ausgesprochen hatte. Sie stützte sich auf eine breite Marmorkonsole, die mit Engeln, Masken und Schnörkeln überladen war, um eine Zigarette in ihrer Zigarettenspitze aus Ebenholz zu befestigen. Während er ihr Feuer gab, betrachtete Matthias mit einer Mischung aus Neugier und Zärtlichkeit die Gestalt dieser gealterten und mageren Heranwachsenden, die von einem unerklärlichen Krampf ergriffen schien. Sicher galt ihre Auflehnung der Zeit, aber bestimmt auch ihrer eigenen Geschichte und womöglich noch anderen Mächten, von denen er nichts wußte.
»Was wären Sie schon, wenn Sie alles vergessen könnten?« fragte er schließlich, von seiner eigenen Weisheit überrascht. »Wir sind nichts als die Summe unserer Vergangenheiten, aber nichts beweist, daß wir darum gleich ihre Gefangenen sein müssen. Wir haben immer die Freiheit, zu wählen.«
»Glauben Sie das? Glauben Sie das wirklich?« fragte sie und preßte heftig Matthias' Handgelenk. »Was müssen Sie für ein Kind sein! Aber selbst dann gehört Heldenmut dazu! Sind Sie ein Held?« Heftig stieß sie den Rauch ihrer Zigarette aus und blickte Matthias spöttisch an. »Nein, Graf, Sie glauben es nicht, denn Sie wissen ganz gut, daß es nicht stimmt. Auch Sie sind der Gefangene Ihrer Vergangenheit, und Ihre Verführungskraft und Ihr jugendlicher Charme kommen

daher, daß Sie seit langem schon etwas suchen, was das Leben Ihnen verweigert und was Sie vielleicht einmal flüchtig in einem Traum gesehen haben, was weiß ich! Sie sind der Gefangene dieser Vision, die Sie verfolgen wie Parzival!«
Immer erstaunter begann Matthias zu lachen.
»Vielleicht werde ich sie eines Tages einholen«, sagte er. »Vielleicht wird meine Ausdauer oder meine Hartnäckigkeit, je nachdem, wie Sie es nennen wollen, eines Tages belohnt.«
»Sie werden sie nicht einholen«, sagte sie und drückte ihre Zigarette in einem der Aschenbecher aus. »Und wissen Sie auch, warum? Weil die Einbildungskraft ihre Bilder aus der Vergangenheit schafft, und weil diese Bilder nirgendwo außer im Kopf existieren. Wenn man sie irgendwo anders findet, ist es ein Mißverständnis. Denn die Zukunft gleicht niemals der Vergangenheit«, schloß sie, während im Nachbarsalon Pianoklänge laut wurden. Sie bemerkten, daß außer ihnen nur noch einige Bedienstete im Zimmer waren, die die Möbel zurechtrückten. Die Gäste der Baronin Mendelssohn waren ins Nebenzimmer hinübergegangen, wo ein Konzert stattfinden sollte.
»Die Weltleute garnieren ihre Feste mit Musik, wie die Bauern Sahne auf ihr Sonntagsbrot tun«, sagte die Gräfin Eschendorff. »Das ist Herr Sergej Rachmaninow, der seine Kompositionen spielt. Man kann sie genausogut hier hören.« Dann wechselte sie abrupt das Gesprächsthema: »Ich hatte gehofft, Sie würden mich bitten, für Sie Modell zu sitzen.«
»Ich wagte es nicht«, sagte Matthias in leicht spöttischem Ton.
»Dann wagen Sie es jetzt. Ich befehle es Ihnen.«
Die Musik von Rachmaninow klang jetzt wie Chopin.
»Ich heiße Martha«, sagte die Gräfin im Ton eines Adjutanten.
»Berlin ist eine seltsame Stadt«, sagte Matthias beim Nachhausekommen zu Zanotti. »Nichts als Seelenlandschaften!«
»Wie heißt sie?« fragte Zanotti und blickte von seinem Schachspiel auf.
Sie brachen in Lachen aus.
»Nichts dergleichen«, sagte Matthias schließlich, während der schöne Vitautas ihn mit eisigem Lächeln betrachtete. »Sie ist über Vierzig, sie ist mager, und sie hat eine Stimme wie ein Wachtmeister.«
»Schach matt«, sagte Zanotti und setzte Vitautas' König außer Gefecht.

6.

Martha Eschendorff

Martha Eschendorff hatte telephonisch ausrichten lassen, daß die erste Sitzung bei ihr zu Hause stattfinden sollte. Matthias, denn so nannte sie ihn, möge nur seine Farben und Pinsel mitbringen; eine Staffelei und Leinwand halte sie bereit. So machte sich Matthias, nur mit einem kleinen Handkoffer beladen, auf den Weg in die Sophie-Charlotten-Straße. Ein Gartentor, ein verlassener Garten und eine neoklassizistische Villa, deren Putz bereits abbröckelte, eine Hausdame mit bleicher, grimmiger Miene ... Aber das Innere! Die weite Eingangshalle war mit riesigen, grimassierenden Skulpturen geschmückt, die teils aus dunklem, teils aus hellem Holz und teils aus einem spröden, schwärzlichen Material geschnitzt waren, das Matthias nicht kannte. Es waren Masken des Schreckens und der Angst, die mit geometrischen Mustern in grellen Farben bemalt waren. Matthias hatte die Reproduktionen primitiver Kunst in den Fachzeitschriften bisher nur oberflächlich angesehen und wußte lediglich, daß die Sachen aus Afrika oder Ozeanien stammten. Als er ihnen jetzt in dem bläulichen Licht, das durch ein Glasdach in die Eingangshalle fiel und durch einen Dschungel von Grünpflanzen gedämpft wurde, gegenüberstand, empfand er beinah eine Art Beklemmung. Diese Kunstwerke, falls es welche waren, stammten aus einer Welt, in der Angst und Dämonen herrschten, Dämonen allerdings, die so ordinär waren, daß der Mann in Grau ihre Gesellschaft sicher verschmäht hätte. Matthias hatte noch die hellenische Strenge des Pergamonaltars vor Augen, den er wenige Tage zuvor betrachtet, und ein Werk über die Glyptothek in München, in dem er am Vorabend geblättert hatte. Er war schockiert. Er folgte der Hausdame in ein Zimmer, das ebenfalls mit einem Glasdach versehen war und in dem Martha Eschendorff ihn erwartete.

»Verzeihen Sie, daß ich nicht aufstehe, ich bin etwas matt heute mor-

gen«, sagte sie und streckte ihm die Hand entgegen, wobei sie sich nur wenig in ihrem mit Kissen überladenen Sessel aufrichtete. Ein leichter Geruch nach Äther hing in der Luft, den der wilde Duft von Heliotrop und Bergamotte nicht verdrängen konnte. Martha trug einen zinnoberroten Kimono, der ihrer Haut eine bläulich-grünliche Färbung verlieh. Die Mischung von aggressiven Gerüchen und morbiden Farben brachte Matthias aus der Fassung.
»Wenn Sie unsere erste Sitzung lieber verschieben wollen ...« schlug er vor.
»Ich fühle mich öfters schlecht morgens«, erwiderte sie und musterte ihn mit ihren grauen, dunkel geränderten Augen. »Besonders, wenn Doktor Apfelstrom da war.«
Er unterdrückte die Frage und stellte sein Handköfferchen auf einen Schemel.
»Quecksilber und Wismut. Das ist ziemlich schmerzhaft. Möchten Sie Kaffee?«
Bestürzt wandte er sich um. Quecksilber und Wismut! Die Syphilis also! Diese Frau war schamlos. Exhibitionistisch sogar. Er deutete ein Lächeln an.
»Seien Sie nicht spießig, Matthias!« sagte sie und drückte auf eine Klingel in ihrer Reichweite. »Machen Sie uns bitte Kaffee, Waltraud. Mit Bergamotteschalen. Oder möchten Sie lieber Schokolade, Graf?«
Waltraud verschwand.
»Ein Porträt ist viel indiskreter als eine vertrauliche Mitteilung«, sagte sie.
»Eine vertrauliche Mitteilung?«
»Früher oder später hätten Sie es sowieso erfahren. Ich habe mich um das Vergnügen gebracht, Ihre heuchlerische Miene zu beobachten an dem Tag, an dem jemand Sie in Kenntnis gesetzt hätte, und Ihren verhaltenen Hochmut gegenüber einer kranken Frau.«
Er lachte leise.
»Unter aufgeklärten Menschen ...« fuhr sie fort. »Es ist ja bestimmt nicht das Verlangen, das Sie hierher getrieben hat, Matthias! Ersparen Sie sich unnötigen Protest! Haben Sie schon einmal dem Tod ins Auge geblickt? Er verlangt nach anderen Aufmerksamkeiten als denen da. Ihre Frauen sind jung und frisch. Dort drüben finden Sie Leinwände in verschiedenen Größen. Suchen Sie sich eine aus!«

Immer erstaunter wählte Matthias eine Leinwand. Ein Bild stand gegen die Wand gelehnt; ohne nachzudenken, drehte er es um und war verblüfft. Es war ein weiblicher Akt, und trotz der überaus groben Pinselführung konnte er darin Martha erkennen. Es war ein geschmackloses Bild. In der Mitte prangte das violette Dreieck des Geschlechts, der Körper war bleich und hatte grüne Flecken, die Brüste waren klein und flach, wie er sie sich vorgestellt hatte, die Rippen durch blaue Striche angedeutet, und das Gesicht war ausgehöhlt und hatte einen erschreckend angstvollen Ausdruck. »Verzeihen Sie, ich ...«

»Emil Nolde. Kennen Sie ihn? Er stammt nicht aus Ihrer Welt. Stellen Sie das Tablett bitte dorthin, Waltraud. Danke!«

Er befestigte die Leinwand und rückte die Staffelei zurecht. Dann öffnete er das Terpentinfläschchen und wählte einen feinen Pinsel für die Skizze. Er legte die Palette auf den Tisch und zerrieb darauf einen großen Klumpen Siena-Erde.

»Mögen Sie das?« fragte er, während er an seinem Kaffee nippte.

»Nolde? Wahnsinnig! Tun Sie etwas Bergamotteschale in Ihren Kaffee, dann schmeckt er besser.«

»Warum haben Sie mich dann gebeten, Sie zu malen? Nichts ist weiter von Nolde entfernt als meine Kunst!« sagte er und setzte seine Tasse ab.

»Gefällt es Ihnen nicht?«

»Es ist brutal und ordinär, wenn nicht sogar obszön!«

»Sie verwechseln Obszönität und Wahrheit.«

»Wenn ich spräche, wie Nolde malt, wäre ich Droschkenkutscher.«

»Wenn Sie ein talentierter Droschkenkutscher wären, würde man den Droschkenkutscher vergessen und das Talent im Gedächtnis behalten. Oder das Genie.«

»Finden Sie Nolde genial?«

»Unbedingt.«

»Und warum?«

»Wegen seiner geraden, kompromißlosen Pinselführung und wegen seiner Farben, die mehr über die Wirklichkeit aussagen als die, von denen man sagt, daß sie naturgetreu seien«, sagte Martha Eschendorff mit leidenschaftlich bewegter Stimme. »Die Wirklichkeit kennt keine Farben, sie hat nur die, die wir ihr geben.«

»Jeder beliebige könnte malen wie Nolde«, antwortete er und zwang

sich, kühl zu bleiben. »Man muß sich fragen, ob er überhaupt zeichnen kann!«
»Dann machen Sie es doch besser!« murmelte sie und legte die Arme auf die Sessellehnen.
Mit einer kurzen Bewegung setzte er den Pinsel an. Als seine Manschettenknöpfe mit einem Klicken die Staffelei berührten, drehte sie sich nach ihm um. Ihre Blicke begegneten sich.
»Sie haben meine Frage noch nicht beantwortet! Warum haben Sie mich gebeten, Sie zu malen? Nach allem, was Sie gesagt haben, dürften Sie mein Talent kaum schätzen!«
»Lassen Sie Ihren Wahnsinn sprechen, Matthias«, sagte sie und beugte sich nach vorne, um sich Kaffee nachzuschenken. »Denn Sie sind verrückt, aber Sie versuchen, wie ein vernünftiges Wesen zu wirken.«
»Und woran sehen Sie, daß ich verrückt bin?«
»An der übermenschlichen Anstrengung, die es Sie kostet, um vernünftig zu wirken«, antwortete sie lachend. Nachdenklich trank sie ihren Kaffee. »Höflich, kalt, berechnend, das ist die Maske, hinter der Sie Ihr Geheimnis verstecken. Es ist die Lüge, die Sie verrät! Diese beinahe zwanghafte Sorgfalt, mit der Sie Rebecca Mendelssohns Hände gemalt haben, und dann wieder die entfesselte Leidenschaft in der Darstellung ihres Kleides ... Ein beinahe unterwürfiger Realismus, wenn es ums Fleisch geht, und zerstörerische Wut in allen anderen Dingen ... Und diese kalte Faszination durch das Fleisch verrät Sie«, schloß sie mit sehr leiser Stimme.
»Und weiter?« fragte Matthias sehr überrascht und mit einem verlegenen Lächeln.
»Haben Sie noch nicht verstanden? Ihr Geheimnis ist sexueller Natur«, sagte sie herausfordernd.
»Sexueller Natur?«
»Sexueller Natur. Sie suchen etwas, was Sie noch nie bekommen haben. Oder was Sie verloren haben.«
Er fürchtete, blaß zu werden. Er lächelte dümmlich.
»Ihr Wahnsinn hat damit zu tun. Er ist steril. Was Sie suchen, gibt es nicht«, setzte sie mit einer Stimme hinzu, die jedes Wort skandierte.
Er fand keine Haltung mehr, in die er sich flüchten konnte, er wußte weder, was er denken, noch, was er sagen sollte. Niedergeschlagen-

heit überfiel ihn. Martha Eschendorff sagte ihm schonungslos, was er schon lange fühlte, vielleicht seit dem Ostergottesdienst in Petersburg, und was er seit unbestimmten Zeiten in Zanottis resigniertem Blick lesen konnte.
»Sie sind wie ein wilder Junge«, sagte sie zärtlich und setzte für sich selbst hinzu: »Das Ärgerliche ist, daß alle Männer kleine Jungen sind, solange sie noch nicht senil und bitter geworden sind.«
Unsicher betrachtete er seine Leinwand.
»Sie malen nicht mehr? Sagen Sie doch auch einmal was!«
Sie entkorkte ein Fläschchen Riechsalz und roch daran. Dann hielt sie ihm ihr fleischloses Gesicht entgegen.
»Was wollen Sie, daß ich jetzt noch male?« fragte er mit leiser Stimme. »Ist Ihnen klar, daß Sie zerstörerisch sind?«
»Wohltätig!« rief sie. »Wohltätig! Ich reiße Ihre tote Haut herunter! Malen Sie, malen Sie sofort, aber nicht die Martha Eschendorff, von der Sie träumen, an die würde sowieso niemand glauben und am wenigsten ich selbst. Ich habe mich nämlich schon vor aller Welt selbst porträtiert, Matthias, ich habe die Wahrheit gesagt, meine Wahrheit! Sie müssen sie nur noch anschaulich machen.«
»Sie wollen also, daß ich nicht mehr träume«, murmelte er. »Es ist der Tod eines Menschen, den Sie da verlangen.«
»Seine Geburt, Matthias!« rief sie und richtete sich in ihren Kissen auf. »Seine Geburt! Hören Sie mich? Verstehen Sie mich? Träume bestehen aus den Abfällen der Vergangenheit, und ein träumendes Gehirn gleicht einem Abfalleimer in voller Gärung! Richten Sie Ihren Blick auf die Wirklichkeit, sehen Sie mich, wie ich bin!« flehte sie, und die Tränen traten ihr in die Augen. Matthias befand sich in wachsender Bedrängnis.
»Warum machen Sie das?« fragte er. »Machen Sie das mit jedem?« Sie ließ ein rauhes Lachen hören.
»Glauben Sie das?«
Sie lehnte sich wieder zurück.
»Ich bin zweifellos in Sie verliebt. Sie sind der Liebhaber, den ich hätte haben wollen. Das ist jetzt offensichtlich nicht mehr möglich. Aber ich liebe Sie darum nur um so mehr.«
»Aber dann träumen Sie doch von mir«, sagte er sanft, mit einem listigen Lächeln.
»Das ist meine Schwäche«, sagte sie.

»Sie können daran aber sehen, daß Träume unwiderstehlich sind.«
»Wie die Krankheit«, sagte sie. »Ich hasse Träume«, fügte sie mit abgewandtem Gesicht hinzu.
Sie machte eine heftige Bewegung mit der Hand und drückte dann auf die Klingel. Als Waltraud erschien, verlangte sie nach Cognac.
»Malen Sie!« sagte sie befehlend.
Mit zugeschnürter Kehle nahm er die Arbeit an der Skizze wieder auf und bemühte sich dabei, seine Träume aus dem Spiel zu lassen. Es war Wahnsinn, sich auf eine solche Begegnung mit sich selbst einzulassen. Aber er war zu diesem Wahnsinn fähig, der Besessenheit des Entdeckers.

7.

Das Porträt

»Völlig aus dem Gleichgewicht«, dachte er im Taxi, das ihn einige Stunden später zurück nach Hause brachte. Er war erregt und erschöpft. Die Arbeit an der Skizze, bei der sich die durch Martha Eschendorffs Worte ausgelösten Gefühlsschwankungen bemerkbar gemacht hatten, hatte ihn in einen zeitweise unerträglichen Zustand nervöser Spannung versetzt. Die Skizze hatte dadurch eine beinahe schmerzhafte Klarheit gewonnen. Die Farbgebung zeugte von einer halluzinatorischen Überreizung des Blicks, der denselben Grad an Klarheit erreicht hatte. Die Haltung des Modells, das sich dem Betrachter schräg entgegenlehnte, wirkte herausfordernd.
Matthias war von seiner eigenen Kühnheit und dem plötzlichen Bruch mit seiner früheren, weichen, sinnlichen und harmonischen Malweise berauscht. Was sich jetzt ankündigte, war aggressiv, ätzend und morbid erotisch. »Wenn das Sacchetti sehen könnte ...« dachte er mit bitterem Lächeln.
Trotz der durch die Anstrengung verursachten Müdigkeit hätte er also eigentlich glücklich sein müssen. Tatsächlich empfand er aber einen brennenden Schmerz. Er hatte das Gefühl, vergewaltigt worden zu sein, und das um so mehr, als Martha Eschendorff ihm ihr aussichtsloses Verlangen eingestanden hatte. »Es ist unerträglich, begehrt zu werden«, murmelte er, während er durch das Wagenfenster die Stadt betrachtete, die von der hereinbrechenden Dämmerung in Ockertöne getaucht wurde. Seine Unzufriedenheit setzte sich aus mehreren Elementen zusammen, die er nicht deutlich auseinanderzuhalten vermochte. Er wußte nicht, ob er Martha Eschendorff körperlich begehrte oder nicht. »Diese Unsicherheit«, überlegte er, »beweist eigentlich, daß ich es nicht tue. Aber das stimmt nicht. Die Wahrheit ist, daß ich Lust habe, sie zu schlagen.«
Konnte er also nur lieben, wenn er der Eroberer war? Der Stein des

Anstoßes war für ihn, daß diese Frau ihn gedemütigt hatte; sie hatte ihm schonungslos die Grenzen seines Könnens gezeigt und ihm in wenigen Stunden einen neuen Horizont eröffnet. Sie war ihm also künstlerisch überlegen, vielleicht auch intellektuell. Außerdem war sie offensichtlich gebildeter als er, und ihre Bildung war echt.
»Gibt es irgendwo ein Konzert heute abend? Ich möchte ins Konzert gehen!« erklärte er dem erstaunten Zanotti beim Nachhausekommen.
»Der Nachmittag ist wohl stürmisch gewesen«, sagte Vitautas.
So gingen sie also ins Konzert. Man gab Schubert und Schumann. Das Zuhören war aufregend für Matthias, zumindest als der Pianist, Emmerich Käsebierk, die *Waldszenen* von Schumann und dann die unvollendete Sonate op. 840 von Schubert spielte. »Diese Leute sprechen von nichts als ihren Leiden und ihren Seelenzuständen«, murmelte er. »Sie machen es sich einfach.« Zanotti antwortete ihm mit einem forschenden und beinahe argwöhnischen Blick, der ihn zum Schweigen brachte.
In der Brauerei des Kursaals, in die sie zum Essen gingen, legte Matthias zunächst eine wenig höfliche Schweigsamkeit an den Tag. Dann fragte er Vitautas plötzlich unvermittelt: »Ich nehme an, daß Sie derjenige sind, der begehrt wird. Stört Sie das nicht manchmal?«
»Also wirklich!« empörte sich Zanotti.
»Ich bin zwar ziemlich selbstgefällig, soviel ist wahr«, antwortete Vitautas mit jener provinziellen Langsamkeit, die seiner Sprechweise eigen war, »aber wenn ich Ihre Frage recht verstehe, dann muß ich sagen, daß mich die Vorstellung, im Bett entlarvt zu werden, wirklich beunruhigt. Ich fürchte unwillkürlich, meine Anziehungskraft könnte sich als Täuschung erweisen. Sind Sie mit meiner Antwort zufrieden?«
Matthias brach in Lachen aus. Vitautas deutete ein Grinsen an.
»Die Gräfin Eschendorff hat sich also in dich verliebt«, sagte Zanotti spöttisch, »und du bist es nicht gewöhnt, die Beute zu sein.«
»Fast richtig«, stimmte Matthias zu.
»Und warum nur fast?«
»Die Gräfin Eschendorff ist klüger als ich.«
»Das ist allerdings ärgerlich«, erklärte Vitautas, »aber Ihr Risiko bei der Sache ist gering. Sie müssen nämlich wissen, daß die Gräfin unter der französischen Krankheit leidet, woraus sie im übrigen kein

großes Geheimnis macht. Sie müssen nur dafür sorgen, daß Sie in Form sind, falls Sie sich auf einen Kampf mit ihr einlassen sollten.«
»Kasernenhofgespräche!« dachte Matthias.
Vor der Gedächtniskirche verabschiedete er sich von seinen Begleitern und ging zu Fuß zu Frau Steinhardt, die ihm eine Marokkanerin anbot. Sie war charmant, aber eine Stunde später hatte er sie bereits vergessen. Ungeduldig sah er dem nächsten Besuch bei Martha Eschendorff entgegen.
Diesmal schien sie weniger matt zu sein.
»Haben Sie einen angenehmen Abend verbracht?« fragte sie.
»Ich war zuerst mit zwei Freunden im Konzert und dann alleine im Bordell«, antwortete er.
»Merkwürdige Mischung«, bemerkte sie. »Möchten Sie mir das vielleicht näher erklären?«
Er malte den zinnoberroten Kimono mit krapproten und violetten Schatten.
»Die romantischen Komponisten sprechen nur von ihrer Einsamkeit, und das Bordell ist ein Konzertsaal.«
»Sie erbärmlicher kleiner frustrierter Genießer!« sagte sie beinahe zärtlich. »Sie haben sich also gelangweilt.«
»Gelangweilt ist zuviel gesagt. Sagen wir, ich habe mich nicht besonders amüsiert.«
Er probierte es mit einem malvenfarbenen Ton für den im Schatten liegenden Teil des Gesichts und beschloß, daß die beleuchteten Partien blaßgrün werden sollten.
»War das Mädchen im Bordell uninteressant?«
»Sie hatte nette kleine Brüste und sehr weiße Zähne. Die Gesprächsmöglichkeiten waren beschränkt.«
»Bieten Sie ihr ein festes Verhältnis an, oder die Ehe.«
Er lächelte höflich, aber zerstreut, wie man auf einen launigen Einfall antwortet. Der Kontrast zwischen den Rottönen des Kimonos erschien ihm zu schwach, und da er zu Kühnheiten aufgelegt war, ersetzte er das Krapprot durch ein mit Weiß gemischtes Lila. Die Wirkung war umwerfend.
»Ich meine es ernst«, sagte sie.
»Es ist nett von Ihnen, daß Sie an mein Glück denken, oder wenigstens an mein Vergnügen, je nachdem.«
»Das Mädchen war schön und hat Ihnen Befriedigung verschafft.

Was wollen Sie mehr? Sie würden ihren guten Ruf ohne weiteres wiederherstellen. Und sie wäre Ihre Schöpfung.«
»Und die Liebe?« fragte er.
»Die Liebe«, wiederholte sie, als wenn das ein Fremdwort für sie sei, »die Liebe ist ein Trugbild des Teufels. Oder Gottes. Auf jeden Fall ist sie ein Trugbild.«
Durch ein offenes Oberlicht im Wintergarten fuhr ein Windstoß herein und bauschte den zinnoberroten Kimono. Martha Eschendorff war darunter nackt. Sie kämpfte mit dem flatternden Kleidungsstück wie mit einer widerspenstigen Katze und schaffte es endlich, sich wieder zu bedecken, während Matthias beunruhigt das Fenster schloß.
»Die Liebe ist also ein Trugbild«, nahm er das unterbrochene Gespräch wieder auf und bemühte sich, den Anblick ihres Geschlechts und des rötlichen Schamhaars darüber aus seinem Geist zu verbannen.
»Treue, geistige Gemeinschaft, Verantwortung bis in den Tod. Endlichkeit. Frühzeitiger Tod. Der Leichenwagen, der einen treuen Verbündeten mitnimmt, kommt immer zu früh«, sagte sie. Ihre Gedanken schienen durch das vorangegangene kleine Mißgeschick etwas in Verwirrung geraten zu sein. »Sie machen leere Worte, wie Ihre Malerei in Gefahr war, nichtssagend zu werden, wenn Sie erlauben . . .«
Er nahm das Dekolleté in Angriff, mit einem dicken, weichen Pinsel, um einen samtigen Farbauftrag zu erreichen. Er verwendete eine Mischung aus Gelb und Bleiweiß. Die Schatten würde er in Blautönen halten.
»Überlegen Sie nur, was es heißt«, sagte sie, »zum tausendstenmal mit einem Körper im Bett zu liegen, der inzwischen fleischlos oder fett geworden ist . . . Der feurige junge Mann ist zu einem lahmen Greis mit schlaffem Bauch geworden, seine ehemalige Elfe hat Hüften wie eine Biedermeierkommode, und ihre Brüste haben sich in Zitzen verwandelt. Wollen Sie nicht vielleicht behaupten, Sie hätten nie daran gedacht?« fragte sie, während sie sich eine Zigarette anzündete und sie in eine Zigarettenspitze steckte, die diesmal aus Jade war. Sie besaß eine ganze Sammlung von diesen Dingern. »Eine so enge Verbindung geht man doch nur ein, wenn man keine andere Zuflucht mehr hat!«

»Also wirklich!« rief er, indem er seine Empörung etwas übertrieb. »Glauben Sie denn, daß jedes Gefühl, oder jedenfalls jedes dauerhafte Gefühl, notwendig aus Verzweiflung und Impotenz hervorgegangen sein muß?«
Sie beobachtete ihn aufmerksam, als sei sie über irgend etwas beunruhigt.
»Ist es denn das Gefühl, was dauerhaft ist?« fragte sie dann. »Oder ist es nicht vielmehr die Verbindung? Waren Sie nicht in gewissem Sinn in dieser Verbindung gefangen? Oder in Ihrem Traum von Liebe?«
Er wußte nicht, was er antworten sollte; Martha Eschendorff hatte wieder einmal ins Schwarze getroffen. Er dachte kurz an Sophia, die sich einer herkömmlichen Verbindung ebenfalls widersetzt hatte und die ihn damals beim Schlittschuh laufen nur angesprochen hatte, weil sie ein »merkwürdiges Gefühl« gehabt hatte. Er antwortete mit einer Gegenfrage.
»Es widerstrebt mir, Sie an ein Geständnis zu erinnern, das Ihnen sicher nur in einer Anwandlung von Großmut entschlüpft ist, aber schließlich haben Sie mir gesagt, daß Sie für mich ... gewisse Empfindungen hegten. Wie verträgt sich das mit Ihren Worten?«
»Gewisse Empfindungen ...« wiederholte sie in scherzendem Ton. »Ich bin in Sie verliebt, Matthias, und das ist der Grund, warum Sie dieses Porträt malen. Ich streite ja nicht das Gefühl ab, sondern nur den Mythos seiner Unzerstörbarkeit. Wir werden dazu erzogen, unglücklich zu sein und uns vor Schmerz die Haare zu raufen, wenn eine Liebe zu Ende ist. All das sind doch nur Sperenzchen, um uns die Heiligkeit des Ehestands einzureden, angereichert mit albernen Vorstellungen wie der, daß sich die Eheleute nach dem Tod im Jenseits wiederfinden! Das sind Gesellschaftsmärchen!«
Sophia hatte beinahe dasselbe gesagt.
»Dann werden Sie mich also nur für ein paar Tage lieben?« fragte er.
»Habe ich etwas von Tagen gesagt? Warum nicht ein paar Jahre, im Fall, daß Sie schön und brillant blieben und ich Ihnen ähnlich heftige Gefühle hätte einflößen können!«
Sie wandte den Kopf ab.
»Wenn mir nicht ein nervöses Pferd zu Hilfe gekommen wäre, müßte ich heute noch die Attacken des seligen Grafen Albert, meines Gatten, über mich ergehen lassen, es sei denn, ich wäre irgendwann zur Giftmischerin geworden.«

»Ein nervöses Pferd, soso«, vermerkte er.
»Es hat Albert abgeworfen, und er hat sich bei dem Sturz das Genick gebrochen. Beneidenswerter Tod. Eine Zeitlang hatte ich dann seinen Adjutanten als Liebhaber. Im Bett war er unbesiegbar, aber zu sagen hatte er nichts. Danach kamen noch einige andere, die mir und sich selbst die Komödie der Liebe vorgespielt haben. Es ist die Wiederholung, die einen ermüdet«, bemerkte sie mit halbem Lächeln. »Das sexuelle Begehren setzt einen Phonographen in Gang, und es ist immer mehr oder weniger dasselbe Liedchen, das man hört, bis in den letzten Rillen nur noch die Nadel quietscht.« Er nahm seine Arbeit wieder auf, von unvollendeten Gedanken, widerstreitenden Gefühlen und ungestellten Fragen erfüllt und verärgert über die passive Rolle, die er in Martha Eschendorffs Träumen spielte.
»Und jetzt leben Sie also allein«, bemerkte er dann, während er den Ausschnitt des Kimonos auf dem Bild viel tiefer malte, als er in Wirklichkeit war, so daß er auf unsymmetrische Weise eine ihrer Brüste zu gut drei Vierteln entblößte.
»Seit sieben Jahren«, sagte sie ohne irgendein Anzeichen des Bedauerns. »Die Syphilis könnte genausogut nur ein Vorwand für die Enthaltsamkeit sein. Die wirkliche Syphilis ist die Langeweile. Vor Ihnen war ich in drei andere Männer verliebt, und zwar auf sehr geruhsame Weise. Ich hatte mein Vergnügen daran, sie zu beobachten, ohne unter der Urteilsschwäche zu leiden, die körperliche Beziehungen gewöhnlich zur Folge haben. Sonst ist man immer einmal zu nachsichtig und dann wieder zu streng, denn die körperliche Lust führt zu einer Unterwerfung, die einem das begehrte Objekt einmal über die Maßen begehrenswert und dann wieder hassenswert bis zum Exzeß erscheinen läßt. Das, was jene drei Männer unter dem Strich schließlich miteinander gemeinsam hatten, war ihre Banalität. Sie waren austauschbar. Blumen, einfallslose Komplimente, die befriedigte Eitelkeit, sich mit einer für klug geltenden Frau in der Öffentlichkeit zeigen zu dürfen, und dann das Verkümmern der Leidenschaft ohne geschlechtliche Befriedigung und die Angst der männlichen Eigenliebe vor dem kritischen Geist einer Frau. Martha Eschendorff ist ein Ekel, beschlossen sie, aber sie hatten keine Vorstellung, wie erleichtert ich war, mir den Anblick, den sie in Hemd und Sockenhaltern geboten hätten, ersparen zu können!«
Matthias war ergriffen. Es war noch einmal fast Wort für Wort das-

selbe, was auch Sophia gesagt hatte. War es also ein bestimmter Frauentyp, der ihn anzog, oder fühlte sich umgekehrt ein bestimmter Frauentyp zu ihm hingezogen? Und wenn ja, warum?
Martha stand auf, um die Fortschritte des Porträts zu begutachten. Sie betrachtete es lange.
»Erstaunlich«, sagte sie schließlich. »Warum haben Sie so lange damit gewartet?«
Sie ging in den Wintergarten und betrachtete den kleinen Park, der in den letzten Farben des Herbstes vor den Fenstern lag.
»Sie sind ein großer Maler«, sagte sie, während sie ihm den Rücken zugewendet hielt. »Aber die Malerei ist für Sie kein Beruf, sondern nur ein Mittel zum Zweck. Ihr Porträt ist großartig.«
»Dank Ihnen«, sagte er.
Sie drehte sich um; in ihren Augen standen Tränen.
»Hören wir auf für heute«, sagte sie hastig. »Bis morgen!« Sie verließ das Zimmer. Langsam reinigte er seine Pinsel, bevor er sie über Nacht in den Topf mit Essig und Terpentin stellte.

8.

Der Wind

Am nächsten Tag war Martha Eschendorff ziemlich bleich, aber heiter.
»Wir werden eine Soiree veranstalten, um dieses Bild zu zeigen«, sagte sie, als Matthias das Zimmer betrat, in dem sie wie jeden Tag in ihrem zinnoberroten Kimono ausgestreckt auf einem Sessel lag. »Es ist wichtig, daß Sie sich als Maler im vollen Sinn des Wortes durchsetzen, und nicht nur als Gesellschaftsmaler.«
Matthias war von der abgehackten Lebhaftigkeit ihrer Gesten unangenehm berührt. Sie stand offensichtlich unter Drogen. Was mochte sie nehmen? Er musterte sie, und sein Blick wurde von einem unscheinbaren Glitzern auf dem Kragen ihres Kimonos angezogen. Er näherte sich ihr, um die Herkunft dieses Glitzerns zu ergründen. Er stützte sich auf die Sessellehne und beugte sich über sie. Erschreckt und hoffnungsvoll zugleich sah sie zu ihm auf. Er schnippste mit den Fingern gegen ihren Kragen, und winzige Kristalle stoben in die Luft. Er fixierte sie mit einem Blick, der besagte: »Das ist es also!«, und sah, wie die Hoffnung in Marthas Augen erlosch. Ohne ein Wort zu sagen, begab er sich hinter seine Staffelei zurück.
»Das hilft«, murmelte sie nach einer langen Pause.
Bedrückt malte er die nackten Äste zu Ende, die man durch die trüben Fenster des Wintergartens im Hintergrund sah.
»Vielleicht ist es doch besser, zu träumen«, sagte er.
Um zwölf Uhr mittags war das Bild fertig. Es war eine Harmonie aus Blau- und Grüntönen geworden, die von dem flammend roten und violetten Streifen des Kimonos unterbrochen wurde wie ein Wappenschild vom Querbalken der Bastardschaft. Und in diesem Querbalken leuchtete weiß, mit wenigen bläulichen und malvenfarbenen Schatten, das Fleisch von Martha Eschendorff. Ihr Kopf war auf dem

Bild spitz und bleich, von einer dunkelroten Mähne gekrönt, ihre Hände glichen zusammengekrümmten kleinen Tieren, und ihre Füße beschrieben freche und sinnliche Bögen. »Bleiben Sie doch zum Essen, ich bitte Sie darum«, sagte sie. »Sind Sie zufrieden?«
»Das ist bestimmt das erste Mal, daß das Modell diese Frage an den Maler richtet«, erwiderte er lachend.
Wie sie sich ernährte! Eine Tasse Tomatensuppe, Kaviar auf Sahne und ein Schälchen Kompott, alles großzügig mit Champagner begossen. Waltraud zufolge entwickelte sie jedoch an diesem Tag einen außergewöhnlichen Appetit, wozu Waltraud sich ausdrücklich beglückwünschte und weswegen sie Matthias mit ehrerbietiger Sorgfalt behandelte. Nach dem Mittagessen schien sie beinahe zu schweben, ein hagerer, exotischer Vogel, der Jugend vortäuschte. Aber täuschte sie sie wirklich nur vor? Als sie wieder im Wintergarten stand und die gekreuzten Arme um ihre Schultern schlang, sah Matthias, der ihr gefolgt war, plötzlich das junge Mädchen vor sich, das sie in ferner Vergangenheit einmal gewesen sein mußte, von einer wilden inneren Glut verzehrt und ungeduldig auf den unauffindbaren Geliebten wartend ...
»Ich muß unbedingt das Bild noch einmal ansehen!« sagte sie fiebrig und eilte auf ihren Pantöffelchen durchs Zimmer. »Ihr Meisterwerk, Matthias, ich bin ganz sicher! Wie werden wir es einrahmen?« (»Wir?« dachte Matthias betroffen.) »Ein Goldrahmen wäre ordinär, nicht wahr? Wir werden keinen Goldrahmen nehmen! Und auch nichts Geschnitztes, oder? Am besten schwarz! Aus glattem Ebenholz! Und ganz schmal ...«
Sie drehte sich zu ihm um, und er empfand plötzlich ein beinahe väterliches Mitleid mit ihr. Sie ließ sich in den Sessel fallen, in dem er sie gemalt hatte.
»Ich fühle es so deutlich!« seufzte sie. »Das bin ich, endlich ich! Wenn ich schon nicht sagen darf: wir«, fügte sie halblaut hinzu.
»Ja, ich glaube, ein einfacher, schwarzer Holzrahmen wäre das beste«, sagte Matthias und setzte sich ihr gegenüber.
Sie bemerkte, daß seine Antwort zögernd kam und daß er es vorzog, ihre letzten Worte nicht gehört zu haben. Sie warf ihm einen kurzen, finsteren Blick zu und klingelte dann nach Kaffee.
»Ich wollte Sie fragen ...« sagte sie, als der Kaffee vor ihnen stand und Waltraud sich zurückgezogen hatte.

Das sollte ein Köder sein. Er verschmähte ihn.
»Ich wollte Sie um einen Gefallen bitten«, schloß sie.
Auch auf diese Worte reagierte er nicht.
»Ich möchte gerne die Marokkanerin sehen«, sagte sie.
Er erstarrte.
»Ich möchte, daß Sie vor meinen Augen mit ihr schlafen«, sagte sie mit erschreckend leiser Stimme.
Er zuckte nicht mit der Wimper.
»Ich wüßte nicht, was Ihnen das nützen könnte«, sagte er schließlich.
»Es geht nicht um irgendeinen Nutzen, es geht um meine Begierde. Ich habe gesagt, ich wollte Sie um einen Gefallen bitten.«
Er mußte an Sir Alfred denken. Damals hatte er es vergnüglich gefunden, im Auftrag eines anderen zu lieben, aber unter den gegenwärtigen Umständen erschien der Vorschlag ihm grauenerregend.
»Sind Sie prüde?« fragte sie.
»Es geht nicht um Prüderie«, antwortete er achselzuckend. »Der Vorschlag gefällt mir nicht.«
»Und warum nicht?«
»Weil Sie mich lieben, Martha, und weil Sie mich zwingen wollen, über Gebühr grausam zu sein.«
»Hat die Grausamkeit damit zu tun, daß Sie nichts für mich empfinden?«
»Nein, umgekehrt, sie hat damit zu tun, daß ich Zärtlichkeit für Sie empfinde«, sagte er unbehaglich.
»Zärtlichkeit!« wiederholte sie bitter. »Sagen Sie doch gleich Mitleid!«
»Welche Frau wird mir je etwas anderes als Schmerz bereiten?« fragte er sich. Er betrachtete ihr Gesicht, das in seiner Unregelmäßigkeit irritierend sinnlich wirkte, ausgehöhlt von einem unstillbaren Verlangen. Er empfand einen brennenden Schmerz. »Kein Mitleid, Martha. Ich sagte Zärtlichkeit!«
Die Arme auf die Sessellehnen gestützt, beugte sie sich vor wie eine Sphinx bei der Befragung des Ödipus.
»Ich weiß nicht, was das ist«, sagte sie wild.
»Das ist ein zivilisiertes Gefühl«, sagte er an der Grenze seiner Geduld.

»*Zivilisiert* oder *syphilisiert?*« fragte sie.
Diese Schamlosigkeit brachte ihn zum Erröten. Er stand auf.
»Antworten Sie!«
Mit einem kurzen Ruck entblößte er sie, und über sie gebeugt, begann er sie zu streicheln. Die Berührung seiner Hand ließ sie zusammenschauern. Sie versuchte, ihre Blöße zu bedecken; er hinderte sie daran. Sie stieß einen Seufzer aus und legte ihre Hand auf die seine. Er streichelte ihre Brüste. Ihr weißer Körper krümmte sich, und sie stöhnte.
»Ich möchte Sie auch nackt sehen«, murmelte sie.
Er zog sich aus. Als er neben ihr lag, wunderte er sich über die Hitze dieses schmächtigen Körpers. »Ein Fieberanfall«, dachte er. Er dachte auch, daß er beunruhigende Kräfte entfesselt hatte. Denn Martha Eschendorff entwickelte eine Energie, die in keinem Verhältnis zu der geisterhaften Magerkeit ihrer Glieder stand. Sie hielt ihn so fest, daß er kaum noch Luft bekam.
»Jetzt!« sagte sie.
Er gehorchte. Sie schluchzte und stieß dann einen erstickten Schrei aus. Sie löste ihre Umarmung und fiel leblos zurück.
»Kommen Sie zu sich«, sagte er sanft.
An ihrem Blick sah er schließlich, daß sie tot war. Verstört rückte er zur Seite.
»Martha?« flüsterte er und faßte ihr unters Kinn.
Ihr Kopf fiel auf das Kissen zurück.
Er zog sich an.
Ein Windstoß öffnete das Fenster wie wenige Tage zuvor und erfüllte den roten Kimono mit gespenstischem Leben.
Er schloß das Fenster und hüllte Martha in den Kimono. Nachdem er einige Spuren mit seinem Taschentuch beseitigt hatte, band er den Gürtel zu. Dann klingelte er.
Waltraud betrat das Zimmer und erstarrte.
»Holen Sie schnell einen Arzt, auch wenn es schon zu spät ist«, sagte er.
Waltraud warf sich Martha zu Füßen und brach in Tränen aus.
»All diese Drogen ... das Herz ...« schluchzte sie mit erstickter Stimme.
»Das Herz«, dachte Matthias.
Gemeinsam warteten sie auf den Arzt. Der sprach dann von Peri-

karditis und anderen Dingen, denen Matthias keine Beachtung schenkte. »Ich bedaure«, sagte der Arzt und drückte Matthias die Hand.
»Ich auch«, sagte Matthias.

9.

Berggasse 19

»Nehmen wir Ihre Erzählung wieder auf, wenn Sie wollen«, sagte die Stimme hinter Matthias, eine kultivierte, beinahe angenehme Stimme, auch wenn sie ein bißchen verschleiert klang. »Sie waren von Martha fasziniert, sobald Sie sie gesehen hatten, obwohl Sie sie nicht sexuell begehrten. Haben Sie sich einmal gefragt, wie es gekommen ist, daß Sie schließlich doch eine sexuelle Beziehung mit ihr hatten, obwohl Sie sie nicht anziehend fanden?«
»Zweimal das Wort ›sexuell‹ in fünf Sekunden«, vermerkte Matthias auf seinem Diwan, während er an die Decke starrte. Er strich mit der Hand über den Moleskinbezug des Diwans und unterdrückte ein Lächeln. Dieser Bezug aus falscher Haut sollte sicher das Aufsteigen erotischer Erinnerungen erleichtern. »Ich habe es Ihnen schon gesagt«, antwortete er, »es hat mich gerührt, daß sie so zerbrechlich und unbefriedigt war und daß sie mir plötzlich so jung erschien.«
»Wie hieß Ihre Mutter?«
»Was hat denn das damit zu tun?« fragte sich Matthias. »Lisbeth«, antwortete er nichtsdestotrotz.
»Wie sah sie aus?«
»Ich habe sie nicht gekannt. Sie ist bei meiner Geburt gestorben.«
»Dann sind Sie wohl adoptiert worden?«
»Ja. Meine Adoptivmutter hieß Augusta.«
Außerhalb seines Blickfelds kratzte eine Feder fieberhaft auf dem Papier.
»Wie sah sie aus?«
»Sie war eine große, blonde Dame.«
Matthias glaubte einen Seufzer zu hören.
»Haben Sie eine andere magere, rothaarige Frau gekannt?«
»Nein.«
»Eine andere Frau mit dem Namen Martha?«

»Nein.«
»An welche Frau in Ihrem Leben können Sie sich am besten erinnern?«
»An Marisa«, antwortete Matthias nach einigem Zögern.
»Wie war sie?«
»Sie war dreizehn Jahre alt, blond und rundlich.«
»Dreizehn Jahre!« sagte die Stimme erstaunt.
»Dreizehn Jahre, ja«, erwiderte Matthias fest.
»Haben Sie von Martha geträumt, nachdem Sie sie kennengelernt hatten?«
»Soviel ich mich erinnern kann, nicht.«
»Haben Sie von anderen Frauen geträumt?«
»Manchmal von Marisa.«
Matthias verspürte eine gewisse Unzufriedenheit, die er jedoch zu mäßigen versuchte. Er hatte Professor Sigmund Freud aufgesucht, weil er seit Marthas Tod keine Liebeslust mehr empfunden hatte, was sicher auf die Umstände dieses Todes zurückzuführen war, der mit der sexuellen Befriedigung zusammengefallen war. Man hatte ihm versichert, daß Professor Freud solche Störungen heilen könne, aber die Fragen des Arztes schienen die Ursache des Leidens nicht in den makabren Ereignissen in der Sophie-Charlotten-Straße zu suchen, sondern im gesamten Gefühlsleben des Patienten. Das aber war in Matthias' Augen ein Fehler.
»Haben Sie schon einmal unter solchen Potenzstörungen gelitten?«
»Noch nie. Ich bin in dieser Hinsicht immer außerordentlich gesund gewesen.«
»Erinnern Sie sich an Ihren letzten Traum?«
»Ich glaube wohl«, sagte Matthias. »Es war in einem großen Haus auf dem Land, bei bedecktem Wetter, scheint mir. Es waren viele vornehme Leute da, die auf etwas zu warten schienen. Die Leute hatten ihre Mäntel und Pelze anbehalten, weil es draußen kalt war, und es war sicher in Rußland. Dann näherte sich mir ein junges Mädchen. Ich gab ihr ein Stück Kuchen, das sie lächelnd annahm. Als sie hineinbiß, nahm ihr Gesicht aber plötzlich einen finsteren Ausdruck an, und ich begriff, daß der Kuchen nicht gut war und vielleicht sogar vergiftet.«
»Waren Sie einmal in Rußland?«
»Ja, vor einigen Monaten.«

»Kannten Sie das Haus in Ihrem Traum?«
»Nein, ich konnte es nicht genau erkennen, wegen der Dunkelheit. Nur durch die Fenster fiel ein schwaches Licht.«
»Und das junge Mädchen?«
»Ich hatte sie noch nie gesehen, schien mir, auf jeden Fall konnte ich ihre Züge nicht genau erkennen.«
»Was war das für ein Kuchen? Können Sie ihn beschreiben?«
»Ich glaube, es war ein kleiner, runder Honigkuchen.«
Und wieder das kratzende Geräusch der Feder auf dem Papier. Professor Freud blätterte eine Seite in seinem Notizbuch um.
»Rund wie eine Kugel?«
»Nein, eher flach.«
Es folgte ein längeres Schweigen.
»Als Sie Martha Eschendorff zum ersten Mal gesehen haben, hat sie in Ihnen, wie Sie sich ausdrückten, kein sexuelles Begehren erweckt. Hat sie Sie an jemanden erinnert?«
»Ja, an einen Stallburschen aus meiner Kinderzeit.«
»Erinnern Sie sich noch, wie er hieß?«
»Nein.«
»Erschien dieser Stallbursche Ihnen anziehend?«
»Anziehend? Überhaupt nicht. Er versorgte mein Pferd, und das war alles.«
»Was für eine Beziehung hatten Sie zu ihm?«
»Eine ganz normale. Außerdem hatte ich vorwiegend nicht mit ihm, sondern mit seinem Vorgesetzten zu tun, Rumpelschnickel.«
»Rumpelschnickel«, wiederholte Professor Freud. »Hieß er wirklich so?«
»Ich weiß es nicht, ich habe ihn nie anders nennen hören«, antwortete Matthias, der allmählich müde wurde. »Vielleicht war es ein Spitzname, denn ich erinnere mich, daß er oft brummig war und herumpolterte.«
»Hatte Rumpelschnickel sexuelle Beziehungen zu dem Stallburschen?«
»Ich glaube nicht. Er stellte verschiedenen weiblichen Bediensteten nach. Jedenfalls ist mir nie zu Ohren gekommen, daß er sexuelle Beziehungen zu dem Stallburschen gehabt hätte.«
»Und Sie?«
»Ich? Keine natürlich.«

»Warum sagen Sie ›natürlich‹?«
»Weil ... die Idee ist mir gar nicht gekommen. Ich habe Ihnen, glaube ich, gesagt, daß ich sentimental bin ... Das heißt, daß das sexuelle Begehren bei mir im Idealfall durch ein Gefühl ausgelöst wird. Oder durch die Schönheit.«
»Zu welchem Zeitpunkt Ihres Lebens ist Ihnen dieser Gedanke gekommen?«
»Das ist kein Gedanke. Das ist eine Tatsache.«
»War es die Zärtlichkeit, die sie Ihnen entgegenbrachte, oder die Schönheit, die Sie zu Marisa hingezogen hat?«
»Zuerst die Schönheit, dann die Zärtlichkeit.«
»War der Stallbursche nicht schön?«
»Nein. Auch durch Zärtlichkeit konnte er mich nicht anziehen.«
An diesem Punkt war die Sitzung beendet. Matthias ging im Sacher ein Stück Kuchen essen. Er trank einen Kaffee und las die Zeitungen, dann ging er heim in das möblierte Haus, das er zusammen mit Zanotti für ein paar Wochen gemietet hatte. Zanotti hatte die Leitung der Brauerei vorübergehend Vitautas überlassen. Er sorgte sich um Matthias, der sehr wenig malte, allenfalls auf kleinen Zettelchen herumkritzelte, während die Melancholie ihn stundenlang mit verstörtem Blick apathisch herumsitzen ließ. Zanotti bemühte sich daher, die weiträumige Wohnung in der Hagenbergstraße mit Teppichen, Bildern, Skulpturen und Blumen so freundlich wie möglich zu gestalten. Matthias, der Zanottis Fürsorge und Unruhe bemerkte, bemühte sich seinerseits, seine Erschöpfung und seine Sorgen zu verbergen, aber das Ergebnis war, daß sie beide ein gekünsteltes Benehmen an den Tag legten, als hätte ihr Aufenthalt in Wien nur einer gewöhnlichen Behandlung gegolten und nicht der Hoffnung auf die Überwindung einer ernsten Lebenskrise. Aufrichtig waren sie nur, wenn sie schwiegen, und wenn Zanotti seine innere Anteilnahme durch einen Händedruck oder einen sorgenvollen Blick zum Ausdruck brachte.
»Was sind wir doch für zivilisierte Wesen geworden!« dachte Matthias. »Wir verständigen uns nur noch durch kaum wahrnehmbare, lautlose Zeichen!« Das aber erinnerte ihn wieder an Martha Eschendorff und ihre Gespräche über die Unehrlichkeit, wodurch wiederum sein Unbehagen verstärkt wurde.
Die zweite Sitzung fand drei Tage später nach dem gleichen Muster

statt, was Matthias amüsierte, da er darin mehr als alles andere den festen Willen Professor Freuds zu erkennen glaubte, sich eine Methode zu verschaffen. »Wir könnten dasselbe Gespräch führen, wenn ich in einem Sessel säße und Cognac oder Tokaier tränke und ebenfalls rauchte«, dachte er, denn der Doktor aus der Berggasse rauchte riesige Zigarren.
»Beim letztenmal haben Sie mir erzählt, daß Martha einem Stallburschen aus Ihrer Kindheit ähnlich sah, zu dem Sie nur oberflächliche Beziehungen hatten. War das wirklich so?«
»Ja.«
»Hatten Sie einmal sexuelle Beziehungen mit Knaben?«
»Ich bin im Alter von dreizehn Jahren von einer Bande Halbstarker vergewaltigt worden.«
»Von einer Bande Halbstarker?« fragte der Professor. »Wo haben Sie die kennengelernt?«
»Es waren Mitschüler von mir«, log Matthias. »Sie waren eifersüchtig auf den Vorzug, den mir der Lehrer gab.« Das stimmte ungefähr, wenn man die Ereignisse in die Neuzeit übersetzte. »Sie hatten sich das ausgedacht, um mich zu demütigen.«
»Haben Sie sie nicht irgendwie dazu herausgefordert?«
»Nein.«
»Welcher Art war die Bevorzugung durch den Lehrer?«
»Er gab mir eine bevorzugte Stellung in der Klasse.«
»Haben Sie diesem Lehrer Intimitäten erlaubt?«
»Nein.«
»Waren Sie über Ihre Demütigung in irgendeiner Weise heimlich befriedigt?«
»Nein.«
»Was haben Sie dabei empfunden?«
»Haß und Rachgier vor allem, vielleicht Mordlust, und Angst.«
»Angst wovor?«
»Daß sie es noch einmal tun könnten.«
»Haben Sie später noch einmal gleichgeschlechtliche Beziehungen gehabt?«
»Ja.«
»Mit wem?«
»Mit einem treuen Gefährten, der mich sehr fürsorglich behandelt hat.«

»Ist das nur einmal vorgekommen, oder mehrmals?«
»Mehrmals.«
»Sie verspüren da also keinen Widerwillen?«
»Gar nicht«, antwortete Matthias, der allmählich noch ärgerlicher wurde als während der letzten Sitzung. »Es war alles sehr angenehm und herzlich, würde ich sagen.«
»Könnten Sie genauer sagen, was Sie mit ›herzlich‹ meinen?«
»Es war eine sehr gefühlvolle, innige Beziehung, durch die wir die wechselseitige Freude über unsere Verbundenheit zum Ausdruck brachten.«
»Schloß das die Einführung des Gliedes ein?«
»Die Einführung des Gliedes, du liebe Güte!« empörte sich Matthias innerlich. »Wie vulgär ist dieser Mensch eigentlich?« Er bemühte sich, ruhig zu bleiben. »Ja.« sagte er.
»Wer von Ihnen spielte die passive Rolle?«
»Wir spielten sie abwechselnd«, antwortete Matthias.
»Gab es keine Vorlieben?«
»Nein.«
Mit dem Eifer einer Maus, die die letzten Gitterstäbe zernagt, die sie noch von der Freiheit trennen, bearbeitete die Feder das Papier.
»Um noch einmal auf den Stallburschen zurückzukommen: Ist es möglich, daß Sie ihn anziehend fanden, ohne es sich eingestehen zu wollen?«
»Ich habe mir immer alle meine Gefühle eingestanden, und für diesen Stallburschen habe ich nichts empfunden. Ich sage es Ihnen noch einmal: Ohne Gefühl gibt es für mich keine Anziehung.«
»Haben Sie das Verhältnis mit Ihrem Gefährten hinterher bedauert?«
»Nein.«
»Keinerlei Bedauern, keine Scham?«
»Warum hätte ich mich denn schämen sollen? Ich habe ihn doch geliebt!«
»Hätte es Sie in Verlegenheit gebracht, wenn man Sie mit diesem Gefährten im Bett überrascht hätte?«
»Es hätte mich genauso in Verlegenheit gebracht, wenn man mich mit einer Frau überrascht hätte. Diese Dinge gehen nur die nächsten Beteiligten etwas an!«
»Fühlen Sie sich manchmal von Knaben oder Männern angezogen?«

»Nein.«
»Auch nicht, wenn sie schön sind?«
»Ich bemerke ihre Schönheit, sicher, aber daraus entsteht kein sexuelles Begehren.«
»Aber die Schönheit einer Frau kann es auslösen?«
»Sie macht stärkeren Eindruck auf meine Einbildungskraft.«
»Haben Sie sich einmal gefragt, warum?«
»Nein. Aber wenn ich darüber nachdenke, scheint es mir, als wenn eine Frau in der Regel mehr Zuneigung zu mir empfinden wird als ein Mann.«
Kratz-kratz-kratz.
»Hatten Sie noch eine andere ›herzliche‹ homosexuelle Beziehung außer der, von der Sie mir schon erzählt haben?«
»Ich hatte noch eine homosexuelle Beziehung, in der Tat.«
»Und wann war das?«
»Von ungefähr zwei Jahren, in Rußland. Sie war nicht in der gleichen Weise herzlich; sie beruhte auf ... Mitleid und Hingabe.«
»Mitleid?«
»Ein junges Mädchen, in das ich sehr verliebt war, bat mich, der Geliebte ihres Bruders zu werden, da er sich umbringen würde, wenn ich nein sagte. Sein Tod hätte auch das junge Mädchen ins Verderben gestürzt.«
»Und Sie fühlten sich vor diesem Antrag nicht zu dem jungen Mann hingezogen?«
»Nein. Ich liebte nur das Mädchen.«
»War er schön?«
»In gewisser Weise, ja. Vor allem aber war er sehr empfindsam und sehr unglücklich darüber, daß er homosexuell war, wie Sie es nennen. Und es ist wirklich sehr wahrscheinlich, daß er sich umgebracht hätte, wenn ich den Antrag abgelehnt hätte.«
»Wie verliefen Ihre sexuellen Beziehungen zu dem jungen Mann? Und wie alt war er übrigens?«
»Ich glaube, er war vierundzwanzig oder fünfundzwanzig Jahre alt. Er spielte die passive Rolle.«
»Liebte er Sie?«
»Ganz sicher. Seine Liebe überstieg manchmal jedes vernünftige Maß und grenzte an Selbsterniedrigung.«
»Liebten Sie ihn?«

»Ich habe Ihnen gesagt, daß ich Mitleid und Zärtlichkeit für ihn empfand.«
»Tat er Ihnen leid, weil er Sie liebte?«
»Nein, er tat mir leid, weil er litt. Hat all das wirklich mit meinem jetzigen Zustand zu tun, Herr Professor?«
»Für den Augenblick forschen wir nur. Da Ihr Leiden sexueller Natur ist, ist es wahrscheinlich, daß es seine Wurzeln in Ihrem früheren Sexualleben hat.«
»Aber vor Marthas Tod habe ich solche Störungen nie gehabt.«
»Vielleicht haben Sie trotzdem schon unter einer gewissen Unausgeglichenheit gelitten und es nur nicht gemerkt«, antwortete Freud.
Matthias betrachtete die schwarzbraune Einrichtung des Behandlungszimmers in der Berggasse, die kunstvoll auf den Regalen verteilten Mosaiken und archäologischen Funde und das indische Tuch auf dem Diwan, das jetzt verrutscht war, und plötzlich verspürte er den Wunsch, Freud selbst auf den Diwan zu legen, um ihn einem ähnlichen Verhör zu unterziehen. Aber worunter konnte der Professor schon leiden?
»Haben Sie Angst?« fragte ihn Freud zu Beginn der dritten Sitzung.
»Im bezug auf Martha?« fragte Matthias. »Ja, ich habe Angst, daß ich meine Unlust nicht überwinden kann und nie mehr finden werde, wonach ich schon mein ganzes Leben suche, die Liebe einer Frau. Natürlich kann ich Zärtlichkeit empfinden, aber ich weiß nicht, ob eine Frau sich mit einer so unkörperlichen Form der Liebe zufriedengeben würde.«
»Lebt Ihr Stiefvater noch?«
»Nein, er ist schon lange tot.«
»Haben Sie manchmal an seinen Tod gedacht?«
»Ich glaube nicht.«
»Im großen und ganzen sehen Sie sich also als ein Waisenkind an?«
»So ungefähr.«
»Wenn Sie Ihren Vater oder Ihre Mutter wieder zum Leben erwecken könnten, wen würden Sie vorziehen?«
»Meine Mutter natürlich.«
»Versuchen Sie manchmal, sie sich vorzustellen?«
»Ich hatte den Eindruck, daß sie sehr jung und vollkommen unschuldig gewesen sein muß.«

»Also in gewisser Weise wie Marisa?«
»Ohne Zweifel«, sagte Matthias, verblüfft über diesen Vergleich. »Mit einem Unterschied: Marisa war ungefähr genauso alt wie ich. Ich konnte sie also kaum mit meiner Mutter gleichsetzen.«
»Wollen Sie damit sagen, daß ältere Frauen keinen sexuellen Reiz für Sie haben könnten?«
»Ich weiß es nicht. Jedenfalls ist es nie so gewesen«, sagte Matthias, der allmählich den roten Faden in den Fragen des Arztes zu sehen begann.
»Waren Sie jünger oder älter als Martha?«
»Ich glaube, sie war ein oder zwei Jahre jünger als ich.«
»Sie haben mir gesagt, daß Martha gegen Ihren Willen Ihren Stil als Maler beeinflußt hat. Wie haben Sie diese Einmischung in Ihre intimste Ausdrucksweise empfunden?«
»Ob Einmischung wohl das richtige Wort ist?« zweifelte Matthias. »Es war eher eine Bereicherung meiner Erfahrung.«
»Dann mußten Sie also zugeben, daß Martha Ihnen künstlerisch überlegen war?«
»Da war sicher eine Art Überlegenheit ... Sie hatte eine Möglichkeit in der Entwicklung meiner Malerei erraten.«
»Wie hat Ihre Eigenliebe darauf reagiert?«
»Zuerst war ich verärgert, aber dann natürlich dankbar.«
»War es diese Dankbarkeit, die Sie geneigt machte, dann doch eine sexuelle Beziehung mit ihr einzugehen?«
»Das kann man so nicht sagen. Ihr Interesse an mir zeugte von einem Gefühl, das der Zärtlichkeit vergleichbar war. Und so rief es in mir eine ähnliche Zärtlichkeit hervor. Sie wies aber dieses Gefühl zurück — wir haben uns darüber ausgesprochen —, weil sie es für Mitleid hielt.«
»War es nicht vielleicht ein Mitleid vergleichbar dem, das Sie für den jungen Russen empfunden haben?«
»Vielleicht war es das ... Mit dem Unterschied, daß es in Rußland der junge Mann war, der mir durch seine Schwester Avancen gemacht hat, während bei Martha in gewisser Weise ich es war, der die körperliche Beziehung herausgefordert hat.«
»Wie das?«
»Ich war es, der sie entblößt hat, denn sie war unter ihrem Kimono nackt; ich habe sie liebkost.«

»Aber trotzdem haben Sie sie vorher nicht begehrt?«
»Vielleicht war der Wunsch in mir unbewußt wach geworden, als ein Windstoß mir einige Zeit zuvor gezeigt hatte, daß sie unter diesem Kleidungsstück nackt war.«
»War es nicht in gewisser Weise ein Akt der Gewalt?«
»Ich glaube nicht, sie war ja verliebt in mich. Aber man kann zumindest sagen, daß sie über meinen plötzlichen Sinneswandel überrascht war.«
»Glauben Sie nicht, daß Sie Martha vielleicht Ihre Überlegenheit beweisen wollten, indem Sie ihr Ihren Penis schenkten?«
»So etwas hätte ich niemals denken können, und schon gar nicht in diesen Worten!« protestierte Matthias.
»Das ist die ärztliche Ausdrucksweise. Haben Sie, um es anders zu sagen, nicht daran gedacht, daß Sie Martha beim Liebesakt Ihre körperliche Überlegenheit beweisen könnten, nachdem sie Ihnen künstlerisch überlegen war?«
»Warum die Sache unnötig komplizieren? Martha hat mich gerührt, und da sie mich heftig begehrte, sich wegen ihrer Krankheit aber solche Wünsche verbieten mußte, habe ich gedacht, daß ich ihr auf diese Weise auch meine Zärtlichkeit beweisen könnte.«
»Aber in dieser Situation waren Sie derjenige, der das Geschenk gemacht hat, also waren Sie der Überlegene, wie Sie es auch bei dem jungen Russen waren.«
»Das kann man nicht vergleichen. Bei dem Russen tat ich es aus Zärtlichkeit und aus Liebe zu seiner Schwester.«
Matthias litt unter Kopfschmerzen und unter einem unbestimmten Widerstand gegen diese Art von Unterhaltung. Nach der Sitzung ging er eine Stunde spazieren und sagte sich, daß dieser Professor Freud die Dinge auf abstoßende Weise komplizierte. »Penis!« murmelte er, während er den Schlüssel ins Schloß seiner Wohnungstür stieß. Er war immer frei von Scham gewesen und in seinen sexuellen Beziehungen sogar von überschäumender Einbildungskraft, aber diese Ausdrucksweise beleidigte ihn. Die wissenschaftliche Kälte — aber war sie das überhaupt? — nahm den Dingen ihren Gefühlswert; die zitternde, kostbare Gegenseitigkeit verlor ihre Farbe und wurde so flach wie die Blumen in einem Herbarium.
Die Neugier trieb ihn trotzdem in die nächste Sitzung. Im Halbschatten schien es ihm, als wenn der Professor bei seinem Anblick

ein befriedigtes Lächeln andeutete, aber das konnte auch das Spiel der Schatten auf seinem Bart gewesen sein.
»In der letzten Sitzung haben Sie gesagt, Sie hätten Angst, daß Ihr gegenwärtiger Zustand Ihnen endgültig unerreichbar macht, wonach Sie immer gesucht haben: die Liebe einer Frau. Sie suchen diese Liebe also schon lange?«
»Schon seit jeher, scheint mir.«
»Wie erklären Sie es sich, daß Sie sie noch nicht gefunden haben?«
»Ich habe sie gefunden. Der Tod oder die Welt haben sie mir weggenommen. Die Liebe besteht nicht nur aus körperlichen Beziehungen, sondern auch aus einer Solidarität der Herzen, die aus gegenseitiger Achtung und Anteilnahme gewebt ist.«
»Aber Sie hatten es leichter als andere, sie zu finden, weil Sie nicht nur gut aussehen, sondern auch Geld haben?«
»Ich nehme an, daß die körperliche Anziehungskraft mir tatsächlich Hindernisse aus dem Weg geräumt hat. Was den Reichtum angeht, so hat die Liebe von Marisa beispielsweise nicht das geringste damit zu tun gehabt.«
»Das gute Aussehen hat Sie also sowohl den anderen Männern als auch den Frauen überlegen gemacht.«
»Das ist möglich.«
»Tauschen Sie nicht Ihren Körper gegen diese Liebe, die Sie vor dem Tod schützt?«
»Tauschen?« wiederholte Matthias überrascht. »Ich glaube nicht, nein, ich bin sicher, daß ich nie an einen Handel gedacht habe.«
»Vielleicht haben Sie nicht bewußt daran gedacht, aber Tatsache ist, daß Sie sich seiner bedient haben. Sie haben sich benommen wie ein Verführer, der seinen Charme spielen läßt, um eine Versicherung gegen den Tod zu bekommen.«
Diese Vorstellung kränkte Matthias, aber er fand nichts, was er ihr entgegensetzen konnte.
»Mit anderen Worten, Ihr Narzißmus ist stärker als die Liebe, die Sie erwarten. Sie wollen geliebt werden, um sich selbst lieben zu können«, sagte Freud. »Diese narzißtische Suche erklärt sich durch die Tatsache, daß Sie Ihre Mutter nicht gekannt haben. Sie haben das wichtige Entwicklungsstadium nicht abschließen können, das die ödipale Liebe des Sohnes zur Mutter darstellt.«

»Ödipal?« fragte Matthias. »Aber ich wäre nie auf die Idee gekommen ... also wirklich!« rief er.
»Sie dürfen diese Dinge nicht wörtlich nehmen«, sagte der Professor, »denn sie spielen sich im Unbewußten oder im Imaginären ab. Es gibt keinen Grund zur Entrüstung.«
»Ist das bei allen Waisenkindern so?« fragte Matthias.
»Sie sind ohne Zweifel anfälliger dafür als andere«, erwiderte der Professor. »Ihre Suche nach Liebe ist das beste Zeichen für Ihre unbewußte Angst. Wenn Sie nicht geliebt werden, ist Ihr Narzißmus in Gefahr. Der Mangel an Liebe läßt Ihnen das Leben sinnlos erscheinen.«
Bedrückt dachte Matthias an das, was Martha ihm über seine Verführungskraft gesagt hatte.
»Eros und Thanatos, der Lebens- und der Todestrieb, sind bei Ihnen eng miteinander verbunden. Eros, oder vielmehr eine Parodie davon, ist Ihr einziger Schutz gegen Thanatos.«
»Eine Parodie?« rief Matthias. »Wieso eine Parodie? Ich habe Frauen geliebt, die ...«
»Sicher, sicher, man kann durchaus aufrichtig sein in seiner Perversität. In der Beziehung mit Martha haben Sie auf brutale Weise erfahren, daß Ihr Spiel den Tod eines anderen nach sich ziehen kann. Sie haben unbewußt daraus geschlossen, daß Sie diese Frau Ihrem Eros geopfert haben. Sie haben mit ihr geschlafen, um zu beweisen, daß Sie nicht hinter ihr zurückstehen. Wenn sie Ihr Talent bereichern konnte, so wollten Sie ihr nun geben, wonach es sie am meisten verlangte, Ihren Körper.«
Der Professor klappte sein Notizbuch zu.
»Ich rate Ihnen, zu heiraten. Vorzugsweise eine gebildete Frau, für die Sie keine übertrieben leidenschaftlichen Gefühle haben. Mir scheint nämlich, daß Sie dazu neigen, sich die Frauen auszusuchen, die Ihrem Narzißmus am meisten schmeicheln. Sie sind im großen und ganzen gesund, eine vernünftige weibliche Zuneigung wird Sie vollends heilen.«
Als er die Treppe zum Erdgeschoß hinunterstieg, hörte Matthias deutlich, wie der Professor hinter ihm »Martha!« rief. Er drehte sich um. Freud machte ihm ein Zeichen mit der Hand. Eine stattliche Dame öffnete eine Tür und antwortete: »Ja?«
Später erfuhr Matthias, daß es Frau Freud gewesen war.

10.

DER ZWERG

Auf die Niedergeschlagenheit folgte ein Wutausbruch, der an Raserei grenzte.

Diese Reaktion beruhigte Zanotti. »Dummes Geschwätz!« erklärte er, denn Matthias hatte ihn genau über den Verlauf jeder Sitzung informiert. »Heiraten Sie eine Frau, für die Sie keine leidenschaftlichen Gefühle aufbringen! Und das ist nun der gute Rat dieses Gleichmachers! Denn was ist denn die Behandlung der Unregelmäßigkeiten des Herzens und der Seele anderes als Gleichmacherei, das heißt das Werkzeug einer Unterdrückungsgesellschaft? Einer Gesellschaft von vollgefressenen Bürgern, die nichts als ihre Friedhofsruhe wollen?«

»Wenn ich bedenke, daß Martha Eschendorff fast dasselbe gesagt hat!« rief Matthias.

»Die Sprache der falschen Vernunft, geschmückt mit den Talmifedern des Irrationalen! Aber diese Leute rufen das Irrationale nur an, um ihm den Garaus zu machen!« rief Zanotti. »Professor Freud ist ein Polizeispitzel!«

Matthias begann zu lachen.

»Es stimmt, er sieht aus wie ein Staatsbeamter«, bestätigte er.

»Und wir werden dem guten Doktor Abendroth in Berlin ein Bündel Möhren schicken, zum Dank, daß er dir eine Behandlung bei Freud empfohlen hat!« fügte Zanotti hinzu. »Man muß für ein Zeitalter fürchten, das die Leidenschaft heilen will, indem es die Poesie zu Grabe trägt!«

Nachdem sie Vitautas telegraphiert hatten, nahmen sie den 6-Uhr-Zug nach Berlin.

Vitautas hatte mit großer Sorgfalt ein Abendessen vorbereitet, das aus Matthias' und Zanottis Lieblingsgerichten bestand. Das Haus war mit Blumen geschmückt, darunter ein großer Strauß Orchi-

deen in Matthias' Zimmer. Soviel Freundlichkeit entzückte und berührte Matthias, und er bedankte sich bei Vitautas.
»Zanotti hat die Gabe, die besten Menschen der Welt an sich zu ziehen«, sagte er. »Sie haben dieses Haus in einen Festsaal verwandelt.«
»Das ist doch nur natürlich«, sagte der Lette und verbeugte sich mit einem halben Lächeln. »Wenn Männer zusammenleben, so tun sie das doch nicht aus Pflichtgefühl, sondern zum Vergnügen. Und was die besten Menschen angeht, die Zanotti an sich zieht, so trifft das Kompliment in erster Linie Sie selbst.«
Zuerst mußte Matthias über diese Worte lachen, dann stimmten sie ihn nachdenklich.
»Und wenn ein Mann mit einer Frau zusammenlebt, glauben Sie nicht, daß er das auch zum Vergnügen tut?«
»Leider nein«, antwortete Vitautas. »Männer und Frauen hält nur die Verpflichtung zusammen, sie wissen es nur nicht. Sie sind nichts als Marionetten.«
Zanotti unterbrach dieses Gespräch mit großem Gezeter und machte geltend, daß Wien sie für alle Zeiten von der Psychologie geheilt habe. Vitautas verzog den Mund wie ein Säugling, dem man den Schnuller wegnimmt. Sie sprachen über Professor Freud. Zu Vitautas' Belehrung schilderte Matthias große Teile der Sitzungen in der Berggasse. Mit gebannter Aufmerksamkeit folgte der Lette seinen Worten.
»Was ich nicht ganz verstehe«, bemerkte Vitautas, »ist, daß Sie sich einerseits durch Ihre Verführungskraft von den anderen Männern unterscheiden, andererseits aber dasselbe Ziel wie sie verfolgen: sich durch die Liebe gegen den Tod zu schützen. Denn schließlich schützen wir uns alle auf diese Weise, und ich zweifle nicht, daß die Frauen dasselbe tun. Was soll also Ihre Verführungskraft daran ändern, außer daß sie Ihnen die Sache wesentlich leichter macht?«
»Ich glaube, der Professor wollte sagen, daß ich ein herzloser Mensch sei, der Liebe vortäuscht, um sich seiner Verführungskraft zu versichern, und daß die Erkenntnis, auf diese Weise den Tod von Martha Eschendorff herbeigeführt zu haben, unweigerlich Schuldgefühle in mir auslösen mußte.«
»Und haben Sie das selbst so empfunden?«
»Vitautas!« rief Zanotti.

»Laß ihn doch«, unterbrach ihn Matthias. »Es ist besser, offen über diese Dinge zu sprechen, als sie alleine mit sich herumzuschleppen. Es stimmt, daß ich mich in letzter Zeit frage, warum meine Liebesgeschichten« (er sagte es französisch: *histoires d'amour*) »regelmäßig schiefgehen, und ob es nicht verborgene Mängel in meinem Charakter gibt, die daran schuld sind.«
Sie beendeten das Mahl mit einem Kirschkuchen, dessen Anblick in Matthias ein flüchtiges Gefühl hervorrief, das er nicht zu bestimmen vermochte. Er versuchte eine Weile, ihm nachzuspüren, während er die gestickten Blumen auf der Tischdecke betrachtete, die sich ebenfalls einer genauen Bestimmung entzogen, vielleicht waren es Heckenrosen, vielleicht aber auch Butterblumen. Vitautas' Stimme riß ihn aus seinen Gedanken.
»Einen Mangel haben Sie sicher, wenn man es so nennen will.«
Matthias hob den Kopf, Zanotti erstarrte, die Gabel in der Luft. Trotz der Unhöflichkeit seiner Aussage drückte Vitautas' Miene keinerlei Feindseligkeit aus.
»Wirklich?« fragte Matthias.
»Sie vermitteln den Eindruck, als seien Sie unzerstörbar.«
Zanotti reckte den Hals über seinem Teller wie eine Katze, die einen Vogel erspäht hat.
»Verstehen Sie«, sagte Vitautas, »das ist den wenigsten Leuten angenehm und den meisten wahrscheinlich schlechthin unerträglich. Die Liebe ist ein Kampf, bei dem man sicher sein will, wenigstens eine schwache Chance von Gewinn zu haben. Wenn man Sie sieht, weiß man aber von vornherein, daß man verlieren wird. Man hat keinerlei Gewalt über Sie, und besitzt man sie doch, so nur deswegen, weil Sie sie einem zugestanden haben, aus Mitleid oder zum Vergnügen.«
Zanotti schmiß geräuschvoll seine Gabel auf den Teller, stieß ein kurzes Lachen aus und rief: »Jetzt reicht's aber!« Matthias schwieg verblüfft. Dann lächelte er.
»Und was schließen Sie daraus?« fragte er.
»Daß Sie nur lieben können, wenn Sie gefangen sind. Den Rest der Zeit können Sie nur Beute machen, die Sie zerstören oder die sich selbst zerstört«, sagte Vitautas und schlug die Augen nieder. »Das Ärgerliche ist«, setzte er dann hinzu, »daß Sie zweifellos die Natur eines Engels haben, Matthias.«

»Eines Engels?« fragte Matthias irritiert.
»Sie haben eine so hohe Vorstellung von der Liebe ... Schönheit, Großmut, Verständnis, Bildung, Eleganz, Verfeinerung der Sitten ... Sie brauchen all das in einer einzigen Person ... Pures Gold!«
Zanotti schenkte sich Wein ein und sagte: »Es war völlig unnötig, all das Geld in Wien zu vergeuden.«
»Sehr gut«, stimmte Matthias zu. »Erklären Sie mir die Impotenz, unter der ich nach Marthas Tod gelitten habe.«
»Oh, das ist nicht schwer«, entgegnete Vitautas. »Marthas Tod hat verblüffend symbolische Züge gehabt, das ist alles. Martha hat Sie um so mehr geliebt, je stärker sie das Gefühl hatte, auf dem Weg über die Kunst Gewalt über Sie zu haben. Trotzdem tragen Sie zum Teil die Verantwortung für ihren Tod, so zufällig er auch war. In Ihrer Großmut haben Sie ihr ein Geschenk gemacht, das schöner war, als sie ertragen konnte. Andere hätten sich dadurch gedemütigt gefühlt, sie ist im Überschwang der Gefühle daran gestorben.«
Hermann, der Bedienstete, servierte ihnen den Kaffee im Salon.
»Erinnern Sie sich noch, was Sie gesagt haben, als Sie das erste Mal bei ihr gewesen waren? Daß Martha Eschendorff klüger sei als Sie!« sagte Vitautas listig, während er in seiner Tasse rührte.
»Warum sagen Sie mir das?« fragte Matthias, in dem plötzlich wieder das merkwürdige Gefühl erwachte, das er vorhin beim Anblick des Kirschkuchens gehabt hatte. Diesmal schien es die japanische Zeichnung auf seiner Kaffeetasse hervorzurufen. Sie stellte ein dickes Männchen in einem weiten, goldverzierten Gewand dar, dem ein Sekretär folgte, der ein kleines Häuschen auf den Schultern trug, außerdem ein Kind oder ein Diener mit einem Fuchskopf auf dem kahlen Schädel und zwei Frauen in traditionellen Gewändern.
»Wissen Sie, ich war nämlich in Sie verliebt«, sagte Vitautas.
Das klang wie eine Todesanzeige.
»Ah?« sagte Zanotti.
»Aber ich konnte keinen Zugang zu Ihnen finden«, fuhr der Lette fort und setzte seine Tasse ab. »Das schlimmste ist Ihre Höflichkeit.«
Hermann glitt über den Teppich und räumte die Tassen ab. Zanotti

zog die Vorhänge zurück und öffnete ein Fenster. Ein undeutlicher Lärm, skandiert vom gelegentlichen Hupen der Autos, verbreitete sich im Zimmer und untermalte das Gespräch.

»Die Realität der Außenwelt, aber nicht die meine«, dachte Matthias. War er denn so sehr ein Engel, daß er beinahe gar nicht existierte? Das merkwürdige Gefühl von vorhin war verschwunden: Der Kirschkuchen und die japanische Tasse waren jetzt wirklicher als er selbst. Seit unendlichen Zeiten versuchte er jetzt schon, zu leben, ja, zu leben, und das einzige, was er erreicht hatte, war, das Bild eines Engels zu schaffen. Aber was sollte das bedeuten? Er war kein Engel, denn Engel haben keine Bedürfnisse, während er durchaus welche hatte. Aber wessen bedurfte er eigentlich? Nach fast zwei Jahrhunderten sollte er immer noch unfähig sein, es zu sagen? Er brach in Lachen aus.

»Ist es die Tatsache, daß ich in Sie verliebt war, die Sie so erheitert?« fragte Vitautas.

»Aber nein, verzeihen Sie. Ich dachte nur über meinen Wankelmut nach.«

Zanotti betrachtete ihn aus den Augenwinkeln. »Das Ärgerliche ist«, sagte Matthias zu sich selbst, »daß ich zu einem Kirschkuchen und zu einer Kaffeetasse direktere Beziehungen habe als zu dem teuersten Wesen, das ich auf der Welt besitze, und zu einem jungen Mann, der ihm teuer und außerdem intelligent und liebenswürdig ist. Ich muß alles erklären und außerdem noch irgendwie zurechnungsfähig wirken, und das zieht ein gekünsteltes Benehmen nach sich. Wenn ich die Worte von Professor Freud wiederaufnehme, ist es tatsächlich sehr gut möglich, daß ich nichts als ein herzloser Verführer bin, der nichts tut, als andere Menschen in seine Gewalt zu bringen, wenn er sie nicht gerade selbst erschafft. Aber es wäre schrecklich kompliziert, das zu vermitteln. Ich würde zum Beispiel Stunden brauchen, um den beiden Burschen hier meinen gegenwärtigen Geisteszustand verständlich zu machen. Zanotti würde mich bemuttern wie einen schwachsinnigen Säugling, und Vitautas würde sich für einen Einwohner Sodoms halten, der einen vorüberschwebenden Engel begehrt ...«

Zanotti holte das Schachspiel aus einer Schublade, denn er hatte das allabendliche Ritual, das er in Petersburg mit Sergej Wassiljewitsch gepflegt hatte, nach Berlin überführt.

Matthias stand auf und verkündete, er werde Frau Steinhardt einen Besuch abstatten. Zanotti und Vitautas machten große Augen.
»Jawohl«, sagte er lächelnd, »der Engel begibt sich nach Babylon.«
Es berührte ihn eigentümlich, den roten Plüschsalon wiederzusehen, die Vorhänge mit den Troddeln, die niedrigen Sessel mit den verschnörkelten Lehnen, die gräßlichen japanischen Vasen und das scheinheilige Lächeln von Frau Steinhardt. Sie gluckste Willkommensgrüße, die das Zimmer schmückten wie Papiergirlanden und falsche Glocken. Zwei Mädchen lagen in kurzen Hemdchen auf dem Kanapee gleich einem Rubens und einem Cranach und betrachteten den Besucher mit klappernden Augendeckeln. Die von Cranach ließ geräuschvoll ihren rechten Pantoffel fallen, den sie nur noch mit den äußersten Enden der Zehen festgehalten hatte. Ein Buckliger — oder war es ein Zwerg? — saß neben ihnen und wendete dem Besucher ebenfalls interessiert den Kopf zu, wobei eine schamlose Unterlippe sichtbar wurde, die wie ein weibliches Geschlechtsteil aussah.
»Champagner für alle!« verlangte Matthias.
Frau Steinhardt reckte die Arme zur Decke, wenn nicht gen Himmel, wie die Amme der Danae, die den Goldregen auffängt, und lächelte ekstatisch.
Sie brachte fünf Gläser. Pop! Der Korken flog an die Decke, und die goldene Flüssigkeit schäumte aus dem Flaschenhals. Ein anderes Mädchen kam, ihren Haarknoten feststeckend, die Treppe herunter. Sie bekam auch ein Glas. Alle stießen auf die Gesundheit des Besuchers an.
»Sonntags ist nichts los hier«, erklärte Frau Steinhardt. »Da bleiben dann auch die meisten Mädchen zu Haus.«
»Und die Marokkanerin ...?« fragte Matthias.
»Das ist es ja eben«, sagte Frau Steinhardt stirnrunzelnd. »Sie ist die einzige ...«
» ... die heute abend Kundschaft hat?« fragte Matthias.
»O Scharfblick!« freute sich Frau Steinhardt. »Es ist ein Fremder.«
»Dann ist also der ewige Adam unter uns!« rief der Bucklige, der der Unterhaltung gefolgt war, mit einer schönen Bruststimme aus. Matthias warf ihm einen fragenden Blick zu. Der Zwerg leckte sich seine unwahrscheinliche Unterlippe.
»Kennen Sie die Geschichte nicht? Vor Eva gab es noch eine andere

Frau, Lilith. Aber Lilith war unfruchtbar, und so gab der Herr Adam eine neue Gefährtin, Eva, unsere Mutter.«
»Unglaublich!« rief Frau Steinhardt.
»Aber wer sind hier Adam und Lilith?« fragte Matthias.
»Die Marokkanerin heißt Lilith«, erklärte das zuletzt gekommene Mädchen.
»Und Sie, der Sie zurückgekommen sind, sind demzufolge der ewige Adam«, setzte der Zwerg hinzu.
»Der ewige?« fragte Matthias.
»Der Adam von vor dem Sündenfall, der unsterbliche!« sagte der Zwerg mit einem kurzen Lachen. »Sicher haben Sie zu nächtlicher Stunde Liliths Klagen gehört ... Denn Lilith liebte Adam mit einer glühenden, übermenschlichen Leidenschaft, wie Adam auch sie liebte.«
War das ein Erleuchteter? Sein Aussehen, seine Stimme und seine kabbalistischen Reden ließen Matthias unmerklich die Stirn runzeln. Die drei Mädchen dagegen schienen den Worten des Zwergs keine besondere Beachtung zu schenken; sicher waren sie daran gewöhnt, daß die Kunden von Frau Steinhardt verrückte Sachen sagten.
»Glauben Sie etwa, ich sei Liliths einziger Geliebter?« fragte Matthias.
»Sicherlich nicht«, erwiderte der Zwerg. »Denn Lilith oder Meridiana oder auch Lorelei, um nur einige ihrer vielen Namen zu nennen ...«
»Lorelei!« rief Frau Steinhardt.
»Lorelei, in der Tat, hat unzählige Liebhaber, aber nur unglückliche, denn Lilith ist grausam zu denen, die nicht Adam sind, ihr Adam!« rief der Zwerg in theatralischem Ton. »Sie liebt niemanden so sehr wie Adam, der ihr den Spiegel vorhält, denn sie will, daß ihr Bild für ihn das Universum ist!«
»Ja, glauben Sie denn, daß ich einen Spiegel mit mir herumtrage?« fragte Matthias verblüfft.
»Gewiß, gewiß!« schrie der Zwerg mit einem hämischen Lachen. »Sind Sie etwa nicht Maler, mein Herr?«
»Was sind das für Anspielungen?« schrie Matthias jetzt seinerseits in einer plötzlichen Aufwallung unerklärlichen Zorns, als wenn er in einen Hinterhalt geraten wäre. »Wo ist Lilith, Frau Steinhardt?« Und

ohne die Antwort abzuwarten, stürzte er auf die Treppe zu, die zu den Zimmern der Mädchen führte.
»Nein!« schrie Frau Steinhardt und stürzte hinter ihm her.
»Nein!« schrie der Zwerg mit erstickter Stimme.
Oben angekommen, riß Matthias die erste Tür auf, die ihm in die Quere kam, aber dahinter lag nur ein verlassenes Zimmer. Ein gedämpfter Lärm zog ihn vor eine andere Tür, die jedoch dem Druck seines Körpers nicht nachgeben wollte. Mit einem kräftigen Stoß seiner Schulter gelang es ihm schließlich, sie aufzubrechen, und sie gab den Blick auf ein groteskes und blutiges Schauspiel frei. Lilith lag an Händen und Füßen gefesselt auf dem Bett, in ihrem Mund steckte ein Knebel, und ihr nackter Körper war von oben bis unten mit blutigen Zeichnungen bedeckt, die der Freier mit der Spitze eines Messers, das er noch in der Hand hielt, hineingeritzt hatte. Mit dem Messer voran stürzte sich der Mann auf Matthias, während Frau Steinhardt aus vollem Halse um Hilfe schrie. Matthias wich dem Angreifer im letzten Augenblick aus und stellte ihm ein Bein, während gleichzeitig aus unerklärlichen Gründen jetzt auch unten im Erdgeschoß Schreie erklangen. Der Mann war flach auf den Bauch gefallen, Matthias warf sich auf ihn und drehte ihm den Arm mit so brutaler Gewalt auf den Rücken, daß er ihm mit einem krachenden Geräusch die Knochen brach. Der Mann stieß einen Schmerzensschrei aus.
»Ich sollte dir den Dolch in den Bauch rennen, den du mir zugedacht hast«, sagte Matthias zu ihm.
»Nein, nicht mir, nicht mir!« winselte der Mann.
»Was soll das heißen, nicht mir?«
»Dem Zwerg!« flüsterte er.
Matthias stellte den Mann, dessen rechter Arm wie ausgerenkt herunterhing, auf die Füße und hielt ihn an dem gesunden Arm in eiserner Umklammerung fest.
»Was hat der Zwerg getan? Sprich, oder ich breche dir auch noch den anderen Arm!«
»Er hat mir Geld gegeben«, sagte der Mann keuchend.
»Damit du Lilith verstümmelst?«
»Ja ...«
Während Frau Steinhardt, unzusammenhängende Worte vor sich hin murmelnd, Lilith befreite, stieß Matthias den Mann vor sich her

die Treppe hinunter. Im Erdgeschoß erwartete ihn ein anderes bizarres Schauspiel. Die Mädchen hatten den Zwerg mit einer Vorhangschnur gefesselt und ihn zu Boden gestoßen. Die dickste hatte sich auf seinen Brustkorb gesetzt, und als Matthias die letzten Stufen herunterkam, trank sie gerade mit friedlichem Gesicht ein Glas Champagner. Ihr Geschlecht war entblößt, denn ihr Hemd war über die Schenkel nach oben gerutscht.
»Noch eine Flasche, Herr Graf, ich habe es verdient. Ich habe Durst.«
Der Zwerg stöhnte und schäumte vor Wut. Matthias beugte sich über ihn, hielt ihm einen Augenblick das Messer vor die Nase und brachte ihm dann mit einem kurzen Ruck einen Schnitt vom Ohr bis zum Kinn bei. Der Zwerg heulte auf. Jemand entkorkte eine Flasche, und das durstige Mädchen hielt mit vollkommen gleichgültiger Miene ihr Glas hin.
»Vielleicht willst du deine Geschichte lieber der Polizei erzählen?« fragte Matthias den Zwerg. »Oder soll ich dir die andere Backe auch noch verzieren?«
Der Zwerg röchelte. Der Mann mit dem Messer versuchte, die Tür zu erreichen. Matthias hielt ihn fest und versetzte ihm einen Kinnhaken, der ihn über einen Tisch zu Boden schleuderte. Bewußtlos blieb er liegen. Eines der beiden Mädchen, die nichts mehr zu trinken hatten, hielt Matthias ihr Glas hin.
»Laß ihn aufstehen«, sagte Matthias zu der Dicken.
Das Mädchen erhob sich und schenkte sich Champagner nach, während Lilith mit zerschundenem Gesicht die Treppe herunterkam, gefolgt von Frau Steinhardt, die wirre Sätze ausstieß. Matthias warf einen Blick auf Lilith und half dann dem Zwerg beim Aufstehen. Der versetzte ihm einen Fußtritt, der seine empfindlichste Stelle treffen sollte und sein Ziel nur knapp verfehlte. Matthias bedankte sich mit einem Kinnhaken, der den anderen drei Meter durch die Luft fliegen ließ. Leblos oder eine Ohnmacht vortäuschend, blieb der Zwerg liegen, wo er gelandet war.
»Als wir Frau Steinhardt schreien hörten«, sagte das dicke Mädchen, das wieder seinen Platz auf dem Diwan eingenommen hatte, »haben wir Böses geahnt. Der Zwerg ist ganz blaß um die Nase geworden und wollte sich aus dem Staub machen. Wir haben ihn an den Haaren festgehalten, und Betty hatte die gute Idee, ihn mit dieser

Vorhangschnur zu fesseln.« Bleich wie der Tod setzte Lilith sich neben sie. »Was hat das Schwein mit dir gemacht?« fragte die Dicke und schob die Schöße von Liliths Morgenrock ein Stück auseinander. »So ein Dreckskerl!« knurrte sie, als sie die glücklicherweise nur oberflächlichen Verletzungen auf Liliths Bauch und Brüsten entdeckte. Sie stand auf, schlüpfte in einen ihrer hochhackigen Pantoffeln, packte den anderen mit der Rechten und versetzte dem Zwerg einen Fußtritt.
»Bist du tot? Du Dreckschwein!« sagte sie.
Der Zwerg rührte sich. Sie beugte sich über ihn und schlug ihm heftig mit dem Pantoffel ins Gesicht. Der Zwerg quiekte wie ein abgestochenes Ferkel.
»Wirst du jetzt endlich sprechen?« schnauzte sie ihn an und schleppte ihn mit ihren drallen Armen bis vor Matthias' Füße. Mit immer noch gefesselten Armen, geschwollenem Gesicht und blutigem Kragen saß der Zwerg auf dem Boden. Lilith fixierte ihn mit den Augen.
»Ich bin zu faul, um Fragen zu stellen«, sagte Matthias zu ihm. »Sprich endlich, sonst mach ich dich zu Hackfleisch, bevor ich dich der Polizei ausliefere.«
»Ich heiße Alois Ennemäuser«, sagte der Zwerg mit rauher Stimme. »Ich habe Albert Goschwindt bezahlt, damit er Lilith bestraft.«
»Warum Lilith?« fragte die Dicke, die auf den Namen Rita hörte. »Und wofür bestraft?«
»Es war ein Versprechen, das ich einer Freundin gegeben hatte. Einer Freundin, die auf Lilith eifersüchtig war. Martha Eschendorff«, sagte der Zwerg und blickte Matthias in die Augen. »Dieser Mann, der Maler, hat Martha getötet«, sagte er provozierend, aber Matthias versuchte, gleichgültig zu erscheinen, obwohl er über diese Enthüllungen und die Abgründe des Hasses, die sie bei Martha Eschendorff aufdeckten, entsetzt war.
»Dieser Mann lügt«, sagte Lilith schließlich mit erstickter Stimme. »Zumindest sagt er nicht die ganze Wahrheit. Er ist vor einigen Tagen hier aufgetaucht und wollte mich haben, ausdrücklich und namentlich mich. Aber er ist gebaut wie ein Esel und konnte nicht zum Ziel kommen. Also hat er mich beschimpft und schmutzige Sachen von mir verlangt.« Matthias korrigierte im Geist die Trivialität ihrer Ausdrucksweise. »Als ich ihm damit drohte, um Hilfe zu rufen, ist er gegangen.«

»Das widerspricht keineswegs dem, was ich gesagt habe«, fiel ihr der Zwerg ins Wort. »Ich bin tatsächlich hergekommen, um das Mädchen zu sehen, wegen dem Martha leiden mußte. Ich habe Martha mehr geliebt als alles auf der Welt!«
»Geliebt!« dachte Matthias bitter. »Diese Mißgeburt ist auch noch fähig, Gefühle zu haben!« Aber er sagte sich, daß solche Überlegungen ihn in einen psychischen Zustand versetzen würden, den er jetzt besser nicht aufkommen ließ. Der Haß, mit dem der Zwerg die Verstümmelung Liliths angestiftet hatte, mußte irgendwo ein Gegengewicht haben, das man vielleicht wirklich nur »Liebe« nennen konnte.
Goschwindt war wieder zu sich gekommen und bemühte sich mit schmerzverzerrtem Gesicht, seinen verletzten Arm möglichst nicht zu bewegen.
»Ennemäuser hat der Gräfin Kokain verkauft, das hat er auch noch nicht gesagt«, stieß er mit rauher Stimme hervor.
»Du stinkender Abfallhaufen!« kreischte Ennemäuser. »Das wirst du mir büßen!«
»Überhaupt nichts werde ich dir büßen, du Ausgeburt der Hölle!« gab Goschwindt zurück. »Ich weiß genug von dir, um dir bis ans Ende deiner Tage das Maul zu stopfen!«
»Ruhe!« befahl Matthias.
Das dicke Mädchen reichte Lilith ein Glas Champagner. Das schaumige Getränk, das an Walzerklänge und Tanzvergnügen denken ließ, stand in eigentümlichem Kontrast zu der makabren und grausigen Szene.
»Ennemäuser hat auch nicht gesagt, daß er der Liebhaber der Gräfin war«, sagte Goschwindt mit schiefem Grinsen. »Die beiden Turteltäubchen haben sich vor ihren Liebesspielen ein bißchen aufgeputscht!« setzte er mit blutunterlaufenen Augen hinzu. Der Zwerg versuchte aufzustehen. Die dicke Rita griff nach ihrem Hausschuh und versetzte ihm einen Schlag auf den Kopf. Der Gesichtsausdruck des Zwergs wurde vollkommen tierisch, wenn man so sagen kann, denn kein Tier hätte je so abstoßend aussehen können.
Matthias unterdrückte eine zornige Bewegung. Was er von Lilith über die körperlichen Besonderheiten des Zwergs und von Goschwindt über die Beziehungen zwischen diesen Abnormitäten und dem Körper von Martha Eschendorff erfahren hatte, verur-

sachte ihm einen Ekel, den er mit Champagner nur mühsam hinunterspülen konnte. Was für ein Mensch war Martha eigentlich gewesen? Er dachte an die elegante Gestalt, die er bei der Baronin Mendelssohn kennengelernt und mit der Prinzessin von Eboli verglichen hatte, und dann an die beinahe mütterliche Kranke, die ihm zu Hause in der Sophie-Charlotten-Straße ihren Rat gegeben hatte ... Es gelang ihm nicht, diese Martha mit der anderen in Verbindung zu bringen, die sich Ennemäuser hingegeben und ihn womöglich selbst dazu genötigt hatte. Das war ein Fall von psychischer Verwilderung. »Deswegen also die Reden über die Notwendigkeit, ohne Erinnerung zu leben!« dachte er. Martha Eschendorff war so labil gewesen, weil sie sich nicht erinnern wollte, und sicher auch, weil sie zutiefst frustriert war.
»Sprich!« sagte Matthias zu dem Zwerg.
»Was soll ich denn noch sagen?« greinte der Zwerg. »Den Rest kennen Sie doch! Martha hat sich in Sie verliebt. Sie waren unerreichbar. Das hat sie sofort begriffen. Sie hat die Flucht nach vorne angetreten und unter dem Vorwand ihrer Syphilis eine Verbindung von sich aus für unmöglich erklärt ...«
»Sie hatte gar nicht die Syphilis?«
»Nach ihrer Behandlung war sie längst nicht mehr ansteckend. Sie wissen doch wohl, daß die Krankheit nicht immer ansteckend ist, und wenn man gut behandelt wird, nur fünfzehn Tage am Anfang.«
Er hatte sich für einen Helden gehalten — was für ein Irrtum! Er wußte nichts über die Syphilis! Aber ob der Zwerg recht hatte ...?
»Aber Sie werden auch Ihren Preis zu zahlen haben, Sie auch!« sagte der Zwerg finster. »Sie werden Ihren Preis zu zahlen haben wie alle, die schön, jung, reich und begabt sind, weil wir, die Häßlichen, Armen und Kranken unter Ihnen zu leiden haben. Wir hassen Sie und ihresgleichen! Der wahre Klassenkampf ist nicht der zwischen Arm und Reich, sondern der zwischen Schönen und Häßlichen, Jungen und Alten!«
»Mit der Liebe ist es wie mit dem Brot, man muß sie den Armen geben«, hatte Sophia gesagt. Die Frauen! »Nun gut«, dachte Matthias, »wir werden die heiligen Bordelle der Antike wiedereröffnen! Und ich werde die Rute der mißgebildeten Weibchen, der zahnlosen Alten, der vertrockneten Früchte, der Buckligen und der Wassersüchtigen sein, ich werde faltige Hautsäcke liebkosen, die früher einmal

Brüste waren, in vom Alter ausgeleierten Bäuchen wühlen und verschrumpelte Arschbacken streicheln ...«
Er war am Ende seiner Kräfte. Die dicke Rita blickte nachdenklich in das halbleere Champagnerglas in ihrer Hand, Lilith hatte eine ungesunde Gesichtsfarbe bekommen, Betty hatte die Hände auf die Knie gelegt und starrte ins Leere, und Frau Steinhardt mit ihrem schwarzen Kleid, den tiefen Augenhöhlen und dem vorstehenden Oberkiefer sah aus wie der Tod.
»Goschwindt, machen Sie, daß Sie wegkommen!« befahl Matthias schließlich.
»Und ich?« jammerte Ennemäuser.
»Ich gebe Ihrem Handlanger zehn Minuten Vorsprung. Lilith, ziehen Sie sich an, Sie kommen mit mir!«
Der Zwerg lachte höhnisch. Frau Steinhardt öffnete den Mund, um zu protestieren, besann sich dann aber anders und überlegte zweifellos, daß Lilith in ihrem Zustand ohnehin nicht würde arbeiten können und für einige Zeit nur ein hungriger Mund mehr sein würde. Die dicke Rita begleitete Lilith nach oben. Eine Viertelstunde später erschien Lilith in einem Kleid, dessen aufreizender Schnitt ihr abgezehrtes Gesicht noch schrecklicher aussehen ließ. Ihr Pelzkragen stand in scharfem Kontrast zu den rotumränderten Augen, dem bitteren Mund und dem tränenverschmierten Kinn, das er umschmeichelte ...
»Verschwinden Sie jetzt!« sagte Matthias zu Ennemäuser. »Verschwinden Sie für alle Zeiten! Einen Augenblick noch!« sagte er zu Betty, die ihn losbinden wollte. Er durchsuchte Ennemäusers Taschen und zog einen Revolver mit silbernem Griff hervor, den er mit gleichgültiger Miene in seine eigene Tasche gleiten ließ. Frau Steinhardt stieß einen Schrei aus. »Jetzt«, sagte Matthias zu Betty, die die Vorhangschnur aufzuknüpfen begann. Der Zwerg spuckte nach Matthias. »Hauen Sie ab, verschwinden Sie für alle Zeiten! Das beste wäre, Sie würden Berlin verlassen!« sagte Matthias. »Fahren Sie zur Hölle!«
Frau Steinhardt war dabei, die Vorhangschnur wieder an ihrem Messingring zu befestigen, als plötzlich ein dumpfes Poltern, von Knirschen und, wie es schien, spitzen Schreien begleitet, das Zimmer erfüllte.
»Mein Gott, was ist das?« schrie Frau Steinhardt.

Die Augen der Mädchen starrten schreckgeweitet ins Leere.
»Das ist der Lärm der Hölle«, sagte Matthias ruhig.
Lilith warf sich in seine Arme und stieß einen kurzen Schrei aus.
Die Eingangstür öffnete sich wie unter dem Druck eines Windstoßes. Ennemäuser war kreidebleich geworden.
»Raus hier! Verschwinden Sie!« schrie Matthias und packte ihn bei den Schultern. »Los, die Hölle ruft Sie, Ennemäuser!« Und er stieß den wimmernden Zwerg zur Tür. Zuletzt versetzte er ihm einen kräftigen Stoß in den Rücken, der ihn über die Schwelle beförderte.
Kreischend stürzte Ennemäuser die Eingangstreppe hinunter, torkelte über den Bürgersteig wie betrunken und entfernte sich hastig.
Matthias folgte der bemitleidenswerten Gestalt mit den Augen, bis sie sich weiter unten im bunten Treiben auf der Allee verlor. »Auch er sucht die Liebe, auch er«, dachte er.
Dann holte er Lilith, die am ganzen Leib zitterte. Sie waren schon auf der Treppe, als Rita, in Tränen aufgelöst, hinter ihnen her kam.
»Umarmen Sie mich!« bat sie.
Matthias drückte sie an sich. »Was für ein Elend!« dachte er, während er sich losmachte.

11.

Nicht wahr?

Manchmal lief ihm eine Gänsehaut über den Rücken, wenn er daran dachte, daß er Marthas Körper mit Ennemäuser geteilt hatte. Und dieser Ennemäuser hatte ja auch Liliths Körper berührt. Eine Berührung wie mit einer ekelerregenden Krankheit. Diesem Körper hatten sich die Spuren der niedrigsten Instinkte aufgeprägt.
In den ersten Tagen, als sich Lilith in der Marienstraße eingerichtet hatte, war an einen körperlichen Kontakt mit ihr nicht einmal im Traum zu denken. Der Arzt, der am Morgen gerufen worden und zur Untersuchung gekommen war, verließ das Zimmer gleich wieder, nachdem er bloß einen kurzen Blick auf sie geworfen hatte. Sofort nahm er Matthias ins Verhör.
»Welcher verdammte Kerl hat das getan?« fragte er streng.
»Ja, ein verdammter Kerl war das«, sagte Matthias. »Ich habe ihn bestraft. Es ist besser, die kriminellen Aspekte dieser Geschichte im dunkeln zu lassen. Ist es sehr schlimm?«
»Einige Schnitte sind nur oberflächlich und sollten eigentlich keine Narben hinterlassen. Andere reichen tiefer, und über ihre Heilung kann ich nichts Genaues sagen.«
In der Apotheke wurde eine reichhaltige Auswahl an Salben, Tinkturen und Lotionen geordert.
Nach Ablauf eines Monats begannen diese Behandlungen dank Liliths Widerstandskraft bereits die ersten Früchte zu tragen. Es blieben nur hie und da noch einige Narben zurück, die aber die Zeit schon zurückbilden würde.
Eines Morgens nach dem Frühstück sagte Lilith zu Matthias: »Ich werde mich jetzt verabschieden.«
»Wohin wollen Sie gehen?«
»Ich gehe zu Frau Steinhardt zurück. Ich habe Sie darüber schon informiert. Sie ist damit einverstanden«, sagte sie fest entschlossen.

»Könnten Sie ... diesen Beruf wieder ausüben?« fragte er nach einer kurzen Pause.
»Würden Sie es vorziehen, wenn ich zum Beispiel Serviererin wäre, mit einem Personalchef, der mich als sein Haustier betrachtet? Sehen Sie, dieser Beruf stellt für mich auch eine Art von Freiheit dar.«
»Ein hübscher Laden, zum Beispiel«, schlug er vor. »Ich könnte Ihnen dabei behilflich sein.«
»Und dann«, sagte sie, »müßte ich heiraten, nicht wahr?« Sie faltete ihre Hände über den Knien und beugte sich vor. »Ich will keine Kinder.«
Wie Lilith, dachte er. Aber hatte er selbst sich denn in der Hoffnung auf Kinder der Liebe hingegeben? Er dachte an Marisas Kind, das schon lange, ziemlich lange gestorben war ... Und Martha Eschendorff — hatte sie eigentlich Kinder gewollt?
Er betrachtete Lilith, und die Empfindung, die ihre Schönheit schon bei der ersten Begegnung bei ihm ausgelöst hatte, wurde erneut in ihm wach. Zwar war sie jetzt ein wenig verblaßt, gewiß, aber sie war noch immer in ihm lebendig. Die spitze Rundung der Lippen, der erstaunliche Übergang zwischen der zarten und geraden Nase und den weit ausladenden Nasenflügeln, das mandelförmige, wie von sicherer Malerhand gezeichnete Auge, der bernsteinfarbene, reine Teint ... Und der Rest, der Rest ...
»Sie können hier wohnen, wissen Sie«, sagte er verlegen, ohne zu wissen, warum.
»Um Ihnen auf ewig meine Dankbarkeit zu erweisen?« fragte sie. »Aber ich habe Ihnen keine Dankbarkeit zu erweisen, Matthias, ich war insgeheim der Einsatz eines unglückseligen Kartenspiels zwischen Ihnen und einer Frau von Ihrem Stand.«
Sie nahm kein Blatt vor den Mund, und das überraschte ihn. Auch ihre Schärfe beeindruckte ihn. Es hatte schon seine Richtigkeit: Lilith war der Einsatz gewesen. Er hatte Lust zu fragen: »Lieben Sie mich denn nicht?« Aber die Nichtigkeit dieser Worte hielt ihn davon ab.
»Ich bitte Sie dennoch zu bleiben«, sagte er.
Sie erhob sich und ging zum Fenster.
»Um nach dem Spieleinsatz jetzt das Beutestück zu werden«, entrüstete sie sich. »Sie haben nicht das geringste Recht auf mich. Beru-

fen Sie sich nicht auf die Liebe. Was Sie zu mir hinzieht, ist pure Lust nach Besitzergreifung. Nicht einmal Verlangen!«
Sie hatte noch einmal ins Schwarze getroffen. Das Verlangen war zwischen ihnen verschwunden. Er hatte ihr während ihrer Genesung übermäßige Achtung entgegengebracht. Er hätte Rücksichtnahme vorschützen können, aber die Wahrheit konnte unmöglich verschleiert werden. Er verspürte nicht einmal mehr ein besonderes Verlangen nach dieser vollkommenen Schönheit — ein Verlangen, das nicht auch ein anderer Körper in ihm hervorgerufen hätte.
Sie sah ihm in die Augen.
»Ich habe mich schon lange damit abgefunden, Matthias, ich existiere gar nicht. Auch meine Schönheit verleiht mir kein Recht zu leben. In Ihrer Welt zählt nur die hohe Geburt oder das Vermögen. Die Laune eines Mannes genügt nicht, um einem zu diesem Recht zu verhelfen. Sie vergeuden Ihre Zeit. Ich wäre nur Ihr Spielzeug, und ich bin kein Spielzeug.«
»Wenn ich sie neu erschaffen würde«, sagte er sich, »würde ich ihre Art zu denken zweifellos respektieren.« Und er war erschreckt, nein, niedergeschmettert von dem, was ihm in diesem Moment zu dämmern begann: daß die außergewöhnlichste Fähigkeit, die einem menschlichen Wesen verliehen werden kann — die Fähigkeit, ein anderes menschliches Wesen zu erschaffen —, zu nichts nutze ist als zur Befriedigung geheimer, einsamer und dunkler Begierden. »Die Welt wird klein«, dachte er. »Früher konnte ich eine Frau erschaffen, und es genügte, ihre Existenz mit ein paar vagen Entschuldigungen zu erklären. Heutzutage muß ich vor der Gesellschaft für sie und für mich Rechenschaft ablegen.«
»Ich bedaure es, nicht in der Wüste zu sein, aus der Sie kommen«, sagte er, wobei ihm sogleich bewußt wurde, daß dieser Satz einen frivolen, mondänen, fast albernen Unterton hatte.
»Bedauern Sie nichts«, sagte Sie. »In der Wüste müßten Sie meine Beute sein, und ich bezweifle, daß Ihnen diese Rolle gefallen würde. Sehen Sie, die Wildgans heiratet nicht den Hausgänserich. Und auch nicht umgekehrt.«
»Diese Fatalität«, dachte er. »Eine in sich abgezirkelte Welt. Aber vielleicht ist die Welt ja tatsächlich so. Ich habe Marisa verloren, weil die Welt nicht mehr offen war. Ein Junge von dreizehn Jahren ist nicht reif für die Ehe.«

»Und was werden Sie tun?« fragte er.
»Soviel Geld verdienen, daß ich mir in meinem Land ein Haus kaufen kann. Dazu fehlt mir nicht viel.«
»Und dann wird Sie jemand heiraten«, sagte er.
»Sehen Sie, Matthias, in meinem Land heiraten die Männer, um Kinder zu haben. Eine unfruchtbare Frau ist eine Schande. Aber man kann es sehr wohl ertragen, wenn ältere Frauen alleine leben.«
»Wie sind Sie nach Berlin gekommen?« fragte er. Er fühlte sich plötzlich müde.
»Ich war eine Sklavin. Ein Franzose hat mich in Istanbul gekauft und ist dann in Berlin gestorben. Er war unterwegs nach Rußland und wollte hier eine Pause einlegen. Ich war fünfzehn Jahre alt. Man hat mich Frau Steinhardt empfohlen. Ich wurde von ihr angestellt. Frau Steinhardt fand mich schön.«
»Und ich, ich bleibe allein«, dachte er laut.
Eine Pfingstrose in der Vase verlor mit einemmal ihre Blätter, die das Parkett mit einem hellen Rosa einfärbten. Matthias hatte einen bitteren Geschmack im Mund.
»Ich gehe jetzt«, sagte sie leise.
Er zeigte ihr gegenüber kein Interesse mehr, wenn er es überhaupt jemals gezeigt hatte. In Martha Eschendorffs imaginärer, aus dem Wahnsinn geschaffenen Welt hatte sie nur eine Nebenrolle gespielt. Bevor der Vorhang endgültig fiel, äußerte sie noch einige resignierte, kalte Worte mit einem traurigen Sinn. Was hatte er sich denn vorgestellt? Wie war er dazu gekommen, sich überhaupt Vorstellungen zu machen? Er wußte es selbst nicht. Er wußte es nicht mehr, wußte überhaupt nichts mehr.
Er wandte sich um. Sie war schon gegangen.
Am Ende, nicht wahr, war alles nur ein Hirngespinst, Ausgeburt einer syphilitischen Kokainistin, nicht wahr? Nicht wahr?

12.

Ilse

Martha Eschendorff war im Oktober 1905 gestorben. Man schrieb jetzt November 1906. »Dreizehn Monate Enthaltsamkeit in hundertvierundsiebzig Jahren — das ist sicherlich nicht gerade übermäßig«, sagte er sich, wobei er sein Gesicht vor dem Spiegel zu einer spöttischen Grimasse verzog. »Aber es ist dennoch unerträglich. Ich bin kein solcher Künstler der Enthaltsamkeit wie Zanotti. Er beginnt bereits einigen Wüstentieren zu ähneln. Er kann an einem Tag eine ganze Gazelle auffressen und dann wiederum einen Monat lang fasten, ohne daß ihm das etwas auszumachen scheint. Wenn es nichts anderes als Ratten gibt, dann fügt er sich darein, obgleich er sonst einen feinen Geschmack hat. Ich bin ein empfindliches Tier. Ich muß regelmäßig meine Beute haben — wie ein Zoo- oder Zirkuslöwe.«

An Gelegenheiten hatte es freilich nicht gemangelt.

Heidi von B. lernte er im Theater durch die Vermittlung der Seeckts kennen. Es war eine Frau seines Standes, wie Lilith gesagt hätte, die mit einem geifernden Graukopf verheiratet war. Sie war jung, hübsch, mit einer frischen, rosigen Gesichtsfarbe. Aber ein höllisches Gackern und ein falsches Lachen waren ihr zu eigen. Man kann doch eine Frau nicht in den Arm nehmen, der man am liebsten den Mund stopfen würde!

Gretchen W. war vierundzwanzig Jahre alt, eine unter ihren roten Haaren leidende Frau, Tochter des Bankiers W., eines Witwers, der sich bekanntlich um eine gute Partie für sie bemühte und auf eine erkleckliche Mitgift aus war. Sie hatte Matthias einen vielsagenden Blick zugeworfen und ihn kurz darauf zum Sonntagstee eingeladen. Unausstehlicher Blaustrumpf! »Haben Sie Fichte gelesen, Herr Graf? Sie müssen unbedingt die *Reden an die Deutsche Nation* lesen! Versprechen Sie es mir!« Ein Hof voller unreifer Jünglinge

und Schwätzer, die sich für Geistesgrößen hielten. Was für ein Programm!
Dann war da noch Katharina U., die Büglerin, die Hermann hatte kommen lassen, um in der Wohnung die Hemden der Herren zu bügeln. Sie war die weibliche Ausgabe eines Strolchs — Strolchin oder so ähnlich müßte das wohl heißen? »Ich habe die Frau Gräfin nicht angetroffen, um sie zu fragen ...« »Es gibt keine Frau Gräfin. Was wollen Sie wissen?« Ein dreieckiges Gesicht, die Augen eines Spürhundes und eine weiße, etwas schwammige Haut. »Wünscht der Herr Graf die Hemdkragen sehr steif, halbweich oder weich?« »Weich.« Die Blicke sagten allerdings etwas ganz anderes als diese Kragengeschichte, worauf auch der zur Hälfte geöffnete Mund hinwies. Man konnte dies auch so verstehen: »Nein ... ah! Herr Graf! Ah! Das dürfen Sie nicht, nein, ah, ah! Ah, ah, Herr Graf, das ist gut, sehr gut ...« Und etwas später: »Wieviel?« »Ein für allemal: Ich bin nicht so ein Mädchen, das ...« Gewiß nicht. »Ich bin auch nicht so ein Mann, der ...« Eine ganz und gar imaginäre Konversation, die überdies nur in Matthias' Kopf stattfand. Was Katharina U. anbelangte, so mußte man abwarten: Entweder nahm der Ekel überhand — oder die sexuelle Raserei.
Die 15-Uhr-15-Dame mit dem Hund sodann: Sie ging jeden Tag, so schien es, mit einem Scotchterrier am Haus vorbei. Es war immer zu der Uhrzeit, wenn Matthias sich aufmachte, das *Tagblatt* zu kaufen, um ein wenig Bewegung zu haben (er setzte allmählich Fett an). Sie war nicht eigentlich groß, erweckte aber auf Grund ihrer schlanken Figur den Eindruck, von hohem Wuchs zu sein. Sie war gut gekleidet, aber auf unauffällige Weise, sie schien Geschmack zu besitzen. Aber diese Erwägungen besagten nicht mehr sehr viel, denn selbst die Kokotten lernten heutzutage den guten Geschmack, damit ihre Freier es wagen konnten, sie ins Restaurant oder ins Theater mitzunehmen. Kurz, man konnte ihr Gesicht nicht sehr gut erkennen, weil sie einen Hut mit Schleier trug. Aber immerhin waren die Stupsnase und der fleischige, kleine, sich angenehm hervorhebende Mund schon gut zu erahnen. Diese Zeichen trügen niemals: Man braucht sich nur den Mund einer Frau anzusehen, dann kann man auch auf die Brüste und »den Rest« schließen. Die Brüste waren sicher kugelrund wie Äpfel und straff, wie es sich gehört. Für »den Rest« galt wahrscheinlich dasselbe, wenn sie

noch keine Kinder gehabt hatte. Es regte sich nicht einfach der Don Juan in Matthias, wenn er hier für sich eine »Gelegenheit« sah, denn als sie sich das zweite Mal über den Weg liefen, zuckten ihre Schultern in einer Art, die besagen wollte: »Ich bin keine von den Frauen, die leicht zu haben sind«, was aber ungefähr das Gegenteil bedeutete: »Ich stehe zur Verfügung, aber ich bin gutes Benehmen gewohnt.« Beim dritten Mal hatte sie in reizender Weise den Oberkörper nach vorne gereckt und den Kopf um den Bruchteil eines Grads gedreht. Kein Zweifel, daß sie sich in den kommenden Tagen anschicken würde, ihre Handschuhe fallen zu lassen. Eine Ehefrau, die sich langweilte? Eine Dame aus gutem Hause? Matthias versuchte sich vorzustellen, welcher Typ von Mann zu ihr passen könnte. Der Inhaber eines Beerdigungsinstituts, sechs Fuß groß, mit einem schwarzen, viereckigen Bart und einem ungeheuren sexuellen Verlangen? Ein fünfzigjähriger Beamter des Finanzministeriums, der von höllischen Blähungen gepeinigt wurde? Ein bezaubernder junger Mann mit einem vorteilhaften Schnurrbart, der unglücklich verheiratet war und dessen sexuelle Aktivitäten, inklusive das Vorspiel, nach zehn Minuten bereits beendet waren? In jedem Fall dürfte es keine große Schwierigkeit bereiten, bei ihr zu landen. »Was Sie für einen bewundernswerten Hund haben, gnädige Frau, wenn ich mir das zu sagen erlauben darf. Welcher Rasse gehört er an? Und wie Sie sich seiner annehmen! Sein Fell ist so glatt und glänzend wie ein Muff, dieses glückliche Wesen!« Und so weiter, und so fort. Man wird ja sehen, wie die ganze Angelegenheit mit der 15-Uhr-15-Dame mit dem Hund laufen wird.
»Wie schrecklich!« dachte Matthias. »Ich bin ein alter Gigolo geworden, ein Galan, der nichts zu bieten hat! Das kommt also dabei heraus, wenn man eindreiviertel Jahrhunderte lang die Liebe sucht. Man verliert seine Jungfräulichkeit, die Liebe ist etwas Unwiderstehliches, wenn man noch völlig unwissend ist, so wie es mir mit Marisa ergangen ist. Je mehr man weiß, um so weniger will man sie. Man sollte wie in der Bibel mit fünfzehn Jahren heiraten. Zunächst weil ja im Alter von fünfzehn alle Mädchen hübsch sind, sodann weil man noch nicht ganze Bibliotheken von im Laufe der Zeit erworbenen Vorurteilen mit sich herumschleppt. Selbst meine Einbildungskraft ist auf dem Nullpunkt angelangt. Meine letzte Schöpfung, das war Ilona, mein Gott! Nicht gerade umwerfend — war

eine Furie aus der Hölle! Sprechen wir also von den anderen Gefährten! Ich werde dennoch einen neuen Versuch unternehmen müssen. Dem Mann in Grau kann man ja alles zum Geschenk machen. Aber es wird jetzt schon kompliziert. Überall lauert die Polizei, die Gesellschaft ...«

Die Gesellschaft ... Er war sich ihrer früher nicht bewußt gewesen, bekam sie aber bereits mit Ilona und vor allem mit Sophia, dann mit Lilith zu spüren. Man konnte jetzt nicht mehr einfach so mit einer aus dem Nichts aufgetauchten Frau zusammenwohnen. Genausowenig konnte man mit einer Frau schlafen, ohne die sozialen Auswirkungen zu bedenken ... Diese Geschöpfe waren nicht ohne Bewußtsein. Sie hatten ihre berechtigten Ansprüche, gewiß. Aber sein Schicksal nach drei oder vier Orgasmen von dem einer Frau abhängig zu machen, das war doch ein bißchen übereilt! Ein grausames Dilemma. Matthias seufzte. Wenn es die Gesellschaft nicht gäbe, könnte er im Auto unentwegt an dem Gehsteig entlangfahren, auf dem die 15-Uhr-15-Dame ihren albernen Köter spazieren führte. Er könnte rasch die Tür öffnen, die Unbekannte am Arm ins Auto zerren und sie brutal vergewaltigen, während der Wagen mit sechzig Sachen in den Wald raste ... Der Raub der Sabinerin ... Die Griechen und Römer hielten es nicht anders. Alle diese sozialen Verwicklungen! Das trieb einem das Begehren aus! Ein Individuum war kein Rekrut, zum Teufel! Nieder mit der Gesellschaft!

»Die Enthaltsamkeit macht mich verrückt«, dachte er.

Ottmar Schimmel, ein Bankier, den Matthias bei der Baronin von Mendelssohn kennengelernt hatte, als er sie porträtierte, ließ ihn über einen Briefboten zu sich bestellen. Der Mann war nicht unsympathisch, und deshalb kam Matthias der Aufforderung gerne nach. Er wollte sich ein eigenes Haus in der Friedrichstraße bauen lassen und hätte es gerne, daß Matthias darin die Bibliothek mit einem Fresko zu einem großen, philosophischen Thema ausstattete.

»Woran glauben Sie«, fragte Schimmel, den sein Zigarrenrauch ganz eingenebelt hatte, »an den Sinn des Lebens vielleicht, oder was? Was hält uns auf der Erde? Woran hänge ich? Am Leben, was? Das Geld, ich kontrolliere eine Unmenge von Geldbeträgen. Das Geld, das ist ein Kürzel des Lebens, ein Lebenskonzentrat, wie das Blut, das Fleisch, können Sie mir folgen? Eines Tages sterben wir. Aber unser Tod nützt den anderen. Das Reich, das wir aufgebaut haben, die Kinder, die wir zurücklassen — das dient dem Leben, nicht? Alles dient dem Leben, selbst unser Tod? Einen Hymnus an das Leben, das wünsche ich mir, einen lyrischen, epischen, heroischen Gesang. Wir schwimmen alle in den Lebensfluten, verstehen Sie?« Er zieht an seiner Zigarre. »Es gibt Helden, die den Strom beherrschen, verborgene Schwimmer, begreifen Sie? Und die Schönheit, Graf, die Schönheit! Die Schönheit — das ist das Leben! Legen Sie viel Schönheit in Ihr Werk hinein, fürchten Sie sich nicht davor — Körper, Brüste, Hinterteile, Bäuche, Schenkel ...« Einen Augenblick lang stellte sich Matthias vor, die 15-Uhr-15-Dame könnte die Geliebte Schimmels sein, der jetzt in Erregung gekommen war. »Ein Kognak, Graf? Ich nehme immer zu dieser Uhrzeit einen Kognak zu mir ... Viele Körper, schöne Körper, welche Pracht, kurz, das Leben — was sonst?« Matthias kam in den Sinn, während er seinen Kognak trank, daß die Liebe nur die blühende Seite von etwas viel Dunklerem und Häßlicherem ist. Der Gedanke verflüchtigte sich schnell. »Ich hätte das gerne so, aber nun denken Sie bloß nichts Falsches, ich verharre in religiöser Verehrung vor der heiligen Freiheit des Künstlers ... Ich sage das so, und es stimmt, aber ich träume von einem Fresko, das in goldenen Farben anhebt, dann in Rottöne übergeht und schließlich in Schwarz endet ...«

»Das sind die Farben unserer Flagge«, bemerkte Matthias.

»Ausgezeichnet! Ausgezeichnet, Graf, Sie haben einen scharfen Verstand. Das ist Wahnsinn, ich habe daran nicht gedacht ... Aber natürlich, das sind die Farben unserer Flagge. Ach, das Erbe! ... Kurz, ja, ich wäre sehr erfreut, nicht verwundert, wenn ich Sie für diese Idee gewinnen könnte ...«

»Die Idee verführt mich tatsächlich in hohem Maße. Sie ist sogar faszinierend. Das ist ein großartiges Thema.«

»Wunderbar! Ich bin begeistert! Ein Mann mit Ihrer Begabung! Welche Freude!«

Sie machten sich sogleich auf, um das Haus in Augenschein zu nehmen, das sich noch im Bau befand. So sehr war Schimmel von dem Gespräch verzückt. Etwa einhundertfünfzig Quadratmeter waren auszugestalten.

»Ich werde Ihnen einen Entwurf vorlegen«, sagte Matthias.

Schimmel bot ihm eine außergewöhnlich hohe Summe: fünfzig-

tausend Mark. Matthias arbeitete einen Monat lang ununterbrochen an den Skizzen, wobei er sich streng an die ihm vom Architekten liebenswürdigerweise zur Verfügung gestellten Plänen hielt.
Zanotti und Vitautas waren davon sehr angetan, denn Matthias schien den Lebensimpuls wiedergefunden zu haben, den er so plötzlich verloren hatte beim Tod von ... ach, sprechen wir nicht mehr davon.
Die Skizzen beförderten Schimmel in höhere Regionen des Glücks. Er leistete sofort eine erste bedeutende Anzahlung.
»Ich werde trotzdem Modelle benötigen«, dachte Matthias, »viele Modelle, um mich nicht zu wiederholen«, denn das Fresko wies eine beträchtliche Zahl von Akten auf, Körper, die von einem bald flüssigen und in Regenbogenfarben schillernden, bald gasförmigen und flammenden, am Ende schließlich unklaren und trüben Strom fortgerissen wurden. Eine der Grundideen des Konzepts, die Schimmel in Begeisterung versetzt hatten, war, daß das Leben aus dem Tod hervorgeht und daß aus der Dunkelheit, in der der Strom versickerte, das Licht aufsteigen würde.
»Schade, daß Boltzmann schon tot ist«, dachte Matthias wieder einmal, »seine Gedanken über die Zerstreuung von Energie waren bestechend ... Gilt das in der Physik auch, daß das Leben dem Tod entspringt? Im Moment schon, würde ich sagen, denn Boltzmann glaubte, daß das Universum am Ende in einen vollkommenen Ruhezustand übergehen würde.«
So weit, so gut! Nun mußten aber Modelle her. Er wandte sich an die Akademie der Schönen Künste, wo man ihm mehrere Adressen männlicher und weiblicher Modelle mitteilte. Er ließ alle zu sich kommen.
Die erste war eine Frau von ungefähr dreißig Jahren, Wanda W., die gut gekleidet war, eine zarte Haut und einen intelligenten Blick besaß. Engagiert.
Die zweite war ein junges, eher schmächtiges Mädchen, aber rührend in seiner noch nicht ausgereiften Jugendlichkeit. Mafalda L. — auch sie engagiert.
Sodann kam ein junger, gut gebauter und muskulöser Mann, ein Maurer, der sich an den Monatsenden beim Modellsitzen etwas dazuverdiente. Alfred M., engagiert.
Die Nummer vier ... Hölle und Verdammnis! Matthias riß die Augen auf. Sie lachte. Es war die 15-Uhr-15-Dame. Wird er es wagen,

sie zu bitten, sich auszuziehen? Er weiß nicht, wie er sich verhalten soll, stürzt sich in eine wortreiche, verwirrende Umschreibung. Sie scheint ihm nicht zuzuhören. Sie nimmt ihre Hutnadel ab, dann den Hut, den sie auf einen Stuhl legt, knöpft dann ihre Bluse auf, dann ihren Rock, ihren Unterrock, zieht ihren Schlüpfer aus, ihren Büstenhalter, ihre Schuhe, ihre Strumpfhalter und ihre Strümpfe. Sie ist vollkommen nackt. Tadellos proportioniert, eine sehr hübsche, samtige Haut, die Brüste, so wie er sie sich vorgestellt hatte . . .

»Sehr schön«, erklärte er und bemühte sich, unpersönlich zu wirken. »Wie heißen Sie?«

»Ilse Mossbauer.«

»Frau oder Fräulein . . .«

»Fräulein.«

»Fräulein Mossbauer, würden Sie sich bitte für Montagvormittag, neun Uhr, zur Verfügung halten. Ich danke Ihnen.«

Er verließ das Atelier, um nicht zusehen zu müssen, wie sie sich ankleidete, und kam zwanzig Minuten später wieder zurück. Sie verneigte sich mit einem Lächeln, in dem er, er wußte nicht, warum, eine gewisse Ironie wahrzunehmen glaubte.

Das fünfte Modell, das er verpflichtete, war ein junger Bursche von wahrscheinlich bäuerlicher Herkunft, wenn man ihn nach seinen Händen und Füßen sowie seinem unschuldigen Gesicht beurteilte. Der Junge schien von dem Gedanken überwältigt zu sein, zu dreißig Sitzungen verpflichtet zu werden. Matthias fragte ihn bewegt, was er für einen Beruf ergreifen wolle. Die Antwort warf ihn fast um:

»Maler.«

»Möchtest du mein Gehilfe sein?«

Die Augen des Jungen, der Thomas Balkenmacher hieß, wurden feucht.

»Ist das ernst gemeint?«

»Es ist ernst gemeint. Montagmorgen, 9 Uhr. Aber unter einer Bedingung. Wenn du mir nicht Modell stehst, dann wirst du das Atelier saubermachen, und ich werde dir das Zeichnen beibringen. Alles beginnt mit der Zeichnung.«

Thomas schien in engelhafter Verzückung erstarrt.

»In wen wird er sich verlieben?« fragte sich Matthias und überlegte in einem Anflug von Perversität weiter: »Ob ich ihm dabei wohl ein wenig behilflich sein kann?«

Am Montagmorgen um 9 Uhr 30 legte sich Ilse Mossbauer seitwärts auf ein Himmelbett, das mit hellblau bestickten Seidenkissen ausgestattet war (um — der Impressionismus verpflichtet — den Widerschein von kalten Farben auf der Haut zu bannen). Ihr Körper war ausgestreckt, der Brustkorb leicht nach hinten gebeugt, die Rippen, von seidigem Glanz, deuteten eine weiche, fließende Bewegung an, das Profil des Hüftrückens, der die Form eines Cellos aufwies, erhielt durch die straffe Haut einen weißen Farbton, die Brüste wirkten oval — die Oberfläche des Verlangens. »Ein Körper«, dachte sich Matthias, »besteht aus zwei Seiten. Vorne gibt er der Begierde Raum, der Rücken dagegen ist der Ort der Angst und der Flucht.« Der Strom des Lebens wurde an seinem Ursprung von Kinderkörpern gebildet. Dafür sollten die drei Kinder des Haushofmeisters Hermann Modell stehen. Auf seinem Zenit, im goldgelben Mittag, der Schimmel so viel Freude bereitete, figurierten Körper von Erwachsenen, und die Flußmündung sollte von gealterten, vielleicht abgemagerten Körpern bevölkert werden. Matthias war sich dessen aber noch nicht ganz sicher. Ein Übermaß an Realismus ging ihm gegen den Strich.

Die Leinwand wurde von aufeinander abgestimmten Stützbalken und Riemen gehalten, mit denen man sie hochziehen und runterlassen konnte, ohne sich allzusehr verrenken zu müssen.

Thomas Balkenmacher betrachtete den nackten Frauenkörper mit entsetztem Blick. Er hatte wahrscheinlich noch nie eine nackte Frau zu Gesicht bekommen. Matthias trug ihm auf, weiße Bleifarbe zu kaufen. Offensichtlich erleichtert, konnte Thomas so der Anspannung entkommen, die er angesichts des Schauspiels der in ihrer ganzen physischen Pracht daliegenden Ilse Mossbauer empfand.

»Was machen Sie mit dem Hund, wenn Sie arbeiten?« erkundigte sich Matthias.

»Ich bitte den Hausmeister, auf ihn aufzupassen.«

»Ich habe auch oft daran gedacht, einen Hund oder eine Katze anzuschaffen«, sagte Matthias. »Diese Tiere sind unvergleichliche Gefährten.«

»Schlitz ist mein einziger Begleiter«, sagte Ilse.

»Sie können aufhören zu posieren«, sagte Matthias. »Schlitz ist ein merkwürdiger Name.«
»Es ist ein zugelaufener Hund«, sagte sie, während sie sich dehnte und reckte. »Als ich ihn das erstemal sah, streckte er seinen Kopf durch den Schlitz eines Zaunes. Ich habe angehalten, und er ist schwanzwedelnd auf mich zugelaufen. Ich habe ihn zu mir genommen.«
Matthias skizzierte in großen Zügen den hellblauen Hintergrund, der auf der Leinwand den Körper einer Schwimmerin, also Ilses, umgab. »Ist das mit dem Hund nicht trotzdem eine etwas karge Gesellschaft für eine so hübsche Frau wie Sie?« fragte er.
»Ich habe Freunde gehabt«, sagte sie in wenig enthusiastischem Ton.
Er drehte sich um und blickte sie fragend an. Sie hatte die Beine in einer reizvollen, ja ausgelassenen Haltung übereinandergeschlagen.
»Man langweilt sich«, fuhr sie fort. »Erlauben Sie mir zu rauchen?«
»Gewiß.«
Sie stand auf und holte aus ihrer Tasche eine Schachtel ägyptische Zigaretten hervor, deren Verpackung er kannte: Es war die Marke »Simon Arzt« mit dem goldenen Mundstück. Er unterbrach seine Arbeit, um ein Streichholz anzuzünden, das er ihr hinhielt. Es ist eine merkwürdige Situation, wenn ein angezogener Mann einer unbekleideten Frau Feuer gibt. Sie stieg mit einem Aschenbecher wieder auf den Baldachin.
»Man langweilt sich!« bestätigte er, wobei er diese Worte noch mit einem Ausrufezeichen versah.
»Ich denke mir, daß es Frauen gibt, die für die Ehe geboren sind. Ich gehöre nicht zu ihnen. Ich bin keine Fortpflanzungsmaschine.«
Mit welcher Deutlichkeit sie diese Worte aussprach! Eine Petitio principii! »Es ändert sich mehr und mehr ...« sagte Matthias zu sich. »Sophia, Martha, Lilith und jetzt diese hier. Ich muß eine gewisse Anziehung auf solche Frauen ausüben. Oder wenigstens ziehen sie mich an.«
»Ich möchte auch Malerin sein.«
»Wirklich?« rief Matthias aus und drehte sich um.
»Auch Frauen können die Welt darstellen, wußten Sie das?« fragte sie mit herausforderndem Ton.

»Gewiß, gewiß, Artemisia Gentileschi ...«
»... Sofonisba Anguissola, Rosalba Carriera, Madame Vigée-Lebrun«, fiel sie ihm ins Wort, nachdem sie eine blaue Wolke zur Zimmerdecke geblasen hatte.
Er unterbrach seine Arbeit erneut und betrachtete sie amüsiert. Sie besaß eine gewisse Bildung.
»Und malen Sie dann auch?«
»Ja, ich male dann auch«, erwiderte sie ironisch.
»Warum stehen Sie dann Modell?«
»Weil ich auf diese Weise sehe, wie die Maler arbeiten. Und weil ich es mag, wenn man mich anschaut. Das erregt mich — gemalt und angeschaut zu werden.«
»Bewundert zu werden.«
»Ja.«
Er machte sich wieder ans Malen, ein wenig träumerisch jetzt. Die Vorstellung, daß es dieser Frau ohne falsche Scham gefiel, sich nackt zu zeigen, bereitete ihm ziemliche Schwierigkeiten ... Aber warum eigentlich?
»Und gefällt Ihnen die Art und Weise, wie ich Sie darstelle?« fragte er.
»Ich liebe die Flüssigkeit und Leichtigkeit Ihres Pinselstrichs. Das bißchen Stil, das ich selbst besitze, ist davon sehr verschieden. Ich würde gerne die Nachfolge Menzels antreten, jedenfalls was seine kraftvollsten Bilder anbelangt, in denen der Pinsel wie ein Peitschenknall auf die Leinwand kommt. Ich könnte mir auch vorstellen, Sie, an meiner Stelle, nackt zu porträtieren.«
Matthias brach in Lachen aus — ein Lachen, das ein wenig überreizt klang, denn er war erneut beunruhigt.
»Würden Sie bitte wieder Positur einnehmen?« bat er, um zwischen Ilse Mossbauer und sich eine gewisse Distanz aufzubauen. »Sie sollten mit einem Maler zusammenleben«, sagte er, wobei er sich zu spät der Gefährlichkeit seiner Bemerkung bewußt wurde.
»Das ist es in der Tat, wonach ich strebe. Aber ich kenne keinen Maler, der als Gefährtin eine Frau anerkennen würde, die denselben Beruf ausübt. Ich bezweifle, daß es so einen gibt.«
»Winkeln Sie den Arm bitte etwas ab.«
Sie winkelte den Arm ab. Aber es war nicht die Geste, die er suchte. Er stieg auf das Himmelbett, winkelte ihren Arm etwas ab und

drehte ihren Kopf in die andere Richtung, wobei er einen Haarschweif zurechtlegte. In dieser prekären Positur folgte sie jeder seiner Bewegungen mit den Augen. Er erfaßte ihren Blick und hielt ihm stand. Er legte seine Hand auf ihre Brust.

»Bewegen Sie sich nicht«, flüsterte er.

Sie atmete tief durch.

Er streichelte sie.

Sie öffnete leicht den Mund.

Er liebte sie mit den Händen und mit den Lippen. Sie keuchte und stieß einen Schrei aus.

»Bleiben Sie in Positur«, sagte er, als er von dem Himmelbett herabstieg.

»Aber Sie ...« setzte sie zu sprechen an.

Thomas Balkenmacher öffnete die Tür und brachte die Bleifarbe.

»Ein gut ausgeführtes Bild besitzt immer mindestens zwei Schichten«, erklärte Matthias. »Die erste in Terpentin, die folgende in Öl. Die dritte, die am intensivsten sein muß und die im Prinzip für die hellsten Partien vorgesehen ist, besteht dann aus mit Glasur durchsetztem Öl. Aber das werden wir später sehen. Für den Augenblick nimmst du eine Kreide und ein Stück Papier und erstellst eine Studie von Fräulein Mossbauer.«

Thomas setzte sich auf einen Schemel, ein Zeichenbrett auf den Knien. Er befestigte daran ein großes Stück Papier mit zwei Klammern.

Matthias drehte sich um und warf Ilse einen schelmischen Blick zu. Sie hatte sich beruhigt.

13.

Thomas

Die Schneeberge funkelten dieses Jahr, 1906. Unter den Linden glich einer Zeichnung in Schwarzweiß. Sobald die Linden wieder blühten, würde Unter den Linden ein Aquarell sein. Der Sommer kommt, und Unter den Linden ist ein Ölgemälde, das die Röte des Herbsts erwartet.

Die vier Jahreszeiten verbanden sich in Matthias, aber die Lebenskraft nährte noch immer, seit nunmehr fast zweihundert Jahren, den Baum, der sich weigerte, zu verdorren.

Ilses Körper glühte in der Nacht, schnellte wie eine Rakete empor und schwebte hoch droben wie die Möwen über den Schiffen. Die Nacht versprühte Sternensplitter, die auf Matthias' Haut brannten. Phosphoreszierendes Blut pulsierte durch Matthias' Adern, ließ seine Muskeln anschwellen und drängte durch alle Poren nach draußen. Einem Schwammtier ähnlich, welches das Meerwasser durch sich hindurchpumpt, pumpte sein Herz das Blut der Welt. Der Himmel war violett über Berlin. Lichtbögen über den Straßen; ein purpurner Wind, der mit den Vorhängen Walzer tanzte.

Ilse küßte seine Füße, und ihre Haare fuhren wie streichelnde Hände über seine Knöchel. Sie legte sich flach auf den Bauch und sagte: »Mit dir gibt es kein Ende.«

Die Ausflüsse des Geschlechts, Körpersäfte und Schweiß benetzten Matthias' Haar, verdampften in der Zimmerluft und erreichten eine solche Dichte, daß man fürchten mußte, schon ein Streichholz könnte sie entzünden.

»Du bist der erste Mann, den ich kennengelernt habe, mit dem es kein Danach gibt.«

In der Tat wurden nach der körperlichen Verausgabung immer neue Zärtlichkeiten ausgetauscht, um das Lustgefühl zu verlängern und zu intensivieren, was aber nur das Verlangen erneut ansta-

chelte. Ihre Begierde duldete keine Hindernisse, der unmittelbaren Vereinigung folgten wechselseitige Liebkosungen.
Beide verschlangen sie mit ihren Mündern den Körper des anderen — Finger, Brüste, Lippen, Geschlechtsteile, Zehen und Schultern.
Aber Matthias liebte Ilse nicht.
Diese fast tierische Brunst, die weder Stunden noch Jahreszeiten kannte, hatte mit Liebe nichts zu tun. Beide hielt das Band einer animalischen Komplizenschaft zusammen.
»Vielleicht könnte ich sie lieben«, dachte Matthias, wenn er selbst — darin lag das Paradoxe — nackt auf dem Himmelbett für eine der männlichen Figuren seines Freskos posierte. Denn ihr war es gelungen, an der Entstehung eines *opus maior* dieser Art teilzuhaben. Er korrigierte ihre Zeichnungen, verrieb den Pinselstrich, den sie zu grob auftrug. Er vertraute ihr gern die Bearbeitung der Hintergrundflächen an.
Thomas Balkenmacher war ganz verblüfft über die raffiniert-kultivierte Freizügigkeit, die im Atelier herrschte. Das erste Mal, als er Matthias nackt sah, war er wie versteinert. Jetzt nutzte er es für seine Studien.
»Wenn sie sterben würde oder wenn sie fortginge, würde ich keinen Kummer empfinden«, dachte Matthias, dessen breiten Rücken Ilse und Thomas gemeinsam zeichneten.
»Es ist merkwürdig, kein Körper gleicht dem anderen«, sagte Thomas. »Sie haben ganz andere Muskeln als Alfred.«
Zanotti war ein wenig betäubt von der Wende, die sich in diesem Atelier zugetragen hatte, wo jeder Maler und Modell zugleich und drei bis vier Stunden am Tag nackt war.
»Das ist ein metaphysisches Bordell«, meinte Vitautas.
Eine wirkliche Komplizenschaft bestand nur zwischen Ilse, Thomas und Matthias, denn weder Wanda noch Mafalda, die beiden anderen Modelle, waren dazu berechtigt, den Maler nackt zu sehen. Wanda ging jeden Tag um halb fünf, weil sie ihren Sohn von der Schule abholen mußte, und Mafalda verließ das Atelier um fünf, andernfalls würde sie, wie sie sagte, von ihrem Vater umgebracht werden. Einzig noch Alfred, der Maurer, schien die sonderbare Atmosphäre im Atelier in der Marienstraße von ferne zu ahnen.
»Wie stellen Sie es an, sich selbst zu malen?« fragte er eines Tages

Matthias. »Denn dieser Körper da rechts, das bin nicht ich, das sind doch Sie.«
»Oh, man kennt sich selbst sehr genau«, gab Matthias zurück, der sich schämte, vor Thomas lügen zu müssen.
»Das ist aber auch nicht Ihr Pinselstrich, wie mir scheint«, beharrte der Maurer.
Matthias ging erst gar nicht darauf ein. Er würde Ilses Arbeit besser korrigieren müssen.
Diese war zugleich aufgeblüht und fiebrig, entfesselt fast.
Eines Morgens hatte sich Matthias entfernt, um auf der Baustelle von Schimmels Villa die Frage der Rahmenleiste zu erörtern. Er kehrte davon früher zurück als erwartet und fand Ilse und Thomas nackt auf dem Himmelbett vor. Thomas stieß einen Schrei aus. Puterrot im Gesicht, griff er nach dem nächstbesten Tuch. Ilse blieb völlig ruhig. Matthias stand vor dem Himmelbett und lächelte.
»Macht nur ruhig weiter«, sagte er.
Thomas blickte ihn entsetzt an.
»Ich habe gesagt: Macht ruhig weiter«, wiederholte Matthias und kletterte auf den Baldachin, um dem Jungen das Tuch wegzuziehen. »Dies ist eine Zeichenstunde wie jede andere.«
»Er ist nicht daran gewöhnt, eine Frau in aller Öffentlichkeit zu lieben«, sagte Ilse.
»Das wird auch noch kommen«, sagte Matthias, als er hinausging.
Er empfand nicht das geringste Gefühl; er konstatierte lediglich seine Gleichgültigkeit. Eine Stunde später, als Ilse schon gegangen war, kehrte er ins Atelier zurück. Thomas war noch dort, angezogen, aber leichenblaß. Matthias stellte sich vor ihn hin und griff ihm unter das Kinn. Der Junge wurde ganz rot und brach in Tränen aus.
»Was ist denn los?« fragte Matthias sanft.
»Sie werden mich rausschmeißen«, stotterte Thomas.
»Ganz und gar nicht«, antwortete Matthias.
»Bestimmt sind Sie jetzt enttäuscht von mir.«
»Nein, überhaupt nicht.«
»Ich wollte Sie nicht enttäuschen.«
»Du hast mich nicht enttäuscht.«
»Dann hatten Sie bereits eine schlechte Meinung von mir.«
Matthias begann zu lachen.

»Darin liegt das Problem nun wirklich nicht.«
»Worin liegt es?«
»Liebst du sie?« wurde nun Matthias mit einem Mal lauter. Der schärfere Ton erschreckte Thomas.
Das Gesicht des Jungen verzerrte sich, erhielt fast etwas Stupides.
»Liebst du sie?« wiederholte Matthias. »Möchtest du dein Leben mit ihr teilen? Verehrst du den Boden, auf dem sie geht? Ist sie für dich der Mittelpunkt der Welt?«
Es verging eine gewisse Zeit, die Matthias unendlich lang erschien.
»Nein«, sagte Thomas schließlich mit tonloser Stimme und glasigem Blick.
»Warum hast du es dann getan?«
»Ich habe es nicht getan«, murmelte Thomas niedergeschmettert, »es war der Teufel, der mich dazu gebracht hat. Sie hat mich gestreichelt, und dann ...«
»Und dann«, fiel ihm Matthias mit einem unterdrückten Seufzer ins Wort. »Der Teufel, der dich dazu gebracht hat, ist in dir«, fügte er hinzu.
Das riesige Gestell, bespannt mit der Leinwand, an der er malte, stürzte plötzlich unter höllischem Lärm ein. Thomas fuhr erschrokken zusammen.
»Genug«, brüllte Matthias. »Genug von diesen albernen Schülerstreichen, alter Schwachkopf! Deine Taschenspielertricks sind schändlich und töricht, du ewiger Narr! Ich mache dir einen Strich durch die Rechnung, armseliger Jahrmarktsgaukler, entarteter Dummkopf! Ich bin von nun an dein Herr und Meister!«
Das Gestell war zusammengebrochen, weil eine Schnur, die es zusammenhielt, gerissen war. Auch die Leinwand fiel auf den Boden und verursachte dabei einen Heidenlärm, der den Krach von zuvor noch übertraf. Sie drohte sogar, auf Matthias und Thomas zu stürzen. Matthias, der nun rasend vor Wut war, bat Thomas, ihm zu helfen. Sie brachten das Gestell wieder in die Senkrechte. Hermann, aufgeschreckt von dem Lärm, kam nun auch herbeigelaufen. Er zögerte keinen Augenblick und half mit, dem Gestell wieder einen festen Stand zu verschaffen. Sie lehnten es an die Wand.
»Man muß die Seile durch andere, stabilere ersetzen«, sagte Matthias, außer Atem und außer sich. »Hermann, machen Sie uns bitte einen Kaffee.«

Thomas zitterte an allen Gliedern. Er stürzte sich auf Matthias, fiel auf die Knie und umklammerte seine Beine. Er schluchzte.
»Ich habe Angst.«
»Es gibt nichts, wovor du Angst haben müßtest.«
»Sie sprachen mit dem Teufel, nicht wahr?«
»Im übertragenen Sinne.«
»Ich habe Angst, ich will Sie nicht verlassen!«
»Nun gut, dann bleib bei mir. Du kannst hier schlafen.«
»Wenn ich hinausgehe, wird er mich töten!«
»Er wird dich nicht anrühren!«
Matthias zwang Thomas, heißen Kaffee zu trinken.
»Hermann«, sagte er zu seinem Diener, der erstaunt war über den Zustand, in dem sich der junge Mann befand, »lassen Sie ein Bett für Herrn Balkenmacher in dem kleinen Salon neben meinem Zimmer richten.«
Thomas beruhigte sich nur langsam wieder. Matthias ließ ihn kleinere Arbeiten verrichten, wie zum Beispiel Terpentin in ein Fläschchen gießen, die Farbtuben sortieren, die Skizzen je nach Thema und Gegenstand ordnen. Er nahm seine Arbeit wieder auf.
»Warum haben Sie zum Teufel gesagt, Sie seien jetzt sein Herr und Meister?« fragte Thomas.
»Das ist eine lange Geschichte. Aber man muß nicht alles, was ich gesagt habe, wortwörtlich nehmen.«
»Aber das war er doch, nicht wahr?« flüsterte Thomas.
Matthias lächelte.
Die Tür ging auf. Ilse erschien, angezogen, neu frisiert.
»Kann ich Sie einen Augenblick sprechen«, fragte sie Matthias.
Sie traten auf den Flur des Ateliers hinaus, wobei Matthias darauf achtete, die Tür sorgfältig hinter sich zu schließen.
»Sie sind bemerkenswert«, sagte sie, ihm in die Augen blickend. »Sie haben mich nicht enttäuscht.«
Matthias lächelte, besann sich aber gleich darauf auf Thomas' Worte. »Ich danke Ihnen«, sagte er.
»Ich fürchtete die Eifersucht des besitzergreifenden Mannes. Sie haben sie vermieden. Oder haben Sie sich bloß verstellt?«
»Ich habe keine Eifersucht empfunden. Aber Sie haben diesen Jungen in eine ziemlich peinliche Situation gebracht.«
»Die ersten Lektionen erscheinen einem immer hart«, sagte sie mit

einer unangenehmen Kälte. »Er wird auf diese Weise lernen, den Sex nicht für etwas Heiliges zu halten und auch nicht den bürgerlichen Vorstellungen von der Inbesitznahme der Körper und der Seelen anzuhängen.«

»Bürgerliche Vorstellungen«, wiederholte er träumerisch.

»Vorstellungen, geprüft und aufrechterhalten von einer feudalistischen Gesellschaft, in der scheinheilige Sklavenhalter das Sagen haben.«

»Die Gesellschaft ist gewiß feudalistisch und scheinheilig«, pflichtete er bei, »aber deshalb braucht man nicht die Jugend so brutal zu behandeln, um sie davon zu überzeugen.«

»Eine viel geringere Brutalität als die der Bischöfe und Kapitalisten. Jeder kann sich die sexuelle Lust verschaffen, die er will. In dieser Hinsicht optiere ich für eine freie Gesellschaft.«

»Sie sind also Sozialistin.«

»Schockiert Sie das?«

»Überhaupt nicht. Ich hege etwas Skepsis gegenüber Leuten, die für sich in Anspruch nehmen, den Schlüssel zum Glück zu besitzen, das ist alles.«

»Soll das ironisch gemeint sein?«

»Kaum.«

Sie zog sich mit einer gewissen Nervosität die Handschuhe an.

»Können Sie nicht hin und wieder einmal damit aufhören, so mondän zu sein? Ein Mann mit Ihren Qualitäten ...«

»Sie hätten ganz und gar unrecht, die Höflichkeit für etwas Klassenspezifisches zu halten«, entgegnete er.

»Können Sie auf Schlitz aufpassen?«

»Gewiß.«

Sie küßte ihn gefühlvoll. Er erwiderte ihren Kuß.

Durch die wieder verschlossene Tür der Diele hörte Matthias, wie sie rief: »Hermann! Ich überlasse Ihnen Schlitz bis morgen!«

»Wir werden uns des Hundes annehmen, solange sie am Glück der Menschheit arbeitet«, dachte Matthias mit einem spitzen Lächeln. Er konnte sich in Ilses Gedankenwelt gut zurechtfinden, ohne daß sie ihm schon alles genau ausgeführt hätte: Abschaffung der Ehe und des Kapitals, Rechtsgleichheit der Frau und ungehemmtes, freies Ausleben der Sexualität. Was das Kapital anbelangte, so hatte er sein Geld immer verdient oder vom Teufel bekommen, aber die Anhäufung des Kapitals war in den reichen Gesellschaften eine unbestreitbare Tatsache. In Amerika gab es reiche und arme Indianerstämme. Die reichen horteten die Vorräte, die sie den armen in Notzeiten verkauften, was sie noch reicher machte. Was die Ehe anbelangte, so war das eine Geschmacksfrage. Die Frauenrechte würden dazu führen, daß die Frau das Haus verließ und daß niemand mehr die Kinder großzog. Was das ungehemmte Ausleben der Sexualität betraf... so zeigte Thomas' Verwirrung jedenfalls, daß die Frage heikler war, als man vielleicht annahm. Er seufzte. Heutzutage mußte man dazu klare Meinungen haben. Er kehrte ins Atelier zurück und stieß auf einen verdrossenen Thomas.

»Sprach sie von mir?« fragte der Junge, nun plötzlich mit aufsässigem Ton, den Kopf erhoben. Eine Haarsträhne fiel ihm in die Stirn.

»Nein. Von der Gesellschaft.«

»Ist sie Ihre Geliebte?«

»Ja«, antwortete Matthias, den es etwas wunderte, daß der Knabe jetzt so vorlaut war. Er bemühte sich, die Wölbung eines Fußes, der den Fluten entstieg, genau wiederzugeben.

»Darf ich Ihnen dieselbe Frage stellen, die Sie mir vorher gestellt haben?«

»Welche Frage?«

»Lieben Sie sie?«

»Nein, keine Liebe«, sagte Matthias, ein Lächeln unterdrückend.

»Also warum?« fragte Thomas, seine blauen Augen auf Matthias gerichtet. »Sie sind nicht nur mein Zeichenlehrer, wissen Sie. Sie sind mein Lehrer überhaupt. Ich frage Sie: Warum also?«

In der Tat — warum?

»Man liebt nicht immer das Brot, das man ißt«, antwortete Matthias nach einer kleinen Pause.

»Kann man ohne dieses Brot nicht leben?«

»Man könnte es schon. Aber es würde einen großen Verzicht bedeuten. Wenn man nicht stark ist, hält man das eben nicht aus.«

»Aber Sie sind stark, weil Sie Herr über den Teufel sind.«

Verblüfft unterbrach Matthias seine Arbeit vollständig. Der junge Thomas, der noch nichts vom Leben wußte, dieser unschuldige Thomas war es, der nun eins und eins zusammenzählte.

»Nehmen wir an«, antwortete Matthias, »daß man das Brot des Teufels essen kann, ohne sein Schuldner zu sein.«
Die Fußwölbung war getroffen. Es fehlten nur noch zwei oder drei schwarze Pinselstriche, um die Falten anzudeuten.
»In jedem Fall«, fuhr Matthias fort, »gilt, daß, wenn man an die Existenz des Teufels glaubt, man davon ausgehen muß, daß man in seinem Reich ist, solange man lebt. Es nützt also nichts, an ihn zu denken, denn er ist überall.«
»Und ist Gott nicht auch überall?«
Da Matthias nun gezwungen war, über Fragen nachzudenken, die ihm widerstrebten — und dazu noch in Gegenwart eines so schonungslosen Gesprächspartners wie Thomas —, ließ er sich für die Antworten lange Zeit. Zugleich gab er den Zehen auf dem Bild den letzten Schliff.
»Wenn es eine Kraft gibt, dann gibt es auch die Gegenkraft«, antwortete er schließlich erleichtert.
»Aber Gott ist nicht Herr über den Teufel, nicht wahr?« fuhr Thomas fort. »Sonst hätte er ihn schon lange besiegt. Er hätte ihm nicht einmal ein Existenzrecht eingeräumt, nicht wahr?«
»Richtig«, antwortete Matthias, den die Logik und die Beharrlichkeit des Jungen beeindruckten.
In ungefähr zwei Wochen würde das Fresko vollendet sein. Bei einer Höhe von vier Metern war es fünfundzwanzig Meter breit. Matthias war verwundert, ein so umfangreiches und in sich geschlossenes Werk zustande gebracht zu haben. Das Leben, das ganze Leben, vom hellen Ursprung bis in die schwärzeste Nacht des Todes — alles war in diesem Bild enthalten.
»Warum sagten Sie aber dann, wir befinden uns im Reich des Teufels? Wir sind im Reich des Teufels und im Reich Gottes, oder?« nahm Thomas das Gespräch wieder auf. »Sie streiten sich doch beide um diese Welt, oder?«
Matthias wandte sich um. Er hätte viel darum gegeben, diese theologische Unterhaltung, die ihn ermüdete, beenden zu können. Aber die Spannung in Thomas' Gesicht! Diese Unruhe! Dieses Vertrauen! Und die rührende Klarheit des Blicks!
»Nein«, erwiderte Matthias, der nun dank dieser unerwarteten Unterhaltung allmählich Klarheit zu gewinnen begann, »dieses Reich hier, das Reich der Materie und des Fleisches, ist das Reich

des Teufels. Im anderen Reich regiert Gott. Es ist das Reich des Geistes.«
»Der Geist«, wiederholte Thomas nachdenklich. »Aber es gibt auch einen Geist des Bösen, nicht wahr?«
Die Verwirrung nahm bei Matthias wieder überhand. Er versuchte sie zu überspielen, indem er den Widerschein der Haare bildnerisch zur Geltung brachte.
»Nein«, antwortete er. »Der Geist des Bösen verfolgt nur böse Zwecke. Der Geist des Guten beherrscht die Materie.«
»Der Geist des Guten zerstört dann also die Materie«, folgerte Thomas.
»Beherrscht sie.«
»Sie beherrschen heißt demnach sie zerstören, denn sie ist doch der Stoff des Bösen«, lautete Thomas' Schlußfolgerung.
»Der Geist des Guten versucht nur den Zerstörungstrieb zu zerstören«, verbesserte Matthias, der jetzt von der Bestimmtheit beunruhigt war, mit der Thomas dem Geist des Guten eine zerstörerische Kraft zuzuschreiben suchte. Aber es gelang ihm nicht, Thomas von seinen düsteren Gedankengängen abzubringen.
»Als Ilse gekommen ist, um mich ...« setzte Thomas ein wenig später wieder an, wobei er ratlos nach Worten suchte, »... zu streicheln, hatte ich nicht den Geist des Guten in mir, nicht wahr?«
»Man muß nicht alles auf diese Weise dramatisieren«, entgegnete Matthias mit einem gewissen Unbehagen. »Das Leben würde unerträglich werden! Das einzige, was man sagen kann, ist, daß du dich hättest besser im Zaum halten müssen, wenn du kein wirklich tiefes Gefühl für sie empfandest. Aber wenn man jung ist und leicht über die Stränge schlägt, dann ist das nicht immer möglich.«
»Aber sie liebt mich auch nicht. Warum hat sie dann das getan, was sie getan hat?« fragte Thomas empört.
Matthias geriet erneut in Verlegenheit. Es war richtig, daß Ilse ohne Einfühlungsvermögen gehandelt hatte. Seinen Pinselstrichen fehlte es plötzlich an Überzeugungskraft, urteilte er.
»Hör zu«, sagte er und drehte sich um, »die Menschen gehen im Leben unterschiedliche Wege. Ilse lehnt sich gegen die Scheinheiligkeit auf, die die Sexualität oft umgibt. Sie sucht nach Aufrichtigkeit. Sie hatte das Gefühl, mit dir ein bißchen spielen zu müssen, und sie hat dieses spontane Gefühl bedenkenlos in die Tat umge-

setzt. Du darfst ihr das nicht übelnehmen. Es hat nicht jeder dieselbe Auffassung von Gut und Böse. Schließlich hättest du dich ja auch in sie verlieben können, sie gern haben, was weiß ich!«
»Sie verzeihen ihr, weil Sie überlegen sind«, schrie Thomas, der diesen paradoxen Wortwechsel immer noch fortsetzen wollte. »Aber ich bin nicht so überlegen. Sie hat mich behandelt wie ... wie ein Tier, ein Objekt!«
»Ein Mann beklagt sich nicht, von einer Frau vergewaltigt worden zu sein!« entgegnete Matthias streng, der nun ebenfalls laut wurde. »Du machst dich lächerlich!«
Thomas errötete und senkte den Kopf. Er war den Tränen nahe.
»Mein Gott, was für ein Leben bereitest du dir vor!« murmelte Matthias und strich ihm über den Kopf.
»Wie ist es Ihnen gelungen, Herr über den Teufel zu werden?« fragte Thomas. »Ist das wahr, was Sie gesagt haben? Es ist wahr, habe ich recht? Ich spüre es. Sagen Sie es mir!«
Matthias war fassungslos. Er grübelte über seiner Leinwand. Fünfundzwanzig Meter war sie breit, und er konnte einem Jungen nicht genügend entgegensetzen, um ihm klarzumachen, wie man über den Teufel triumphierte. Man kann nur mit denen sprechen, die schon alles wissen; man kann nur für die malen, die diese Kunst gelernt haben.

14.

Der Revolverschuss

»Die Koalition hat sich aufgelöst«, verkündete Ilse, als sie am nächsten Morgen eintraf.
Matthias pfiff darauf, ob die Koalition der Konservativen und der Liberalen sich nun aufgelöst hatte oder nicht. Er hatte soeben die Zeit abgeschätzt, deren es noch bedurfte, um das Fresko zu vollenden: drei Tage. Drei weitere Tage würden für die Vernissage notwendig sein, daß heißt, man würde die kommende Woche mit dem Transport der Bilder beginnen können. Matthias fühlte sich fast ein wenig melancholisch. Diese Arbeit hatte ihn fünf Monate in Anspruch genommen. Ihre Vollendung ermüdete ihn. Was würde er anschließend tun? Die Porträts würden eine Bagatelle sein im Vergleich zu dieser Bildsymphonie. Aber vielleicht war jetzt auch die Zeit gekommen, einen stillen, doch immer größer werdenden Wunsch zu verwirklichen — den Wunsch nach Landschaftsbildern.
»Landschaften«, dachte Matthias, »das bedeutet, daß ich mich nicht mehr für die menschliche Gestalt interessiere.«
»Es geht um das Wahlrecht in Preußen«, fuhr Ilse fort und zündete sich eine Zigarette an. Sie warf einen Blick auf Thomas. Dieser schien von seinem Zeichenbrett ganz eingenommen. »Es ist nicht so wie in Rußland. Haben Sie gehört, was in Rußland passiert?« sagte sie.
»Nein«, antwortete Matthias und schaute sie gleichgültig an. Sophias geheime Leidenschaft, ihre Selbstverleugnung, ihre Begeisterung waren ihm sympathischer als Ilses politischer Eifer.
»Dort drüben macht unsere Arbeit Fortschritte. Die gesetzgebende Versammlung arbeitet wirklich an der Reformierung der Gesellschaft. Deshalb nennt man sie auch die Duma der Hoffnung. Ah, wenn wir doch auch hier einen Stolypin hätten!« rief sie aus.

»Die Arbeit macht Fortschritte!« wiederholte Matthias für sich innerlich. Diese Sprache des radikalen Staatsrats! Und diese plumpe Naivität, die an den Fortschritt durch Reformierung der Gesellschaft glaubte! »Fortschritte«, kam es ihm plötzlich in den Sinn, »wird es nur durch die Reformierung des Individuums geben, das heißt, auf dem Wege der Kultur. Sie stellt sich wahrscheinlich vor, daß kostenfreie Bordelle das Angesicht der Welt verändern werden! Die Leute aufrichtig und gleichgültig machen! Aber dadurch werden sich nur die Scheinheiligkeit und das Wechselgeld ändern!«
»Der Graf Archenholz hat ganz andere Sorgen als die Befreiung von seinesgleichen«, fuhr sie in gespielt ironischem Ton fort.
Thomas hob den Kopf.
»Sie entwickeln sich allmählich zu einem gedankenlosen Papagei«, sagte Matthias ruhig.
Es war das erste Mal, daß er sie beleidigte.
»Wie?« schrie sie, wahrscheinlich wirklich empört.
»Sie haben sich entschieden, Ilse, mit dem Grafen Archenholz ein Verhältnis einzugehen, weder mit einem Kupferschmied noch mit einem Polizeibeamten, noch mit einem dieser Schreihälse, die auf Ihren sozialistischen Zusammenkünften für den Beifall sorgen. Und wissen Sie warum?« fragte Matthias.
Sie schaute ihn an, ohne zu antworten. Ihr Gesicht war voller Zorn.
»Weil Sie nämlich, Ilse, die Sie die Heuchelei so lautstark anprangern, selbst eine Heuchlerin sind.«
»Wirklich!« grollte sie.
»Wirklich. Trotz Ihrer populistischen Reden haben Sie Sinn für Qualität. Sie lieben Raffinesse, gute Sitten, schöne Kleider, warme Bäder — und die Kunst«, sagte Matthias. »Deshalb haben Sie sich für mich entschieden. Es sind diese Aspekte des Lebens, die Ihr Blut in Wallung bringen, nicht die arbeitenden Massen, vor denen Sie und Ihre Kollegen rachsüchtige Reden schwingen.«
»Es freut mich, daß Sie die Ungerechtigkeit so sehr verteidigen!« versuchte sie ihn mit seinen eigenen Waffen zu schlagen.
»Die Ungerechtigkeit wird es immer geben, Ilse. Wenn Sie und Ihre Freunde einen Prozeß gewonnen haben, was euch wahrscheinlich gelingen wird, denn ihr seid zahlreich, dann wird die Ungerechtigkeit einfach die Fronten wechseln. Anstatt der Tyrannei, die die ari-

stokratischen Klassen ausüben, werden Sie die der Massen erdulden müssen — eine Tyrannei, die dann eben von einem Tölpel ausgeübt wird, der ein wenig abgefeimter und brutaler als die anderen ist.«

»Sie sprechen also den breiten Volksmassen das Recht auf Raffinesse und Kunst ab!« schrie sie. »Das Volk soll sich mit kaltem Wasser waschen und ungebildet bleiben!«

»Gewiß nicht. Aber die Herrschaft des Volkes wird die Kunst auf ihren kleinsten gemeinsamen Nenner reduzieren. Daraus ergibt sich, daß das Volk über das nicht hinausgelangen wird, was in den vorangegangenen aristokratischen Jahrhunderten erreicht worden ist. Ihr Triumph wird also ein Rückschritt sein, ein Absinken auf die Materie. In den klaren Worten der Physik: Er kommt einer Verringerung der allgemeinen Energie gleich, das heißt, es ist ein Triumph des Todes. Oder des Teufels, wie Sie wollen.«

»Und Sie sind der Teufel«, sagte Thomas.

Matthias drehte sich verblüfft, im selben Moment wie Ilse, zu Thomas um. Beiden blieb ein Ausruf des Schreckens im Halse stecken. Thomas hielt einen Revolver in der Hand, der auf Ilse gerichtet war.

»Thomas!« schrie Matthias.

»Sie ist in der Tat der Teufel, Meister, das haben Sie ganz richtig gesehen. Sie behandelt die Menschen wie Objekte, wie Schachfiguren. Um Liebe kümmert sie sich nicht.«

»Die Liebe!« rief Ilse aus. »Was weißt du schon davon, du Rotznase? Ein Orgasmus, neun Monate Schwangerschaft und Hängebrüste! Ist es das, was du Liebe nennst, du kleiner, arroganter Zwerg? Was willst du mir entgegensetzen? Dein lächerlich kleines Organ, das der Pubertät noch kaum entronnen ist?«

Der Revolver drehte sich um einen Grad nach oben.

»Ist es deine tierische Brunst, der ich den zarten Namen Liebe geben sollte, Hündin«, entgegnete Thomas. »Willst du sagen, daß ich mich deinem Gesetz unterwerfen soll, das in dieser besseren Welt gelten soll, die du uns da baust?« Höhnisches Grinsen. »Immer neue, hemmungslose Begattungen an jeder Straßenecke, willst du das, Ilse? Ist das ein besseres Schicksal für die Jungen und Mädchen?«

Thomas' Finger begannen unter der Aufregung ganz blaß zu werden.

Matthias trat mit dem Fuß nach Thomas' Faust. Ein Schuß löste sich. Ilse brach schreiend zusammen. Thomas, der durch Matthias' gewaltsamen Schlag umgestoßen wurde, lag auf dem Fußboden des Ateliers, den Kopf Ilse zugewandt, das Gesicht von einer ungeheuren Neugierde beherrscht. Ilse schrie und weinte abwechselnd. Matthias richtete seinen Blick auf eine kleine Schale an der Wand des Ateliers, die genau unter der Decke hing. In sie mußte die Kugel eingeschlagen sein, denn sie wies ein auffälliges Loch auf. Ilse schluchzte und zitterte am ganzen Körper. Plötzlich ging die Tür auf. Hermann betrat mit weit aufgerissenen Augen die Szene.
»Herr Graf?« rief er mit zitternder Stimme.
»Bringen Sie uns Kaffee und Wasser«, sagte Matthias. »Die Revolution findet heute abend nicht statt.« Er machte drei Schritte, hob den qualmenden Revolver auf und ließ die Waffe in seine Tasche gleiten.
»Ich habe sie also nicht getroffen«, murmelte Thomas, sich vom Boden erhebend.
Ilse, von einer durch die Angst noch gesteigerten Rage erfüllt, sprang ihn buchstäblich an. Er versuchte, ihr auszuweichen, aber sie zog ihn an den Haaren, biß ihn in den Arm und versuchte ihn aus dem Gleichgewicht zu bringen, um ihn zu Boden zu werfen. Da griff Matthias ein und brachte sie auseinander. Aber Ilse hatte sich in eine Furie verwandelt, und erst als Hermann mit dem Wasser zurückkam und Matthias ihn um Hilfe bat, war es möglich, sie von dem Jungen zu trennen.
Die 15-Uhr-15-Dame war bis zur Unkenntlichkeit entstellt. Rot und mit zerzausten Haaren, ein durch Thomas' Faustschlag angeschwollener Mund, blutunterlaufene Augen — so hatte man sie noch nie gesehen.
»Du elender Teufel der niedrigsten Herkunft!« bellte Thomas.
»Thomas, schweig und kümmere dich um deine Verletzungen«, fuhr Matthias dazwischen. »Hermann, würden Sie bitte Herrn Balkenmacher zur Hausapotheke führen, um seine Wunde zu desinfizieren.«
Dann wandte er sich Ilse zu. Er verspürte in sich nur noch eine Art gelassener Verzweiflung. Ilse Mossbauer war nichts anderes mehr als eine leblose Marionette, Schauspielerin in einem lamentablen Trauerspiel, dem er allzuoft beigewohnt hatte. Er würde sich wün-

schen, daß endlich der Vorhang fiele, daß die Bühnenarbeiter die lebensgroßen Hampelmänner und die Requisiten entfernten, daß die Putzfrauen die Bühne kehrten und daß man dieses Stück in seinem persönlichen Theater nun endlich nicht mehr spielte.

»So ist es mit der Liebe und den Menschen«, sagte sie, nachdem sie sich die Nase geputzt hatte. Sie kramte aus ihrer Tasche die notwendigen Utensilien hervor — Spiegel, Kamm, Puderdose —, um sich wieder herzurichten.

»Trinken Sie ein Glas Wasser und hören Sie auf, nichtige Banalitäten von sich zu geben. Die Liebe hat hier nichts zu suchen. Sie haben einen Jungen vergewaltigt, um Ihrer eigenen Lust zu frönen. Er verachtet Sie genauso, wie es im umgekehrten Fall das Mädchen gegenüber dem Mann tun würde. Sie haben nur Ihr eigenes Vergnügen gesucht, nicht die Liebe«, sagte Matthias ziemlich kalt.

»Einen Jungen vergewaltigt!« wiederholte Ilse und heuchelte mit erhobener Puderquaste Empörung.

»Ganz genau. Auch Frauen können sich einer Vergewaltigung schuldig machen. Die Umkehrung der Rollen ändert nichts an diesem Vergehen. Die schlechten Manieren, die Ihre Revolution in der Gesellschaft einführen will, werden wohl kaum etwas daran ändern können.«

»Das ist es, nach Ihrem Reglement sollte man Rigaudon tanzen und ehrerbietige Komplimente austeilen!«

»Besser wäre es allerdings, Liebe vorzuschützen. Auch die Heuchelei hat ihre guten Seiten, Ilse«, antwortete er und nahm nun selbst ein Glas Wasser. »Nur der eigenen, aller Konventionen entblößten Lust zu folgen wird die Gesellschaft in einen Dschungel zurückverwandeln.«

»Die Liebe — ist das nicht auch die Lust?« fragte sie, indem sie die Quaste in die Puderdose zurücklegte. »Warum haben Sie es mit mir gemacht? Hatten Sie dabei kein Gefühl?«

»Offen gestanden«, sagte er und zündete sich eine Zigarette an, »ich suchte das Gefühl, aber ich habe es nicht gefunden. Jetzt weiß ich, daß ich es nicht mehr finden werde.«

»Das Fresko ist fertig. Sie brauchen mich nicht mehr«, bemerkte sie, während sie sich frisierte und den Haarknoten wieder in Ordnung brachte. »Die Aristokraten behandeln die Leute, die nicht aus ihrer Welt sind, wie Dienstboten. Wahrscheinlich werden Sie auch die-

sen kleinen beleidigten Grünschnabel Thomas bald wieder nach Hause schicken. Es sei denn, ich selbst würde Sie von ihm befreien, wenn ich zur Polizei ginge und ihn wegen Mordversuchs anzeigte. Das wäre der letzte Dienst, den ich Ihnen erweisen könnte.«
Hermann brachte den Kaffee und servierte ihn.
»Ein diskutabler Vorschlag«, sagte Matthias. »Die Polizei hat von Ihnen eine Karteikarte. Sie hat sogar schon bei Hermann angefragt, was Sie in meinem Atelier trieben. Nicht wahr, Hermann?«
»Ja, Herr Graf«, sagte Hermann mit gesenktem Blick.
»Das System scheint immer zu funktionieren«, sagte Ilse und erhob sich. Sie strich ihren Rock glatt und klappte heftig ihre Tasche zu. »Die Aristokratie, die Männerbünde, die Polizei und das Dienstpersonal. Ich gehe jetzt, Herr Graf.«
»Sexuelle Promiskuität, Verfolgungswahn, Gefühllosigkeit und als Offenheit deklarierte Unanständigkeit würden gewiß besser passen, daran zweifle ich nicht«, gab Matthias zurück, indem er einen Löffel voll Zucker in seinen Kaffee tat. »Die Frauen werden in der Welt, an der sie arbeiten, sicher glücklich sein.« Er zog seine Geldbörse heraus, entnahm ihr einige Banknoten und legte diese auf den Tisch. Die Summe war dreimal so hoch wie das vereinbarte Honorar. Hermann stand mit bedrückter Miene an der Tür. Ilse nahm nachdenklich die Banknoten, zählte sie und bemerkte, daß es viel mehr war, als ihr zustand.
»Hier haben Sie noch einmal ein Zeichen für die Arroganz der Aristokraten«, erklärte Matthias.
»Die Aristokraten werden bald das Zeitliche segnen«, sagte Ilse und ließ das Geld in ihrer Tasche verschwinden.
»Irrtum, Ilse, es wird immer Aristokraten geben. Nur werden sie ihre Titel nicht mehr vererben. Hermann, würden Sie bitte Fräulein Mossbauer hinausbegleiten.«
Hermann öffnete die Tür. Sie schritt über die Schwelle. Die 15-Uhr-15-Dame ging ein in das riesige Fresko der Berliner Abenddämmerung. Matthias öffnete das Fenster. Eine leichte Brise kam auf, um eine wahnwitzige Romanze zu singen. Denn der Wind hatte vieles gesehen. Er hatte gesehen, wie ein Liebender seine Geliebte erdolchte; er hatte gesehen, wie ein junger Mann in einer Wohnung in Lichtenberg, in der Nähe der Bahngleise, seinem eigenen Körper huldigte und dabei von einer Frau träumte; er hatte gesehen, wie

eine junge schwangere Frau auf einer Brücke in Treptow, über der Spree, an den Tod dachte; er hatte gesehen, wie sich ein Soldat im Bett einer Hure in Kreuzberg im Orgasmus wälzte. Er strich durch Matthias' Haar mit einer unglaublichen Sanftmut, er umhüllte den Rauch der Zigarette, schnupperte am Kaffee und verschwand wieder nach draußen. Fast schien es so, als ob er Celloklänge verbreitet hätte.

»Es war weitaus angenehmer, in Amerika wilde Truthühner zu jagen«, murmelte Matthias.

Die Szene, die sich soeben abgespielt hatte, war mehr als kindisch gewesen und wirkte, vor allem der leichtsinnige Revolverschuß, jämmerlich. Es war die Handlungsweise eines noch kaum geschlechtsreifen Prahlhanses, wie Ilse richtig gesehen hatte. Auch eine symbolische Handlung, die Manifestation einer verletzten Eigenliebe — die Tat eines jungen Mannes, dem eine Frau die Vorrechte genommen hat.

Matthias zuckte mit den Schultern.

Ilses Verhalten war aber kaum rühmlicher gewesen. Diese erbärmlichen Dienstbotenreden! Dieser verkrampfte Vortrag über die Ansprüche der Frau!

»Lieben denn die Frauen überhaupt noch die Männer?« fragte er sich.

Und er selbst, liebte er denn noch die Frauen?

15.

Ein Elektroskop, Türkenstrasse 25

»Dein Land ist irgendwie krank«, sagte Zanotti düster, während er ein Glas Bier aus seiner eigenen Herstellung kostete. »Es ist bis an die Zähne bewaffnet. Man spricht von etwa 780 000 Soldaten.«
»Mit vierundfünfzig Jahren wirst du nicht mehr eingezogen werden, wenn ich mich nicht täusche«, erwiderte Matthias, der durch das Fenster des Bierlokals »König«, wo sie sich an den Tisch gesetzt hatten, die Passanten beobachtete, die den Potsdamer Platz bevölkerten. Eine schwüle, gewittrige Luft hatte sich im Sommer 1913 über Berlin breitgemacht. Unter dem Reispuder war das Gesicht der Frauen blutrot. Die jungen Mädchen glichen Pfingstrosen. Die Männer glänzten ein wenig zu stark. »Die Leute beschwören an diesem Abend ein allegorisches Ballett der Fleischwaren«, dachte er. »Fräulein Schinken wird mit ihrem Vater, dem Herrn Schinken von Westfalen, und ihrer ehrenwerten Mutter, Frau Schlackwurst, geräuchert.«
Wie er es jetzt satt hatte, dieses Berlin und dieses Deutschland! Mit Ausnahme einiger Abstecher hin und wieder, nach Wien, Madrid, Rom, Montenegro, hatten Matthias, Zanotti und Vitautas ihre Zeit ausschließlich in Berlin verbracht, erstarrt im Wohlstand, der sowohl in materieller als auch psychischer Hinsicht beachtlich war und den sie zu schätzen wußten. Matthias war seit dem großen, von Schimmel gegebenen Fest anläßlich der Einweihung des Freskos berühmt. Er ließ von seinen Porträts und den symbolischen Bildern, die am meisten Anklang gefunden hatten, Kupferstiche anfertigen und verkaufte sie für teures Geld. Selbst Max Klinger hatte gebeten, ihm einen zu widmen. Der Hof hatte ihn zu mehreren Empfängen eingeladen, und er hatte sogar den Auftrag erhalten, ein Porträt der Kaiserin Auguste Viktoria anzufertigen, für das er indes nur eine schäbige Bezahlung erhalten hatte.

Aber Berlin ist widerlich geworden, sagte er sich auf französisch. Es war das Zentrum einer verqueren Tyrannei, unter der die Männer nur von Säbelhieben und von Pferden träumten. Die Frauen gingen hier quasi ohne Zwischenstufen vom *Backfisch*-Alter in den Altweiberstand über. Nach fünf Jahren bereits sanken diese alten Schachteln ins Schnepfendasein ab, das zehn Jahre dauerte, und nach Ablauf dieser Frist erreichten sie das Stadium der alten Vetteln. Es sprossen ihnen dann Haare im Gesicht, und viele bekamen sogar einen richtigen Bart.

»Man könnte darüber wirklich schwul werden«, sagte er laut zu Vitautas, der mit einem ironischen Lächeln entgegnete: *»Welcome to the Club.«*

Es bedurfte mehrerer Ermahnungen, um die junge Sylvia, Matthias' neugewonnene Geliebte, davon zu überzeugen, daß das nicht zu unterdrückende Piepsen, mit dem sie glaubte, ihre Gegenwart und ihre Zufriedenheit anzeigen zu müssen, wenig vorteilhaft war.

»Der Fisch stinkt vom Kopf her«, sagte Vitautas, der der Erzählung vom ersten Abend in Potsdam zuhörte.

Wilhelm II. war ein eitler Fatzke, umgeben von willfährigen Wildschweinen, ängstlichen Schildkröten und Pfauen. Augusta war eine dumme Pute, die eine Unterhaltung unterbrach, um ihren Schmuck abzutasten. So etwas war Kaiserin — und Legehenne dazu.

»Wenn ich bedenke, daß diese Mißgeburt mein Großneffe ist«, seufzte Matthias und lockerte seine Krawatte.

Dieser Zoo bereitete also den Krieg vor. Der eitle Pinguin träumte davon, Kaiser von Europa zu sein. Er hielt seinen viel zu kurzen Arm eng an die Seite geschmiegt und schwellte seine Brust. Neben ihm der plappernde Bethmann-Hollweg und feierliche Fahnen.

Deutschland war eine erstarrte Gesellschaft, zu einer übermäßig aufgeblähten Armee geronnen, die sich gebannt und versteinert um einen Pinguin scharte. Und überall hörte man nur noch Säbelrasseln, Degenklirren, den Lärm von Hufeisen, das Klappern von Helmen und Orden, großmannssüchtiges Palavern.

So dachte Matthias, als er genüßlich sein Bier zischte und mit trübem Blick einen Trupp Soldaten beobachtete, der recht und links von ihm vorbeimarschierte, die Frauen lüstern angaffte und von Zeit zu Zeit eine schlüpfrige Zote riß.

Nicht ein Luftzug in Berlin, in ganz Deutschland nicht.
»Das also schaffen die Menschen mit ihrer Kraft, mit derselben Kraft, die den Männern den Kamm schwellen läßt und den Frauen die Schamröte ins Gesicht treibt«, dachte er weiter.
»Sicher gibt es Leute, die dagegen opponieren, die Sozialisten zum Beispiel«, fuhr er in seinen Gedanken fort. »Aber sie stellen sich gegen die herrschende Gesellschaft doch nicht aus Idealismus, sondern weil sie sich schlecht behandelt fühlen, was ja auch gar nicht zu leugnen ist. Wenn sie an die Macht kämen, würden sie ebenso blutrot und eitel werden und genauso wie die anderen plärren.«
Matthias erinnerte sich eines Besuches im Reichstag. Sozialistische Abgeordnete oder so hatten das Wort ergriffen. Was für ein Geschwätz! »Man müßte eine Sitzung auf einem Bild festhalten«, hatte die Prinzessin von Hohenlohe-Schillingsfürst nachdrücklich erklärt, »unser Land muß sein Parlament verewigen!« Matthias hatte entgegnet, daß eine phonographische Aufzeichnung eine viel größere pädagogische Wirkung erzielen würde.
»Im Grunde stimmt es: Das Leben, das ist der Teufel«, folgerte Matthias, wobei er sich eine Zigarette anzündete.
»Sie sind heute abend so in Gedanken versunken«, bemerkte Vitautas. »Macht das die Hitze?«
»Entschuldigen Sie mich. Ich dachte über Zanottis Bemerkung nach. Ja, Deutschland beginnt mich allmählich zu bedrücken. Es wird Zeit, sich zu verabschieden.«
»Um wohin zu gehen?« sagte Zanotti, der eine weitere Runde Bier bestellte. »Rom? Venedig? Paris?«
»Orte, in denen man auch vor Hitze umkommt«, ließ Matthias fallen. »Alles wird wieder von vorn beginnen — wie immer. Porträts, wahnwitzige Geliebte, von Nichtigkeit durchdrungene Gesellschaften, gehaltlose Nachahmungen der Schönheit. Die Malerei beginnt mich zu langweilen. Oder ich werde allmählich alt.«
Zanotti schreckte bei diesen Worten auf. Würde man sich erneut auf dieses heikle Abenteuer einlassen müssen, das darin bestand, die treuen Diener umzulegen, weil sie altersschwach wurden? ... Zanotti fürchtete immer, daß sich Matthias' Privileg mit der Zeit abnutzen und daß sich irgendwann einmal in die Verjüngungsprozedur ein Fehler einschleichen könnte. Matthias wußte um diese

Angst und schürte sie noch, nicht ohne dabei ein gewisses Vergnügen zu empfinden. Er wußte in der Tat, daß ein Photo genügte. Und er beherrschte die Kunst vollkommen, ein Photo zu retuschieren, so daß der darauf Abgebildete gut zwanzig, dreißig oder vierzig Jahre jünger zu sein schein.
»Vitautas, hätten Sie die Güte, den armen Hermann telephonisch zu verständigen, daß wir hier zu Abend essen werden? Wenigstens, wenn Ihnen auch danach zumute ist, meine Herren«, sagte Matthias.
Zanotti und Vitautas zeigten sich erfreut über diese Eskapade.
»Bist du glücklich mit ihm?« fragte Matthias ganz unvermittelt, als Vitautas sich entfernt hatte.
»Vollkommen. Er hat ebensowenig Phantasie wie ich. Und ihm wie mir ist es lieber, sich an den gedeckten Tisch setzen zu können, als erst noch nach einem besseren Restaurant suchen zu müssen«, gab Zanotti vergnügt zur Antwort.
»Es ist wirklich schade, daß ich mich nicht zu Männern hingezogen fühle«, sagte Matthias. »Aber es läßt mir auch keine Ruhe, daß es zwei Menschen ohne den geringsten Jagdtrieb gibt. Ihr seid doch jetzt schon acht Jahre zusammen! Sagt ihr euch noch manchmal, daß ihr euch liebt?«
»Wie schrecklich!« rief Zanotti aus. »Wir liefen dabei eines Tages Gefahr, denken zu müssen, daß wir uns nicht mehr lieben. Die Liebe ist der direkte Weg in die Katastrophe«, fügte er leichtherzig hinzu.
»Dann lebst du also ohne Liebe, und du hast dich damit abgefunden!« sagte Matthias. »Das ist nicht einmal mehr Resignation, das ist Verzweiflung!«
»Sehe ich verzweifelt aus?« fragte Zanotti. »Und du, der du schon so lange die Liebe suchst, glaubst du wirklich, du würdest ein Bild der Hoffnung abgeben?«
»Hermann ist verständigt«, teilte Vitautas mit, der wieder Platz nahm. »Er hatte sich darauf eingestellt, ein Perlhuhn für uns zu füllen. Wir werden es morgen zu Mittag essen. Habe ich das Gespräch unterbrochen? Ihr scheint beide in großer Verlegenheit.«
»Habe ich dir jemals gesagt, daß ich dich liebe?« fragte ihn Zanotti.
Eine Dame, die eine dressierte Möwe im Haar trug, ging draußen am Fenster vorbei.

»Ich würde mich sicherlich daran erinnern«, antwortete Vitautas.
»Aber hast du mir denn jemals gesagt, daß du mich liebst?« fuhr Zanotti fort.
»Habt ihr ein neues Gesellschaftsspiel erfunden?« fragte Vitautas. »Gewöhnlich benutze ich solche Wörter nicht, deren Sinn mir unbekannt ist.«
»Sie kennen den Sinn des Wortes ›Liebe‹ nicht?« rief Matthias mit vor Staunen geweiteten Augen.
Der Wirt erkundigte sich bei den Herren, was sie bestellen wollten. Kaltes Hühnchen und Kalbfleisch, Entenpastete, verschiedene Salate, Liebfrauenmilch.
»Wenn ich ›Hühnchen‹ sage, versteht mich jeder von Nord nach Süd und von Ost nach West, vom Kind bis zum Greis, vom hannoveranischen Bauern bis zum Kaiser. Wenn ich ›Liebe‹ sage, werde ich genau soviele Antworten bekommen, wie ich Leute gefragt habe. Der eine wird mir von der Liebe zu seinem Vater erzählen, der andere zu seinem Hund, einige werden die Liebe beschwören, die sie ihrer Frau entgegenbringen, die sie aber nur noch gezwungenermaßen einlösen, wieder andere die wahrscheinlich übertriebenen Heldentaten, denen sie sich samstags abends hingeben«, antwortete Vitautas. »Die Definition des vorausgesetzten Gefühls ist also allein schon problematisch.«
Er reichte Matthias die Schüssel mit Kartoffelsalat, der mit Zwiebeln und Schlackwurst zubereitet war.
»Aber«, entgegnete Matthias, »haben Sie sich niemals zu einer anderen Person hingezogen gefühlt, haben Sie niemals den Wunsch verspürt, sie in Ihren Armen zu halten, ihr Freude zu bereiten, gemeinsam mit ihr Lust zu empfinden? ...«
»Sie wollen jetzt wahrscheinlich vom Geschlechtstrieb sprechen?« fragte Vitautas. Sein schönes, bleiches Gesicht, das keine unebene Stelle aufwies, schien ohne Ironie. »Sicher habe ich es schon oft so empfunden. Aber es käme mir niemals in den Sinn, so etwas Liebe zu nennen. Das ist eine Falle der Natur.«
»Eine Falle der Natur!« wiederholte Matthias verwirrt. Wie gerne hätte er Berlin, diesem Lokal und diesem Gespräch mit einem Flügelschlag den Rücken gekehrt! Als Vogel wäre er hoch in die Luft gestiegen, und wenn er sich wieder herabgelassen hätte, wäre er auf einem Frauenhut gelandet.

»Und wie habt ihr euch dann beide, Sie und Zanotti, an eine so langwährende Treue gewöhnt?« fuhr er fort.
»Ich vermute, das erklärt sich aus einem gegenseitigen Respektieren unserer psychologischen Befindlichkeiten. Wir sind in Freundschaft verbunden, auf der Basis von Achtung und einigen physischen Vorteilen«, antwortete Vitautas und schenkte sich Wein nach.
Wie ein von Streichern und Fagottbläsern gespielter Satz schien das Stimmengewirr der Stadt seit einigen Augenblicken Gestalt annehmen zu wollen. Als schickte es sich an, das dumpfe und stumme Leiden eines einsamen Herzens zu besingen.
»Ich glaube das nicht«, dachte Matthias halblaut. »Nein, das glaube ich einfach nicht.« Sie hatten zu essen aufgehört und den Blick auf ihn gerichtet. Gespannt erwarteten sie das Ende des Satzes. »Nein, ihr glaubt bestimmt, die Wahrheit gesagt zu haben. Aber ich glaube, daß ihr eure Wahrheit gar nicht kennt. Die Liebe ist der Kunst ebenbürtig. Beides sind Erfindungen, Projektionen der Sehnsucht nach Schönheit. Fragen Sie Zanotti, Vitautas, und du frag wiederum ihn — ihr habt euch gegenseitig die Sehnsucht nach Schönheit erfüllt, nicht nur nach der körperlichen Schönheit, nein, auch nach der anderen, unsagbaren. Jene andere, ohne die erstere nur ein Farbdruck zur Dekoration von ländlichen Milchläden ist.«
Sie antworteten nicht.
»Ihr wollt euer Gefühl aus Scham oder vielleicht auch aus Angst nicht zur Sprache bringen.«
»Angst?« fragte Vitautas, als er sein Glas zurückstellte.
»Angst vor euch selbst natürlich.«
»Aber ich habe es dir ja früher schon gesagt, daß ich dich liebe«, sagte Zanotti. »Ich hatte keine Angst!«
»Wir waren beide jung«, murmelte Matthias.
Plötzlich glich Berlin einer Handvoll Diamanten auf einem Stück Samt. Elektrische Engel umkreisten diesen unheilvollen Schatz.
»Aloysius Tremmer«, schoß es Matthias beim Kaffee durch den Kopf. Tremmer hatte sich ihm auf der Vernissage des Freskos, bei Schimmel, als Kunstkritiker vorgestellt, der in Hamburg eine obskure Zeitschrift herausgab. Der Mann war groß und dünn, kahlköpfig mit einem schon fast vollständig weißen Schnurrbart, obwohl er wahrscheinlich die Vierzig noch nicht überschritten hatte. Die

dunklen Augen in dem klaren, bleichen Gesicht, das mit silbernen Bartstoppeln übersät war, zogen einen in Bann, ja hatten geradezu etwas Faszinierendes an sich. Ein leichtes Lächeln, das anzudeuten schien, daß der Mann noch viel mehr wußte, als er im Moment zu sagen gewillt war, und daß die Unterhaltung, deren Faden durch die verschiedenen Interventionen des einen oder anderen Gastes eigentlich schon abgerissen war, ohnehin nur der Kontaktaufnahme diente. Nicht daß die Unterhaltung uninteressant gewesen wäre, sie war weit davon entfernt. Tremmer war gebildet. Er hatte Matthias mit einem Zitat überrascht, das er in lockerem, fast schon spöttischem Ton vortrug:

Doch wessen Streben auf das Innre führt,
Wo Ganzheit nur des Wirkens Fülle fördert;
Der halte fern von Streite seinen Sinn,
Denn ohne Wunde kehrt man nicht zurück,
Die noch als Narbe mahnt in trüben Tagen.

»Von wem ist das?« hatte Matthias gefragt, den diese geheime Aufforderung zum Rückzug und zur Einsamkeit überrascht hatte.
»Kennen Sie nicht Grillparzer?« hatte Tremmer geantwortet. »*Des Meeres und der Liebe Wellen* ist ein sehr schönes Drama.«
»Ich werde es mir beschaffen müssen«, hatte Matthias gesagt, der aber insgeheim überzeugt war, daß es sich hierbei um den Erguß eines Trunkenbolds handelte, den man getrost vergessen konnte.
»Es würde mir ein Vergnügen sein, es Ihnen auszuleihen«, hatte Tremmer gesagt, »wenn Sie mir die Ehre eines Besuches machen würden. Meine Wohnung ist bescheiden und, vom häuslichen Standpunkt aus betrachtet, spärlich eingerichtet. Aber jeden Sonntag empfange ich nach dem Essen einige Freunde, mit denen ich plaudere. Es sind gebildete Leute, und die Unterhaltungen sind ernst, ohne allzu tiefsinnig zu sein. Wenn Ihnen die Aussicht auf einen solchen Abend nicht zu abwegig erscheint, würde es mir schmeicheln, wenn ich Sie als meinen Gast begrüßen könnte. Bei dieser Gelegenheit könnte ich Ihnen dann auch das Buch von Grillparzer leihen.«
Matthias hatte eingewilligt, und Tremmer hatte ihm seine Karte gegeben. Jetzt zog Matthias seine Brieftasche hervor. Die Karte

war noch da. Tremmer wohnte in der Türkenstraße 25, in Pankow.
In welchem Zusammenhang hatte Tremmer Grillparzers Verse zitiert? Matthias konnte sich nicht mehr daran erinnern. Hatte er vielleicht gemeinsam mit Tremmer die Langeweile beklagt, die die gemischte Gesellschaft einer Vernissage verbreitet? Das war mehr als zweifelhaft, denn es wäre von Matthias sehr unhöflich gewesen. Tremmer hatte also seine Gedanken geahnt. Vielleicht hatte sich Matthias durch sein Verhalten verraten? Aber das war gleichfalls zweifelhaft, denn Tremmer war erschienen, als sich Matthias mit der Prinzessin von Hessen unterhielt, einer im übrigen sehr hübschen Frau, deren tiefe Altstimme Matthias in angenehmer Weise überrascht hatte. Er erinnerte sich daran, später Frau Schimmel gefragt zu haben, wer denn eigentlich dieser Tremmer sei.
»Ist er nicht interessant?« hatte Frau Schimmel sich ereifert. »Ich war sicher, daß Sie ihn schätzen würden«, hatte sie hinzugefügt, als ob Matthias mit seiner Frage bereits stillschweigend ein Lob hätte aussprechen wollen. »Er hat ein unerschöpfliches Wissen. Er hat Theologie studiert, und er kennt die alten orientalischen Sprachen perfekt! Ich glaube sogar, daß er eine Zeitlang das Priesteramt anstrebte.«
Die Begegnung mit Tremmer, die sich seinem Gedächtnis neben vielen anderen Erinnerungen eingegraben hatte, war wieder an die Oberfläche gelangt, so wie das Meer zuweilen Abfälle ans Ufer spült und andere wieder in den Fluten verschlingt.
»Ich gehe zu Tremmer«, teilte Matthias seinen Freunden mit, nachdem er die Rechnung bezahlt und ihnen kurz erklärt hatte, wer Tremmer war.
Das Taxi setzte ihn neben einer Häuserfront ab, die aus Lagerhallen zu bestehen schien. Die Straße war wie ausgestorben. Jedoch wiesen unverständliche Gesprächsfetzen, die wahrscheinlich aus den offenen Fenstern drangen, und das Klirren von Geschirr darauf hin, daß Familien in der Nähe wohnten. Über einer engen Holztür, die von einem Ziegelvorbau eingerahmt wurde, leuchtet eine Kupfertafel, die Tremmers Vor- und Nachnamen trug. Die glattpolierte Klingel löste ein kindisches Bimmeln aus. Dann vernahm man Gebell.
»Ruhig, Satan, ruhig!« sagte eine Männerstimme, worauf sich die

Tür öffnete und Tremmer erschien. Wieder umspielte dieses geheimnisvolle Lächeln seinen Mund. Satan war eine schöne Dogge mit flammendem Fell. Er beschnupperte zuerst Matthias, während Tremmer seinen unerwarteten Gast nicht genug willkommen heißen konnte.

»Herr Archenholz, welch angenehme Überraschung! Kommen Sie doch herein! Das ist ein guter Türhüter, aber in Gesellschaft ist er sehr zutraulich.«

In der Tat ließ sich Satan zufrieden die Flanken streicheln und sprang dann in ein kleines Gärtchen, das mit Obstbäumen bepflanzt war. Das elektrische Licht streifte den blauen Reif der dicken Pflaumen, und die drei gingen die Treppe hinauf.

Von außen hatte man die Ausmaße des Hauses und seinen eigentümlichen Charakter nicht recht wahrnehmen können. Durch ein bescheidenes, jedoch vertäfeltes Vestibül betrat man ein riesiges Zimmer, dessen Höhe Raum für zwei Stockwerke gegeben hätte. In halber Höhe war eine breite Galerie angebracht, die entlang einer babylonischen Bibliothek verlief. Auch darunter befand sich eine Unmenge von Büchern. Man wäre überfordert gewesen, hätte man ihre Anzahl auch nur schätzen wollen. Man konnte nur die Bilder und Statuen in Augenschein nehmen, für die der Hausherr etwas Platz gelassen hatte. Unter den Statuen stach einem besonders ein kolossaler Buddha-Kopf ins Auge. In der Mitte des Zimmers saß ein kleiner Kreis von Leuten; sie tranken Likör.

»Frau von Kirchhoff«, begann Tremmer mit der Vorstellung seiner Gäste, »Graf Archenholz, Fräulein Stepanescu, Professor Gottfried Mariani, Professor Stefan von Thiebaud, Herr Milner Ravenswood.«

Eine seltsame Versammlung, dachte Matthias. Was sie wohl miteinander verband? Gewiß nicht die Liebe. Frau von Kirchhoff ließ an einen schnurrbärtigen Frosch denken. Fräulein Stepanescu schien bar jeder Substanz zu sein, so als ob irgendein Tier ihr Inneres aufgefressen und nur noch eine durchsichtige Chitinhülle zurückgelassen hätte. Professor Mariani mußte in einem drolligen Moment angefertigt worden sein, als sein Schöpfer betrunken war. Der mußte dann zu einem Faß und einem Kohlkopf gegriffen haben, denn so sah er aus: ein Kohlkopf, den man auf ein Faß gesetzt hatte. Dagegen schien Professor von Thiebaud aus Erz gemeißelt. Mit seinen

Achataugen erinnerte das Gesicht an einen Aragonit. Und was Milner Ravenswood anging, so hätte Matthias schwören können, daß bei seiner Reinkarnation einiges durcheinandergeraten sein mußte. Denn wenn alles Lebendige dem Gesetz der Metempsychose unterstand, dann mußte er früher einmal vielleicht ein Neffe des wackeren Satan gewesen sein, der jetzt schon friedlich zu Matthias' Füßen schlummerte. Der Kleiderwechsel mußte wohl in ungeheurer Eile vonstatten gegangen sein.
Aber wenigstens war der Kognak, den Tremmer ihm anbot, füllig und weich — genauso weich wie der Sessel, in dem sich Matthias niedergelassen hatte.
Tremmer erkundigte sich nach Matthias' Gesundheit und stellte dann das Thema der Unterhaltung vor, die der neu hinzugekommene Gast unterbrochen hatte.
»Wir diskutierten darüber«, sagte er, »ob den Geistern des Jenseits eine ethische Qualität zugesprochen werden muß. Frau von Kirchhoff, die eine Schülerin von Frau Blavatsky ist, vertritt die Auffassung, daß sie unrein sind, sobald sie sich offenbaren, denn wären sie ganz und gar geläutert, dann könnten sie sich nicht mehr in den irdischen Sphären, Verzeihung, Bahnen aufhalten. Professor Mariani, der Physiker ist, vertritt seinerseits die entgegengesetzte Meinung. Professor Mariani, es liegt mir fern, Ihre Argumentation falsch wiederzugeben, deshalb wäre ich Ihnen dankbar, wenn Sie selbst sie noch einmal entwickeln würden, damit auch der Graf davon profitieren kann.«
Bevor Matthias Einspruch erheben konnte, neigte sich Professor Mariani ein wenig nach vorn und begann folgenden für ein so grob geschnitztes Wesen überraschend klaren Vortrag:
»Meiner Ansicht nach muß, philosophisch gesprochen, das Leben, im höchsten, fast schon göttlichen Sinn des Wortes, dem Guten gleichgesetzt werden, und der Tod dem Bösen. Wenn wir diesem Schema folgen, was ergibt sich dann für uns daraus, oder vielmehr: Was muß sich daraus zwangsläufig ergeben? Daß die aktivsten Geister diejenigen der erst kürzlich Verstorbenen sind . . .«
Frau von Kirchhoff stieß nicht identifizierbare, tierische Laute aus, um ihre Meinungsverschiedenheit mit Mariani auszudrücken. Der Professor fuhr jedoch unbeeindruckt fort:
». . . Wohingegen die Geister der schon länger Verstorbenen die

schwächsten sind. Ich weiß, daß Frau von Kirchhoff diese Meinung nicht teilt, aber unsere gemeinsamen Erfahrungen und meine eigenen haben mich davon überzeugt, daß die aktivsten jene der unlängst Verstorbenen sind ... deren Ableben weniger als zehn Jahre zurückreicht, von ganz seltenen Ausnahmen einmal abgesehen. In allen Fällen, die über fünfzig Jahre hinausgehen, erhalten wir nur sehr schwache Antworten, und es ist uns unmöglich, eine Antwort von Goethe zum Beispiel oder — hier ist es noch einleuchtender — vom König Friedrich zu bekommen.«
Matthias nahm einen kräftigen Schluck Kognak. Er bemühte sich, seine wachsende Verblüffung zu überspielen. Professor Mariani fuhr fort:
»Daraus folgere ich, daß sich das Leben in den Regionen abspielt, die dem Raum und der Zeit am nächsten sind, und der Tod in den entferntesten. Die philosophischen Schlußfolgerungen, die daraus zu ziehen sind, sind evident. Um Mißverständnisse zu vermeiden, formuliere ich als Resümee die These: Das Gute muß auf der Erde sein und das Böse im Jenseits.«
Frau von Kirchhoff rutschte auffällig auf ihrem Stuhl hin und her. »Die Tatsache, daß die Menschen die Geister um so weniger wahrnehmen können, je weiter diese sich entfernen, bedeutet in keinster Weise, daß das Leben an Intensität verliert, wenn es sich reinigt«, sagte sie. »Die Abschwächung der von den Geistern an uns gesandten Signale kann zweierlei bedeuten, und hierin ist überhaupt nichts Widersprüchliches: Erstens bedeutet es, daß unsere unvollkommenen Sinne nicht mehr imstande sind, sie wahrzunehmen. Zweitens ist davon auszugehen, daß ihre Läuterung zugleich ihre Entfernung bewirkt hat. Ich kann die philosophischen Erwägungen, die ich soeben gehört habe, nicht anerkennen.«
Matthias wurde von Panik gepackt. Wie konnte man diesem Hexenkessel entkommen? Er war von Verrückten umgeben! Eine gewisse Neugier hielt ihn dennoch davon ab, eine plötzliche Migräne vorzuschützen. Tremmers Lächeln vor allem, das dem der Mona Lisa nicht unähnlich war, ließ ihn schließlich bleiben. Hatte sein Gastgeber nun eigentlich selbst Partei ergriffen in diesem läppischen Schlagabtausch? Oder genoß er es, ein solches Schauspiel zu seinem eigenen perversen Genuß zu geben?
Professor von Thiebaud wurde von leichter Unruhe erfaßt. Er hob

einen Finger seiner bleichen Hand, die sich bisher an die Armlehne seines Sessels geklammert hatte. Seine Augen funkelten.
»Der Professor von Thiebaud, Herr Graf, ist einer der engsten Mitarbeiter von Professor Max Planck und einer der bedeutendsten Physiker nicht nur des Kaiser-Wilhelm-Instituts, sondern der internationalen Wissenschaft«, gab Tremmer bekannt, der die Unruhe des Physikers bemerkt hatte, die auf seine bevorstehende Intervention hindeutete.
Matthias war verblüfft. Und wenn diese Leute doch nicht nur Schaumschläger waren, sondern kluge, überlegene Köpfe? Das Institut war sicherlich kein Refugium für Sandmänner ...
»Wenn Sie mir erlauben«, setzte von Thiebaud an. Er hatte eine hohe, gestelzte, aber angenehme Stimme. »Ich möchte zunächst bemerken, daß, wenn wir unsere Debatte fortsetzen wollen, wir zwei Fehler vermeiden müssen, die jedem intellektuellen Pionier auflauern. Der erste ist der Positivismus, der stets eine Verabschiedung von der Intelligenz bedeutet. Der Positivismus verzichtet darauf, das Wesen der Dinge zu erkennen. Er begnügt sich damit, die Phänomene zu beobachten, ohne weitergehende Hypothesen aufzustellen. Aber so werden wir gezwungen, in Platons Höhle weiterzuleben und von der Welt nur Schatten wahrzunehmen, die sich auf der Wand im Hintergrund bewegen. Sich mit der Beobachtung der Phänomene zu begnügen heißt also auch, sich mit einem Zustand der Schwäche abzufinden. Man kann die Welt nur begreifen, wenn man sich auf Hypothesen einläßt und wenn man sie auf dem Weg des Experiments und der Beobachtung zu verifizieren sucht. Die Beobachtung«, sagt von Thiebaud, »ist der Stuhl, auf dem der Verstand Platz nehmen kann, und nicht umgekehrt.«
Mariani und Tremmer nickten eifrig mit dem Kopf. Frau von Kirchhoff runzelte die Stirn, gleich einer Hausfrau, der man einen Fisch mit flachem, trübem Auge vorsetzt.
»Ich weiß sehr gut, daß der Gegenstand unserer Debatte und unserer Erfahrungen im eigentlichen Sinne metaphysisch ist«, fuhr von Thiebaud fort, »aber es scheint mir so — und verzeihen Sie mir, wenn ich irre —, daß einige der hier vorgetragenen Überlegungen positivistisch gefärbt sind. Die Annahme, daß Geister je nach der Schnelligkeit und der Kraft, mit der sie sich offenbaren, mehr oder weniger lebendig sind, ist in der Tat eine Herleitung nach dem po-

sitivistischen Schema. Um mich besser verständlich zu machen, greife ich auf einen Vergleich mit dem Atom zurück, so wie es sich nach den neuesten Theorien darstellt. Das Atom besteht aus einem Kern, um den Elektronen kreisen. Diese Elektronen bewegen sich auf unterschiedlichen Bahnen, wobei jede einem bestimmten Energieniveau entspricht. Die Bahnen mit dem höchsten Niveau sind diejenigen, die dem Kern am nächsten sind, die mit dem niedrigsten sind am weitesten entfernt. Ist das verständlich?«

Frau von Kirchhoff wurde unruhig und streckte die Beine aus, so daß man ihre hohen Stiefel sehen konnte, dann schlug sie sie wieder übereinander.

»Verzeihen Sie mir«, sagte sie, »aber das scheint mir eine Bestätigung der Überlegungen zu sein, die ich vorgetragen habe. Je weiter die Elektronen entfernt sind, um so schwächer sind sie.«

Professor von Thiebaud richtete seine Achataugen auf sie.

»Hier haben wir den Denkfehler, meine liebe Frau von Kirchhoff, denn die Elektronen, die am weitesten entfernt sind, sind andererseits die schnellsten. Wenn man also eine — sagen wir — positivistische Verbindung zwischen der Intensität der Antwort und der Entfernung herstellen wollte, dann müßte man daraus schließen, daß die Geister, die auf unsere Beschwörungen am lebhaftesten antworten, diejenigen sind, die am weitesten entfernt sind. Ein gewisser Rationalismus hält schwach die Hand des Positivismus, so wie ein Ehemann schon fortgeschrittenen Alters die Hand einer Frau reicht, die bereits außerstande ist, von ihm ein Kind zu empfangen.«

Fräulein Stepanescu gluckste und zog sich den wütenden Blick Frau von Kirchhoffs zu. Ravenswood erlaubte sich ein ungeniertes Lächeln. Mariani legte seine Hände selbstbewußt auf die Schenkel.

»Die zweite Gefahr, die unsere Arbeiten bedroht«, sagte von Thiebaud, »das ist der Anthropozentrismus oder -morphismus, wie man will. Gut und Böse sind menschliche Begriffe. Mein bedeutender Kollege hier, der Professor Mariani, hätte keine Schwierigkeiten, sie dem anzugleichen, was ich als Energieniveau bezeichnet habe. Und das ist ein verführerischer Gedanke: Die Entropie, das heißt die Molekularbewegung, die einen höheren Energiezustand am besten darzustellen scheint, wäre das Leben, und sein Gegenteil, das man Negentropie nennen könnte, wäre der Tod. Das eine

wäre das Gute, das andere das Böse, nicht wahr, mein teurer Mariani?«
»Ganz genau«, stimmte dieser bei.
Tremmer goß die Gläser wieder voll. Mariani, Frau von Kirchhoff und Matthias tranken Kognak, von Thiebaud Schnaps und Fräulein Stepanescu Tee.
»Beachten Sie dennoch folgendes, Mariani. In der Negentropie sind alle Atome parallel und regelmäßig angeordnet. In der Entropie sind sie in Unordnung. Im ersten Zustand passiert nie ein Unfall, im zweiten unaufhörlich. Sind Sie ganz sicher, die Ordnung mit dem Bösen und die Unordnung mit dem Guten gleichsetzen zu können?«
Mariani hob den Kopf, soweit ihm dies mit dem wulstigen Gebilde möglich war, das ihm als Hals diente.
»Ah, ah!« entfuhr es ihm. »Das haben Sie treffend auf den Punkt gebracht, mein teurer Thiebaud! Sehr schön, sehr gut! Ich werde nicht noch einmal von vorn anfangen!« rief er mit einem gezwungenen Lachen aus.
Frau von Kirchhoff nahm einen glücklichen Gesichtsausdruck an.
»Mißtrauen wir also den kulturellen Vergleichen«, schloß Thiebaud, indem er sein Schnapsglas zur Hälfte leerte.
»Wenn ich mir erlauben darf...« stammelte Matthias, nachdem er sich geräuspert hatte. »Habe ich Sie richtig verstanden, Herr Professor, daß Sie die Geister Elektronen gleichsetzen?«
»Ganz genau«, erklärte von Thiebaud. »Das ist übrigens auch der Grund, warum ich diese beiden Geräte mitgebracht habe.« Er neigte sich zur Seite und hob einen fast quadratischen Handkoffer aus schwarzem Leder auf, dessen eine Seite er öffnete. Zunächst holte er eine Glasampulle hervor, die auf einem Fuß stand und in deren Innerem vier sehr feine, auf einer Spindel befestigte Blättchen angebracht waren. »Das ist«, sagte er, »ein Radiometer von Crookes. Die geringste Lichtstrahlung, also der Einfall von Photonen, veranlaßt, daß sich die Blättchen auf einen Geist zubewegen.« Dann holte er noch ein größeres Gerät heraus, das aus einem vergoldeten Wandschirm bestand und gleichfalls auf einem Fuß stand. Dieser Fuß war an eine Platte geschraubt, mit der er gleichzeitig über ein System empfindlicher Federn und Kurbeln verbunden

war. Der Schirm, den schon eine leichte Verschiebung zum Vibrieren brachte, bewegte einen Zeiger, der sich an einer Meßskala entlangbewegte. »Und das hier stellt ein Elektroskop dar, das ich selbst zusammengebastelt habe. Der Aufprall von Elektronen wird unmittelbar durch einen Ausschlag des Schiebers angezeigt.«
»Dann beginnen wir jetzt mit einer Sitzung?« fragte Frau von Kirchhoff lüstern.
»Gewiß doch, gewiß«, sagte Tremmer und erhob sich. »Wollen Sie daran teilnehmen, Herr Graf?«
Matthias, der mehr und mehr aus der Fassung geriet, willigte ein.

16.

Ein Volt zehn

Tremmer schaffte mit der Hilfe Ravenswoods einen runden Tisch herbei, den er in die Mitte des Zimmers stellte. Von Thiebaud richtete daneben seine Instrumente auf einem kleinen Abstelltisch unter einer nur schwach brennenden Lampe her.
Um den Tisch nahmen sodann Platz: Tremmer, Mariani, Frau von Kirchhoff, Fräulein Stepanescu und Matthias, während Ravenswood als von Thiebauds Beobachter und Assistent fungierte.
Ravenswood löschte die Lichter. Die spiritistischen Beschwörer reichten sich die Hände und legten sie flach auf den Tisch.
»Lassen Sie das Fluidum weiterfließen, Graf«, sagte Frau von Kirchhoff, »lassen Sie die Hände Ihrer Nachbarn nicht los... Ah, ich fühle es, heute abend ist es stark... Das muß der Graf sein... Oder das Wetter.«
»Frau von Kirchhoff ist eines unserer besten Medien«, sagte Tremmer in fast völliger Dunkelheit.
Die Lampe warf karikaturhaft von Thiebauds Schatten auf eine spanische Wand.
»Wen wollen wir herbeirufen?« fragte Tremmer.
Von Thiebauds Schatten rief Matthias das Höhlengleichnis in Erinnerung.
»Sie haben, Professor Mariani, glaube ich, gesagt, daß Sie schon einmal versucht hätten, König Friedrich herbeizurufen«, erkundigte sich Matthias. »Handelte es sich dabei tatsächlich um Friedrich den Großen?«
»Ja, in der Tat«, antwortete Mariani. »Wir haben allerdings überhaupt keine Antwort erhalten.«
»Hätten Sie etwas dagegen, wenn wir es noch einmal versuchten?« fragte Matthias weiter.
»Ich fühle die Strömung, ich fühle sie!« schrie Frau von Kirchhoff.

Matthias fühlte in der Tat, wie eine Art Elektrizität durch seine Hände und Arme hindurchströmte. Aber da er noch niemals, so dachte er, seine Finger in einen elektrischen Anschluß gesteckt hatte, war es sehr gut möglich, daß er wer weiß was fühlte.
»Ich fühle sie auch«, sagte Tremmer.
»Oh!« kreischte Fräulein Stepanescu, »der Tisch bewegt sich!«
»Glauben Sie?« fragte Mariani. »Vielleicht ist jemand mit seinem Bein an ihn gestoßen.«
»Nein«, entgegnete Tremmer, »irgend etwas ist passiert.«
Matthias zeigte sich allmählich beeindruckt.
»Weil die Anzeichen günstig erscheinen, rufen wir also Friedrich an«, sagte Frau von Kirchhoff.
»Friedrich«, sagte Tremmer mit erregter Stimme, »König Friedrich, kannst du uns hören?«
Dieses Mal gab es eine klare, aber nicht genau lokalisierbare Erschütterung, so daß sich der Tisch hob, um dann aber schnell wieder nach unten zu fallen. Matthias' Herz pochte.
»Das ist meinetwegen«, dachte er.
»König Friedrich, wenn du anwesend bist, gib uns ein Zeichen, das uns erlaubt, dich zu erkennen ...« sagte Tremmer.
Man hörte gleichzeitig Frau von Kirchhoff und den Hund Satan stöhnen. Frau von Kirchhoff hatte ihren Kopf nach hinten gelegt und ihren Mund weit aufgesperrt.
»Ravenswood, bringen Sie bitte Satan hinaus und schließen Sie ihn ein«, flüsterte Tremmer.
Der Tisch schwebte in der Luft, und Frau von Kirchhoff röchelte.
Marianis Augen waren weit aufgerissen. Fräulein Stepanescu stieß einen kleinen Schrei aus. Der Tisch hielt sich ungefähr zehn Zentimeter über dem Boden und schwankte in beängstigender Weise hin und her. Aber vor allem: Über ihm erschien eine weiße Gestalt.
»Oh, oh!« schrie von Thiebaud. »Zwanzig Zentivolt! Ravenswood!«
Dieser eilte herbei. Mariani, Tremmer, Fräulein Stepanescu, Ravenswood, von Thiebaud und Matthias sahen die Gestalt, deren Gesicht klar zu erkennen war.
»Friedrich!« keuchte Matthias.
»Er, tatsächlich er, immer noch am Leben!« sagte Frau von Kirchhoff. »Der Bastard hat mich überlebt!«

»Majestät ...« begann Mariani mit übertriebener Höflichkeit.
»Warum habt ihr mich geholt? Um mich mit diesem dämonischen Bastard zu konfrontieren?« schrie Frau von Kirchhoff.
»Welcher Bastard?« fragte Mariani.
»Er, er!«
Matthias hielt nur mühsam seinen Zorn zurück.
»Du wirst mich nicht töten, Friedrich!« schrie er. »Du bist tot, du kannst es nicht noch einmal versuchen, mich zu töten!«
Frau von Kirchhoff stieß einen Wutschrei aus.
»Morgen gibt's Krieg, Bastard!« kreischte sie.
»Fünfzig Zentivolt!« schrie Ravenswood.
Mariani und Tremmer sperrten ihre Münder auf wie Fische auf dem Trockenen.
»Jagt ihn fort!« schrie Frau von Kirchhoff.
»Ich werde dich verjagen!« schrie Matthias zurück, der sich plötzlich erhob und den Kontakt unterbrach.
Der Tisch ging auf der Stelle zu Boden, die Gestalt verschwand. Frau von Kirchhoff keuchte. Auch Matthias, der immer noch stand, war außer Atem — aber vor Wut. Alle schauten ihn bestürzt an.
»Sie hätten nicht ...« begann Mariani.
»Graf, Sie?« fragte Tremmer. »Sie sind ... desselben Blutes?«
»Ja«, gab Matthias zu.
Fräulein Stepanescu erhob sich überstürzt, um Frau von Kirchhoff ein Glas Wasser zu reichen.
»Eine Erscheinung ... eine der stärksten Erscheinungen, die ich jemals gesehen habe«, äußerte sich letztere.
»Das ist Ihretwegen«, sagte Fräulein Stepanescu, die sich an Matthias wandte. »Was ist das für eine Mordgeschichte?«
Von Thiebaud und Ravenswood schienen verwirrt.
»Es ist ihnen wohl klar«, sagte ersterer, »daß wir fast sechzig Zentivolt erreicht haben! Was ist das nun wirklich für eine Mordgeschichte?«
»Welcher Haß zwischen Ihnen!« rief Frau von Kirchhoff aus.
»Entschuldigen Sie bitte, aber ich möchte mich gerne zurückziehen«, sagte Matthias, verärgert über die Enthüllungen, zu denen er sich unvorsichtigerweise hatte hinreißen lassen. Denn er selbst war es ja gewesen, der den Vorschlag gemacht hatte, Friedrich anzurufen.

»Nein, ich bitte Sie!« flehte von Thiebaud. »Wir haben noch niemals derartige Resultate erzielt!«
»Sie waren nicht immer mit Ihren Instrumenten zugegen«, stellte Frau von Kirchhoff spitz fest.
»Ich bitte Sie, Graf, Sie sind ein außergewöhnlicher Mensch. Wir müssen die Sitzung fortsetzen«, sagte Tremmer.
»Eine Beschwörung Friedrichs kommt nicht mehr in Frage«, sagte Matthias mit fester Stimme.
»Ja, ja, einverstanden!« stimmte Mariani zu.
»Setzen Sie sich wieder, ich bitte Sie inständig darum«, sagte Tremmer.
Matthias setzte sich wieder.
»Sie sind einer der außergewöhnlichsten Beschwörer, die mir je begegnet sind«, sagte Frau von Kirchhoff. »Aber wenn Sie desselben Blutes sind, dann ist es verständlich.« Sie runzelte die Stirn. »Wie ...« stotterte sie, als ob sie plötzlich in Verwirrung geraten wäre, »wie hätte er es tun können ... Graf, König Friedrich ist 1786 gestorben. Wie hätte er versuchen können, Sie zu töten?« schrie sie, und der Schrecken stand ihr ins Gesicht geschrieben.
»Eine okkulte Handlung«, murmelte Matthias.
»Eine okkulte Handlung?« wiederholte finster Frau von Kirchhoff.
»Eine okkulte Handlung!« versetzte Mariani. »Aber dann ist das alles ja noch viel, viel außerordentlicher. Sagen Sie ...«
»Nehmen wir die Sitzung wieder auf, wenn Sie bitte so gut sein wollen«, sagte Tremmer mit unsicherer Stimme.
Ravenswood wischte sich die Stirn ab.
Sie reichten einander erneut die Hände.
Einige Minuten später schwankte der Tisch hin und her. Frau von Kirchhoff legte wiederum den Kopf nach hinten und stieß ein kindliches Schluchzen aus. Dann begann sie zu sprechen, aber in einer fremden Sprache.
»Was sagt sie?« fragte Tremmer.
»Ich verstehe kein einziges Wort«, sagte Mariani.
»Zehn Zentivolt!« gab Ravenswood bekannt.
Matthias verstand sehr gut. Frau von Kirchhoff sprach magyarisch. Ein weißer Rauch tänzelte auf dem Tisch, an dessen Spitze sich oben ein Gesicht abzeichnete. Matthias hatte keine Mühe, darin die Züge Ilonas zu erkennen.

Frau von Kirchhoff stieß einen Schrei aus, mit einer Stimme, die auch nicht mehr ihr gehörte.
»Du Hund! Du Hund, Du hast mich getötet!« schluchzte sie. Sie wurde von einer Art Krampf geschüttelt. »Hast du meinen Lügen geglaubt? Nur du, Matthias, warst doch imstande, mir Vergnügen zu bereiten!«
Marianis Gesicht verzerrte sich vor Bestürzung. Von Thiebaud war leichenblaß, und Ravenswood tropfte der Schweiß von der Stirn. Matthias gelang es nicht mehr, seinen Speichel hinunterzuschlucken — so erstarrt war er.
»Du hast mich aus dem Nichts hervorgeholt, Matthias, du hast mich aus deinem Herzen geholt, aus deinen Lenden, und ich habe dich geliebt!« jammerte Frau von Kirchhoff laut auf magyarisch. »Wie konntest du dies nicht verstehen? Ich wollte nur dich, ich wollte dein Fleisch in meinem Fleisch. Aber weißt du denn nicht, daß man die unbezwingbaren Menschen ebenso haßt, wie man sie liebt? Weißt du das nicht, Hund? Du hast mich getötet!« heulte Frau von Kirchhoff mit obszöner Stimme, während die weiße Form sich über dem Tisch wollüstig hin und her wiegte.
Aus Matthias' Augen quollen Tränen hervor.
Eine weitere Gestalt trat neben der ersten in Erscheinung.
Von Thiebaud stieß einen durchdringenden Schrei aus.
»Fünfundachtzig Zentivolt!«
»Glaubst du, daß ich vergessen habe?« sagte, nun plötzlich auf deutsch, Frau von Kirchhoff mit heiserer Stimme, die Matthias sofort, während sein Herz laut klopfte, als diejenige von Martha Eschendorff wiedererkannte. »Dein Geschlecht ist der Dolch, der mich getötet hat!«
»Oh, jetzt aber!« rief Mariani aus.
»Du hast mich zu spät geliebt, Matthias!« sagte Frau von Kirchhoff, von Fräulein Stepanescu mit einem entsetzten Blick bedacht. »Du bevorzugtest eine Hure mit kleinen Brüsten, die deinen Körper mit ihrem Mund liebkoste!«
Fräulein Stepanescu stieß einen Schrei der Empörung aus.
»Hermine!« schrie sie. »Das ist abscheulich!«
»Aber ich hätte deinen Körper ebenso mit meinem Mund liebkost, Matthias«, fuhr Frau von Kirchhoff auf magyarisch fort.
Matthias schluchzte wie ein Kind, den Kopf gesenkt.

»Graf! Schauen Sie! ... Oh!« rief Tremmer.
Matthias hob den Kopf. Eine schwarze Katze nahm auf dem Tisch Form an. Die zwei Gestalten zuckten und verzerrten sich über ihr auf beängstigende Weise. Ein schreckliches Wimmern entrang sich Frau von Kirchhoffs Kehle.
Ein undeutliches Getöse, unterbrochen von Schreien, folgte darauf. Satan war aus dem Zimmer, in das man ihn eingesperrt hatte, entwichen. Wie von einer blutrünstigen Leidenschaft besessen, sprang er auf den Tisch. Die Katze war ganz und gar real, denn sie versuchte, dem Hund die Augen auszukratzen. Tremmer dagegen bemühte sich, Satan zurückzuhalten.
Der Tisch kippte um. Fräulein Stepanescu verlor das Bewußtsein. Ravenswood eilte, das Licht wieder einzuschalten.
»Ein Volt zehn!« brüllte von Thiebaud, als ob er wahnsinnig geworden wäre. Mariani war zu Boden gestürzt. Trotz des Lichts blieben die herbeigerufenen Gestalten bestehen, die sich in der Luft drehten und wendeten, gleichsam wie eine schleimige Flüssigkeit — auf der Suche nach Matthias.
Matthias sprang auf und lief zur Tür. Das Geheul und das Zischen, das nicht aufhören wollte, interessierte ihn nicht mehr. Als er die Gartentür erreichte, hörte er noch, wie Frau von Kirchhoff einen durchdringenden Schrei ausstieß. Er lief durch die menschenleere Nacht von Pankow, bis er vollkommen außer Atem war. Dann ließ er sich auf eine Bank fallen und schlief ein.

17.

Marie

Wie gut das tut: der Atem eines anderen auf der Haut, die Luft, die durch die Nähe eines menschlichen Wesens zum Schwingen gebracht wird! Allerdings handelte es sich hierbei nicht um ein gerade sehr anständiges Wesen. Matthias hielt die Augen geschlossen und wußte nicht, ob er noch träumte. Dann begriff er jedoch, daß eine flinke Hand versuchte, die Spange seiner Uhrkette sacht aus dem Knopfloch seiner Weste zu lösen. Ein kniffliges Unternehmen! Plötzlich öffnete er die Augen und ergriff die diebische Hand.
Ein unterdrückter Aufschrei war zu hören. Er nahm zwei klare Augen wahr, die in den schmutzigen Morgen blickten. Zwei blonde Zöpfe, die es dringend nötig gehabt hätten, neu geflochten zu werden; ein rosafarbener Mund, umgeben von sehr zarter Haut, die jedoch durch dicke Schmutzränder stark in Mitleidenschaft gezogen war; das alles in etwa drei Zoll Entfernung von seinem Gesicht. »Sie tun mir weh!« sagte das Mädchen leise.
Mein Gott, wie mager sie war! Und ihre schmächtigen Schultern! War sie sechzehn oder siebzehn? Matthias' Blick fiel auf die Stiefeletten ohne Schnürsenkel. Er lockerte seinen Griff nicht. Die Straße war wie ausgestorben.
Da sich das Mädchen über ihn gebeugt hatte, hatte sie keinen sicheren Stand und mußte sich mit ihrem freien Arm an der Rücklehne der Bank abstützen. Er betrachtete ihre Hand, die er so fest umschlossen hielt. Sie war schrecklich grau. Dann schaute er dem Mädchen in die Augen. Sie hielt seinem Blick stand — ohne Trotz, vielleicht aber mit Traurigkeit. Langsam zog er sie an sich. Sie verlor das Gleichgewicht. Oder wollte sie es verlieren? Er zog ihren Kopf zu sich herunter und drückte seinen Mund auf den ihren. Zuerst reagierte sie nicht, dann öffnete sie ein wenig die Lippen, kaum wahrnehmbar, so, als ob sie atmen wollte. Etwas später machte sie

sie ihn aber doch noch weiter auf und schloß die Augen. Ihr Mund hatte den Geschmack von frühreifen Früchten, von Kirschen oder Pflaumen etwa, deren Fleisch schon die vertraute Konsistenz erlangt hat, die aber noch fade und vor allem säuerlich schmecken. Mit seinem freien Arm umschlang er ihre Schultern. Unter dem abgenutzten Stoff hatte ihr Körper etwas von einem Vogel. Er streichelte ihre linke Brust. Sie zitterte, warf ihren Kopf zurück und betrachtete Matthias mit verschleierten, wie von Tränen schwimmenden Augen. Er zog sie erneut mit aller Kraft an sich, begnügte sich nicht mehr mit den zusammengepreßten Lippen, sondern leckte die Zähne, dann die Zunge des Mädchens. Plötzlich sprang sie zurück.
»Geben Sie mir nun die Uhr?« fragte sie, jetzt vor Matthias stehend. Sie hatte die Knie eng an die seinen gepreßt, ihr Körper war aufgerichtet, aber ihre Hand war immer noch nicht frei.
»Nein«, sagte er, fast ein wenig lächelnd.
»Was dann?«
»Nichts«, antwortete er nach einer gewissen Zeit. »Man gibt dir also Geld für das?«
Sie versuchte Matthias' Arm mit Gewalt abzuschütteln, um sich aus seinem Griff zu befreien. Weil ihr das nicht gelang, zog sie mit der noch freien Hand Matthias an den Haaren und malträtierte sein Schienbein mit Fußtritten. Er gab ihr eine Ohrfeige und ergriff auch noch das andere Handgelenk. Sie machte ein böses Gesicht.
»Dann gehen wir jetzt zur Polizei«, sagte er.
»Nein!« schrie sie.
Er ließ sie plötzlich los, nachdem er genug davon hatte. Sie verlor daraufhin fast das Gleichgewicht, aber statt die Flucht zu suchen, blieb sie wie angewurzelt und völlig verwirrt vor ihm stehen.
Er holte aus seiner Westentasche einige Geldstücke und legte sie auf die Bank.
»Kauf dir was zu essen«, sagte er ruhig.
Er erhob sich und brachte seine Kleidung wieder in Ordnung. Er strich sich über die Wange, was ihn in die Wirklichkeit zurückholte: Es war Zeit, sich zu rasieren. Die Uhr, die sie ihm nicht hatte abnehmen können, zeigte sechs Uhr fünfundzwanzig an. Eine Frau überquerte die Straße. Es sah so aus, als ob es bald regnen würde. Die Gegend war sehr zweifelhaft. Matthias versuchte, sich in Gedanken zu orientieren. Er glaubte, rechts abbiegen zu müssen, um dann

eine der ersten Straßenbahnen nehmen zu können, die in seine Richtung fuhren.
Die Erinnerung an den vergangenen Abend kam bruchstückweise zurück, so wie zerrissene Zeitungsfetzen, mit denen der Wind auf der Straße sein Spiel treibt. Matthias dachte an die Wut Satans und an seinen Streit mit der Katze. Das brachte ihn zum Lachen. Er machte sich auf den Weg.
»Wollen Sie wirklich nichts mehr von mir?« schrie das Mädchen, als er sich bereits einige Schritte von der Bank entfernt hatte.
Er hielt verwirrt inne und drehte sich um. Sie betrachteten sich aus einer gewissen Entfernung. Er blickte eher traurig drein, sie fragend.
»Du wolltest Geld, ich hab dir welches gegeben«, sagte er. »Kauf dir was zu essen.«
»Aber ich?« sagte sie und ging auf ihn zu. »Ich?«
Ihre Eigenliebe war wohl verletzt worden, und dann war da auch noch das Bedürfnis nach Zuneigung, Geborgenheit ...
»Wie heißt du?« fragte er.
»Marie. Und du?«
»Matthias. Also komm mit.«
»Wohin?«
»Zu mir.«
Sie schien zu zweifeln, schloß sich dann aber doch Matthias an. Sie nahmen die Straßenbahn zum Alexanderplatz und von dort ein Taxi zu seiner Wohnung. Sie sagte den ganzen Weg über kein Sterbenswort, sog mit allen Poren das Schauspiel der an ihren Augen vorbeiziehenden und allmählich zum Leben erwachenden Stadt auf. Im Taxi streichelte sie verträumt den Plüsch der Sitze und der Wagentüren.
»Der pure Wahnsinn«, dachte Matthias, der darum bemüht war, sein Herzklopfen zu dämpfen.
Das Haus war in Aufruhr. Kaum hatte Matthias den Schlüssel ins Schloß gesteckt, da kam auch schon Hermann im Schlafrock herbeigerannt.
»Herr Matthias«, rief er aus.
Zanotti kam, gefolgt von Vitautas, die Treppen herunter und warf sich schluchzend in Matthias' Arme. Matthias versuchte seine Rührung zu verbergen, die der der anderen nicht nachstand und die selbst Vitautas ergriff. Marie war verblüfft und beobachtete alles genau.

»Wir wollten schon die Polizei holen«, sagte Zanotti.
»Nun, nun, ich war doch bei Tremmer ...«
»Nein!« brüllte Zanotti. »Tremmer ist hier ...«
Zanotti bemerkte plötzlich die Anwesenheit Maries, die einem zierlichen grauen Schatten glich.
»Das ist Marie«, sagte Matthias. »Hermann, würden Sie bitte Fräulein Marie ein Frühstück servieren.«
»Tremmer ist im Salon mit der ganzen Gesellschaft«, sagte Zanotti.
»Mit der ganzen Gesellschaft!« murmelte Matthias, sich in den Salon begebend.
»Graf!« ereiferte sich Tremmer, der sofort aufsprang, als Matthias des Salon betrat. »Wir sind ganz verzweifelt ...«
Tremmer schien tatsächlich von Angst und einer ungeheuren Aufregung gepackt. Er wies mit seinem Arm auf eine Person, die hinter Matthias stand. »Frau von Kirchhoff ...«
Matthias drehte sich um, und Frau von Kirchhoff, deren Gesicht durch die schlaflose Nacht und die heftigen Emotionen ganz aufgelöst schien, reichte ihm pathetisch die Hand.
Sie sprachen alle zusammen und durcheinander — Matthias, Tremmer, Zanotti, Frau von Kirchhoff und Fräulein Stepanescu, die ebenfalls anwesend war. Marie betrachtete von der Tür aus immer noch das Spektakel.
»Marie, geh frühstücken«, sagte Matthias.
Hermann nahm Marie mit. Tremmer erklärte den Anlaß des Besuchs: Im Namen aller Teilnehmer der Abendsitzung bat er Matthias inständig, sich ihren Arbeiten und Forschungen anzuschließen. Seine Fähigkeiten würden eine unerhörte Chance darstellen, weitere Kenntnisse über das Jenseits zu erlangen, was der ganzen Menschheit zugute kommen könnte etc. Sie redeten alle unablässig auf ihn ein.
Die Uhr des Salons schlug zehn.
»Nein«, sagte Matthias. »Wir gehen in die Irre. Das ist für mich eine heikle und prekäre Angelegenheit. Wir fügen den Toten nur Leid zu. Außerdem werde ich Deutschland ohnehin verlassen.«
Tremmer war niedergeschmettert, Frau von Kirchhoff konnte ihre Tränen nicht länger zurückhalten.
»Ich verstehe es«, schluchzte sie.
»Wohin werden Sie denn gehen?« fragte Tremmer.

»Ich weiß es noch nicht.«
Frau von Kirchhoff, die ihre Tränen mit einem Taschentuch von Fräulein Stepanescu abtrocknete, schneuzte sich energisch und sagte dann: »Gehen Sie nach Tibet, Graf, glauben Sie mir. Gehen Sie nach Tibet, ich beschwöre Sie.«
»Nach Tibet«, wiederholte Matthias, wie im Traum versunken.
»Ich kann Sie an einen Führer verweisen«, sagte Frau von Kirchhoff.
»Gönnen Sie mir jetzt ein wenig Ruhe«, sagte Matthias.
Er suchte Marie in der Küche auf, wo sie gerade ein Marmeladenbrot verschlang. Er fand keine Worte mehr und bemühte sich auch nicht mehr darum. Er begnügte sich dem Mädchen gegenüber mit einem Lächeln. Das Mädchen schaute ihn ernst an. Dann bat er Vitautas, Marie ein anständiges Aussehen zu verschaffen. Sobald sie gewaschen wäre, sollte er mit der Hilfe von Hermanns Frau neue Kleider besorgen.
Er schlief bis zum Abend. Als er aufwachte, kam er sich wie ein Schiffbrüchiger am Strand vor. Er hatte das Gefühl, nicht mehr in Berlin zu sein. Er befand sich im Aufbruch und dachte an den Vorschlag Frau von Kirchhoffs.
Aber Tibet in seinem Alter!
»Aber mir bleiben eigentlich auch nicht mehr so viele Möglichkeiten«, dachte er. »Die Seele nutzt sich ab. Die Freude am Leben verpufft allmählich. Man kann das Gedächtnis nicht abschaffen. Und die Erinnerungen bringen einen um.«
Das Badewasser machte wie üblich einen Heidenlärm, den man bis ins darunterliegende Stockwerk vernehmen konnte. Die Tür ging auf, und Zanotti erschien, auf Grund der neuesten Vorfälle noch etwas fassungslos.
»Ich bin mir noch nie so bewußt geworden, wie sehr ich an dir hänge«, sagte er, im Badezimmer auf und ab gehend. »Unmöglich, das zu beschreiben ... Du bist für mich — wie soll ich sagen? — alles Leben der Welt. Ich wollte dir sagen, schone dich. Heute morgen hattest du vielleicht eine Miene ... Hermann war darüber auch ganz erschrocken ... Aber ebenso könnte man das Feuer heißen, langsamer zu brennen ... Tremmer und diese Frau haben uns alles erzählt ... Furchtbar! Matthias«, sagte er, sich neben die Badewanne kniend, »welche Anmaßung! Stell dir vor, daß ...«

»Was?« fragte Matthias.
»Daß die Grenzen aufgehoben worden wären, zum Beispiel.«
»Die Grenzen«, wiederholte Matthias, nachdenklich seinen Nacken einseifend. »Welche Grenzen?« fragte er, seine blauen Augen auf Zanotti richtend. »Gestern, heute, die Toten und die Lebenden, das ist alles eins. Diese Grenzen sind bloße Illusion. Ich habe trotz allem gelernt ...«
Er führte seinen Satz nicht zu Ende.
»Was?« fragte Zanotti, während er sich in dem weiß lackierten Sessel neben der Badewanne niederließ.
Matthias ließ seinen Blick auf dem Wickenfries herumschweifen, das die Fayencekacheln um die Badewanne zierte.
»Die Liebe ist die einzige Kraft, die die Vergangenheit mit der Gegenwart verbindet«, sagte er schließlich. »Und wahrscheinlich auch mit der Zukunft.«
Zanotti zog seine Jacke aus, krempelte die Hemdsärmel hoch und massierte ihm den Rücken. Matthias duschte sich ab, schlüpfte dann in einen Bademantel und stellte sich barfuß vor das Waschbecken.
»Ein Seeräuberbart«, sagte er. »Und schon weiße Haare. Es wird bald wieder eine Verjüngungskur nötig sein«, seufzte er, indem er die Seifenschale mit dem Rasierpinsel umrührte.
Er warf Zanotti einen schelmischen Blick zu. Der verzog das Gesicht. Diese Aktion hatte ihn schon immer mit Schrecken erfüllt.
»Und Marie?« fragte Zanotti, um das Thema zu wechseln. »Wo hast du sie überhaupt aufgelesen? Vitautas hat sie vollkommen verwandelt. Sie sieht jetzt wie die Tochter eines Rechtsanwalts aus. Sie hat schon mindestens zwanzigmal nach dir gefragt.«
»Marie«, sagte Matthias, als hätte er sie vergessen. Er erzählte, was sich auf der Bank zugetragen hatte, spülte sich das Gesicht ab, trug ein Stück Alaun auf und rieb sich mit Kölnisch Wasser ein, bevor er in sein Zimmer zurückging, wo er frische Sachen anzog.
»Ich habe anfänglich meine Träume mit Leben versehen«, sagte er, als er sich die Hosenträger anlegte. »Aber ich glaube, daß es künftig darauf ankommt, den Lebenden neues Leben zu verleihen. Die Lebenden, weißt du, haben oft weniger Lebenskraft als die Toten.«
Er holte aus der Ablage ein Paar Schuhe hervor und bediente sich eines Schuhlöffels, um in sie hineinschlüpfen zu können. Dann

holte er eine Hausjacke aus schwarzem Samt hervor, in die Zanotti ihm hineinhalf.
Auf dem Weg zur Tür schloß Zanotti ihn bewegt in die Arme, worüber Matthias sehr überrascht war.
»Wir müssen die Toten sehr lieben«, sagte Matthias. »Und wir werden sie um so mehr lieben, je mehr wir die Lebenden geliebt haben.«
Als sie die Treppe hinuntergingen, drang die Etüde Opus 8, Nummer 2 von Skrjabin bis zu ihnen.
»Vitautas«, flüsterte Zanotti.
»Wer hat es ihm gesagt?«
»Ich.«
Matthias senkte die feucht gewordenen Augen.
Marie war wie elektrisiert, als sie ihn erblickte. Welche Spannung! Plötzlich stand sie da, in allerhöchster Erwartung. Sie trug jetzt ein hellblaues Kleid — eine Flachsblüte, sich drehend im Wind. Sie lächelte; die Hände hatte sie mit nach oben gedrehten Flächen ausgestreckt. Er ging auf sie zu, sie warf sich zu den letzten Takten der Etüde in seine Arme. Sie drückte ihn eng an sich. Dann brach sie in Tränen aus.
»Ich habe ihr einen Ring gekauft«, sagte Vitautas, der sich in gelöster Stimmung auf seinem Hocker drehte. »Einen Aquamarin, der zu ihren Augen paßt.«
»Schauen wir mal«, sagte Matthias, der Marie sein Taschentuch reichte und ihre rechte Hand umdrehe.
Ein kleiner Aquamarin in der Form eines Schiffchens war zu sehen, der auf einem Ring aus reinem Gold saß.
»Ein Moment des Glücks«, dachte Matthias, »es ist, als ob ich ihn geraubt hätte.«
Hermann kam herein, um Portwein anzubieten. Matthias verlangte nach Champagner.
»Und das ist noch nicht alles«, rief Vitautas aus, »ich habe einen Phonographen gekauft!«
Er erhob sich mit einem Sprung und betätigte die Kurbel, die seitlich an einem schwarzen, mit roten und goldenen Rändern verzierten Kasten angebracht war. Der Kasten wurde von einem riesigen Hörrohr überragt. Vitautas holte aus einem Karton eine Platte heraus, legt sie auf den Plattenteller und hob die Hand. Der Champa-

gnerkorken knallte, Stimmengewirr breitete sich aus. Vitautas sah wie ein beleidigter Gefreiter aus. Hermann servierte den Champagner. Vitautas betätigte den Auslöser, die Platte drehte sich. Die unter der Membran befestigte Nadel knisterte einige Augenblicke lang, doch dann erfüllte der Klang eines Orchesters den Salon. Hermann strahlte.
»*Der Nußknacker* von Tschaikowsky!« verkündete Vitautas. »Dirigent Hermann Finck!« Er hob sein Glas.
»Bewundernswert!« schrie Matthias, um etwas zu sagen.
Marie sperrte ihre Augen weit auf.
Dreieinhalb Minuten wirkte die Verzauberung. Dann folgte ein weiteres Knistern. Vitautas erhob sich, um den Hebel, der die Membran trug, abzunehmen und wieder in die Halterung zu bringen, dann stoppte er den Auslöser. Sie tranken. Marie rümpfte die Nase.
»Herr Graf, es ist angerichtet«, verkündete Hermann auf dem Höhepunkt der Glückseligkeit.
»Wie einfältig das Glück doch ist«, dachte Matthias, plötzlich ernüchtert. Wie er auf diesen Gedanken gekommen war? Er wußte es nicht. Während sie sich ins Eßzimmer begaben, dachte er darüber nach, daß diese Idee tiefer verwurzelt war. Er setzte Marie rechts neben sich, faltete seine Serviette auf und sagte sich: »Das Glück ist wie Kokain, das die Gesundheit ruiniert.« Er lächelte artig nach links und nach rechts, äußerte für Marie einige Begrüßungsworte — Marie wie? »Neumann«, antwortete sie — und fuhr mit seinem Grübeln fort. »Das Glück bringt nichts, außer der Befriedigung tierischer, also schwachsinniger Bedürfnisse. Ich hasse glückliche Menschen.«
Zuerst die Suppe. Marie, die ein wenig verwirrt war, beobachtete, wie diese Herren ihre Löffel hielten. Randvoll gefüllt, tranken sie ihn von der Seite leer, und Marie konnte der Versuchung nur mit Mühe widerstehen, den ihren am spitzen Ende auszuschlürfen, was übrigens folgerichtiger wäre. Die Löffel des 15. Jahrhunderts waren rund. Dies ermöglichte es, sie seitwärts den Lippen zuzuführen, ohne seinen Ellbogen in der Luft schweben lassen und dem Nachbarn unter die Nase halten zu müssen. Dann sind die Franzosen in der Löffelherstellung zum Vorreiter ovaler und am Ende spitz zulaufender Löffel geworden. Damit sollte man gutes Benehmen demonstrieren, das in nichts weiter als einem eleganten Handgriff, unmit-

telbar über dem Teller ausgeführt, bestand. Freilich wollten die Engländer in dieser Sache sozusagen das letzte Wort behalten und sind über das Ziel hinausgeschossen, indem sie die Sitte durchsetzten, ihre Suppe über die breite Randseite des Bestecks zu schlabbern — eine äußerst gefährliche Übung.

»Hermann«, sagte Matthias gereizt, »versuchen Sie doch, für uns runde Löffel zu finden, wenn es noch welche gibt, und servieren Sie uns die Suppe in Zukunft in Schalen. Es gibt auch davon sehr hübsche.«

Marie warf ihm einen Blick zu, der ihr geheimes Einverständnis signalisierte.

Dann der Käseauflauf. Hermann hatte sich selbst übertroffen. Marie, die überrascht wirkte, schien in diesem Schaum nicht viel Eßbares zu finden.

Marie. So wie sie in ihn verliebt war, müßte man es selbst sein, ging es ihm durch den Kopf. Heute morgen wollte sie Uhren, an diesem Abend, an dem sie ganz neu eingekleidet und gekämmt war und in neuem Glanz erschien, einen Fingerring. Sie speiste mit vornehmen Herren, als ob sie ihr ganzes Leben nichts anderes gemacht hätte. Wie sie nur die silbernen Salzstreuer anglotzte! Und das alles im Namen der Liebe!

Vitautas und Zanotti debattierten über die besonderen Fähigkeiten von Mary Garden und von Nellie Melba. Ah, wie lange die Melba den Ton zu halten vermochte! Ah, die Phrasierung der Garden! Vitautas, der für die Garden schwärmte, versuchte mit Fistelstimme die Arie »Sag mir, daß der Glanz meiner Haare niemals verblassen wird« nachzuahmen, während ihm Zanotti seine Version, gleichfalls mit Fistelstimme, von Tostis *Mattinata*, wie man sie von der Melba kennt, entgegenstellte. Marie brach in schallendes Gelächter aus. Selbst Hermann konnte seine Erheiterung kaum verbergen. Alles lachte. Gestern, ungefähr zur selben Zeit, suchten die Gespenster noch Streit mit Matthias. »Der Vorfall hat mir gewiß die gute Laune verdorben«, dachte Matthias.

Aber Tibet, hm? Warum nicht? Wie kommt man da hin?

Maries Augen strahlten. Hermann hatte soeben ein Huhn in die Tischmitte gestellt. Matthias wußte, daß es mit Nüssen gespickt war. Das Geflügel war mit falschen Eiern garniert, die in Wirklichkeit geröstete Kartoffeln waren. Zanotti erhob sich, um zu tranchieren. Er reichte Marie ein Stück, die sich unwillkürlich die Lippen leckte. Ein gutes Essen, ein schönes Laken und die Liebe — das war es!

Matthias begriff die Liebe aus Maries Sichtweise. »Wenn man ein gewisses Alter überschritten hat, wird man entweder Psychologe oder lasterhaft«, sagte er sich.

Die Füllung versetzte Marie in Aufregung. Zerkleinerte Nüsse und Geflügelleber!

»Oh, ist das gut!« rief sie unter Zanottis und Vitautas' verblüfften Blicken aus.

Matthias fand bei sich, daß der Übergang von einem Abend zum anderen durchaus sehr abrupt sein kann. An diesem Abend stellte ihn schon Huhn mit Salat zufrieden.

Nach dem Salat gab es Eis mit eingemachten Aprikosen und heißer Schokolade.

»Hermann, Sie haben ein Wunder vollbracht!« rief Matthias aus.

»Meine Frau, Herr Graf!«

Marie lehnte sich zurück, so gründlich voll, daß ihr fast übel wurde.

Schließlich folgte noch der Kaffee im Salon. Vitautas spielte die andere Seite der Platte. Matthias nahm ein Buch aus der Bibliothek und zog sich zurück. Er hatte die Übersetzung der Reiseberichte von Nikolaj Prschewalskij, *Auf dem Dach der Welt*, gewählt, worin er seine Reisen quer durch die Mongolei, die Dsungarei und Tibet zwischen 1870 und 1880 schilderte.

Er hatte sich aufs Bett gelegt und nahm sich nun zuerst die Karten vor. Wie um alles in der Welt kommt man denn nach Tibet? Das ist ein Kessel zwischen Gebirgen, wo sich Fuchs und Hase gute Nacht sagen!

Er hob den Kopf. Der Fußboden im Gang vor seiner Tür knarrte bedenklich. Er machte auf und — Marie war da.

»Darf ich hereinkommen?« fragte sie und betrat auch schon das Zimmer.

Sie betrachtete die angelehnte Tür. Er schloß sie. Sie sagte nichts. Sie schien etwas auf dem Herzen zu haben.

»Sie lieben mich nicht mehr«, brachte sie schließlich hervor.

»Wer hat das gesagt?« heuchelte er Erstaunen.

»Nun, warum bin ich nicht hier, in diesem Bett?«

»Ich wollte Ihre Freiheit respektieren.«
»Dann kann ich also hier schlafen?«
»Gewiß«, antwortete er lächelnd und wies mit der Hand auf das Bett.
Hatte sie sein Verhalten als Herausforderung empfunden? Sie zog ihn mit einer kaum merklichen Bewegung des Kinns zu sich und schien den Atem anzuhalten, wie ein Taucher, der sich zum Kopfsprung anschickt. Sie setzte sich und schnürte ihre neuen Stiefeletten auf, dann warf sie, gesenkten Hauptes, Matthias einen Blick von der Seite zu. In seinem nur locker zusammengehaltenen Morgenmantel beobachtete er jede ihrer Gesten.
»Lassen Sie sich so von allen Frauen den Hof machen?« fragte sie mit reichlich ironischer Stimme.
»Ich verfolge auf diesem Gebiet keine Politik.«
Sie zog ihre dunkelblauen Strümpfe aus und ließ das bläuliche Weiß ihrer Beine zum Vorschein kommen. Sie blieb stehen und machte an der Seite die Haken ihres Korsetts auf, ließ ihr Kleid fallen und behielt nur noch Unterrock und Hemd an. Dann zog sie auch diese noch aus, um jetzt nur noch im Schlüpfer dazustehen. Die in Bewegung gekommenen Kleider setzten den leichten Duft eines Parfums frei, das Matthias kannte, denn es war das von Vitautas: Jean-Marie Farina. Die Brüste waren fast noch formlos, die Rippen traten im Widerschein des Satins der Haut deutlich zutage. Marie war eben noch ein kleines Mädchen. Wahrscheinlich war sie auch wegen der permanenten Unterernährung schlecht entwickelt. Matthias hatte davon schon irgendwo gelesen. Schließlich zog sie auch noch ihren Schlüpfer aus und war nun ganz nackt. Eine gotische Elfenbeinstatue, auf der der blaßrote Schimmer ihrer Brustwarzen und das matte Gold ihres Geschlechts kaum wahrnehmbar waren. Auf der Schulter hatte sie einen bläulichen Fleck.
»Was ist das?« fragte Matthias.
»Ein Schlag.«
»Von wem?«
»Mein Vater«, sagte sie schaudernd.
»Machen Sie es sich doch auf dem Bett bequem«, empfahl ihr Matthias väterlich. »Was macht Ihr Vater?«
»Er ist Totengräber auf dem Friedhof von Pankow«, antwortete sie,

in die Decken gehüllt, während sie mit der Hand zärtlich über den gestickten Saum fuhr.
Matthias brach in Lachen aus, was sie erstaunte.
»Warum hat Vater Neumann Sie geschlagen?«
»Vater Neumann!« wiederholte sie mißbilligend, wobei sie Matthias beobachtete, der seinen Morgenmantel auszog. »Weil er trinkt. Sagen Sie mal, Sie sind wirklich gut gebaut«, bemerkte sie, während Matthias unter die Decken kroch. Sie streichelte seine muskulösen Arme. »Und Sie haben die Haut einer Frau!« Mit dem Ellbogen auf das Kopfkissen gestützt, starrte sie Matthias amüsiert und leicht verwirrt an. »Sie sind gutaussehend, Sie sind reich, Sie haben ein schönes Haus. Warum bin ich hier?« Er antwortete nicht. »Gewiß können Sie die hübschesten Frauen Berlins verführen, warum also haben Sie mich gewählt? Oder haben Sie jeden Abend eine andere? Sie waren nie verheiratet?«
»Ich habe nicht jeden Abend eine andere Frau, und ich bin auch nicht verheiratet«, erwiderte er mit tonloser Stimme.
»Warum?«
»Sie werden es nicht verstehen.«
»Sagen Sie es ruhig, ich werde nachdenken und es später verstehen, wenn es schwierig ist. Halten Sie mich für dumm?«
Er ließ einen langen Augenblick verstreichen, bevor er antwortete.
»Ich suche die Liebe. Einfach nur die Liebe, ohne Ballast, ohne Gepäck, Marie.«
Sie dachte über diese Worte nach.
»Und glauben Sie, daß Sie sie mit mir finden werden?«
»Ich weiß nicht. Sie meinen, daß ich einen Irrtum begehe?«
Er machte die Nachttischlampe aus.
»Ich weiß nicht. Ich weiß nicht, was das ist — Liebe. Sie werden es übrigens schon sehen.«
Er wendete sich ihr zu und neigte sich über ihren Mund. Das Buch des Generalstabsoffiziers Nikolaj Prschewalskij fiel auf den Boden. Einen kurzen Moment lang hörte man Zanotti auf der Treppe singen. Die Nacht war blaßgrün und rot — blaßgrün wie der Frühling Maries, der einen frösteln ließ, und rot wie Maries Blut. Erstickte Schreie; Matthias' Rücken wird zerkratzt; Tränen; Worte ohne Unterlaß, Worte, die wie der Wind sind, die seufzen und keuchen!

»Marie, Marisa!« dachte Matthias im Badezimmer. »Als ob ein Ring sich schließen würde.«
Die Uhr schlug Viertel nach drei in der Frühe.
Marie kam und ließ sich von Matthias in die Arme nehmen.
»Was könnte ich mir anderes wünschen?« fragte sich Matthias, bevor er in einen Schlaf fiel, den er seit einer bestimmten Nacht während seiner Kindheit in Venedig nicht mehr gekannt hatte. Aber das war nicht Venedig, und seine Kindheit würde nicht zurückkehren. Das könnte kein Mann in Grau wahr machen. Die Kindheit war ein verlorenes Land.
So wie wahrscheinlich Tibet.

18.

Urussow

Takatak-takatak-takatak. Die Transsibirische Bahn hatte unzureichende Schienen. Man mußte sich daran gewöhnen, was aber leichter war, wenn der Zug mit »Höchstgeschwindigkeit« fuhr, das heißt zwischen fünfunddreißig und siebenunddreißig Kilometern in der Stunde.
Matthias hatte Moskau am 1. August 1914, um sieben Uhr abends, verlassen. Er hatte sich für diesen Tag entschieden, weil es ein Samstag war, der einzige Tag, an dem der Luxuszug verkehrte. Zwei Tage zuvor hatte der Zar die Teilmobilmachung angeordnet. Moskau war im Fieber. Würde der Luxuszug überhaupt fahren? hatte er sich zweimal beim Portier des Hotels Imperial erkundigt. Wahrscheinlich, aber dies würde einer der letzten sein. Die Leute sagten sich immer wieder, daß Mobilmachung noch nicht Krieg bedeutete. Aber dennoch war Moskau im Fieber. Was würde aus Sophia, wenn sie noch am Leben war? Und aus Vadim? Matthias hütete sich davor, zu telephonieren, denn er mußte fürchten, daß die Leitungen abgehört würden. Was gingen ihn auch das Schicksal Sophias und Vadims an? Sie waren aus seinem Leben getreten. Er selbst war dabei, aus seinem Leben zu treten, wenigstens aus dem, was daraus geworden war.
Außerdem war er in Moskau mit einem falschen, lettischen Ausweis, der dem Vitautas' nachgebildet war. Er mußte damit rechnen, verhaftet zu werden, wenn man ihn wiedererkannte. Denn als er das letzte Mal in Rußland war, hatte er einen deutschen Paß besessen.
Auf dem Sibirischen Bahnhof wimmelte es nur so von Uniformen, alle marineblau, mit blauen, roten und gelben Ärmelaufschlägen. Die Polizei prüfte peinlich genau seine Papiere, er bemühte sich, gleichgültig zu wirken. Zwei Offiziere durchstöberten schier end-

los seine Koffer. Sie wunderten sich über zwei Kisten, die einerseits mit Alkoholika, andererseits mit Lebensmitteln gefüllt waren. Denn trotz der Zusicherungen des Baedekers war es noch nicht ausgemacht, ob man in Tibet gut leben konnte. Es gab keine schlimmere Probe für ihn, als mehrere Tage auf geräucherten Stör, Schweinefleisch, Kohl und Kascha angewiesen zu sein. Mit der Ausrüstung und den Utensilien des Genießers brach er also auf, um seine Seele zu suchen.
Glücklicherweise kam ein Offizier außer Atem angerannt, der berichtete, daß Jaurès am Vorabend in Paris ermordet worden war. Die Nachricht verbreitete sich unter den Polizisten wie ein Lauffeuer. In aller Eile führten sie jetzt die Durchsuchung des Gepäcks durch. Jaurès ermordet! wiederholten sie.
Matthias' Leben nahm erneut die Form der Flucht an, und er mußte ein wenig lächeln, wenn er an den überstürzten Ausbruch aus dem Schloß von Ansbach-Bayreuth am frühen Morgen vor zwei Jahrhunderten zurückdachte. Unterdessen wiesen ihm die Träger sein privates Abteil zu.
Von Berlin blieb, einmal mehr, nichts, wenn man es recht betrachtete. Zurück blieb nur ein Kind, ein Säugling, der ebenfalls den Namen Matthias erhalten hatte. Das war wahrhaftig ein zweiter Matthias. Marie und ihr Kind waren Hermann und seiner Frau anbefohlen worden. Sie hatten ein hübsches kleines Appartement in Charlottenburg. Eine ansehnliche Geldsumme auf der Bank würde sie zwei Jahre lang mit dem Nötigsten versorgen. Das Haus in der Marienstraße war eine Woche nach der Ermordung des Erzherzogs Franz Ferdinand durch diesen Gavrilo Prinzip, der ganz bestimmt ein Handlanger des Mannes in Grau war, geschlossen worden. Die Bilder waren für unbestimmte Zeit auf den Speicher gebracht worden.
Zanotti und Vitautas waren in Venedig. Takatak-takatak-takatak.
»Das Leben ist nicht mehr so bequem wie früher«, dachte Matthias. »Für alles braucht man jetzt Papiere.«
Seit dem Ball im Hôtel de Molé war es erst das zweite Mal, daß er von Zanotti getrennt war. Weder der Venezianer noch der Balte schienen wirklich gewillt, ihn nach Tibet zu begleiten.
»Aber was willst du denn dort?«
»Ich weiß es eigentlich nicht.« Lüge. Halb Lüge, halb Wahrheit.
Marie war ganz von dem Kind und dem Umzug nach Charlotten-

burg in Anspruch genommen. Niemand hielt Matthias wirklich in Berlin, nicht einmal der kleine Matthias. Es gibt einen Moment im Leben, wo dein eigen Fleisch und Blut dir wie auf einem Photo erscheint, das viel zu klein ist, als daß man es genau wahrnehmen könnte.

Dient ein Kind der eigenen Fortpflanzung? Welch lächerlicher Narzißmus! Was pflanzt man denn fort außer seinem eigenen Schmerz?

Matthias schaute sich den Zug etwas genauer an. Da war das Zugrestaurant mit Eichentäfelung im Stil Ludwigs XVI., der Salon, der hier mit Leder ausgestattet war und nicht mit diesem schrecklichen Plüsch, aus dem ganze Staubwolken hervorgehen, wenn man sich irgendwo hinsetzt. Den Gymnastk-Waggon konnte Matthias nur mit Spott betrachten. Eine »Turnhalle« für die Fahrt nach Wladiwostok! Trotzdem wirbelte hier ein ehrgeiziger junger Mann, der wohl in die Fußstapfen Herkules' treten wollte, unter den Augen des Aufsehers mit Kegeln herum. »Kanonenfutter«, dachte Matthias, während er seine Inspektion fortsetzte.

Auf dem Gang begegnete er einer eingebildeten Person mit Brille und einem fächerförmigen Bart, die einen schwarzen Doktorkoffer in der Hand hielt. Und es war tatsächlich ein Arzt, worauf auch die Gesprächsfetzen schließen ließen, die Matthias im Vorbeigehen aufschnappte.

»Er hat starke Bauchschmerzen, Herr Doktor«, äußerte eine besorgte alte Dame, »und seine Zunge ist ganz belegt.«

»Wenn das eine Blinddarmentzündung ist«, antwortete der andere, »werden wir nach Rjasan telegraphieren und Sie dort aussteigen lassen.«

Die alte Dame schien darüber noch mehr beunruhigt.

Ein Arzt, eine Turnhalle, ein französisches Speiseabteil — merkwürdige Relikte der Kultur, Seifenblasen, die bis ans Ende Sibiriens gelangen sollten, ohne zu platzen! Der Portier des Hotels in Moskau hatte Matthias geraten, sich lieber mit zwei als mit einem Revolver zu bewaffnen. Es konnte in der Tat vorkommen, daß Banditen den Zug angriffen. Zu Pferde holten sie ihn leicht ein und überwältigten die Lokführer. Einmal war sogar eine ganze Ladung Gold erbeutet und nie wieder aufgefunden worden. Aber das Essen, die Nacht und der folgende Tag vergingen ohne Zwischenfälle. Matthias begann sich sogar ein wenig zu langweilen.

Um fünf Uhr nachmittags klopfte der Prowodnik, der den ausgespülten Samowar, frischen Tee und kochendes Wasser brachte, an die Tür seines Abteils. »Haben Sie gesehen? Das Gebäude, an dem wir gerade vorbeigefahren sind, das ist das Krankenhaus Sainte-Marie.«

»Ah?« sagte Matthias höflich, der noch einen kurzen Blick auf die schon dämmernde Landschaft warf, die an den Doppelfenstern vorbeizog. »Was gibt es in diesem Krankenhaus Interessantes?«

»Dostojewskij ist darin im Jahre 1821 geboren. Mein Vater hat ihn gekannt. Er gab ihm zu essen, als Dostojewskij im Spiel alles verloren hatte.«

Dostojewskij. Matthias nickte mit dem Kopf, dann warf er dem Prowodnik einen anerkennenden Blick zu. Es war ein Mann um die Fünfzig mit einem grauen und traurigen Gesicht. Er drehte an dem kleinen Hahn und füllte eine Tasse mit dampfendem Tee.

»Der Schriftsteller der Angst«, murmelte Matthias. »Wenn Stawrogin glaubt, glaubt er nicht, daß er glaubt, und ...«

» ... wenn er nicht glaubt, glaubt er nicht, daß er nicht glaubt«, fuhr der Prowodnik fort.

Matthias zog erstaunt die Augenbrauen hoch.

»Ich lese auch. Ich lese viel. In meinem Alter, sehen Sie, hat man nach Worten mehr Verlangen als nach allem anderen. Ich heiße Pjotr, ich stehe zu Ihren Diensten. Die Klingel ist rechts.«

Er klopfte die Rückenlehne des Sitzes gegenüber Matthias aus und machte die Deckenleuchte und die Lampe an, die die beiden Sitze voneinander trennte. Warme Lichtstrahlen strichen über die Wände, aus kaukasischem Nußbaum.

Matthias steckte dem gebildeten Prowodnik einen Rubel zu. Später würde er vergnügt zur Kenntnis nehmen, daß das Krankenhaus Sainte-Marie in den Moskauer Vorstädten lag und daß der Zug bereits am Vorabend daran vorbeigefahren war. Der Prowodnik mußte seine gescheite Anekdote einfach irgendwo auf der Fahrt loswerden, in der Hoffnung, damit einige Kopeken verdienen zu können. Man verkauft, was man kann.

Ein bißchen Konversation hätte der Reise nicht schaden können. Aber natürlich gab es keine hübschen Frauen, die sich nach Sibirien begaben, wenigstens nicht in diesem Zug. Die Gesichter der Männer verlockten nicht zum Gespräch. Jene, die schon Bekanntschaft geschlossen hatten, sprachen von nichts anderem als vom Krieg, so wie die Puten wahrscheinlich vom Weihnachtsessen reden.

»Ich sage nicht, daß mein Leben nicht tragisch enden könnte, obwohl es im Moment nach einem harmlosen Dramenschluß aussieht«, dachte Matthias, »denn im Moment halte ich den Mann in Grau in Schach. Aber es liegt mir nicht an einem Drama, das sich am Ende noch als Tragödie entpuppt.«

Zwei Jahrhunderte lang Schachspiel, das beginnt trotz allem allmählich nach Tragödie auszusehen. Um jedes Individuum ist eine Mauer angelegt, die verhindert, daß es zum anderen gelangt. »Wir gleichen Gefangenen, die sich nur während des täglichen Hofgangs begegnen«, sagte er sich.

Das Gefängnis — war das das Ich? Und wie konnte man sich seines Ichs vor dem Tod entledigen?

Matthias führte sich den Baedeker zu Gemüte und erfuhr dort, daß man den Prowodnik beauftragen konnte, an den Haltepunkten Lebensmittel einzukaufen. Schön und gut, aber welche? Und wie würde zum Beispiel Sibirischer Hase schmecken?

Jedenfalls würde diese Fahrt ja nicht ewig dauern.

Endstation: Irkutsk. Von Irkutsk ging es dann weiter nach Sutschou, wo theoretisch, aber ganz und gar theoretisch, ein Führer namens Ralopa warten müßte, mit dem er das Kumlun- und das Tanglha-Gebirge überqueren wollte, um auf diesem Wege nach Lhasa zu gelangen. Zuvor würde man aber noch die Mongolei durchqueren müssen. Aber wie? Matthias hatte keinen blassen Dunst.

Was war nun eigentlich das Motiv dieses wahnwitzigen Unternehmens? Matthias hätte darauf keine klare Antwort geben können. Wahrscheinlich hätte er sich auf eine »dunkle Antriebskraft« berufen. Aber er hatte, so wie er es in der ersten Nacht mit Marie gefühlt hatte, einen Ring geschlossen. Er würde das nicht finden, was er suchte, seit er Marisa verloren hatte. Martha Eschendorff, das teuflische Weib, hatte das durchaus richtig gesehen. Er war seiner eigenen Kindheit hinterhergelaufen, so wie ein Hund seinem eigenen Schwanz nachhechelt. Er würde also entweder verbittert sterben müssen, oder er würde doch noch, bevor sich ihm die Pforten des Todes öffneten, in Erfahrung bringen, ob es einen Ort gab, an dem nicht nur Bedauern und Trauer herrschten.

Er würde dem Mann in Grau seine Seele nicht widerstandslos überlassen.
Er läutete. Eine Frau erschien auf seinen Ruf. Sie war voller Runzeln und gelb im Gesicht, aber weniger trist als Pjotr. Es war seine Frau Marscha. Matthias bat, ihm die große Waschschüssel mit warmem Wasser zu füllen und bei dieser Gelegenheit auch eine Schüssel mit kaltem Wasser zu bringen.
Es war jetzt Nacht geworden. Aber es lohnte sich nicht, die Vorhänge zuzuziehen. Wahrscheinlich konnten nur die Wölfe heimlich zuschauen, wie der Graf Archenholz in einem Abteil der Transsibirischen Eisenbahn seine Toilette verrichtete. Aber Pjotr zog die Vorhänge dennoch zu, nachdem er die beiden Schüsseln gebracht hatte.
»Soll ich noch bleiben, um Ihnen den Rücken zu frottieren?«
Matthias war ein wenig überrascht, stimmte aber zu. Er zog sich aus, tauchte ein Handtuch in das warme Wasser, rieb Seife darüber und reichte es Pjotr, der den Reisenden energisch vom Nacken bis zu den Pobacken frottierte. Dann reichte ihm Matthias ein in kaltes Wasser getauchtes Handtuch, und Pjotr beseitigte die letzten Spuren des Seifenwassers. Mit der Vorderseite seines Körpers kam Matthias allein zurecht. Pjotr entfernte die schmutzige Wäsche. Sie wurde im Zug gewaschen und gebügelt. »Ich war Diener beim General Tchebajew«, erklärte Pjotr. Gott weiß, wer dieser General Tchebajew war. Als er aus seinem Koffer frische Wäsche holte, dachte Matthias ironisch: »Man strebt nach dem Absoluten, man fordert den Teufel heraus, und dann kümmert man sich um die Körperpflege und die Wäsche. So ist die Ästhetik mit der Ethik verbunden! Ich glaube nicht an die schmutzigen Mönche, es nützt nichts, sich schon vor der Zeit als Leichnam zu fühlen.« Fast hätte er es vergessen: Er holte aus seinem Toilettennecessaire ein Fläschchen Eau de Cologne Imperial von Guerlain, mit dem er sich den Nacken und die Achselhöhlen einmassierte.
Wer war nun also dieser Reisende der Transsibirischen Eisenbahn? Wer war das, der der Welt so überdrüssig war, daß er danach trachtete, die Schlafende Erde zu erstürmen, wie Sibirien auf tatarisch heißt? Matthias betrat den Gang, um sich nach dem Speisewagen umzuschauen. Einige Schritte von ihm entfernt starrte ein Mann in schwarzem Mantel durch das beschlagene Glas auf die vorbeizie-

hende Nacht. Er warf Matthias einen trübsinnigen und geistesabwesenden Blick zu. Matthias ging durch zwei Wagen und gelangte schließlich ans Ziel. Der Chefkellner des Restaurants empfing ihn mit übertriebener Höflichkeit und bot ihm einen Platz neben dem Fenster an. Ein Leuchter und eine Kristallvase mit einer Nelke standen auf dem Tisch. Wo zum Teufel haben sie die Nelken aufgetrieben? An den Nachbartischen saßen eine Familie mit zwei Kindern (der Vater mußte wohl ein General oder etwas Ähnliches sein), fünf hochdekorierte Militärs, eine Dame allein am Tisch, deren Alter und Gesichtszüge von einem Hutschleier verborgen wurden, zwei Japaner, die in ihren förmlichen Anzügen ziemlich steif wirkten, schließlich drei Franzosen, die ganz laut miteinander sprachen, weil sie sicher waren, daß sie niemand anders verstehen konnte.
Der Chefkellner empfahl Matthias einen Aperitif, zum Beispiel einen Portwein, Champagner (aus dem Kaukasus, versteht sich), Wodka ...
»Ich habe in Moskau zwei Kisten französischen Champagner einladen lassen«, sagte Matthias. »würden Sie mir bitte davon eine Flasche öffnen.«
Er erteilte zugleich den Auftrag, daß die schnell verderblichen Lebensmittel, die er in Moskau seinem Gepäck beigefügt hatte, insbesondere ein Huhn in Gelee und ein grüner Salat aus den Herzstücken, aufgetaut würden. Der Mann, der ihm auf dem Gang begegnet war, betrat nun auch das Zugrestaurant. Er wendete sich an den Chefkellner, der um sich schaute und ratlos schien. Kein Tisch war mehr frei. Es blieb nur die Empfehlung, später noch einmal zur zweiten Schicht zu kommen. Matthias gab dem Chefkellner ein Zeichen: Er war bereit, seinen Tisch mit dem Unbekannten zu teilen. Die Einladung wurde weitergegeben. Der Unbekannte verneigte sich, schien noch ein gewisses Zögern überwinden zu müssen, begab sich dann aber zu dem Tisch. Matthias erhob sich und wiederholte noch einmal direkt sein Angebot. Der Unbekannte zog seinen Mantel aus, den er dem Servierer überließ, und setzte sich. Er stellte sich als Michail Teodorowitsch Urussow vor. Er war offenbar doch jünger, als es auf dem Gang den Anschein gehabt hatte. Es waren die ausgehöhlten Wangen, die ihn älter machten, aber die Flaumhaare, die man darauf sah, ließen sein noch jugendliches Alter erkennen. Ein breiter, blonder Schnurrbart konnte den zarten Mund kaum verbergen. Er schien verlegen.

Der Chefkellner öffnete den Champagner und ließ Matthias ihn probieren, der auch seinem Tischnachbarn davon zu servieren bat. Urussow betrachtete das Glas mit seinen malvenfarbigen Augen und schien sich nicht zu getrauen, es zu berühren.
»Verzeihen Sie mir«, sagte Matthias, »ich habe Ihnen einfach servieren lassen, aber vielleicht mögen Sie diesen Wein nicht?«
»O doch ...« protestierte der junge Mann. »Ich muß Ihnen sagen ...«, begann er mit gesenkten Augen, »ich bin nicht sehr reich. Ich könnte mich an den Kosten eines solchen Gerichts nicht beteiligen, ... das Sie sich offenbar anschicken zu bestellen.«
»Ich bitte Sie«, sagte Matthias. »Sie sind mein Gast.«
Urussow betrachtete sein Glas mit einem gewissen Zaudern, dann streckte er schließlich doch seine Hand aus und ergriff das Glas. Er nahm einen großen Schluck.
»Er ist sehr gut«, murmelte er, »das ist nicht der Champagner aus unserer Region.«
»Es ist französischer Champagner.«
»Sie sind Franzose?«
»Nein, Lette.«
Oder Skythe, Galizier, Illyrer oder Selenit.
»Sie sind Diplomat?«
»Nein, Reisender.«
Matthias selbst mußte die Antwort idiotisch finden. Alle Männer und Frauen waren Reisende! Er füllte Urussows Glas und hielt sich zurück. Das Gesicht des jungen Mannes erhielt plötzlich Farbe, der Blick wurde lebendig.
»In dieser Jahreszeit?«
Matthias lachte.
»Reisen ist nicht immer eine Zerstreuung«, antwortete er, »es kann auch eine Notwendigkeit sein. Eine innere Notwendigkeit.«
Urussow starrte ihn fassungslos an.
»Ich fürchte, daß Wladiwostok Ihre Erwartungen enttäuschen wird.«
»Ich gehe nicht nach Wladiwostok. Ich steige in Irkutsk aus.«
Urussow nickte. »Man sagt, daß dort die Seele Sibiriens zu finden sei. Aber es scheint, daß der Brand von 1879 viele Schätze zerstört hat. Immerhin können Sie noch das Kloster des Heiligen Innozenz besichtigen.«

»Ich beabsichtige nicht, in Irkutsk zu bleiben«, antwortete Matthias.
Der Chefkellner kam, um die Bestellungen der beiden Herren aufzunehmen.
»Bringen Sie uns zuerst eine Schale Borschtsch mit Sahne, wenn es sie gibt, dann Kaviar und das Huhn in Gelee. Sind Sie einverstanden mit diesem Mahl?« fragte er seinen Gast, als sich der Chefkellner entfernt hatte.
Urussow lächelte zum ersten Mal. Er sagte, daß er sich alles in allem nur auf einen Borschtsch, ein bißchen Ragout und Kascha, dazu noch Tee, eingestellt habe. Dann fragte er, wenn er nicht in Irkutsk bleiben wolle, wohin sein Gastgeber dann zu gehen gedenke. Als ihm Matthias antwortete: »Nach Tibet«, wiederholte er die Antwort im Tonfall höchster Überraschung, neigte sich nach vorn und ließ sein Kinn herunterfallen. Seine vor Staunen geweiteten Augen schienen sich an Matthias festzuklammern.
»Nun«, sagte Matthias, »Sie scheinen wirklich überrascht. Tibet ist aber dennoch auf dieser Welt. Was finden Sie daran so außergewöhnlich, daß sich ein Reisender dorthin begibt?«
»Tibet«, murmelte Urussow und schlug sich auf die Schenkel — eine nicht eben sehr feine Geste, die er wahrscheinlich in irgendeiner Garnison aufgelesen hatte. »Tibet! Verzeihen Sie mir, dorthin wollte mein Vater immer mit Nikolaj Prschewalskij gehen. Ich weiß nicht, ob Sie mit diesem Namen etwas anfangen können ...«
»In der Tat«, antwortete Matthias, »sein Buch befindet sich in meinem Abteil. Ich habe es leider nicht zu Ende gelesen.«
»Es ist ihnen allen nicht gelungen, weder meinem Vater noch Prschewalskij noch den Männern der Expedition! Wie sich das trifft!«
»Es scheint sich tatsächlich zu treffen. Ich habe die letzten Seiten des Reiseberichts durchgeblättert. Aber ich glaube, daß sich die Bedingungen seit 1880 ein wenig verändert haben. China steht unter russischer Kontrolle, soviel ich weiß. Tibet dürfte nicht mehr ganz so wild sein.«
»Tibet! Zu dieser Jahreszeit!«
Der Chefkellner servierte den Borschtsch. Urussows Glas war leer. Sogleich wurde nachgeschenkt. Die Gastfreundschaft am Tisch, die vielleicht nur in einem Zug möglich ist, der mit dem gedämpf-

ten Lärm einer Nähmaschine durch das Nichts rauscht, und das Wohlbehagen, das ein Wein von Qualität bereitet, flößten dem traurig-melancholischen Urussow etwas Leben ein. Begeistert schlürfte er seinen Borschtsch.

»Die herzliche Aufnahme, die ich bei Ihnen gefunden habe, ist vielleicht eines der letzten Zeichen von Zivilisation, deren Erinnerung ich nach Wladiwostok mitnehmen werde. Dieser Zug, Sie wissen es bestimmt, heißt auch der Zug der Tränen. In den Wagen, die diesem folgen, befinden sich -zig Verbannte, die zum Exil, zur Einsamkeit verurteilt worden sind, weil sie das Verbrechen begangen haben, von einer brüderlicheren Gesellschaft zu träumen. Sie werden in Swerdlowsk, in Tomsk und Krassnojarsk ausgesetzt werden, weit weg von ihren Familien, von ihren Geliebten, von allem, was ihnen teuer war, um unter diesen furchtbaren Bedingungen zu arbeiten und oft auch an einer Krankheit oder vor Erschöpfung zu sterben, ohne daß jemand Notiz davon nimmt. Das ist nicht mein Schicksal, weil ich ja in diesem Wagen, in Ihrer Begleitung bin. Nach außen hin ist meine Lage ganz ehrenvoll. Ich bin nach Wladiwostok entsandt worden, um dort an stellvertretender Stelle der drahtlosen Telegraphiestation der Marine vorzustehen. Ich weiß nicht, ob Sie sich das gefühlsmäßige, intellektuelle, moralische und sogar physische Elend vorstellen können, das ein solcher Auftrag unter einem pompösen Titel verbirgt. Ich habe mich zunächst zu weigern versucht. Damit hätte ich freilich meine Brüder und meine Freunde in eine unangenehme, wenn nicht sogar unerträgliche Situation gebracht. Ich habe also eingewilligt. Ein Mönch im Kloster des heiligen Innozenz kann sich wenigstens noch sagen, daß er seine Entbehrungen in den Dienst Gottes stellt, aber ich, wem sollte ich den Verlust von allem, was mir lieb und teuer ist, ein halbes Jahr lang auf einem im Eis verlorenen Posten widmen?«

Matthias stellte sich plötzlich diesen Zug des Elends vor, wie er die Verdammten in eine Art ewige Dunkelheit beförderte. Sollte es nach dem Tod genauso sein? Würde man die Mörder, die Diebe, die Untreuen, die Gottlosen, die schändlichen Eltern, die abtrünnigen Priester und die bereits vorzeitig Verdammten wie ihn auch in einen Zug bringen, der auf ewig die Dürregebiete durchqueren müßte, die sich jenseits des Todes befanden? So lenkt man das Unglück des anderen auf sich selbst zurück. Nachdenklich trank er von dem Champagner, der ihm jetzt ziemlich lächerlich vorkam. Welch elender Instinkt hatte ihn bloß getrieben, in die Transsibirische Eisenbahn zu steigen? Und er erinnerte sich an die finsteren Gesichter, die er bei der Abfahrt flüchtig bemerkt hatte, als er hinter seinen Gepäckträgern an den Wagen der letzten Klassen vorbeiging. Er hatte nichts gesehen, nichts verstanden. Häufig wird man erst zu spät gewahr, welchen Zug man gewählt hat ...

»Konnten Sie nicht eine Frau finden, um Ihr Exil etwas erträglicher zu gestalten?« fragte er Urussow, um das Gespräch ein wenig von der eingeschlagenen melancholischen Richtung abzubringen.

Urussow warf einen erstaunten Blick auf die Portion des mit Champignons garnierten Huhnes in Gelee, die der Servierer soeben vor ihn hingestellt hatte, bevor er — auf französisch — guten Appetit wünschte. Dann übertrug er diesen Blick auf Matthias.

»Ich sehe wohl, verzeihen Sie mir, wenn ich das sage, daß Sie Ausländer und vermögend sind. Welche Frau würde einem Mann bis ans Ende der Welt folgen, um dort unter fürchterlichen Bedingungen mit ihm zu leben? Zumal wenn der kärgliche Sold kaum für sein eigenes Leben reicht? Die Frauen der Geächteten folgen oft ihren Männern, weil sie ihnen verbunden waren, bevor das Unglück hereinbrach, und weil der Anstand und die Achtung vor Gott verlangen, das Leid ebenso zu teilen, wie man einst das Glück teilte. Aber in meinem Fall, glauben Sie, daß ich hätte so unempfindlich sein können, eine Frau an mich zu binden, nur um die Einsamkeit angesichts des Eismeers Peters des Großen besser ertragen zu können? Ich hätte sogar Skrupel gehabt, einen Hund mitzunehmen, aber eine Frau, die man liebt?«

Die malvenfarbigen Augen waren feucht geworden. Matthias stieß mit seinem Besteck in das Weiß des vom Hause Lecerf in Moskau sorgfältig mit Gelee überzogenen Huhns, zu dem eine mit kleinen schwarzen Körnern gespickte Sahnesauce und Trüffel gereicht wurden. Mit dieser Geste wollte er wohl mit gutem Beispiel vorangehen und ein für allemal die Konversation auf ein anderes Gleis bringen. Er hatte sich einen Begleiter mit Humor gewünscht, in jedem Fall mit guter Laune. Der Zufall hatte ihn schlecht bedient. Aber sein Egoismus löste sich in Mitgefühl auf. Er mußte sich eingestehen, daß er gegenüber Urussow ein der Zuneigung verwandtes Gefühl empfand. »Die Jugend, die man oft als sorglos, das heißt als grausam und nur mit sich selbst beschäftigt beschreibt, ist tatsächlich das Alter der Verletzungen. Und wenn man das ausgestanden hat, kommt das Alter der Narben«, sagte er sich. Eine Zeitlang aßen sie schweigend.

»Die Frau ist in unseren modernen Zeiten wieder zu dem geworden, was sie wahrscheinlich in der Steinzeit war, als unsere Vorfahren den Mammut mit im Feuer gehärteten Spießen jagten«, ergriff Urussow wieder das Wort, nun in deutlich ruhigerem Tonfall: »Eine Ware wie ein Tierkopf oder eine volle Kornkammer. In den Büchern wird uns versichert, daß wir Menschen auf dem Weg in ein blühendes Land voranschreiten, wo die wissenschaftlichen Entdeckungen uns ein angenehmes Leben verschaffen werden, so daß die im Zuge schwieriger Lebensumstände unterdrückte brüderliche Liebe endlich verwirklicht werden kann. Das ist ein Gedanke, in dem die Träumer von den amerikanischen Utopisten bestärkt werden. Unsere Sozialisten tischen ihn zu jeder Gelegenheit immer wieder auf. Freilich überziehen sie ihn mit ihrer eigenen Sauce, die weit weniger schmackhaft ist als die ursprünglich für dieses Gericht vorgesehene. Aber ich glaube das alles nicht. Je mehr sich die Wissenschaft entwickelt, um so mehr Möglichkeiten der Güterproduktion und -akkumulation eröffnet sie. Dies führt dazu, daß einige Leute viel schneller reich werden als andere. Das ist alles. In Zukunft werden auch die Frauen in den Fabriken arbeiten wollen, um diese Reichtümer zu erwerben. So ist es doch! Aus diesem Grund«, schloß Urussow, der die Hälfte seines Champagnerglases geleert hatte, »habe ich mich niemals jenen Programmen verschrieben, mit denen einige Leute Rußland verändern wollen. Eine Frau ist eine Ware. Und solange das so ist, können die sozialistischen Reden nichts anderes sein als Fallstricke für Naivlinge.«

»Das ist schon immer so gewesen«, antwortete Matthias. »Allen Gegenständen der Lust und der Produktion wird von jeher ein hoher Wert zugeschrieben. Damit sind sie nur jenen zugänglich, die die meiste Macht besitzen. Und die Frau produziert vielleicht das auf der Welt kostbarste Gut — andere Menschen.«

»Da haben wir es«, folgerte Urussow mit einem bitteren Lächeln. »Das Gefühl ist ein Lockmittel für Naivlinge. Was zählt, ist nur die Macht.« Er wischte sich den Mund ab und lehnte sich auf seinem Sitz zurück. »Gehen Sie deshalb nach Tibet?« fragte er in gleichgültigem Ton.

Matthias war so überrascht, daß er zu essen aufhörte. Es gab also doch noch intelligente Leute, wenn auch nur im Zug zur Hölle. Aus irgendeinem geheimen, nicht genau erklärbaren Grund hatte er sich einfach damit abgefunden, daß die Welt lediglich aus Dienstboten, Verrückten und Verbrechern bestand, mit Ausnahme einiger weniger, bedeutender Köpfe, Gelehrte oder schöpferische Genies. Er lächelte. »Wie kommen Sie darauf?«
Der Servierer räumte die Teller ab. Ein anderer brachte neue und stellte eine Heizplatte auf den Tisch, um die Pfannkuchen auf der silbernen Platte warm halten zu können. Dann wurde noch eine Schale auf Eis gelegten Kaviars gebracht.
»Mein Gott, das ist ja das reinste Festessen, zu dem Sie mich da eingeladen haben!« rief Urussow aus. Seine Worte wurden von einem Lachanfall unterbrochen, der wohl seiner Jugend zu verdanken war. »Ich wette, daß Sie morgen fasten! Dies als Antwort auf Ihre Frage. Sie sind wohlhabend, bestimmt vorzüglich gebildet, Sie haben ein hochentwickeltes ästhetisches Empfinden, und Sie sind so großzügig, mit einem Unbekannten Ihr Mahl zu teilen. Das ist bereits eine Geste im Sinne des Evangeliums. Aber Sie haben auch schon ein gewisses Alter, das heißt Erfahrung, und Sie sind allein. Man könnte denken, Sie reisen selbst noch in diesen schwierigen Zeiten, um die Langeweile zu vertreiben. Aber nein, Sie leiden nicht unter der Langeweile im herkömmlichen Sinn des Wortes, weil Sie sich eine Reise von mehreren tausend Kilometern ganz allein, ohne jegliche Begleitung, vorgenommen haben.« Er folgte Matthias' Beispiel, der sich einen Pfannkuchen serviert, ihn mit Sahne versehen und einen reichlichen Löffel voll Kaviar daraufgegeben hatte. »Und wohin gehen Sie? Nach Tibet! Aber was gibt es denn in diesem gebirgigen Land, das nur schwer zugänglich ist und das man das Dach der Welt nennt? Nichts, was einen gewöhnlichen Reisenden in seinen Bann ziehen könnte. Es gibt kaum sehenswerte Landschaften, so wie man sie anscheinend in Italien oder Frankreich finden kann. Es gibt kaum bewundernswerte Denkmäler, und das Essen dort ist mehr als mäßig, ja kärglich zu nennen. Und es sind auch nicht die Frauen, von denen man woanders mehr zu Gesicht bekommt, die den Reiz dieses Landes ausmachen könnten. Aber Tibet ist, so sagt man jedenfalls, und ich will gerne annehmen, daß es aus diesem Grund auch mein Vater

zum Ziel seiner Expeditionen gemacht hat — Tibet ist die Heimstatt einer höheren spirituellen Lehre. Diese Lehre gibt einigen Eingeweihten, solchen, die von den einfachen Wahrheiten unseres christlichen Glaubens nicht mehr befriedigt werden, eine Art Schlüssel zum Verständnis der Welt in die Hand. Als ich Sie eben nach dem Grund Ihrer Reise zu dieser Jahreszeit fragte, haben Sie eine innere Notwendigkeit angedeutet. Daraus schließe ich«, sagte Urussow, wobei er die Hälfte seines Kaviarpfannkuchens verzehrte, »daß Sie nach Tibet gehen, um in dieser Lehre unterwiesen zu werden.«

Matthias lächelte anerkennend und verzehrte das letzte Stück seines zweiten Pfannkuchens.

»Sie sind ein guter Psychologe«, sagte er.

»Ich bin in genauer Beobachtung und in Mathematik geschult«, antwortete Urussow. »Haben Sie schon bemerkt, daß mathematische Begabung besonders unglücklichen Kindern ohne Liebe zu eigen ist? Descartes war schwach, und seine Mutter starb kurz nach seiner Geburt, Newton war genauso schwach und wurde von seiner Mutter verworfen, seine Großmutter hat ihn aufgezogen, Leibniz verlor seinen Vater mit sechs Jahren ...«

Er sprach unablässig, als ob er bisher keine Möglichkeit gehabt hätte, seine Überfülle an Gedanken und Empfindungen aus sich herauszulassen. Und Matthias hörte ihm wohlwollend und nicht ohne Neugier zu.

»Aber vielleicht wirkt sich auch ein eher zufälliges Erbteil positiv auf mich aus«, sagte er.

Sie waren jetzt bei dem grünen Salat aus den Herzstücken angelangt, den das Eis knackig frisch gehalten hatte.

»Man könnte meinen, Engelsflügel zu essen«, sagte Urussow lachend.

»Haben Sie unter Ihren Vorfahren einen Mathematiker«, fragte Matthias, um Konversation zu betreiben und vor allem um diesen jungen Mann bei Laune zu halten, bis es Zeit wurde, sich zurückzuziehen. Denn die wirklich übermäßige Hitze, die im ganzen Zug herrschte, das Zischen der Räder, der Champagner und das gute Essen machten ihn allmählich schläfrig.

»Nein«, sagte Urussow mit einem schalkhaften Blick, »aber einen Zauberer.«

»Sieh mal einer an«, murmelte Matthias, der nun annahm, daß sein Gast vom jugendlichen Übermut fortgerissen wurde.
»Eine von meinen Urgroßmüttern väterlicherseits soll glaubhaft versichert haben — das ist wahr, warum lächeln Sie? —, die Tochter eines Mannes zu sein, der mit dem Teufel einen Pakt geschlossen hatte!«
Urussow brach in Lachen aus. Matthias sah ihm in die Augen.
»Wirklich!« sagte er und täuschte höflichkeitshalber etwas Skepsis vor. »Wie konnte sie das wissen?«
»Aber sie war doch seine Tochter!« sagte Urussow. »Die Töchter wissen immer alles, zumindest von ihren Vätern! Sie war Engländerin und hieß ...«
» ... Graciana«, sagte Matthias, seinen Blick fest auf Urussow heftend.
»Ganz genau!« rief Urussow. »Woher wissen Sie das?« Mit weit aufgerissenen Augen schaute er Matthias an. Der konnte seine Erregung kaum verbergen. Urussow war sein Ur-Urenkel. Auch Matthias beugte sich nach vorne und musterte aufmerksam seinen Nachfahren. Ob es wohl Ähnlichkeiten gab? Die Augen? Die Nase? Das Haar vielleicht? Und was würde das schließlich für eine Rolle spielen? Sind wir nicht alle einander Cousins?
»Warum schauen Sie mich so an?« fragte Urussow. »Und woher wissen Sie den Namen meiner Urgroßmutter?«
Der Chefkellner empfahl ein Dessert. Die beiden Männer entschieden sich, gleich zum Kaffee mit einigen trockenen Biskuits überzugehen.
»Wir sind also entfernte Cousins«, log Matthias, amüsiert und verwirrt zugleich. »Graciana war auch meine Urgroßmutter, ich kenne die Geschichte. Sie ist romantisch, aber auch mysteriös.«
Urussow schien überwältigt.
»Nicht so mysteriös«, murmelte er und begann sich wieder zu fassen. »Eine Geliebte dieses Mannes, also von Gracianas Vater, ein Fräulein ...«
» ... Mc Trevor«, fügte Matthias unvorsichtigerweise hinzu.
»Mc Trevor! Nicht zu fassen!« rief Urussow aus und streckte Matthias die Arme entgegen. Dessen Augen wurden feucht. »Aber Sie kennen die ganze Geschichte! Dieses Fräulein Mc Trevor also, die später dem Wahnsinn anheimfiel, behauptete, den Teufel im Haus gesehen zu haben!«

Matthias drehte sich unwillkürlich um. Kein Mann in Grau in Sicht.
»Glauben Sie an den Teufel?« fragte Matthias, als man ihnen den Kaffee servierte.
»Wenn ich an Gott glaube, warum sollte ich dann nicht auch an den Teufel glauben können?« sagte Urussow. »Ah, mein Herr ...« rief er aus und erhob sich. Jugendliche Gefühlsstürme hatten ihn ganz konfus gemacht. Erneut streckte er Matthias die Arme entgegen ...
»Nennen Sie mich doch Matthias.«
» ... Matthias, umarmen Sie mich! Sehen Sie nicht, wie außergewöhnlich das alles ist?«
Sie erhoben sich und fielen sich in die Arme. Die Servierer und die anderen Gäste blickten erstaunt.
»Das ist also das wahre Spiel«, dachte Matthias. Sie setzten sich wieder hin, und plötzlich verfinsterte sich Urussows Miene.
»Was gibt es denn?« fragte Matthias.
»Ich habe den Eindruck, einen Freund gefunden zu haben, mehr als das, einen Vater, und alles wird in Irkutsk zu Ende sein.«
»Nutzen wir also jetzt noch die Zeit, die uns bleibt«, sagte Matthias.
Weitere Gäste warteten auf einen Tisch. Matthias schlug vor, auf den Kaffee noch einen Schnaps in seinem Abteil zu nehmen.
»Ein mystischer, aber fürstlicher Pilger«, bemerkte Urussow. »Glauben Sie, daß Alexander in Tomsk* auch zufrieden war?«
»Ich glaube nicht so sehr an die Legende vom Mönch Fomitsch«, antwortete Matthias, der aus einem Koffer ein Fläschchen Schnaps und zwei kleine silberne Becher hervorholte. »Außerdem verzichte ich nicht auf ein ganzes Reich.«
Sie setzten sich, um den Kognak zu probieren und zu plaudern. Nach einer gewissen Zeit wurde die Zunge von Michail Urussow schwer.
»Zuviel Emotionen, zuviel Alkohol, zuviel Freude«, murmelte er mit einem entschuldigenden Lächeln. »Ich werde jetzt mein Abteil aufsuchen.«

* Eine Legende, die zu Beginn dieses Jahrhunderts noch sehr verbreitet war, besagt, daß der Zar Alexander I. auf den Thron verzichtet habe, um unter dem Namen Fomitsch in Tomsk das kontemplative Leben eines Mönchs zu führen. Diese Legende gilt heute als widerlegt. (A. d. A.)

»Sie können auch auf dieser Liege schlafen, die nicht besetzt ist, wie Sie sehen. Sie können sich zurückziehen, wann Sie wollen.«

»Aus Ihrem Mund eine solche Einladung...« murmelte Michail Urussow, während er seine Schuhe aufschnürte.

Er legte sich hin, und schon einige Augenblicke später konnte man seinem ruhigen und gleichmäßigen Atmen entnehmen, daß er eingeschlafen war. Matthias, von unklaren Gefühlen erfüllt, beugte sich über ihn. Ein Sohn war tot, ein anderer wartete auf ihn in Berlin, aber dieser hier bewegte ihn am meisten. Was war das Erbteil, das sie beide miteinander verband? Es klopfte an der Tür. Er öffnete. Er empfand eine gewisse Verblüffung, dann Angst. Es war der Mann in Grau, der eine große Mappe in seinen Armen hielt. Der Besucher lächelte.

»Ihr Nachkomme wird sicherlich nicht vor morgen früh aufwachen«, sagte er. »Ich wollte Ihnen eine Partie Schach vorschlagen, um Ihnen ein bißchen die Zeit zu vertreiben. Aber ehrlich gesagt würde ich auch einen Schluck Kognak nicht verschmähen.«

Matthias trat beiseite, der Mann in Grau kam herein und schloß die Tür hinter sich. Er betrachtete Urussow.

»Ich habe nichts im Sinn«, sagte er. »Aber ich verstehe, daß Sie überrascht sind. Machen Sie doch kein so mißtrauisches Gesicht. Wir haben uns schon etliche Jahre nicht mehr gesehen. Ich dachte, ich könnte Ihnen einen Besuch abstatten, um in Erfahrung zu bringen, was Sie denken.«

»Das letzte Mal, als wir uns gesehen haben, war wohl kaum dazu angetan, mich Ihre Abwesenheit bedauern zu lassen«, sagte Matthias, sich auf einem Sessel niederlassend. »Es war in der Residenz Schtschorytschew, wo Sie soviel Unheil gesät hatten, wie Sie es sonst in ganz Rußland und Deutschland zusammen nicht getan haben.«

»Oh, machen Sie mich nicht für die ganze Welt verantwortlich!« sagte der Mann in Grau, der sich nun ebenfalls setzte und die Mappe öffnete, die er die ganze Zeit in der Hand gehalten hatte. Es handelte sich um ein Reiseschachbrett, dessen Steine in zwei kleinen Fächern darunter zu finden waren. »Man muß auch den Dämon des Guten in Rechnung stellen. Es ist dieser Dämon gewesen, der Sophia gedrängt hat, unter die Revolutionäre zu gehen. Alles übrige war eine logische Folge daraus.«

»Dann haben Sie sich zweimal in Berlin gezeigt, wie mir scheint«,

sagte Matthias. »Einmal, als Sie den Morgenrock der Gräfin Eschendorff lüfteten ...«
»Hier müssen Sie sich an die eigene Nase fassen!«
»... und das folgende Mal, als ich einen Ihrer unsäglichen Kreaturen, den Zwerg Ennemäuser und seinen Helfershelfer Goschwindt, aus dem Weg geräumt habe. Darüber waren Sie ungehalten, nicht wahr?«
»Ich habe keine eigenen Kreaturen«, berichtigte der Mann in Grau, »ich besitze lediglich einen Teil an allen Geschöpfen. Geben Sie mir nun etwas Kognak? Danke. Die alkoholischen Getränke, die in diesem Zug ausgeschenkt werden, sind jämmerlich. Wollen Sie eine Münze in die Luft werfen, um zu entscheiden, wem der erste Zug gehört?«
»Ich nehme die Vorderseite«, sagte Matthias. Er warf einen Rubel hoch, der auf die Vorderseite fiel. Er wählte die weißen Steine und setzte einen Bauer von d2 auf d4.
»Bei Frau Steinhardt haben Sie mir einmal mehr einen Strich durch die Rechnung gemacht. Meine Dienste sind nicht honoriert worden. Es wird Ihnen wahrscheinlich gefallen, wenn Sie hören, daß Ennemäuser einige Minuten später von einer Straßenbahn überfahren wurde.« Er setzte einen Bauer von d7 auf d5 und trank einen Schluck Kognak. »Was haben Sie in Tibet vor?«
»Sie wissen alles, also sagen Sie es mir. Denn ich selbst habe bislang nur eine dunkle Ahnung.«
»Sie suchen den Schlüssel. Sie werden ihn nicht bekommen.«
Matthias zündete sich eine Zigarette an und schob einen Springer von g1 nach f3. Der Mann in Grau setzte den Bauer von e7 auf e6. Als Matthias seinerseits den weißen Bauer von c2 nach c4 versetzte, konterte der Mann in Grau, indem er seinen Springer von b8 auf d7 schob. Matthias überlegte und setzte seinen von b1 auf c3. Er nahm einen tüchtigen Schluck Kognak und warf einen Blick auf Urussow, der immer noch tief und fest schlief.
»Wissen Sie, daß sich die Helfer des Bösen leicht an ihren karikaturhaften Zügen erkennen lassen? Nicht umsonst setzt man übrigens Schönheit mit dem Guten gleich.«
»Eine voreilige Überlegung«, gab der Mann in Grau zurück. »Ich habe auch sehr schöne Helfer gehabt.« Er schob einen Springer von g8 auf f6. »Alexander zum Beispiel war sehr schön.«
Matthias setzte seinen Läufer von c1 auf g5. Sein Gegenspieler verschob den seinen von f8 auf b4.

»Jetzt steht es mir zu, Sie anmaßend zu finden«, sagte Matthias, der den Bauer auf d5 kassierte, »denn Alexander zu einem Ihrer Konsuln zu machen, wirklich ... Er hat dem Osten die westlichen Erkenntnisse gebracht und umgekehrt im Westen die Sehnsucht nach dem Osten wiederaufleben lassen. Das war ein einzigartiges kulturstiftendes Werk.« Er sah zu, wie sein eigener Bauer auf d5 kassiert wurde. »Aber warum sind Sie hier in diesem Zug? Um sich an einer Partie Schach zu delektieren, an einem guten Kognak und an einem gelehrten Plausch?«

Es war an der Zeit, die weiße Dame ins Feld zu führen. Matthias verschob sie von d1 auf a4. Er verlor den Springer auf c3. Schach.

»Sie sind für mich ein Experiment, ich glaube, ich habe schon gesagt, daß ich es noch weiter verfolgen will. Und Sie haben mich mit Ihren Taktiken und Listen überrascht«, sagte der Mann in Grau mit einem Lächeln, das seine Befriedigung zum Ausdruck brachte, Matthias das Schach aufgedrängt zu haben. »Ich möchte mich nach Ihrer Entwicklung erkundigen.«

»Mit anderen Worten, Sie kommen, die Molekulartemperatur zu prüfen, um mit Maxwell zu reden, nicht wahr?« sagte Matthias, den Läufer kassierend, der seinen Springer kaltgestellt hatte. »Im Augenblick bin ich noch bei klarem Verstand, besitze also noch meinen freien Willen. Das Alter, das mich zwangsläufig verfolgt, lindert die Bedürfnisse des Fleisches, auf die Sie vielleicht unvorsichtigerweise gesetzt hatten ...«

Der Mann in Grau führte eine kleine Rochade durch. Matthias reduzierte den Schutz für seinen König etwas und setzte einen Bauer von e2 auf e3. Daraufhin mußte er zusehen, wie sich ihm ein feindlicher Bauer von c7 auf c5 entgegenstellte. Allmählich dämmerte ihm die Strategie seines Gegners. Das einzige, was er ihr entgegenzusetzen hatte, war der Versuch, seine Stellung zu halten. Er holte seinen Läufer zur Hilfe, den er von f1 nach d3 schob. Der Mann in Grau schien einen Irrtum zu begehen: er ging von c5 auf c4. Matthias zog seinen Läufer von d3 auf c2 zurück. Die schwarze Dame verließ ihren Platz und bewegte sich von d8 nach e7. Der Mann in Grau wollte also sein Reich ausdehnen. Dafür war der Beweis jetzt erbracht.

» ... Aber die Askese liegt wirklich nicht in meiner Natur. Ich gehe nach Lhasa, um zu prüfen, ob die Schlüssel tauglich sind, die Sie

mir anbieten«, fuhr er fort und führte nun ebenfalls eine kleine Rochade durch.
Der Mann in Grau rückte mit einem Bauer von a7 auf a6 vor, um Zeit zu gewinnen. »Im Leben muß man immer vorwärts«, dachte Matthias melancholisch. »Man würde gern am selben Platz bleiben, aber nein, man würde dort umgebracht.« Und er verschob den Turm von f1 nach e1, um der sich abzeichnenden Offensive zuvorzukommen. Die schwarze Dame ging von e7 auf e6. Der weiße Springer schlug sich nach links, von f3 auf d2.
»Im Augenblick«, sagte Matthias, der sich diese unverschämten Worte reiflich überlegt hatte, »bin ich genauso stark wie Sie.«
Der Weg ins schwarze Lager war offen. Der schwarze Bauer auf b7 eilte nach b5. Die gefährdete weiße Dame rettete sich von a4 auf a5.
»Im Augenblick«, sagte der Mann in Grau, der versuchte, ein noch forscheres Tempo anzuschlagen, indem er seinen Springer von f6 auf e4 hetzte. Der weiße Springer trabte gemächlich von d2 auf e4, wo er den schwarzen Springer kaltmachte, dann aber selbst von einem Bauern um die Ecke gebracht wurde! Ein weißer Bauer flitzte von a2 auf a4, und die schwarze Dame rückte eilig von e6 auf d5 vor. Ach! Der weiße Bauer auf a4 meuchelte den Gegenspieler, der zum Schutz des Lagers nach b5 aufgerückt war. Die schwarze Königin sauste nun von d5 nach g5, wo sie den weißen Läufer niedermachte. Dessen Bruder rächte sich, indem er den Bauer auf e4 beseitigte. Die Kämpfer wurden immer weniger an der Zahl.
»Daß ich nach Lhasa gehe, scheint Sie zu verdrießen«, sagte Matthias böswillig.
Der schwarze Turm gewann Einfluß, indem er seine Ecke verließ und von a8 auf b8 ging. Der wertvolle Bauer, der auf b5 bereits den Platz eines geschlagenen schwarzen einnahm, tötete noch einen weiteren, den er auf a6 eingekesselt hatte. Der schwarze Turm machte einen Sprung von b8 auf b5, um seiner Königin im Damenduell zu sekundieren.
»Es verdrießt mich nicht, ich bin nur neugierig«, erwiderte der Mann in Grau.
Die weiße Königin begab sich jetzt mitten ins schwarze Lager hinein, indem sie von a5 nach c7 rückte. Der schwarze Springer, der

ihr gegenüberstand, ergriff die Flucht nach b8. Der weiße Bauer von a6 rückte auf a7 vor.
»Verzeihen Sie meine Dreistigkeit«, sagte Matthias, »aber ich werde das Gefühl nicht los, daß man Ihnen vor allem in den vergangenen zweitausend Jahren zu sehr um den Bart gegangen ist. Weder die Griechen noch die Römer kannten Sie, es sei denn, man brächte Sie mit Pluto in Verbindung. Ich frage mich also, ob Sie nicht doch nur, wenigstens teilweise, eine Erfindung sind ...«
Der Mann in Grau warf einen langen ironischen Blick auf den, der ihn so heruntermachte. Dann versetzte er seinen Läufer diagonal von c8 auf h3, ohne eine Antwort zu geben. Matthias setzte seinen Turm in Bewegung, um links die Offensive zu kontern, die sich auf dieser Seite abzeichnete. Er ging von e1 auf b1. Schließlich war der König von drei Bauern noch gut bewacht. Das war eine Falle, die er bei Vitautas abgeschaut hatte. Und der Mann in Grau fiel darauf herein: Er zog seinen Turm abrupt von b5 auf b1 und zwang Matthias ein Schach auf. Dann biß er sich auf die Lippe. Der Triumph war nur von kurzer Dauer. Der weiße Turm, durch den der König doppelt gesichert war, schlug den schwarzen Turm.
»Vielleicht spielt er schon geraume Zeit kein Schach mehr«, dachte Matthias.
»Sie denken, in Lhasa die Antwort auf Ihre Frage zu finden?« fragte der Mann in Grau.
»Ich weiß es nicht, ich habe es Ihnen schon gesagt, aber ihre Religion ist alt, älter als meine eigene. Sie haben viel Zeit zum Nachdenken gehabt.«
Der Mann in Grau setzte seine Offensive fort. Er versetzte einen Bauer von f7 auf f5. Matthias holte Verstärkung heran, indem er den Läufer von e4 auf f3 schob. Der Mann in Grau schien zerstreut. Er brauchte ziemlich viel Zeit, um den folgenden Zug, der darin bestand, seinen Bauern weiter vorrücken zu lassen. Er sprang von f5 auf f4. Der weiße Bauer auf e3 kassierte den schwarzen Bauern. Der Zug verlangsamte sein Tempo.
»Wir erreichen Perm«, sagte Matthias.
Eine kurze Stromunterbrechung tauchte das Abteil einige Augenblicke in tiefste Dunkelheit. Die Räder hämmerten auf die zugefrorenen Schienen ein. Matthias konnte durch die beschlagenen Scheiben schon undeutlich Lichter wahrnehmen — gelbe Sterne,

unwirklich groß und leuchtend in der nebligen Finsternis. Der Mann in Grau war verschwunden. Das Schachspiel hatte er mitgenommen. Die Partie wäre ohnehin für ihn verloren gewesen.
Urussow streckte sich. Das Kreischen der Räder in der Kurve vor der Einfahrt in den Bahnhof und die Stöße der Puffer hatten ihn aufgeweckt. Mit einem Mal saß er und warf Matthias einen verärgerten Blick aus rotgeränderten Augen zu, als ob er nach einer verflogenen Erinnerung suchte.
»Ich muß geträumt haben«, murmelte er. »Sie waren mein Vater ... zumindest, ja, jemand wie mein Vater ... Und Sie spielten mit jemandem Schach, den ich nicht sehen konnte ... Warum stehen da zwei Kognakgläser auf dem Tisch?«
»Das war Ihr Glas«, sagte Matthias lächelnd, der bemerkte, daß auch das dritte Glas verschwunden war.
»Ich habe Durst«, sagte Urussow.
Matthias reichte ihm ein Glas Mineralwasser.
»Haben Sie mich eingeladen, hier zu schlafen?« sagte Urussow mit vorgetäuschter Dreistigkeit. »Ihr Abteil ist sehr bequem ...«
»Und meine Einladung gilt immer noch«, sagte Matthias, der dem Prowodnik läutete, um die Betten vorzubereiten.
Er ging auf den Gang hinaus, während Pjotr die Bänke umklappte, die Kissen ausklopfte und zwei Flaschen Mineralwasser bereitstellte. Die in Perm zugestiegenen Reisenden hantierten unbeholfen mit ihrem Gepäck. Sie waren aufgeregt.
»Deutschland hat uns den Krieg erklärt! Krieg!« verkündete ein dicker Mann mit Backenbart seinem Prowodnik, während er sich bemühte, seinen schiefsitzenden Hut zurechtzurücken.
»Väterchen Zar wird ihnen die Nase abreißen«, antwortete der Prowodnik, der die Koffer ins Gepäcknetz hievte. Matthias beobachtete die Szene durch die geöffnete Tür.
»Und die allgemeine Mobilmachung!« schrie der Mann. »Mein Sohn! Mein Sohn!«
»Ah, der Sohn, das ist Ihr ganzes Leben«, meinte der Prowodnik.
»Bin ich denn mein eigener Sohn?« sann Matthias.
Omsk, Tscheljabinsk, Tomsk. Michail und Matthias waren immer zusammen. Matthias hatte mit Farbstiften ein kleines Porträt von Michail angefertigt, das den jungen Mann in helle Begeisterung versetzte. Er hatte es unablässig betrachtet und untersucht, zuerst ge-

schmeichelt, dann voller Bewunderung, dann noch mehr geschmeichelt, von einem so begabten Maler ausgezeichnet zu werden.

»Wie werde ich ohne Sie auskommen können?« rief er eines Nachmittags aus, als sie in Nowosibirsk eintrafen. »Ich habe den Eindruck, daß Sie der einzige Freund sind, den ich jemals gehabt habe... Und dieses Zusammentreffen, unsere Verwandtschaft, man könnte es für einen Wink des Schicksals halten... Aber was für ein grausamer Wink! In Irkutsk verliere ich Sie für immer!«

»Wir können uns schreiben«, hatte Matthias als Trost parat, aber die Zuneigung Michails verwirrte ihn. Michail erinnerte ihn an Zanotti. Freundschaft ist ein seltenes und kostbares Gefühl. Die Liebe ist wie eine Frau, die nur einige Zeit lang stillen kann, aber die Freundschaft ist eine ewige Amme. Aber darüber hinaus war das Gefühl, das er selbst für Michail empfand, reichlich verworren. Es vermischte sich mit väterlicher Liebe, Mitleid und Besitzergreifung. War es der Mann in Grau gewesen, der den Nachfahren Georginas in denselben Zug geführt hatte? Matthias hätte ihn fragen sollen. Aber je weiter die Zeit voranschritt, um so weniger rechnete er noch mit einer Antwort auf seine Fragen.

Einige Tatsachen standen jedoch bereits fest. Zunächst war der Teufel weder allwissend noch allmächtig. Er war sich im unklaren über das Motiv, das Matthias nach Tibet trieb, und darüber offensichtlich beunruhigt.

Und dann war es überhaupt kein Wunder, daß Matthias seinem Ur-Urenkel begegnet war. Lebte er zehn Jahrhunderte lang, würde er wahrscheinlich überall auf Verwandte treffen. Als er sich das so klargemacht hatte wie die Verbrennung von Wasserstoff im Chemieunterricht, begann er vom Gedanken der menschlichen Verbrüderung überzeugt zu sein.

Schließlich war die Anziehungskraft, die er auf Michail ausübte, klar auf die Faszination zurückzuführen, die Macht und Erfahrung auf jedes menschliche Wesen ausüben. Mit beidem kann man Zeit einsparen, und mit beidem dürfte es möglich sein, das Leben besser zu genießen. Es ist, leider, normal, sich jenen zu unterwerfen, die etwas vermögen oder etwas wissen. Wahrscheinlich ist die Korruption genauso normal.

Bereits in Omsk hatte sich Matthias mit einem ironischen Lächeln

an die Geschichte vom Bau der Transsibirischen Eisenbahn erinnert. Nach jedem Bauabschnitt erpreßten die Konstrukteure, abgefeimte Schurken, Lösegelder von den reichen Leuten, denen sie drohten, die Stadt zu umgehen. In Omsk also empfing man sie in aller Ruhe und Gelassenheit. Diese Stadt war ja die einzige größere Stadt in Sibirien. Es wäre töricht gewesen, wollte man sie umgehen. Die Schurken umgingen sie dennoch. Bei der Eröffnung der Linie war es ein Riesenskandal! Omsk war nicht auf den Streckenkarten zu finden! Man beeilte sich, schnell noch einen Eisenbahnring zu bauen, um die Stadt wenigstens anfahren zu können. Michail war sicher nicht korrupt, aber schwach. Und so forderte er den Beschützerinstinkt heraus.
Während des letzten Abendessens vor Irkutsk, das die Transsibirische Eisenbahn am anderen Morgen erreichen sollte, war Michail den Tränen nahe. Sie hatten spät gegessen und verließen das Zugrestaurant als letzte. Der Gang, über den sie in Matthias' Abteil zurückgingen, war wie ausgestorben, kaum von Nachtlampen erleuchtet.
»Schauen Sie!« rief Michail plötzlich und zeigte auf eine schwarze Gestalt, die am Ende des Gangs, neben der Tür, auf dem Boden lag. Matthias untersuchte die Gestalt. Der Mann war tot, er war schon fast kalt. Er drehte ihn um. Es war ein noch junger Mann, dunkelblond, mit groben Gesichtszügen. Das Gesicht hatte eine bläuliche Farbe, weil man ihn erdrosselt hatte. Die Schnur war in das Fleisch seines Halses eingedrungen. Sie lag noch immer fest um seinen Hals. Michail flüsterte aufgeregt, daß man den Prowodnik verständigen müsse.
»Sicher nicht«, sagte Matthias, der den Mann durchsuchte. Aus der Innentasche zog er eine Brieftasche hervor und fand einen Ausweis, der auf den Namen Iwan Antoninowitsch Ismailow ausgestellt war. »Geben Sie mir Ihre Papiere«, sagte er zu Michail in einem Ton, der keine Widerrede duldete.
Michail schaute ihn entsetzt an.
»Wollen Sie nach Wladiwostok gehen oder lieber mit mir kommen?« fragte Matthias. »Sie müssen sich entscheiden, hier und sofort.«
Michail öffnete den Mund, die Stimme versagte ihm vor dem Unsagbaren. Er vergrub den Kopf in seinen Händen. Dann holte er

langsam die Papiere aus seiner Brieftasche und gab sie Matthias. Der steckte sie in die Brusttasche des Toten. Dann stieß er die Tür auf, die ins Freie führte, zerrte den Leichnam davor und stürzte ihn dann in die Leere hinaus.
Takatak-takatak-takatak.
Matthias öffnete die Tür seines Abteils.
»Kommen Sie herein, Iwan«, sagte er.

19.

BIS NACH BARDO ...

»Memoria, Gedächtnis, du mürrische Bettlerin, vollgestopft mit alten Buchstaben, mit ausgebleichten Bildern und abgedroschenen Worten sind deine Taschen! Wärest du doch in Sutschou gestorben! Man sagt, man erhielte von dir an den Pforten des Todes die Schlüssel zu deinem Reich ausgehändigt, du aber bist mir ins Reich des Todes gefolgt! Denn Sibirien schläft nicht, es sei denn, die Tataren bezeichneten in ihrer Sprache den Schlaf und den Tod mit ein und demselben Wort.«

Drei gesattelte Kamele und fünf Träger mit Waffen und Munition standen bereit. Ein tuwinischer Führer, Kyrtys, der 1912 nach dem Zusammenbruch des Chinesischen Reiches geflüchtet war und wie alle Leute aus der autonomen Provinz Tuwa von den Russen angezogen wurde, sollte sie begleiten. Er mochte vielleicht vierzig oder fünfzig Jahre alt sein, wie auch immer. Aus seinem wie aus Holz und Leder gefertigten Gesicht leuchtete ein klarer harter Blick, der etwas dämonisch wirkte. Der Wirt und Kuppler, in dessen Herberge sie in Irkutsk abgestiegen waren, hatte ihn für Matthias angeheuert.

»Es kann Sie nur Kyrtys nach Sutschou bringen.«

Mit seinem seidenen Gehrock, der mit Pelz gefüttert war, und seinem Filzhut, den er wohl niemals absetzte und der einem Gentleman-Farmer aus Sussex hätte gehören können, war Kyrtys nur an der Farbe des Goldes interessiert. In der Schenke von Irkutsk, die so stark verraucht war, daß man seine eigenen Schuhe nicht mehr sehen konnte, und in der man Tee mit Wodka trank, holte Matthias ein goldenes Rubelstück hervor, das er ihm zwischen Daumen und Zeigefinger wie eine kleine Sonne unter die Nase hielt. Er verlangte zehn davon für die Führung nach Sutschou und noch einmal zehn für den Rückweg. Hinzu kamen die Unkosten und ein Trinkgeld.

Matthias legte den Rubel auf den Tisch. Schnell glitt die Hand über das Holz des Tisches, und schon hatten die braunen Klauen des Tuwiners das Geldstück verschwinden lassen. Er lächelte.
»Es wird sehr kalt sein«, sagte Kyrtys nur. »Pelzmäntel sind notwendig.«
Am nächsten Tag kauften sie Mäntel aus Wolfsfell und Mützen, die bis zu den Schultern herabreichten. In der Mongolei konnte Anfang August die Temperatur in der Nacht auf minus zehn Grad absinken.
»Ein Monat im voraus«, sagte Kyrtys noch.
Es wäre besser gewesen, sich Ende September auf den Weg zu machen. Denn der Winter, wußte Kyrtys, war besser als der Sommer, in dem teuflische Winde und Wolkenbrüche die Reise nicht nur erschweren, sondern einen sogar in Todesgefahr bringen konnten.
Michail hörte nachdenklich zu und schlürfte seinen mit Alkohol versetzten Tee.
»Bist du sicher, daß du keine Angst hast?« fragte Matthias.
»Du besitzt den Genius des Wahnsinns«, antwortete Michail. »Du hast mich die Angst vergessen lassen. Oft denke ich, daß du der Vater von Graciana sein könntest. Und möglicherweise gelingt dir, woran mein Vater gescheitert ist: nach Lhasa zu kommen.«
»Die nächste Etappe ist dann Ulan-Bator«, kündigte Kyrtys an. »Danach Ongijn, die letzte Stadt, bevor dann die eigentlichen Schwierigkeiten beginnen — die Wüste Gobi.«
Von Irkutsk nach Ulan-Bator ging es über die Bergketten des Hangein Nuruu. Sie schliefen in dem Zelt, das Kyrtys jeden Abend aufschlug und jeden Morgen wieder abbaute.
Kyrtys schnarchte entsetzlich in der Nacht. Glücklicherweise stand er vor dem Morgengrauen auf, um seine Notdurft zu verrichten, die Kamele zu füttern und das Wasser für den Tee zu kochen. In dem Zelt, in dem sie zu dritt im Kreis schliefen, konnten sich Michail und Matthias nun noch zwei Stunden ungestörten Schlaf gönnen. Das war leicht gesagt, denn der Wind heulte unablässig.
Sie hatten die Grenzposten von Kjachta und von Altan Bulag umgangen. Matthias hatte darum gebeten, denn es lag ihnen nichts daran, die Ausweispapiere von Michail kontrollieren zu lassen.
Am Abend ihres ersten Halts in der Mongolei, an den Ufern des Flusses Orchon, wurde Matthias mit der schlimmsten Auseinanderset-

zung konfrontiert, der er seit dem Abend bei Frau Steinhardt und dem Krach in seinem Atelier, als Thomas Ilse mit seinem Revolver bedrohte, beigewohnt hatte. Michail, der vor dem Feuer kauerte, wurde von einem heftigen und wahrlich besorgniserregenden Angstanfall ergriffen. Er fragte sich, welcher Teufel ihn geritten habe, seine Identität aufzugeben, um Matthias zu folgen, und so seiner Familie, seiner Pflicht und seinem Vaterland abzuschwören. »Ich bin hinfort deine verdammte Seele, dein Objekt, weniger als dein Schatten!« schrie er in die Nacht hinaus. Kyrtys, der ebenfalls am Feuer hockte, kniff die Augen zusammen. Er verstand nicht viel von dem, was der junge Mann da von sich gab, denn er besaß nur geringe Russischkenntnisse. Aber Michails Erregung schien ihn zu verblüffen. Matthias rührte sich nicht. Dann steigerte sich Michails Erregung noch mehr. Seitdem er sich Iwan Antoninowitsch nannte, hatte er unerklärlicherweise Matthias das Du angeboten. Jetzt tobte seine Stimme, entstellt von einem unterdrückten Schluchzen. »Was ich nie von einer Frau zu verlangen gewagt hätte, habe ich für dich getan! Mit welchen Mitteln hast du mich verführt, Matthias? Mein Gott! Gott! Mit welchen Mitteln hast du mich verführt, daß ich dir bis ins Innere des Nichts folge?« Dann begann er zu weinen, ohne sich seiner Tränen zu schämen.
»Zuerst die Verführung der Jünger durch Christus und jetzt die Revolte der Jünger gegen Christus!« dachte Matthias. »Immer dieselben Reden der schwachen Seelen! Die Angst, dazuzugehören! Die Unfähigkeit, im Glauben zu leben! Armer Jesus! Von Feiglingen umgeben! Mein Bein tut mir weh, meine Frau ist krank, ich habe Angst vor dem Hunger! Alle diese Worte der alltäglichen Liebessprache! Männer und Frauen, alle sind sie gleich! Wie soll man Schwalben, die in Watte gepackt sind, auffordern, gegen den Wind, der Sonne entgegen zu fliegen? Das Unglück der Liebenden, daß sie nicht mehr an ihre Liebe glauben! Sie brauchen jeden Tag ein neues Wunder! Und Jesus wirkte Wunder! Und trotz seiner Wunder haben ihn schließlich alle seine Jünger am Kreuz verlassen.«
Aber jetzt gab es kein Zurück mehr. Michail war nun für lange Zeit Iwan geworden. Man konnte ihm seine Identität nicht mehr zurückgeben. Sein Tod war wahrscheinlich von der Polizei registriert worden, die den Leichnam des anderen gefunden hatte. Der andere war ein Agent der Tscheka gewesen, wie aus seinem Ausweis und seinen sonstigen Papieren eindeutig hervorging.

Matthias war unendlich müde. Wenn er jemanden liebte, selbst in der relativ gleichgültigen Weise, in der er Michail liebte, dann geriet sein Leben stets durcheinander. Kyrtys belauerte ihn, er wußte es genau. Der Tuwiner fragte sich, wie der Weiße auf den Gefühlsüberschwang des anderen Weißen reagieren würde. Diese Weißen litten immer an einem Übermaß an Gefühl! Man mußte nur Kyrtys' starren Gesichtsausdruck betrachten, um zu verstehen, daß jemanden wie ihn die Gefühle in keinster Weise zu ersticken drohten.

»So spricht nur ein Schwächling«, sagte schließlich Matthias, indem er Michail ernst anblickte. »Zu einem Menschen, vor dem man Achtung hat, gehört es, daß er sich akzeptiert. Wovor hast du also Angst?«

Michail richtete seine rotunterlaufenen Augen auf ihn und schneuzte sich die Nase.

»Verzeih mir«, sagte er schließlich, während er ein wenig Tee trank. »Und versuche mich zu verstehen.«

»Verstehe dich erst selbst. Und vergib dir nichts«, erwiderte Matthias. »Hol etwas Wasser vom Fluß und wasch dir das Gesicht.«

Michail erhob sich gehorsam und ging zunächst unsicheren Schritts, dann entschlossener zum Fluß. Als die Nacht hereinbrach, veränderte er die Runde, die die drei Männer während des Schlafs im Zelt gemeinsam bildeten, um seinen Kopf Matthias zu Füßen legen zu können. Am anderen Morgen brachen sie später als vorgesehen auf, denn Matthias wusch sich noch den fast schon verkrusteten Schmutz ab und rasierte sich.

Man schrieb den 5. August 1914. Aber was spielte das für eine Rolle? Warum nicht den 45. Märzober 2320, wie im Tagebuch des Wahnsinnigen von Gogol? Das wesentliche war, sich von den Worten der vorangegangenen Nacht zu reinigen, von dieser Mahnung an die Brüchigkeit und an die Zwänge, die jeder Regung anhaften, die ein Mensch einem anderen entgegenbringt und die man für gewöhnlich Liebe nennt.

Mittags kam ihnen ein Trupp entgegen, der Schüsse in die Luft ballerte. Matthias und Michail legten die Hand auf die Gewehre in ihrem Sattel. Kyrtys begab sich zu diesen weit entfernten, schwarzen Flecken, die sich in einer Staubwolke bewegten. Mit zusammengekniffenen Augen wie er selbst — denn was war da anderes zu tun? — beobachteten Matthias und Michail, wie er einen langen,

schier endlosen Augenblick mit ihnen verhandelte, bevor er ungerührt zurückkam und sich die schwarzen Flecken gen Osten entfernten. Es waren Burjaten. Sie jagten Argali und Jak, aber sie feuerten Schüsse ab, um ihr Kommen anzukündigen, aus Spaß vielleicht oder zur Einschüchterung.
Eine immer hartnäckiger werdende Müdigkeit nistete sich in ihren Gliedern ein. »Ist es das Alter?« fragte sich Matthias. Und wie sehr würde sie noch zunehmen? Schon seit geraumer Zeit spielte er mit dem Gedanken einer Wiedergeburt, aber der Gedanke war vage geblieben, und er hatte ihn nicht weiterverfolgt. Er würde eine Verjüngung ohnehin nicht alleine vornehmen. Er würde die Uhr nicht ohne Zanotti zurückdrehen. Aber die Frage war, wie weit sich der Venezier mit Vitautas verbunden fühlte, der das nicht würde begreifen können und den all dies sicherlich, trotz seines Phlegmas, erschrecken würde?
Und Zanotti war so weit weg!
Und Matthias schickte sich an, die Wüste Gobi zu durchqueren. Allein der Gedanke daran zwang ihm ein Lächeln ab. Was war die geheime Antriebskraft, die solche Entscheidungen diktierte? Was steckte hinter dieser Schnelligkeit, mit der er in der Transsibirischen Eisenbahn entschieden hatte, die Papiere des Toten auf dem Gang auszutauschen? Was war das für ein Denken, das das Denken allemal hinter sich ließ und sich die Wirklichkeit schnappte wie der Fuchs den Hasen, der aus seinem Bau kommt? Und was verband ihn nun eigentlich mit Michail? Es mußte wohl so etwas wie Liebe sein. Aber Vitautas hatte recht: Liebe war ein hohles Wort ohne definitiven Sinn.
Der Wind wurde stärker und trieb den Sandstaub vor sich her, der den Himmel gelb färbte und dessen sich die Dämonen bemächtigten. Sie peitschten die schwefelige Asche zu einzelnen Wirbeln auf, die Sarabande zu tanzen schienen. Bald zogen sie sich in Schleifen auseinander, um den Reisenden die Kehle zuzuschnüren. Sie tobten, sie heulten und fauchten, dann brachen sie plötzlich in ein wütendes Bellen aus. Auch der Sand brachte unter dem Schritt der Kamele Orgelklänge hervor. Kyrtys hatte von diesen Dämonen gesprochen, und er hatte Matthias und Michail ein Amulett zum Schutz gegen sie gegeben. Kyrtys verstand die Weißen nicht, dafür aber die Natur.

»Der Sand ist eine verrückt gewordene Jungfrau, die ihre Flüche hinausbrüllt. Einzig der Weise kann ihre Worte verstehen.«
Matthias drehte sich um, um sich zu vergewissern, daß die Kamele noch hinter ihnen waren, daß der Sand sie nicht in den Himmel hinaufgetrieben hatte. Mit ihren dicken weißen Pelzmänteln glichen sie einem Zug von Geistern.
Selbst noch in der Hölle hielt Kyrtys von Zeit zu Zeit an, um den Kamelmist aufzulesen, den er in einen Beutel steckte. Das war das Material, mit dem er das Feuer anzündete, auf dem er seinen Tee kochte und den gedörrten Fisch auftaute, den sie mitgenommen hatten.
»Was tust du dir in den Tee?« erkundigte sich Matthias.
»Hirschhorn.«
Genaugenommen war es das Mark des Horns, das sich Kyrtys von Matthias mit Gold aufwiegen ließ. Er versicherte, daß er ohne dieses unvergleichliche Wundermittel nicht reisen würde. Jedem sein Viatikum!
Es war bereits der 8. August. Sutschou war noch ein Jahrhundert entfernt. Ganz zu schweigen von Lhasa!
Man sah jetzt braune Blöcke am fahlen Horizont. Das waren die Zeltvorstädte von Ulan-Bator. Wie würden die Reisenden jenseits der braunen, lamaischen Tempelmauern empfangen werden, die sich hinter den Zelten abzeichneten? Die Russen und die Japaner lagen im Streit, was den Zusammenbruch des Mandschurischen Reiches beschleunigte, des alten Reichs des Sohns der Sterne, jenes Mannes, der seine Feinde in Wannen kochen ließ — Dschinghis-Khans. Wie würde man dort Reisende aufnehmen, die sich nicht verständlich machen konnten?
Wieder mußte Kyrtys vermitteln. Er hielt die Karawane vor den Pforten des Lamaklosters Gandan an. Matthias und Michail, die sich vor Müdigkeit kaum noch auf den Beinen halten konnten — denn es war jetzt zehn Uhr abends, und die Nacht war schon hereingebrochen —, beobachteten von ihren Kamelen aus, wie Kyrtys mit dem Mönch an der Tür sprach. Der Mönch drehte sich um, um die beiden Weißen in den Blick nehmen zu können. Tauben umflogen die grünen und gelben Hunde des Buddha, die vor dem Tor Wache hielten. Der Mönch und Kyrtys verschwanden im Innern des Klosters. Es dauerte schier endlos lange, die Tauben suchten sich be-

reits ein Lager für die Nacht. Matthias und Michail, die abgestiegen waren, um sich die Füße zu vertreten, wurden von jener Müdigkeit des Nordens heimgesucht, die den Weißen im nördlichen Asien ergreift, wenn er gewahr wird, daß sein Zeitmaß unendlich viel kürzer ist als jener des Asiaten.

Schließlich kehrte der erste Mönch wieder. Ihm ging ein anderer voraus, der von höherem Rang zu sein schien. Kyrtys schloß die Tür. Der Mönch legte die Hände zusammen und verneigte sich, dann äußerte er einige unverständliche Worte. Kyrtys übersetzte: Sie sollten dem Vorsteher des Klosters vorgestellt werden. Matthias und Michail, die fast im Stehen einschliefen, verneigten sich ebenfalls und folgten dem Mönch auf dem Fuß. Es schloß sich im Innern des Gebäudes ein Rundgang durch mehrere Galerien an, die mit ihren dünnen Säulen und den verwinkelten Seitendächern aus lackierten Ziegeln alle gleich auszusehen schienen. In einem Hof waren Bretter, die sehr wohl Sargdeckel sein konnten, aber an einer Seite abgerundet waren, in Reih und Glied aufgestellt. Es handelte sich um Gebetsbänke. Drei kniende Mönche beugten sich darüber mit ihren kahlrasierten Köpfen, die sich monoton auf und ab bewegten. Sie kamen in einen großen Saal mit roten Holzpfeilern, an dessen Decke Papierbündel mit Gebeten hingen. Die Wand zierte ein rätselhaftes, geometrisches Bild. Fünf Mönche, ebenfalls in Rot gekleidet, schauten auf die näher kommenden Besucher. Der Mönch, der das Amt des Kämmerers innehatte, kniete nieder. Auch Kyrtys kniete, Matthias und Michail folgten ihrem Beispiel.

Eine durch die vagen Übersetzungen Kyrtys' zerhackte Unterhaltung folgte nun. Woher kommt Ihr? Aus welchem Land? Ist das Euer Sohn? etc. Der älteste von den Mönchen, der in der Mitte der fünf saß, beobachtete Matthias aus seinen zusammengekniffenen Augen. Matthias spürte trotz seiner Müdigkeit die Aufmerksamkeit, die er bei diesem Mönch hervorrief.

»Die fünf anderen, in der Tat«, sagte er schließlich.

Kyrtys übersetzte, ohne zu wissen, wovon er sprach. Matthias richtete einen fragenden Blick auf den alten Mönch.

»Er besitzt bereits eine von sechs Gaben des göttlichen Auges«, sagte der Alte seufzend. »Er bringt magische Formen hervor. Aber er wird Bardo nicht ohne die fünf anderen erreichen. Er verfügt noch nicht über das göttliche Gehör und auch nicht über die Gabe,

die Gedanken der anderen zu lesen. Er will sich von der Illusion befreien und zur Erkenntnis der Realität gelangen, aber er ist noch nicht soweit.«
Der Mönch schüttelte den Kopf.
»Erinnerst du dich an deine vergangenen Leben?« fragte jener, der sein Beisitzer zu sein schien.
»Ho!« rief der Alte. »Ho!« Er hob seine Arme in die Höhe.
Die vier anderen Mönche, der Kämmerer, die beiden Weißen und Kyrtys verharrten sprachlos.
»Dieser Mann ist einzigartig«, sagte der Alte. »Er hat fünf Leben ohne Unterbrechung hintereinander geführt!«
Die anderen bekundeten ihr Erstaunen.
»Was ich sehe«, sagte der Alte, »ist unglaublich. Schlagt den Gong, wir haben einen Besucher.«
Der Gewandteste von den vieren betätigte mit einem kräftigen Schlag den an der Tür hängenden Gong.
Das Ungeziefer, das die Pelzmäntel bewohnte, wurde durch die Wärme im Kloster wieder lebendig, und Michail konnte nicht umhin, sich zu kratzen. Matthias verspürte gleichfalls dieses Bedürfnis, aber er war zu müde, sich eine diskrete und angemessene Form zu überlegen, die es ihm erlauben könnte, mit seiner Hand unter die Kleider zu fahren, um seine Nägel in den Schamhaaren oder im Rücken zu vergraben. Das ganze feierliche Brimborium der Mönche und das Getue gegenüber den Reisenden fiel ihm auf die Nerven. »Jeder Mensch ist in der Lage, magische Formen hervorzubringen«, dachte er, »er erschafft sie sogar ohne Unterlaß mit seiner Einbildungskraft. Was nun die fünf Leben anbelangt, wer hätte sie nicht gehabt! Die Kindheit ist eines, die Jugend ein zweites, die erste Liebe ein drittes, das Ende der Jugend ein viertes und schließlich das reife Erwachsenenalter ein fünftes. Diese Taugenichtse erwarten doch nur, daß man einen ihrer Bedeutung angemessenen Obolus entrichtet, und sie wollen sicher sein, daß ich weder ein russischer Agent noch ein christlicher Priester bin.«
Man wies ihnen nun ihre Quartiere zu. Zwar mußte Matthias etwas nachhelfen, mit den entsprechenden Geldmitteln versteht sich, aber es war dann doch möglich, sich das Wasser warm machen und einen Zuber bringen zu lassen, in den er sich behaglich niederließ. Michail goß ihm Wasser über den Kopf, und Matthias seifte sich von

Kopf bis Fuß mit der Energie eines Verdammten ein. Das Wasser war schon bald erdfarbig, ein Aquarell der Wüste Gobi, das durch den Abfluß verschwinden würde. Dann wechselten sie die Rollen, und nun stand er Michail zu Diensten. Als sie sich frische Sachen angezogen hatten, ließ Matthias von Kyrtys und dem Mönch von der Pforte ein großes Feuer mit möglichst grünem Holz, soweit es aufzutreiben war, unter einem Baum anzünden. Und er ließ auch ihre Pelze und Kleider an einem Baum aufhängen und sie mit einem Stock ausklopfen. Winzig kleine Teilchen fielen ins Feuer und flammten im Bruchteil einer Sekunde auf, bevor sie ganz verschwanden. So hatte man dem Ungeziefer vorläufig den Garaus gemacht.

Dann gingen sie mit Kyrtys in eine Schenke zum Essen. Man reichte ihnen vergorene Stutenmilch, den *kumiss*.

»Tibet!« murmelte Matthias, als er seine Schale leertrank. »Ich hätte besser daran getan, dich nach Wladiwostok zu begleiten!« sagte er zu Michail. Der Kumiss schmeckte sauer.

»Vielleicht würdest du deine Meinung ändern, wenn wir einmal dort sind«, antwortete Michail. »Ich bin jedenfalls lieber mit dir hier als in meinem Telegraphenbüro.«

Eine Art Sträflingssolidarität, so mußte man das wohl nennen. Eines Tages begriff man, daß man alleine war, und der geringste Hauch Wärme war dann ebenso kostbar wie das Seehundsöl für den Eskimo.

»Du änderst dich schnell«, sagte Matthias, als er sich seinen Teil von dem Viertel Hammelbraten abschnitt, den man ihnen mit in Joghurt gekochtem Getreide serviert hatte. Das Getreide kam ganz sicher aus Rußland, denn die Mongolen bauten nichts an.

Er sehnte sich nach Schlaf. Am Ende des Lebens waren die Nächte oft heller als die Tage. Aber war er denn schon am Ende seines Lebens?

Er erwachte im Morgengrauen mit einem unbehaglichen Gefühl. Er öffnete die Augen. Ein Dutzend Männer befanden sich in dem Raum, den man den drei Reisenden als Schlafsaal zugewiesen hatte. Vor allem einer hatte sich über ihn gebeugt und schien sein Gesicht prüfen zu wollen. Die anderen hielten sich respektvoll hinter ihm. Es war ein Lamamönch, wie man unschwer an seinem orangefarbenen Gewand erkennen konnte. Matthias blickte dem Mongolen tief

in die Augen. Er fürchtete, der andere könne aus seinem Gewand einen Dolch ziehen und ihm ins Herz stoßen. Dieses stumme Duell währte mehrere Minuten.
»Welches Jahr?« fragte schließlich der Lama auf russisch.
Matthias runzelte die Stirn. Er verstand nicht.
»In welchem Jahr sind Sie geboren?« fragte der Lama.
»Sie werden doch nicht ein Horoskop von mir erstellen, während ich schlafe!« dachte Matthias. Er nannte ein Jahr, das plausibel klang und das ihm zufällig in den Sinn kam.
»Affe!« sagte der Lama triumphierend und wandte sich seinen Gefährten zu.
Sie nickten lächelnd mit dem Kopf und bewunderten den Scharfblick ihres Führers. Dann zogen sie sich auf ihren Filzsohlen zurück.
»Sie glauben, am Himmel Zeichen lesen zu können«, dachte Matthias ironisch. »Dabei ist es doch der Mensch selbst, der diese Zeichen setzt!«
Später erfuhr er, daß es der große Lama Bogdo Gegen Chan, das Oberhaupt des unabhängigen Mongolenstaates, in höchsteigener Person war, der auf seinem Gesicht nach einem Zeichen des Himmels gesucht hatte. Kyrtys, der von diesem astrologischen Zwischenfall Kenntnis erhielt, bewahrte seitdem vor Matthias einen abergläubischen Respekt. Michail äußerte dazu einige Banalitäten, in der Art von »Genaues weiß man nicht«.
Dieser lächerliche Vorfall sollte aber dennoch einen Vorteil haben: Bogdo Gegen Chan, dessen Titel Dschebtsundamba Chutuchtu lautete, wollte den Reisenden Proviant und mehrere Flaschen einer Art Wodka dieser Region, den Arkhi, geben. Am Vorabend ihrer Abreise, nach Sonnenuntergang unterrichtete Kyrtys Matthias, daß man ihm zu Ehren ein Schaf opfern würde. Die Zeremonie fand neben diesen pyramidenartigen Steinhaufen statt, die die Weißen fast überall in der Umgebung bemerkt hatten. Es handelte sich um Gedenkstätten. Doch woran sollten sie erinnern? An die Geister, vielleicht an die der Tiere, die man opferte. Es erschien eine besonders schmutzige Person mit einer zerschlissenen Pelzmütze, die sich am Eingang des Klosters aufstellte und mit zum Himmel erhobenem Gesicht Zaubersprüche zu rezitieren begann. Das wollte kein Ende nehmen. Matthias wurde schon müde, er wäre fortgegangen, hätte ihn nicht Kyrtys' Blick festgehalten. Der Ton

der Rezitation steigerte sich allmählich ins Hysterische. Der Schamane, denn um einen solchen handelte es sich, bewegte sich auf und ab, immer heftiger warf er seinen Kopf nach hinten. Er bäumte sich auf, beugte sich nieder und neigte den Oberkörper so heftig nach vorn, daß er sich zu verrenken drohte. Dann schrie er, der Speichel floß ihm aus dem Mund, er fiel zu Boden, brüllte, röchelte, deutete mit dem Zeigefinger auf Matthias und verlor das Bewußtsein.

Die anwesenden Mönche blieben stumm. Alle Blicke richteten sich auf Matthias, der nichts von all dem begriff.

Ein Blöken, und schon begann das Blut des Schafes auf die Erde zu fließen. Das Feuer knisterte. Man schnitt dem Schaf den Bauch auf und nahm ihm die Eingeweide heraus.

»Er hat gesagt, daß du schon bald die Schwelle von Bardo überschreiten wirst«, murmelte Kyrtys.

Was bedeutete Bardo?

Am 12. August machten sie sich nach Ongijn auf den Weg.

Am 20. verließen sie die Gebirgspässe, die über die letzten Ausläufer des Hengein Nuruu führen. Ihren Proviant hatten sie so gut wie aufgebraucht. Aber da erreichten sie auch schon Ongijn. Von einer dreißig Meter hohen Felswand aus wurden sie von einem Bären feindselig beobachtet. Wilde Gebirgsschafe zerstreuten sich in den Felsen. Kyrtys warf einen nostalgischen Blick auf den Bär.

Ongijn war eine kleine Siedlung von Burjaten am Ufer des Flusses, der ihr den Namen gegeben hatte, falls es nicht umgekehrt gewesen war. Kyrtys hatte kaum Schwierigkeiten, sich mit ihnen zu verständigen, und erwarb einen Schlauch, den er mit Wasser füllen ließ. Die Kamele führte er zum Weiden, soweit es überhaupt noch etwas zum Weiden gab. Ein rauher Wind trieb die Wolken nach Westen. Der Kognak war zu Ende, Matthias goß Arkhi in seine Reiseflasche und kochte Wasser ab, das er mit Papier zu filtern versuchte, bevor er es in die beiden Thermoskannen goß.

Die Reise war eine Metapher des Lebens im Zeitraffer.

Der Tabak in China war sehr teuer und fade dazu.

Zum Erstaunen eines Nomaden, der am Ufer des Ongijn Hausschafe weiden ließ, zog sich Matthias nackt aus, um sich mit dem eiskalten Wasser zu waschen. Michail, der Matthias in allem imitierte, tat es ihm nach, konnte sich aber nicht enthalten, seine

Scheu vor dem so abschreckend kalten Wasser lautstark kundzutun, nachdem er sich äußerst sparsam damit besprengt hatte.
»Wir sind auf der Hochebene der Mongolei«, sagte ihm Matthias, »und der Fluß kommt aus den Bergen ...«
Sie verfügten über keine anderen Karten als die in Prschewaslkijs Reisebericht enthaltenen. Aber die waren nach Matthias' eigenen Erkundungen und Vermutungen falsch. Zwei Tage nach Ongijn würde er sie noch einmal überprüfen. Nachdem sie dem Verlauf des Flusses gefolgt waren, erreichten sie einen See, in den dieser einmündete. Kurz davor konnte man ein riesiges Tal überblicken, das links von den Bergen des Altai und rechts von den letzten Ausläufern der Hochgebirgskette Tannu-Ola flankiert wurde. Unter den Altaibergen ragte ein beeindruckender Gipfel unter mehreren anderen besonders hervor. Er schien mindestens so hoch wie die Jungfrau in Europa. Der Asienforscher hatte ihn nicht verzeichnet. Kyrtys kannte seinen Namen nicht.
»Mein Vater hat oft bemerkt, daß die Region schlecht kartographiert sei«, gab Michail verwirrt zu bedenken.
Eine französische *Carte du Tendre*, die eine Geographie der Liebe bot, hing in der Bibliothek des Markgrafen von Ansbach-Bayreuth, woran sich Matthias jetzt erinnerte. Die einzig gültigen Karten gehören diesem Genre an. Ob es wohl auch eine Karte der Grausamkeit gab? Vielleicht war es dieselbe.
Zwei Tage später erlebten sie einen Sandsturm, der sich gegen drei Uhr nachmittags erhob. Man konnte die Luft nicht mehr atmen. Der Himmel hatte eine orangene Farbe angenommen. Kyrtys an der Spitze schrie ihnen Anweisungen zu, die im Sturm nicht zu hören waren. Er stieg von seinem Kamel ab und ließ es sich hinlegen, dann lief er zu Matthias, den er an den Füßen zog und gleichfalls zum Absteigen zwang. Schließlich zerrte er auch Michail vom Kamel, nun schon in panischem Schrecken. Die fünf Kamele hatten sich niedergelegt. In fieberhafter Eile zog Kyrtys drei Decken aus dem Gepäck heraus, wobei ihm Matthias zu Hilfe kam. Die drei Männer und die Tiere waren vom Sand schon fast ganz eingehüllt. Matthias holte noch einige Handtücher heraus, tränkte sie mit Wasser und legte sie auf Michails und Kyrtys' Gesicht, dann auch auf sein eigenes. Dann kauerte er sich gegen sein Kamel, um gegen den Wind geschützt zu sein.

Als er die Augen wieder ein klein wenig öffnete, konnte Matthias nicht einmal einen Meter weit sehen. Der Sand war über den Nacken ins Innere seines Hemdes eingedrungen, hatte seine Ohren verstopft, und auch seine Haare waren nur noch Sand. Einzig das Tuch, das er auf sein Gesicht gelegt hatte und das jetzt von gelbem Schmutz nur so triefte, hatte verhindert, daß der Sand, der zwischen seinen Zähnen knirschte, seine Nase und seinen Mund ganz verstopft hatte und daß er innen nicht genauso zugeschaufelt worden war wie außen.
Ein dickes Knäuel klatschte auf ihn nieder, schlug um sich und blieb dann leblos liegen. Er betastete es, es fühlte sich wie Federn an.
Schwerer Sand häufte sich auf seinem Rücken. Wenn er nicht aufpaßte, würde er binnen kürzester Zeit zusammen mit dem Kamel begraben werden. Das leise Atmen des Tieres, das er an der Seite, an die er sich angeschmiegt hatte, wahrnahm, war das letzte Zeichen, das ihn mit dem Leben verband.
In seinem Innern, in dem eine Kerze zu brennen schien, war dennoch alles dunkel. Die Kerze hellte nichts auf.
Die Unendlichkeit blieb für später reserviert. Jetzt hörte er Schreie. Es war die Stimme Kyrtys', der ihm zu Hilfe kam. Der Sturm war vorbei. Matthias machte jetzt die Augen ganz auf. Eine braune Mauer verlief am Horizont. Aber der Himmel war gelb und die untergehende Sonne von einem dunklen Rot, das das Blut von weniger Tapferen zum Gerinnen gebracht hätte.
Matthias versuchte aufzustehen. Er war in einer kleinen Düne eingesunken. Er erhob sich schwankend, der Sand rann durch seine Kleider. Die Kamele richteten die Köpfe auf. Er lief zu Michail, half ihm. Dessen Körper wäre weggesackt, wäre er nicht auch im Sand eingepfercht gewesen.
»Michail!«
Kyrtys kam herbeigerannt. Michail hatte das Tuch fallen lassen. Sein Mund war voller Sand. Die beiden Männer zogen Michails Körper heraus. Er war noch warm. Es wäre vergebene Mühe gewesen, hätte man jetzt das Herz abhören oder den Puls fühlen wollen.
»Drehen wir ihn mit dem Kopf nach unten!« schrie Matthias, der schon ein Bein anpackte. Kyrtys tat dasselbe. Sie hielten Michail an den Schenkeln, während Matthias auf den Rücken des jungen Mannes klopfte. Die Arme hingen leblos herab.

»Nicht diesen hier!« flehte Matthias, ohne zu wissen, wer sein Stoßgebet erhören könnte.
Eine Zuckung ging durch den Körper. Ein Arm bewegte sich. Michail hatte gehustet! Gelber Schmutz rann aus seinem Mund.
Sie legten ihn auf den Rücken. Kyrtys holte den Wasserschlauch und ließ eine Ladung auf Michails Gesicht spritzen. Der legte sich auf die Seite, hustete, spuckte. Matthias eilte, in seinem mit Sand verklebten Gepäck einen Becher zu suchen, den er mit Wasser füllte. Michail hatte sich aufgesetzt.
»Spül dir den Mund aus!«
Michail gehorchte und spie das gelbe Wasser wieder aus, gelber Schleim rann aus seiner Nase, auch die Tränen, die aus seinen Augen flossen, waren gelb.
Noch zehn Tage später, als sie in Ainsi-Tschü ankamen, spie Michail gelben Rotz aus.
Jetzt schrieb man den 2. September. Am 5. stießen sie nach Sutschou vor. Matthias hatte fünf Kilo abgenommen. Seine Kleider flatterten ihm um den Leib. Michail war, gelinde gesagt, noch nicht ganz wiederhergestellt. Er sah wie ein Phantom aus.
»Du hast mir noch einmal das Leben gerettet«, sagte er träumerisch, »ich müßte Lazarus heißen.«
»Ich bin nicht Jesus.«
Sutschou, ein kleines Dorf, markierte erst die Hälfte der Reise. Die Reisenden ließen sich zwei Tage Zeit, ihre Ausrüstung zu erneuern, sich zu waschen, ihre Kleidungsstücke zu reinigen und vor allem zu schlafen. Am dritten Tag machte sich Matthias auf die Suche nach Ralopa. Man gab ihm zu verstehen, daß Ralopa ausgegangen sei, um seine Jaks zu weiden. Matthias war also gezwungen, sich in Geduld zu üben, bis die Jaks keinen Hunger mehr hätten. Die Tage vergingen, und Matthias erfuhr, daß Ralopa eine Frau hatte, die im Dorf geblieben war. Er sucht sie auf, um sie zu befragen. Es war eine liebenswürdige junge Frau, die aus dem Jakhaar Tücher webte.
»Sind Sie das, der mit den Kamelen gekommen ist?« fragte sie Kyrtys, wobei sie gleichzeitig Matthias und Michail verführerische Blicke zuwarf.
»Ja. Wann wird Ralopa zurückkommen?«
»Wenn die Jaks gefressen haben«, erwiderte sie lächelnd. Am Abend würde Kyrtys ihr Bett beehren!

Ralopa kam am 18. September von der Weide zurück. Das chinesische Telefon informierte ihn rasch, daß ihn zwei Weiße und ein Tuwiner erwarteten, aber er beeilte sich nicht. Erst am 19., als die Reisenden sich um ein Feuer versammelt und gerade einen Gänsebraten verspeist hatten, erschien Ralopa.
Man konnte das Alter des Asiaten schwer schätzen. Ralopa war vielleicht dreißig Jahre alt, vielleicht auch schon fünfzig. Er trug einen weiten Mantel aus Jaktuch, der sehr elegant tailliert war, wie Matthias bemerkte. Die Ärmel waren breit und der mit Schafsfell besetzte Kragen so hoch, daß er bis zu den Ohren reichte. Seine Beine steckten in Hosen aus gestreifter Wolle. Sein Aussehen verkörperte List und Schlauheit, vielleicht sogar Scharfsinn. Er besaß vorstehende Backenknochen, hohle Wangen und einen geistvollen Mund, wie man im Hôtel de Molé gesagt hätte. Er trat in Erscheinung, ohne ein Wort zu sagen. Aber jeder begriff, daß nur er es sein konnte. Matthias forderte ihn auf, Platz zu nehmen, Michail bot ihm eine Zigarette an, Kyrtys eine Schale Tee. Der Mann verbeugte sich, setzte sich, stellte die Schale vor sich hin und holte aus seinem Mantel eine Bambuspfeife, die er mit dem Inhalt der angebotenen Zigarette stopfte. Er sprach immer noch kein einziges Wort.
Was um alles in der Welt verband Frau von Kirchhoff mit diesem Teufelskerl? Und wie hatte sie ihm Matthias' Eintreffen mitgeteilt?
»Vielen Dank«, sagte er schließlich zu Matthias auf deutsch, wobei er ein Lächeln zurückhielt.
Michails Kinnlade klappte herunter. Matthias brach in Lachen aus. Er wurde von einem heftigen Lachanfall gepackt, den Ralopa ungerührt beobachtete.
»Sie sprechen also Deutsch«, stellte Michail fest.
»Ich habe in Tübingen Medizin studiert, danach habe ich in Berlin gelebt«, antwortete Ralopa mit einem in der Tat leichten Berliner Akzent. »Dort habe ich Frau von Kirchhoff kennengelernt. Frau von Kirchhoff hat mich über einen deutschen Händler in Chunking, dem sie ein Telegramm schickte, über Ihre Ankunft in Kenntnis gesetzt. Das Telegramm ist mir einen Monat später von einer Karawane aus Chunking zugestellt worden.«
»Wie sind Sie hierhergekommen?« fragte Matthias.
»Sie mögen Sutschou nicht?« entgegnete Ralopa mit einem halben Lächeln. »Um mich kurz zu fassen, ich war der Boy Ihres Konsuls

in Shanghai. Als er nach Berlin zurückkehrte, hat er mich mitgenommen. Er beschloß, für meine Ausbildung auf abendländische Weise zu sorgen. Zunächst hat mich das abendländisch-europäische Leben sehr amüsiert, dann habe ich mich zu langweilen begonnen. Man kann sich doch nicht dafür entscheiden, sein ganzes Leben mit Eitelkeiten, Begierden und Heuchelei zu vertun. Ich bin also nach fünfzehn Jahren nach Asien zurückgekehrt. Ich habe nicht dieselbe Route wie Sie eingeschlagen. Ich bin bis nach Wladiwostok gefahren, dort habe ich ein Schiff nach Shanghai genommen. Von dort aus gehen sehr oft Karawanen bis hierher. Der Weg ist viel länger, aber weit weniger gefährlich. Aber die Weißen haben es immer eilig, nicht wahr?« schloß er mit einem Lächeln.
Michail kam aus dem Staunen gar nicht mehr heraus. Matthias entschied sich, den Rest Arkhi als Willkommenstrunk zu spendieren.
»Sie wollen also nach Tibet gehen«, sagte Ralopa. »Sie können Ihren Führer mit den Kamelen zurückschicken. Diese Tiere werden Ihnen auf der Straße, die man nehmen muß, kaum von Nutzen sein. Ihre Füße sind zu zart dafür. Einzig die Jaks und die Maultiere können uns nützlich sein.«
Er warf Kyrtys einen langen Blick zu, dem dieser mit einem gewitzten Lächeln standhielt. Matthias war beunruhigt: Und wenn Ralopa von der Untreue seiner Frau erfahren hatte?
Ralopa wandte sich den Weißen zu und sagte, als ob er Matthias' Gedanken erraten hätte: »Die Frauen bei uns sind sehr frei. Sie sind keine Objekte.«
Am folgenden Tag wurde Kyrtys ausbezahlt und mit den Kamelen, dem Zelt und einem Gewehr als Trinkgeld zurückgeschickt.
»Warum wollen Sie nach Tibet?« fragte Ralopa.
»Sagen Sie es mir«, antwortete Matthias.
»Das Wasser wird niemals mehr denselben Geschmack haben«, sagte Ralopa.
»Sind Sie Tibetaner?«
»Alle Menschen sind potentielle Tibetaner«, antwortete Ralopa.
»Nein, ich bin kein gebürtiger Tibetaner. Ich bin aus Hsian. Aber dem Blut nach sind wir verwandt.«
Sie nahmen acht Jaks und zwei Zelte mit. Sie umgingen das Hsilian-schan-mo-Gebirge, betraten Datschaidam. überwanden wie-

der auf endlosen Märschen die Bergkette des Kunlun Shan, die von Abgründen, Schluchten und Wasserfällen nur so wimmelte.
Sie atmeten nur mit Mühe. Auch das Argon brannte schlecht. In der Nacht fror der Urin; sobald der Wasserstrahl versiegt war, knisterten schon Kristalle auf dem vereisten Boden. Man mußte den Geist wie die Augen zusammenkneifen und auf Sparflamme setzen.
Am 27. Oktober stiegen sie schließlich den Thanghla-Shan-Paß hinunter. Ihre Haut war gegerbt, die Füße hatten eine dicke Hornhaut bekommen. Europa brannte, der Himmel Tibets war aus reinem Gold.
Ralopa rasierte Matthias' und Michails Köpfe kahl. Sie waren so sonnenverbrannt, daß man sie von weitem, wäre nicht ihre Größe gewesen, für Asiaten hätte halten können. Als sie den Skyid-Tschou-Fluß — hinter den Jaks, die Ralopa führte — entlanggingen, hielt man sie schon für Pilger. Der Palast von Potala leuchtete.
Ralopa brachte sie im Gandan-Kloster unter. Unter den blutroten Pfeilern erteilte er ihnen die erste Unterweisung.
Sie lernten Tibetanisch. Sie tranken fettigen und stinkenden Tee. Sie schliefen auf einer Matte und aßen Schweinebraten. Sie waren niemand mehr. In Gandan gab es sechstausend Mönche. Jeder hatte seine Gebetsmühle.
»Das Begehren und der Haß sind die zwei Seiten ein und desselben Bundes mit der Welt.«
»Aber ich kann doch nichts dafür, daß ich mich dir verbunden weiß«, murmelte Michail.
Michail hatte sich in Matthias aufgelöst.
In einer Vollmondnacht, am 10. Juni — denn die Zeit verging — war Ralopa verschwunden. Die Mönche bereiteten das große Fest vor, das der Feier des Jahrestages der Geburt Buddhas am 15. Juni vorausging.
Auf der höchsten Terrasse des Klosters hockten dreihundert Lamas im Kreis. Um sie herum standen die Novizen. Matthias und Michail hatten große Mühe, noch einen Platz zu finden. Ein Orchester mit Hörnern und Trommeln war auf beiden Seiten des Haupteingangs zur Terrasse aufgestellt. Die Luft dröhnte vom wirren Rasseln der Mühlen. Der Himmel war ganz klar, unverhüllt, als wäre die Nacktheit das einzige Kleid gewesen, das den höheren Gewalten angemessen war, die man ehrte. Und weil über ihnen nichts mehr war.

Die Mühlen standen still. Die Lamas rezitierten Beschwörungsformeln, die in der eisigen Nacht immer heftiger wurden. Zwölf unter ihnen standen auf und gingen.
Nach einer Stunde kamen sie wieder zurück. Jeder von ihnen hielt ein großes, sperriges Bündel in den Händen. Das Licht des Mondes zeigte die weißen Schädel und die leeren Augenhöhlen dieser Bündel. Denn sie waren nichts anderes als die Leichname von Lamas. Sie schienen leicht, sehr leicht, wenn man geschickt mit ihnen umging. Aber es bedurfte auch der Zärtlichkeit. Denn die Lebenden verwandten unendlich viel Mühe darauf, sie auf dem Boden der Terrasse unterzubringen. Dann blickten sie mit verzerrten Gesichtern gen Himmel. Ihre Hände waren mit Schnüren zusammengebunden.
Ein Lama erhob sich und begann mit der Lektüre des Bardo Thös Tol.
»Wenn du leidest, gib dich nicht der Wahrnehmung deines Leidens hin ...«
Die zwölf Lebenden, die zu Füßen der Toten standen, falteten die Hände.
»Hick!« machten sie.
»Wenn du in einer ruhigen Dunkelheit zu versinken meinst, einem friedlichen Vergessen, überlasse dich dem nicht, bleib in Bereitschaft.«
»Hick!«
Jedes dieser »Hick« wurde mit einer derartigen Intensität ausgesprochen, daß es einen verborgenen Ort zwischen Herz und Magen zu treffen schien. Es schien ihnen den Atem zu nehmen.
»Das Bewußtsein, das sich von deinem Körper löst, wird nach Bardo gelangen ...«
»Hick!«
Die Schreie wurden immer schriller. Matthias und Michail öffneten den Mund, um atmen zu können. Man sagte, daß ein solcher Schrei töten könne. Allem Anschein nach war er nur dazu bestimmt, dem Geist ein Entkommen über die Schädelkuppe zu ermöglichen.
»Lös dein Nicht-Sein im Sein auf ...«
»Hick!« »Pfett!«
Einundzwanzig »Hicks« wurden gesprochen. Die Zelebranten schienen selig. Dann folgten noch einundzwanzig »Pfetts«.

Dieselben Zelebranten beugten sich nun jeweils über »ihren« Leichnam und hoben ihn langsam auf. Die Trommeln wirbelten dumpf und ließen den Boden der Terrasse vibrieren. Dann tosten die Hörner. Die Zelebranten hatten die Leichname in ihre Arme genommen und drückten sie fest an sich. Es schien sogar, daß sie ihre Gesichter an die Totenschädel preßten. Die Oboen setzten mit einem Ritornell ein, das von den Trommeln immer stärker skandiert wurde.
Die Zelebranten tanzten mit den toten Körpern. Ein Schritt nach vorne, einer zurück, ein Schritt nach rechts, einer nach links. Die Hörner tosten, als wollten sie die ganze Welt erfassen.
Nach geraumer Zeit rückten die Zelebranten die toten Körper auf Armlänge von sich ab, führten ihren Tanz aber weiter fort. Dann drückten sie sie erneut an sich.
Die Welt bestand nur noch aus einem gewaltigen Tosen und den Trommelwirbeln, im Vergleich zu denen das Ritornell der Oboen einem wie der Ruf eines Vogels vorkam, der an einem Wasserfall zu singen begann.
Die Tänzer tanzten immer noch weiter, bald entfernten sie sich von den Toten, bald näherten sie sich ihnen wieder. Auf diese Weise zwangen sie sie zu einer Art Cakewalk. Die Nacht schritt voran. Und jetzt ließ ein Tänzer den Leichnam los, der sein Partner war. Der Leichnam blieb stehen, schwankte, schien einen Schritt nach vorne zu machen ... Der Tänzer nahm sich seiner wieder an. Mund an Mund tanzten sie. Er entfernte sich erneut, der Leichnam schwankte und schien zurückzuweichen. Er wich zurück.
Dasselbe Schauspiel wurde von den anderen elf Paaren wiederholt. Kurz vor Morgengrauen tanzten die toten Körper gegenüber den Zelebranten, ohne daß sie noch von einer Hand festgehalten wurden. Sie neigten sich nach vorne, wenn die Lebenden sich nach vorne beugten, nach hinten, wenn sie sich nach hinten beugten, dann wieder nach rechts, nach links ...
Warum bezeichnete man sie noch als Leichname? Das Leben und der Tod waren zwei Aspekte ein und derselben Verklammerung mit der Welt. Aber wie konnte man das nennen, was sie zugleich überstieg und verband und was der Liebe glich?

Vierter Teil

Die Botschaft

1.

Fragmente eines Reisetagebuchs

»So machen, machen, machen es die kleinen Puppen,
sie machen, machen, machen drei kleine Drehungen
und verschwinden dann.«

Ein Donnerstagnachmittag im Juni 1921 im Jardin du Luxembourg in Paris, drei Schritte vom Puppentheater entfernt. Der Gendarm, Pulcinella, die Prinzessin und der Räuber begrüßen ihre Zuschauer, indem sie sich über die Rampe der Puppenbühne hinausbeugen. Eine dicke Frau mit einem grauen Dutt versucht, die Zugabe-Rufe der Kinder mit ihrer krächzenden Stimme und einem Abzählvers, den sie mit düsterer Miene hersagt, zu übertönen. Die Eltern und die Gouvernanten suchen ein Geldstück in der Westentasche und im Handtäschchen.
So also stimmt man das menschliche Wesen von seiner Kindheit an auf die Wechselfälle des Lebens, das ständige Auf und Ab der Welt ein. Weisheit oder Zynismus? Das Gute triumphiert über das Böse innerhalb von zehn Minuten; die Ordnung regiert, es gibt Butterbrote und Limonade. Der Knüppel des Gendarmen war viel stärker als derjenige Pulcinellas. Jeder legt sich demnach einen Knüppel zu, um seine Ordnung durchzusetzen, um gewissermaßen dafür zu sorgen, daß der Streit möglichst nicht von langer Dauer ist. So reduziert sich das Leben auf eine Abfolge von kurzen Zuckungen und Krämpfen: Herausforderungen, Zänkereien, Abrechnungen, Siegen und Niederlagen. Ein kleines Mädchen drängt sich eifrig nach vorn. »Marie-Dorothée!« kläfft seine Gouvernante, die es mit großen Schritten in Militärstiefeln verfolgt.
Aber das Gute und das Böse sind Fiktionen für Gouvernanten — Gouvernanten mit Helmen und Abzeichen, die man Marschall nennt; mit Soutanen, die man Bischof nennt; mit gestreiften Hosen

und scheinheiligen Schnurrbärten, die ihren Mund verbergen und die man Politiker nennt; mit zweifelhaften Röcken und steifen Schürzen wie jene hier.
»O meine Brüder! Über die Sterne und die Zukunft hat man bislang nur Vermutungen angestellt, aber man hat darüber nie wirklich etwas gewußt. Und deshalb kann man auch über das Gute und das Böse nur Vermutungen anstellen, ohne je ein gesichertes Wissen zu haben!«
Solange man über das Gute und das Böse spricht, besteht die Menschheit aus Puppen.
Matthias schiebt den Knauf seines Spazierstockes, der abzugehen droht, wieder in die richtige Lage. Eine junge Gouvernante wirft einen verstohlenen Blick auf diesen schönen jungen Mann, der in seinem grauen Anzug mit der schönen, hervorstechenden Uhrkette und seinen weißen Gamaschen so elegant aussieht.
Er ist zweiundzwanzig Jahre alt und heißt Arsinault. Er stammt aus einer im 18. Jahrhundert aus Rußland emigrierten Familie. Er ist demnach ein politischer Flüchtling. Er wohnt mit einem Freund, Zanotti Baldassari, zusammen, am Boulevard Saint-Germain, Nr. 219. Ein anderer politischer Flüchtling, Michail Teodorowitsch Urussow, wohnt jetzt in Berlin. Michail hat Marie geheiratet und ist der Adoptivvater eines kleinen Jungen, der ebenfalls Matthias heißt und der nun acht Jahre alt ist. So ist also ein Ur-Urenkel des Grafen Archenholz der Adoptivvater des Sohnes desselben Grafen. Man soll sich im Leben auch ein wenig amüsieren!
Matthias und Michail schreiben sich von Zeit zu Zeit. Er und Marie haben ihm ein Familienphoto geschickt, das sie mit dem kleinen Matthias zeigt. Matthias hat das Photo mit der Lupe genau inspiziert. Er hat sich bemüht, eine Ähnlichkeit mit den Abbildern zu finden, die ihm die wenigen Spiegel der Residenz von Archenholz in seiner Kindheit einst zurückwarfen. Vielleicht gibt es da Ähnlichkeiten. Michail arbeitet im Auftrag einer deutschen Firma — es handelt sich um Siemens — an einer Erfindung, die er »Televisiophon« nennt.
»Du bist meine Wiedergeburt«, schrieb er in seinem letzten Brief. »Du hast mich zum Bardo geführt und darüber hinaus. Du bist mein wahrer Vater.«
Er macht Pläne, nach Paris zu kommen. Matthias rät ihm davon ab. Er weiß ja nicht, dieser arme Michail, daß der Sechzigjährige, den

er im Jahre 1919 in Shanghai verlassen hat, heute zweiundzwanzig Jahre alt ist. Wie soll man ihm das denn erklären? Das Leben ist manchmal mehr als kompliziert.
Vitautas ist allein in Venedig geblieben, während Zanotti Matthias 1920 in Istanbul wiedergetroffen hat. Schmerzliche Wiederbegegnung. Matthias war geteilt zwischen der Freude, den Freund von mehr als eineinhalb Jahrhunderten nach ihrer längsten Trennung — es waren fast sechs Jahre — wiederzusehen, und der Schwierigkeit, diesem zu erklären, wer er geworden war. Bis 1916 Lhasa, dann bis 1918 Benares, dann Ceylon, der Übergang vom Großen Wagen zum Kleinen Wagen der drei strengen Gelübde, dann die Rückkehr ins normale Leben . . .
Wie Zanotti in diesem Zimmer des Pera-Palastes alles erklären, in dem die am Tag unter die Kupferbetten gebundenen Moskitonetze wie die Brautkleider von Verstorbenen aussahen? Wie ihm erzählen von den endlosen Monaten in dem rot schimmernden und schmutzigen Lamakloster von Gandan, der langsamen Bemühung um die Selbst-Auslöschung, die doch keinen anderen Sinn hat, als sich von der Sinnlosigkeit des eigenen Daseins zu überzeugen? Denn warum sich beeilen, wenn wir am Ende doch nur Nichts sind? Eine lächerlichere Vorbereitung auf den Tod kann man sich nicht denken als die jener Mönche, die beginnen, Lack zu verzehren, um sich von innen zu mumifizieren, wenn sie fühlen, daß das Leben zu Ende geht! Wie die Enttäuschung ausdrücken, die dem zweifellos außergewöhnlichen, gewiß — im gewöhnlichsten Sinn des Wortes — ›romantischen‹ Schauspiel des Totentanzes im Mondenschein folgte? Eine naive Lehre über Dunkelheit und Kinderliebe, die nichts zeigte außer der Macht der Zauberei — und was anderes ist denn Zauberei als ein Beweis des Unbeweisbaren? Daß die Liebe das Leben gibt, und sei es den Toten — wer hätte daran jemals gezweifelt? Und welche Mühe, um den Knochen- und Sehnenpaketen den Anschein einer Bewegung zu geben! In der Morgendämmerung fielen sie wieder auseinander und mußten in ihre Gräber zurückgebracht werden, um zu trocknen.
»Die Auferstehung — was für eine Kinderei, Zanotti! Wenn ich nicht verdammt wäre, ich würde mich des Gedankens schämen, daß man sie Jesus zugeschrieben hat!«
Zanotti, überwältigt von der Wirkungskraft einer ungeheuren und

doch sinnlosen Erfahrung, sagte kein einziges Wort. Eine philosophische Ader ging ihm entschieden ab. Er hatte fast zwei Jahrhunderte an der Oberfläche des Lebens ohne Tiefsinn gelebt und hatte in den Wundern eines Jesus nie etwas anderes gesehen als Motive für bestimmte Altarbilder, auf denen die erhabene Geste eines jüdischen Apollo einem nackten Körper das Leben schenkt, der in weiße Tücher gehüllt ist und von der einsetzenden Verwesung bereits eine grünliche Farbe erhalten hat. Oder auch Altarbilder, auf denen muskulöse Diener in einheitlichen Gewändern mit Erstaunen und Entzücken Krüge voll neuen Weines herbeitragen, während die Zuschauer die Arme dankbar zum Himmel erheben und die Windhunde mit ihrer feuchten Schnauze auf den Urheber dieser Wunder zeigen. Zanotti ist auf eine außergewöhnliche Weise oberflächlich. Und dies ist vielleicht einer der Gründe für die unauslöschliche Zuneigung, die ihm Matthias entgegenbringt.

»Aber die Mönche?« fragte er noch auf der Treppe, die auf die Terrasse über dem Bosporus führte.

»Listig und schmutzig!«

»Und das Essen? Du siehst nicht mager aus ...«

»Reste von Fleischfasern, Tee mit stinkender Butter, abgestandener Reis ... Abscheulich, ja das abscheulichste überhaupt ist, daß man sich schließlich daran gewöhnt. So wenig schrecken wir vor dem Ekelhaften zurück!«

Aber es war gar nicht wahr: Matthias gewöhnte sich an nichts. Er kochte sich seinen Tee selbst ohne Jakbutter und seinen Reis mit Kümmel und mit Fleischstückchen. Noch schlimmer: Er fand keinen Trost in der tibetanischen Weisheit, da konnte die Butter noch so ranzig sein, von der er zehrte. Diese erbärmliche Kasteiung, die er sich auferlegte und die er mit Michail teilte, gab ihm nicht den geringsten Trost. Die Bestrafung des Körpers zur Besänftigung der Angst ist ein lächerlicher Trick, der in Wahrheit das Tote dem Leben einimpft. Man glaubt mit der Letzten Ölung das Fieber zu besiegen! Abscheulicher Betrug!

»Ich hasse seitdem alle Religionen«, murmelte Matthias und erfaßte mit einem Blick den türkischen Himmel über einer Zwischen-Welt, »ich bin jetzt sicher, daß Gott ohne Religion ist!«

Zanotti fuhr auf. Es war das erste Mal, daß Matthias diesen Namen

aussprach. »Die Angst. Martha Eschendorff, das war schrecklich! ... Verstehst du? Dann Ilse ... Und sogar Marie!«
»Hast du also Marie nicht geliebt?« fragte Zanotti erstaunt.
»Glaubst du, daß ich fortgegangen wäre, wenn ich sie wirklich geliebt hätte?«
»Sie hat trotzdem sehr viel geweint«, sagte Zanotti traurig.
»Wahrscheinlich. An dem Morgen, als ich sie getroffen habe, hätte sie ihren Körper gegen meine Uhr eingetauscht. Und am folgenden Tag, nach dem Waschen und Essen, bot sie es selbst an. Genügt so wenig, damit die Liebe entsteht, oder handelt es sich tatsächlich um die Liebe, die aus so wenigem entsteht? Sie wird in jedem Fall mit Michail glücklich sein. Sie hat mir geschworen, ihn zu heiraten«, sagte Matthias.
Sie setzten sich an den Tisch — vor dem so nahen und doch so fernen Asien, dessen äußerster Zipfel, von der untergehenden Sonne vergoldet, zwischen dem Großen Serail und den Verwaltungsgebäuden erblühte. Sie kosteten ein flüssiges Sorbet, einen gekochten Extrakt aus den Hibiskusblumen, die man hier Karkadet nannte, garniert mit Piniennüssen, wilden Aprikosen und trockenen Trauben.
»Wir werden uns bald verjüngen müssen«, kündigte Matthias an.
»Schon wieder!« seufzte Zanotti.
»Aber ja«, sagte Matthias in geheuchelt ergebenem Tonfall, »die Geschichte ist noch nicht zu Ende.«
»Sie ist unendlich«, sagte Zanotti träumerisch. »Du suchst noch immer die Liebe?«
»Suchst du sie denn nicht?« fragte Matthias zurück.
»Du weißt es, ich bin niemals solchen Hirngespinsten wie ihr Leute aus dem Norden nachgerannt. Ihr hegt eure Phantasmen mit hohen Kosten! Es ist wie mit den Tulpenzwiebeln.«
»Den Tulpenzwiebeln?« fragte Matthias.
»Ja, die Holländer kaufen sie von den Türken nach dem Gewicht des Goldes. Euch in den kalten Ländern bedeckt die Freude daran so viel, daß ihr ein riesiges Aufhebens davon macht. Die Venezianer haben ein Vermögen gescheffelt, indem sie euch den Pfeffer verkauften, der euren faden Suppen erst Geschmack verleiht.«
Matthias lachte. Zanotti lachte auch. Zwei alte Herren, die am Bosporus lachen.

Am nächsten Tag fand man den einen tot in seinem Bett, während der andere ungefähr zur selben Stunde auf dem Basar infolge einer Herzattacke zusammenbrach. Ah, Schöne Frau, Bella Donna! Im Orient-Expreß, der eine Stunde zuvor abgefahren war, versuchte Zanotti, wieder zu Sinnen zu kommen.
»Ich habe Angst davor, mich so alle vierzig Jahre umzubringen!« schimpfte er, während er Champagner trank. »Und außerdem mag ich keine ›Veuve Clicquot‹!«
Matthias beginnt es allmählich auf seiner Bank im Jardin du Luxembourg warm zu werden.
»Das Wesentliche ist, für seine Angst keine jämmerlichen Heilmittel zu suchen. Kein Tibet mehr! Es lebe die reine und freie Angst!«
Er ruft ein Taxi herbei. Er hat eine Verabredung mit Marie-Bénédicte Gottweiler, Rue de Varenne.

2.

Myra

Marie-Bénédicte Gottweiler war wohl kaum ein Objekt der Begierde: Vierzig Jahre alt, neunzig Kilogramm schwer, ein glattes Feldwebelgesicht, männlich wirkende Kostüme, zum Pagenkopf geschnittene — leicht ergraute — Haare, mit einem nach vorne gekämmten Benediktinerpony. Sie verfügte über ein beträchtliches Vermögen und hatte sicherlich einiges im Kopf. Fräulein Gottweiler war nämlich Doktor der Philosophie.
Die Wohnung: Ein herrschaftliches Haus, das sie von ihrem Vater, dem verstorbenen Salomon Gottweiler geerbt hatte. Der hätte sich freilich vor Entsetzen im Grab umgedreht, hätte er sehen können, was daraus seine bedauernswerte Tochter gemacht hatte. Er war nämlich Bankier gewesen und hatte die von ihm so genannten »Ludwigs« bewundert — Ludwig XIV., XV., XVI. und XVIII. (Er hatte riesige Summen ausgegeben, um das Schicksal Ludwigs XVII. aufzudecken, und er starb schließlich in der Überzeugung, daß Naundorf es gewesen sein mußte.) Alles stammte aus jener Epoche: Das Sitzmobiliar, Kommoden, Vertikos, Bronzestatuen, Lampen, Aubussonteppiche und Gobelins, Kerzenständer, Holzverkleidungen; und Champeaux, der Antiquitätenhändler, behauptete gehässig, daß er für »Vater Gottweiler« sogar eine Klosettbrille Ludwigs XVI. aufgestöbert hätte. Marie-Bénédicte hatte dies alles verkauft, sogar die Fragonards (die ihr die Nesselsucht eingebracht hätten), die Hubert Roberts (die den Schmutz anzogen), den Chardin (fad wie Suppe!) und die Lancrets (Leckereien für kleine Mädchen). Die Verkaufskataloge für die Versteigerung umfaßten alles in allem zehn dicke Bände.
An Stelle der Holzverkleidungen im Régencestil — nun lackierte Verschalungen. Rot im großen Salon, Silber im Eßzimmer, Gold im Rauchsalon usw. Das Schlafzimmer Marie-Bénédictes war mit

einem afrikanischen Stoff in Gelb und Schwarz tapeziert, der mit geometrischen Figuren verziert war. An Stelle der Kommoden — makassarische Stützmöbel, Palisander, eine Haifischhaut und noch anderes Zeug aus Amboina; Sofas für ganze Korporalschaften, niedrige Tische, exotische Pflanzen und verstecktes Licht. An den Wänden hingen kubistische und tubistische Bilder. Fast überall standen mit »afrikanischer Kunst« geschmückte Sockel herum. An den Empfangstagen belebte gewissermaßen noch ein anderes Mobiliar das Haus Gottweiler: Zeitungsschreiberlinge, Poeten, deren Verse — nach einem Wort der Hausherrin selbst — »klapperten«, Musiker, die »belebten« *(idem)*, bezaubernde junge Leute, Damen, die wie Auskunftsbüros wirkten, weil sie alles wußten und jeden kannten, und die Herren der Akademie, die die »Moderne« wie eine Krankheit ergriffen hatte. Man trank diverse Cocktails, hin und wieder wurde eine Jazzplatte aufgelegt, oder man spielte selbst Klavier; stets aber dinierte man sehr gut. Kurz, der aseptische Zierat hatte die letzten aus der biologischen Sphäre stammenden Symbole ihrer Wirkung beraubt, die die verschwundenen Holzverkleidungen im Stile »Ludwigs« noch schmückten. Denn die neuen Bilder haßten das Lebendige, das durch falsche intellektuelle Symbole ersetzt worden war — Symbole, die nichts anderes mehr auszudrücken vermochten als einen als Puritanismus verkleideten Nihilismus. Der Lebensstil, den man pflegte, war nur noch eine luxuriöse, aber leere Hülle. Denn was ließ sich in diesem verlassenen Theater noch sagen außer endgültigen und auf Wirkung bedachten Worten?
»Dieses Rot ist absolut schrecklich!«
»Die Gottweiler-Abende sind der letzte Schrei.«
»Picasso ist kein moderner Maler, er ist die Moderne selbst.«
»Es ist sehr einfach: Wenn ich am Tage nicht eine Stunde Jazz höre, gehe ich zugrunde.«
Diese Bonmots, Postulate, Verordnungen, Reden und sonstigen Allerweltsweisheiten erforderten neuartige Intonationen, die Matthias gegen den Strich gingen, denn man konnte sie ja am Anfang oder am Ende eines Satzes einsetzen, ohne daß sich dadurch etwas änderte. »Dieses ROT ist schrecklich« sagte nicht mehr als »Dieses Rot ist SCHRECKLICH.« Solche Verschiebungen der Betonung erinnerten an bestimmte Klavierstücke, bei denen der Pianist das Pedal nach eigenem Belieben einsetzen kann. Diese Sprachentstellungen

und -verdrehungen setzten Matthias in Alarmbereitschaft und verstimmten ihn. Sie machten deutlich, daß es nur wenig brauchte, um mit vielen Worten nichts zu sagen.
»Was halten Sie, Matthias, von meinem Mondrian?« fragte Marie-Bénédicte mit russischer Baßstimme, die das metallische Scheppern des Phonographen im Nachbarzimmer fast übertönte. Ihre fleischige Hand hielt dabei eine silberne Zigarettenspitze wie eine Reitgerte. Mit dem glühenden Zigarettenende beschrieb sie eine, wenn man so will, von nicht identifizierbaren Zeichen bevölkerte Fläche.
»Nichts.«
»Nichts?«
»Er steht in derselben Beziehung zur Malerei wie die Stenographie zum Liebesbrief.«
»Sie machen Witze!«
»Ganz und gar nicht. Es handelt sich um so etwas wie Vorstudien zu einem Bild, das erst entstehen soll.«
»Diese ›Vorstudien‹ stellen aber das Wesentliche dar. Es handelt sich um ein metaphysisches Bild.«
»Es ist eine subtile Zerstörung der Realität. Sie verwechseln Nihilismus mit Metaphysik.«
»Müssen Sie das *mir* sagen?«
»Ja, Ihnen, Frau Doktor. Ein Kind würde die Natur mit mehr Sensibilität beschreiben. Die Metaphysik ist unvorstellbar ohne die Materie. Es gibt immer nur eine Metaphysik des Baumes oder — mit Verlaub — eine Metaphysik des weiblichen Körpers. Wenn Sie schließlich nach den Grundsätzen der Metaphysik darüber das Wesentliche gesagt haben, wird Ihnen immer noch das Wesentliche fehlen: die genaue Färbung des Hautgewebes und der Schamhaare, das Profil der Hüften und der Rhythmus des Augenblinzelns. Es gibt nur eine Metaphysik des Individuellen. Das Wesentliche ist: den metaphysischen Bezug bewahren. Ihr Mondrian möchte als Engel erscheinen und wird dabei zu etwas Animalischem.«
»Ihre Unkultiviertheit würde ein Denkmal verlangen, Matthias. Barbara, Sie kennen den Grafen Arsinault, meinen Wilden vom Dienst«, sagte Marie-Bénédicte Gottweiler und streckte die Hand nach einem Tablett mit Gläsern und Brothäppchen aus, das ihnen ein Diener reichte.

Barbara war eine von diesen jungen Frauen mit unbestimmten Ehemännern, die die Salons der Rue de Varenne bevölkerten und sozusagen ihren normalen Viehbestand ausmachten. Matthias war einer ihrer anerkannten Wölfe. Er argwöhnte, daß er diese Gunst seinem freundlichen Gesicht und seiner stattlichen Erscheinung verdankte. Seine Eroberungen dagegen verdankten die Gunst, deren sie sich erfreuten, den vertraulichen Schilderungen, die sie Marie-Bénédicte von ihren amourösen Stelldicheins lieferten. Marie-Bénédicte machte Liebe per Prokura — ebenso wie sie auch die Natur durch die Mijnheer Piet Mondrian anvertraute Prokura erlebte. Oberst Mondrian gibt einen Adjutantenbericht: »Baum. 15 Meter hoch. 17 Äste.«
»Seit wann plaudern Sie über Metaphysik, Arsinault?« fragte Marie-Bénédicte, die nun ein Glas mit einem blauen Getränk in der Hand hielt (Bols, Gin und Zitronenwasser, ein »Nordpol« oder aber ein »Amundsen«).
Barbara hatte sich eine Bloody Mary gemixt, der mit ihrem blutroten Mund und dem tomatenfarbigen Crêpe-de-Chine-Kleid mit Goldfransen aus dem Hause Vionnet in Einklang stand.
»Selbst ein Hund hat seine Metaphysik, Marie-Bénédicte«, erwiderte Matthias. »Der Knochen, das Fressen, der Spaziergang, der Urin und die Liebkosungen seines Herrn stellen ein Konzentrat seiner Erfahrung dar. Erlauben Sie mir, meine eigene Metaphysik zu haben.«
»Roher Slawe!« entgegnete sie mit einem Lächeln, das ihre grauen Zähne zum Vorschein brachte. Sollte es sein Schicksal sein, mit Frauen ohne Mann zusammenzutreffen, die sich mit moderner Kunst befaßten? Zuerst Martha Eschendorff, dann diese hier. Und dennoch — ein Unterschied: Niemals, niemals würde er Marie-Bénédicte lieben. Caritas ja, Barnum nein.
»Die Frauen beschäftigen sich zu sehr mit der Malerei«, sagte er. »Das ist, als ob sich die Perlhühner mit der Kochkunst beschäftigen würden.«
»Haben Sie von der Französischen Revolution reden hören?« warf Marie-Bénédicte in die Debatte.
»Das Ende der Sklaverei, die Macht für alle. Die Frauen in die Fabrik. Das Ende der Begierde«, entgegnete Matthias.
»Warum das Ende der Begierde?« fragte Barbara.

»Man begehrt nur die Opfer. Die Löwen fressen sich nicht gegenseitig auf.«
Marie-Bénédicte kniff die Augen zusammen. Sie zog an ihrer Zigarette. Matthias leerte sein Glas Champagner und fügte hinzu: »Die einzige Beute, die noch bleibt, wird die Jugend sein. Wenn Sie noch Investitionen tätigen wollen, Marie-Bénédicte, kaufen Sie ein kleines Mädchen und einen kleinen Jungen. Das ist eine Anlage für die Zukunft.«
»Bringen Sie ihn mir lebend zurück«, sagte Marie-Bénédicte zu Barbara, während sie sich entfernte. »Ich betrachte das Gespräch noch nicht als beendet.«
Er war mit Barbara kein großes Risiko eingegangen. Einmal der modischen, eckigen Attribute beraubt, war sie eigentlich ein ganz brauchbares Mädchen, das sich jetzt nur etwas nackt, aber dafür überglücklich fühlen mußte. An einem Blick von Matthias merkte sie, daß sie sich zu schnell ausgezogen hatte. Sie stellte erneut dieses übertriebene Getue zur Schau, das angelernt und folglich falsch war.
»So sind sie also, die Menschen des Neuen Abendlandes«, sagte er sich, »ein Konglomerat von aufgesetzten, im Grunde banalen Verhaltensweisen. Man spricht von der Revolution und ist dabei nichts als ein Parvenü. Man bedient sich leerer Zeichen, die nichts sagen, wie Herr Mondrian.«
Nackt auf dem Laken, schaute er zu, wie Barbara aus dem Badezimmer zurückkam und sich wieder anzog. Der zu enge Büstenhalter, um die Brüste zusammenzudrücken und um nicht allzusehr wie eine Frau zu wirken; der Hüfthalter, um die Hüften zu glätten und noch weniger feminin zu erscheinen; der Unterrock, die Strümpfe, dann das Kleid von Vionnet — wie ein Theatervorhang. Ende der Vorstellung, Abgang. Er zündet sich eine Abdullah an.
»Sie haben eine Art, die Frauen zu betrachten, wenn sie sich anziehen«, sagte sie, um eine Unterhaltung in Gang zu bringen. Gleichzeitig trug sie noch roten Lippenstift auf ihre Lippen auf. Er beobachtete sie nun nicht mehr so genau. Nach einer kurzen Bewegung mit dem Kopf, die man in früheren Zeiten vielleicht als ein Zeichen der Empörung gedeutet hätte, sprach sie weiter, während er sich den Penis streichelte: »Sie sind auf eine schon fast tierische Weise unanständig.«

»Ich vermute«, entgegnete er schließlich, »daß die Unzucht auf Pariser Art vom Mann verlangt, sich schnell wieder anzuziehen und das Corpus delicti zu verstecken. Leider bin ich kein richtiger Pariser.«
»Weder ein richtiger Zeitgenosse«, dachte er bei sich, »noch sonst irgend etwas. Auch ich bin ein *Heimatloser.*« Er spielte mit dem Gedanken, noch einmal auf Barbara zu springen, ihr alles, was sie trug, vom Leibe zu reißen und ihr eine neue Ration Sex zu verpassen. Dann entschied er jedoch, daß sie dieser Anstrengung nicht wert sei. Er drückte seine Zigarette aus. Sie seufzte, als sie vor dem Spiegel die Locken in falschem Rot kämmte, mit denen der Friseur ihr Köpfchen geschmückt hatte. Dann schaute sie auf ihre Armbanduhr und sagte: »Wie schrecklich! Schon ein Uhr! Vergessen Sie nicht, falls Charles Sie fragen sollte, wir haben zusammen einen Bummel zum Monocle gemacht.«
Immer noch unbekleidet, half er ihr in ihren Bolero aus Otterfell. Durch das angelehnte Fenster hörte er, wie sie sich auf den Weg machte. Dann holte er sich aus dem Eisschrank ein paar Pfirsiche und traf Zanotti in Smokinghosen und Lackschuhen, aber hemdsärmelig. Er war gerade dabei, einige Spiegeleier in die Pfanne zu hauen. Matthias setzte sich und aß einen Pfirsich. Zanotti stellte die Pfanne auf den Tisch und stieß mit einem Buttermesser ins Eigelb.
»Ein unmögliches Stück, ein abscheuliches Abendessen, eine schwachsinnige Gesellschaft«, sagte Zanotti, der aufstand, um eine Flasche Champagner zu öffnen.
»Welches Stück?«
»Dein Gesicht ist ganz mit Rouge verschmiert. Ich meine *Françoises Glück*, von Porto-Riche.«
»Wie?«
»Das Stück hieß *Françoises Glück*, und dein Gesicht ist ganz mit Rouge verschmiert. Dein Körper übrigens auch. Möchtest du ein Glas?«
»Das Stück war also schlecht.«
»Eine Frau, hin und her gerissen zwischen der körperlichen und der platonischen Liebe, dem Hintern und den Kochtöpfen, besser gesagt. Fisch in Gelee, aber nicht frisch. Nicht gargekochtes Rindfleisch, schlechter Wein. Alberne Unterhaltung. Es freut mich, daß ich dich noch wach finde.«

»Wieder aufgewacht«, verbesserte Matthias und tauchte ein Küchentuch in sein Glas, um den Lippenstift in seinem Gesicht und am übrigen Körper abzuwischen. »Das Essen war gut, die Unterhaltung langweilig, Marie-Bénédicte ist ein ungenießbarer Blaustrumpf, und das Stück taugte nichts.«
»Welches Stück?«
»Barbaras Glück.«
Zanotti grinste höhnisch.
Matthias konnte Zanottis Befriedigung klar erkennen. Er nahm ihm auch die heftige Eifersucht nicht übel, die sie verriet.
»Es scheint so, als seien wir dazu bestimmt, mehr und mehr in falschen Gesellschaften zu leben«, sagte er.
Zanotti rieb die Bratpfanne mit einem Stück Brot aus.
»Das ist ganz augenscheinlich die Konsequenz aus den demokratischen Idealen«, stellte Zanotti fest. »Der demokratischen und der christlichen, würde ich sogar noch hinzufügen. Es wird von uns verlangt, unseren Nächsten zu achten. Weil wir ihn aber im Grunde unseres Wesens überhaupt nicht achten und weil wir fürchten, von der Gesellschaft an den Pranger gestellt zu werden, wenn wir unsere Gefühle allzu deutlich zeigen, werden wir zu Heuchlern ...«
»Und als Heuchler sind wir falsch.«
»Oder zynisch. Apropos«, sagte Zanotti und schenkte sich noch einmal ein. »Vitautas fehlt mir.«
Sie schauten sich an. Schon ein Jahr lang korrespondierten Zanotti und Vitautas miteinander, ohne daß jener es wagte, die Möglichkeit eines Wiedersehens ins Auge zu fassen. Zanotti und Matthias waren mehr als vierzig Jahre jünger geworden. Wie ihm das erklären? Aber warum Zanotti allein die Bürde der Trennung auferlegen?
»Na gut. Dann bitte ihn doch, zu kommen«, sagte schließlich Matthias.
»So was nennt man den Teufel versuchen!« entrüstete sich Zanotti.
»Wenn du ihm die Wahrheit sagst, wird er sie nicht glauben. Wenn du sie ihm nicht sagst, wird er nicht begreifen. Es ist besser, nicht zu glauben, als nicht zu begreifen«, antwortete Matthias, die Arme ineinander verschränkend. »Übrigens, soviel ich weiß, sind wir nicht verpflichtet, etwas geheimzuhalten.« Und während Zanotti die Pfanne spülte, fügte er noch hinzu: »Außerdem wäre das zu traurig, aus Liebe zu lügen.«

Seit einigen Tagen war er von einer Idee besessen. Die Idee war nicht neu. Lediglich die Ausführung, die ihm vorschwebte, war neu und ungewöhnlich.
Es war auch eine Wette.
Seit dem Morgengrauen war er im Atelier.
Die Landschaft war steinig, er hätte nicht erklären können, warum. Schwefelhaltige Felsen, rötliche oder bläuliche Kieselsteine. Das Licht brach von oben senkrecht auf fast brutale Weise herein. Eine Frau tauchte dort auf, wie benommen schien sie diese Wüste zu durchqueren. Nach links beziehungsweise in Richtung Westen gehend, wandte sie sich um. Der Oberkörper drehte sich über dem Becken um seine eigene Achse. Das Becken selbst wiederum war gegenüber den Füßen verschoben. Der ganze Körper schien sich gleichsam in die Höhe zu schrauben. Der Ausdruck war stolz und befremdend. Ein hochgewachsener Körper, achtzehn Jahre alt, schlank, stark, von einer wilden Kraft belebt. Der beeindruckende Körper ließ vermuten, daß seine Eigentümerin weder die Sprache mißbrauchen noch der Lüge verfallen konnte.
Einhundertsechs Jahre war es jetzt her seit seiner Zeit im Hause Szechenyi in der Utja Fortuna, daß er zum letzten Mal — von Kopf bis Fuß — eine Frau neu geschaffen hatte. Aber dieses Mal, er wußte es seit Asien, war er rein. Er hatte seine inneren Dämonen ausgetrieben. Die vorangegangenen Frauen waren töricht und häßlich gewesen, weil sie eine verborgene, jämmerliche Seite seines Wesens widergespiegelt hatten.
Am Abend des nächsten Tages trug er eine neue Glasur auf, um das innere Gefüge der Bildkomposition besser herauszuarbeiten, das sonst vielleicht zu matt und blaß geblieben wäre. Erst dann machte er sich an die letzten Retuschen.
Zanotti hatte Vitautas nach Venedig telegraphiert. Sechs Stunden später erhielt er die Antwort: »Eintreffe Donnerstag stop 20.30 Uhr Lyoner Bahnhof stop«. Zanotti war fiebrig und aufgeregt. Matthias fragte sich, wie man das Problem der Ausweispapiere lösen konnte.
Das französische Kaiserreich hatte die Polizei erfunden und Rußland die Bürokratie — zwei Furien, die die Welt heimsuchten. Da Matthias zu einer Zeit geboren worden war, in der das gesprochene Wort noch genügte, um seine Identität nachzuweisen, konnte er

sich nur schwer mit dieser Kontrollsucht abfinden, die sich der Papiertiger aller Art bemächtigt hatte. Freilich hegte er keinen Zweifel daran, selbst solche Dokumente fabrizieren zu können.
Er setzte sich vor seine Leinwand und zündete sich eine Zigarette an. Woher kam nur dieses unstillbare Verlangen nach dem anderen? Glich das menschliche Wesen nicht einem halben Wurm, der sich verzweifelt nach seiner anderen Hälfte drehte und wand? Vitautas und Zanotti glaubten, daß dieses Verlangen vom Geschlechtstrieb gesteuert würde. Matthias schüttelte den Kopf. Und wenn umgekehrt der Geschlechtstrieb von dem Verlangen nach dem anderen gesteuert würde?
Der Himmel an diesem Juli-Ende hatte sich verfinstert. Der Regen überzog den Boulevard Saint-Germain und die Autodächer wie mit einer Lackschicht. Die moderne Welt wußte das Wasser nicht mehr aufzusaugen. Regnete es in Matthias' Landschaft, so würden die Steine das Wasser trinken.
»Die Steine sind für das Wasser gemacht«, dachte Matthias, »aber ist das Wasser denn für die Steine gemacht?«
Er drückte seine Zigarette aus.
»Diese Landschaft ist mein Porträt.«
Ein wenig später:
»Im Grunde ist dieses Porträt vollendet. Man muß auch der Unbestimmtheit noch ein wenig Raum lassen.«
Er malte mit feinem Pinsel in die Kieselerde seine vier Zeichen. Die Nase dicht vor der Leinwand, in der Hocke, nahm er unter der Staffelei einen Schlagschatten wahr, der zitterte. Sein Herz pochte, er dachte an Odysseus, der im Hades Meira an ihrem Schatten erkannte. Er beugte sich ein wenig weiter vor und sah die Beine des Geschöpfs, das sich hinter dem Bild befand. Er stand auf.
»Kommen Sie doch hervor«, sagte er.
Sie ging um das Bild herum und postierte sich vor ihm, gegen das Licht. Er trat an sie heran und berührte das ganz und gar neue Gesicht, um es dem Licht zuzuwenden. Die honigfarbenen Augen strahlten ihm eine wilde Ausgelassenheit entgegen, während der Mund schwer und ernst erschien. Sie berührte nun auch Matthias' Gesicht und betrachtete es genau mit einem heftig fragenden Ausdruck in demselben Blick, der eben noch so fröhlich gewesen war.

»Alles«, murmelte sie auf französisch, ohne daß er genau verstand, was sie damit meinte. Gab sie zu erkennen, was sie sah, oder beschwor sie, was sie wünschte? Jedenfalls gefiel es ihm, daß sie es gesagt hatte und daß sie somit schon einen Begriff vom Ganzen besaß.

Er nahm sie in seine Arme, und sie schloß die ihrigen um ihn. Sie drückte ihn fest an sich. Mit den Händen erkundete sie blind den fremden Körper, den sie an sich gepreßt hielt: den Nacken, die Schultern, die Hüften. Sie knöpfte ihm das Arbeitshemd auf, Matthias ließ sich ausziehen und stand bald mit nacktem Oberkörper da.

»Warum bleiben Sie angezogen?« flüsterte sie zwischen zwei Küssen. Er machte den Gürtel auf, sie zog ihn vollends aus. Er ließ sich Hose und Unterhose herunterziehen, streifte Schuhe und Strümpfe ab. Ein Schritt, und sie lagen auf dem Sofa des Ateliers. Der Akt war kurz, währte kaum länger als einen Augenblick. Aber sie wollte nicht, daß sie sich trennten, und wie elektrisiert stürzten sie sich aufs neue aufeinander.

»Dabei bin ich gerade erst aufgewacht«, murmelte sie ein wenig später, bevor sie einschlief, »ich kenne nicht einmal meinen Namen ...«

»Meira«, sagte er, »du bist Odysseus' Gefährtin im Hades ...«

»Myra?« fragte sie seufzend. »Und du bist Odysseus? ... Gut.«

Er konnte sich an dem schlafenden Körper nicht satt sehen. Gab es ein Gedächtnis unter diesen dunklen Haaren? Er küßte die vom Wüstensand noch schmutzigen Füße. Der Regen rieselte über die Fensterscheiben. Das, worauf er lange gewartet hatte, so schien es ihm, war nun eingetreten. Der Körper auf dem Sofa verlor sich in der Dunkelheit. Die Nacht, der Sommer und der Regen vermengten sich zu einem schwarzen, warmen Meer.

3.

Eine schlaflose Nacht

Menschen zu erfinden war schon äußerst heikel. Man mußte ihr eine bürgerliche Identität, Kleider und, soweit wie möglich, eine Beschäftigung verschaffen. Myra zu erfinden — und hatte sie sich diesen Namen nicht selbst gegeben? — grenzte schon an Tollkühnheit. Welche Familie sollte man ihr also beigeben? Und wie sollte man sie kleiden?

Der Zufall wollte es, daß eine amerikanische Besucherin bei Matthias eine Umhängetasche vergaß, die neben anderen Dokumenten auch einen Ausweis enthielt. Sie hieß Dorothy Long McPherson und wohnte in der Culver Street Nr. 12 in Boston. Matthias setzte alles daran, sämtliche Teile des Ausweises sorgfältig zu kopieren, sowie er es ja schon fast zwei Jahrhunderte lang mit den Banknoten und Goldstücken tat. Der Teufel besorgte dann den Rest. Er erhielt somit einen unbeschriebenen Ausweis. Es blieb noch, einen Namen und eine Adresse für Myra zu finden. Der *Intransigeant* des Tages teilte mit, daß ein gewisser James Harold Doolittle soeben mit dem Flugzeug einen Geschwindigkeitsrekord aufgestellt hatte. Auf diesem Wege also wurde das Geschöpf aus der Wüste zu Myra Long Doolittle, geboren am 4. Januar 1902 und wohnhaft in der Culver Street Nr. 111 in Philadelphia, im Staate Pennsylvania. Der Ausweis von Mrs. McPherson war von der amerikanischen Botschaft ausgestellt worden. So bürgte er nun für die Identität von Miss Doolittle.

Warum hatte er aus Myra keine Französin gemacht? Weil er wahrscheinlich der französischen Polizei mißtraute. Darüber hinaus erwies er einer ehemaligen amerikanischen Geliebten indirekt die Ehre, wenn er aus Myra eine Amerikanerin machte.

Sie besaß eine tadellose Auffassungsgabe, große Ungezwungenheit und eine jugendliche Ausstrahlung, die nicht kindisch wirkte.

»Warum haben Sie in dieser Nacht gezittert, als ich Ihren Schoß berührte? Welches Gefühl verbindet Sie mit Zanotti?«
Aber vor allem war sie seine Frau, entstanden wie Eva aus der Seite Adams. Doch war sie auch eine Tochter des Teufels.
Was ist ein Wesen, das man liebt, anderes als ein Mensch, der aus dem eigenen Fleisch und Blut hervorgegangen ist? Jede Frau ist eine Tochter, jeder Mann ein Sohn.
Unterdessen zeigte Zanotti, den die Aussicht auf eine baldige Rückkehr Vitautas' umtrieb, ziemlich wenig Aufmerksamkeit für Myra. Er war der zweite Mensch, den sie sah. Aber sie besaß tatsächlich schon ein Gedächtnis. Denn wenn sie sich im Flur begegneten, sprach sie mit ihm und kam mit ihm insgesamt gut zurecht, ohne ihn doch je gekannt zu haben.
»Sie sind Zanotti«, sagte sie. Und sie drückte ihm einen Kuß auf die Wange.
»Wird am Ende nun sie es sein?« fragte sich Zanotti, der eine Decke und eine Lampe für das Vitautas zugedachte Zimmer in den Armen hielt. Sie war mit einem Bademantel von Matthias bekleidet.
»Wollen Sie, daß ich Ihnen helfe«, schlug sie vor.
In Vitautas' künftigem Zimmer hing über dem Bett ein Porträt von Zanotti, eines der zahlreichen Porträts, die Matthias gemalt hatte. Dies hier war vor mehr als einem Jahrhundert in Budapest entstanden.
»Ist das Ihr Großvater?« fragte sie ihn. Zanotti bejahte.
Sie betrachtete noch einmal das Porträt und schien zu zweifeln.
»Welch erstaunliche Ähnlichkeit! Das könnten Sie sein!« sagte sie, die Stirn runzelnd.
Zanotti stellte sich dabei die Frage nach dem Gedächtnis bei diesen Geschöpfen, die der Dunkelheit entschlüpft waren. Salomé hatte keines, aber Ilona besaß offenbar einige Erinnerungsbruchstücke, die sie quälten. Während er die Decke ausbreitete, sagte ihr Zanotti, aber auf englisch, daß es oft frappierende Ähnlichkeiten gäbe, die sich durch die Generationen zögen. Das war indirekt eine Methode herauszubekommen, ob sie, wie er vermutete, an Matthias' Gedächtnis teilhatte.
*»To that extent, it's quite rare, I suppose«**, antwortete sie, genau mit dem Akzent von Matthias.

* »In diesem Ausmaß ist es, glaube ich, ziemlich selten.«

»*E il nome Ilona, Le ricorda qualcosa?*«* setzte er seine Befragung fort, wobei er sie aufmerksam betrachtete.
»*Ilona . . . Conosco bene quel nome, purtroppo no . . . Non mi suggerisce nulla*«, antwortete sie erstaunt. »*Perchè?*** Und wieso sprechen Sie mit mir erst auf englisch, dann auf italienisch?«
»Das war eine kleine Prüfung«, antwortete er und schloß die Lampe an. »Wir sprechen oft im Hause diese drei Sprachen.«
Sie hatte also doch an Matthias' Gedächtnis teil, wenn auch auf beschränkte Weise. Wie eine junge Ehefrau, dachte Zanotti, der jetzt ein wenig verwirrt war und es bedauerte, daß das Gedächtnis von Vitautas nicht im selben Maße beschränkt war. Warum denn vergaßen die Menschen nicht mehr? Er verließ das Zimmer, und auch Myra blieb etwas verdutzt zurück.
Myra sollte sich bei Worth einkleiden. Gefällige Schnittmuster, leichte Stoffe und neutrale Farben wurden ihr empfohlen.
Man mußte ihr dies und noch vieles andere mehr beibringen.
»Doolittle?« fragte sie. »Was ist das für ein seltsamer Name? Warum haben Sie mir nicht den Ihren gegeben? Bin ich nicht Ihre Schwester? Warum haben Sie Amerika gewählt? Ich bin dort niemals gewesen!«
Sie fand sich schließlich damit ab, aber nur widerwillig. Den Kleidern von Worth konnte sie kaum etwas abgewinnen. Sie hätte sich am liebsten in Tücher gehüllt, nichts weiter, fast wie ein Burnus. Die Strümpfe waren ihr lästig, die Schuhe ebenso. Häufig kam es vor, daß sie vergaß, ihre Unterwäsche anzuziehen, und daß sie unter den Kleidern nichts anhatte. Sie frisierte sich nicht, sie strich sich ihre Haare einfach glatt. Die Vorstellung eines Hutes rief bei ihr unbändige Lachsalven hervor.
Matthias dachte darüber nach, daß sie sich für seine Schwester hielt. Auch über ihre ungestüme, wilde Natur, die sie in eben dem Maße vor Augen führte, wie er es sich vorgestellt hatte. Denn er hatte ja von einer Frau ohne Kleider geträumt.
Vitautas traf am Donnerstagabend ein. Zanotti, der ihn vom Lyoner Bahnhof abgeholt hatte, begleitete ihn. Er mußte viel Mühe aufbrin-

* »Und der Name Ilona, erinnert er Sie an etwas?«
** »Ilona, diesen Namen kenne ich sehr gut . . . Obwohl nein, ich habe keine Assoziationen zu diesem Namen . . . Warum?«

gen, um seine Erregung zurückzuhalten. Während ihn sonst nichts aus der Ruhe zu bringen vermochte, hob er jetzt, da er Matthias gegenüberstand, der aus dem Zimmer kam, um ihn zu begrüßen, seine Arme zum Himmel und nahm regungslos Matthias' Umarmung entgegen.

»Nein ... Sie auch! Das ist zuviel ... Ich verliere den Verstand! Sagen Sie mir, daß das nicht wahr ist ... Nein, es ist trotzdem wahr! Doch, das sind Sie, Matthias«, sagte er und strich seinem Gastgeber über das Gesicht, »ebenso wie es auch Zanotti ist! Erklären Sie es mir! Nein, erklären Sie mir nichts! Oder vielleicht doch, sagen Sie mir wenigstens, was ich denken soll!«

Er war vollkommen aufgelöst, dieser arme Vitautas im Staubmantel, wie er da wild gestikulierend in der Diele stand. Den Homburg in der Hand, fand er sich einem nachdenklichen Zanotti und einem lächelnden Matthias gegenüber. Seit einigen Minuten stand auch Myra dabei, die große Augen machte. »Meine Ehrerbietung, gnädiges Fräulein, gnädige Frau, verzeihen Sie mein ungebührliches Benehmen«, sagte er zu ihr und küßte ihre Hand. Myra brach in Lachen aus.

»Lieber Vitautas, Zanotti wird Sie auf Ihr Zimmer bringen, wo Sie eine halbe Stunde Zeit haben, um sich frischzumachen. Danach wollen wir essen und können uns dann in aller Ruhe unterhalten.«

Im Wohnzimmer, wo das Radiogerät knisterte und mit seinen vier roten Lampen blinkte, ohne freilich mehr denn undeutliche Geräusche hervorzubringen, kostete Myra einen Sherry. Sie zeigte jetzt Mitgefühl für Vitautas und erkundigte sich bei Matthias nach dem Geheimnis.

»Das Geheimnis?« fragte er zurück.

»Denn es gibt doch eines, nicht wahr?«

Er konnte nicht lügen.

»Ja.«

»Können Sie es mir anvertrauen?«

Er quittierte die Frage mit einem Kopfschütteln.

Das Abendessen, das vom alten Benoît, dem Haushofmeister, serviert wurde, war leicht und bekömmlich: Kraftbrühe in Gelee mit Portwein, Rinderbraten, Kartoffeln Dauphine, Salat, Sorbet. Vitautas ließ seine Gastgeber so gut wie nicht aus den Augen. Von Zeit zu Zeit schüttelte er den Kopf und lachte. In Anbetracht der Tatsa-

che, daß Benoît ständig präsent war, kam man mit der Unterhaltung vom Hundertsten ins Tausendste. Erst im Salon, nachdem Benoît den Kaffee serviert und sich zurückgezogen hatte, fragte Vitautas: »Nun also?«
Zanotti lachte. Er erklärte, daß ihn Vitautas an einen Verstorbenen erinnere, der an den Pforten des Paradieses den Heiligen Petrus fragt, was denn nun das Geheimnis des Lebens sei. Matthias rührte den Zucker in seinem Kaffee um.
»Sehen Sie, Vitautas, ich bin 1732 geboren und Zanotti 1734...«
Er erzählte alles ausführlich. Manchmal steuerte Zanotti einen Kommentar oder eine Erklärung bei. Als er am Ende angelangt war, tilgte das Morgengrauen bereits die Schwärze der Nacht, und der Mond glich einem Riesenei, das auf die Erde zu fallen und ein ganzes Heer von Larven freizusetzen drohte, sobald seine Schale zersprungen wäre. Zanotti, dessen Augen rot geworden waren, erhob sich, um das Licht zu löschen, als Matthias seine Erzählung beendet hatte.
»Sie waren also zwei Tote auf Abruf, und ich habe mit einer Leiche geschlafen, die ein dämonischer Trancezustand am Leben hielt«, sagte Vitautas schließlich. »Die mir noch verbleibenden Lebensjahre werden nicht ausreichen, mich von dieser Schande zu reinigen.«
Er stand auf, ging zur Tür. Kurze Zeit später öffnete und schloß sich die Flurtür.
Zanotti lachte. Sein Lachen wurde immer lauter, er schlug sich mit der flachen Hand auf die Schenkel und schüttelte den Kopf.
»So also wirkt die Wahrheit«, sagte er. »Vitautas hat doch überhaupt keinen poetischen Sinn!«
Matthias beobachtete Myra.
»Im Laufe deiner Erzählung wurde mir immer klarer, daß ich schon wußte, was du sagtest«, sagte sie mit ernster Stimme, die eine schlaflose Nacht noch tiefer gemacht hatte. »Du hast den Vorhang weggezogen, der mein Gedächtnis zudeckte. Ich kann dich aus eigenem Antrieb nicht verlassen. Nicht nur, daß ich dazu keinen Wunsch verspüre — ich bin ein Teil von dir. Mein Leben ohne dich wäre sinnlos.«
»Warum sagst du das so traurig?« fragte Matthias.
»Weil die Zweige eines Baumes allmählich auseinanderwachsen. Gehen wir schlafen.«

Man stelle sich vor: Man sagt einem menschlichen Wesen, einer Frau, daß sie weder Vater noch Mutter hat, daß sie keine Kindheit gehabt hat und daß sie die Tochter der Einbildungskraft eines Mannes und des Teufels ist. Und sie akzeptiert das. Sie stellt sich auf ihr eigentümliches Schicksal mit derselben Ungezwungenheit ein wie eine Eidechse, der man erklärt hat, daß sie eine Eidechse ist, daß heißt ein fliegenfressendes, schuppiges Reptil, ein entarteter Nachkömmling von Ungeheuern, die mit ihren Schritten die Erde erzittern ließen. Warum sich darüber wundern? Sind nicht alle Objekte, und erst recht die Objekte der Begierde, Früchte der Einbildungskraft und des Teufels? Und was eigentlich will eine Frau anderes sein als — die Tochter magischer Gewalten, ja eine Zauberin selbst?
»So ist es also, Faust hat seine Fausta geschaffen«, dachte Matthias schon fast im Schlaf, »wir sind zwei Zauberer, die sich gegenseitig gefangenhalten.«
Zanotti, dessen Mund in einer Art etruskischem Lächeln erstarrt war, bereitete sich noch einen kleinen Imbiß: Rühreier, Toast, Orangenmarmelade und Kaffee.
Während sie schliefen, händigte Benoît dem Boten des Hotels Lotti die Koffer des Herrn Vitautas Kardus aus. Sie würden Vitautas nicht wiedersehen, und Zanotti würde es nicht einen Moment lang bedauern. Von dem Augenblick an, da man von einem einstmals geliebten Wesen enttäuscht wird, weil es sich gänzlich offenbart hat, hat man sich auch schon von ihm verabschiedet.

4.

KINO

»... Und dennoch wirst du eines Tages von mir gehen,
meine Jugend,
Du wirst gehen, und du wirst die Liebe in deinen Armen halten,
Ich werde weinen, ich werde dich anflehen — aber du
wirst gehen!
Ich werde laut schreiend nach dir verlangen,
Bis schließlich, um mein Wehklagen nicht mehr hören
zu müssen,
Der Tod sich meines wunden Herzen annehmen wird.«

Frenetischer Beifall. Die Augen waren feucht, man schnappte nach Luft. Anna de Noailles erhob sich, um Myra Doolittle in die Arme zu nehmen, die gerade eines ihrer Gedichte im großen Salon des Hauses Gottweiler rezitiert hatte.
»Meine teure Freundin«, sprach sie zum Publikum, dem sie mit ihrem in beigen Seidenstoff gehüllten Arm soeben zu schweigen geboten hatte. »Sie haben meine Verse so gesprochen, als ob Sie sie selbst gedichtet hätten, daß heißt noch viel besser, als ich es mit meiner armen schwerfälligen Stimme vermocht hätte.«
Erneuter Beifall.
»Ich sage Ihnen eine große Karriere voraus!« verkündete die Prinzessin mit ihren Eidechsenaugen hinter einem samtenen Schleier. Reynaldo Hahn und Jean Cocteau bemühten sich eifrig um Myra, von der Marie-Bénédicte kein Auge ließ.
»Und diese perfekte Aussprache!« sagte Hahn, »Fräulein Doolittle, ich bitte Sie, wenn Sie noch ein anderes Gedicht kennen, machen Sie uns damit die Ehre!«
Marie-Bénédicte hob mit Myras Zustimmung den Arm. Es wurde wieder still. Alle Augen richteten sich auf die junge Amerikanerin, als

ob nun in umgekehrter Richtung die Sonnenstrahlen zur Sonne zurückkehrten. Eine Sonne in einem mit Gold und Silber besetzten Kleid, dessen tiefes Dekolleté und Träger aus Straß Schultern wie aus Mondstein und Arme, vergleichbar einem Schwanenhals, zum Vorschein brachten. Sie zog ihre Hand zurück und legte sie auf die Rubinbrosche von Golconde.

»Die Zeit wird jetzt kommen, in der jeder Blumenstengel
zu tanzen beginnt
und in der sich jede Blume wie Weihrauch verflüchtigt.
Die Klänge und die Düfte schweben in der Abendluft ...«

Als Myra mit ihrer fast heiseren Stimme den letzten Vers gesprochen hatte:

»Diese Erinnerung strahlt in mir wie eine Monstranz«,

geriet das Haus Gottweiler in eine Art Delirium. Anna de Noailles umarmte sie und streichelte ihr die Wange mit schwacher Hand. Marie-Bénédicte verschlug es den Atem, die Herzogin von Clermont-Tonnerre reichte ihr die Hände. Eine Phalanx von Männern im Frack bemühte sich um die Künstlerin, an erster Stelle Seine Exzellenz Myron T. Herrick, Botschafter der Vereinigten Staaten, Étienne de Beaumont, der Abbé Mugnier ... Sie strahlte über das ganze Gesicht, sie errötete, wurde schließlich verlegen und legte ihren Arm um Matthias' Hals.
»Bravo! Melpomene hat sich in Venus verwandelt!« jubelte die Fürstin von Polignac.
Jeder tuschelte mit jedem und ließ sich darüber aus, wer so hoch in der Gunst Myras stehe: Der Graf Arsinault, aber ja, Sie wissen doch, dieser Franzose aus Rußland, der mit den Emigranten gekommen ist ...
Man ging zu Tisch. Nach dem Dessert wurde Myra von einem Herrn mit starrem, gepudertem Gesicht, Silberhaaren und einem Monokel aus Kristall angesprochen. Matthias und Zanotti, die Myra umgaben, hörten, wie er sich mit dumpfer und näselnder Stimme vorstellte.
»Fräulein Doolittle — Doulitteul —, erlauben Sie mir als Ihr Bewunderer, mich vorzustellen. Ich bin Maurice de Bellacq, Regisseur. Ich würde mich ungeheuer geschmeichelt fühlen, wenn Sie die Haupt-

rolle in meinem nächsten Film übernehmen würden — vorausgesetzt natürlich«, sagte er, indem er seine Augen auf Matthias richtete, »Herr Graf Arsinault würde hierzu seine Zustimmung geben.«
Maurice de Bellacq: *Mitternacht bei Fräulein Blanche, Die Verlobung des Teufels, Die Unsterbliche, Der Ball der Erinnerungen* ...
»Aber gewiß«, sagte Matthias sogleich, den Myra mit einem Blick um Rat zu fragen vorgab. »Myra, Herr de Bellacq ist unser brillantester Regisseur, auch der provozierendste.«
Myra lächelte mit angemessener Zurückhaltung.
»In diesem Fall, Fräulein Doolittle, werde ich mir erlauben, Ihnen morgen das Drehbuch zukommen zu lassen. Sobald Sie es gelesen haben, stehe ich zu Ihrer Verfügung, damit wir uns darüber unterhalten können. Es scheint für Sie geschrieben zu sein. Aber ich bekenne, daß ich nicht damit gerechnet habe, einer solch anziehenden Heldin zu begegnen. Sie sind, Fräulein Doolittle, die fünfte Himmelsrichtung.«
Maurice de Bellacq verneigte sich, küßte die Hand, die Myra ihm hinhielt, und verschwand in der Menge.
»Wir hofften auf die Wahrheit, und jetzt bist du schon bald Schauspielerin«, bemerkte Matthias lachend.
»Wir haben gesehen, was von der Wahrheit zu halten ist«, sagte Zanotti. »Gibt es sie? In diesem Fall müßten wir uns wie ein Fisch, den man mit Zucker glasiert, im Mythos und in der Lüge verhüllen.«
»Ich liebe dich«, sagte Myra, während sich ein Teil der Gäste von Marie-Bénédicte bereits verabschiedete. »Du wirst mich nicht töten? Sag, du wirst mich nicht töten? Du wirst mich doch nicht töten?«
Er lachte und wußte nicht, was er antworten sollte. Hände streckten sich nach ihnen aus.
»Jetzt fehlt nur noch die Sobieska«, flüsterte Zanotti Matthias ins Ohr.
»Und der König«, sagte Matthias, den die Ähnlichkeit der Umstände über fast zwei Jahrhunderte hinweg frappierte.
Wie Salome schlief Myra tatsächlich nackt. Er schlief ebenfalls nackt.
»Deine Haut deckt mich zu«, sagte Myra, bevor sie einschlief.
Er war fast glücklich. Fast. Wenn er nur Myra nicht erfunden hätte, wenn sie ihm geschenkt worden wäre ...
Das Drehbuch, verbunden mit drei Dutzend Rosen, traf ein. Myra hatte noch niemals Rosen gesehen. Sie erschrak.

»Das ist unanständig!« schrie sie.
Zanotti hielt sein unbändiges Gelächter zurück. Matthias lächelte, geriet in Unruhe. Wie konnte man ein so erschreckend unschuldiges Geschöpf in die Welt setzen? Er erläuterte die Gesetze der Pflanzenwelt, der die Muskel- und Nervensysteme, das Skelett fehlen. Er erklärte die Fortpflanzungsweisen, die wiederholt Myras Erstaunen hervorriefen. Dann versuchte er ihr die Sprache der Blumen in der gesellschaftlichen Symbolik verständlich zu machen ...
»Das ändert nichts«, sagte sie. »Genausogut könnte man auch sagen ... Wie nennt ihr dieses Ding zwischen den Beinen der Frauen?«
»Fotze«, sagte Zanotti, während Matthias die Augen zum Himmel hob.
»Man könnte also auch Fotze sagen«, sagte sie ruhig. Sie roch an einer Rose. »Riecht das immer so gut? Ich will sagen ... Oh, wie langweilig!«
Zanotti lachte schallend. Man machte sich an die Lektüre des Drehbuchs. Nach dem Essen las Matthias laut daraus vor. Es trug den Titel: *Die Erbin*. Ein nettes, armes Mädchen hat einen Liebhaber, der sie mißhandelt. Trotzdem liebt sie ihn. Als er an einem Abend noch betrunkener ist als sonst und sie verprügelt, flüchtet sie und sucht Unterschlupf bei einer mitfühlenden Freundin. Am anderen Morgen fahndet die Polizei nach ihr. Vor lauter Angst versteckt sie sich in einem Wandschrank. Aber dann erfährt sie, warum sie von der Polizei gesucht wird: Sie hat soeben von einem Vater, den sie nie gekannt hat und der in Amerika reich geworden war, ein Vermögen geerbt. Er hatte sie zu seiner Alleinerbin eingesetzt. Sie ist so bewegt, daß sie in ihrem kleinen Versteck zusammenbricht. Die Zeitungen verbreiten die Neuigkeit. Sie wird gefeiert, mit Schmuck überhäuft und ist jetzt selbst ziemlich reich. Unter den jungen Männern, die sich Hoffnungen auf sie machen, ist einer beharrlicher als die anderen. Verwirrt, verführt, willigt sie in die Verlobung ein. Aber im Verlauf des Festes, auf dem diese bekanntgemacht werden soll, taucht ein Unbekannter auf und zeigt mit einem Finger anklagend auf den mutmaßlichen Verlobten: »Du hast ihren Vater getötet, dessen Vertrauensmann du warst! Du wußtest, daß sie seine Tochter war, und du glaubtest dich so des Vermögens deines Wohltäters bemächtigen zu können, den du umgebracht hast! Elender!«

»Reden wir darüber in meinem Büro«, schlägt der Angeklagte vor. Im Büro wächst sich das Gespräch bald zu einem schlimmen Streit aus. Der Verlobte zieht den Revolver und tötet seinen Ankläger. Die Polizei trifft ein und nimmt den Mörder fest. Alle verlassen das Fest. Die Erbin bleibt allein unter den herunterhängenden Girlanden zurück. Die Gläser sind leer, und das Dienstpersonal ist erschüttert. Sie weint. Eine Hand legt sich auf ihre Schulter. Es ist die Hand ihres ersten Geliebten, der sich als Angestellter des Hauses verkleidet hat, um den Triumph jener Frau miterleben zu können, die er einmal geliebt hat. Er bittet um Verzeihung. Die Erbin teilt dann ihren Angestellten mit, daß er es ist, den sie sich erwählt hat. Er holt aus seiner Tasche den Verlobungsring hervor: »Ich habe ihn seit jenem Tag aufbewahrt, an dem du das Weite gesucht hast.« Ende.
Myra hatte Tränen in den Augen. Die ironischen Blicke Zanottis und Matthias' erbosten sie. Jedenfalls war sie fest entschlossen, die Rolle zu übernehmen. Matthias diktierte ihr das Antwortschreiben, wobei ihm der Gedanke kam, daß sie wahrscheinlich gar nicht schreiben konnte. Dem war aber nicht so. Sie schrieb das erste Mal in ihrem Leben in Schönschrift einen Brief des Dankes und der Zustimmung an Maurice de Bellacq. Ihre Schrift glich erstaunlicherweise der von Matthias, wenn sie auch ein wenig unordentlicher war.
Ein erstes, die Verhandlungen einleitendes Essen wurde von Bellacq bei Lucas-Carton gegeben. Matthias nahm auch daran teil. Dann überließ er sie der Gesellschaft der Filmleute und Bellacqs Salbaderei. Hinfort erschien er nur noch kurz in den Studios von Levallois, wo Bellacq in einem merkwürdigen Aufzug über einen Trupp von Technikern mit einem Sprachrohr regierte: Stiefel und Reithosen, aber Strickjacke, Schlips und Buchhaltervisier. Myra fuhr früh am Morgen mit einem ihr von der Filmgesellschaft Artemis zur Verfügung gestellten Wagen los und kam tief in der Nacht völlig erschöpft zurück. Sie war gleichsam von heute auf morgen Schauspielerin geworden. Matthias beobachtete mit Neugier diese plötzliche Berufung und auch die Opfer, die Myra dafür zu leisten bereit war.
»Ist sie darin wirklich mein Spiegelbild?« fragte er sich, denn alle Frauen, die er geschaffen hatte, hatten eine dunkle Seite seines Wesens zum Vorschein gebracht. Er zog Zanotti zu Rate.

»Du bist Maler. Du drückst dich also in deinen Bildern aus, und du hast ein Bild geschaffen, das sich selbst in seinem eigenen Bild Ausdruck verleiht«, antwortete Zanotti und fügte hinzu: »Und das kann nicht mehr rückgängig gemacht werden.«
»Nicht mehr rückgängig?« fragte Matthias.
»Du hast zuerst ein unschuldiges und einfältiges Bild geschaffen. Erinnerst du dich an die zweite Marisa, diese dumme Gans, die du vergewaltigt hast? Dann Silvana, halb geschaffen, zum Leben erweckt, zärtlich, aber auch schon scharfsinnig. Danach kam Salome, die von Natur aus pervers, aber immerhin noch zu einem Gefühl fähig war. Die Wut über das Scheitern hat dich dann übermannt, und die dunkle Seite deiner Sexualität hat sich zuerst in dieser fürchterlichen Lesbierin Mariella gezeigt, dann in diesem wirklich teuflischen Monster Ilona. Deine Leidenschaft ist sodann erloschen. Deine neue Zurückhaltung hat dich angeregt, Sophia, danach Vadim das Leben zu schenken. Daraufhin hast du in Asien Läuterung gesucht. Deine animalischen Triebe sind verschwunden. Mit Myra schließlich ist dir deine Kunst am besten geglückt. Sie ist ohne Tadel, spontan und gewiß liebevoll. Aber sie wird von ihrem eigenen Bild beherrscht, und solange du Bilder hervorbringst, wirst du nicht weitergehen können.«
Matthias, der die ganze Zeit damit beschäftigt war, ein genaues Konterfei von Marie-Bénédicte zu erstellen, tauchte seinen Pinsel in die Terpentinschale.
»Und Adolphe?« fragte er wie zur Beruhigung seines Gewissens. Er spielte damit auf den Schönling an, den er ganz zu Anfang nach dem Vorbild des schlafenden Fauns aus der Glyptothek in München geschaffen hatte.
»Das war von nicht langer Dauer, geben wir es zu. Die Laune eines Dilettanten, der sich langweilt. Die Angelegenheit sind die Frauen. Ich nehme an, daß das von Anbeginn der Menschheit so war.«
»Aber wie kommt es, daß es bei dir anders ist?« fragte Matthias und setzte sich auf das Sofa, auf dem er mit Myra zum ersten Mal geschlafen hatte.
»Du hast mich das früher schon einmal gefragt. Du hast mir mein Leben geraubt, Matthias — um so mehr, als du es mir fünfmal hintereinander zurückgegeben hast. Du bist Hauptdarsteller und Held, und Helden haben es so an sich, daß sie die anderen um ihr Leben bringen. Mein Herz schlägt nur für dich.«

Matthias nickte mit dem Kopf.
»Welche Leidenschaft ich auch immer für die Frauen empfände, ich könnte ohne dich nicht leben«, sagte er. »Du bist das einzige Verbindungsglied zu meinem Selbst. Denn alles, was von meiner Vergangenheit bleibt, bist du.«
»Ein weiterer Beweis deiner Selbstsucht«, bemerkte Zanotti lachend.
»Aber ich liebe dich!« wehrte sich Matthias, die Augenbrauen hochziehend.
»Ich weiß es gut — genauso wie dich selbst! Das ist doch das Paradox.«
»Kann man denn jemand anders als sich selbst lieben?« fragte Matthias.
»Ich habe mich das auch oft gefragt«, sagte Zanotti langsam. »Das müßte dann die göttliche Liebe sein. Aber, um die Wahrheit zu sagen, an sie glaube ich nicht.«

5.

Endstation

Die Dreharbeiten zur *Erbin* waren beendet.
Am letzten Abend kam Myra mit schlechter Laune nach Hause. Ihre Verstimmung war so offensichtlich, daß sich Matthias nach dem Grund erkundigte.
»Ich habe mit Maurice de Bellacq geschlafen«, sagte sie ohne Umschweife beim Aperitif. »Sagt mir, warum.«
Zanotti verzog leicht die Miene.
»Um auszuprobieren, wie das mit anderen Männern läuft«, legte ihr Matthias in ironischem Ton nahe.
»Es war absolut lächerlich«, sagte sie. »Beim Orgasmus sieht er aus wie ein Fisch auf dem Trockenen.« Sie nahm hastig einen Schluck Martini. Sie ließ sich in einen Sessel fallen. »Du hast recht, ich wollte ausprobieren, wie es mit einem anderen läuft. Aber was noch?«
»Dankbarkeit«, meinte Zanotti, bevor er den silbernen Shaker von Puiforcat enrgisch zu schütteln begann.
»Genau!« schrie Myra. »Er hat meinem tiefsten Inneren geschmeichelt«, sagte sie ohne Ironie. »Zanotti, du bist schlau ... Was weiter?«
»Ermüdung«, schlug Matthias vor. »Man gibt einem Mann schließlich nach, der einem von morgens bis abends zu verstehen gibt, wie sehr er von seinem Begehren gepeinigt wird.«
»Auch das ist richtig«, erklärte Myra. »Und all das ist zusammengekommen, um in mir einen unwiderstehlichen Trieb zu wecken. Ich fühle jetzt noch einen weiteren«, sagte sie, während sie einen hinterhältigen Blick über den Rand ihres Glases warf.
»Der Chefbeleuchter?« fragte Zanotti, an seinem trockenen Martini kostend.
»Der Chef...? Nein — Matthias soll auf der Stelle mit mir schlafen.«

»Das habe ich mir gedacht«, antwortete Matthias müde.
»Auf der Stelle!«
»Nein.«
Sie starrte ihn entgeistert an.
»Myra, was Sie wollen, ist nicht Sex, geschweige denn Liebe«, fuhr er fort und siezte sie, was er gewöhnlich tat, wenn er ernst sein wollte. »Sie wollen die Wertschätzung des anderen erfahren. Sie haben die Achtung vor sich selbst verloren, als Sie Bellacq nachgaben. Ich habe nicht vor, Ihnen die Absolution zu erteilen, so wie man eine Aspirintablette verabreicht.«
»Sie machen sich wichtig«, antwortete sie.
Er tunkte die Lippen in sein Champagnerglas.
»Ich müßte mich schämen, würde ich mich wichtiger nehmen, als ich Ihnen tatsächlich bedeute.«
»Dann soll eben Zanotti mit mir schlafen.«
»Teure Myra«, gab Zanotti mit künstlichem Lächeln zur Antwort, »unter anderen Umständen würde ich darüber mehr als glücklich sein. Aber ich bin kein Lückenbüßer.«
Sie stellte ihr Glas hin und erhob sich.
»Ich esse nicht mit euch!«
»Das erfüllt uns mit Kummer«, sagte Matthias, und als Myra die Wohnzimmertür zugeknallt hatte, fügte er hinzu: »Nun sind wir also wieder wie eh und je in Frauenhändel verwickelt.«
Er und Zanotti gingen zu Prunier Traktir Abend essen.
»Ich habe mir eine spontane Frau gewünscht, mein Wunsch wurde erhört«, sagte Matthias.
Sie waren gerade mit dem Essen fertig, als Marie-Bénédicte in Begleitung einer Gruppe von Freunden auftauchte. Sie trug ein Kostüm, dessen Material einer Art Kettenhemd glich; darunter bedeckte eine scharlachrote Seidenbluse ihren üppigen Busen. Sie stellte ihre Begleiter vor: Eine Prinzessin mit einem Schwips — das war die Schauspielerin Gabrielle Dorziat —, ein träger und jähzorniger römischer Imperator — der Schauspieler Harry Baur; der junge Mann, der das Quartett vervollständigte, war nur ein Statist. Die Unterhaltung kam schnell in Gang. Schließlich begab man sich noch in Matthias' *Minerva* ins Magic-City.
Myras Abwesenheit wurde einer Migräne zugeschrieben, einer Folge der anstrengenden Dreharbeiten. Aber bereits beim Betreten

des großen Tanzsaales waren alle von einer Frau in weißen Seidenfransen fasziniert, die wie vom Teufel besessen Foxtrott mit einem schwarzen Hünen tanzte.
»Aspirin wirkt oft Wunder«, murmelte Marie-Bénédicte.
Matthias ließ sich nicht aus der Ruhe bringen. Myra hatte ihn nicht gesehen, denn die Gruppe stand im Schatten einer der Arkaden, die die Tanzfläche umgaben.
»Das schlimmste im Leben sind die Wiederholungen«, seufzte Zanotti.
»Ja ja, immer dieselben Spielchen«, gab Harry Baur zurück.
Am Nachbartisch hatten sich zwei Paare niedergelassen, die nicht verheiratet zu sein schienen. Unter ihnen befand sich eine junge Schwarze mit temperamentvollem Gesichtsausdruck. Matthias erhob sich, um von einem der Herren die Erlaubnis einzuholen, mit ihr tanzen zu dürfen, denn Marie-Bénédicte und Gabrielle Dorzat konnten den gewagten modernen Tänzen nichts abgewinnen. Matthias erhielt die Erlaubnis. Er stürzte sich mit seiner Partnerin auf die Tanzfläche, während das Orchester einen Onestep zu spielen begann. Der Rhythmus hatte ihm immer schon im Blut gelegen, und seine Partnerin war gewiß auch nicht unbegabt. Man bildete einen Kreis um sie. Ein Paar gesellte sich zu den beiden Hauptakteuren im Mittelpunkt. Es war Myra mit ihrem Schwarzen.
»Matthias!« übertönte Myra die Musik, während sie von ihrem Kavalier wie ein Kreisel herumgewirbelt wurde, »ich hasse Sie!«
»Bewundern Sie die Symmetrie!« antwortete er.
Die Paare trennten sich wieder, Matthias geleitete seine Partnerin an ihren Platz zurück, und als er an den Tisch kam, saß Myra schon dort. Harry Baur beobachtete die Szene mit schadenfrohem Blick und gierigen Lippen.
»Sie schämen sich überhaupt nicht«, schrie Myra, »mich so leiden zu lassen!«
»Seien Sie mir dafür dankbar! Sie haben gelernt, daß Sie auch ein Herz haben«, antwortete Matthias.
»Wenn Sie mich nicht besser behandeln, dann gehe ich mit diesem Boxer auf der Stelle nach Deauville!«
»Da Sie die Stärke dieses Herrn so schätzen, erlauben Sie mir, Ihnen die meine zu beweisen. Ich werde sogleich das ›Normandy‹ anrufen, um Ihnen dort ein Zimmer zu reservieren.«

Myra stieß einen Schrei aus, stürzte sich auf Matthias und hämmerte mit ihren Fäusten auf seine Brust ein. Gabrielle Dorziat schien eine Lektion in dramatischer Kunst zu nehmen. Marie-Bénédicte glich einem Kater, der zu einem Fest geladen war, das das Schicksal ihm bislang stets versagt hatte. Zanotti blies den Rauch seiner Zigarette zur Decke.

»Nicht schlecht für eine Anfängerin«, sagte Matthias, indem er Myra bändigte. Sie machte sich los, war verwirrt.

»Eine Anfängerin?« wiederholte sie.

»An Ihrer Stelle hätte ich noch zwei seiner Gegenreden abgewartet und ihn dann geohrfeigt«, sagte Harry Baur.

»Und dann hätte ich viel mehr Kälte gezeigt«, erklärte Gabrielle Dorziat. »Die großen öffentlichen Darbietungen gleichen in erschreckender Weise dummen Kindereien.«

Myra, noch verstört, musterte die anwesenden Zuschauer, lächelte und dankte schließlich mit einer freundlichen Geste. »War ich wirklich so schlecht?« fragte sie Gabrielle Dorziat.

»Ein wenig wie eine Anfängerin, aber mit unwiderstehlicher Schönheit und Ausstrahlungskraft«, antwortete die Schauspielerin.

»Bewahren Sie Ihre Spontaneität und die ausdrucksvollen Augen, aber lernen Sie, den Satzrhythmus zu variieren«, sagte Harry Baur.

»Ich war dennoch aufrichtig«, sagte Myra langsam. Und indem sie sich Matthias zuwendete, fragte sie: »Nehmen Sie mich nun nach Deauville mit?«

Die Scheinwerfer trieben gespenstische Schatten am Straßenrand hervor. Die *Minerva* legte die Strecke mit hundert Stundenkilometern zurück. Dann hielt sie am Strand, der von flüchtigen Traumbildern noch ganz grau war. Man stieg aus, Myra ging gleich vor ans Meer, das sich noch schlaftrunken in den letzten warmen Sommernächten wiegte. Sie zog verblüfft ihre Schuhe aus. Sie hatte noch nie das Meer gesehen. Dann zog sie ihr Kleid aus und zeigte sich ganz nackt.

Sie ging auf das Wasser zu.

»Myra!« rief Matthias. »Du kannst doch nicht schwimmen!«

Hastig zog er sich aus, lief ihr hinterher. Er sah nur noch ihren Rumpf. Er holte sie ein, umklammerte sie mit seinen Armen.

»Ja, ich liebe dich wirklich«, sagte sie, ein wenig außer Atem, »und das ist unerträglich . . .«

»Ich weiß«, dachte er.
Vom Ufer aus, im Scheinwerferlicht, das den anbrechenden Tag fahl erscheinen ließ, wurden sie von den winzig klein wirkenden Silhouetten der anderen beobachtet. Myra schwamm schlecht. Er brachte sie in seichtes Gewässer. Vom Wasser wie von leichten Gewändern kaum verhüllt, liebten sie sich. Die anderen beobachteten sie immer noch — ein Publikum, das zwar keinen Beifall spendete, aber doch ein Publikum.
Wußte sie das? Wußte sie das?
Die Uraufführung der *Erbin* brachte den Boulevard des Capucines in Aufruhr und trieb eine Menge von Schaulustigen vor den Türen des ›Splendid‹ zusammen, so daß die Eingeladenen Mühe hatten, sich einen Weg zu bahnen. Die kleinen Eitelkeiten aus Gold und Silber glitzerten; ihr Glanz wurde von den Diamanten an Hemdbrüsten und Halsketten reflektiert und vom Blitzlicht der Photographen ins Unermeßliche gesteigert. Als Myra in der *Minerva* vorfuhr, die neu poliert war und von einem schwarzen Chauffeur in einer schwarzen Livree — entfernt eine Nachbildung von Zuliman, dem Wunderbaren — gesteuert wurde, als der Portier des ›Splendid‹ die Wagentür öffnete und Myra das mit Seide umhüllte Bein in wohlkalkulierter Bewegung auf das Trittbrett setzte, da nahm das Blitzen und Donnern noch zu: Auf den mannigfachen Lichterglanz antwortete das Getöse des Beifall klatschenden Publikums. Matthias bewunderte noch einmal, wie Myra mit der Lässigkeit einer routinierten Schauspielerin den Oberkörper aufrichtete, lächelte, den Kopf wendete, um ihren mit einem Aquamarinkollier geschmückten Hals und Nacken zur Geltung zu bringen, dann die losen Falten ihres azurblauen Seidenkleides in Bewegung brachte, um Bellacq die Hand zu reichen. »Wie hat sie nur so schnell gelernt, sich so gut in Szene zu setzen?«
Die Presse war begeistert. *Le Petit Parisien, Le Temps, Le Matin, L'Intransigeant, Candide, Excelsior, La Lumière,* aber auch *Le Populaire* und *Le Journal du Peuple* flochten für die Geschichte und ihre Heldin, vor allem für die Heldin, Girlanden und Blumensträuße. Die Anfragen um ein Interview rissen nicht ab. Das Appartement am Boulevard Saint-Germain verwandelte sich unter der Überfülle an Blumen in weniger als einem Monat in eine Art Grabmal. Bellacq drängte Myra, schnell noch einen weiteren Film folgen

zu lassen, als eine bedeutende Persönlichkeit in Erscheinung trat. Joseph W. L'Enfant war einer der Könige von Hollywood, der Autor so beliebter Werke wie *Stürme über der Sierra, Knechtschaft* und vor allem — natürlich — *Spartacus*, den man mittlerweile »das größte antike Filmepos aller Zeiten« nannte — Worte, deren Lächerlichkeit Matthias und Zanotti nur flüchtig zu erheitern vermochten. Keines der hochgestochenen Komplimente, mit denen Myra in der Presse bedacht worden war — »jugendlicher Glanz« und andere wie »hinreißende Anmut«, die an die hochtrabenden Beinamen erinnerten, die man orientalischen Herrschern verlieh —, hatte sie mehr berührt als die fünf Dutzend mit Tuberosen vermischten Rosen, die Joseph W. L'Enfant eines Morgens an den Boulevard Saint-Germain 219 schicken ließ. Den Blumen war eine Visitenkarte im Briefumschlag beigegeben, der auf französisch folgende Adresse trug:

> »An den neuen Stern der Filmpoesie,
> Fräulein Myra Doolittle.
> In der Stadt.«

Auf der Karte ist der Name des Absenders und seine Adresse, Sunset Boulevard Nr. 9012, Beverly Hills, eingraviert. Ihm folgt noch die einzige handschriftliche Bemerkung:
»Von Ihrem gehorsamen und ehrerbietigen Bewunderer.«
Die Sendung stürzte Myra in helle Aufregung. Matthias zeigte sich zunächst gereizt, fand aber dann zu einer ironischen, zuletzt gleichgültigen Haltung. Man ging wohl recht in der Annahme, daß sich Myra vagen und unzusammenhängenden Überlegungen hingab, die von ihrer Unruhe zeugten. Sie sah sich schon zur Kaiserin von Hollywood gesalbt. Sechs Stunden später brachte ein Sekretär eine Einladungskarte zum Essen im Hotel Ritz. Myra war alleine eingeladen. Matthias war aufs neue verärgert.
»Verstehe doch«, machte Myra geltend, »die Amerikaner sind Puritaner, und wir sind nicht verheiratet. Du verfügst nicht einmal über eine berufliche Qualifikation, die eine Einladung rechtfertigen könnte.«
»In der Tat«, antwortete Matthias kühl, »ich habe nichts anderes getan, als dich zu erfinden.«

Eine Überlegung, die Myra kränkte. In den folgenden Stunden ging es in der Wohnung drunter und drüber. Viele Leute wurden beschäftigt, um Myras physische Atouts voll zur Geltung zu bringen: Die Weißnäherin, die noch schnell das tags zuvor unter einem Dutzend anderer bei den besten Schneidern gekaufte Kleid aufzubügeln hatte; der Friseur, der das dunkelgoldene Haar ondulierte; die Masseuse, die ihr die Muskeln geschmeidig machen sollte. Als alles beendet war, wartete bereits der Chauffeur eines Mietwagens auf seinen Dienst, so daß ihn Fräulein Doolittle nur noch zu rufen brauchte. Myra verfügte von nun an über ihre persönliche Börse, der Wagen ging also auf ihre eigenen Kosten.
Sie präsentierte sich schließlich in einem altrosa Kleid von Poiret, aber mit dem weichen und geschmeidigen Schnitt, den Matthias für sie gewählt hatte. Am Hals trug sie ein Kollier aus Feueropalen. Silberne Schuhe, ein Mantel aus Marderfell.
»Geht das so?« fragte sie, als sie das Rauchzimmer betrat, wo Matthias und Zanotti einem plebejischen Kartenspiel frönten.
»Vollkommen«, erwiderte Matthias nachlässig.
»Gibst du mir einen Kuß?« fragte sie und beugte sich zu ihm herab.
Ein väterliches Küßchen.
»Ich kannte das Kollier nicht«, bemerkte Zanotti, als sie gegangen war.
»Ich auch nicht«, antwortete Matthias.
Sie aßen zusammen. Benoît servierte ihnen.
»Ich habe das Gefühl, ein Bild gemalt zu haben, das die anderen dauernd retuschieren«, sagte Matthias.
»Sie verwandeln es eher in ein Kinoplakat«, sagte Zanotti. »Myra ist auf ihre Weise Malerin. Sie malt ihr eigenes Porträt. Und sie verschönert es.«
»Ich vermute, daß es nicht ganz passend wäre, von Liebe zu sprechen«, sagte Matthias.
»Die Liebe ist ein Bedürfnis. Myra hat kein Bedürfnis mehr, dich zu verführen, wohl aber das Bedürfnis, den Rest der Welt zu verführen.«
»Ich glaube, daß dies bei allen Frauen so ist. Je schöner sie sind, um so weniger können sie ihr Gefühl auf einen einzelnen konzentrieren«, bemerkte Matthias. »Aber wen will ich noch verführen?«
»Niemanden!« rief Zanotti. »Du besitzt überhaupt keine Eitelkeit.

Ein Monstrum an Hochmut! Allein schon der Gedanke an Verführung ist dir zuwider!« Matthias brach in Lachen aus, und Zanotti fuhr fort: »Die Liebe eines hochmütigen Menschen ist von unnachgiebiger Strenge.«
»Warum ist man hochmütig?« fragte Matthias.
»Weil man rein ist!«
»Das nützt mir sehr viel!«
Sie kam im Morgengrauen zurück und machte dabei ziemlichen Lärm. War sie denn allein? Matthias ging in die Küche, um einen Kaffee zu machen. Zanotti, der durch den Lärm gleichfalls wach geworden war, begegnete ihm dort. Ein wenig später traf Myra die beiden, warf sich, ohne weitere Vorrede, Matthias um den Hals und verkündete:
»Oh, Matthias! Ich gehe nach Hollywood!«
Sie sagte nicht: »Ich gehe nach Amerika.« Nein, spontan machte sie die genaue Angabe: Hollywood. Das Land der Bilder. In zwei Dimensionen geboren, strebte sie mit allen Mitteln danach, das Reich zu betreten, in dem die dritte unbekannt bleiben mußte. Als Frucht der Einbildungskraft ihres Liebhabers, in Erinnerungen und Gefühlen schwimmend, machte sie sich daran, in die Einbildungskraft der Massen einzutauchen — dort konnte sie anonym und kindlich bleiben.
»Wirklich«, sagte Matthias gleichgültig und toastete sich eine Scheibe Brot.
»Oh, Matthias! Setz jetzt nicht schon wieder diese bärbeißige Miene auf. Du weißt, wie wichtig das für mich ist! Zanotti, sag es ihm ...«
»Guten Morgen«, erwiderte Zanotti mit einem ironischen Lächeln, »möchtest du etwas Kaffee? War der Abend angenehm, abgesehen von der Nützlichkeit?«
»Wir haben bis jetzt getanzt«, sagte Myra und nahm verdrossen Platz. »Warum zieht ihr beide solche Gesichter? Weil ihr nicht eingeladen wart? Und weil ihr es mir übelnehmt, daß ich mich ohne euch amüsiert habe?«
»Gewiß nicht«, antwortete Matthias und strich sich Marmelade auf den Toast. »Du gehst also nach Amerika. Wir freuen uns für dich.«
»Aber du kommst doch auch mit!« schrie sie. »Ihr kommt alle beide mit! Zanotti!«
»Warum sollen wir mitkommen?« fragte Matthias.

»Aber ... weil ich dich liebe!« sagte sie. »Was hast du eigentlich? Seit einigen Tagen hast du dich sehr verändert!«
Matthias brach in Lachen aus.
»Wollt ihr Eier?« fragte Zanotti und stand auf. »Essen ist gut gegen Seelenqualen.«
»Der jungen Schönheit steht die glänzendste Karriere offen, wie man in der *Comœdia* schreiben würde. Warum braucht sie dann noch diesen oder jenen besonderen Liebhaber, wenn ihr alle Männer zu Füßen liegen?« sagte Matthias sarkastisch.
»Aber sind wir nicht auf ewig verbunden, du und ich?« fragte sie mit angestrengter Stimme.
»Sind wir das wirklich?« entgegnete Matthias, der nur nach außen kühl erschien. »Das würde eine gemeinsame Bestimmung voraussetzen. Die Art, wie du dein Leben als Schauspielerin und dein sonstiges Leben führst, läßt nicht darauf schließen, daß unsere Verbindung in irgendeiner Weise von Belang wäre. Du willst von einem Land ins andere reisen, ohne daran zu denken, daß es auch Bindungen gibt, die Zanotti und mich in Paris festhalten könnten. Und jetzt sollen wir dich begleiten, als ob wir deine Chefsekretäre wären.«
Sie begann zu weinen. Matthias und Zanotti aßen ihre weichgekochten Eier. Matthias nahm den Eierbecher von Myra, klopfte das Ei auf, stellte es vor sie hin und forderte sie mit einem Zeichen auf, zu essen.
»Es handelt sich um meine Karriere!« sagte sie, während sie sich mit der Serviette die Tränen abwischte. »Verstehst du denn das nicht?«
»Karriere«, wiederholte Matthias, den plötzlich die Vorstellung befiel, daß es ihm künftig mit allen Frauen, die er erschaffen würde, ebenso gehen könnte. Er könnte dann die Filmstudios der ganzen Welt mit Geschöpfen bevölkern, die seinem Pinsel entsprungen wären und die ihr Bild in ihrem eigenen Leben verfolgen würden. Über Myra hinaus wäre also nichts anderes mehr vorstellbar. Und sei es auch mit Hilfe des Teufels, der Mensch konnte aus seinem Kopf nicht mehr herausholen, als das Leben ihm dort hineingelegt hatte. Er kratzte mit dem Löffel die letzten Reste aus der Eierschale. Er hatte sichtlich seine Fassung verloren. Nach zweihundertjähriger Irrfahrt erreichte er nun das Ende einer Wegstrecke. Die Liebe war doch nur ein sehr beschränkter Höhenflug. Überstieg der Ver-

suchsballon eine gewisse Höhe, dann mußte er, wie Matthias gelesen hatte, platzen. Mit einem schroffen Schlag zertrümmerte Matthias unter den aufgeregten Blicken Myras und Zanottis die Eierschale.

»So wird es sein«, sagte er, wie in Gedanken versunken. »So wird es wohl sein.«

Hinfort war er ein Mensch wie alle anderen. Er hatte seine Grenzen erreicht. Der Mann in Grau war für ihn nutzlos gewesen.

Matthias lächelte, um dann zur Verwunderung der beiden ihm gegenüber vollends in Lachen auszubrechen.

»Matthias?« sagte Myra.

»Zanotti«, sagte Matthias, »man muß also die Bürgersfrau ins Reich des Teufels begleiten!«

Zanotti brach ebenfalls in Gelächter aus.

Myra begriff nichts. Einen Augenblick blieb ihr der Mund offenstehen, dann nahm sie sich ihr weichgekochtes Ei vor.

6.

ZELLULOID

Joseph W. L'Enfant war ein Meter sechzig groß und hatte über den sehr klaren Augen lange Borstenhaare. »Mein Verlobter«, sagte Myra, als sie ihm Matthias vorstellte. Hatte L'Enfant mit Myra geschlafen? Matthias machte sich darüber keine Gedanken. Der Händedruck des Amerikaners war nichtsdestotrotz übertrieben kräftig. Aber er sagte dabei, daß Matthias die Rolle eines schönen jugendlichen Liebhabers gut anstehen würde.

Die Sirenen der S. S. *Antwerpen* heulten wie die tibetanischen Trompeten, aber sie brachten nur die Möwen von Le Havre in Aufruhr.

Die Bordzeitung gab die Anwesenheit der berühmten Schauspielerin Myra Doolittle, von Joseph W. L'Enfant und seiner Frau, des Grafen Arsinault, Miss Doolittles zukünftigem Mann, und seines Sekretärs Gianni Baldassari bekannt.

L'Enfant setzte seine Reise mit dem Zug nach Los Angeles fort, während Myra, Matthias und Zanotti drei Tage in New York blieben. Mehrere Photos von Myra erschienen in der Presse. Bei den Interviews mit Journalisten umging Myra geschickt die Fragen nach ihrer Kindheit, die, wie sie sagte, völlig durchschnittlich gewesen sei. Die Fünfte Avenue wirkte wie ein künstlicher Grand Canyon. Der Colorado wurde hier gleichsam durch die Flut der Autos dargestellt. Drei Schritte vom Plaza Hotel entfernt, direkt vor dem Central Park, spielte ein junger Mann Cello. Eine eiserne Büchse zu seinen Füßen enthielt bereits einige Münzen, die vielleicht von der Begeisterung gewisser Musiknarren und Philanthropen zeugten. Matthias verlangsamte seinen Schritt, um ihm zuzuhören, während Myra und Zanotti weitergingen. Es war lange her, daß Matthias Musik gehört hatte, und es schien fast so, als ob gerade der Verkehrslärm die Schönheit dieses Stücks unterstreichen würde — als ob er

dieser heiteren Komposition noch einige zusätzliche, beschwingte Takte hinzufügte. Er hörte so lange zu, bis der Bogen die Saiten verließ.
»Was ist das?«
»Die Courante der Suite Nr. 2, BWV 1008«, antwortete der Cellist, ohne sich die Mühe zu machen, noch »Bach« hinzuzufügen. Er blickte Matthias mit klaren Augen an.
Matthias warf einen Dollar in die Büchse. Ein Lachen, kaum spürbar, trübte nun leicht die Klarheit seines Blicks.
»Wieviel schulde ich Ihnen?«
»Nichts.«
»Das nächste Mal brauchen Sie nichts zu bezahlen. Ich spiele hier jeden Morgen, außer montags, da habe ich Vorlesung.«
Die Amerikaner schienen ihre Unschuld der ersten Stunde behalten zu haben. Die amerikanische Landschaft, die man vom Zug aus sah, war grandios geblieben, wahrscheinlich auch wie am ersten Tag.
In Los Angeles wohnten sie im Hotel Schloß Marmont, Myra in einer eigenen Suite, Matthias und Zanotti in einer anderen. Die Moralapostel wachten streng über das Privatleben der Stars. In den folgenden Wochen nach der Ankunft bekam Matthias Myra kaum zu Gesicht, weil sie ständig von Unterhaltungen mit Journalisten und von den Leuten der Vitagraph Movie Company in Anspruch genommen wurde. Von Zeit zu Zeit aßen sie gemeinsam, noch seltener schliefen sie zusammen.
Die weiteren Wochen wurden von Myras Umzug in eine Villa am Sunset Boulevard, »Angel's Grove«, ausgefüllt. Ein Bühnenbildner der Vitagraph arrangierte alles. Matthias und Zanotti zogen es vor, im Hotel zu bleiben. Das Drehbuch des Films, dessen Autor L'Enfant selbst war, hieß vorläufig *Outwards Bound*, was ungefähr so viel bedeutete wie: »In der Fremde unterwegs« bzw. auch »Auf hoher See«. Es handelte sich um eine Geschichte heroischer Pioniere. Myra hatte auch Matthias gebeten, sie nebenbei zu lesen. Er hatte sich dem Ganzen aber nur mit geringem Interesse gewidmet und sich denn auch mit vorgetäuschter Begeisterung darüber ausgelassen. Er langweilte sich.
Er kaufte einen Stutz und besichtigte mit Zanotti die Nationalparks der Umgebung. Yosemite war ein fast biblischer Wald, King's

Canyon ein gewaltiger, ausgehöhlter Rubin. Die Mammutbäume im Sequoia National Park waren so riesig, daß man in ihrem Stamm einen Tanzsaal hätte einrichten können. Einige waren älter als dreitausend Jahre. Sie reichten bis zum Himmel. Leicht hätte man auch Notre-Dame von Paris in den unterirdischen Höhlen des Lehman Monument unterbringen können. Der Grand Canyon war eine malvenfarbige Vagina mit einer Länge von fünfzehn und einer Breite von drei Kilometern. Er wurde von Hirschen, Stinktieren und Taranteln bevölkert. Wenn der Grand Canyon einen Orgasmus hatte, brach San Francisco wohl zusammen. Die beiden wollten mit einem Kanu über den Mead-See paddeln. Sie beendeten ihre Exkursion mit dem Versteinerten Wald — einem gewaltigen Durcheinander von Baumstämmen, die zu Achatblöcken geworden waren. Ende September kamen sie sonnenverbrannt, glücklich und gleichmütig wie Gestein zurück.

Die Dreharbeiten gingen zu Ende. Myra hatte stark abgenommen, und frühmorgens, sehr, sehr früh, wenn Matthias zum Kaffee nach »Angel's Grove« gebeten wurde, flackerten oft ihre Augen vor lauter Schlaflosigkeit und Aufregung.

»Liebst du mich immer noch?« fragte sie und fuhr fort, ohne die Antwort abzuwarten: »Du weißt ja, meine Karriere ...«

Eines Morgens, als der wartende Fahrer vor dem Portal schon Zeichen von Ungeduld zu zeigen begann, fiel sie über Matthias her, um mit ihm Sex zu haben. Das Ganze dauerte alles in allem neun Minuten. Er trug dabei einen lädierten Rücken davon.

Verachtung, Mitleid, Zärtlichkeit, Melancholie. Aber vor allem Verachtung.

»Es war trotzdem eine schöne Geschichte«, dachte Matthias, als er ins Hotel zurückkam, »ich hätte das Ganze noch nicht aufgeben sollen.« Dann überlegte er aber, daß dieser Satz wieder seinen erschreckenden Narzißmus offenbarte. Er schlief daraufhin noch eine Stunde, bevor er mit Zanotti ein zweites Frühstück einnahm.

Wußte denn Perdikkas, daß Alexander in der Zukunft zur Legende werden würde, als er ihn während eines Banketts beleidigte und dies mit dem Leben bezahlte?

Man kann sich in Los Angeles eigentlich nicht langweilen. Jeder wartet auf die Kurse der Eitelkeit, die täglich veröffentlicht werden. Da man nur wegen und für die Eitelkeit lebt, erhält jede Stunde

eine größere Bedeutung in der Erwartung eines Erfolgs, oder besser: des Echos eines Erfolgs, den die Medien zurückwerfen. Stadt der Spiegel und der Megaphone.
»Wie geht es Miss Doolittle?« fragte der Hotelportier. Seine Stimme, die eine Spur zu mitleidsvoll klang, verriet Matthias, daß Gerüchte über einen Liebhaber Myras im Umlauf waren, daß er wahrscheinlich eine dieser bösartigen Journaillen zu lesen versäumt hatte, die den Kaffee am Morgen und den Aperitif am Abend vergifteten.
»Mir scheint, daß es ihr sehr gut geht, glauben Sie nicht?« antwortete er mit einem unverfrorenen Lächeln.
Aus Neugier kaufte er ein paar Zeitungen.
In einer Klatschspalte fiel sein Blick auf folgende Überschrift: »Wird sich Bill Fawcette scheiden lassen?« Den Rest konnte er sich denken. Fawcette war Myras Partner in *Outwards Bound*.
Myra rief an. Ihre Worte waren ohne Sinn, telephonisch versuchte sie, sich einen Einblick in Matthias' Stimmungslage zu verschaffen. Die Filmpremiere am Freitag. »Du mußt kommen!« forderte sie gebieterisch. Sie hatte sich tatsächlich einen Befehlston angewöhnt. Sie ließ ihm, ebenso wie Zanotti, eine Einladungskarte zukommen.
Die Scheinwerfer erleuchteten den Himmel, eine vom Chor der Vitagraph begleitete Fanfare ertönte. Der Olympic Boulevard war voller Leute, das Carthay Circle, in dem die Premiere stattfand, gleichfalls von einer großen Menge belagert. Die Limousinen glitzerten, und die Fassade des Kinos über dem ständig hin und her pulsierenden Lichterteppich schien in der Glut Tausender von Watt, die auf sie gerichtet waren, zu verbrennen. Matthias und Zanotti erwarteten zusammen mit den geladenen Gästen die Ankunft der Stars. Joseph W. L'Enfant, Charles Chaplin und Peggy Hopkins Joyce, Mabel Normand, Mary Miles Minter, Donald Keith, Victor Fleming ... Namen und Gesichter, die Matthias hinfort vertraut waren. Beifallsstürme, Feuerwerk, ausgestreckte, um ein Autogramm bettelnde Hände. Ein roter Rolls-Royce hielt an, die Tür öffnete sich, Matthias brauchte mehrere Sekunden, um Myra wiederzuerkennen. Von Rubinplättchen umhüllt, die Stirn mit einem Diadem umfaßt, das Gesicht von einem effektvollen Make-up bedeckt, das die Augen größer erscheinen ließ — so erstrahlte das umjubelte Idol. Die Menge und die geladenen Gäste hielten für den Bruchteil einer Sekunde den Atem an, um sich dieser beeindruckenden Er-

scheinung hinzugeben. Dann ertönten erneut die Vivat-Rufe, die Fanfare, die Beifallsstürme. Die Polizei ließ ein Spalier bilden, damit sie sich vorwärts bewegen konnte.

»Sie scheint wirklich deine Tochter zu sein!« flüsterte Zanotti, während L'Enfant und Fawcette ihr entgegenstürzten, um sie in Empfang zu nehmen. Im selben Moment traf ihr Blick auf Matthias, sie riß sich von ihrem Gefolge los, um zu ihm zu gelangen. Als sie endlich vor ihm stand, küßte er sie zärtlich auf die Wange.

»Du setzt dich neben mich«, sagte sie und ergriff ihn am Arm. Er registrierte in ihrem Atem eine Alkoholfahne. Sie drückte ihm vor Nervosität mit aller Gewalt den Arm, während sich die Mikrophone der Rundfunksender auf sie richteten. Die Orgeln des Carthay Circle nahmen sich ein kitschiges und schnulziges Stück vor, die Lichter gingen aus, der Vorhang hob sich. Vom ersten Rang der Empore aus, neben Matthias und L'Enfant, ließ sie gleichmütig den Vorspann über sich ergehen, der in kleinen Medaillons die Regisseure und Schauspieler des Films präsentierte. Matthias hatte Mühe, der Geschichte zu folgen, die von einem eroberungs- und besitzsüchtigen Pionier handelte. Dieser Pionier hatte sich in ein junges Mädchen, natürlich Myra, verliebt, deren indianische Herkunft er aber nicht kannte. Auseinandersetzungen mit einem Sioux-Stamm, abgebrannte Hütten, Gefangennahme des unersättlichen Amerikaners, dem Myra die Skalpierung und den Tod ersparte. Wenn Myra seine Hand losließ, begannen seine Gedanken umherschweifen. Dieser simple Plot symbolisierte das Gesetz, unter dem das menschliche Leben seit Anbeginn der Welt stand. Es war eine kindlich-naive Erzählung, die die Angst vor dem Tod abwenden sollte. Selbst der Geschlechtsakt erschien hierin nur als ein strategisches Kalkül, mit dem sich die Angst Dauer verlieh. Aber wenn man keine Angst mehr hatte, fragte er sich, was blieb dann noch?

Und wie war sie in ihrer Rolle? Wahrscheinlich spielte sie in einer Weise, die allen Schauspielern der Welt überlegen war.

Das Licht entriß ihn seinen Grübeleien.

Die Beifallsstürme nahmen im Parterre ihren Ausgang und erfaßten dann die Balkone, wobei sie immer tosender wurden und sich mit frenetischen Vivat-Rufen verbanden. L'Enfant erhob sich und grüßte mit einer fast römischen Geste. Der Beifallssturm verdoppelte sich noch. Man verlangte Myra. Sie erhob sich fast zitternd, grüßte, lächelte. Blumen wurden von unten auf den Balkon geworfen. Einige Zuschauer versuchten sogar, der Schauspielerin die Nelken zukommen zu lassen, die sie in ihren Knopflöchern trugen. Eine von ihnen fiel ihr zu Füßen, sie steckte sie sich an ihr Kleid. Nun erhob sich auch Fawcette, stellte sich in Positur. Man verstand sein eigenes Wort nicht mehr.

»Es wird Zeit, daß wir verschwinden«, sagte L'Enfant.

Sie verließen das Kino durch einen Seitenausgang, vor dem aber Myra und Fawcette auch schon von ihren Verehrern erwartet wurden. Sie zitterte an allen Gliedern und hüllte sich trotz der milden Luft in ihr Cape. Sie stürzten sich in die Autos und fuhren zu dem Abendessen, das der Regisseur in seiner Villa vorbereitet hatte. Eine Art »Schlachtbank«, wenn man so will, war hergerichtet. Fast hundert Gäste und halb so viele Dienstboten waren anwesend, dazu eine Jazz-Band, Leute, die über Myra herfielen und dann — wenn sie sie nicht erreichen konnten — über Matthias und Zanotti. Die allgemeine Verwirrung griff immer mehr um sich. Man hörte eine Ohrfeige knallen. Fawcette hatte sie von seiner Frau bekommen. Myra stand wie unter Strom, sie hatte zuviel getrunken und redete ununterbrochen. Sie bat Matthias, sie nach Hause zu begleiten. Dort ersuchte sie ihn dann, bei ihr zu bleiben.

»Wie schaffst du es, daß du für mich der einzige Mann bist, an den ich glaube?«

Während des Orgasmus weinte sie. Er verließ ihr Bett noch vor dem Morgengrauen. Er hatte eine Gefährtin gewollt, jetzt hatte er eine inzestuöse Tochter.

7.

Zweikampf

Oktober 1923: Myra begann mit den Dreharbeiten zu einem historischen Film, *Der Fall Babylons*, in dem sie die Rolle einer mächtigen Priesterin der Göttin Astarte spielte, die in Streit mit der Königin von Babylon (diese Rolle übernahm Betty Mae) geriet. Im Film haßten sie einander bis aufs Blut, denn sie wetteiferten um die Gunst des schönen Belsazar, dessen Rolle von dem unwiderstehlichen Segovia gespielt wurde. In der Wirklichkeit lagen sie sich gleichfalls in den Haaren — sie befanden sich da haargenau in der gleichen Situation. Ruben Segovia jedoch liebte die Frauen nicht. Als Matthias ihn eines Tages in der Küche des Appartements von Schloß Marmont vorfand, erlitt er einen solchen Lachanfall, wie er ihn noch nie erlebt hatte. Zanotti und Segovia, der sich gekränkt fühlte, trennten sich daraufhin.
6. November: Matthias begegnete auf den Hügeln von San Fernando einem russischen Pilger mit theatralischem Gebaren, der ihn um ein Almosen bat, um ihm dann zu erklären: »Sie sind ein gottloser Mystiker.«
8. November: Matthias hatte seine Pinsel wieder zur Hand genommen und arbeitete an einem Porträt von Clara Bow. Am 9. November war er für einen Abend der Liebhaber Clara Bows, die er am Morgen des 10., ermüdet von den filmischen Tiraden des Stars in strategisch wichtigen Momenten, ein für allemal verließ. Das Porträt wurde dennoch auf dem Titelblatt von *Movie Life* in Farbe gedruckt.
6. Dezember: Matthias nahm sich das chinesische Zimmermädchen des Hotels zur Geliebten. *Der Fall Babylon*, dessen Erstaufführung — wie es der Zufall wollte — in Grauman's Chinese Theater stattfand, erhielt nur eine schwache Resonanz. Myra brach mit Joseph W. L'Enfant und unterzeichnete einen phantastischen Ver-

trag mit Modern Movies. Man sah sie viel mit dem deutschen Regisseur Georg Auerbach, der einen Film gedreht hatte, den Matthias trotz seiner zunehmenden Aversionen gegen das Kino faszinierend fand. Der Film hieß mit Recht *Faszination*. Es war die Geschichte einer jungen Frau, die auf unwiderstehliche Weise von einem Mann angezogen wird, den sie für einen Kriminellen hält.
10. Dezember: Eine Klatschtante aus Hollywood wunderte sich in ihrer wöchentlichen Kolumne über die lange Verlobung Myra Doolittles mit dem Grafen Matthias Archenholz. Eine schnelle Heirat des Stars mit dem schönen Deutschen würde mancherorten den Hausfrieden wiederherstellen, schloß die Kolumnistin. Myra, die vom Präsidenten der Modern Movies gedrängt wurde, bat Matthias, sie zu heiraten. Er antwortete mit einem unbändigen Lachen, aber willigte ein, mit ihr in einem Restaurant zu speisen, das gerade »in« war.
1. Januar 1924: Zanotti wohnte seit dem Silvesterabend, das heißt seit dem Mitternachtsessen in »Angel's Grove«, mit dem von seinen Rollen her als jugendlicher Liebhaber bekannten Ronnie deMegan zusammen. DeMegan war bereit, ihm die Hälfte der für die Eröffnung einer Brauerei notwendigen Geldmittel zur Verfügung zu stellen. Matthias erstand die Villa der verstorbenen Sue Leathermore, der unvergeßlichen Hauptdarstellerin von *Dark Passion*, die unter mysteriösen Umständen ums Leben gekommen war, als sie mit dem Milliardär Dunigan, dem König der Eisenbahnen des Westens, tanzte. Es lief das Gerücht um, der Milliardär habe sie mit der Fassung eines vergifteten Ringes getötet, weil sie ihm mit einem Skandal gedroht habe.
4. Februar: Myra kam im Morgengrauen zu Matthias und forderte, er solle mit ihr schlafen. »Ich liebe dich!« sagte sie. »Ich verblöde langsam«, sagte sie zu Zanotti eine Stunde später.
10. Februar: Auerbachs Film lief an, in dem Myra die Hauptrolle spielte — *Der gefallene Engel*. Ein außergewöhnlicher Erfolg. Matthias hatte eine Migräne vorgeschützt, um der Premiere aus dem Weg zu gehen. An diesem Abend war er allein zu Hause, er blätterte in einem Kunstbuch. Er hielt beim Bild der Mona Lisa inne, gravierte die vier magischen Zeichen ein und sah daraufhin einen jungen, eher etwas dicklichen Mann erscheinen, liebenswürdig zwar, aber dumm und obendrein ein Dieb (er riß sich einen auf einem Tischchen vergessenen Ring Zanottis unter den Nagel). Die »Mona

Lisa« männlichen Geschlechts, gewissermaßen ein Herr Giocondo, erklärte, daß er Hunger habe. Matthias briet zwei Steaks in der Küche, die sie gemeinsam mit Salat und Früchten in Gelee als Nachtisch verzehrten. Das Essen überraschte den kleinen Flegel.
»War das Leben mit Leonardo angenehm?« fragte Matthias.
»Es roch nach Schwefel wegen der chemischen Verbindungen in seinen Reagenzgläsern. Das Essen war schlecht. Er war ein miserabler Kartenspieler und verhielt sich in der Liebe wie ein Stock. Warum ist Ihre Wohnung so häßlich?«
Giocondo brachte ihm eine Art Bésigue bei. Sie spielten eine Partie, und dann erklärte Matthias seinem Partner, daß er gehen müsse. »Wie?« fragte der junge Mann, indem er den schwarzen Umhang an sich nahm, den er zu Beginn seines abendlichen Besuchs auf den Teppich hatte fallen lassen. Matthias unterzeichnete das Bild, und der kleine Dummkopf verschwand auf wunderbare Weise. Der Ring fiel auf den Boden. »Ein neuer Zeitvertreib«, dachte Matthias, der sich gutgelaunt schlafen legte. Vor dem Einschlafen las er noch *Materie und Gedächtnis* von Henri Bergson.
16. Februar: Die Presse machte zugleich Myras Honorar — 25 000 Dollar — und die Eröffnung eines Nachtlokals in New York publik, das sich »Der freigekaufte Engel« nannte und das mit vergrößerten Photos der Schauspielerin ausgeschmückt war. Diese war zu einer Tournee aufgebrochen, um den Premieren des neu angelaufenen Films in New York, Cincinnati und Baltimore beizuwohnen.
10. März: Myra kehrte in einem besorgniserregenden Zustand nervöser Erschöpfung nach Los Angeles zurück. Auerbach nahm die Dreharbeiten zu einem weiteren Film, *Der verbrannte Brief*, auf. Myra zog sich ganz auf »Angel's Grove« zurück. Mehrere Ärzte umgaben sie; eine geheimnisvolle Person, halb Gouvernante, halb Vertraute, die ehemalige Garderobiere Mrs. Amelia Colson, nahm sich ihrer an. Seit dem Telefonat am Morgen nach ihrer Rückkehr konnte sich Matthias nicht mehr mit Myra unterhalten. Beständig gab Mrs. Colson auf seine Anfragen die Antwort, Miss Doolittle ruhe sich aus oder sei in einer Besprechung.
18. März: Der *Los Angeles Herald* berichtete, daß Miss Doolittle einen berühmten Magier, Alwyn de Koovler, zu sich gerufen habe, um ihrem Leiden auf den Grund zu gehen. Der Magier stellte fest, daß die tellurischen Schwingungen von »Angel's Grove« dem

Wesen von Myra Doolittle nicht entsprächen. Der Magnat Vincent Dunigan stellte ihr die Villa Bluebird zur Verfügung, die eilig auf seine Kosten wieder hergerichtet wurde. Es war unmöglich, Myras Telefonnummer in Erfahrung zu bringen.

»Sie wird langsam verrückt, sagt man«, vertraute Ronnie deMegan Matthias und Zanotti an.

Die Unwirklichkeit von Los Angeles, die alle neurotisch machte, begann Matthias aus dem Gleichgewicht zu bringen. Er reiste nach New York, als ob er den Wunsch verspürte, sich wenigstens geographisch Europa zu nähern. Vor dem Central Park, nach einem Schneesturm, traf er den Cellisten wieder, der ihm schon bei seinem ersten Aufenthalt in New York aufgefallen war.

»Hallo«, sagt der einfach und unterbrach das Stück, das er gerade vorgetragen hatte, um die Courante der Suite von Bach zu spielen.

Der Cellist hieß Timothy Rearden. Matthias lud ihn zum Essen ein. Sie gingen in ein ungarisches Restaurant, »Little Budapest«, wo sie die Bekanntschaft eines einsamen Gastes machten, eines älteren Herrn mit weißen Haaren. Er war Physiker und hieß Ladislas Szegedy. Matthias ließ den Namen Boltzmann fallen, des berühmten Wiener Physikers, der sogleich Szegedys lebhafte Bewunderung hervorrief.

Trotz seiner Bewunderung für Boltzmann meinte Szegedy, daß sich dessen übrigens von Laplace auf dem Umweg über Maxwell abgeleitete Theorie von der Kinetik der Gase als überholt erweisen würde. Zunächst weil die Elementarteilchen als solche gar nicht existierten, sondern gleichsam nur bestimmte Momente einer richtungsweisenden, irreversiblen und zwingend notwendigen Energiewelle waren. Es sei demnach schwierig, sie wie Murmeln in warme und kalte aufzuteilen. Wenigstens ging davon die Quantentheorie Max Plancks aus. Zweitens kämen die Teilchen in Paaren vor, so daß man also zwei »Maxwellsche Dämonen« statt einem bräuchte. Er erklärte Matthias und Rearden, die er ganz für sich eingenommen hatte, die Experimente Youngs, die wenigstens in der Theorie zeigten, daß ein Lichtteilchen, ein Photon, durch zwei Löcher gleichzeitig ging.

»Alle Phänomene der Welt sind also doppelt?« fragte Matthias.

»Theoretisch ja, und sie sind symmetrisch«, antwortete Szegedy.

»Gilt das auch für biologische oder psychologische Phänomene?« fragte Matthias.

»Der Unterschied zwischen dem Belebten und Unbelebten ist nur

oberflächlich«, antwortete Szegedy. »Sie sind aus Kohlenstoff, Kalzium, Wasserstoff und Stickstoff zusammengesetzt. Aber der Unterschied zwischen einem Stein und Ihnen besteht darin, daß bei Ihnen die Atome instabil sind, daß also die Elektronen in Bewegung sind. Das ist alles.«
»Und das Bewußtsein?« fragte Rearden.
»Warum sollte das nicht auch eine Angelegenheit der Elektronen sein?« sagte Szegedy lächelnd.
Nach dem Essen fragte Rearden Matthias:
»Sind Sie das mir symmetrische Teilchen?«
Matthias war verwirrt und unbegreiflicherweise den Tränen nahe. Da er nicht fähig war, die Einsamkeit auszuhalten, verbrachte er die Nacht mit Rearden. Reardens Sanftmut war es zu verdanken, daß er aus dem Gleichgewicht geriet. Am anderen Morgen weinte er ununterbrochen. Dann nahm er den Zug nach Los Angeles.
23. März: Kaum zurückgekehrt, erhielt Matthias einen Telefonanruf von Myra. Sie bat ihn, schnell zu kommen. Er fand sie völlig verändert, abgemagert und überreizt vor. Sie warf ihm vor, untreu und kalt zu sein. Sie erhitzte sich, zerschlug eine Vase, brach in Tränen aus. Mrs. Colson klopfte umsonst an die doppelt verriegelte Tür, während Myra schrie: »Lassen Sie mich in Ruhe!«
»Ich werde häßlich, ich werde alt!« jammerte Myra.
»Ganz und gar nicht. Du mußt dich nur ein wenig ausruhen.«
»Ausruhen! Ich brauche Liebe! Liebe!«
Obwohl Matthias den Verdacht hegte, daß die ganze Szene geschickt inszeniert war, ließ er sich dazu hinreißen, mit Myra zu schlafen, wie sie es von ihm verlangte. Aber kaum waren sie zum Höhepunkt gelangt, verabschiedete sich Myra von Matthias unter dem Vorwand, eine bestimmte Person zu erwarten, die ihn nicht sehen dürfe.
»Der Magier«, sagte Matthias müde und verletzt.
Er verließ die Villa Bluebird aufgewühlt und traurig durch den Hinterausgang und schwor sich, Myra nie mehr wiederzusehen.
5. April: Die Dreharbeiten zum *Verbrannten Brief* hatten begonnen. Der Zugang zum Filmgelände war gesperrt. Die Presse berichtete von einer Auseinandersetzung zwischen Auerbach und De Koovler.
11. April: Die Presse berichtete, daß Myra Doolittle an einem ihr zu Ehren gegebenen Essen in Dunigans berühmter Residenz, dem »Erewhon«, teilgenommen habe.

14. April: Matthias ging eine Liaison mit der Schauspielerin Zilena Kasparoff ein, die auf dem Papier mit Ruben Segovia verheiratet war. Die sexuellen Obsessionen von Mrs. Segovia erregten ihn, aber nach drei wilden Nächten brach er das Verhältnis ab. Zilena forderte im Verlauf der letzten Nacht, Matthias solle sich entsprechende Requisiten besorgen, um mit ihr und seinem Zimmermädchen zugleich schlafen zu können.
Von nun an kümmerten sich Zanotti und DeMegan liebevoll um Matthias. Sie ließen ihn keinen Abend allein. DeMegan hatte zwar das Gehirn einer Heuschrecke, er trank zuviel, aber zumindest besaß er menschliche Wärme. Er mußte dann aber quasi sechs Wochen aus dem Leben Zanottis verschwinden, weil er die Rolle des Porthos in einer Verfilmung der *Drei Musketiere* zu verkörpern hatte.
»Ich beginne allmählich, die Geduld zu verlieren«, murmelte Matthias eines Abends, nachdem Myra einige unzusammenhängende Worte ins Telefon gestammelt und den Hörer aufgelegt hatte, bevor Matthias etwas erwidern konnte.
15. Juni: Premiere des *Verbrannten Briefes*, eine Erpressergeschichte, die die Kritik als »abgeschmackt«, ja sogar als »anstößig« bezeichnete. »Der Charme von Miss Doolittle, der von Film zu Film immer wieder aufs neue zu wirken vermag, reicht jedoch nicht aus, den pessimistischen Charakter dieses Werks zu tilgen.« Die Moralapostel regten sich besonders über eine Szene auf, in der man Miss Doolittle nackt bis zum Ansatz der Pobacken auf dem Bauch liegen sah. Auerbach erklärte sich schließlich bereit, die Szene herauszuschneiden.
21. Juni: »Myra Doolittle wird auf der ›Ranch der Sterne‹ geistige Entspannung suchen«, verbreitete der *Movie Mirror*. Diese Ranch gehörte De Koovler, über den eines der Revolverblätter enthüllte, daß er eigentlich Arpad Balarescu heiße und daß ihm die Mitschuld an einem Mordfall in Bukarest angelastet worden sei. Aber dieses Blatt, *The Hollywood Chronicle*, wurde sogleich von Dunigan aufgekauft und veröffentlichte in der folgenden Ausgabe eine Rehabilitation des Magiers. Ganz Hollywood wußte, daß Dunigan der Liebhaber Myra Doolittles war und ihren Launen gehorchte. Darüber hinaus war De Koovler der Schützling Myras, und seine Ranch, in der Nähe von Santa Barbara, besaß einen privaten Hafen, wo häufig Dunigans Yacht anlegte.

25. Juli: Matthias reiste nach New York, und Myra begann mit den Dreharbeiten zu *The Wild Rose of Texas*, einem Melodram, das nicht von Auerbach, sondern von Jack Allsome inszeniert wurde. »Mr. Allsome hat sich vorgenommen, das sehr amerikanische Bild von Miss Doolittle wiederherzustellen«, erklärte der *Movie Mirror*, womit er offensichtlich auf Auerbachs Reinfall anspielte. Matthias traf Timothy Rearden wieder, der seinen Besuch mit einer Sonate für *Arpeggione* von Schubert feierte. Er hatte das Instrument bei einem Sammler gesehen, von dem er es eigens ausgeliehen hatte, um es Matthias vorführen zu können. Es handelte sich um ein Zwitterinstrument zwischen einer Viola da gamba und einer Gitarre. Es waren die ersten Stunden, in denen Matthias — nach dem Klirren der Gläser und dem Geheul der Furien am Himmel über Los Angeles — endlich ein wenig Ruhe fand. Spät am Abend gingen Matthias und Timothy nach Harlem, um Jazz zu hören. Timothy kannte dafür eine gute Adresse: Für fünfzehn Dollar erwarb man eine Eintrittskarte zu einer Art Hauskonzert, wo man sich über die Musik hinaus auch noch einen *bootlegged booze* zu Gemüte führen konnte — einen verbotenen Whisky, der mit Küchengeräten destilliert und in Badewannen zwischengelagert worden war oder direkt von den Brennereien Al Capones gekauft wurde. Eine neue Bourgeoisie der Schwarzen ahmte die Riten der Weißen nach, aber mit einem Schuß Lachen und Humor, mit wackelnden Hüften und mit sanftem Blick, der einem Lammcurry mit Geflügel einen ganz anderen Geschmack verlieh. Man kam zwanglos und zufällig bei diesen Abendgesellschaften zusammen. Und zwei Blicke genügten, um der Sängerin, die in einem kleinen Salon mit Piano und Saxophon *Obsession* vortrug, zu verstehen zu geben, daß sie Matthias gefiel.

I don't care where I be,
If I be with you,

sang sie in einer Molltonart, die zu den Terzen glitt wie ein Rock, der an den Hüften herunterrutscht,

But then I have to warn you,
I don't care either where I be,
If I be without you.

Und mühelos wechselte sie in einen synkopierten Rhythmus über.

You just remember this,
When day is gone,
The sun shines over,
But when you're gone,
My day is over.

Sie überließ den Platz am Piano einem Mann, der mit seinen Muskeln fast aus dem Smoking platzte. Sie warf Matthias einen flüchtigen Blick zu, während die Klarinette auf dem Posaunenblech gleichsam Kupferdrähte drechselte und das Piano einen Ragtime vorgab. Er sandte ihr nur einen langen, vollen Blick zurück, lächelte dabei und tippte mit dem Zeigefinger auf seine Whiskyflasche, die garantiert erste Wahl war, fünfzig Dollar mindestens — da ließ er sich nicht lumpen. Und sie lächelte nun auch, ein wenig ironisch vielleicht; ihr Oberkörper geriet sogar etwas ins Schwanken. Nein, eigentlich war es kein richtiges Schwanken, nein, eher ein unwillkürliches Sichgehenlassen, das aber doch zeigte, daß ihr Kreuzgelenk zwischen der Wirbelsäule und den Hüften gut in Schuß war. Timothy begann zu lachen.
»Hey!« sagte sie und blickte in den Papierkorb, wo die Flasche jetzt ihre Reize versteckte. »Hey, hey! Sie ist gerade zur Welt gekommen, diese Flasche! Ich kenne sie, sie ist aus gutem Hause!«
Alle lachten. Matthias reichte ihr ein Glas, sie trank einen Schluck und sagte: »Wow!« Die Lebensbeschreibungen änderten sich mit den Namen, die ohnehin allesamt falsch waren. Aber die Blicke kreuzten sich und heizten sich an. Denn es waren die Köpfe, die heiß wurden, als Matthias und Angie — sie hieß Angel, Mary-Angel — zusammen tanzten. Timothy hatte sich aus dem Staub gemacht.
»Du bist wie ein Lollipop«, sagte sie lachend in seinen Armen. Eine Haarsträhne war ihr in die Stirn gefallen und der Lippenstift war im Feuer seiner Küsse zergangen. Er strich ihr über den Rücken beim Tanzen. Mit geschickter Hand öffnete er das Gummiband des Büstenhalters. Sie spielte die Wütende, er provozierte sie zum Lächeln.
»Du wirst nervös«, sagte sie und zog ungeniert den Büstenhalter aus

dem Dekolleté heraus. »Kannst du noch laufen? Ich wohne sechs Säuferminuten von hier!«
Das war ihr letzter Wortwechsel bis sechs Uhr in der Frühe.
»My god!« murmelte sie. *»You're really sex-starved!«* Er bewegte sich nicht. Seit vielleicht einem Jahrhundert hatte er sich nicht mehr so glücklich gefühlt — in diesen Federn, die es nun dringend zu wechseln galt.
»Hey!« rief sie und beugte sich über ihn, eine Brust reichte beinahe in sein Ohr. *»Robinson Crusoe! This is you' girl Friday!«* Er lachte, er küßte sie, er schloß sie wieder in seine Arme. *»Oh, no! Not again!«* schien sie zu protestieren; sie war fertig, ausgebrannt.
»Solche Dinge passieren im Jahrhundert nur einmal«, sagte er sich im Taxi, das ihn weit von Angie wegbrachte, die nun erschöpft in Schlaf gefallen war. Er ging zu Timothy, der ihm torkelnd die Tür aufmachte. Er machte Kaffee in Timothys kleiner Küche am Broadway. Timothy stöhnte, daß er eine Eintrittskarte zur Hölle gekauft habe.
»Die Hölle ist, wenn es keinen Kaffee mehr gibt«, sagte Matthias, der Timothy eine Tasse reichte.
»Ich liebe dich«, sagte Timothy.
»Ich liebe dich auch«, sagte Matthias. »Wenn man zuviel getrunken hat, braucht man Wasser, sehr viel Wasser, Kaffee und Aspirin.«
»Ich liebe dich, weil ich wollte, daß du mit mir zurückkehrst und weil ich mich zufriedengegeben habe, daß du zu Angie gingst.«
Matthias schüttelte den Kopf. Der Liebesakt — ein Vertrauensvertrag. Timothy nahm ihn in seine Arme.
Rückkehr zum Plaza. Matthias ließ Angie drei Dutzend Rosen zukommen. Er schlief bis zum Abend. Das Telefon klingelte und übermittelte ihm die aufgeregte, schrille Stimme Myras.
»Matthias! Wo bist du? Ich suche dich in ganz Los Angeles! Was machst du in New York?«
Durch das Fenster konnte er den türkisfarbenen Himmel von New York sehen. Ein Abend Ende Juli. Er bewunderte die ein wenig manierierten Verzierungen der rosafarbenen Wolken.
»Matthias, hörst du mich?«
»Ich höre dich. Warum hast du mich gesucht?«
»Wie? Warum ich dich suchte? Ich habe niemand anderen auf der Welt, mit dem ich reden kann!«
»Dann mußt du fast während des gesamten Jahres stumm gewesen

sein«, bemerkte er, während er den Arm zur Nachttischlampe ausstreckte. Sie wich der Ironie aus.

»Diese Dreharbeiten sind ein wahres Martyrium«, fuhr sie fort. »Man hat schon fünfmal das Drehbuch geändert und wird es höchstwahrscheinlich noch einmal ändern. Ich habe die ganze Zeit Kopfschmerzen, und ich bekomme allmählich genug vom Kino. Wann kommst du zurück?« fragte sie gebieterisch.

»Ich habe keinen Grund, mich zu beeilen. Du rufst mich nicht einmal an, wenn ich in Los Angeles bin. Also kannst du mich genausogut auch hier anrufen.«

»Du mußt endlich begreifen!« protestierte sie wiederum mit schriller Stimme. »Ich führe ein äußerst schwieriges Leben!«

»Gewiß«, sagte er, bereits des sinnlosen Gespräches müde.

»Ich muß auflegen. Ich höre Mrs. Colson kommen. Ich liebe dich.«

Myra war nicht mehr als ein Bild, das allmählich immer mehr verblaßte, alle Konturen verlor — fast ein zerknittertes Stück Papier, mit dem der Wind sein spöttisches Spiel trieb. Sie war so schön, daß sich die anderen ihrer bemächtigt und sie ausgenommen hatten. Die Schönheit kann nur einem Menschen gehören. Die Güte vielleicht auch, oder die Intelligenz. Man muß den Wein ins Meer gießen.

2. August: Die Liebe ist nicht zuletzt auch ein biologisches Phänomen. Angie hatte einen schwarzen Liebhaber. Im Unterschied zu den Ojibwas nehmen sich die amerikanischen Schwarzen keine Gefangenen. Angies Liebhaber war der Klarinettist von jenem Abend. *»He's my bread, you're my Sunday cake«*, erklärte sie im Velvet, dem Restaurant, in das er sie zum letzten Mal zum Essen ausführte. »Es gibt die Liebe und es gibt das Leben«, sagte sie immer noch melancholisch. Am anderen Morgen entschied sich Matthias, nach New York zu ziehen. Es gab keinen Grund mehr, in Los Angeles zu leben. Er ließ die Villa von Zanotti verkaufen, der glücklich war, Matthias in New York wiederzutreffen. Los Angeles und DeMegan, erklärte er, seien dabei, ihn auszunehmen. Die Übereinstimmung zwischen Zanottis Ausdrucksweise und Matthias' Vorstellungen von Myras Leben war frappierend. Warum war die Welt nur so gefräßig geworden? Früher schien es, war sie nährend gewesen.

11. September: Matthias und Zanotti erstanden ein *Brownstone*-Reihenhaus auf der 64. Straße, Park Avenue. Matthias begann eine

Serie von Bildern, die sogar Zanotti erstaunten, der doch das unerschöpfliche Talent seines Freundes kannte. Es waren Bilder, die man als phantastisch hätte bezeichnen können, wären nicht alle Bildelemente dem Alltagsleben entnommen gewesen: Personen, die selber auf dem Bild nicht zu sehen waren, die nur ihre Schatten auf Wände warfen, Türen, Parketts, rätselhafte Straßenszenen, deren Symbolgehalt irreführend war, Stilleben in einer bedrohlichen Zusammensetzung ...

Matthias' Sexualität war auf Sparflamme gestellt. Angie war die letzte Frau gewesen, die er begehrt hatte. Timothy wohnte im Haus und unterhielt mit Zanotti ein Verhältnis, von dem alle wußten, daß sich darin die verzweifelte Liebe des Musikers zum Maler einen Ersatz gesucht hatte.

Zanotti hatte in New Jersey eine Sprudelfabrik gegründet. Das Bier fehlte ihm. Myra glänzte in Hollywood. Der Winter war rauh. Zanotti und Timothy machten sich Sorgen wegen Matthias' melancholischer Anwandlungen.

12. März: Matthias stellte in der Galerie Goodhouse in der Madison Avenue seine Bilder aus und erhielt damit einen für einen unbekannten Maler bemerkenswerten Erfolg.

»Wie sehr Sie doch Ihrem Vater ähnlich sehen!« sagte plötzlich eine alte Dame zu Matthias, deren Gesichtszüge er hinter dem Hutschleier nur schwer auszumachen vermochte. »Denn Sie sind doch der Sohn des Berliner Malers Matthias Archenholz, nicht wahr?«

»Sie haben meinen Vater gekannt?«

»Ja, er hat mir früher einmal aus einer gefährlichen Situation geholfen«, sagte die alte Dame mit einer Stimme, die sich in Traurigkeit auflöste.

Er musterte sie genau und fand eine vage Ähnlichkeit mit einem Gesicht, das er nicht mehr genau einordnen konnte.

»Wie heißen Sie?«

»Mein Name würde Ihnen nichts sagen. Nehmen wir einfach an, daß ich Lilith heiße.«

Sie führte ein Bekleidungsgeschäft am Ende der America Avenue, sagte sie, bevor sie Matthias noch zu seinem Talent beglückwünschte und sich dann entfernte. Sie wußte nicht um die Verwirrung, die sie in sein Leben gebracht hatte.

Die über den Raum und die Zeit gespannte Textur des Lebens:

Myra, Lilith, Marie, Michail ... Die Liebe war verwelkt, Zärtlichkeit und Zuneigung umflorten wie Moos das tote Geäst.
18. Oktober: Ein Abgesandter Dunigans, des Milliardärs, der wohl noch immer Myras Geliebter war, stattete Matthias einen Besuch ab. Er gab zu verstehen, daß er Myras Porträt zu jedem vom Künstler gewünschten Preis erstehen wollte.
»Das Porträt ist nicht zu verkaufen«, entgegnete Matthias Dunigans Unterhändler, der mit seinem lächerlichen Aufzug — Gamaschen und wenigen, sorgfältig über den kahlen Schäden verteilten Haaren — dennoch sehr entschlossen wirkte. Der Mann gab nicht nach. Matthias mußte ihn fast mit Gewalt hinauskomplimentieren. Drei Tage später wurde in der Wohnung in der 64. Straße eingebrochen, als Matthias, Zanotti und Rearden in ein Restaurant gegangen waren. Aber die Diebe, die ganz offensichtlich das Porträt gesucht hatten, mußten das Haus mit leeren Händen verlassen, wenngleich sie auch einige unbedeutende Sachen mitgehen ließen: Denn das sorgfältig zusammengerollte Porträt war hinter einen Schrank gerutscht.
Ein abgefeimter Telefonanruf Myras. Ihre Stimme war übertrieben sanft und heuchelte Unbeschwertheit.
»Matthias, du gemeiner Kerl! Aus der Ferne übst du einen schlechten Einfluß auf mich aus ... Ja, ja, ich kenne dich jetzt, ich kenne dein Geheimnis! Du übst diesen Einfluß über mein Porträt auf mich aus ... Ja, du liebst mich, das weiß ich, aber deine Liebe ist besitzergreifend! Das ist nicht gut! Ich traue dir erst, wenn du mir das Porträt zurückgegeben hast ... Oder willst du, daß ich es mir selbst hole? Übrigens hast du es mir zum Geschenk gemacht, und es ist nicht sehr nett, ein Geschenk zurückzuverlangen ... Du willst doch nicht, daß ich sein Geheimnis der Presse erzähle, oder?«
Matthias wendete ein, daß er keinen Einfluß auf Myra oder andere Personen von Nahem oder aus der Ferne auszuüben gedachte. Er hatte Wichtigeres zu tun ... Myra legte verärgert und mit einem sardonischen Lachen auf.
Warum war die Liebe, die Myra früher für Matthias empfunden hatte, nun mit soviel Mißtrauen und aggressiven Forderungen besetzt? fragte Matthias Zanotti.
»Sie verdankt dir alles. So etwas verzeiht man nicht. Sie ist in ihr eigenes Bild verliebt. Das mündet schließlich in den Wahnsinn«, antwortete Zanotti.

28. November: Durch einen zufälligen Blick in die Gesellschaftsspalte des *New York Star*, der im Arbeitszimmer herumlag, erfuhr man, daß Dunigan in New York eingetroffen war, um einen Pressekonzern zurückzukaufen. Ein Photo war dieser Notiz beigegeben. Ein Mann in den Fünfzigern, ein zu langes Kinn, eine spitze Nase — das aufgesetzte Lächeln paßte in dieses Raubtier-Gesicht.
3. Dezember, Mitternacht: Als Matthias seinen Chrysler vor dem Haus parkte, bemerkte er im Rückspiegel eine Gestalt, die sich aus einer Vertiefung des benachbarten Hauses herauslöste und sich offensichtlich auf ihn zubewegte. Eine Hand hielt sie in der Tasche. Der Schnee hatte das Trottoir zugedeckt. Genau in dem Moment, da der Mann die Höhe des Autos erreichte — die Hand noch immer in der Tasche —, öffnete Matthias plötzlich die Wagentür, die mit voller Wucht den Unbekannten traf. Dieser ging benommen zu Boden. Matthias zog ihn wieder hoch und versetzte dem Unbekannten mit der Rechten einen Schlag, der ihn drei Meter weit wegschleuderte. Dann griff er in dessen Tasche und stellte einen Revolver sicher. Die Hand im Handschuh, rieb er das Gesicht des Unbekannten mit Schnee ein, um ihn wieder zu Bewußtsein zu bringen. Mit der anderen Hand, der linken, drückte er dem Killer die Kanone an die Schläfe. Diesem stand der Schreck im Gesicht geschrieben.
»Wolltest du mich wirklich töten?« fragte Matthias.
Der andere schüttelte hastig den Kopf. Matthias drückte den Abzugshahn, der Schuß zertrümmerte die Schädeldecke des Unbekannten. Der Schnee dämpfte den Knall. Die Nacht war schwarz, sie konnte nichts bezeugen. Matthias ging in seine Wohnung, verbrannte die Handschuhe im Kamin, machte die Knöpfe ab, die er später woanders wegwerfen wollte, ging in sein Arbeitszimmer, suchte sich die besagte Nummer des *New York Star* noch einmal heraus, brachte auf Dunigans Photo die vier Zeichen an und setzte seine Unterschrift darunter. Aus der Zeitung des folgenden Tages sollte er erfahren, daß Dunigan nach einem Arbeitsessen einen Herzschlag erlitten hatte und daran gestorben war.
5. Dezember: Myra telefonierte um drei Uhr morgens. Ihre Stimme klang so rauh, daß Matthias sie kaum noch wiederzuerkennen vermochte. Sie sagte, sie wisse sehr gut, daß Matthias Dunigans Tod verschuldet habe und daß sie ihn anzeigen werde. Matthias brach in Lachen aus: Was sie denn anzeigen wolle? Man würde sie für ver-

rückt halten! Außerdem wüßte ja sowieso ganz Hollywood, daß sie geistig gestört sei.
Der *Daily Star* widmete eine kurze Notiz von drei Zeilen dem Selbstmord eines Ganoven in der Nähe der Park Avenue. Matthias ging in sein Atelier, holte erneut Myras Porträt hervor und befestigte es mit Reißnägeln an einem Holzbrett.
»Es stimmt, Myra«, sagte er, indem er sein Werk lange betrachtete, »man liebt sich selbst mehr als die anderen. Die Liebe kann nur glücklich sein, wenn man sich dabei mehr liebt. Die Liebe zwischen Mann und Frau ist also eine schmutzige Angelegenheit. Denn es sind zwei wilde Tiere, die einander erst dann freilassen, wenn der eine den anderen getötet hat, oder die überhaupt nur zusammenbleiben, wenn sie beide keine Raubzähne mehr haben.«
Man konnte den Mittagshimmel über New York im Winter nur noch als »dreckig« bezeichnen.
Matthias verbrachte noch den ganzen Nachmittag in seinem Atelier. Er trank Kaffee, aß Brot und Käse und schlief in kurzen Etappen. Als Timothy, dann Zanotti nach ihm schauen wollten und an die Tür klopften, die jedoch abgesperrt war, antwortete er, ohne zu öffnen, daß er arbeite.
»Du hast das Mitgefühl vergessen, Myra, das ich früher, ganz zu Anfang, auch nicht kannte. Das Mitgefühl — das heißt die Fähigkeit, verlieren zu können. Du setzt immer alles daran, zu gewinnen. Aber ich hasse die Gewinner. Das war die versteckte Lehre des Mannes in Grau in der Transsibirischen Eisenbahn. Er hat beim Schach so getan, als ob er verlieren würde. Wie naiv war ich, das zu glauben! In Wirklichkeit verlor er, um besser zu gewinnen!«
Der lehmfarbene Himmel wurde jetzt beinahe lila.
Der Fußboden knarrte im Treppenhaus. Matthias wußte nicht, daß es Timothy war, der an der Tür horchte.
»Du mußt sterben, Myra, weil ich am Leben bleiben will!«
Um halb vier Uhr morgens war es dann soweit: Matthias tunkte seinen Pinsel in die Ölfarbe und signierte das Bild. In Los Angeles war es halb zwölf. Myra war tot.
Matthias stieß tierische Schreie aus und griff nach einem Messer. Voller Wut zerfetzte er das Bild und weinte. Das heftige Schluchzen raubte ihm fast den Atem. Er fiel auf die Knie und brach schließlich bewußtlos zusammen.

8.

Heather

Timothy hatte das Geheul gehört und Zanotti alarmiert. Sie brachen mit Gewalt die Tür auf. Matthias lag am Boden, neben der Hand ein Messer; er war so blaß, daß man ihn schon für tot halten konnte.

»Die Sache hat wohl einen Haken gehabt«, murmelte Matthias einige Stunden später mit einem gequälten Lächeln, nachdem er wieder zu sich gekommen war und ihm ein Arzt ein herzstärkendes Mittel gespritzt hatte.

Einzig Zanottis Blick bezeugte, daß er den Sinn dieses Satzes erfaßt hatte.

Die Schlagzeilen in den Zeitungen verbreiteten die Meldung von Myras plötzlichem Tod. Zanotti, der sich zunächst weigerte, Matthias die Presseberichte zu beschaffen, gab schließlich nach: Matthias durchkämmte aufmerksam, zuweilen auch mit sarkastischen Bemerkungen, die Kommentare, Spekulationen und Mutmaßungen der Journalisten über das Rätsel von Myras plötzlichem Tod, der drei Tage nach dem gleichfalls mysteriösen Ableben ihres Gönners, des Milliardärs Dunigan, eingetreten war. Myra sei während einer Orgie bei der Nazimova gestorben, und Unbekannte hätte unbemerkt den Leichnam zu ihr nach Hause gebracht; Myra und Dunigan seien die von einer kalifornischen Hexensekte »vertraglich festgelegten« Opfer gewesen; Myra sei wie Sue Leathermore, Dunigans früherer Schützling, ermordet worden, die ja unter ähnlich mysteriösen Umständen ums Leben kam; Dunigan hätte sich aus Versehen mit dem besagten Ring selbst vergiftet, der keine Spuren hinterließ ...

Soviel war jedenfalls sicher, daß die Polizei ziemlich lange (sechs Stunden) den Magier De Koovler verhört hatte, dessen Ranch durchsucht und geschlossen worden war, genauso wie übrigens

auch die Gouvernante Amelia Colson (fünf Stunden), von der die Polizei annahm, daß sie einen Teil der Wahrheit verheimlichte oder daß sie verrückt war.
Matthias' Telefon war dauernd besetzt, was Zanotti gar nicht gefiel. Es waren immer wieder Journalisten, die von dem einstigen, gewissermaßen amtlich beglaubigten Verlobten Myra Doolittles noch ein paar zusätzliche Informationen ergattern wollten.
»Wissen Sie, daß Mrs. Colson Sie beschuldigt, den Tod Myras auf telepathischem Wege herbeigeführt zu haben?«
Matthias brach in Lachen aus. »Wenn ich über solche Kräfte verfügen würde, wäre ich der reichste Mann der Welt! Aber ich weiß genauso wie Sie, daß diese Kräfte nur in der Einbildungskraft gewisser Leute existieren, die man wohl für etwas naiv halten muß.«
»Waren Sie eifersüchtig auf Miss Doolittles Verhältnis mit Vincent Dunigan?«
»Ich weiß nicht, wann dieses Verhältnis begonnen hat, aber ich weiß, daß Miss Doolittle und ich uns schon lange nicht mehr regelmäßig sahen, als ich davon Kenntnis erhielt.«
»Wie waren Ihre Beziehungen zu Mrs. Colson?«
»Kalt. Ich hatte den Eindruck, daß mich die Dame Myras nicht für würdig hielt.«
Und so weiter.
Die Affäre schlug einige Stunden später neue Wogen, als die Polizei von Los Angeles entdeckte, daß Myra Doolittles Identität falsch war. Erneute Telefonanrufe, die Matthias mit geheucheltem Erstaunen beantwortete. Er habe Myra in Paris kennengelernt und nicht einen Moment lang daran gedacht, daß sie eine andere Person sein könnte als die, für die sie sich ausgab ... Es mußte hier ein sehr einfaches Mißverständnis vorliegen, das sich in Kürze aufklären würde ...
»Die Sache wird allmählich brenzlig«, sagte Zanotti, als er Matthias' Zimmer betrat. »Morgen fährt ein Schiff. Ich habe zwei Kabinen reservieren lassen. Das Land des Teufels steckt voller Gefahren.«
So kam es, daß sich Matthias und Zanotti, der sich entschlossen hatte, Timothy mitzunehmen — Timothy war vor seiner ersten großen Reise sehr aufgeregt —, am Tag darauf auf der *City of Birmingham* einfanden. Ihr Ziel war Southampton. Matthias' Atelier würde auf einem anderen Schiff nachfolgen. Das Haus in der 64. Straße würde über einen Anwalt verkauft werden.

An Bord reichte man echten Scotch und Champagner, Bier und Kognak. Zanotti verhehlte nicht seine Zufriedenheit, aber man mußte warten, bis der Dampfer amerikanische Gewässer verlassen hatte, um der Prohibition zu entkommen.
»Meine Herren, wenn Sie sich einige Zeit in den Vereinigten Staaten aufgehalten haben«, erklärte Ihnen der Steward grinsend, »dann würde ich bei Ihren ersten Mahlzeiten eine gewisse Zurückhaltung empfehlen.«
Das verhinderte freilich nicht, daß sämtliche Passagiere, auch Matthias, Zanotti und Timothy, nach dem Abendessen schon ziemlich betrunken waren.
»Ich hätte sie am Leben lassen sollen«, dachte Matthias, der, auf die Reling gestützt, wieder nüchtern zu werden versuchte, »aber sie und Dunigan hätten mich schließlich umgebracht.« In der Gischt des Meeres und in der Dunkelheit dachte er an den riesigen Rosenstrauß, den er unter einem Pseudonym und über einen Floristen aus Los Angeles an Myras Grab hatte niederlegen lassen. Es war ein kleines Geheimnis zwischen ihm und Timothy. Den Rosen war nur eine einzige, kurze Mitteilung beigefügt: »Mit Bedauern. Faust.«
»Warum Faust?« hatte Timothy gefragt.
»Das ist der Spitzname, den sie mir gegeben hat«, schützte Matthias vor.
Sicher würde dies auch die Neugierde der Journalisten anstacheln. Was haben diese Leute doch für eine verdrehte Denkweise! Matthias ging in seine Kabine zurück und versuchte die Stimmung und die Worte wiederzufinden, die Angie damals sang:

I don't care where I be,
If I be with you,
But then I have to warn you,
I don't care either where I be,
If I be without you.

London war schwarzweiß, wie ein Zeitungsphoto. Die Leute waren grau, wie der Himmel. In Europa war alles verbraucht, und selbst Gott mußte wohl in Grau gekleidet sein. Timothys Augen waren so groß wie die Fensterscheiben des Taxis, das sie an der Victoria Station genommen hatten. Zanotti machte es Spaß, ihm

alles zu erklären, er lieferte ihm Erklärungen zu den verschiedenen Bauwerken.
»Könnten wir wohl einen Umweg über die Newgate Street machen?« bat Matthias den Chauffeur.
Nichts, aber nichts war mehr geblieben. Es war erst gestern gewesen, aber das Lachen und die Lippen Georginas und Gracianas waren in der feuchten Erde fahl geworden — genauso wie die senilen und großherzigen Gesichtszüge Sir Alfreds... In ihrer erschreckenden Zerbrechlichkeit waren die Toten alle gleichen Alters.
Sie stiegen im Savoy ab. Eine Woche später mietete Zanotti eine Wohnung in der Curzon Street. Schon nach einigen Tagen hatten sie sich dort eingerichtet, die Bilder trafen ein. Matthias und Zanotti stellten die Betten und Sofas auf, legten Teppiche aus und hängten die Bilder auf.
»Wir werden doch nicht ewig flüchten können«, murmelte Zanotti.
Sie flohen vor der Erinnerung, und jetzt auch noch vor der Zudringlichkeit der Polizei. Matthias war ein metaphysischer Verbrecher und sein Verbrechen eines der widerwärtigsten, das sich die Menschheit vorstellen konnte: Er trotzte der Zeit. Aber die Polizei wußte nicht, welche fürchterlichen Verfolger Matthias bereits auf den Fersen waren — die Erinnerungen.
In manchen Nächten erwachte Matthias schweißgebadet. Er hatte zum Beispiel geträumt, daß ihn Kyrtys an der Schulter berührt hatte, um ihn aufzuwecken. Oder aber, daß er Ilona in seinen Armen hielt und mit ihr schlief, während sie mit einemmal zu verwesen und zu verfaulen begann. In einer anderen Nacht träumte er, Georgina und Graciana stünden an seinem Bett. Aber er fand sich dann doch nur in der friedlichen schwarzen Leere eines Londoner Zimmers in einer Winternacht wieder. Er zog die Vorhänge auf — der schmutzige Himmel, leicht bläulich gefärbt von den Lichtern der Stadt, spannte sich über die Welt, als ob er ein Stück fallen lassen wollte, um sie zu verhüllen.
»Ich bin grausam gewesen, aber aus Zuneigung«, dachte Matthias, als er sich wieder schlafen legte. Er konnte nicht mehr alleine schlafen.
Er schrieb sich als ausländisches Mitglied in der Royal Society of

Painters and Etchers ein. Im März erhielt er die Möglichkeit, einer Jury drei Gemälde für die Ausstellung im April vorzustellen. Die drei Bilder wurden mit Empfehlung der Jury angenommen.
Aus dem Erlös des Verkaufs der Wohnung in der 64. Straße in New York eröffnete Zanotti ein weiteres Mal eine Brauerei in Watford. Sein Bier hieß »Angel«, was Matthias sehr erheiterte. Timothy besuchte die Vorlesungen der Royal Academy.
Auf der Vernissage der Royal Society erhielten Matthias' Werke *Die Jakobsleiter, Die andere Titania* und *Was die Schlafenden nicht sehen* verheißungsvolle Besprechungen.
»Man darf sich wundern«, schrieb der Kritiker Percy Ashbee in *The Studio*, »daß ein so hervorstechendes Talent wie Mr. Matthias Archenholz, der das Handwerkliche genauso sicher beherrscht, nicht schon früher die ihm gebührende Aufmerksamkeit erlangt hat. Mr. Archenholz ist ein deutscher Maler, der, nebenbei bemerkt, unsere Sprache so sicher beherrscht, als sei er gebürtiger Engländer. Er ist eine der positiven Überraschungen, die die Ausstellung der Royal Society of Painters and Etchers zu bieten hat.«
Lady Zelina Cartridge, die in London, in ihrem Haus in Chelsea, einen der begehrtesten Künstlersalons unterhielt, ließ ihm eine Einladung zum Tee am Donnerstag zukommen.
Lady Zelina war gewissermaßen ein gotisches, mit malvenfarbigen Schleiern drapiertes Pferd. Ihre Welt glich einem Gemüsegarten, in dem man viel zuviel Vogelscheuchen aufgestellt hat. Das waren vor allem die nicht sehr brauchbaren Intellektuellen, die einem mit ihrem schrecklichen Gequassel auf die Nerven gingen. Der berühmte Robert Blackthorn zum Beispiel hielt unablässig Vorträge über den Kubismus und Picasso, in denen er der Notwendigkeit huldigte, »die Wirklichkeit zu zerstören, um sie gemäß unserer inneren Realität wiederaufzubauen«. Diese Ansicht konsternierte Matthias. »Warum«, dachte er, »sollen denn Veronese und Goya die Welt nicht genauso ihrer inneren Realität gemäß aufgebaut haben, ohne daß sie diese dann gleich in Würfel, Kugeln und Kegel zerstückeln mußten?« Wyatt Lobelt war ein anderer Theoretiker, der sich vollständig die Maske des Kondottiere mit permanentem Stirnrunzeln und struppigem Bart angeeignet hatte und der in seinen Bildern — denn er war zugleich auch Maler — »die spontane königliche Bewegung« verherrlichte. »Wie«, dachte sich Matthias dabei, »kann

man in der Malerei Bewegung darstellen, wenn sie nicht genau berechnet ist?« Von Jeremy Cosgrove, ganz zu schweigen, der — körperlich und geistig — so verdreht war, daß es den Anschein hatte, er sei in ein Prokrustesbett gezwängt worden. Cosgrove versicherte mit raunender Stimme, daß »die Kunst tot ist, weil die Ästhetik eine hedonistische Tyrannei ist, die sich selbst überholt hat«. »Hedonistisch!« dachte Matthias. »Die griechische Plastik ist demnach eine hedonistische Tyrannei! Und die Fresken des Michelangelo sind dies wahrscheinlich auch!« Er mußte sich auf die Regeln der Höflichkeit besinnen, um seine Fassung nicht zu verlieren, als Blackthorn seine Selbstgespräche mit den Worten unterbrach:
»Sie sind Surrealist, nicht wahr?«
Surrealist! Was Matthias von Surrealismus wußte, war, daß diese Strömung das Absurde suchte, neue Bild- und Wortkompositionen, die überraschen sollten. Aber er war doch auf Harmonie aus!
»Ich glaube nicht«, antwortete Matthias.
»Aber Sie sind sich dennoch Ihrer Verwandtschaft mit dem Surrealismus bewußt?« beharrte Blackthorn.
»Ich glaube nicht«, behauptete Matthias immer noch, während er ein Sandwich mit Gurken verzehrte.
»Trotzdem wissen Sie, was Surrealismus ist?«
»Nur sehr vage.«
Blackthorn starrte Matthias mit verärgerte Miene an, als ob er sich verspottet fühlte.
»Ich habe Ihre Bilder in der Royal Society gesehen«, setzte Blackthorn langsam wieder an, wobei er Matthias genau ins Visier nahm, »die Huldigung an das Oneirische ist darauf offensichtlich. Das ist ein Charakteristikum des Surrealismus, vielleicht sogar überhaupt sein wesentliches Merkmal.«
»Was heißt denn das: Huldigung an das Oneirische?« antwortete Matthias.
»Das darstellen zu wollen, was man in seinen Träumen sieht«, antwortete Blackthorn, der dabei war, seine Fassung zu verlieren, aber dennoch seine Prüfung zu Ende treiben wollte.
»Wenn das so ist«, sagte Matthias, »dann existiert der Surrealismus schon seit den Griechen.«
»Seit den Griechen! Das ist jetzt aber interessant!« rief Blackthorn

ironisch aus. »Sie haben eine eigene Vorstellung von der Geschichte der Kunst! Erklären Sie sie mir doch.«
Matthias deponierte seine Tasse wieder auf dem Tisch und sagte gelassen:
»Der Kampf der Kentauren mit den Lapithen auf dem Parthenon ist eine ganz und gar geträumte Szene, Herr Blackthorn.«
»Eine imaginierte, nicht eine geträumte!« berichtigte Blackthorn.
»Geträumt, Herr Blackthorn. Man kann die eigene Vorstellung nicht in dem Maße wiedergeben, wenn man nicht die ganze Kraft seines Denkens und Fühlens hineingelegt hat. Was Sie Surrealismus nennen, ist, glaube ich, die Verehrung des Zusammenhanglosen. Aber ich habe nicht die geringste Lust, zusammenhanglos zu sein, Herr Blackthorn.«
Obwohl dieser Meinungsaustausch in gedämpftem Ton ausgetragen wurde und auch die Regeln der Höflichkeit an keiner Stelle verletzte, zog er doch die Aufmerksamkeit von Lady Zelina und auch noch manch anderen Gewächses aus ihrem Gemüsegarten auf sich.
»Ich bin glücklich, daß sich zwei Persönlichkeiten wie Sie gefunden haben«, sagte sie und betrachtete mit einem halb geschlossenen Auge von oben bis unten ihre beiden Gesprächspartner, die weit davon entfernt waren, einer Meinung zu sein.
Eine Dame, die noch keinen Grund hatte, ihr Alter zu verschweigen, und die in auffälliger Weise gekleidet war — der Stoff der rostbraunen Bluse glänzte viel zu sehr und war außerdem um den Busen, der nach Luft schnappte, viel zu eng; der Mund war viel zu rot und zu klein; die Wimperntusche allzu blau und zu dick aufgetragen; das Haar zu stark gekräuselt und mit Brillantine eingerieben, und ihr Gesichtsausdruck zeugte von einem viel zu übertriebenen Interesse — diese Dame rief aus: »Wie provozierend das alles ist!«, obgleich sie rein gar nichts verstanden hatte. »Glauben Sie nicht auch, daß die Kunst etwas ist, das sich nicht in Worten ausdrücken läßt?« Dann nahm sie sich ein Stück von dem Gebäck, das sie andachtsvoll an ihren Mund führte.
Ein junger, verkrümmter Mann machte Blackthorn gegenüber eine Bemerkung, die gar nicht zur Sache gehörte:
»Ich bin mit Ihnen ganz einverstanden, Herr Professor« — die Ehrfurcht vor dem akademischen Grad schwang in seiner Stimme

mit —, »die Kunst muß sozial sein, oder sie wird nicht mehr sein. In dieser Hinsicht ist der Marxismus ausdrücklich ...«
Matthias hörte das Ende des Satzes nicht mehr, denn der Herr Professor und sein Schüler hatten sich darangemacht, sich mit etwas Tee an der großen Tafel zu stärken. Es beschäftigte ihn die Tatsache, daß Künstlersalons dazu prädestiniert zu sein schienen, von älteren, schon etwas abgelebten Weibern betrieben zu werden: der Baronin von Mendelssohn in Berlin, der Gottweiler in Paris und jetzt Lady Zelina in London. Diese Salons wurden von der fixen Idee des Modernismus, vor allem als Form der Zerstörung von Kunst, beherrscht. Die Fortdauer dieser Einrichtung in allen drei Ländern wies auf ein gemeinsames Merkmal hin. Sie mußte einem Gesetz folgen, dessen Logik er herauszufinden versuchte. In diesem Moment bemerkte er, daß er sich im Blickfeld einer jungen Frau befand, die in Aquarell gemalt worden zu sein schien, weil alles an ihr bleich war. Er vermochte sich eines gewissen Mißtrauens nur schwer zu erwehren. »Ich will nicht noch einmal eine Martha Eschendorff!« sagte er sich barsch. Er zündete sich eine Zigarette an und erwiderte schließlich den Blick, den sie ihm unter halbgesenkten Lidern hervor zusandte.
»Haben Sie eine Zigarette für mich?« sagte sie mit einer Stimme, die ohne ihr rauhes Timbre ausdruckslos gewesen wäre.
Er reichte ihr die Schachtel seiner Simon Arzt Sultans mit dem goldenem Mundstück und zündete ein Streichholz an.
»Sie hatten einen kleinen Zusammenstoß mit Blackthorn«, sagte sie, mit immer noch halbschläfrigem Blick.
»Wenn ich Mr. Blackthorn folgte, hätten wir eine kubistische oder surrealistische Küche oder was auch immer«, sagte er unwirsch. »Rüben als Rosenkohl aufbereitet und Kompott aus in Würfel geschnittenen Pfirsichen, die als Beilage zum Karpfen mit Rhabarber fungieren.«
»Mit dem sich Ihre spitze Zunge nicht hätte anfreunden können«, sagte sie, indem sie den Rauch durch ihre allzu engen Nasenlöcher ausatmete (sie waren so eng, daß man sich fragte, wie sie Luft holen konnte, wenn der Mund geschlossen war). »Man könnte sagen, Sie seien vom Mond gefallen, Mr. Archenholz«, fügte sie hinzu. »In unserer Zeit ist man entweder Marxist, oder man ist es nicht. Oder in Ihrem Fall ist man entweder Surrealist oder Kubist.«

»Marxist also?« murmelte er, indem er seine Tasse Tee austrank, die er dann auf einem kleinen Tischchen abstellte. »Was ist das, Marxismus, Miss ...?«
»Heather Westway. Das ist ein Evangelium. Ein Evangelium, das den Aufstand der Armen gegen die Reichen predigt und gegen alles, was die Reichen repräsentieren, konsumieren, produzieren und sagen. Wie die vier kanonischen Evangelien. Sind Sie Christ, Mr. Archenholz?«
»Ich weiß es nicht, Miss Westway, ich weiß es wirklich nicht. Ich nehme aber an, daß man das British Museum, die Tate Gallery, das Victoria and Albert Museum, gewiß auch die National Gallery und noch viel mehr schließen müßte, weil sie voller Kunstwerke sind, die die Reichen konsumiert haben und immer noch weiter konsumieren.«
»Vielleicht«, sagte Heather Westway. »Ich habe diese Möglichkeit noch nicht in Betracht gezogen. Was Sie sagen, ist logisch. Sie sind also gegen jeglichen Kampf der Armen gegen die Reichen?«
»Habe ich das gesagt? Ich fordere nur, daß man die Kunst nicht unter dem Vorwand zertrümmert, sie sei von den Reichen konsumiert worden. Womit schlagen Sie sich sonst die Zeit tot, wenn ich fragen darf?«
»Ich bin Malerin. Als Malerin gefallen mir Ihre Bilder. Sie sind mir ein Rätsel. Sie sind ein Reaktionär, und dennoch sind Sie aufrichtig.«
»Reaktionäre Bewegungen kommen und gehen, Miss Westway ...«
»Heather.«
»Heather. Morgen werde ich vielleicht zur Avantgarde gehören, wie man heute zu sagen pflegt.«
»Ich würde gerne noch andere Bilder von Ihnen sehen«, sagte sie.
»Auch ich würde gerne Ihre Bilder sehen.«
Die Schar der Gäste lichtete sich, die meisten verabschiedeten sich und schlugen einander vor, sich gegenseitig zu begleiten. Lady Zelina begab sich zu Matthias und Heather.
»Ich würde mich freuen, wenn Sie noch zum Essen blieben«, sagte sie. »Es gibt kalten Entenbraten, Curryreis, Salat und Kompott. Paßt Ihnen das?« fragte sie mit einer Wendung des Kopfes um sieben Grad, um die Einladung auf zwei andere junge Leute auszudehnen.
»Ich würde mich noch mehr geschmeichelt fühlen, wenn auch Miss Westway bleiben würde«, sagte Matthias.
»Ich überlege ... Ja, wenn ich kurz telephonieren kann ... Vielen

Dank, Lady Zelina«, antwortete Heather und sandte Matthias ein Zeichen zu. »Signal angekommen.«
Sie entfernte sich für eine Viertelstunde. Der Butler fragte Matthias, ob er einen Aperitif wünsche. Scotch mit Wasser. Heather kam neu gekämmt — auch das Gesicht war frisch aufpoliert — zurück. »Vielleicht wird die Ente in Würfel gestückelt, Sie sind unvorsichtig gewesen«, sagte sie.
»Sie telephonierten mit Ihrer Mutter?« fragte er.
»Sie sind ziemlich unverschämt«, entgegnete sie. »Können Sie mir einen Gin Tonic machen?« wandte sie sich quasi im selben Tonfall an den Butler. »Nein, ich telephonierte mit meinem Geliebten«, sagte sie dann und ließ ihren Blick durch den Salon schweifen. Acht andere Auserwählte hatten sich in der Mitte versammelt, während die Haushälterin die Stühle an ihren Platz rückte, die Krümel des Teegebäcks und andere dunkle Rückstände auflas sowie Jagd auf Aschenbecher und die letzten versprengten Teetassen machte.
»Warum ist er nicht hier?« fragte Matthias.
»Er ist ein wahrer Revolutionär. Er und Lady Zelina verstehen sich so gut wie eine deutsche Dogge ... Verzeihung, ein Terrier und eine Angorakatze.«
»Sie hat einen revolutionären Geliebten, aber sie interessiert sich für mich. Entweder ist der Geliebte in die Revolution verliebt, oder sie ist nicht mehr in den Geliebten verliebt«, sagte sich Matthias.
Das Diner war amüsant. Grafton Pommel, Historiker und Professor in Oxford, erzählte merkwürdige Anekdoten über Benito Mussolini, dessen schwarze Hemden angeblich auf seine Haut abfärbten und bei ihm die Nesselsucht und Ausschläge verursachten. Melinda Shrewbury beschrieb die pornographischen Bilder von D. H. Lawrence mit solcher Begeisterung, daß sich sogar das Pferdegesicht von Lady Zelina aufheiterte. Robert Carr hatte Picasso in Paris getroffen und erzählte, daß seine Frau seinen einstigen Bohèmefreunden verbot, den Salon zu betreten. Tamara Ynchboat erzählte, daß sie nur um ein Haar einer Vergewaltigung durch Gabriele d'Annunzio entgangen sei, der ihr auf die Frauentoilette des Hotels Excelsior in Rom gefolgt sei.
»Das sind die letzten Tage einer ziemlich lächerlichen Epoche«, bemerkte Pommel am Ende des Essens. »Es gibt zu viele Diktatoren auf der Welt. Primo de Rivera in Spanien, Zankov in Bulgarien, Sta-

lin in Rußland, Zogu in Albanien, Mustafa Kemal in der Türkei, und schon bald Mussolini in Italien ... Überall werden wir Diktatoren haben. Vielleicht sogar in England. Das ist nicht gut. Am Ende werden sie sich alle gegenseitig bekämpfen, und wir werden einen weiteren Krieg bekommen. Die Frage bleibt dennoch: Warum gibt es so viele Diktatoren?«
»Weil die Leute Angst haben«, sagte Matthias.
Alle Blicke richteten sich auf ihn.
»Und warum haben sie Angst?« fragte daraufhin Pommel.
»Weil sie glauben, daß Gott tot ist«, antwortete Matthias. »Weil sie immer noch einen Vater nötig haben und weil sie sich vor dem Teufel fürchten, wählen sie sich Soldaten, starke Männer, kurzum Diktatoren.«
Pommel lachte und schüttelte den Kopf. Man ging zum Kaffee über. Heather konsultierte mit einem Blick die französische Wanduhr über dem Kamin.
»Darf ich Sie begleiten?« fragte sie Matthias.
Tamara Ynchboat schloß sich ihnen an, denn sie wohnte ziemlich weit draußen, in Bethnal Green. Matthias brachte sie zuerst nach Hause. Heather wohnte in Marylebone.
»Sie sind also zu allem übrigen noch reich«, sagte Heather. »Was ist das für eine Automarke?« erkundigte sie sich, während sie die durchnäßte und im Regen glänzende Stadt durchquerten.
»Isotta Fraschini. Ich mag Autos, aber ich bin nicht reich.«
»Morgen wird Lady Zelina schon wissen, daß Sie ein exotisches und sehr kostspieliges Auto haben, und Ihre Karriere ist gesichert«, sagte sie schon halb im Schlaf.
Matthias lachte.
»Sind Sie sicher, daß Sie nach Hause wollen? Wir können noch zu mir gehen.«
»Ich bin sicher, daß ich heute abend nach Hause will. Tom wird wissen wollen, ob ich ein Bild verkauft habe.«
»Haben Sie eins verkauft?«
»Nein.«
»Bringen Sie es mir morgen.«
»Wissen Sie, daß Sie die Manieren eines Wildschweins haben?« sagte sie sanft.
»Ich wohne in der Curzon Street Nr. 6.«

»Eine Wildschwein-Adresse, genau. Sie haben das Bild nicht gesehen.«
»Es ist ein Landschaftsbild in graublauen Farben.«
»Woher wissen Sie das?«
»Weil Sie sich langweilen. Alle Leute, die sich langweilen, malen in graublauen Farben.«
»Wie dem auch sei! Wann soll ich kommen?«
»Jetzt«, antwortete Matthias, als er den Weg nach Marylebone einschlug.
»Sie würden enttäuscht sein. Ich habe die Energie eines Murmeltiers und das Gemüt einer Rübe. Gehen Sie lieber zum Piccadilly.«
»Bis morgen um drei Uhr«, sagte Matthias, als er vor einem Haus bremste, das ihm in der Nacht im Nieselregen düster erschien.
Sie stieg nachdenklich aus, oder vielleicht war sie auch nur schläfrig. Sie warf ihm noch einen trüben Blick zu, auf jeden Fall ohne Lächeln.
Und mit dem gleichen Blick betrat sie tags darauf die Diele, wo sie vom Butler, Joseph, und von Matthias in Empfang genommen wurde.
»Ab wann, glauben Sie, kann man als reich gelten?« sagte sie frech, indem sie mit den Fingern über einen Malachitsockel strich.
Der Butler nahm ihr den Mantel ab, Matthias das Bild, das sie in Zeitungspapier eingewickelt hatte.
»Wollen wir doch mal schauen«, sagte er und riß die Verpackung auf, die er Joseph reichte.
Das Bild war tatsächlich in graublauen Farben gehalten. Es stellte eine im Stil Cézannes gemalte englische Landschaft dar, die augenscheinlich ohne Dichte war, mit feinen Anspielungen auf den Kubismus, deutlich veranschaulicht durch die großen, sehr feinen Linien, blau-grün und in sehr mattem Grau, die wohl für die Komposition insgesamt tragend waren. »Es gehört mir«, sagte er, nachdem er sich für die genaue Prüfung aus Höflichkeitsgründen fünf Minuten Zeit genommen hatte. »Wieviel schulde ich Ihnen?«
Sie zögerte einen Moment lang mit der Antwort.
»Ich brauche zehn Pfund, aber wahrscheinlich würde ich auch fünf akzeptieren«, sagte sie.
»Nehmen Sie ein Glas Sherry?« fragte er. »Zehn Pfund ist ein sehr anständiger Preis«, bemerkte er, zog sein Portemonnaie hervor und entnahm ihm zwei Fünfpfundscheine.

»Warum sollte ein Maler das Bild eines anderen Malers kaufen?« fragte sie unfreundlich, nachdem sie einen Blick auf die Scheine geworfen hatte, die Matthias ihr hinhielt.
»Ist es das einzige, dessen Kauf Sie mir gestatten?«
»Sie sind wirklich ein Mann von Welt«, sagte sie lächelnd. »Geben Sie mir jetzt den Sherry.« Und während er das Kristallflakon öffnete, sagte sie: »Sie kaufen dieses Bild, weil Sie Lust haben, mit mir zu schlafen. Das war die Sache nicht wert, ich habe auch Lust, mit Ihnen zu schlafen, und ich hätte das auch getan, wenn Sie kein Bild von mir gekauft hätten, und obwohl Sie viel mehr Geld haben, als Sie brauchen.«
»Auf Ihre Gesundheit«, sagte er und hob das Glas. »Ich glaube, Heather, daß Sie, um die Situationen zu vereinfachen, sie genauso zur Karikatur werden lassen wie die kubistischen Maler. Eine Sache ist, daß ich mich von Ihnen angezogen fühle. Das ist richtig, ich habe es Ihnen schon gestern abend zu verstehen gegeben, aber ich bin kein Gorilla. Etwas anderes ist es, daß es mir unangenehm ist — weil ich mich für Sie interessiere —, Sie in einer Verlegenheit zu sehen, in der ich Ihnen helfen kann, ohne daß mir das etwas ausmachen würde. Drittens schließlich habe ich wahrscheinlich nicht dieses strategische Kalkül im Kopf, das Sie mir unterstellen. Denn Sie haben ja, ich glaubte das zu verstehen, einen Geliebten, der Tom heißt, und seine Existenz stürzt mich in Verlegenheit.«
»Sie wollen doch nicht sagen, daß Sie bislang nur mit Frauen geschlafen haben, die weder einen Ehemann noch einen Geliebten hatten?« fragte sie, die Augenbrauen hochziehend.
»Nein«, erwiderte er trocken.
»Sie sind wirklich einmalig«, sagte sie nach kurzem Überlegen. »Ich bin volljährig und geimpft«, fuhr sie fort. »Ich weiß, was ich tue. Was hat Ihnen Lady Zelina erzählt?«
»Was hätte mir Lady Zelina erzählen sollen, und warum hätte sie mir — was auch immer — erzählen sollen?«
»Sie haben nicht mit ihr telephoniert, um sie über mich auszufragen?«
»Nein.«
»Sie wissen nichts über Tom?«
»Nichts. Was gibt es über ihn zu berichten?«
»Tom liebt die Männer. Er ist der Geliebte des Neffen von Lady Zelina. Unser Verhältnis ist, sagen wir, zeitweilig unterbrochen.«

»Sie dienen ihm als Paravent?«
»Himmel noch mal, die Deutschen sind wirklich seltsame Leute!« rief sie aus und erhob sich, um im Zimmer hin und her zu gehen. »Nein, Matthias, ich bin kein Paravent. Ich bin wirklich Toms Geliebte. Sie sind wirklich ungeheuer altmodisch! Man könnte meinen, Sie seien im 18. Jahrhundert geboren! Wir schlafen von Zeit zu Zeit zusammen, aber jeder führt schließlich sein eigenes Leben. Das gibt es nicht mehr — ewige Treue und so fort!«
Matthias war konsterniert. Er setzte sich wieder und lächelte.
»Machen Sie nicht so ein Gesicht!« fuhr sie fort. »Solche Verhältnisse muß es selbst in Deutschland geben!«
»Sie sind ganz und gar im Irrtum, Heather«, murmelte er.
Sie begann zu lachen.
»Sie wollen sagen, daß die Liebe wie ein Blitz eingeschlagen hat, als Sie mich das erste Mal gesehen haben? Unverletzliche Treue, ein Himmel voller Geigen, und der Heilige Gral erhob sich am Horizont?«
»Nichts von alledem, ich bedaure es«, sagte er seufzend. »Aber ich habe mir auch nicht vorgestellt, mich in einem bürgerlichen Trauerspiel wiederzufinden. Denn, Heather, Sie sind eine Kommunistin oder Marxistin oder Sozialistin oder Anhängerin des Freihandels — ich weiß es nicht. Aber was Sie mir vor Augen führen, stinkt verdammt nach dem englischen kleinbürgerlichen Bazillus«, fügte er gehässig hinzu.
»Jetzt sind Sie wütend.«
»Ganz und gar.«
Sie setzte sich wieder.
»Verzeihen Sie mir.« Es verging einige Zeit. »So jemand wie Sie ist mir noch nie begegnet. Es sei denn, Sie wären ein perfekter Schauspieler ...«
»Das bin ich nicht!«
»... dann ist es schrecklich. Sie nötigen mir Respekt ab, und das ist neu für mich.«
»Schrecklich«, antwortete er eisig.
»Schrecklich, ich weiß, daß das Wort verletzend ist, aber dann muß ich Sie eben entweder für naiv oder für einen Heuchler halten.«
»Gibt es auf dieser unglücklichen Welt nicht eine einzige Frau, die nicht das genaue Spiegelbild der Gesellschaft wäre, die sie hervor-

gebracht hat?« fragte sich Matthias. »Nun gut«, sagte er laut, »machen Sie sich meinetwegen Ihren Reim auf mich, wenn Sie es nicht lassen können.«
Sie nippte an ihrem Sherry mit der Miene eines kleinen, schuldbewußten Mädchens.
»Wie hat dieser Streit begonnen, ich erinnere mich nicht mehr«, murmelte sie. »Ach ja, Sie haben gesagt, ich sei im Irrtum.« Ein Augenblick Schweigen. »Das ist nach allem sehr gut möglich.«
»Warum wollten Sie ...?« fragte Matthias.
»Mit Ihnen schlafen? Weil Sie einen attraktiven Körper haben. Das können Sie nicht leugnen. Sie sehen ›blendend‹ aus. Sie sind reich, Sie sind begabt, Sie haben ein außergewöhnliches Auto, man könnte Sie für einen Filmschauspieler halten. Und, ich gestehe es offen, ich habe auch ein wenig Lust, Sie zu demütigen.«
»Mich zu demütigen!«
»Alle diese Eigenschaften und Qualitäten — das ist unerträglich. Selbst wenn Sie sich dessen nicht bewußt sind, Sie müssen ein klein wenig heuchlerisch sein.«
Matthias brach kurz in ein herablassendes Lachen aus.
»Und was verbindet Sie dann mit Tom?« fragte er.
»Er hat gewiß auch eine Art Charme, er wirkt auf mich wie ein alter Gymnasiast. Er ist nicht sehr gepflegt. Er läßt sich oft auf abscheuliche Abenteuer mit Männern ein, die ihn unglücklich machen. Er ist intelligent, aber er hat ein bißchen den Hang, seine Probleme auf dem Präsentierteller herumzureichen und die Leute damit zu langweilen. Es ist rührend, wie er mit einem schläft. Vor allem aber braucht er mich. Ich weiß nicht warum, aber auch Sie werden mich brauchen. Ich habe Lust, Sie dafür bezahlen zu lassen.«
»Immer noch?«
»Ja, das widerspricht sich vielleicht. Ich fühle mich von Ihnen sehr angezogen, finde Sie aber zugleich widerwärtig.« Sie blickte tief in ihr Glas. »Geben Sie mir noch etwas Sherry. Ich glaube, ich werde hier absaufen. *Her Majesty's Ship ›Heather Conway‹* ist soeben auf Grund gelaufen, der leicht angetrunkene Kapitän bleibt in seiner Kajüte. Reden hilft nichts!« sagte sie trotzig. »Das hat nichts an meinen Gefühlen geändert. Und Sie, haben Sie immer noch Lust, mit mir zu schlafen?«
»Ja«, antwortete er. Sehr geschickt hatte er ihr gegenüber Platz ge-

nommen. Heather war in ihren Sessel gesunken. »Aber ich werde dem natürlich widerstehen.«
»Wie lange?«
»So lange, wie es nötig sein wird.«
»Sind Sie masochistisch veranlagt?«
»Das sind Begriffe aus dem psychoanalytischen Jargon. Man tut das, was man tun muß, selbst wenn es einen teuer zu stehen kommt. Das ist alles.«
»Ich könnte auch hier und jetzt meine Meinung ändern, so wie auch Sie es getan haben.«
»Das ist Erpressung. Aber in diesem Fall wäre damit das Problem gelöst.«
»Ich bin eine sehr schlechte Taktikerin, nicht wahr?« sagte sie gekränkt. »Weil ich immer die Wahrheit sage. Sie sollten mir Unterricht erteilen.«
»Worin?«
»In dieser Heuchelei, die Sie wahrscheinlich Selbstbeherrschung oder etwas Ähnliches nennen. Ich bin in der Überzeugung gekommen, daß wir uns bereits nach einer Viertelstunde auf dem Boden wälzen würden.«
Matthias brach in Lachen aus.
»Sie haben eine sehr verzerrte Vorstellung von den Männern. Jedenfalls von mir.«
»Jedenfalls, wie Sie sagen, sind Sie ein bemerkenswerter Taktiker oder Stratege, ich weiß nicht, was der Unterschied ist. Jetzt habe ich sogar noch mehr Lust bekommen, mit Ihnen zu schlafen.«
»Das wird sicher Tom zugute kommen«, sagte er mit einem künstlichen Lächeln. »Hören Sie mit Ihren kindischen Spielen auf, Heather. Sie wissen sehr genau, daß es nicht um eine Bettgeschichte geht.«
»Schlafen wir zuerst miteinander, dann wird man danach schon weitersehen.«
»Wollen Sie, daß ich Sie im Wagen nach Hause bringe?«
»Ich werde die U-Bahn nehmen. Oder ein Taxi, jetzt, wo ich so reich bin. Vielen Dank für das Geld«, sagte sie und stand auf.
Sie reichte ihm die Hand. Er verneigte sich, um sie zu küssen.
»Verdammte Aristokraten«, sagte sie mit einem halben Lächeln, während er ihr die Tür öffnete.

9.

Eine etwas lächerliche Nachschrift zu Ruysbroeck, dem Wunderbaren

»Sie haben wirklich die Attitüde eines Engländers«, sagte Lady Zelina, »es verdrießt mich, daß Sie aber doch keiner sind. Warum werden Sie nicht Engländer?«
»Lady Zelina«, antwortete Matthias, »ich schwöre Ihnen, daß ich daran denken werde, sobald Blackthorn seine Vorlesungen über den Kubismus und den Marxismus aufgegeben hat!«
Pommel brach in derbes Gelächter aus, das auch auf die anderen ansteckend wirkte. Lady Zelina ließ andeutungsweise ihre riesigen Zähne hervortreten.
»Die Blicke der Frauen folgen Ihnen«, sagte Lady Zelina, die auch den ihren auf ihm verweilen ließ. »Wyatt Lobelt hat mir gesagt, daß mein Salon durch Ihre Anwesenheit gefährlich würde und daß er seine Frau an der Hand halten müßte, solange Sie da wären. Zoë Marshterre brennt darauf, Sie zu porträtieren. Nehmen Sie doch bitte ein wenig Pudding.«
Der Pudding hatte diesen unnachahmlichen Geschmack von schwerer und gezuckerter Erde, den Matthias zu schätzen gelernt hatte.
»Miss Westway ist heute nicht unter uns?« fragte er.
»Tom hat eine schlimme Grippe, und sie muß bei ihm bleiben«, antwortete Lady Zelina, während sie ihm einen schrägen Blick zuwarf. »Sie ist eine gute Landschaftsmalerin, nicht wahr?«
»Und so diszipliniert in ihren Bildern«, antwortete Matthias, der damit zu verstehen gab, daß sie es im Leben nicht war.
Die Unterhaltungen kamen in Gang. Worttänze auf den gebohnerten Parkettböden der Londoner Höflichkeit.
Am anderen Tag rief Heather an.
»Wollen Sie noch ein weiteres Bild von mir?« fragte sie geradeheraus. »Wenn Sie sagen, Sie fühlten sich dadurch geschmeichelt, lege ich auf«, setzte sie hinzu.

»Was ist denn los, haben Sie auch die Grippe?«
»Nein, so was nennt man, glaube ich, ›von den Umständen profitieren‹. Aber *seine* Grippe hat unseren Geldesel erschöpft.«
»Zehn Pfund?«
»Fünf würden genügen.«
Das Bild stellte einen Blumenstrauß dar.
»Schenken jetzt schon die Frauen den Männern Blumen?« sagte er.
»Geben Sie mir eine gute Tasse Tee, wenn es Ihnen möglich ist«, sagte sie, als sie sich setzte.
Sie sah abgespannt aus, ihr Haar war stumpf.
»Wenn Sie mir heute abend eine Unterkunft anbieten würden, würde ich das Angebot annehmen«, sagte sie erschöpft.
»Ich lasse Ihnen ein Zimmer im Savoy reservieren«, entgegnete er.
»Nehmen Sie mich zum Essen mit?«
»Das ist gar keine Frage.«
»Sehr gut. Ich werde ihm sein Essen von Mrs. Mackenzie richten lassen. Ich bin am Ende meiner Kräfte«, sagte sie, wobei sie einen begehrlichen Blick auf das Tablett warf, das der Butler vor sie hinstellte. »Orange Pekoe«, sagte sie, als sie den ersten Schluck trank.
»Lassen Sie sich alles schicken, was Sie im Hotel benötigen werden, und ruhen Sie sich einmal richtig aus«, sagte er. »Joseph wird Sie begleiten.«
»Sie wissen nicht, was sie sagen, Matthias. Ich brauche alles.«
»Ich habe Sie bis jetzt nur von materiellen Bedürfnissen reden hören, Heather. Falls Sie dennoch zu Garrard gehen wollen, und meinetwegen auch Asprey, lassen Sie mich den Betrag wissen.«
»Erinnern Sie mich daran, daß ich Sie ein anderes Mal ohrfeigen werde. Ich gehe jetzt. Bis heute abend?«
»Ich werde um halb acht Uhr in der Bar sein.«
Er gab ihr zehn Pfund für das Blumenbild. Sie nahm das Geld mit bitterer Miene.
»Ich mußte auf Ihre Rechnung ein Kleid kaufen. Das billigste, das ich finden konnte. Um Ihnen Ehre zu machen«, sagte sie beim Betreten der Bar.
Ein lavendelblaues Kleid aus Crêpe de Chine; für Matthias' Geschmack mit zu vielen Falten. Dazu noch eine Halskette mit falschen Perlen zu dreißig Shilling. Außer einem stark aufgetragenen Puder und Wimperntusche trug sie kein Make-up.

»Sehe ich für Ihren Geschmack zu nuttig aus?«
»Keine Provokationen. Sie fördern nur Ihre Verwundbarkeit zutage. Sie sehen sehr hübsch aus.«
»Sie werden auch die Schuhe bezahlen müssen.«
Daß sie in seiner Schuld stand, brachte sie ganz aus der Fassung. Matthias war darüber gerührt.
»Ich bin Ihnen für Ihre Bemühungen dankbar«, sagte er und ergriff ihren Arm.
»Hinausgeworfenes Geld. Ich nehme an, Sie hätten mich auch bei Ihnen zu Hause aufnehmen können. Ein Feldbett hätte es auch getan. Wir wären jetzt dabei, in der Wohnung unsere Aperitifs zu richten und nach der Suppe den Kalbsbraten mit Erbsen zu erwarten.«
»Falsche Schlichtheit erzeugt erst die wahren Komplikationen.«
Er hatte plötzlich die Idee, daß Heather trotz ihrer offensichtlichen Wildheit eigentlich ein kleines, naives Mädchen war, das man von A bis Z erziehen mußte, ohne freilich im voraus wissen zu können, ob sie am Ende ihre Prüfungen bestehen würde. Aber genaugenommen mußte man dann jeden erziehen, und dazu fühlte er sich nicht berufen.
»Sie sind zerstreut«, sagte sie, wobei sie an ihrem Tom Collins nippte. »Was wollen Sie damit sagen: ›Falsche Schlichtheit erzeugt erst die wahren Komplikationen‹?«
»Sie sind nicht unschuldig.«
»Sprechen Sie deutlich.«
»Versuchen Sie, mich um meiner selbst willen zu lieben, wenn sich das für Sie lohnt. Aber bloß nicht, um für eine soziale Klasse oder als Frau Vergeltung zu üben. Wenn Sie zu mir ins Haus gekommen wären, dann hätten weder Sie noch ich genügend Spielraum zum Nachdenken gehabt. In Ihrem Zimmer im Savoy haben Sie zumindest die Gelegenheit, in aller Ruhe darüber zu entscheiden, ob tatsächlich ich es bin, Matthias, den Sie brauchen. Keine Promiskuität, um Ihre Triebe zu rehabilitieren.«
»Können Sie denn das Leben nicht so nehmen, wie es kommt?«
»Nein.«
Sie gingen zum Essen.
»Matthias«, erklärte sie beim Sorbet, »auf einen wie Sie war ich nicht eingestellt. Verstehen Sie mich richtig. Wenn ich mich Ihnen

gegenüber schlecht benommen habe, dann nur deshalb, weil ich mir jemanden wie Sie nicht vorstellen konnte, jemanden, der so fordernd ist wie Sie.«
»Das habe ich verstanden.«
»Lassen Sie mich nicht fallen.«
»Einverstanden.«
»Ich kann auch Tom nicht von heute auf morgen vor den Kopf stoßen.«
Er zündete sich eine Zigarette an.
»Glauben Sie, daß es erträglicher ist, wenn man die Trennung schrittweise vollzieht?«
»Tom ist nicht vollwertig, Matthias.«
»Weil er homosexuell ist?«
»Seien Sie nicht dumm. Weil er nur lieben kann, wenn er zufällig Zuneigung braucht. Wenn Sie mich lieben, wird er unser Sohn sein.«
»Sophia und Vadim«, dachte er. »Die Frauen wenden sich den Männern zu, die sie nicht lieben wollen, und machen sich schuldig dabei ...«
Dann dachte er an Zanotti, den er seit mehr als zwei Jahrhunderten liebte, ohne zu wissen, warum.
»Begleiten Sie mich«, sagte sie.
Das goldene Gitter des Fahrstuhls.
Ein aschblonder Körper. Gewalt. Tränen.
»Please!« flehte sie und bohrte sich mit ihrem Kopf in Matthias' Brust, um alles zu geben. *»Please!«* Die feine Schutzmembran taktischer Überlegungen und konventioneller Verhaltensmuster hielt dem Druck der Verzweiflung nicht stand. Heathers erzwungene Maske löste sich fast bis zum Punkt vollständiger Unerkenntlichkeit auf. Dann fiel sie in einen so tiefen Schlaf, daß er sie einen Moment lang tatsächlich für tot hielt. Sie hörte ihn nicht, als er die Hand auf ihren Schenkel legte und ihr sagte, daß er nach Hause ginge, aber sie atmete.
Tagelang dachte er an sie, manchmal empfand er Ratlosigkeit, stets Zuneigung, aber kein übermäßiges Verlangen. Er war weder Herr über sein Geschlecht noch über seine sexuellen Handlungen. Diese bildeten eine Art Ritual, das er nicht beherrschte, an dem er sich aber in bestimmten, von den anderen heraufbeschworenen Si-

tuationen beteiligte. Freilich suchte er es längst nicht mehr so wie früher. Eher wäre ihm jetzt an Heathers Nähe gelegen. Er war sich jedoch nicht sicher, ob Heathers Empfindungen nicht von — wie er es dezent ausdrückte — »sekundären Motiven« bestimmt waren: von der Sexualität also, dann aber auch von einem Bedürfnis nach Sicherheit und vom Reiz des Luxus.
»Sie haben alles zerstört«, sagte sie ihm am Telephon.
»Alles zerstört?«
»Meine Sicherungssysteme. Ich weiß nicht einmal mehr, ob ich noch links orientiert bin. Sie sind der Teufel.«
Er lachte.
»Lachen Sie nicht. Wenn Sie nicht der Teufel sind, dann sind Sie ein Heiliger. Aber wenn Sie mit Ihrem Auto fahren, sehen Sie wirklich nicht wie ein Heiliger aus.«
»Der Heilige Johannes vom Kreuz war ein ausgezeichneter Reiter«, bemerkte er, aber sie hörte ihm nicht zu.
»Einzig meine Verbindung mit Tom haben Sie noch nicht aufgelöst.«
»Warten wir noch ein wenig«, schlug er vor. »Wir könnten nach Bournemouth gehen, London wird so drückend.«
Am letzten Donnerstag vor der großen Hitzewelle kam Matthias bei Lady Zelina mit dem Amerikaner Carl O. Lettermann ins Gespräch, der ein Schüler des großen Physikers Robert Millikan war. Sie redeten zuerst über Boltzmann, dann erklärte Lettermann, daß die Änderung der Energieform in der Physik viel komplizierter war, als es das Beispiel des Maxwellschen Dämons nahelegte. Ein Sonnenstrahl fiel plötzlich auf eine große silberne Zigarrenschachtel auf dem Tisch.
»Sie sehen diesen Sonnenstrahl«, sagte Lettermann, mit seinem knochigen Zeigefinger in diese Richtung weisend, »er ist dabei, dieser Schachtel Elektronen zu entziehen. Millikan hat entdeckt, daß Photonen, die auf ein Metall treffen, diesem auch Elektronen entziehen. Auf diese Weise setzt die Energie der Photonen auch die der Elektronen frei und erhöht mit einem Schlag die mittlere Energie. Maxwells Dämon war es hier nicht möglich, seine Moleküle auszusondern, denn die dabei auf dem Spiel stehenden Energien sind viel stärker. Da alle Elementarteilchen energetisch geladen sind, könnte dieser Dämon jedenfalls nichts weiter tun, als deren Bewe-

gungen zu beobachten. Er könnte sie unmöglich auffangen, weil sie ihm die Hände verbrennen würden.«

»Aber letzten Endes hat auch im Bereich der Elementarteilchen«, fuhr Matthias fort, »eine Zerstreuung von Energie stattgefunden, das heißt, daß letztlich die gesamte Materie gegen einen Nullzustand strebt? ...«

»Ha!« stieß Lettermann hervor, während er einen großen Schluck Tee nahm und die ganze Hälfte einer Kuchenschnitte verschlang. »Das ist eine Theorie, die derzeit hoch im Kurs steht, das stimmt schon. Das Universum müßte demnach in eine Pfütze ohne Bewegung münden. Aber wie kann das bewiesen werden? Gar nicht. Heute nehmen wir an, und mit guten Gründen, daß das Proton unvergänglich ist. Solange es aber Protonen gibt, muß es auch Formen von Energie geben. Warum interessieren Sie sich eigentlich für die Physik?«

»Ich frage mich, ob man aus ihr eine Philosophie entwickeln kann.«

»Ha!« entfuhr es noch einmal Lettermann. »Das ist eine große Frage. Einer meiner Kollegen, Wolfgang Pauli, hält es für möglich. Und er ist nicht der einzige. Werner Heisenberg denkt ähnlich. Vielleicht wird einmal eine Mystik der Atomphysik denkbar. Mich persönlich interessiert das allerdings wenig. Sie wollen das Problem von Gut und Böse lösen, nicht?«

Matthias lächelte.

»Ich vermute es«, sagte Lettermann. »Das Gute wäre das Leben, nehme ich an, daß heißt die Energie. Und das Böse wäre der Tod, das Ende der Entropie. Wenn es eine dauernde Zerstreuung von Energie gibt, dann wird schließlich das Böse triumphieren. Aber ich werde Sie noch mit einer entgegengesetzten Sichtweise konfrontieren. Für andere, für uns Platoniker — denn die Menschen des Abendlandes sind nichts anderes als in die Irre gegangene Platoniker —, ist das Böse das Chaos. Doch das Leben zeugt sich im und aus dem Chaos fort. Wenn ich Ihrem Beispiel folge und das Leben mit der Energie gleichsetze, dann zeugt das Leben das Böse. Ha! Habe ich Sie jetzt?«

Er prustete vor Lachen. Heather kam auf sie zu. Lettermann goß sich erneut eine Tasse Tee mit Milch ein, wobei er Heather von der Seite anschaute.

»Sehen Sie«, sagte Lettermann, »ich schütte vorsichtig die Milch in meinen Tee.« Heather neigte sich vor, um den Vorgang beobachten zu können. »Was sehen Sie? Ein Chaos von herumwirbelnden Milchteilchen, nicht wahr?«
Heather und Lettermann starrten sich an.
»Jedoch«, sagte Lettermann, »wir würden uns alle von den Worten in die Irre leiten lassen, wenn wir wirklich glaubten, im Tee fände ein Milchchaos statt. Denn dieses Chaos ist nur eine andere Form von Ordnung. Aus der Physik kann keine Moral gewonnen werden. Ebensowenig übrigens wie andere Dinge«, sagte Lettermann.
»Entschuldigen Sie mich«, bat Heather, die sich an Matthias wandte. »Gerade ist Tom eingetroffen.«
Lettermann wurde von Pommel abgelenkt. Tom lavierte sich zwischen den Leuten und den Möbeln halb unbeholfen, halb mit tänzerischer Sicherheit hindurch. Ein blonder Haarschopf, ein schönes, aber eingefallenes Gesicht, das den Neurotiker erkennen ließ, der Blick eines mißtrauischen Tiers, ein zerknittertes und abgetragenes blaues Sakko, umgekrempelte Hosen, Schuhe, die schon lange keine Wichse mehr gesehen hatten. Heather stellte sie einander vor. Tom deutete ein Lächeln an, das gleichzeitig verlegen und heimtückisch wirkte. Lady Zelina überwachte die Szene von weitem. Heather entfernte sich kurz, um für Tom eine Tasse Tee und Gebäck zu holen. Dieser starrte Matthias lange an, der auf diese Unhöflichkeit gelassen, ja sogar freundlich reagierte.
»Ich verstehe«, murmelte Tom resigniert.
Das Licht fiel auf die silberne Zigarrenschachtel. Die weißglühende Fläche, die sich dabei bildete, blendete sie fast.
»Ich habe Heather Elektronen entzogen«, dachte Matthias, »und habe so folglich der Unordnung Tür und Tor geöffnet.«
Das Ergebnis dieses Lichtstrahls war gewiß weit weniger interessant als das desselben Strahls, der vor fast vier Jahrhunderten einen Zinnteller getroffen und Ruysbroeck, dem Bewunderungswürdigen, die blitzartige Erleuchtung des Göttlichen vermittelt hatte. Aber immerhin war dieses Ergebnis hier besser als nichts.

10.

Unordnung und ein Verhör

Unordnung kehrte nun tatsächlich in das Haus in der Curzon Street ein. Freilich hatte sie sich schon zuvor in Bournemouth angekündigt, wo Matthias ein Haus für die Monate Juli und August gemietet hatte. Sie brachen zu fünft auf und richteten sich in den vier Schlafzimmern ein. Matthias in einem, Heather im schönsten, einem Eckzimmer mit der besten Sicht auf Hengistbury Head, Zanotti und Timothy bezogen gemeinsam ein weiteres, Tom schließlich nahm das Hinterzimmer, das zu den Kiefernwäldern hinausging. Alle waren also im ersten Stock, im Zwischengeschoß befanden sich das Wohn- und Eßzimmer, die Küche und das Büro sowie noch eine Rumpelkammer, die als Waschküche fungierte.
Um neun Uhr morgens fuhren sie los, um elf Uhr waren sie schon da. Der rührigen Mrs. Chrichton, die den Haushalt führte und für die Küche zuständig war, trugen sie auf, nur das Mittagessen zu richten.
»Nothing too fancy, I dare hope«, sagte Mrs. Chrichton als erstes, die von dem glitzernden Auto sichtlich beeindruckt war, das auch die einheimischen Jungen anlockte. Sie hatten ihre Spezialitäten: Fischsuppe, Hammelbraten in Minze … »Was Sie wollen«, fiel ihr Matthias ins Wort, »wenn Sie uns nur den Steak-und-Nieren-Mischmasch und verkochtes Gemüse ersparen.«
Sie gingen zum Frühstück an den Hafen, danach begaben sie sich zum Strand, weil das Wetter so schön war. Es war das erste Mal, daß sie sich quasi nackt sahen. Heather war schlank und hatte eine eher zierliche Figur mit rundlichen milchigen Schultern, die mit Sommersprossen übersät waren. Zanotti und Timothy waren sehr gut gebaut, eigentlich schon athletisch. Sie trugen Badehosen und verschmähten es nicht, ihren Oberkörper zur Schau zu stellen, was für Bournemouth ein wenig gewagt sein mochte, aber schließlich

waren sie ja Londoner. Tom hatte eine sehr zarte, etwas bläuliche Haut und einen dürren Körper, der noch dazu in einem ziemlich weiten, schwarzen Badeanzug mit Schulterriemen keine sehr gute Figur abgab. Von hinten konnte man ihn mit seiner wilden Haarmähne für ein Waisenkind halten, das eben den Verlust seiner Eltern zu beklagen hatte. Alle schwammen mehr oder weniger gut — um so mehr, als sich das Meer von seiner besten Seite zeigte und lau war — mit Ausnahme eben von ihm. Er stieg äußerst vorsichtig ins Wasser, zog die Schultern zusammen und hielt sofort inne, wenn es seine Knie erreichte. Dann verließ er es, die Beine gespreizt, unverzüglich. Ein wenig später legte er sich ans Ufer, einen knappen halben Meter vom Wasser entfernt. Er verzog das Gesicht, man wußte nicht, ob aus Verdruß oder wegen der Sonne.

»Wenn Sie möchten, dann kann ich Ihnen das Schwimmen beibringen«, sagte Zanotti, der ihn seit der Ankunft am Strand mitleidig betrachtet hatte. »Das Meer ist dafür ziemlich ruhig.«

Tom nickte mit dem Kopf, sichtlich wenig begeistert. Matthias und Heather, die lange im Wasser gewesen waren und nun zurückkamen, um sich die Nase zu putzen, konnten jedoch an der Verzweiflung, mit der sich Tom an Zanottis Hals klammerte, ablesen, daß seine Scheu noch lange nicht überwunden war.

Am nächsten Tag kaufte Zanotti, der so schnell nicht aufgab, einen großen Schwimmring aus Kautschuk und zog Tom gleichsam ins Wasser. Vom Strand aus hörte man lautes Stimmengewirr, als Zanotti sich bemühte, Tom mit dem Ring um den Bauch waagrecht zu halten, um ihm das Brustschwimmen beizubringen. Erst nach einer geschlagenen Stunde gelang es Zanotti schließlich, Tom dazu zu bringen, die Arm- und Beinbewegungen korrekt und aufeinander abgestimmt auszuführen. Aber als er ihm den Schwimmring wegnahm, vernahm man Schreie, und Matthias, Heather und Timothy sahen, wie Zanotti Tom aus dem Wasser zog, der zum Strand taumelte, als ob er knapp dem Tod entronnen sei. Nach einer Woche trug Zanottis Hartnäckigkeit dann aber doch erste Früchte: Tom war nun in der Lage, ohne Ring fast fehlerfrei zu schwimmen, wenn er es auch nicht zur höchsten Könnerschaft brachte.

Auf diese Weise, so vermutete Matthias, kam wohl auch so etwas wie eine Ursache-Wirkung-Beziehung zwischen Zanotti und Tom zustande, wobei die Ursache zunächst die Begabung des Lehrers

war, woraus danach als Wirkung die in Verliebtheit umschlagende Dankbarkeit des erfolgreichen Schülers hervorging. Die doppelte Untreue blieb von Timothy unbemerkt, aber nicht von Heather, die eines Nachmittags feststellte — und dies auch Matthias mit gleichgültiger Stimme wissen ließ —, daß sich Tom und Zanotti gemeinsam verdrückt hatten. Toms außergewöhnlich lebhafter und abgehetzter Gesichtsausdruck beim Tee bestätigte, wenn auch nur für Matthias und Heather, diesen Verdacht. Dann blickte Heather Zanotti eine Weile scharf und prüfend an, der darauf aber ziemlich dreist reagierte und schließlich in Lachen ausbrach.
»Darf man fragen, warum du so ausgelassen bist?« wollte Timothy wissen.
»Heathers Sherlock-Holmes-Miene«, antwortete Zanotti.
Am überraschendsten war jedoch, daß Matthias drei Tage später Zanotti dabei überraschte, wie er Heather einen langen, spöttischen Blick zuwarf, bevor er von neuem in Lachen ausbrach.
Matthias ging ratlos auf die Terrasse. Zanotti traf dort auf ihn, scheinbar ganz zufällig. Matthias betrachtete das Meer. Zanotti betrachtete Matthias.
»Ich hätte es nicht tun sollen«, sagte Zanotti.
»Ich nehme an, daß sie dich dazu provoziert hat«, sagte Matthias.
»Genau«, antwortete Zanotti. »Sie ist gestern ins Badezimmer gekommen, als ich mich duschte.«
»Ich nehme an, daß sie nicht gleich mit der Tür ins Haus gefallen ist und daß sie sich für ihre Entscheidung Zeit gelassen hat.«
»Ich denke auch, daß sie sich nur widerwillig in dich verliebt hat und daß sie sich selbst ihre Unabhängigkeit beweisen wollte. Und, soweit man darüber mutmaßen kann, vermute ich, daß sie aus Eifersucht gegenüber Tom so reagiert hat. Kurz: das Gefühl auf dem Siedepunkt — Nerven, Fett und Sehnen, alles zusammen.«
»Nun gut«, sagte Matthias, »sie wird mehrere Anläufe unternommen haben, bis sie ihrer Entscheidung sicher war.«
»Ah«, sagte Zanotti, der diese Art Taktik nicht gewohnt war. Heather versuchte es in der Tat fünfmal immer wieder von neuem, worüber Zanotti Matthias genau Bericht erstattete.
»Es gibt dennoch eine Komplikation«, sagte Matthias. »Timothy ist euch auf die Schliche gekommen, und er hat sich in meinen Armen ausgeweint.«

»Geweint?«
»Er hat übrigens nichts anderes getan als geweint«, sagte Matthias mit halb gesenktem Blick. »Ich würde es bedauern, wenn Timothy noch mehr leiden müßte.«
»Er hat nicht so viel leiden müssen«, sagte Zanotti, »denn zuerst hat er sich in dich verliebt.«
»Sicher. Das machte für ihn die Situation noch schwieriger. Das Schwierige ist doch, daß ich die Frauen bevorzuge, auch wenn ich Timothy liebe, und daß ich gern wissen will, woran ich mit Heather bin.«
Noch am selben Abend wußte er es. Heather schien ihm gewaltig erhitzt.
»Wie machst du das?« sagte sie, während sie sich eine Zigarette anzündete und ihre Knöchel begutachtete, deren Haut sich zu schälen begann. »Ich bin dir schrecklich zugetan.«
»Du bist auch Tom zugetan.«
»Fast nicht mehr. Und dies um so weniger, als ich den Eindruck habe, daß meine Zuneigung erlischt. Außerdem«, sagte sie, stand auf, nackt, und beobachtete die Hafenlichter durch die Vorhangspitzen hindurch. »Außerdem glaube ich, daß du alles weißt.«
»Alles«, sagte er und schenkte sich ein Glas Wasser ein.
»Bis auf eine Sache«, sagte sie und wandte sich um. »Als ich mit Zanotti geschlafen habe, dachte ich an dich, und das tat mir weh.«
»Dann hättest du es nicht tun sollen.«
»Du hast nicht verstanden: Es tat mir weh, weil mir klar wurde, wie weit ich dir schon verfallen bin und daß ich Tom nicht mehr liebe.«
Sie berührte mit ihrer Hand behutsam seinen Morgenmantel.
»Ich weiß nicht, ob du darüber glücklich bist«, sagte sie mit gesenktem Blick, »aber ich bin seit zwei Monaten schwanger. Ich habe nicht mehr mit Tom geschlafen. Ich habe es nur mit dir getan. Ich glaube, es ist im Savoy passiert. Ich bin von dir schwanger. Es hat immer etwas Brutales an sich, Matthias, wenn man erfährt, daß man von einem Mann schwanger geworden ist. Das erste Mal. Ich habe mich dagegen aufgelehnt. Ich hätte gern, daß du mich noch weiter liebst.«
»Wenn du dir sicher bist, daß du mich willst, dann kannst du meiner sicher sein. Schlaf heute hier.«

Drei Tage später kehrten sie nach London zurück und heirateten einen Monat später in St. Marylebone. Es war eine sehr unauffällige Feier mit Zanotti als Brautführer und Sheila Mortimer, einer Jugendfreundin von Heather, als Brautjungfer. Im Verlauf des sich daran anschließenden Frühstücks trank Tom über die Maßen viel und warf Matthias vor, ihm alles genommen zu haben. Man geleitete ihn zur Tür. Zanotti fuhr die Neuvermählten nach Southampton, von wo aus sie am anderen Tag die Fähre nach Calais und danach den Zug nach Paris nehmen wollten. Von dort aus sollte sie der Orient-Expreß nach Venedig bringen.
»Eine bezaubernde, doch triviale Gouache am Ende eines zweihundertjährigen Freskos, warum nicht?« dachte Matthias, als sich die Träger auf dem Bahnsteig des Lidobahnhofs eifrig um ihr Gepäck bemühten. Das pittoreske Epos wäre nichts weiter gewesen als das Beiwerk zu einer phantasmagorischen Suche, einer kindischen und grandiosen Jagd nach einem Trugbild.
»Aber du kennst Venedig ja schon!« rief Heather aus, als Matthias sie sicheren Schritts zur Erkundung der ihm aus seiner Jugend — seiner wahren Jugend — vertrauten Orte mitnahm.
Am Abend nach dem Essen saß er auf der Veranda, ließ sein Pfirsicheis unter der dick fließenden Karamelglasur langsam dahinschmelzen und schaute versonnen auf die Lagune. Die Illusion hatte einige Schritte von hier begonnen. Er fand sich hier mit einer geliebten Frau wieder, die auch ihn liebte, aber allein war er dennoch. Eine dritte Person gesellte sich zu ihnen an allen Orten. Es war weder Marisa noch Sophia.
»Bist du glücklich?« fragte sie, um ihn seinen Träumen zu entreißen.
Er reichte ihr die Hand. Der Widerschein der Laternen huschte über das schwarze Wasser am Fuß von Santa Maria della Salute.
Das Kind kam im Januar zur Welt. Es war ein Junge. Sie nannten ihn Mark.
In diesem Jahr, 1926, beantragte Matthias die englische Staatsbürgerschaft, die er 1927 erhielt. Zanotti tat es ebenso und anglisierte seinen Vornamen in John »Zanotti« Baldassari. Zanotti wurde allmählich reich.
»Es war aber auch an der Zeit, daß wir Bürger dieses Landes wurden«, sagte Zanotti mit einem spitzen Lächeln.

Im April 1928 nahm Heather ihre Beziehungen mit Tom wieder auf und wurde seine Geliebte. Matthias ärgerte es, sich darüber nicht ärgern zu können. Dann brach Heather wieder mit Tom und nahm sich einen anderen Geliebten, Peter Seago, einen Flieger. Heather wurde erneut schwanger, dieses Mal — allem Anschein nach — von Seago. Als das Kind zur Welt kam — ein Mädchen, das sie Holly nannten, weil sie einst ausgemacht hatten, daß die Vornamen der Kinder mit demselben Buchstaben beginnen sollten wie der Name des vom Geschlecht her entsprechenden Elternteils, und weil Holly, »Stechpalme«, im Dezember das Licht der Welt erblickte —, bat Heather Matthias, der an ihrem Bett saß, er möge Holly genauso lieben wie Mark.
»Es ist deine Tochter«, antwortete er, »also liebe ich sie.«
»Du bist so großherzig!« seufzte sie und wandte sich ab. »Siehst du, Matthias, es gibt etwas in dir, was ich niemals begreifen konnte. Du bist nie grob, fühlst dich nie schlecht. Es ist, als ob ich mit einem Heiligen verheiratet wäre.«
Er lachte.
»Das ist nicht komisch«, erwiderte sie. »Man hat das dunkle Gefühl, in deinem Leben nur Zuschauer zu sein. Außerdem bist du auch noch treu. Ich weiß nicht einmal, ob du mir treu bist oder nur dir selbst oder etwas anderem. Seago war ein Flegel und ist aus meinem Leben verschwunden, aber du, du bist da, ohne ein einziges Wort des Vorwurfs. Am Ende muß ich mir minderwertig vorkommen.«
»Das sollst du nicht.«
»Aber wie soll das gehen mit einem Mann, der seinem Wesen nach einem Engel gleicht!« brach es aus ihr heraus, halb lachend, halb den Tränen nahe. »Was ist dein Geheimnis?«
»Der Horizont«, erwiderte er.
»Der Horizont.«
Auf Seago folgte der Bankier Northemere, Sir Charles Northemere. Die Wirtschaftskrise von 1929 ruinierte Northemere, und er verschwand. Sie zwang auch dem Leben im Haus in der Curzon Street merkliche Einschränkungen auf. Man kaufte Matthias viel weniger Bilder ab, und zum Erstaunen Zanottis verließ sich Matthias in den Haushaltungskosten jetzt mehr auf ihn. Denn Bier wurde immer gekauft. »Wir brauchen jetzt ein wenig Anstand«, erklärte Matthias. »Es wäre gut, wenn wir zeigten, daß wir die Krise wenigstens ein bißchen mit den anderen teilen.«

Eines Abends, als Heather mit Northemeres Nachfolger, einem Verleger, in Covent Garden und Zanotti auf Reisen war, war Matthias mit Timothy beim Essen unter vier Augen allein. Timothy sagte: »Vielleicht wissen Sie es nicht, aber ich liebe Sie noch genauso wie damals, als wir gemeinsam Harlem unsicher machten.«
»Warum?« fragte Matthias verwirrt.
»Es ist etwas«, sagte Timothy, »es ist fast etwas Religiöses ...«
»Sie haben mit mir geschlafen, Sie wissen, daß ich kein Heiliger bin.«
»Ich hätte gern einen Heiligen gehabt, der Ihnen ähnlich ist«, sagte Timothy. »Sind Sie gläubig?«
»Ich weiß nicht.«
»Ich bin mir ziemlich sicher, daß Sie es sind. Sie haben eine Art zu lieben ...«
»Heather schätzt diese Art nicht«, sagte Matthias.
»Ich glaube doch, aber Sie führen sie in die Irre.«
»Und Sie führe ich nicht in die Irre?« fragte Matthias.
»Ein Mann bittet einen anderen Mann nicht um dasselbe wie eine Frau.«
»Offenbar nicht«, antwortete Matthias träumerisch.
Matthias brachte die Mode der Kleinporträts auf, die um einiges billiger als die großen Bilder waren. Sie wurden in fünf oder sechs Exemplaren, sehr selten auch in zehn, ausgeführt und brachten ihm so eine Klientel, die einige Dutzend Guinees besser als mehrere hundert Pfund bezahlen konnte. Auf diese Weise lernte er auch Sybil Abergill kennen, die Tochter von Lord Dunberry. Sybil erhielt von ihrem Vater aus dem doppelten Anlaß ihrer Volljährigkeit und ihrer Verlobung ein Porträt zum Geschenk. Auf den zweiten Blick trat Sybils Schönheit deutlich zum Vorschein, und ihre relativ unsymmetrischen Gesichtszüge — eine krumme Nase, ein schmaler Mund, etwas stark hervorstehende Kieferknochen — verschwanden vor dem Ausdruck eines aufmerksamen und sicher sehr regen Verstandes.
»Solange Sie mir nur nicht den Kopf einer Hexe auf dem Weg zum Sabbat anhängen«, sagte sie mit einem boshaften Lächeln, »ist es nicht notwendig, mir zu schmeicheln. Das Porträt ist für mich bestimmt, nicht für meinen Vater.«
Matthias zog die Augenbrauen hoch und nickte mit dem Kopf.

»Ein Porträt ist aber ebensowenig ein Photo«, bemerkte er, als er mit dünnem Pinsel und auf braunem, mit Terpentin gelöstem Grund eine erste Skizze erstellte.
»Worin liegt Ihrer Meinung nach der Unterschied?« fragte sie.
»Das Photo reflektiert unmittelbare Wirklichkeit, so wie sie zufällig gerade ist; das Porträt schafft eine dauerhaftere Wirklichkeit . . . Das sind zwei ganz unterschiedliche Erkenntnisweisen, zumindest aus metaphysischer Perspektive.«
»Die letztmögliche Erkenntnisweise wäre dann, so vermute ich, daß mein Schädel in Kristallgestein gemeißelt wird.«
Er lächelte und mußte zugeben, daß die Schädel im British Museum tatsächlich das metaphysische Endstadium der Porträtkunst darstellten.
»Und was läßt ein Gesicht verbraucht erscheinen?« fragte sie nach einem kurzen Augenblick.
»Verbraucht?« entgegnete er verwundert.
»Ja, es gibt Gesichter, die mit achtzehn Jahren ungemein bezaubernd sind, die aber bereits mit fünfundzwanzig — ohne daß sich ihre Züge merklich verändert hätten — banal und sogar häßlich geworden sind. Umgekehrt gibt es Gesichter, die mit achtzehn mehr als banal sind und die erst mit fünfundzwanzig interessant beziehungsweise mit vierzig dann schön werden. Wie erklären Sie sich dieses Phänomen?«
»Mit der Wiederholung gewisser Gefühle und Gedanken, die die Gesichtszüge unmerklich verändern.«
»Sie wollen also sagen, daß körperliche Schönheit eine innere Schönheit widerspiegelt?«
»Von einem gewissen Augenblick an schon, ja«, behauptete er nachdenklich, wobei er sich fragte, ob zwei Jahrhunderte seinen Gesichtsausdruck nicht gravierend verändert hätten.
»Meine Mutter, die Sie auf der Ausstellung der Royal Academy gesehen hat, hält Sie für einen der verführerischsten Männer Londons. Ich denke, daß Sie auch einer der bemerkenswertesten Männer sind«, sagte sie.
Er brach in Lachen aus.
»Das Fatale ist nur, daß das niemand beurteilen kann«, antwortete er.
»Ich schon«, entgegnete sie.

Er ließ diese Worte so im Raum stehen.
Während der zweiten Sitzung sagte sie ihm, sie fände es angenehm, von einem Mann porträtiert zu werden, den sie schätzen würde.
»Ich glaube«, sagte sie, »ich bin wie diese Muselmanen, die meinen, man würde ihnen die Seele rauben, wenn man sie photographiert. Ein Freund unserer Familie wäre deswegen in Lagos einmal fast in Stücke gerissen worden.«
»Das ist eine sehr alte Angst«, bemerkte Matthias. »Edgar Poe hat sie in seiner Erzählung mit dem Titel *Das ovale Porträt* wunderbar zum Ausdruck gebracht. Eine junge Frau verfällt dort in dem Maße, wie ihr Porträt allmählich Konturen annimmt. Aber dieses Porträt hier gehört Ihnen, und ich werde davon nur ein Photo behalten.«
»Trotzdem«, fuhr sie fort, »es findet dabei so etwas wie eine Vergewaltigung statt. Es kommt mir so vor, als ob Sie sexuellen Kontakt mit mir hätten, während ich schlafe.«
»Aber Sie schlafen ja nicht!«
»Nein, aber ich befinde mich in einem Zustand der Passivität, so als ob ich schliefe, während Sie mich in Besitz nehmen.«
Er setzte eine süßsaure Miene auf. »Malen ist also wirklich ein magischer Akt«, sagte er, »und es ist kein Wunder, wenn ihn so viele Religionen verbieten.« Ihre Überlegungen waren wahrscheinlich in dieselbe Richtung gegangen, denn sie sagte: »Sie sind sich dessen bewußt? Es ist, als ob Sie mir das Leben ein zweites Mal geben würden!«
»Das Porträt dürfte in ein oder zwei Sitzungen fertig sein, und Ihre Qualen werden dann ein Ende haben.«
»Nein«, gab sie zurück, indem sie ihm einen ziemlich düsteren Blick zuwarf, »denn ich träume von Ihnen.«
Nach einem Dialog, der allein schon viel zu vertraulich war für eine höhere Tochter wie Sybil Abergill, schien der Satz in einer Weise indiskret, daß es ihm die Sprache verschlug. »Ich bin wirklich ein Engländer geworden«, sagte er zu sich.
Während der dritten Sitzung schwieg Sybil eine geschlagene halbe Stunde lang. Wahrscheinlich hatte sie gemerkt, daß sie die Schicklichkeitsregeln beim letzten Mal verletzt hatte.
»Ihre Haltung ist ein wenig verkrampft«, sagte er. »Das macht vor allem bei den Mundwinkeln einiges aus. Wollen Sie, daß wir eine kleine Pause einlegen? Eine Tasse Tee vielleicht?«

»Entschuldigen Sie mich.«
Ihr Mund verzerrte sich plötzlich, sie begann zu weinen. Joseph kam mit dem Tablett und servierte den Tee. Sie fing sich wieder.
»Das wird bestimmt wie alles andere vorbeigehen«, sagte sie. »Ich träume von Ihnen jede Nacht. Weil ich schlecht schlafe, sind meine Nerven etwas angegriffen.«
Er blieb vor ihr konsterniert und fassungslos stehen. Er zündete sich eine Grey an.
»Aber«, sagte er, »Sie sind verlobt, und Sie werden bald heiraten!«
»Ja, ich glaube, daß es Eitelkeit ist und daß es wohl der Hälfte der Frauen, die Ihnen Modell sitzen, dabei ähnlich ergeht.«
»Nein, das ist das erste Mal.«
Er reichte ihr den Tee.
»Verzeihen Sie mir diese Indiskretionen. Aber ich frage mich, ob ich meine Verlobung nicht lösen soll. Der Skandal würde sicher alle erschüttern. Aber ich habe mich in Sie verliebt.«
»Wissen Sie warum?« fragte er und nahm ihr gegenüber Platz.
»Sie sind ein Mensch.«
»Aber ... Ihr Verlobter? ...«
»Neville? Die Jagd, der Club, die Bälle. Ich weiß, daß Sie Engländer geworden sind. Aber es gibt etwas in England, was Sie nicht kennen: Alle Untertanen Seiner Erlauchten Majestät sind vom Tage ihrer Geburt bis zu ihrem Tod in die Pflicht genommen. Ich glaube, daß es das gallische Blut meiner Mutter ist, das sich dagegen auflehnt. Die Gallier sind ja eigentlich Römer, Nachfahren der römischen Besatzungstruppen. Ich brauche mein Glück für mich. Ich brauche Sie. Aber Sie sind verheiratet, und ich werde es sein. Ich muß also in Schweigen verharren.«
»Sophia, spiegelverkehrt«, sagte er zu sich.
»Vielleicht würden Sie von mir enttäuscht sein«, sagte er sanft und dachte dabei an Heather.
»Solange Sie mich nicht enttäuscht haben, werde ich so oder so unglücklich sein!«
So geschah es also im Juni 1930, daß Sybil Abergill die Geliebte von Matthias wurde. Das Verhältnis, das auf eine fast animalische Weise begonnen hatte, mit einem Nervenzusammenbruch, hielt übrigens über Jahre hinweg. Matthias erlebte es als Niederlage in dem Kampf, den er so lange geführt hatte. Aber er brauchte etwas zum

Leben ... Und Heather hatte sich angewöhnt, ihre Liebhaber lange zu behalten. Der dauerhafteste war Shaun Hillyard, ein Mathematiker mit traurigem Blick, der fast zum ständigen Bewohner des Hauses in der Curzon Street wurde.

Der Kult um das eigene Ich ging allmählich zu Ende. Lärm von draußen begann, die Kammermusik zu übertönen. Im Jahr 1936 begann dieser Lärm sogar, das Verhältnis von Matthias und Sybil zu beeinträchtigen. Die Besetzung des Rheinlandes, der Beginn des Spanienkrieges, die Volksfront und die Abdankung Eduards VIII. brachten nicht nur die politischen Adern Heathers in Wallung, sondern auch die von Neville Merton-Best, dem Mann von Sybil, der seine Wahlen vorbereitete. Heather organisierte ein Essen nach dem anderen in der Curzon Street, was aber kaum mehr war als ein Vorspiel zu den endlos langen politischen und sozialistisch eingefärbten Nachmittagen. Sybil dagegen hatte sich für ihren Teil darauf eingestellt, konservativen Arbeitsessen vorzustehen, die in ihrem Haus am Cavendish Square abgehalten wurden.

»Ein weiterer Krieg bereitet sich vor, und es wird für dich viel schwieriger sein, in Tibet eine Zuflucht zu finden«, sagte Zanotti mit einem verschmitzten Lächeln.

»Ja, die Zeit hat uns eingeholt«, sagte Matthias.

Im September 1936 erhielt Matthias Besuch von einem Beamten des Innenministeriums, einem kleinen grauen Mann, der in Grau gekleidet war und auch einen grauen Schnurrbart trug. Der Anzug von Mr. Maurice Bannock, so hieß der Mann, neigte allerdings dazu, hie und da ins Grünliche zu spielen.

»Ich habe schon lange keinen *bannock** mehr gesehen«, sagte Matthias nach den üblichen Höflichkeitsfloskeln und nachdem Bannock bei einer Tasse Tee Platz genommen hatte. »Was verschafft mir das Vergnügen? ...«

»Ich sehe, daß Sie die Brote des Königreiches sehr gut kennen«, sagte Bannock lächelnd. »Ich bin im Ministerium in der Ausländerabteilung tätig.«

»Es freut mich, Sie kennenzulernen. Aber wenn es so ist, dann müssen Sie wissen, daß ich schon seit zehn Jahren Engländer bin.«

»Ich weiß, ich weiß«, seufzte Bannock. »Wir fühlen uns geschmei-

* Rundes, schottisches Brot (A. d. A.)

chelt, einen so begabten Maler, wie Sie es sind, zu uns zählen zu können«, sagte er, wobei er seinen Blick über die Wände schweifen ließ, »und, so würde ich von mir aus noch hinzufügen, einen Maler, gegenüber dem sich jemand wie ich, der in den Künsten so wenig bewandert ist, kaum zur aufrichtigen Bewunderung in der Lage sieht. Aber es kommen schwierige Zeiten auf uns zu, Mr. Archenholz. Wir werden bald, so fürchte ich, enger zusammenrücken und uns vergewissern müssen, daß wir auch alle unter derselben Flagge dienen. Habe ich mich klar ausgedrückt?«
»Vollkommen. Sie wollen sicher sein, daß ich kein feindlicher Spion bin, nicht wahr?« sagte Matthias. »Auch wenn ich dafür keinen anderen Bürgen habe als mich selbst, so ist meine Antwort natürlich dennoch nein, Mr. Bannock. Aber da ich nicht annehme, daß ein Mann mit Ihrer Kompetenz eine andere Antwort erwartet hätte, und sei es von einem Spion, gehe ich davon aus, daß Sie noch weitere Fragen haben.«
Bannock lächelte etwas müde.
»Sie wissen«, sagte er, während ihm Matthias den Tee reichte und den Kuchenteller vor ihn hinstellte, »wir sind auch ein wenig Künstler, ich würde sogar sagen, Porträtisten, wenn auch auf unsere Art. Man braucht auch in meinem Beruf ein gewisses Talent. Weil man mir etwas davon nachsagt, gehen wir einfach einmal davon aus, ich wäre gekommen, vom Maler ein Porträt zu erstellen. Nun gibt es aber, bei Licht besehen, einige dunkle Punkte, die ich gerne klären würde, um von Ihnen ein deutliches Bild zu erhalten«, erklärte Bannock. »Sie sind Deutscher, nicht wahr?«
»Ja.«
»Sie sind in dieses Land mit einem deutschen, in Berlin ausgestellten Ausweis gekommen, glaube ich?«
»Das ist richtig.«
»Erinnern Sie sich noch an das Datum?«
»Ich könnte nachschauen«, sagte Matthias überrascht und beunruhigt. Es handelte sich in aller Form um ein polizeiliches Verhör, und wenn er sich dabei nicht geschickt aus der Schlinge zog, drohten ihm Gefängnis und Ausweisung. Er konnte natürlich auch nicht in einem Salon der Curzon Street um Viertel vor fünf Uhr Bannock umbringen. »Sie wissen, solche Details behält man meistens

nicht ... Ich glaube ... Es war sicherlich Ende 1919 oder Anfang 1920, denn es war kurz vor meiner Reise in den Orient.«
Er hatte Lust auf eine Zigarette, versagte sich aber diesen Wunsch. Es dauerte nur den Bruchteil einer Sekunde, bis er sich an die beiden Toten von Stambul erinnerte. Bannock mußte davon etwas wissen. Aber was? Bannock prüfte ihn kritisch mit seinem Blick.
»Ihr Ausweis trägt den 10. Dezember 1919 als Ausstellungsdatum. Stimmt das?«
»Das ist nicht mehr mein Ausweis, Mr. Bannock, denn ich bin nicht mehr Deutscher. Aber ich habe keinen Grund, an Ihren Informationen zu zweifeln.«
»Kann ich noch etwas Tee haben?« fragte Bannock.
Matthias klingelte, um heißes Wasser bringen zu lassen.
»Sie könnten immer noch ein Recht auf diesen Ausweis haben, denn man hat ihn Ihnen zurückgegeben. Die zweifache Staatsbürgerschaft ist nicht ausgeschlossen, wie Sie wissen. Man hätte es Ihnen auf dem Ministerium, während der Formalitäten zur Einbürgerung, sagen können. Das Konsularrecht, das vor dem Krieg galt und das 1919 wiedereingeführt wurde, berechtigt Sie nämlich dazu.«
»Aber ich hatte den Eindruck«, sagte Matthias und gab vor, einen Moment innezuhalten, während Joseph den Tee servierte, »ja, ich bin sicher, schriftlich erklärt zu haben, daß ich ausschließlich die englische Staatsbürgerschaft annehmen wollte.«
»Ah«, sagte Bannock, wirklich erstaunt. »Wir haben nichts gefunden, was auf eine solche Erklärung hindeuten könnte. Aber Sie haben immer noch Gelegenheit, sie zu wiederholen.«
»Es wird besser sein, nicht allzu ruhig zu wirken«, dachte Matthias, der sich jetzt eine Zigarette anzündete.
»Warum, wenn ich nicht indiskret bin, sind Sie in den Orient gefahren, und wohin genau im Orient?« fragte Bannock.
Sie hatten also in Istanbul seine Spur wiedergefunden. Matthias senkte die Augen und seufzte verstohlen. Bannock ließ seinen Blick nicht von ihm ab.
»Ich wollte meinen Vater wiedersehen«, sagte Matthias.
»In Istanbul?« wunderte sich Bannock.
»Das ist ja nun nicht gerade auf dem Mond«, bemerkte Matthias. »Jedenfalls haben sich, glaube ich, die Türken und die Deut-

schen immer sehr gut verstanden, und mein Vater war viel auf Reisen.«
»Wie lautete der Vorname Ihres Vaters?«
»Matthias. Das ist alte Familientradition«, dichtete Matthias auf gut Glück, »der Erstgeborene heißt immer Matthias.«
»Wie alt war er?«
»Fast fünfundsechzig, glaube ich.«
»Und haben Sie ihn wiedergesehen?«
»Gewiß. Ich habe mein Erbe in Besitz genommen.«
»Ihr Erbe«, wiederholte Bannock.
»Mein Vater war herzkrank. Er hat mich in Berlin anrufen lassen, um mich in Istanbul, im Pera-Palast, zu treffen« — er war sicher, im Blick Bannocks ein kaum wahrnehmbares Blitzen bemerkt zu haben — »und mir den größten Teil seines Vermögens auszuhändigen.«
»In welcher Form?«
»In einer sehr romantischen Form, Mr. Bannock. Fast sechshunderttausend Pfund Sterling in Edelsteinen.«
»Was für eine phantastische Geschichte!« rief Bannock aus, ohne daß man hätte entscheiden können, ob dies ironisch oder tatsächlich so gemeint war. »Das muß ein großes Paket gewesen sein?«
»Es ging alles in eine solche Zigarrenschachtel wie diese hier.«
Bannock wurde unruhig in seinem Sessel.
»Und auf diese Weise sind Sie reich geworden«, murmelte er. »Besitzen Sie noch einige von diesen sagenhaften Steinen?«
Matthias warf ihm einen ironischen Blick zu, der wohl besagen sollte: »Du möchtest sehen, mein Alter, ob meine Geschichte auch wasserdicht ist? Dann bleib ruhig sitzen!« »Ich werde die holen, die mir noch geblieben sind, wenn Sie sich bitte ein paar Minuten gedulden wollen. Entschuldigen Sie, wenn ich Sie nicht bitte, mich zu begleiten.«
Bannock warf ihm einen skeptischen Blick zu. Matthias ging ins Atelier, sperrte die Tür ab und ergriff ein illustriertes Mineralogiehandbuch, das ihm dazu diente, den Schmuck seiner Modelle zu malen, wenn diese nicht selbst anwesend sein konnten. Er wählte einen Smaragd von Golconde mit 88 Karat, Smaragdschnitt, einen taubenblauen Rubin gleichfalls von Golconde mit 76 Karat, birnenförmiger Schnitt, und einen orangefarbenen Diamanten mit 56

Karat, Diamantenschnitt. Er schrieb die vier magischen Zeichen mit pochendem Herzen nieder. Nachdem einige Augenblicke vergangen waren, materialisierten sich die Steine auf dem noch offenen Buch. Er öffnete wieder die Tür und kehrte in den Salon zurück.

»Sehen Sie hier, Mr. Bannock«, sagte er und legte die drei Steine auf das kleine Deckchen des Teetabletts. Bannock machte große Augen und neigte sich vor.

»Darf ich? ...« fragte er und warf Matthias einen verdutzten Blick zu.

»Ich bitte Sie, prüfen Sie sie, wie es Ihnen beliebt. Sie sind heute natürlich noch viel mehr wert, aber sie sind immer noch zu teuer für den gegenwärtigen Markt. Man wird auf bessere Zeiten warten müssen. Ja, im Smaragd gibt es zwei auffallende Fehler, aber es gibt ja überhaupt keine ganz makellosen Smaragde, vor allem nicht von dieser Größe. Wollen Sie mit mir einen Kognak trinken, oder ist es einem Beamten im Dienst untersagt, Alkohol zu sich zu nehmen?«

»Eigentlich, Mr. Archenholz, ist es mir untersagt. Aber das Schauspiel dieser Wunderwerke ... Sie bewahren sie im Hause auf?«

»Außer Ihnen und mir gibt es niemanden, Mr. Bannock, der von ihrer Existenz wüßte. Ihre Neugierde wird es Ihnen wert sein, darüber nicht zu sprechen.«

»Was für eine phantastische Geschichte!« murmelte Bannock und nippte an seinem Kognak.

»Sie glauben augenscheinlich nicht an sie«, sagte Matthias, der sich nun viel wohler fühlte. »Sie wollen die Fortsetzung der Geschichte in Kurzform hören? Hier ist sie: Ich bin mit einem Reisenden, den ich im Orient-Expreß kennengelernt habe und der mir seither treu geblieben ist, nach Paris gefahren. Ich habe ein Fest gefeiert. Ich habe eine junge, sehr hübsche Amerikanerin kennengelernt, Myra Doolittle ...«

»Myra Doolittle!« rief Bannock aus.

»Ach so, Sie kennen diese Geschichte, Mr. Bannock«, sagte Matthias, während Bannock ein Lächeln unterdrückte. »Sie ist ein Filmstar geworden und hat mich vergessen. Als die Melancholie zu sehr von mir Besitz ergriff, zog ich nach London. Ich habe Heather kennengelernt, und habe sie geheiratet.«

Bannock schüttelte den Kopf.

»Ein einziger Punkt ist noch dunkel, Mr. Archenholz. Warum sprechen Sie so gut Englisch?«
Matthias steckte die Steine in seine Tasche.
»Ich nehme nicht an, daß ein Beamter des Innenministeriums sich in seinen Bericht auf die Reinkarnation berufen kann. Und dennoch ist das, glaube ich, die einzig mögliche Erklärung. Ich hatte in meiner Kindheit zwar eine englische Gouvernante, aber ich weiß, daß ich auch dafür außergewöhnlich gut Englisch spreche. Und bis jetzt hat mich noch kein Abgesandter der deutschen Regierung gebeten, davon Gebrauch zu machen. Ich liebe Deutschland, Mr. Bannock, Sie können das in Ihrem Bericht schreiben, aber ich bevorzuge England.«
»Warum?« fragte Bannock spontan.
»Die englische Küche ist unbedeutend, und sie kauft ihren Wein anderswo. Aber bis jetzt bin ich davon überzeugt, daß es das einzige Land ist, wo das Wort ›Anstand‹ eine Bedeutung hat.«
»Danke«, sagte Bannock und leerte sein Glas, schon halb im Stehen. Auf dem Weg zur Tür wandte er sich noch einmal um.
»Was Ihre vorzügliche Beherrschung der englische Sprache anbelangt, so werden Sie dafür noch eine bessere Erklärung benötigen. Und wenn Sie sie erfinden müssen.«

11.

13. Juni 1944

Der deutsch-sowjetische Pakt brachte Heather in schwere Bedrängnis, was Matthias und Zanotti verblüffte. Am Abend, als zwei Abgeordnete der Arbeiterpartei und linksgesinnte Journalisten zum Essen kamen, empörte sie sich laut, daß dies das Ende der Welt sein müsse. Niemand konnte sie in irgendeiner Weise beruhigen. Während des ganzen Tages verließ sie praktisch nicht ihren Sessel in der Nähe des Radios im Salon. Als die BBC am 3. September verkündete, daß England und Frankreich Deutschland den Krieg erklärt hatten, warf sie sich in Matthias' Arme.
»Bist du bei mir?« sagte sie immer wieder und schloß ihn in ihre Arme. »Die Sonne erlischt! Ich glaube an den Sozialismus.« Ihre Stimme klang bedrückt.
»Warum?«
»Warum? Weil das Individuum ein Recht zu leben hat! Denke nur an die 'zig Millionen Sklaven des Kapitalismus!«
Er verkniff sich ein Lächeln.
»Kein Glaube ermöglicht dem Individuum zu leben. Das Eigentümliche des Glaubens ist seine Tyrannei«, antwortete er.
Sie hörte ihm nicht zu. Seit einigen Tagen fürchtete er, sie könnte sich umbringen. Sie hielt Leichenreden: »Falls mir etwas zustoßen sollte, schwöre mir, dich um die Kinder zu kümmern« etc. Mark, der inzwischen dreizehn Jahre alt war, und Holly, die elf war, wurden nach Newnham in Gloucestershire evakuiert. Dank Sybil konnte Matthias erwirken, daß sie in Glasgow aufgenommen wurden. »Zumindest werden Sie Milch und frischen Fisch haben«, sagte Matthias, der allerdings nicht erwähnte, daß sie dort mit Sybils Kindern, von denen eines, nämlich David, wahrscheinlich von ihm war, zusammensein würden. Heather sollte sie begleiten.
Matthias, der nun einundvierzig Jahre alt war, und Zanotti, der

dreiundvierzig war, meldeten sich beim Rekrutierungsamt. Die Melone dreist in die Stirn gezogen, zwinkerte Zanotti Matthias zu. Am selben Abend erschien noch Bannock.
»Sie würden alle beide in der Armee Probleme haben, und in London können Sie mir viel nützlicher sein, wenn Ihnen das nichts ausmacht. Ich glaube nämlich, daß London eine gefährliche Stadt wird. Sprechen Sie Deutsch genauso gut wie Englisch, Archenholz? Ja. Und Sie, Baldassari, Italienisch? Ausgezeichnet. Sie werden für das Ministerium arbeiten. Kommen Sie morgen zu mir.«
Sie kamen in Uniform, die Feldmütze dieses Mal keck zur Seite gezogen. Bannock führte gut ein Dutzend Telephonate, bei denen er immer wieder dasselbe sagte, ohne ungeduldig zu werden. Das Innenministerium suchte beim Kriegsministerium um die Erlaubnis nach, die *privates* Archenholz und Baldassari wegen ihrer besonderen Deutsch- beziehungsweise Italienischkenntnisse für seinen speziellen Aufklärungsdienst freizustellen. Die Bestätigung kam um fünf Uhr nachmittags. Matthias hatte seine Schachtel mit Abdullas bereits leergeraucht.
Am nächsten Tag verstrichen die Stunden erneut in den Büros, von einem Stockwerk zum nächsten — Formulare, Fingerabdrücke, Ausstellung der Passierscheine, Unterhaltungen mit diesem und jenem Abteilungsleiter, geheime Zusammenkünfte mit Bannock.
Am Ende des Tages trennte man schließlich Matthias und Zanotti voneinander. Letzterer wurde zur Funkstation im zweiten Stock über den Hof gebracht. Es war ein riesiger Raum, der mit Leitungen übersät und mit Funkgeräten, Verstärkern, Registriergeräten und anderen weniger bekannten Apparaten vollgepfropft war. Bannock stellte ihn dem Befehlshaber der Station vor, der sofort den Empfänger an einem Abhörgerät vor einem bereitliegenden Schreibheft einschaltete und ihm einen Kopfhörer reichte.
Matthias wußte zunächst nicht, welcher Dienst für ihn vorgesehen war. Die Tür des winzigen Büros, das er mit einem alten, schweigsamen Mann teilen mußte, trug nur eine kaum lesbare Nummer und besaß außer einem Telephon ohne Wählscheibe kein weiteres Zubehör.
»Richten Sie sich hier ein«, sagte Bannock, als er die Tür hinter sich schloß. Matthias wartete einen ganzen Vormittag, ohne etwas zu tun. Die beiden Schubladen des Tisches, der ihm für die Schreib-

arbeiten diente, enthielten nichts weiter als zwei verbogene Büroklammern, eine Streichholzschachtel und ein ausgetrocknetes Stück Radiergummi. Er schaute zum Fenster hinaus und sah in der schmutzigen Scheibe nur sein eigenes, bleiches Spiegelbild, das er unnachsichtig musterte. Er fand keine Spur mehr von dem jungen Draufgänger, der einstmals in Venedig, im Hôtel de Molé und in den Straßen von London seinen Namen getragen hatte. Von nun an fühlte er keine Leidenschaft mehr in sich.

»Es ist die Erinnerung, die alt macht«, dachte er.

Ein wenig später ergänzte er noch: »Und die Resignation.«

Seine Jugend hatte ihn erst verlassen, als er sich den menschlichen Gesetzen ergeben hatte. Mehr als zwei Jahrhunderte lang war seine einzige Fahne das eigene Ich gewesen. Und als ihn die Wirklichkeit aufgerieben und er den Union Jack gewählt hatte, war ihm nichts mehr geblieben als Verpflichtungen.

»Die Wirklichkeit erstickt die Liebe — oder ihre Begierde«, sagte er sich. »Sie reduziert sie auf animalische Bedürfnisse, die in Einklang stehen mit juristischen und finanziellen Vereinbarungen.« Er dachte an Heathers pathologische Untreue. Er liebte sie dennoch, aber sie entzog sich ihm, und vielleicht entzog sie sich ihm nur, um seine Wirklichkeit zu verdrängen und so fortfahren zu können, ihn zu lieben.

Mittags aß er in einem »Lyon's« heiße Würstchen, weil er keine Lust hatte, nach Hause zu gehen. Nach seiner Rückkehr ins Büro erhielt er Besuch von einer Frau mit abgezehrtem Gesicht, die ihm ein Exemplar des *Völkischen Beobachters* vorlegte und ihn im Auftrag Bannocks bat, es nach einer ihm passend erscheinenden Methode zu analysieren. Sie hoffte so, Informationen zu erhalten, die einem Leser entgehen mußten, der über Deutschland nichts wußte.

Wochen und Monate vergingen so. Er zerbrach sich darüber den Kopf, ob man der Tatsache, daß der Bürgermeister Trott die Schulstunden von Oberammergau verändert oder daß der Chemieprofessor Ludwig Seepert ein neues Anilinderivat entdeckt hatte, innerhalb der Informationsfülle, die ihm die aus der Schweiz über Portugal zugeschickte deutsche Presse lieferte, eine weitreichende Bedeutung entnehmen konnte.

Von Zeit zu Zeit hob er die Augen, und sein Blick stieß auf das Profil

des alten Herrn, der, seit sie diese Zelle miteinander teilten, noch nicht einen einzigen Ton von sich gegeben hatte, außer einem uninteressierten »Guten Tag« und »Guten Abend« und zwei oder drei ganz kurzen, fast stummen Mitteilungen, an denen Matthias ein sehr starker deutscher Akzent auffiel. Herr X mußte wahrscheinlich Übersetzungen ausführen, sollte aber offenbar nicht die Schreibmaschine benutzen, so daß er das Papier endlos vollkritzelte. Matthias versuchte sich vorzustellen, wie das Leben dieses angegrauten Mannes vorher ausgeschaut haben mochte, und gelangte zu der Überzeugung, daß er Leichenträger und Sozialist in Hamburg gewesen sein mußte. Herr X war gewiß kein Zuliman, kein Fragonard und auch kein Sir Alfred. Die wunderbaren Menschen schienen für immer verschwunden zu sein.
»Ich werde langsam, aber sicher zum Widerschein meiner eigenen Vergangenheit«, sagte er sich bitter.
Er träumte davon, zu fliehen — aber wohin? Nach Südafrika vielleicht oder nach Argentinien. Aber eigentlich empfand er dieses Verlangen nur sporadisch. Er wäre sich übrigens sehr gemein vorgekommen, hätte er Heather oder London verlassen. Vielleicht wäre ihm auch Zanotti nicht gefolgt. Dieses Mal trugen seine Kinder ganz rechtmäßig seinen Namen, was ihnen ein Vorrecht über die anderen verlieh.
Bannock schätzte seine Arbeit. Aber er hielt sich dennoch für einen »Archivar im Dienste des Ministeriums für Nutzlose Angelegenheiten« und nahm die Gewohnheiten eines Aktenmenschen an. Stets paßte er das Anrollen des Teewagens ab, zweimal am Tag, der das Linoleum auf dem Flurboden durchscheuerte. Er empfing mit einem charmanten Lächeln Mathilda, die Inspektorin mit dem Bulldoggengesicht, die um elf und um vier Uhr die Tür öffnete und ihm eine Tasse Tee und einen Toast reichte. Oft antwortete er auf den verführerischen Blick mit einem zusätzlichen Augenzwinkern. Mathilda wäre einem Seitensprung mit diesem schönen, jungen Mann, der keinen Ehering trug, sicherlich nicht abgeneigt gewesen. Und warum auch sollte er Mathilda zurückweisen? Sie war sicherlich zu mehr Zuneigung fähig als Ilona oder Mariella und zu mehr Treue als Heather. Was die Gelegenheit zu dem kleinen Abenteuer anbelangte, so wäre die Dunkelheit ihm förderlich gewesen... Er brauchte sich nur vorzustellen, er wäre Grigorij Alexandrowitsch

Potemkin in den Armen Katharinas der Großen... Katharina mußte an Stelle der Brüste Zitzen und einen zugleich prallen und runzligen Bauch gehabt haben...
»Das wäre wirklich das Ende für mich«, seufzte er.
Wenn er am Abend nach Hause kam, las er gewöhnlich die Zeitungen, spielte eine Partie Schach mit Timothy oder Zanotti, aß schlecht und beteiligte sich manchmal am Bridge mit Heather, Zanotti und Timothy.
Das schlechte Essen hing ihm allmählich zum Halse heraus, und er entschloß sich, an einem Abend wieder einmal zu seiner diabolischen List Zuflucht zu nehmen, um eine Lammkeule hervorzuzaubern, die er aus dem Gedächtnis malte. Der Verfall seines Begehrens in der Hierarchie der Objekte war zunächst Anlaß eines unbändigen Lachanfalls. Mit konspirativer Miene brachte er die Keule zu Heather, der er versicherte, sie auf dem Schwarzmarkt erworben zu haben.
»Das ist schlecht«, bemerkte Heather, die die Keule mit begehrlichen Blicken anstarrte.
Aber sie ließen sie dann doch mit der Hilfe Josephs zubereiten, wobei sie jedoch so vorsichtig wie Mörder waren, die den Leichnam ihres Opfers einäschern. Aus dem Knochen gewannen sie eine Suppe für den folgenden Tag. Matthias mußte Heather schwören, nie mehr etwas auf dem Schwarzmarkt zu kaufen. Matthias lächelte. Der Schwarzmarkt war tabu, nicht aber die Geliebten. Sie hatte nämlich erneut ein Verhältnis mit Tom begonnen, der wegen einer Lungenkrankheit aus dem Militärdienst entlassen worden war.
Er war immer nur abends zu Hause. Manchmal schlief sie bei ihm, in gleichem Maße aus Zuneigung wie auch aus dem Bedürfnis heraus, von seiner körperlichen Wärme zu profitieren. Ganz selten kam es vor, daß sie Sex miteinander hatten. Er tat es einfach, fast aus Höflichkeit, sah aber den Abend voraus, an dem er kneifen würde, weil ihm liebevolle Zuwendung genügte. Sie dagegen bat ihn wohl darum aus einer inneren Unruhe heraus.
»Es hat in meinem Leben zahlreiche Männer gegeben. Dennoch habe ich das Gefühl, außer dir niemanden geliebt zu haben«, sagte sie ihm eines Nachts und verletzte ihn dabei, ohne es zu wissen. »Vielleicht, weil du beständig bist?«

»Mit anderen Worten, du glaubst, mich zu lieben, weil ich dich liebe«, antwortete er nachdenklich. »Aber du hast mich doch schon geliebt, bei Lady Zelina, bevor du wissen konntest, daß ich dich liebte.«
»Du hattest mich in einer Weise angeschaut, die mich glauben ließ, daß du mich liebtest.«
»Vielleicht ist es nur das«, dachte er. »Zunächst gibt es die sexuelle Anziehungskraft, dann verbringt man die Zeit damit, sich zu fragen, ob man vom anderen geliebt wird.«
In Matthias' Erinnerung, die, einem Tonband gleich, fast abgelaufen war, waren diese Monate nur grau in grau, einzig unterbrochen von beängstigenden Klarheiten. Mehrmals besuchte er in den Ferien Mark und Holly in Schottland. Matthias verbrachte viel Zeit damit, über seinen Sohn Mark nachzudenken. Er versuchte mit oft unüberwindlichen Schwierigkeiten, in ihm das Bild des jungen Mannes ausfindig zu machen, der er im selben Alter einst gewesen war. Und es verwirrte ihn im gleichen Maße, wenn er feststellte, daß sich Mark mit seinem Halbbruder David angefreundet hatte. Während eines Picknicks betrachtete ihn David lange, als ob er etwas zu sagen hätte, das sich nicht in Worten ausdrücken ließ.
»Der Apfelbaum sieht auf seine Äpfel«, dachte Matthias, »und der Apfel auf den Baum.«
Vielleicht hatte er zwei Jahrhunderte lang versucht, dieser einfachen Wahrheit auszuweichen, daß die Liebe nun einmal nur Äpfel hervorbringen konnte — wer weiß? Es wäre also weiter nichts gewesen als ein Experiment des Mannes in Grau, der herausbringen wollte, ob die Liebe, und nur die Liebe ohne die Konsequenzen, die sie zeitigen kann, seinen Mann am Leben zu halten vermochte.
»Jetzt weiß er darüber Bescheid«, dachte Matthias, indem er ausgerechnet auf einer Art Apfelkuchen kaute. »Die Liebe macht nicht satt. Wir sind Hungernde, deren Hunger nie gestillt werden kann.«
Diese Gedanken machten ihm gewaltigen Verdruß. Sie riefen bei ihm sogar irrsinnige und wahnwitzige Vorstellungen hervor. Zum Beispiel wollte er in der Curzon Street sogar Adolf Hitler neu erschaffen, den er so lange mißhandeln würde, bis der Tyrann den Krieg beendet hätte! Matthias hätte dann noch einmal von vorn anfangen können zu reisen und sich einer ewigen Jugend zu erfreuen!

Leider, so mußte er sich eingestehen, würde er nur über einen Doppelgänger ohne Handlungsvollmacht verfügen, einen Doppelgänger zumal, der sehr lästig werden könnte. Während des ersten Bombenangriffs auf London durch die V 1 am 13. Juni 1944 befand er sich im zweiten Kellergeschoß des Außenministeriums. Fünf oder sechs Dutzend Leute, die vor Angst schon aschfahl und von den Notlampem im Gesicht blau angelaufen waren, versammelten sich dort. Einzig ein kleiner junger Mann, blond und schmächtig, der neben Matthias auf der Bank in diesem Unterschlupf saß, schien seine Ruhe bewahrt zu haben. Er strickte. Sie schauten sich beide fragend an.

»Ich brauche eine Ablenkung«, sagte der junge Mann und lächelte.

Nach Beendigung des Alarms rannte Matthias in panischer Angst in die Curzon Street. Das Haus war nicht beschädigt worden. In der bewegten Morgendämmerung, die vom Lärm der Feuerwehrautos und Krankenwagen erschüttert wurde, wirkte das Haus wie ein Phantom. Aber Heather war nicht da. Joseph kam um sieben Uhr. Sein Gesicht war verzerrt, während Matthias Kaffee kochte. Er wußte weder, wo Heather, noch, wo Zanotti war. Letzterer rief um zehn Uhr an. Er hatte die Nacht im Ministerium verbracht. Er erinnerte sich, daß Heather Tom in Knightsbridge besuchen wollte, der auf Urlaub und krank war.

Knightsbridge. Dort bewohnte Tom tatsächlich ein kleines Appartement.

Matthias nahm ein Taxi, das vor einem Ruinenfeld haltmachte, das einmal das Haus gewesen sein mußte. Krankenwagen, Polizei, einige Gaffer auch — wenngleich wenige, denn die Angst, die Erschütterung und das Taktgefühl verboten es, sich am Unglück der anderen zu weiden. Matthias brach in Tränen aus. Der Chauffeur wandte sich ab.

»Bringen Sie mich zurück«, sagte Matthias schließlich.

»Kann ich Ihnen eine Tasse Tee anbieten?« fragte der Chauffeur, als Matthias ihn bezahlt hatte.

Matthias schaute den Chauffeur verwundert an. Er sah von Schlaflosigkeit und Angst ausgehöhlte Augen, die ganz mit Tränen benetzt waren. Er verstand jetzt, daß er — der wunderbare, vor Energie sprühende Matthias Archenholz, der Partner des Teufels, der seit zwei Jahrhunderten die Liebe suchte, das listige und schonungs-

lose Ich, der unschuldige Mörder, der unermüdliche Verführer, der unwiderstehliche Egoist — tot war. Er war nicht mehr als ein gewöhnlicher Mensch unter anderen Menschen.
»Danke«, sagte er und schüttelte den Kopf.
Bannock ließ ihn nach Kairo versetzten.
Exotische Nebel. Man spielte Polo im Gezira-Sportclub, ausgelassene Essen, Sternenschein und herzlose Flirts.
»Diejenigen, die ich jetzt noch lieben könnte, müßten künftig über eine ebenso lange Erinnerung wie ich verfügen«, sagte er zu sich im Angesicht einer der Sphinxe im Tal der Könige. Deren Gestein war warm, als ob es lebendig wäre. Aber das Geheimnis begann schal zu werden.
Robert Womersley machte aus Spaß ein Photo von ihm vor dem Ungetüm. Womersley war tatsächlich der einzige Botschaftsangehörige außer Sir Miles Lampson, der wußte, daß Matthias an der Enigma gearbeitet hatte.
»Die Sphinxe stellen keine Fragen«, sagte ihm Matthias, »sie fordern Fragen heraus. Wenn man ihre Sprache nicht entziffert, kommt der Tod schneller.«
»Die Sphinxe sind Teufel«, sagte Womersley.
Er verspürte das dringende Bedürfnis, Mark, Holly, Zanotti und Timothy wiederzusehen. Er kaufte zwei große Schachteln mit orientalischen Backwaren und zehn Schachteln Corned Beef, bevor er in das Flugzeug stieg, das innerhalb von zweiundzwanzig Stunden in London war.
Das Haus in der Curzon Street war noch unbeschädigt. Mark und Holly waren jetzt in Cambridge. Sie leerten eine der Schachteln mit Gebäck an einem Nachmittag in einer Art Zuckerorgie, die Matthias amüsierte.
Er und Zanotti hatten sich so sehr über ihre viel zu lange Erinnerung beklagt, und nun ruhten ihre letzten Hoffnungen auf diesen Wesen, die im Meer der Erinnerungen obenauf schwammen wie Inseln. Zunächst empfand dies einer vom anderen, dann galt es für Mark, Holly und Timothy.
»Wir können sagen, daß wir uns mehr als alles auf der Welt lieben«, sagte Zanotti, »und damit übertreiben wir nicht.«
Kurz nach den Sieben-Uhr-Nachrichten am Abend des 15. August 1945 explodierte London. Matthias, der gerade nach Hause ge-

kommen war, traf Joseph mit feuchtem Blick, sein Mund war weit aufgesperrt, und er zitterte an allen Gliedern.
»Sir, it's over!« schrie der alte Joseph.
Matthias hatte Angst, daß das siebzig Jahre alte Herz unter dem Gefühlsschock plötzlich zu schlagen aufhören könnte. Joseph warf sich in seine Arme und weinte. Als er seine Tränen getrocknet hatte, gingen sie hinaus. Die Türen der Häuser sprangen wie ausgetrocknete Schotenfrüchte auf, Hausfrauen im Bademantel, Männer in Hemdsärmeln, die hasig ihre Jacken überstreiften, junge überschwengliche Frauen, die unzusammenhängende Reden hielten — alles drängte sich nach draußen. Menschenmassen überfluteten die trümmerübersäten Straßen wie Adern voll schwarzen Blutes. Matthias und Joseph fanden sich am Trafalgar Square ein. Matthias war in Uniform. In weniger als einer Stunde war sein Gesicht ganz mit Lippenstift befleckt. Die ganz Jungen waren auf die Straßenlaternen gestiegen. Die Leute weinten, schrien und begannen schließlich zu singen. Bier machte die Runde, man wußte nicht, woher es kam. Ein alter Herr reichte Matthias ein Glas und sagte zu ihm mit halb erstickter Stimme: »Danke.« Lautsprecher verbreiteten die Kommentare der BBC. Matthias erblickte Bannock, der gleichfalls ein Glas Bier in der Hand hielt. Im Überschwang des Gefühls drückte ihn der Beamte mit einem einzigen Arm an sich, wobei er mit dem anderen zu retten versuchte, was ihm von dem Bier noch geblieben war. Bannock begann, die *Beer Barrel Polka* anzustimmen.
Um Mitternacht mußte man Joseph, der betrunken war und schwankte, nach Hause bringen.

Roll down the barrel . . .

Und nachdem er noch die Freitreppe des Hauses hinaufgestiegen war, sang Joseph mit seiner Fistelstimme weiter:

Everybody feels so tralala . . .

Zanotti und Timothy waren bereits zurückgekehrt. Als die Gefühlsausbrüche überstanden waren, sagte Zanotti ernsthaft zu Matthias:
»Kannst du für uns nicht ein Dutzend Eier fabrizieren? Wir haben einen furchtbaren Hunger auf ein Omelett!«
Sie hoben drei für Joseph auf.

12.

Indiskretion

»Die größte List des Teufels besteht darin, uns glauben zu machen, er sei eine Person oder er sei an einem festen Ort lokalisierbar, so daß man nur das eine oder andere zerstören müsse, um ihn selbst vernichten zu können. Diese Vorstellung mündet stets in Fanatismus, das heißt also in Ungerechtigkeit. Konsequenterweise müßte man sogar sagen, daß die größte List des Teufels darin besteht, uns glauben zu machen, es gebe ihn wirklich. Ein logisch geschulter Verstand wird daraus folgern, daß Gott dann auch nicht existiert, weil man sich nur schwer vorstellen kann, daß es Weiß ohne Schwarz gibt. Das ist falsch, denn es hieße Gott auf eine Stufe mit einem Dämon des Guten zu stellen, was er ja auch nicht ist.«
Mark, der ein Photo seiner Mutter im Schreibtisch seines Vaters suchte, errötete wegen der Indiskretion, die er gerade beging. Aber die Versuchung war sehr stark. Er setzte also die Lektüre der eindeutig aus der Feder seines Vaters stammenden Blätter fort.
»Wir alle neigen unwillkürlich dazu, das Leiden dem Bösen zuzuschreiben und folglich die Freude dem Guten. Aber wenn einer am Leiden des anderen Gefallen findet oder umgekehrt, so müssen wir anerkennen, daß diese Verkehrung jedes Lebewesen, und sei es eine Fliege, zum Teufel für ein anderes macht. Um aus dieser Sackgasse herauszukommen, haben die Propheten und die Philosophen Gut und Böse so konzipiert, daß es die Leiden der Individuen lindert und gleichzeitig ihre Freuden einschränkt. So wird es zum Beispiel unmoralisch sein zu stehlen, wenn die Freude des Diebs das Leid seines Opfers mit sich bringt. Aber es handelt sich dabei um eine soziale Strategie, nicht um eine ethisch fundierte Herleitung. Die eigentliche Gefahr dieser Strategie liegt darin, daß moralisches Verhalten auf verschiedene soziale Gruppen begrenzt wird.

Religiöse Verfolgungen und Kriege gehen direkt aus dem Moralbegriff als sozial kodiertem Wert hervor.«
Mark war verblüfft. Er nahm sich ein anderes Blatt vor. Bis jetzt hatte er überhaupt nichts davon gewußt, daß sich sein Vater über philosophische Probleme Gedanken machte.
»Wenn man davon ausgeht, daß es nur Gott gibt und ihm kein Teufel den Rang ablaufen kann, dann liegt die Schlußfolgerung auf der Hand, daß unsere Vorstellungen von Gut und Böse metaphysisch unbegründet sind. Die antagonistischen Kräfte in der Natur sind nur ein Ausdruck der zwei Seiten Gottes. Das kalte Wasser, das das warme abkühlt, trägt über jenes genausowenig den Sieg davon wie im umgekehrten Fall das warme über das kalte. Es ist sinnlos, die Menschen zur Toleranz zu mahnen, solange sie noch an der Erkenntnis von Gut und Böse festhalten. Das führt nur zur Heuchelei.«
Ein Zittern durchfuhr Mark, als er die folgenden Zeilen las:
»Heather hat sich oft über meine Geduld mit ihr gewundert. Und das bei all diesen Liebhabern, und wo der eine sogar noch der Vater von H. ist! Sie hielt das für Geduld, aber es war nur eine andere Form von Liebe. Ich liebte sie wie ein menschliches Wesen, ohne von ihr Besitz ergreifen zu wollen. Ich konnte ihr das nie begreiflich machen. Sie nahm immer an, daß ich nur einen Beweis meiner Selbstbeherrschung gegeben hätte. Sehr zu Unrecht war sie auch der festen Überzeugung, ich würde H. weniger lieben, weil sie nicht meine eigene Tochter ist. Genaugenommen liebe ich Mark nur deshalb mehr, weil ich in ihm meine Jugend wiedererlebe.«
Mark holte tief Luft:
»Ich habe niemals daran gedacht, daß meine Leiden ein Wechselgeld für den Erwerb materieller oder immaterieller Güter, welcher auch immer, hätten sein können. Man muß sich eingestehen, daß das Leid ein Unfall ist, der aus Unkenntnis der Verkehrsregeln entsteht. Die Juden, die in den deutschen Konzentrationslagern ermordet wurden, wußten nicht, zu welchem Wahnsinn eine verdrehte metaphysische Obsession, das heißt der Wahnsinn von Gut und Böse, die Deutschen hatte treiben können. Auch sie hatten das Böse in den Juden gesehen, so wie die ersten Christen in den Heiden die Urheber allen Unheils gesehen hatten. Die widerlichste Mystifikation dieses Jahrhunderts wird vielleicht gewesen sein, daß

man den Nationalsozialismus für eine Ausgeburt Nietzsches hielt: Er stand vielmehr in glattem Widerspruch zu den Anschauungen Nietzsches.«

Mark runzelte die Stirn. Er war nicht mehr in der Lage, weiterzulesen, so sehr war seine Anspannung jetzt gestiegen. Er empfand plötzlich für seinen Vater ein so starkes Gefühl der Liebe, daß es ihm den Atem nahm.

Schließlich überflog er doch noch ein anderes Blatt, auf dem nur eine Zeile geschrieben stand. Diese stürzte ihn vollends in Verwirrung und ließ ihn die Blätter Hals über Kopf dahin zurücklegen, wo er sie gefunden hatte:

»Es gibt in dieser Zeit nur einen Christus, und das ist Nietzsche, nur ein Evangelium, *Also sprach Zarathustra*.«

13.

Ein ovales Porträt

Im Oktober 1951 geriet Matthias im Wartesaal seines Zahnarztes in helles Erstaunen. Er blätterte alte, schon stark in Mitleidenschaft gezogene amerikanische Zeitschriften durch, als er in einer Ausgabe des Wochenmagazins *Life* auf ein Photo stieß, das ihn eine ganze Minute lang nicht mehr losließ. Dieses Farbphoto gehörte zu einer Reportage über die großen Gönnerinnen in der amerikanischen Kunstszene. Es stellte eine Mrs. Lydia Ottway in ihrem Salon vor. Nach dem Photo zu schließen, zeugte dieser allerdings von einem jämmerlichen Geschmack. Er war mit Möbeln überladen, die im Rokokostil vergoldet waren und die der Bildtext dreist als »Ludwig XVI.« bezeichnete. Aber das war es nicht, was ihn in Bann zog. An einer mit rosafarbenem Satin ausgestatteten Wand hing ein ovales Bild, das Matthias trotz der Unschärfe des Photos sofort identifizieren konnte. Es war Marisas Porträt, das er 1745 in Venedig im Stil Piazzettas angefertigt hatte.
Es schien ihm unvorstellbar, daß das Porträt seiner ersten Liebe und der Ausgangspunkt einer zweihundertjährigen Suche irgendwo anders als bei ihm selbst zum Vorschein kommen konnte und daß es jetzt sogar — noch schlimmer — an der Wand einer eingebildeten Matrone hing.
Er war jetzt fünfundfünfzig Jahre alt, ein Alter, das er sich bislang nur im Hinblick auf eine in Kürze bevorstehende Verjüngungskur zugebilligt hatte. Er litt nur an Arthritis und Weitsichtigkeit. Die Möglichkeit einer erneuten Verjüngung war von Zanotti beiläufig erwähnt, aber im Fegefeuer zweifelhafter Projekte durch eine Überlegung Zanottis sogleich wieder verworfen worden:
»Ich glaubte, wir wären in die Gemeinschaft der Menschen zurückgekehrt.« Und es lag auf der Hand: Sir John Baldassari — denn der Magnat der Faust-Brauereien und der Baldassari-Brennereien war

geadelt worden — war entschlossen, den Weg aller Sterblichen bis zum Ende zu gehen. Eine Verjüngung hätte außerdem in der immer noch anhaltenden Freundschaft mit Timothy gravierende Probleme aufgeworfen. Timothy war jetzt zweiundfünfzig Jahre alt und wohnte weiterhin in der Curzon Street.
Nach Lage der Dinge und obwohl Matthias bewußt war, daß er sich allmählich dem Ende seines Lebens näherte, wollte er unter keinen Umständen akzeptieren, daß sich Marisas Porträt anderswo als in der Curzon Street befand. Er ließ sich also einen Platz in der Superconstellation der BOAC reservieren, die am folgenden Donnerstag nach New York fliegen sollte. Er hatte keinen blassen Schimmer, wie er es anstellen mußte, um von Mrs. Ottway das Bild zurückzuerhalten. Er wußte, daß er es *mußte* — das war alles. Er verabschiedete sich also für einige Tage von Zanotti, Timothy und Mark, der nun verheiratet und Vater zweier Kinder war, und auch von Holly, gleichfalls verheiratet und Mutter eines Kindes. Dann brach er auf.
Aus Sentimentalität stieg er im Plaza ab.
Als er auf seiner Erkundungstour an einem trüben und windigen Vormittag vor das Privathaus von Mrs. Ottway in der 70. Straße an der Park Avenue gelangt war, hatte er ein ungutes Gefühl. Das Haus schien tot. Ein wenig später telephonierte er, aber obwohl er es an die zwanzigmal läuten ließ, bekam er doch keine Antwort. Darüber hinaus war es merkwürdig, daß der Wohnsitz einer Person wie Mrs. Ottway, die sich so wichtig vorkam, nicht im geringsten bewacht schien, falls die Hausherrin auf Reisen sein sollte. Matthias kehrte also dorthin zurück. Er klingelte an der Tür. Beim dritten Klingelton wurde die Tür entriegelt, und ein Wärter, dessen Atem nach Alkohol stank, öffnete schließlich. Matthias erkundigte sich nach Mrs. Ottway. Der Wärter zog eine Grimasse, die Unverständnis signalisierte. Er war wahrscheinlich schwerhörig, aber die Situation klärte sich, als er auf die zweite Frage hin dem Besucher mit belegter Stimme mitteilte, daß die Hausherrin ihren vergoldeten Holzengelchen ins Paradies vorangegangen sei. Als Matthias fassungslos wegging, kam ihm bereits eine Gruppe von vier Männern nach, die nun ihrerseits läutete und dann in das tote Haus hineinströmte.
»Die Erben«, fuhr es Matthias durch den Kopf.
Er grübelte den ganzen Nachmittag, wie er das Werk wiedererlan-

gen konnte, das er als sein unveräußerliches Gut betrachtete. Schließlich gab es nur noch die Möglichkeit des Einbruchs. Er kehrte ein drittes Mal zurück, um die Räumlichkeiten zu erkunden. Ein lächerliches Gärtchen schloß sich an eine vorspringende Ecke des Hauses an; es war von einem Gitterzaun umgeben. Die Gittertür war nicht verriegelt. Links befand sich eine Tür, die mit der obligatorischen Aufschrift »Personal« versehen war. Ein Stoß mit der Schulter könnte genügen, sie aufzubrechen. Wenn nicht, müßte ein starker Fußtritt in das untere Fenster neben einer weiteren Tür, zu der man mit fünf oder sechs Schritten gelangte, alles klarmachen. Was den Wärter betraf ... Zunächst mußte man sichergehen, daß er tatsächlich ganz allein im Haus war. Matthias telephonierte von neuem. Er erkannte die ölige Stimme des Wärters wieder und verlangte höflich »die Frau des Wärters«.

»Keine Frau!« brummte der andere wütend. »Wer spricht dort?«

»Dann bitte seine Tochter«, beharrte Matthias.

»Auch keine Tochter! Ich bin ganz alleine! Wer ist denn das?«

Matthias legte auf und kaufte sich eine Flasche Whisky, brachte sie ins Hotel, öffnete sie vorsichtig, goß eine reichliche Dosis Schlafmittel hinein und verschloß sie wieder so gekonnt, daß man eine Lupe gebraucht hätte, um den Einschnitt zu bemerken, der darauf hinwies, daß dem Flaschenverschluß Gewalt angetan worden war. Er brachte die Flasche dann zum Händler zurück und erklärte, es sei ihm lieber, wenn sie schön verpackt ins Haus geliefert würde. Der Händler führte die Verpackung wie gewünscht in einem vergoldeten und mit Blumen verzierten Papier unter Matthias' Augen aus. Das Geschenk sollte um sechs Uhr abends geliefert werden. Um neun Uhr würde der taktlose Wärter, mit nur etwas Glück, die Flasche sicherlich geleert haben, die eigentlich für seine verstorbene Herrin bestimmt war.

»Die Fallstricke der Liebe«, sagte sich Matthias, der in süß-saurer Stimmung daran dachte, daß ihn die Erinnerung an eine Geliebte des 18. Jahrhunderts noch mit dreiundfünfzig Jahren — wenigstens nach seinem eigenen Kalender — in einen Einbrecher verwandelte.

Um neun Uhr kehrte er in die 70. Straße zurück. Es war nicht die geringste Gewalt nötig. Die Personaltür war nicht einmal verriegelt. Sobald er das Haus betreten hatte, signalisierten ihm die lauten

Schnarchtöne, daß der andere ihm auf den Leim gegangen war. Er besichtigte das absurde Haus auf Zehenspitzen, wobei ihm eine Taschenlampe den Weg wies. Der große Salon befand sich im Erdgeschoß. Matthias packte das Bild in seinen Regenmantel und ging auf dem gleichen Weg, wie er gekommen war. Erst als er die Madison Avenue und die 60. Straße erreicht hatte, konnte er sich entschließen, ein Taxi zu rufen.

Die Zollbeamten öffneten nicht einmal seine Koffer. Das Bild wurde im Schlafzimmer aufgehängt.

14.

Eine unnütze Vorkehrung

Timothy Rearden verstarb 1953 über den Anden auf dem Weg nach Buenos Aires.
Das Eigentümliche an Flugzeugunglücken ist, daß sie technische Überlegungen mit schrecklichem Leid in Verbindung bringen, zumindest für die Überlebenden. Denn die Passagiere bemerken wahrscheinlich nur — als letzte Erfahrung — eine plötzliche Explosion der Welt, die wohl gleichzeitig auch ihre Körper erfaßt. Die Spekulationen von Unkundigen, die eine Landeklappe nicht vom einfachsten Flügelleitwerk unterscheiden können und die von der Schwankungsbreite eines Höhenmessers nicht die geringste Ahnung haben, kreisen darum, dem Piloten einen Fehler anzuhängen. Doch das ist nur ein lächerlicher Versuch, im nachhinein den Absturz rückgängig zu machen, der von einer Sekunde zur anderen und völlig unerwartet vierundsechzig Menschen, wenn es nicht doch nur siebenundfünfzig waren, aus dem Leben riß. Zanotti wälzte solche posthumen Vermutungen und Hypothesen hin und her. Die Wahrheit war wohl, daß die DC-6 der Lloyd Boliviano im Nebel die Sicht verloren hatte und mit voller Wucht gegen eine Gebirgsspitze geprallt war, während Timothy döste, eine Partitur durchsah oder einen Krimi las. Ein kluger Kopf, der die Sonate für *Arpeggione* von Schubert und das Konzert für Violine und Cello, Werkverzeichnis 102 von Brahms, auswendig kannte, ganz zu schweigen von kleineren, aber dem Musikfreund teuren Stücken wie *Das fünfzigste Jahr* von Wieniawski oder der Bearbeitung der *Humoreske* von Dvořak, beendete seinen irdischen Lebensgang im ewigen Schnee der Nevadas de Cachi, 22047 Fuß hoch und eine Viertel Vogelflugstunde von San Miguel de Tucumán entfernt. So nahe der Stadt, wo im Jahre 1816 Argentinien seine Unabhängigkeit erlangt hatte, genossen vielleicht die Kondore dieses Gehirn voller

Melodien und wurden dann zu ihrem Erstaunen von Terzen und fallenden Oktavsequenzen heimgesucht, wenn es wahr ist, daß das Gedächtnis materiell übertragbar ist.
Die Woge der Erschütterung erreichte London, die Curzon Street und Sir John Baldassari, wurde aber zunächst von der Tragik des Unfalls und seiner außergewöhnlichen Umstände etwas gemildert. Ein Freund, der in einer Höhe von fast siebentausend Metern in Südamerika ums Leben kommt, erweckt erst einmal die Vorstellung eines Helden, der von mythologischen Mächten als Geisel genommen wurde. Ein Freund des Odysseus, den der Zyklop für alle Fälle in Gefangenschaft hält. Die Geschichte ist freilich so märchenhaft, daß sich Zweifel erheben. Er wird zurückkommen. Dann zertrümmert der Alltag den Mythos. Die Tage vergehen, und das Zimmer bleibt verlassen. Die Wäsche kommt aus der Wäscherei zurück, und man macht sich mit dem Gedanken vertraut, daß sie nie mehr getragen wird. Die Partituren setzen Staub an auf dem Tisch, das Klavier, auf dem der Held zur Freude Matthias' die Etüde Opus 8, Nr. 2 von Skrjabin oder die *Davidsbündler* von Schumann spielte, bleibt für immer geschlossen. Dieser Schritt im Flur, nein, das ist nicht Timothy, das ist nur Lisbeth, Zimmermädchen und Köchin in einem, die pro forma auch das Zimmer des Verstorbenen richtet. Es ist die Jahreszeit der Narzissen, die Timothy liebte, aber es gibt keinen Grund mehr, sie zu kaufen. Schlimmer noch, es gibt Grund, ihrem Schauspiel auszuweichen. Als Lisbeth leichtsinnigerweise den mit Schokolade überzogenen Aprikosenkuchen servierte, die englische — und sehr hybride — Version der von Matthias vorgeschlagenen Sachertorte, zuckte Zanottis Kinnlade bedenklich, denn das war Timothys Lieblingsdessert.
Zanottis Gesundheitszustand begann sich allmählich zu verschlechtern. Eine unerbetene Bronchitis fesselte ihn während des schönen Wetters ans Bett. Dann schwächten ihn die Antibiotika. Das Herz wies Rhythmusstörungen auf, und Matthias bekam es mit der Angst. Es lag auf der Hand, aber es machte ihm Probleme: Zanotti hatte Timothy die Zuneigung entgegengebracht, die er zuerst für Matthias empfunden hatte. Was er mit Timothys Ableben beweinte, war das Gefühl seiner — mit einem gewissen Sinn für die Dauer von Zeit könnte man es so nennen — Jugend. Timothy war in dem Sinne einzigartig, daß er erstaunlich, ja außergewöhnlich gut Zanottis uner-

widerte Liebe für Matthias auf sich umgelenkt und neu entfacht hatte, weil er ja auch in Matthias verliebt war und die Substitution von der anderen Seite her vollzogen hatte: Er hatte Matthias durch Zanotti ersetzt. Zanotti und Timothy waren wie die Kinobesucher, die sich in Laurence Olivier in dem Film *Stürmische Höhen* verliebten, ihn aber für unerreichbar halten mußten und sich statt dessen als Ersatz gegenseitig ineinander verliebten. Während er sich um die Verschlechterung von Zanottis Gesundheitszustand Sorgen machte, brachte diese überraschende Entdeckung Matthias ganz durcheinander. Er konnte sich nicht vorwerfen, Zanottis und Timothys Liebesblicke nicht erwidert und sich den Frauen zugewandt zu haben, wenngleich diese auch sehr enttäuschend waren. Man zieht die Frauen vor, so wie man lieber Äpfel statt Birnen ißt. So wie er es — freilich nur sehr sporadisch — erlebt hatte, erschien ihm der sexuelle Kontakt zwischen Männern das Eingeständnis eines Scheiterns und eine philosophische Übung zugleich. »Ich hätte ohne das Verlangen, mich fortzupflanzen, nicht zwei Jahrhunderte leben können, und man kann sich nun einmal nur im Kontakt mit Frauen fortpflanzen«, sagte er sich eines Abends in seinem Zimmer, als er von dem Gedanken aufs äußerste gepeinigt wurde, Zanotti enttäuscht zu haben. »Ich kann nichts dafür«, seufzte er. Er konnte sich nicht einmal vorwerfen, vor fast zweihundert Jahren Zanotti eine einmalige Probe seines Körpers gegeben zu haben, genausowenig wie er sich vorhalten konnte, seinen Körper, wenn auch freiwillig, Timothy vor einem Vierteljahrhundert überlassen zu haben. Alle Zuneigung, die er dem einen und dem anderen entgegengebracht hatte, verblaßte vor der Erinnerung zum Beispiel an Marisa. Marisa zu besitzen, das hieß Himmel und Erde besitzen. Zanotti oder Timothy zu besitzen, das war nicht mehr als eine hübsche Parodie, aber eine Parodie immerhin. Vielleicht hätte ihm Professor Freud erklären können, daß seine Verachtung der homosexuellen Liebe aus einer frevelhaften Nacht auf dem Schloß von Ansbach-Bayreuth hervorgegangen war, wenn das von irgendeinem Belang gewesen wäre. Kein Mensch ist universell. Nicht einmal der Teufel, Professor, denn die Hinduisten kennen ihn nicht, und die afrikanischen Animisten glauben, daß er in einem Affenbrotbaum haust.

Zanottis Zustand verschlechterte sich immer mehr. Er litt an »Altersschwäche«, wie man in der Umgangssprache, in der man zu Hause

ist, sagt, wovon man aber zu Hause nicht gern spricht. Matthias versuchte der Vorstellung, daß Zanotti sterben könnte, auszuweichen. Er wurde auch gebrechlich. Seine innere Kraft nahm unmerklich ab. Er erwog also noch einmal eine Zeremonie, die er mittels eines in Paris im Jahre 1949 hergestellten Porträts von Timothy bewerkstelligen wollte. Timothy spielte darauf nackt Cello. Es handelte sich um eine von Timothy selbst in Auftrag gegebene Arbeit, die ihn noch jugendlich erscheinen ließ und die im Zimmer des Verstorbenen hing.
Matthias sah dieser Art von Timothys direkter Auferstehung keineswegs ruhigen Herzens und bedenkenlos entgegen, eher mit bangem Gefühl. Diese Zeremonien hatten in der Vergangenheit keine guten Früchte getragen. Wenn er einmal von der frivolen Beschwörung des Schelms absah, der für die Mona Lisa als Modell gedient hatte, so war seit Vadim, seiner letzten Totenerweckung, seine Neigung, von dem höllischen Privileg, das ihm der Mann in Grau eingeräumt hatte, noch Gebrauch zu machen, beträchtlich gesunken. Die von mystischem Wahnsinn erfüllten Augen Vadims, Sophias von Schmerz und Verwirrung völlig entstelltes Gesicht hatten ihn erschreckt und völlig aus der Fassung gebracht. Kein menschliches Wesen kann die Pforten des Todes von der anderen Seite passieren, ohne dabei den Verstand zu verlieren. Was könnte also ein aus dem Nichts zurückkommender Timothy anders sein denn ein heimliches Objekt des Grauens? Und was wären die anderen für ihn?
Matthias hätte es sich sehr gewünscht, daß ein anderer, und wäre es auch nur ein Surrogat von Timothy gewesen, Zanottis Aufmerksamkeit und schließlich auch sein Herz eingenommen hätte. Aber Zanotti zeigte anderen Männern gegenüber, ob sie nun jung waren oder nicht, eine erschreckende Gleichgültigkeit. Wenn er sich auf »vollkommen eheliche« Verbindungen einließ — mit Sergej in St. Petersburg, dann mit Vitautas in Berlin —, dann geschah das stets in einer geradezu militärischen Haltung. Wahrscheinlich wollte er sich so in Geduld üben und sich über seine Liebe zu Matthias hinwegtäuschen. Im Unterschied zu anderen Männern, die ihr eigenes Geschlecht lieben, war Zanotti nie jedem Kerl nachgerannt. Aus diesen Gründen konnte Matthias Zanottis Zurückhaltung, daß heißt seinen Anspruch, voll und ganz verstehen. Es erschütterte ihn.

Aber Zanottis Zustand verschlechterte sich weiter, und Matthias ergriff die Panik. Ja, er mußte Timothy ins Leben zurückholen. Und Timothy kam wieder ins Leben zurück — nackt, zusammen mit dem bernsteinfarbenen Instrument. Er betrachtete Matthias mit einem erstaunten, fast kindlichen Blick, den er seit der ersten Begegnung im Central Park nicht verloren hatte.
»Nehmen Sie ein Bad und ziehen Sie sich an«, flüsterte ihm Matthias zu. »Wir essen in einer dreiviertel Stunde.«
Er kam herunter. Zanotti überflog im Salon die *Times*, das Glas Sherry auf dem Leuchtertischchen neben seinem Sessel war noch fast unberührt. Matthias vertiefte sich in den *Punch*. Ein kräftiges Rascheln der Zeitung ließ ihn aufhorchen. Zanotti hatte den oberen Teil der *Times* umgeschlagen und starrte ihn an.
»Oben läuft das Wasser in die Badewanne«, sagte er.
Matthias schaute ihn an, ohne zu antworten. Das Herz klopfte ihm.
»Das ist Timothy, nicht wahr?«
Matthias hatte eine trockene Kehle und gab immer noch keine Antwort.
»Ich will das nicht, Matthias!« schrie Zanotti. »Laß ihn wieder verschwinden, ich will ihn nicht wiedersehen!«
Matthias verschlug es den Atem.
»Diese Teufeleien betrachte ich als einen Anschlag auf meine Würde. Ich will in Würde sterben, Matthias. Für diese Kindereien ist jetzt keine Zeit mehr. Sie haben zu nichts geführt, das weißt du genau.«
Matthias trank seinen Sherry in einem Zug.
»Ich habe es aus Mitgefühl mit dir getan«, murmelte er.
»Das habe ich verstanden. Aber ich will diese Kunststücke nicht mehr. Ich habe dir das schon gesagt, ich bin in die Gemeinschaft der Menschen zurückgekehrt. Ich möchte nach ihrem Gesetz sterben.«
»Du stirbst aus Kummer, Zanotti.«
»Das ist ein schöner Tod. Also geh hinauf und töte ihn.«
Matthias stand langsam auf, sehr langsam, dem Zusammenbruch nahe. Er ging ins Atelier, nahm einen feinen Pinsel, ein Fläschchen Glasur, eine Tube roter, japanischer Farbe, ging in Timothys Zimmer, der, wie er durch die angelehnte Tür des Badezimmers sehen

konnte, gerade dabei war, sich zu rasieren — und signierte rechts unten, F.A. Er überlegte, was mit diesem toten Körper zu tun sei. Das Bild bebte fürchterlich. Matthias hielt es mit beiden Händen fest. Alles war zu Ende. Er ging ins Badezimmer. Der Rasierapparat lag auf dem Waschbeckenrand, das feuchte Handtuch, das sich Timothy um die Hüften gebunden hatte, war auf den Boden gefallen. Timothy war nirgendwo. Einmal mehr war der zum Leben Erweckte wieder ins Bild gegangen.
Matthias brach in Schluchzen aus. Seinen Kopf lehnte er gegen die Zimmertür, während die letzten Reste des Badewassers mit lautem Rülpsen abliefen.

15.

Merlin

Die erste Seite der *Times* vom 16. Oktober 1953 verbreitete die Nachricht vom Tod Sir John Baldassaris.

»Tod im Schlaf«, gab der Arzt bekannt. »Herzstillstand. Plötzlicher Tod, ohne Leiden.«

Mark und seine Frau, Holly und ihr Mann, Sybil und ihr Sohn David, der noch nicht verheiratet war, standen Matthias bei.

Die Erinnerungen strömten unaufhörlich: Zanotti, der sich in San Zaccaria ängstlich über sein Lager beugt; Zanotti, der sich zusammen mit Zuliman über seine Hochzeit mit Silvana Gradenigo freut; Zanotti, der die Sobieska mit einem ironischen Blick betrachtet; Zanotti, der seiner Frau einen Klaps auf den Hintern gibt ...

Charlotte, Marks Frau, und Holly blieben mit ihren Ehegatten einige Zeit in der Curzon Street.

»Erzähl mir, sprich dich aus, erleichtere dein Herz«, sagte Mark eines Nachmittags, der sich neben seinen Vater niedergekniet hatte und ihm die Hände hielt.

Matthias seufzte. Er konnte sein Herz nicht erleichtern. Er hatte an einem größeren Stück der Unendlichkeit Anteil gehabt als die meisten Menschen, und die Unendlichkeit ist schon nach dem üblichen Maß kaum verständlich ...

Als der Frühling kam, quartierte er sich für einige Wochen bei Mark und Charlotte in ihrem Haus in Oxford ein. Sein Enkel, Matthias II, und seine Enkelin, die natürlich den Namen Heather trug, ließen nicht einen Augenblick von ihm, denn er brachte ihnen das Zeichnen bei.

Er ging jetzt, nach den amtlichen Papieren, auf die Sechsundfünfzig zu. Tatsächlich war er zweihundertzweiundzwanzig Jahre alt. Trotz dieses schon biblischen Alters trug sich noch einer von den altbekannten Zwischenfällen zu: Er verliebte sich in Charlottes ältere Schwester Laurie.

Sie kam eines Nachmittags durch die Gartentür und roch nach Blumen. Im Flimmern der Mücken erschien sie wie Titania, die für einen Tag der Gesellschaft Oberons und Pucks entflohen war, während der Plattenspieler die Arie von Berlioz spielte:

»Komm zurück, komm zurück, meine Geliebte . . .«

Sie hatte den großen Mund und die mandelförmigen Augen von Salome, auch der langsame Schritt erinnerte an sie. Seiner grauen Haare war er sich wohl bewußt. Am nächsten Tag begleitete sie ihn in die Stadt, um Marmelade und einiges alkoholische Getränk zu kaufen.
»Kennen Sie diese Whiskymarke?« fragte sie ihn und legte ihre Hand auf Matthias' Unterarm, ohne sich dabei etwas zu denken.
Es war reiner Malzextrakt, den er sich auf Anhieb kaufte, obwohl er ihm eigentlich zu stark war. Diskret achtete er darauf, seine Hand nicht jene Stelle berühren zu lassen, wo sich ihre Finger befanden, als fürchtete er, sich dort zu verbrennen. Sie bemerkte dies und errötete.
»Ist es angenehm, Witwer zu sein?« fragte sie zerstreut, als sie ihre Einkäufe nach Hause brachten.
Er fühlte das Aufwallen der alten Erde, die unter dem erneuten Keimen des totgeglaubten Samens litt. Und er sagte sich, daß er alles vergessen habe.
»Das ist noch nicht ausgemacht«, murmelte er.
Als sie den Lagonda unter den niedrigen Eichen parkten, wandte sie sich ihm zu. Er küßte Salome, obwohl sie ja nun Laurie hieß.
». . . weil Sie eine besondere Art haben, das zu sagen, was Sie von den Leuten wollen«, sagte sie kurz vor Anbruch des folgenden Tages. Es war der erste Satz, seitdem sie ihr Abendessen beendet hatten. »Wie lange schon haben Sie nicht mehr mit einer Frau geschlafen?«
»Seit Heathers Tod nicht mehr.«
»Aber das ist ja schon zehn Jahre her!« rief sie entrüstet aus. Und sie mußte ein Lachen unterdrücken, das sich dann als kindisches und dümmliches Glucksen entlud. »Ich gehe jetzt, bevor Charlotte kommt, um mich zu wecken.«
»Nun gut, wenn man unter den Menschen lebt«, dachte er, »warum

soll man dann nicht auch der Dummheit frönen.« Es schien ein herrlicher Tag zu werden.
Als er am Nachmittag Mark dabei behilflich war, in einer Ecke des Gartens das Gestrüpp mit dem Messer zu entfernen, bemerkte er, wie ihm sein Sohn fragende Blicke zuwarf. Er stellte sich ihnen trotzig entgegen. Mark begann, verlegen zu lachen.
*»Isn't it a trifle Greek?«** fragte Mark.
Matthias seufzte, auch er war verlegen.
»Dich als Schwager zu haben ...« murmelte Mark.
Matthias fand heraus, daß das Knarren des viktorianischen Betts die Liebenden verraten hatte. Sollte sich diese Liebschaft zwischen ihm und Laurie zu einem richtigen Verhältnis auswachsen, dann würde Charlotte die Schwiegertochter ihrer eigenen Schwester und Mark der Schwiegersohn seiner Schwägerin. Ganz zu schweigen von den Kindern. Ein weiterer Sohn von Matthias wäre zugleich der Onkel seines Stiefbruders und sein Neffe. Matthias wurde von einem heftigen Lachanfall geschüttelt, während ihn Mark beobachtete und der Sonne zuzwinkerte. Unter dem Vorwand, in London etwas erledigen zu müssen, und um Abstand zu gewinnen, fuhr Matthias mit seinem Lagonda noch in der folgenden Stunde in die Curzon Street.
An der Türschwelle bekam er Herzklopfen. Ein Kater erwartete ihn dort. Sollte dies ...
Aber der Kater war nicht schwarz, er war graublau, und sein weiches Fell war viel länger als das jenes Tieres, das einst vor dem Mann in Grau in Venedig erschienen war. Das Tier miaute, als ob es Matthias tadeln wollte, zu spät gekommen zu sein. Matthias stellte seine Tasche auf den Boden und nahm den Kater in seine Arme. Er bewunderte seinen großen Kopf und die gelben Augen, die ihn fragend anblickten. Der Kater war zutraulich, ja anschmiegsam, denn als ihn Matthias an sein Gesicht hob, streichelte er mit seinen Samtpfoten seine Nase. Matthias lächelte, schloß die Tür auf, und der Kater schlüpfte in das Haus hinein, als ob es sein eigenes wäre. Mit einem Sprung war er in der Küche. Matthias öffnete eine Thunfischdose, die der Kater gierig auffraß. Die Schüssel Milch schlürfte er dann ebenso schnell leer.

* »Ist das nicht ein bißchen pervers?«

»Wieder ein Kater«, dachte Matthias, dem das Tier in den ersten Stock gefolgt war. Überall mußte es herumschnüffeln, sich mit den Räumlichkeiten und dem Mobiliar vertraut machen. Er lachte noch im Bad über die gewandt aufeinanderfolgenden Sprünge des Katers, mit denen er die Treppe erklommen hatte. Er konnte gar nicht aufhören zu lachen und mußte sich immer mehr wundern, als sich der Kater auch noch vor die Badewanne legte und ihn anblickte.
»Man wird ihn morgen zurückverlangen«, sagte sich Matthias, als er einen Eisenbottich der Haushälterin opferte und den Rest des für die Grünpflanzen bestimmten Sandes ausnutzte, um daraus dem Kater einen eigenen Kasten zu machen. »Wie heißt du?« fragte er das Tier, das auf seine Knie gesprungen war und sein Streicheln mit einem Schnurren quittierte. Gleichzeitig bereitete Matthias sich zwei Eier in der Pfanne zu.
Die Einsamkeit des Hauses war verheerend. Es war die erste Nacht in der Curzon Street seit ... seit Zanottis Ableben. Matthias konnte die Tränen nicht zurückhalten. Der Kater kratzte mit kläglichem Miauen an seinem Fuß. Als sich Matthias mit einem Agatha-Christie-Krimi ins Bett legte, sprang der Kater neben ihn, rollte sich unter seiner Achsel zusammen, schnurrte noch einmal und schlief dann schließlich ein.
»Wen verkörperst du?« fragte Matthias ihn.
Niemand forderte das Tier am nächsten Tag oder an den folgenden Tagen zurück. Die Haushälterin gewann ihn lieb und der Kater sie auch. Sie stopfte ihn voll.
»Ein Verführer, ein Zauberer«, sagte sie.
Matthias nannte ihn Merlin. Merlin nahm das Haus in Besitz. Er hatte in jedem Zimmer einen Platz: den blauen Sessel im Salon, den gelben im Atelier und das Bett in Matthias' Schlafzimmer. Er überhäufte Matthias mit Zärtlichkeiten.
Eine Woche später kam Laurie. Es sah so aus, als ob sie gleich zur Sache kommen wollte.
»Ist das ein Napoleonischer Sieg?« fragte sie, nachdem sie ihre Lippen mit dem Scotch benetzt hatte, um den sie gebeten hatte.
Merlin beobachtete sie mit zusammengekniffenen Augen.
»Napoleon?« fragte Matthias.
»Der sicherste Sieg ist die Flucht«, sagte sie. »In diesem Fall haben Sie verloren.«

»Die Situation könnte etwas kompliziert werden«, argumentierte er.
»Das ist Charlottes Standpunkt. Wir sind keine Kinder mehr. Wollen Sie mich oder nicht?«
Merlin streckte sich auf dem Sessel aus, als ob ihn die Rede der Besucherin langweilte, denn er setzte ohne Rücksicht seine Toilette fort.
»Die Lust und die Begierde sind uneingeschränkt, das wissen Sie. Aber Mark ist mein Sohn.« Er betrachtete sie ernst. »Ein Mann von sechsundfünfzig Jahren, Laurie. Was bleibt uns noch? Ein heimliches Verhältnis?«
»Wir schreiben das Jahr 1954. Man spielt nicht mehr *Romeo und Julia*. Es gibt weder einen Montagu noch einen Capulet«, sagte sie. »Gehen Sie wenigstens mit mir essen?«
Merlin saß da wie eine Bubastis und sah Matthias und Laurie nacheinander an. Matthias geriet dadurch in leichte Verlegenheit.
Wenn die Menschen zum Essen ausgingen, dann mußte Merlin so tun, als ob er sein halbgekochtes Hackfleisch ohne jedes Interesse fräße, und er wandte sich nicht einmal um, als Matthias ihm sagte: »Bis gleich.«
»Was ist das für ein Kater?« fragte Laurie unwillkürlich, was ihr Matthias innerlich übelnahm.
»Ein Engel«, antwortete Matthias, während sie ihre mit Trüffeln garnierten Eier in einem lächerlichen französischen Restaurant anschnitten, das »Der Kochtopf« oder »Die Schmorpfanne«, wenn nicht sogar »Der Krug« hieß.
»Sie wissen, daß Sie manchmal ein merkwürdiges Benehmen haben«, sagte sie.
Mit zusammengekniffenen Augen — wie Merlin — sah er endlose Abende mit langweiligen Gesprächen voraus und glaubte an Kleinigkeiten, an der Art und Weise, wie Laurie die eintretenden Tischgäste angaffte, an dem übertriebenen und gezwungen wirkenden Charme, den sie den Anwesenden entgegenbrachte, ablesen zu können, daß sie sich auf die Rolle von Mrs. Archenholz einstellte. Sie suchte wahrscheinlich eine Rolle, die der Lust und dem Verlangen angemessen wäre. In einer schwachen Minute akzeptierte er ihre Idee, bei ihm zu Hause ein »Betthupferl« zu nehmen.
Merlin verließ das Bett, sobald er sie sah.

Zwei Stunden nachdem sie wieder abgereist war, schickte Matthias Blumen mit einem Brief, der alles in allem die Trennung nahelegte. Irgendwie war er zufrieden, nun mit Merlin ganz alleine zu sein.
»Du kennst weder das Gute noch das Böse, Bruderherz«, sagte er ihm abends auf dem Kopfkissen, »du kennst nur die Liebe und die Wahrheit.«
Aber Laurie hatte Kohle ins Feuer geworfen. Er sehnte sich auch nach einer Frau, einer Georgina, die auch eine Mutter für Merlin wäre.
»Ich dürfte noch nicht so welk sein«, sagte er zu sich, »um mich nicht ein bißchen herumtreiben zu können.«
Die Idee kam ihm in den Sinn, sein Aussehen leicht zu retuschieren. Er könnte sich zum Beispiel um fünfzehn Jahre jünger machen. Er würde gegenüber Mark vorgeben, daß er sich in der Schweiz einer Wunderkur unterzogen habe. Keine Verjüngung, die Anstoß erregen könnte, sondern nur hie und da ein kleiner Tupfer.
Natürlich war dazu wieder ein Mord notwendig. Er plante also ein kompliziertes Unternehmen, wonach er im Auto mit seinem alten Ich an die Küste von Southend-on-Sea fahren würde, es dort betäuben und ins Meer werfen würde.
Er nahm also an einem Photo neueren Datums von sich kosmetische Retuschen vor. Dafür brauchte er einen ganzen Abend.
»Eines Tages wird es dennoch einmal ein Ende geben müssen.« Wie würde das vonstatten gehen? Wie würde der Mann in Grau von ihm Besitz ergreifen? Alles war möglich, aber Matthias hielt nichts von der Vorstellung, daß ihn der Teufel mit einer Gabel auf einem steinigen Weg in die glühenden Verliese unter der Erde treiben könnte.
Am Nachmittag des folgenden Tages hatte er bereits das erste der vier höllischen Zeichen seinem verjüngten Porträt eingraviert, als es an der Tür klingelte. Er unterbrach seine Arbeit, um nachzusehen, und fand einen Telegrammboten vor. Matthias gab ihm ein Trinkgeld, wobei er das Gesicht verzog. Die Botschaft kam wahrscheinlich von Laurie. Matthias gravierte das zweite Zeichen ein. Merlin miaute. Matthias unterbrach seine Arbeit erneut. Merlin betrachtete ihn, als ob er etwas sagen wollte. Ein fast tonloses Miauen entfuhr seinem Maul. Matthias streichelte ihn. Er hatte das Telegramm vergessen. Er brach es auf.

»WARTEN SIE NICHT MEHR AUF MICH STOP ICH GLAUBE DASS SIE VERSTANDEN HABEN STOP BIN IN EINER DRINGENDEN ANGELEGENHEIT FESTGEHALTEN WERDE NICHT ZUM VEREINBARTEN TREFFEN ERSCHEINEN STOP ÜBRIGENS GIBT ES MICH GAR NICHT STOP UND SIE HABEN DIE HÖLLE SCHON ERLEBT.«

Keine Unterschrift. Matthias runzelte die Stirn. Hatte er eine Verabredung vergessen? Er gravierte das dritte Zeichen ein. Merlin miaute noch einmal. Matthias begann das vierte Zeichen einzugravieren, als ihm schaudernd klar wurde, daß das Telegramm von dem Mann in Grau kam. Ihn schwindelte. Das letzte Mal.

16

Der Ball in der Curzon Street

»Ich weiß nicht, Sir! Ich weiß nicht!« heulte die Haushälterin. »Ich habe Besorgungen gemacht, und als ich zurückkam, hörte ich im Salon laute Stimmen. Ich glaubte, Herr Archenholz habe Besuch... Dann ist es plötzlich ganz ruhig geworden, ohne daß ich gehört hätte, wie die Haustür geöffnet und geschlossen wurde. Und der Kater miaute. Dann bin ich selbst hineingegangen, um nachzuschauen...«

Sie begann erneut zu weinen. Ein tiefer Kummer hatte sie heimgesucht, der in ihr alte, im Gedächtnis eingelagerte Unglücksfetzen aufleben ließ.

Sie weinte noch, als die Polizei eintraf.

Tatsächlich hatten sich in der Curzon Street viele Leute eingestellt. Zunächst Rumpelschnickel, der Pferdie mitgebracht hatte, und Abraham von Provens, dann Sacchetti und Zuliman, der Marisa an der Hand hielt, die wiederum den Sohn mit sich führte, den Matthias nie gesehen hatte und der natürlich Matteo hieß, außerdem Silvana, Salome, Sir Alfred in Begleitung von Georgina und Graciana. Von Anfang an war Zanotti da, Sophia und Vadim waren ebenfalls erschienen und strahlten, genauso wie Martha Eschendorff an Liliths Arm. Dann waren auch noch Ilse zu sehen, Marie und ihr Sohn Matthias, Michail Urussow und Timothy mit Heather. Alle waren sie vergnügt, jung, liebevoll und umringten Matthias. Matthias war plötzlich verjüngt und trug sein Gewand aus grauem Stoff, mit dem er einst Berlin verlassen hatte. Wie sie ihn alle liebten! Und Merlin, der allen seine Reverenz erwies...

In der Tat fand man ihn dann in diesem grauen Gewand, so als ob er schlafen würde. Niemand verstand das Rätsel. Wo war Matthias Archenholz geblieben? Es gab keine Anzeichen von Gewalt, aber es schienen tatsächlich viele Leute im Salon gewesen zu sein. Die Haushälterin versicherte, mehrmals das Gelächter von Frauen und Kinderschreie gehört zu haben. Aber die Nachbarn hatten niemanden gesehen. Matthias' Schlüssel lagen auf dem Tisch. Gewöhnlich ging er niemals aus, ohne sie mitzunehmen. Und wer zum Teufel war dieser junge Mann in dem altertümlichen Gewand? Woran war er gestorben?

Mark hatte einen leisen Verdacht, der ihm schrecklich und doch wunderbar vorkam. Er war insgeheim der Überzeugung, daß der junge Mann, der in Matthias' Lieblingssessel zu schlafen schien, niemand anders sein konnte als Matthias selbst. Nicht ein Sohn, nein, der Vater von Mark. Denn das war doch sein etwas müdes Lächeln. Und vor allem sein Ring, den Mark vor dem Eintreffen der Polizei verschwinden ließ.

Die Autopsie ergab einen Herzstillstand. Mark konnte es durchsetzen, daß der Unbekannte in der Familiengruft beigesetzt wurde, obwohl dies seine Frau, seine Schwester und auch die anderen bestürzte.

Er nahm auch Merlin zu sich, den einzigen Zeugen des letzten Balls seines Vaters, und Merlin akzeptierte ihn ebenfalls.

Die Polizei legte die Angelegenheit unter den unaufgelösten Fällen ab. Bürokraten und Behörden verstehen nichts von den Geheimnissen der Liebe.